EVIDENCE
E.L.A.S
TO BE OPENED BY AUTHORIZED PERSONNEL ONLY
ESPECIALISTAS LITERÁRIAS NA ANATOMIA DO SUSPENSE
CRIME SCENE FICTION
DARKSIDE BOOKS

TIFFANY McDANIEL

E.L.A.S®

ESPECIALISTAS LITERÁRIAS NA ANATOMIA DO SUSPENSE

ESPECIALISTAS LITERÁRIAS NA ANATOMIA DO SUSPENSE

CRIME SCENE®
FICTION

Diretor Editorial
Christiano Menezes

Diretor de Novos Negócios
Chico de Assis

Diretor de Planejamento
Marcel Souto Maior

Diretor Comercial
Gilberto Capelo

Gerente de Marca
Arthur Moraes

Editora e Diretora
de Estratégia Editorial
Raquel Moritz

Editora Assistente
Jéssica Reinaldo

Capa e Projeto Gráfico
Retina 78

Coordenador de Diagramação
Sergio Chaves

Designer Assistente
Jefferson Cortinove

Preparação
Gabriela Peres

Revisão
Rebeca Benjamim
Retina Conteúdo

Finalização
Roberto Geronimo

Marketing Estratégico
Ag. Mandíbula

Impressão e Acabamento
Braspor

DADOS INTERNACIONAIS DE CATALOGAÇÃO NA PUBLICAÇÃO (CIP)
Jéssica de Oliveira Molinari — CRB-8/9852

McDaniel, Tiffany
O lado selvagem / Tiffany McDaniel; tradução de Carla Bettelli. —
Rio de Janeiro : DarkSide Books, 2025.
464 p.

ISBN: 978-65-5598-562-7
Título original: On the savage side

1. Ficção norte-americana 2. Mistério I. Título II. Bettelli, Carla

25-3947 CDD 813

Índice para catálogo sistemático:
1. Ficção norte-americana

[2025]
Todos os direitos desta edição reservados à
DarkSide® *Entretenimento LTDA.*
Rua General Roca, 935/504 – Tijuca
20521-071 – Rio de Janeiro – RJ – Brasil
www.darksidebooks.com

TIFFANY McDANIEL

O LADO SELVAGEM

TRADUÇÃO CARLA BETTELLI

DARKSIDE

Dedicado às seis vítimas de Chillicothe:

Charlotte Trego, 27.
Desaparecida desde 3 de maio de 2014.
Ainda não foi encontrada.

Tameka Lynch, 30.
Desaparecida em maio de 2014.
Seu corpo foi encontrado no rio.

Wanda Lemons, 37.
Desaparecida desde 4 de novembro de 2014.
Ainda não foi encontrada.

Shasta Himelrick, 20.
Desaparecida em dezembro de 2014.
Seu corpo foi encontrado no rio.

Timberly Claytor, 38.
Desaparecida em maio de 2015.
Foi encontrada morta a tiros em um
matagal em 29 de maio de 2015.

Tiffany Sayre, 26.
Desaparecida em 11 de maio de 2015.
Seu corpo foi encontrado perto do rio.

Vocês não foram esquecidas.

A menina acordou, certa de que estivera
sonhando. Então a menina acordou,
certa de que tinha sido um sonho.

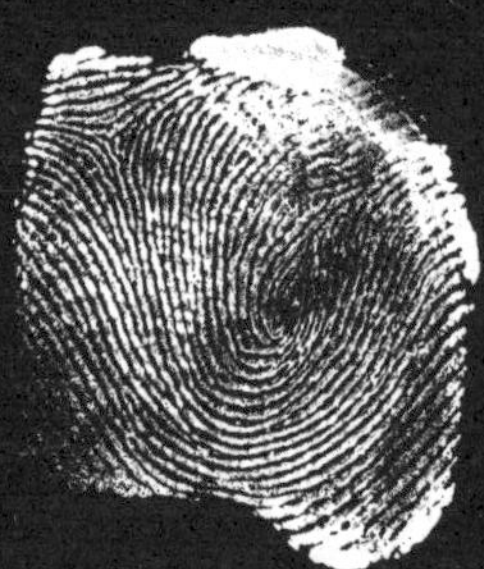

PRÓLOGO

Durante o outono, os moradores da cidade chamavam as águas do rio* de Olho de Deus, pois as folhas em tons de amarelo, vinho e carmesim caíam na superfície e formavam um pequeno círculo onde a água lamacenta aparecia. A lenda dizia que quem espiasse dentro desse círculo olharia direto para a pupila de Deus e conheceria o próprio futuro. As águas do rio, entretanto, sabiam o que eram. Eram elas. E, embora achassem o mito lisonjeiro, não pensavam em si mesmas como nada além de mais uma mulher, como aquelas que paravam em suas margens e mergulhavam nela.

As águas do rio conheciam as mulheres desde que eram meninas. Haviam tomado conta delas em batismos, sido o alívio fresco nos dias quentes de verão e servido de vista para primeiros beijos e desafios de subir em árvore. Passaram à enxergar as mulheres como suas próprias filhas, observando-as crescer numa cidade de fábricas e homens.

Já era tarde quando elas sentiram o mergulho. Pensaram que talvez fosse um galho quebrado. Ou que alguém tivesse jogado uma pedra para ver se iria saltar. Foi um mergulho forte. Pensaram em todas as coisas pesadas. Então viram o rosto da mulher enquanto o corpo flutuava. Tinham vivido bastante, este não era o primeiro cadáver jogado ali. Mas quando as velhas águas olharam nos olhos da jovem, não puderam deixar de sentir uma tristeza inquietante por se lembrarem dela e da maneira como mergulhava os pés ali quando era uma garotinha.

Elas sabiam que havia uma boa distância a percorrer antes que a mulher fosse vista. Mas o que não sabiam era que haveria mais delas, flutuando de bruços, como se não tivessem nome algum.

* No original, a autora se refere ao rio no feminino (she/her), atribuindo-lhe presença e voz próprias. Optamos por preservar esse olhar, fazendo do rio uma personagem que sente, pensa e observa, adaptando, então, como "as águas do rio", mantendo a intenção de utilizar o feminino. [Nota da Edição]

PARTE I

1

"Da flor vem o poder de crescer e florescer."

— Poeta Daffodil

O primeiro pecado foi acreditar que nunca morreríamos. O segundo foi acreditar que estávamos vivas, em primeiro lugar.

Quando uma mulher desaparece, como ela é lembrada? Pelo lindo sorriso? Pelo lindo rosto? Pelas drogas no corpo? Ou pelos clientes, que têm hálito de drogas e desejos depravados?

Na cidade de Chillicothe, em Ohio, havia a briga familiar. A mesma disputa que era conhecida através dos campos outrora pastoris, onde a indústria foi feita e gerações foram sustentadas por avós e pais que trabalhavam na fábrica de papel até voltarem para casa à noite para se tornarem capitães da mesa de jantar, enquanto nossas mães eram mulheres de mãos imortais que respondiam às nossas orações esquecidas.

Mas era tudo um mito, esses deuses em pessoas comuns. Não era mais real do que os heróis da Grécia Antiga. No fim das contas, Chillicothe, em Ohio, estava cheia de mortais.

A terra já foi chamada de Chala-ka-tha pelos povos originários que viveram lá por milhares de anos antes de os colonizadores europeus chegarem para roubá-la e renomeá-la de uma forma que a língua caucasiana pudesse tomar posse. Chillicothe.

A seus modos de brancos, eles industrializaram o lugar. Chillicothe ascendeu com edifícios e telhados em duas águas, competindo com as colinas circundantes. Em seu reino recém-descoberto, foi a primeira capital de Ohio, antes que isso também fosse tirado dela. Resquícios eram encontrados na presença de algumas lojas de departamento, os corredores casados com a roda giratória de carrinhos de compra e promoções de domingo. Sob o sopro áspero do desenvolvimento e do asfalto, existiam as copas arredondadas das árvores sendo agitadas pelo vento e os vestígios daqueles que vieram séculos antes.

Lar do que foi a rica cultura dos povos originários, Chillicothe era um local primordial de terraplanagens geométricas e mamoas. Repleta de dentes fossilizados de tubarão, obsidiana e conchas do oceano distante, as escavações eram mágicas para alguém como eu. Quando criança, eu cavava, abaixo dos besouros fervilhantes e minhocas, no solo profundo, fresco e nativo, na esperança de encontrar o vestígio enterrado do belo e do oculto.

Algumas pessoas enxergam um lugar pelo que é. Eu, por outro lado, gosto de pensar em como ele será descoberto no futuro. Quais artefatos Chillicothe, em Ohio, deixaria no solo escuro se o lugar se perdesse no tempo? Haveria tiras de couro das bolsas das mulheres que visitavam os balcões de cosmético em todas as liquidações de Páscoa, canudos de plástico da seleção interminável de lanchonetes, jaquetas camufladas dos predadores, penas do ninho das presas. Haveria folhetos antigos da Tecumseh, fotos de família em álbuns com capa de tecido, páginas da Bíblia marcadas e agulhas usadas para nos lembrar que não éramos perfeitos.

Acima de tudo, haveria camadas. Camadas de fúria, de beleza, de horas que murcham como grama seca. Por cima de tudo, como depósito culminante, estaria a serragem da fábrica de papel. Talvez até houvesse o cheiro, misturado ao solo, endurecido com as pedras, renovado a cada inspiração. Os moradores locais chamavam o odor vindo da fábrica de papel de cheiro de dinheiro. Mas quem não fosse nascido e criado em Chillicothe taparia o nariz e diria: "Nossa, como essa cidade fede!".

Vivendo lá durante a vida toda, minha irmã Daffy e eu imaginávamos que o mundo inteiro cheirava assim. Uma mistura de ovo podre, chorume e vapores tóxicos que vêm da madeira quando ela é forçada a se tornar papel. Este odor emanava das chaminés listradas de vermelho e branco da fábrica e ia direto para o céu, sufocando os pássaros. Ele caía como um cobertor sobre nós e se agarrava às nossas roupas, cabelos e casas.

Era na sombra da fábrica de papel que Daffy e eu vivíamos com nossa mãe, Adelyn, e a irmã dela, Clover, na parte da cidade que não é visível quando se olha da rua principal, com seus tijolos e concreto, obra de velhos. Morávamos na zona sul, onde os proprietários de cortiço alugavam pequenas casas de alvenaria. A nossa era pintada de um marrom que Daffy dizia ser da cor de Pepsi diluída. Para mim, era do tom da areia da margem do rio, deixada para secar na sola dos pés e empoeirada com a luz. A casa tinha uma pequena varanda na frente com grades de metal preto, onde minha irmã e eu passávamos bilhetes quando fingíamos estar em lados opostos do mundo.

"Escrevi meu bilhete com tinta roxa de unicórnio", Daffy sempre dizia, sendo a caneta dela tão preta quanto a minha.

As casas eram tão próximas umas das outras que chegava a causar desconforto. Se acontecesse uma discussão na casa ao lado, você ouviria. Se houvesse jantar no fogão, você sentiria o cheiro. Se houvesse uma mulher sentada à mesa da cozinha com o rosto entre as mãos, você a veria.

Talvez, na época da construção, o concreto tenha sido derramado com cuidado nas varandas à espera dos capachos diante das portas. Mas, à medida que as noites se agarravam ao tempo perdido daqueles que passavam os dias dormindo, elas se tornaram aquela parte de Chillicothe onde os ratos roíam as próprias pernas para se livrarem do buraco infernal em que estavam metidos. Um inferno do qual minha irmã e eu tentávamos escapar com nossas bicicletas.

Não achávamos que a situação pudesse piorar muito, mas, em 1979, quando tínhamos 6 anos, nosso pai morreu e nossa mãe gritou enquanto minha irmã e eu ficamos de mãos dadas, com as costas apoiadas na parede.

Achei que nossa mãe tivesse pendurado as roupas de papai nas janelas por raiva. Ela parecia furiosa por ele ter morrido, pois esmurrava as paredes com os punhos.

"Se ele já não estivesse morto, eu o mataria", disse enquanto chutava e amassava o armário da cozinha. Depois, abriu uma gaveta de ferramentas e a deixou cair no chão enquanto se dirigia até o martelo e os pregos.

"Eu vou mostrar pra esse filho de Chillicothe." Ela puxou uma das camisas de flanela de papai pela manga e arrastou em direção à janela como se estivesse tirando o próprio homem da sepultura. Depois arrastou a velha cadeira estofada pelo chão e subiu na almofada floral marrom, caindo nada menos que cinco vezes.

A alça fina de sua camisola vermelha deslizou, a expondo. Minha mãe usava camisolas como camisa o ano todo. Mesmo durante os meses em que o solo congelava. Às vezes, ela as combinava com short jeans curto e largo. Outras vezes, apenas calcinha de cetim, tão gasta que ficava frouxa e folgada na parte traseira e na virilha. No inverno, era calça de moletom com elástico, sobretudo as de cor de pêssego ou verde-azulado, a barra dobrada sobre as feridas nas panturrilhas. Naquele dia de 1979, final de primavera, usava a calcinha de cetim, azul-bebê, mas desbotada até ficar cinza.

Ao lado de Daffy, observei mamãe pregar as roupas do papai na parede, martelando com muita força, deixando sempre pequenas rachaduras no gesso ao redor do jeans rasgado e sujo, da cueca amarelada, até mesmo do uniforme do exército, que estava chamuscado desde que ele tentara queimá-lo, antes de mudar de ideia.

"Maldito pau de lagarto", mamãe resmungou enquanto se equilibrava no braço amplo da cadeira.

"Acho bom você não cair daí, Addie." Tia Clover mantinha os olhos na imagem do rio Danúbio, na Hungria, fluindo pela TV. "Teremos que jogar seu corpo no matagal e deixar que os animais arrastem para longe. Sobe, sobe, dona aranha, onde você vai escondê-la?" Tia Clover cuspiu na mão e bateu com tudo no braço do sofá. "Em meio ao sangue. Bem ali."

Sempre que a tia Clover dizia a palavra *sangue*, o que não era raro, ela a pronunciava como se pertencesse a um povo que tivesse sangrado mais do que qualquer outro. Estava esparramada no sofá velho, da mesma cor da ferrugem na pia do banheiro. Os pés estavam esticados sobre a mesa de centro, separados o suficiente para que os maços de cigarro vazios, as garrafas de cerveja e os pequenos quadrados de papel-alumínio pudessem se acumular entre seus tornozelos, as tornozeleiras deslizando até os calcanhares sujos.

Ela usava a camisola enrolada nos ombros para enxugar o suor da testa. O cetim era de um azul cremoso. Quase tão velha quanto ela, o que para Daffy e para mim, na época, parecia uma hora mais nova que a poeira da nossa casa. Verdade seja dita, tia Clover estava apenas perto de completar trinta anos. Ela simplesmente suportou a dureza da vida um pouco cedo demais.

"Será que dá pra fazer menos barulho com esse inferno de martelo?", ela perguntou, a cabeça balançando com cada palavra.

Muito embora tia Clover nunca assistisse à TV com o som ligado, vivia reclamando sobre alguém estar falando tão alto que ela não conseguia ouvir o maldito programa.

"Enfia a mão na boca até engasgar, Clover." Mamãe martelou ainda mais alto.

Depois que todas as janelas tinham sido cobertas, comecei a duvidar da fúria de mamãe, porque tudo o que ela fez foi chorar enquanto caminhava pelo corredor até o quarto, deixando cair o martelo no caminho.

"Agora a mãe de vocês é esposa de um fantasma, meninas", tia Clover disse ao se inclinar para a frente, conseguindo encontrar seu delineador azul em meio ao lixo na mesa de centro. "Ela nunca mais será jovem."

Sem usar um espelho, tia Clover circulou os olhos com o delineador e puxou o traço para cada uma das têmporas. Nessas linhas retas, ela cruzou pequenos x até parecerem as farpas na cerca de arame perto dos trilhos da ferrovia.

"Tia Clover?" Daffy a observava. "Por que você sempre usa delineador azul?"

Daffy cantou a palavra *azul* até eu me juntar a ela.

"Porque quando nossa pele cair", respondeu tia Clover, "azul é a cor que teremos. Como está meu arame farpado?" Ela virou a cabeça de um lado para o outro, mostrando os pequenos x. "Vai me proteger dos monstros de nove olhos que tentam se banquetear com o sangue de uma mulher?"

Nós assentimos e ela se levantou, deslizando o colete preto com franjas por cima da blusa, tão decotada que dava para ver a renda do sutiã. Qualquer que fosse a roupa, ela sempre usava a gola de oncinha de pele sintética. Tinha abas arredondadas e um fecho na frente, como a gola dos marinheiros que eu via nas pinturas dos livros que pegava na biblioteca.

Ela tirou a gola do pescoço e a espanou na perna. Nuvens de poeira se levantaram no ar. Seria a maior limpeza que veria. Quando a colocou em volta do pescoço de novo, enrolou a língua em um ronronar ao prender o fecho.

Eu me levantei na almofada do sofá para acariciar a gola. "De onde você tirou isso mesmo, tia Clover?".

"Eu arranjei isso quando fui pra selva", contou. "É minha única lembrança de lá. Agora, sai pra lá com esses dedos pegajosos."

"Como você foi parar na selva, tia Clover?" Daffy cruzou os braços. "Você nunca nem saiu de Chillicothe."

"Aqui também tem selvas, menina."

Ela nunca tinha nos chamado de "menina". Parecia suave em seu sotaque, como se ela tivesse dito aquilo centenas de vezes enquanto tomava sopa fervendo.

"Agora, me dê o cachecol." Ela apontou para a camisola no sofá.

Depois que eu entreguei, ela jogou a peça sobre o ombro. Ela o chamava de seu cachecol noturno. "Porque", como dizia, "só as mulheres que carregam o rio nas costas podem usá-lo. E eu carrego o rio nas costas desde que tinha idade suficiente para entender que ou você carrega o rio ou ele carrega você. Meu cachecol noturno é a ondulação da água. O tipo de ondulação que só surge ao luar."

Nós a seguimos até o banheiro, seu longo cabelo ruivo ensebado roçando os bolsos traseiros da saia jeans. Depois nos sentamos na borda da banheira e a observamos usar a escova rosa para pentear a franja. Então olhamos para o cinto de couro branco que ela usava. Tinha uma impressão digital ensanguentada na fivela dourada e algumas outras logo acima do quadril direito. O sangue era de um lábio machucado que ela teve uma vez. Ou de um soco no nariz. Um tempo depois, um corte no dorso da mão. Ela sempre esfregava o sangue fresco nos pequenos redemoinhos de seu dedo e pressionava com força no couro, soprando para ajudar a secar mais rápido.

"Vocês acham que eu vou ganhar bastante dinheiro esta noite, garotas?" Ela largou a escova para levantar os seios. "O bastante para conseguir viajar para o Brasil?" Ela balançou o quadril. "Ou Marrocos? Isso, é pra lá que eu vou."

Observamos enquanto ela escovava com o dedo os dentes que lhe restavam. Depois de cuspir, olhou para o espelho. Havia pequenas tiras de fita adesiva transparente em alguns lugares do vidro. Enquanto estudava seu reflexo, ela se inclinou para a frente com a testa franzida, os olhos pousados no ombro direito.

"Tem outra", anunciou, pegando o pequeno rolo de fita adesiva na pia. "Outra rachadura."

Então rasgou uma tira e colocou sobre a imagem refletida de seu ombro.

"Precisamos remendar as rachaduras", continuou, pressionando a fita adesiva. "Ou então elas vão ficar cada vez maiores até que se abram completamente e roubem seu nome. Lembrem-se disso, meninas. Um dia sua pele também vai rachar. Sua pele vai rachar ainda mais porque vocês são gêmeas e têm bolas de gude de bruxa no lugar de olhos."

Ela olhou para a fita adesiva no vidro, verificando se as bordas estavam bem coladas.

"Me ajudem", pediu. "Me ajudem a garantir que as rachaduras estejam bem vedadas."

Pulamos da banheira e ficamos na ponta dos pés, pressionando os dedos na fita, o vidro frio atrás dela.

"Pressionem com força", instruiu tia Clover. "Deem tudo que têm. Vocês não querem que sua tia se quebre em pedaços, não é?"

Apertamos tanto que nós três grunhimos. Isso pareceu satisfazer tia Clover, que sorriu para seu reflexo.

"Sobe, sobe, dona aranha, onde você vai escondê-la?" Ela cuspiu na palma da mão e bateu no vidro do espelho. "Bem ali", concluiu, apagando a luz.

"Tem comida congelada no congelador." Então pegou a bolsa a caminho da porta da frente, o cachecol noturno se arrastando logo atrás. "Ainda bem que a gente mora em uma casa de alvenaria."

"Por quê, tia Clover?", perguntei.

"Ela não queima." Depois piscou e fechou a porta.

Assim que ela partiu, Daffy e eu imitamos seu jeito de andar, rebolando o quadril de um lado para o outro. Nós rimos e caímos de costas contra a janela. Quando uma das calças de papai caiu no ombro de Daffy, ela parou de rir e perguntou: "Por que será que a mamãe não jogou as roupas do papai na lama como ela fez com os sapatos? Ou não cortou tudo como ela fez com os cintos?".

"Talvez seja por causa do vento", respondi. "Quando ele soprar pela janela, vai poder usar as roupas. As camisas e calças velhas. Talvez seja por isso. Mamãe quis dar uma roupa ao vento, para ele não entrar pelado aqui em casa o tempo todo."

"Vamos fazer com que ela sussurre isso para nós", a própria Daffy sussurrou. "E então vamos manter isso em segredo."

Apostamos corrida até o quarto de nossa mãe. Ficava bem no final do corredor estreito. A porta branca estava fechada. Daffy enfiou o dedo no buraco da fechadura e girou, como se estivesse destrancando. Estava escuro lá dentro. A lâmpada do ventilador de teto ainda estava queimada. A única fonte de luz vinha de um abajur verde colocado no chão, no canto, mas a cortina estava tão suja que pouco adiantava.

"Mamãe?" Daffy chamou da porta. "Você tá aí?"

Caminhamos devagar, usando os dedos dos pés descalços para tatear os itens espalhados no chão. Não havia mais estrado de cama, apenas o colchão cinza, estampado com grandes flores azuis, encostado na parede. Os móveis restantes estavam vazios. Uma cômoda de carvalho, as gavetas abertas e as roupas espalhadas. A mesinha de cabeceira cor-de-rosa já tivera pernas, mas mamãe as quebrou, então a gaveta ficava diretamente no chão, com o tampo ao alcance do colchão.

Passei os dedos pelas paredes do quarto, pintadas de verde-menta anos antes e grafitadas em canetinha com as palavras que dois dependentes fizeram juntos. Dava para distinguir a caligrafia do meu pai da letra da minha mãe. Ele sempre escrevia com uma inclinação para a direita. Ela sempre escrevia com uma inclinação para a esquerda. As palavras deles nunca se sobrepunham. Em alguns pontos, as frases pareciam desenhos de pássaros voando para longe.

"Mamãe?" Daffy chamou de novo.

Nós a vimos se remexer no colchão. Usava a bolsa de lona do exército do papai como cobertor.

"Quem é?" A voz da nossa mãe veio num sussurro rouco. "Quem está no meu quarto?"

"Oi, mamãe." Daffy foi até o colchão e se sentou no monte de roupas sujas. "Por que você colocou as roupas do papai nas janelas?"

"O quê?" Os olhos de nossa mãe reviraram enquanto ela tateava a mesa de cabeceira bagunçada.

"As coisas dele. Manheeeeee." Daffy teve que repetir a pergunta não uma, mas três vezes. "Me escuta!"

"Ah, eu pendurei as roupas dele, Daffy. Fui eu", respondeu mamãe. "Eu fiz isso." As palavras pareciam estar cheias de cola, grudadas entre si.

"Sabemos que você fez isso, mamãe", expliquei. "Mas por quê? Foi para vestir o vento?"

"Ele se foi agora, bebês." Ela se virou. "Seu pai está morto."

"Nós sabemos disso", gritei. "Já sabemos disso."

Ela se sentou, piscando, a bolsa militar do meu pai deslizando até a cintura.

"Bem, então por que diabo você não falou antes?" Ela passou os dedos pelo cabelo oleoso. "Suas merdinhas. Clover já saiu?"

"Já", respondeu Daffy. "Ela estava com o arame farpado. Vai ficar fora a noite toda."

"Porra." Mamãe colocou a mão na cabeça.

Cutuquei Daffy e apontei para o colchão. Havia um novo furo na lateral, com alguns centímetros de diâmetro e as bordas puídas. Dava para ver a ponta de um isqueiro saindo dele, alguns elásticos e o que parecia ser a tampa de uma caneta.

"Me deixem em paz, meninas." Mamãe se virou, o cheiro de suor chegando até nós.

Tapamos o nariz enquanto Daffy perguntou: "Mas por que você colocou as roupas do papai nas janelas?".

"Ora, droga." Mamãe limpou a baba do queixo. "Porque aí o mundo vai achar que ainda tem um homem morando aqui. Se souberem que agora somos uma casa só de mulheres, vão nos fazer sentar nuas no cascalho até que ele fique entranhado nas nossas pernas. Aí nunca mais poderemos nadar no rio. Vamos afundar feito pedras. Sabem o que vai acontecer? Vamos andar com tanto peso que perderemos o fôlego. Depois vamos passar o resto da vida tentando encontrá-lo de novo. Agora, me deixem em paz." Ela deu um tapa no colchão, o cheiro de urina subindo no ar. "Eu não consigo pensar com vocês duas em cima de mim o tempo todo."

"Vamos, Daffy." Eu a ajudei a se levantar. "Vamos comer alguma coisa."

Enquanto saía, Daffy agarrou a manga da camisa xadrez na janela. Puxou com tanta força que o tecido rasgou e arrancou o prego. O som tomou conta do quarto e fez nossa mãe se levantar depressa, de um jeito que nunca tínhamos visto.

"Desculpe, mamãe." Daffy estava tremendo ao soltar a camisa. "Foi sem querer..."

"Não." Mamãe gritou enquanto se arrastava para fora do colchão, os joelhos batendo com um baque alto no chão. "Por que você fez uma coisa dessas, sua garota burra?"

"Desculpe, mamãe", repetiu Daffy em um fiapo de voz.

Mamãe agarrou minha irmã pelo braço. Quando tentei intervir, ela também me puxou.

"Vou vender vocês duas para a fábrica de papel", ralhou ao nos jogar no chão. "Vão colocar vocês naquela esteira rolante enorme como se fossem troncos e a serra vai pegar as duas. Vush, vush." Ela imitou o som de uma serra enquanto passava as unhas para cima e para baixo em nossa pele. "Vocês vão ser cortadas para virar papelzinho. Vush, vush. Aí não vão ser mais garotas. Vão ficar quietinhas. Silenciosas como papel."

"Não, mamãe, não", gritamos ao mesmo tempo.

"*Ah, sim, mamãe, sim.*" Ela cravou as unhas mais fundo em nossa pele. "Depois que virarem papel, vou queimar as duas até que não passem de cinzas."

"Não." Estendi a mão e dei um tapa no rosto da minha mãe. Daffy recuou contra a parede e chorou, mas eu continuei presa ali. Fiz uma careta para minha mãe, que me olhou de cima. Com um grunhido, ela pegou a camisa do papai do chão e a segurou no peito arfante.

"Garotas más, garotas muito más." Depois abraçou a camisa e rastejou pelo chão até o abajur, onde verificou o tecido sob a luz, como se procurasse rasgos ou furos. Puxou mais para perto quando a luz atingiu seu rosto.

Certa vez, alguém lhe disse que ela tinha bochechas lindas, então ela cortou o cabelo ruivo em um *shag* curto, tão comum nas revistas que folheava no fim da década de 1970. Ela descoloria e espetava as pontas, deixando as raízes à mostra. Talvez, em algum momento, as bochechas tivessem mesmo sido lindas, mas a essa altura seus olhos encapuzados estavam fundos e lacrimejantes, as íris verdes cada vez mais escondidas até parecer não haver nada ali além de pupilas pretas, um reflexo das sombras ao redor.

Seu nariz escorria o tempo todo, deixando as narinas vermelhas. Ela tinha marcas na pele de tanto cutucar, o que piorava à noite, os arranhões conectando as feridas antigas às novas. O suor na testa sempre molhava a franja, e a sujeira que ela não lavava todos os dias se acumulava nas rugas que ela ainda era jovem demais para ter. Mesmo com 6 anos, eu queria a pegar e colocar na banheira, pois achava que poderia lavar tudo como se fosse apenas a sujeira de ter caído no chão.

"Por que você faria isso com seu pai?", ela perguntou enquanto embalava o queixo pontudo na camisa. "Por que você o arrancou da janela daquele jeito? Hein? Por que você faria isso com ele? Eu odeio vocês duas. São duas metades da mesma maçã podre. Eu gostaria que vocês nunca tivessem nascido."

Em seguida correu na nossa direção de quatro, aos berros. Pulamos para fora do quarto. Nosso esconderijo não era muito bom. Ficava na cozinha, no espaço estreito entre a geladeira verde e a parede apainelada onde ficavam os calendários antigos. Nós nos cobrimos com eles e esperamos.

"Você tá respirando muito alto, Arc", Daffy sussurrou. "Ela vai achar a gente e dar para o monstro da agulha comer."

Mas, quando ouvimos mamãe gritar "Fiquem fora do meu quarto, porra" e bater a porta, sabíamos que ela não sairia pelo resto da noite.

"Vamos ficar bem agora", tranquilizei minha irmã trêmula. "Vou preparar algo para o jantar e podemos convidar quem a gente quiser para comer junto."

"Até o papai?", perguntou ela.

"Até o papai", respondi.

Rastejamos para fora do esconderijo, os calendários deslizando conosco.

"Às vezes, a mamãe dá medo", comentou Daffy, depois pegou uma tigela e encheu com água da pia. Ela arrumou um lugar na mesa e a colocou sobre o tampo. Em seguida bateu na lateral da tigela até a água ondular, então disse: "Oi, papai. Arc vai preparar algo para a gente jantar". Logo bateu na tigela outra vez, as ondulações servindo de resposta. "Papai, você é tão engraçado." Ela riu como se as ondulações tivessem contado uma piada.

Quando abri o congelador e peguei uma caixa de macarrão com queijo, Daffy empurrou o banquinho pelo chão e subiu nele para alcançar o telefone na parede. Enquanto suas lágrimas caíam nos botões, discou o número de vovó Milkweed, contando os segundos até ela atender.

"Oi, oi, vovó? Vovó Milkweed, tá me ouvindo?" Daffy gritou ao telefone. "Aqui é a Daffy. Minha mãe tá pirada, vovó. Ela colocou as camisas e as calças do papai em todas as janelas e tentou transformar eu e Arc em papel."

"Não se preocupe, querida." A voz de vovó Milkweed encheu a cozinha enquanto eu retirava o plástico da embalagem e colocava o macarrão no forno. "Eu vou cuidar disso."

Na manhã seguinte, vovó Milkweed chegou usando seus lenços translúcidos em três tons de fúcsia. Ela trazia um rolo de tecido amarelo brilhante debaixo do braço.

"Você não pode embrulhar sua casa com as roupas de um homem morto", falou para mamãe. "Às vezes eu não entendo o que se passa na sua cabeça, Adelyn."

"É tão brilhante", comentou Daffy, e estendeu a mão em direção ao tecido amarelo. "É a coisa mais linda que vamos ter, Arc. Aposto que é o material que as borboletas usam nas asas."

"Esse tecido não vai ficar bem aqui, mãe", disse nossa mãe enquanto olhava para um espelhinho na mesa da cozinha. Estava se arrumando para ir a algum lugar e passava delineador azul nas pálpebras. Continuou a fazer os traços até que precisou parar e apontar o lápis com uma faca.

"Cadê a Clover?" Vovó Milkweed abriu espaço na mesa para o rolo de tecido, recolhendo a louça suja. A pia estava cheia, então ela teve que colocar tudo no chão. Depois usou o pé para empurrar para fora de vista.

"Ela foi para Paris", respondeu mamãe, abrindo os lábios e fazendo barulhos de beijo diante de seu reflexo. "Mas nem sei por que você está querendo mudar as cortinas, mãe. Nossas cortinas estão ótimas. Na verdade, elas estão maravilhosas."

"Pense nas crianças, Adelyn." Vovó Milkweed colocou as mãos no quadril.

"Vovó Milkweed?" Daffy puxou a manga dela.

"Ah, quase esqueci. Aqui, doçuras." Vovó abriu o zíper da pochete e entregou um novo conjunto de canetinhas para nós duas.

O piso da nossa casa não era de madeira, nem de linóleo, nem de carpete. Era concreto duro e frio pintado de branco por alguém que, suponho, tentava encobrir a realidade fria e dura do chão em que pisava. Em meio à sujeira e à fuligem, minha irmã e eu desenhávamos. Casas com famílias de bonecos de palitinho. Cachorros e gatos. Um palhaço ou dois. Cavalos que desejávamos que fossem nossos e flores que desejávamos ter.

Era vovó Milkweed quem nos trazia canetinhas para garantir que sempre teríamos vermelho suficiente para colorir as asas da joaninha, azul suficiente para o céu, verde suficiente para dar vida às colinas. Desenhávamos até nossos pais. Acrescentávamos sorrisos nos desenhos, porque ali não era preciso retratar a verdade.

"Obrigada, vovó Milkweed", agradeceu Daffy, com um sorriso largo.

Sempre a chamávamos de vovó Milkweed, em homenagem à flor de asclepiadácea na qual as borboletas-monarcas depositavam seus ovos. Não sei dizer quantas vezes apontávamos para as pintas achatadas em seu pescoço e dizíamos que eram ovos deixados para trás pelas borboletas que passavam e enxameavam as flores perto da porta dos fundos.

"De nada, querida." Vovó Milkweed fez um cafuné em Daffy. "Agora vá brincar com sua irmã porque eu tenho que conversar com sua mãe."

Seguimos apressadas para o corredor e ali paramos, com as orelhas coladas na parede para escutar.

"Pendurando o pai delas assim", dizia vovó Milkweed. "Que vergonha, Adelyn. Como diabos elas vão superar a morte do pai se as roupas dele bloqueiam a luz que deveriam ver? Ora, não esqueça o que eu disse no túmulo dele. Se você não der um jeito, em você, na casa, em tudo, vou pegar as meninas de novo."

"Não começa, mãe." Minha mãe grunhiu. "Clover está aqui. Tá tudo bem. As meninas estão felizes."

"Com quem você pensa que está falando?"

"Você não vai levar minhas filhas, mãe. Eu vou me matar se você fizer isso. Você tá ouvindo? Se elas não estiverem aqui, que razão eu tenho para melhorar? Eu amo aquelas duas. Por favor, mamãe. Eu juro, vou me matar. Você quer limpar o sangue da sua filha? Você quer enterrá-la? É melhor você escolher um belo caixão para mim, mamãe. Porque vai ser tudo culpa sua se levar meus bebês."

"Ah, Adelyn." O suspiro de vovó Milkweed foi profundo e cansado.

Quando ouvi as pernas da cadeira raspando no chão, soube que minha mãe tinha se levantado para abraçar a vovó Milkweed. Era algo que ela sempre fazia para poder enfiar a mão na pochete da vovó e pegar o dinheiro que estava guardado.

O silêncio se seguiu até que vovó Milkweed estalou os lábios. "Essas coisas estão bloqueando a luz. Você vai adorar as cortinas amarelas, Adelyn. Ver uma cor tão brilhante vai deixar você mais feliz. Você precisa de mais amarelo na sua vida, querida".

"Ela tá vindo", sussurrei no ouvido de Daffy.

Demos as mãos e corremos para fora, caindo na grama como se estivéssemos lá o tempo todo. Vovó Milkweed saiu para ir até o carro e sorriu para nós quando se sentou no banco de trás para pegar a máquina de costura.

Coloquei as mãos em concha sobre a boca e gritei: "Você vai costurar alguma coisa, vovó Milkweed?".

"Vou costurar cortinas novas para vocês, queridas." Ela carregou a máquina de costura com as duas mãos e uma série de grunhidos.

"Novas cortinas, Arc." Daffy sorriu. "Espero que ela faça para o meu quarto primeiro."

Poucos minutos depois de a porta de tela se fechar, começamos a ouvir o zumbido constante da máquina de costura. Também ouvimos a discussão. Daffy se sentou e tampou os ouvidos.

Peguei uma das mãos dela e perguntei: "Você quer ver algo legal, Daffy?".

Eu a puxei e corremos para o quintal.

"Olhe ali." Apontei para o ninho de vespas equilibrado nos galhos de um bordo moribundo.

"Ah." Daffy suspirou. "É tão lindo, Arc. Bzzz, bzzz, bzzzz. Você acha que essas vespas seriam nossas amigas?"

"Talvez não. O ninho é alto. Então vamos ter um inverno rigoroso", comentei, como vovó Milkweed teria dito.

Daffy bateu palmas para o ninho, e eu me sentei e usei uma pedra para raspar camadas de terra na base do tronco. Tentei ignorar os gritos da mamãe que vinham lá de dentro, ficando cada vez mais altos conforme a máquina de costura continuava. A voz de vovó Milkweed era como um eco distante.

"Bata palmas comigo, Arc." Daffy zumbiu.

"Não posso", respondi. "Estou ocupada cavando. Vou encontrar algo legal para deixar a mamãe feliz de novo."

Nós duas olhamos para cima ao ouvir mamãe sair correndo pela porta telada dos fundos. Ela estava nua, exceto por uma tira de tecido amarelo presa ao redor do quadril como uma faixa caída. Segurava uma garrafa de vodca na mão e tinha pó branco em volta das narinas.

"Vovó Milkweed vai ficar brava", disse Daffy, e eu me levantei do buraco que acabara de cavar.

"Mamãe?", gritei para ela. "Vista sua roupa. Vista sua roupa, mamãe."

Desejei que camisolas e shorts cortados chovessem do céu naquele exato momento.

"Ela tá muito suada", observou Daffy quando vimos como o corpo de nossa mãe brilhava.

"Mamãe, pare", berrei. "Por favor. O que você tá fazendo?"

"Ela tá dançando." Daffy deu uma risadinha.

"Dançando?" Achei que estava se afastando de alguma coisa, como uma abelha ou uma mosca. Levei um segundo para entender que ela balançava seguindo um ritmo. Quando caiu no chão, ela não parou. Era como se não percebesse que estava deitada de costas na grama. Não parava de agitar os braços e chutar as pernas no ar.

"Não é toda mãe que sabe dançar no chão, Arc", surpreendeu-se Daffy, rindo ainda mais alto.

O batom laranja da mamãe estava borrado. O rímel azul-elétrico escorria em filetes sobre os machucados em suas bochechas. Ela era uma mulher magra. Essa magreza dava a seu corpo linhas duras semelhantes a cantos que lutavam para se curvar onde deveriam, como na cintura e no quadril. Minha irmã e eu analisamos em silêncio aqueles quadris estreitos, curiosas para saber como poderíamos ter passado entre eles ao nascer.

"Estou livre", gritou mamãe enquanto se levantava.

Quando ela passou correndo por nós, Daffy esticou a mão, os dedos roçando a ponta da faixa amarela.

"Estou livre", mamãe gritou de novo. "Estou..."

Os soluços a alcançaram assim que vovó Milkweed saiu de casa, com o óculos de leitura no nariz e uma fita métrica ainda na mão. Ela agarrou o painel da cortina que já havia costurado e arregalou os olhos ao ver a filha.

"Adelyn, onde estão suas roupas?", gritou vovó Milkweed.

"Descuuulpa, mamããāe."

Como se para provar que a garrafa vazia de vodca em sua mão não passava de um vaso, mamãe começou a colher dentes-de-leão no quintal.

"Pelo amor de Deus. As crianças, Adelyn." Vovó Milkweed olhou para Daffy e para mim. Fez um esforço para sorrir enquanto sacudia a cortina e perseguia a filha. "Venha aqui, Adelyn. Pare agora mesmo."

Mas mamãe não obedecia. Ela continuou correndo, colhendo dentes--de-leão e enfiando na garrafa até que o bocal estivesse cheio de caules. Só então ergueu a garrafa para a mãe e disse: "Eu colhi... flo-res pra você".

"Tô vendo." Vovó Milkweed logo enrolou a cortina em volta do corpo da mamãe, que tremia a cada soluço. "Entre agora, querida. Vamos vestir você e te acalmar."

As duas mulheres entraram na casa. Minha mãe olhava para os dentes-de-leão e a mãe dela olhava para a cortina amarela brilhante. Um minuto depois, mamãe voltou a correr pelo quintal, a cortina deslizando por suas costas como uma capa. Enquanto ela pulava e pulava, vovó Milkweed gritava na cozinha, dizendo que as cortinas tinham sido "um erro tremendo".

"Arc?" Daffy se inclinou na minha direção.

"Sim?" Eu me inclinei na direção dela.

"Os gritos da vovó Milkweed parecem com o barulho das maçãs caindo da árvore."

"Verdade", concordei. "Acho que também vamos soar assim um dia."

Vimos mamãe deitada na grama, dessa vez sem se mover, exceto pelo piscar de olhos e pelo subir e descer de seu peito cada vez que um soluço vinha.

"Mamãe vai ficar aí deitada por um bom tempo", disse Daffy. "Ela vai se transformar em uma cidade. Vamos morar lá e nada de ruim vai acontecer. Nenhum papai vai morrer e nenhum rio vai congelar, só quando a gente quiser patinar em cima dele com gatos."

"Onde está minha menina de olho azul?", perguntou mamãe. Sempre que ela fazia isso, eu fechava meu olho esquerdo e Daffy fechava o direito, até que apenas nossos olhos azuis ficassem à mostra. "Onde está minha menina de olho verde?", perguntou mamãe. Cada uma de nós fechou o olho azul, deixando os verdes abertos.

Mamãe sorriu quando Daffy se aproximou e começou a colher os dentes-de-leão restantes do quintal. Eu me juntei a ela. Lado a lado, nós os colocamos sobre nossa mãe.

"Vocês estãããão me enterrando?", ela perguntou.

"Vou te desenterrar mais tarde", respondi.

"Eu sei que vaaai, filha." Ela sorriu para mim. "Vo-você desenterra tudo."

Isso era algo que ela diria mais de uma década depois, quando um jornalista de Nova York veio entrevistá-la.

"Minha Arc desenterrava tudo", contaria a ele. "Minha Arc gosta de cavar. Ela desenterra tudo."

"Por quê?", viria a pergunta, como se realmente se importasse, mas era apenas o trabalho dele.

"Porque ela era arqueóloga", responderia minha mãe.

"Onde ela está agora? Essa sua filha arqueóloga?"

"Na terra." Os olhos de mamãe se iluminariam com esperança. "Na terra, desenterrando outra coisa. Tudo o que ela desenterrar, ela trará para mim. Ela sempre trouxe. Sempre vai trazer. Quando era criança, ela trazia tampas de garrafa para casa. Às vezes, um pedaço de corda velha. Um tempo depois disso, trouxe o aparelho de alguém que estava enterrado havia muito tempo. Dava para perceber pela forma como o fio estava enferrujado. Dá para acreditar? O que será que ela vai trazer para mim dessa vez?"

Então minha mãe vai se sentar e esperar, até estar chapada o suficiente para perceber que havia pouco espaço entre o passado e o presente. Nesse espaço, talvez eu volte mesmo para casa, para ela. E ela vai acreditar nisso, porque foi o que prometi.

Mas eu nunca vou voltar para casa. Estou morta demais para fazer uma coisa dessas.

QUASE TUDO QUE as águas do rio sabiam era sobre peixes, correntes e a matéria orgânica que se deposita ali. Viam, portanto a decomposição do corpo humano como algo que já conheciam erosão. O que elas mesmas fazem com a terra ao seu redor Tirando cada vez mais, até que seja menos do que era antes.

A decomposição do corpo aconteceria mais devagar na temperatura fria da água do que na grama quente. Longos dias e noites flutuando seriam as últimas coisas que o mundo infligiria enquanto a pele amolecesse, preparando-se para desaparecer Observaram os longos fios de cabelo flutuarem em sua superfície como minhocas que os peixes tentavam comer.

As águas sabiam o que tinham que fazer. Entraram nos pulmões, tornando o corpo pesado o suficiente para afundar na lama enquanto os falcões sobrevoavam as colinas. À medida que os olhos inchavam e o coração encharcava, elas sentiam o cheiro. O coração, às vezes, cheirava a algo doce e amargo. Outras vezes, cheirava tanto às suas próprias águas que não conseguiam diferenciar uma coisa da outra. Ficaram possuídas no momento que o corpo disse *sou eu*.

Sob estas nuvens de Ohio, as águas continuarão fluindo e uma mãe clamará. Nas correntes forçadas pela chuva e pela neblina, a que distância um corpo se afastará de casa?

2

"No espaço do tempo vou ficar, a rimar."
— Poeta Daffodil

1993

Meu nome é Arcade. Fui batizada em homenagem aos brilhos luminosos do jogo que meus pais jogavam quando estavam sóbrios o bastante para conseguir. Mais tarde, eles me chamaram de Arc. Minha mãe dizia que eu era sua pequena arqueóloga. Apesar de todas as coisas que desenterrei, ninguém chegou perto de me desenterrar.

Existe distância na vida após a morte. Também existem cavalos. Castanho-escuro como almas queimadas. As crinas são pretas. As estrelas em seu peito são brancas. Eles galopam por mim tão rápido que só consigo estender a mão para acariciá-los com a ponta dos dedos. Seus corpos são quentes, a respiração é suave. Os cascos cavam o chão e levantam a poeira vermelha até que eu fecho os olhos e vejo o outono de 1993.

Era outubro. As folhas estavam mudadas, mas ainda não tinham caído. As abóboras estavam maduras, mas ainda não tinham sido esculpidas. O ar frio havia chegado, mas o fogo ainda não tinha sido aceso. Daffy e eu estávamos completando 20 anos. O céu estava pesado com nuvens que se moviam devagar. Estávamos na casa da nossa amiga. O nome dela era Thursday. Ela morava em um trailer que dizia ser da cor de um cachorro latindo. Para mim, parecia bronzeado.

Ficava perto do rio, um passeio pelos campos e colinas fora da cidade. Os pais dela haviam lhe comprado o trailer alguns anos antes, quando ela se recusou a voltar para casa. Os dois eram professores e não suportavam a ideia de ver a filha na rua. Eles lhe deram um lugar na esperança de que ela superasse tudo aquilo e voltasse para casa, para a vida que tinha antes, com horários estabelecidos com cuidado e planos havia muito sonhados. Ela disse a eles que isso nunca aconteceria. Até tatuou um selo nas costas da mão direita que dizia "pago". O tipo de selo que você ganha em um clube noturno. Quando mostrou aos pais, disse: "Viu? Sempre ficarei fora até tarde".

Os pais dela pagavam as contas e traziam mantimentos algumas vezes por semana, como faziam naquele dia. O pai de calça cáqui e camisa pastel. A mãe usava azul-escuro e não parava de esfregar o polegar no mostrador do relógio de pulso. Daffy e eu ficamos no quintal, observando o pai entregar um saco de papelão cheio de coisas como maçãs e uma caixa de cereal saindo do topo. Eles encararam Thursday, mas em vez de dizer que ela precisava de um banho, disseram que ela tinha deixado a grama ficar alta demais. E em vez de dizerem que ela estava muito magra e que seus dentes estavam muito podres, disseram para não se esquecer de tomar as vitaminas.

"Elas estão no fundo da sacola", a mãe fez questão de frisar.

Thursday era baixinha como a mãe, com cabelo castanho igual ao pai. Seus olhos não eram iguais aos de nenhum dos dois. Eram da cor da água profunda. O cabelo frisado estava penteado para o lado. Caía torto sobre as sobrancelhas espessas, ambas com piercings, como o nariz. A joia era falsa, mas ela dizia a todos que era uma estrela cadente que havia encontrado na noite em que o céu se lembrou dela, mesmo que ela tivesse parado de se lembrar dele.

"Sabe", o pai começou a dizer, "seu telescópio ainda está no seu quarto." Ele deu um pigarro. "Se você voltasse para casa, poderíamos levá-lo para o quintal, terminar de acompanhar o tempo através do universo. Encontrar novas luas e dar a elas o nome que quiser. O que me diz?"

"Eu não sei, pai." Thursday vasculhou a sacola. "Todas as estrelas são iguais, certo? Então de que adianta ver mais de uma? Ei, vocês não compraram nenhum doce." Ela tirou os olhos da sacola.

"Compramos frutas", respondeu a mãe, depois enfiou a mão no bolso de trás e tirou um maço de dinheiro. Ela entregou ao pai, que deu para Thursday.

"Um dinheiro para pizza", disse ele, depois pigarreou.

Era assim que chamavam, mesmo sabendo que o dinheiro não seria destinado a uma pizza de queijo e cogumelos.

"Obrigada." Thursday pegou o dinheiro e apoiou a sacola de compras no quadril. "Então acho que até mais, né."

"Até, jacaré." O pai usou as mãos para imitar uma mordida. Algo que eu sabia que ele fazia desde que Thursday era criança. A mãe dela, entretanto, já estava a meio caminho do carro. O pai ficou olhando os furos na roupa da filha, depois seguiu a esposa, cabisbaixo.

Eles nem tinham saído do caminho de cascalho antes de Thursday me entregar o dinheiro. "Meu presente de aniversário para você", anunciou. "Arranje nossas coroas e seremos todas rainhas".

Depois emprestou seu pequeno carro vermelho para que Daffy e eu fôssemos até a cidade. No caminho, Daffy passou desodorante debaixo dos braços e enfiou a mão na minha bolsa, de onde tirou um batom vinho-escuro. Ela o passou apenas no lábio superior, deixando o inferior sem nada.

"Duas metades da mesma boca", disse enquanto estendia a mão e passava o batom no meu lábio inferior. Eu nunca usava batom no lábio superior e ela nunca usava no inferior. Cada uma de nós, com apenas metade da boca colorida.

"Duas metades da mesma coisa." Entrei no estacionamento da loja de descontos, onde desci e troquei o dinheiro de Thursday por um saquinho.

"Você conseguiu o suficiente?", Daffy perguntou quando entrei no carro.

"Nunca é o suficiente", respondi, enfiando a mão na bolsa e tirando uma agulha.

"Faça uma coroa de ouro para mim, Arc", pediu ela, entregando a colher para mim. "A coroa mais dourada da história, com joias vermelhas que direi que são os corações ainda pulsantes de passarinhos."

A respiração dela ficou pesada quando enfiei a agulha em sua veia. Quando chegou a minha vez, contei até dez, perdi os olhos por um momento, depois os encontrei na estrada à minha frente. Com a cidade desaparecendo atrás de nós, acelerei nas curvas, as folhas das árvores tingidas de amarelo, carmesim e laranja brilhante. A terra seca dos campos entrou pelas janelas abertas. Daffy ergueu os dedos e fingiu fumar as partículas que caíam enquanto voltávamos ao trailer.

Quando chegamos, Thursday estava sentada no último degrau, coçando as feridas nos tornozelos. As ervas daninhas cresciam entre os degraus da varanda, logo acima das meias brancas puxadas sobre os tênis sujos. Azul meia-noite era sua cor favorita, e seu suéter era deste tom, embora, como o resto de suas roupas, tivesse pequenos furos por toda parte.

Tinha sido a própria Thursday quem fizera os furos, com a tesoura que guardava no bolso. Os pais dela nunca perguntavam por que ela cortava as roupas. Apenas iam até a loja e compravam mais camisas, calças e meias, mas só quando as outras ficavam tão estragadas que dava para ver mais pele do que tecido.

"Eu gosto dos pais dela", comentou Daffy quando estacionamos o carro. "Deve ser bom ter um pai vivo e uma mãe que não quer que você morra."

Apesar do cascalho esmagado sob os pneus, Thursday não pareceu nos ouvir chegar. Ela passou os dedos pelas pulseiras que usava. Às vezes, ela era mais joia do que mulher. Usava vários colares, tinha orelhas furadas até o topo e vestia uma corrente de metal cheia de pingentes como cinto. Eram miçangas baratas e pedras preciosas de plástico que ela mesma havia amarrado.

"Thursday sempre dá pulseiras pra você", continuou Daffy quando saímos do carro. "Mas nunca pra mim."

"É porque eu dou todas as minhas pra você." Voltei para dentro do carro e buzinei.

Thursday enfim olhou para cima.

"Arranjou as coroas?", perguntou, já de pé, as tatuagens de estrelas nas pernas visíveis através dos furos em sua calça jeans preta, salpicada de manchas de alvejante.

"Arranjei", respondi.

"Venha aqui", ela gritou no trailer.

Alguns momentos depois, uma figura magra apareceu atrás da porta de tela. Vestia um moletom vermelho desbotado, estampado com letras gregas de uma irmandade universitária costuradas em cetim branco. O nome dela era Nell, mas nós a chamávamos de Nell Sábia por causa do moletom. Desde que a conheci, ela nunca o tirou. Esgarçado, caía acima dos joelhos nodosos. Às vezes ela usava isso e nada mais, como fazia naquele dia, apesar da brisa fresca. O moletom foi o que restou do ano dela na faculdade. Ela o comprou não porque pertencia a uma irmandade, mas por causa das letras gregas.

A Grécia, como ela contava, foi o berço da filosofia. Essa era sua especialização, com foco em teologia, antes de abandonar o curso.

"Como uma pedra", explicava ela. "Igual a uma pedra caindo."

Foi ela quem nos disse o que era um sábio.

"No período clássico", dissera ela, "quando construíram todas aquelas colunas para sustentar toda aquela pedra, um sábio era uma pessoa. Alguém que é inteligente. Passa o tempo pensando no infinito e no espaço e nas vidraças foscas e nos vidros rachados."

Quando ela nos contou isso, Thursday falou: "Ora, Nell, então acho que isso faz de você uma sábia".

O apelido pegou desde então.

Nell Sábia sorriu ao abrir a porta telada, com os pés descalços apoiados um sobre o outro.

"Por que é que quando você arranja nossas coroas, Arc", começou a perguntar com uma voz suave e grave, "elas nunca são tão brilhantes quanto eu imagino?" Ela suspirou e desceu os degraus da varanda em direção à grama. "Imagino que o que é bom seja fácil de conseguir."

"Quem disse isso?", perguntei.

"Eu disse." Ela bateu o dedo no queixo. "E Epicuro pode ter dito algo semelhante."

Sua franja desfiada e volumosa estava dura com spray de cabelo. Ela usava uma tiara larga e acolchoada, uma daquelas baratas de veludo, que mantinha os cachos grossos longe do rosto, o resto preso com um elástico. Os pés descalços estavam sujos e ásperos. A unha do dedão do pé, escura e machucada.

Dentro da mão estava o ímã que ela costumava passar entre os dedos. Era um peixe, com o formato do achigã que meu pai trouxe do rio uma vez. As barbatanas eram verde-escuras. O corpo, de um marrom lamacento. Os olhos, pequenos e pretos. Na lateral do peixe ela havia escrito "ondulações da minha alma" dentro de um coração desenhado com caneta vermelha.

"O que diabos estamos esperando?" Thursday perguntou. "Vamos usar as coroas em nossas cabeças ensebadas e virar rainhas."

Nell Sábia empurrou o óculos de aro metálico para cima do nariz enquanto dizia baixinho: "Somos brilhantes e cavalgamos entre as estrelas".

"Somos brilhantes e cavalgamos entre as estrelas", todas gritamos ao mesmo tempo. As palavras se tornaram nossa forma de dizer ao mundo algo diferente do que ele nos dizia.

"Para o nosso reino nós vamos", continuou Nell Sábia, então passou o braço sobre meu ombro. "Nossos corações estão cheios de lama."

Eu podia sentir o cheiro de seu chiclete com aroma de maçã. Ela sempre o mascava quando não estava roendo as unhas.

"Esperem um segundinho", pediu Thursday, correndo para dentro do trailer. Em seguida, voltou com uma bolsa grande no ombro e um saco de batatas chips na mão. Ela não nos ofereceu nenhuma, e sabíamos que não eram para nós. Eram para os esquilos ou os guaxinins ou os gambás que, segundo Thursday, estavam sempre tão famintos quanto ela estaria se vivesse na natureza selvagem.

Ela jogou algumas batatinhas no mato do quintal, sem deixar nenhuma no cruzamento da estrada de terra. Depois jogou outras quando chegamos ao campo do outro lado, onde o milho já havia sido colhido, deixando para trás talos louros e cortados. Enquanto as graúnas voavam para pegar as espigas deixadas para trás, Daffy me agarrou pela mão, mas apenas para escapar, aos pulos, com o saquinho e um sorriso crescente no rosto. Ao observá-la, desejei que ela tivesse algo melhor na mão.

O nome de batismo da minha irmã é Farren Doggs. Desde pequena, nós a chamamos de Poeta Daffodil, o nome em inglês para a flor de narciso, por causa da maneira como ela ficava entre os narcisos, na primavera, na casa da vovó Milkweed. As flores brancas e amarelas alcançavam seu quadril enquanto ela sempre dizia algo que rimava. A rima seria suficiente para vovó bater palmas e chamar Farren de sua Poeta Daffodil.

"*Poeta Daffodil! Poeta Daffodil!*"

Mas a maioria das pessoas passou a chamá-la de Daffy. Anos depois da morte da vovó Milkweed, quando Daffy começou a usar coroas, ela sempre dizia algo sem grande valor, mas ainda assim rimava e me lembrava das mãos quentes de vovó Milkweed e das flores que conhecíamos.

Daffy era mais velha que eu por um mísero minuto. Muitas vezes me pergunto sobre esse minuto. Eu o vejo em cores. Azul-escuro no centro, azul-claro nas bordas, prateado entre as coxas ardentes de nossa mãe. Aquele minuto foi a maneira de Daffy chegar cedo? Ou foi meu jeito de chegar atrasada?

Na morte, cheguei à conclusão de que o minuto entre nós nada mais era do que duas irmãs deitadas tão próximas quanto podiam, sem gerar um nascimento mais amplo para a mãe. Gêmeas, que no útero decidiram por sessenta segundos. Foi o máximo que nos permitimos nos separar. Apenas o suficiente para nossa mãe descansar depois do grande empurrão, mas breve o suficiente para que não nos distanciássemos no novo mundo, fora das paredes quentes do seu corpo brilhante.

A primogênita fez isso sob aplausos. O corpinho vermelho e assustado foi erguido, gritando, sob o brilho das luzes no teto, depois foi colocado sobre a mesa para ser limpo daquilo que o mantivera segura por duzentos e oitenta dias. Eu seria a segunda filha, menos marcante na diferença que um único minuto pode fazer.

Uma enfermeira pegou Daffy e fez questão de dizer: "Esta é a primeira", ao entregá-la para nossa mãe.

Todos observaram a mãe arrulhar para a filha, mexendo os dedinhos das mãos e dos pés.

"Quem é meu bebê?", ela perguntou, olhando nos olhos da criança que havia parado de gritar em seu colo. "Quem é meu bebezinho? É você. Eu te amo. Eu amo, sim."

Deram um minuto para ela segurar Daffy, esperando o mesmo tempo que levei para nascer. Em seguida me entregaram, certificando-se de dizer: "Esta é sua segunda filha".

"Ah meu Deus." Mamãe me aceitou em seu braço esquerdo, já que Daffy estava deitada na curva do direito. "Você é minha outra bebezinha. É, sim. Isso mesmo." E então ela olhava do meu sorriso rosado para o de Daffy e vice-versa. "Duas menininhas." Ela esfregou o nariz no nosso. "E vocês são todinhas minhas."

Duas garotas de cabelos ruivos e olhos estranhos. Meu olho direito era azul. O esquerdo era verde. Era o contrário com Daffy. Nós duas nascemos com heterocromia completa. Era assim que os médicos chamavam nossos olhos de cores diferentes. Mas, à sombra da fábrica de papel, nós os conhecíamos como bolas de gude de bruxa.

"Existem quatro elementos no universo", vovó Milkweed contou para Daffy e para mim. "Terra, ar, fogo e água. Vocês têm fogo no cabelo ruivo. Vocês têm ar nos pulmões. E vocês têm a terra no olho verde e a água no olho azul."

"Mas como, vovó Milkweed?", perguntou Daffy.

"Sabem o que acontece com as sombras dos pássaros quando eles voam? Elas ficam presas entre os galhos das árvores e são levadas pelas bruxas. E sabem o que acontece com as sombras dos peixes quando eles nadam sobre as rochas?"

"As sombras deles são capturadas e levadas pelas bruxas?" perguntei.

"Isso mesmo, Arc. E então as bordas das sombras ficam lisas quando as bruxas as rolam em suas mãos. Elas rolam e rolam as sombras até virarem bolinhas de gude. A mais sábia das velhas bruxas pegou quatro dessas bolinhas de gude e deu uma de cada para vocês, para servirem de olhos, para que vocês sempre sejam metade uma da outra. Um olho azul para a garota que adora nadar." Ele fez um cafuné em Daffy. "Um olho verde para a garota que adora cavar." Em seguida, fez um cafuné em mim.

"Mas por que não posso ter os dois olhos azuis?", perguntou Daffy. "Se eu amo a água? E por que Arc não pode ter dois olhos verdes, se ela ama o chão?"

"Porque", respondeu vovó, "a velha bruxa sabia que a terra e a água estão ligadas uma à outra, meninas, assim como vocês duas. E sabem qual é a melhor parte das bolinhas de gude de bruxa? Elas são inflamáveis."

"O que isso significa?", quis saber Daffy.

"Elas nunca podem ser queimadas. O que significa que, mesmo no fogo, vocês vão enxergar."

Era por causa dos nossos olhos que mamãe dizia: "Vocês são duas metades da mesma coisa". Tínhamos a mesma risada. O mesmo sorriso. O mesmo amor pela geleia de uva da vovó Milkweed. Até usávamos o mesmo penteado desde que Daffy chorou nos braços de vovó Milkweed certo dia, depois da escola, aos berros: "Elas são tão malvadas comigo e com Arc. Como cães raivosos".

"Quem?", perguntou vovó Milkweed.

"As outras crianças. Dizem que não bebemos nada além de ketchup. Tanto que sai do topo da nossa cabeça e mancha o nosso cabelo. Dizem que temos sujeira no rosto, mesmo sabendo que são sardas. Dizem que devemos cobrir a cabeça com sacolas de papel. Arc só piora as coisas porque ela chuta e cospe. Dizem que ela é feia e louca como a mamãe."

Naquela noite, enquanto vovó Milkweed escovava nosso cabelo, ela começou a dividi-lo em partes.

"Temos cabelo da cor das bruxas", disse ela. "A cor do fogo com que tentaram nos queimar. Um pauzinho aqui." Ela teceu os fios. "E um pauzinho aqui. O suficiente para fazer uma pilha de madeira com o seu cabelo."

Quando ela terminou a trança, prendeu no topo de nossas cabeças, como uma tiara. Depois fingiu ter um fósforo e acendeu a pontinha das tranças.

"Se alguém zombar de vocês de novo", instruiu ela, "abaixem a cabeça e queimem com seu fogo."

Naquele dia, enquanto Daffy saltava com o saquinho pelo milharal, olhei para a chama no topo de sua cabeça, tremeluzindo à luz do sol.

"Ai", Nell Sábia gritou e agarrou o próprio pé.

Thursday se abaixou para pegar a garrafa de plástico em que Nell havia pisado.

"Pegue um pedacinho de Ohio", Nell Sábia disse, "e o que você encontrará com a sujeira é mais lixo do que pedras."

Nell Sábia pegou as batatinhas de Thursday e as jogou no lugar onde a garrafa de plástico estava.

"Sempre que você encontrar algo que tira da terra", continuou ela, amassando o saco e enfiando na bolsa de Thursday, "você deve devolver algo que, pelo menos, os pássaros possam comer."

"Cacete, você sabe que é minha filósofa favorita, não é, Nell Sábia?", respondeu Thursday. "A grande filósofa de Chillicothe, Ohio."

Nell Sábia apenas sorriu ao pegar uma batatinha do chão, esmagando enquanto avançava em direção à floresta.

"As folhas aqui estão paradas", disse, "porque ela vive sozinha."

"O terreno é irregular", continuou Thursday, "porque ela vive sozinha."

Daffy se virou para mim quando toquei o tronco da árvore mais próxima e acrescentei: "A casca é doce, porque ela vive sozinha".

Era algo que sempre fazíamos quando caminhávamos por aquela floresta, porque, na primeira vez que estivemos lá, Nell Sábia havia derrubado seu batom vermelho. Quando não conseguiu encontrá-lo no chão, ela disse: "Tudo bem. Vou deixar a floresta ficar com ele. Porque ela vive sozinha".

A partir daí, falamos da floresta como se ela fosse uma mulher por quem estávamos apenas de passagem.

"Ela sobreviverá a todos nós", retomou Nell Sábia. "Porque ela vive sozinha."

Ouvimos o rio antes de vê-lo. As pequenas ondulações que a água fazia no tronco caído. Nosso refúgio era uma área plana na margem arenosa, onde o mato fino e alto rodeava as raízes de um grande carvalho cujos galhos se estendiam sobre a água marrom. Chamávamos o lugar de Montanha Distante. Algo que se erguia na grande extensão com um pico rochoso, tão diferente das colinas suaves de Ohio. Um lugar que imaginávamos estar fora do alcance de todos, menos de nós.

Alguns metros acima da margem havia um monte de terra, onde estava presa a capota de um conversível dos anos 1950. Quando o encontramos, ele estava quase todo enterrado, com apenas a borda do para-brisa emergindo do chão. Em nossas outras visitas à Montanha Distante, desenterramos o carro, expondo os bancos desgastados, o volante torto e a lataria pintada de azul.

"Vejam quantos buracos enferrujados tem nele", Thursday comentou. "O número de buracos vai ser a quantidade de vezes que todas nós vamos acabar nos casando." Ela começou a contar os buracos, mas parou para dizer: "Caramba, são tantos buracos que vamos ter um novo marido a cada dia da semana".

Chamamos o carro de Máquina do Tempo da Cleópatra e imaginamos que ele esteve no futuro tanto quanto esteve no passado. Parecia que era sempre do presente que tentávamos escapar.

Daffy se sentou ao volante, assegurando-se de entregar o saquinho a Thursday antes. Thursday era quem preparava as coroas quando estávamos em grupo.

"Porque", como ela dizia, "eu as uso há mais tempo do que vocês, vadias."

Enquanto cantava uma música de rock da década de 1970, ela abriu a bolsa, o couro falso descascando nas alças e nas laterais.

"Você está com minha caneta para meus pecados?", Nell Sábia perguntou, estendendo a mão.

Thursday procurou na bolsa, por fim encontrando a caneta preta, que então entregou a Nell Sábia. Enquanto Daffy fingia dirigir o carro, eu observava Nell Sábia pegar a caneta e escalar o carvalho, usando como apoio a grande rocha na base.

"Você vai acabar se estabacando aí de cima qualquer dia desses", avisou Thursday enquanto levava a garrafa de plástico até a beira do rio e a enchia de água.

"Se eu cair", respondeu Nell Sábia, empoleirada no galho mais baixo, "e não me levantar, prometa que vocês vão me enterrar de bruços, para que a terra não caia nos meus olhos, e eu possa ser a única sonhadora morta que não é meio cega."

Ela estendeu a mão e virou uma das folhas douradas, escrevendo na parte inferior dela, a tinta da caneta sangrando para o outro lado e revelando as palavras: *Eu parei de saber.*

Na folha carmesim, ela escreveu: *Desperdicei as horas.*

"Nem sei por que você se preocupa com essa história de rabiscar em folhas." Thursday revirou os olhos.

"Logo essas folhas vão cair da árvore", explicou Nell Sábia. "E meus pecados vão cair com elas. Ouçam bem o que eu digo, senhoras, 1993 é o último ano em que serei uma rainha das drogas."

Nell Sábia continuou a escrever seus pecados nas folhas e Thursday se sentou no chão para misturar a água. Eu me abaixei e retirei o pedaço plano de arenito que havia colocado no fundo do carvalho na última vez que estivemos lá. Abaixo dele estava o buraco que eu havia aberto.

"Aquela lá está escalando árvores e você está cavando no chão como um rato velho." Thursday meneou a cabeça. "Não sei o que você espera encontrar, Arc. Chillicothe não tem mais tesouros. O que você está procurando?"

"Um cavalo", respondeu Daffy com a voz baixinha.

"Um o quê?", Thursday perguntou.

"Um cavalo", repeti mais alto.

"Nossa mãe perdeu um há muito tempo." Daffy desviou o olhar, as mãos ainda no volante, mas escorregando.

Senti minhas próprias mãos deslizarem mais fundo no buraco enquanto Nell Sábia me observava cavar. Em seguida ela pulou da árvore, tampando a caneta. As folhas rabiscadas sopravam na brisa acima de nossas cabeças. Achei que ela iria me dizer algo, mas apenas encontrou meus olhos antes de se sentar ao lado de Thursday, que segurava o isqueiro debaixo de uma colher.

"Como você misturou com água do rio", Nell Sábia falou para ela, "teremos o rio dentro de nós. Viveremos para sempre."

"Quem liga para essa merda de para sempre?" Thursday observava a mistura ferver dentro da colher. "Eu quero saber do agora."

Nell Sábia alcançou a bolsa de Thursday e puxou o cinto de couro. Não conseguiu enrolá-lo firmemente em seu braço magro, então pegou o canivete e fez outro furo no couro.

"O que é bom é fácil de conseguir", disse Thursday quando Nell Sábia apertou o cinto.

Eu cobri o buraco no chão com uma pedra e engatinhei até Daffy, que já tinha se sentado do outro lado de Thursday. Quando ela tirou o cinto do braço de Nell Sábia para envolver o meu, disse: "Gosto das suas sardas, Arc".

"Elas são do diabo", falei. "Ele pegou o pó da terra e soprou de volta na minha cara."

"Por quê?" Ela encontrou uma veia. "Por que o diabo faria isso?"

"Porque eu disse que ele não podia voar", respondi, sentindo o aço frio penetrar na minha pele.

Fechei os olhos, suas palavras seguindo. "Feliz aniversário, Arc Doggs".

Depois que Thursday se injetou, ela puxou o ar de volta para dentro da agulha e a enfiou no chão.

"Um pouco pra você, mãe natureza", anunciou ela, a cabeça espiralando para baixo até o queixo descansar sobre o peito. "Aí você pode esquecer que também não é amada."

Ficamos sentadas ali, olhando para a água. A essa altura, nenhuma de nós conseguia ficar chapada. Não era por isso que acordávamos e nos drogávamos. Fodidas para conseguir mais droga. A tarde toda correndo atrás da próxima dose de droga, droga, droga. Entrando em pânico quando não conseguíamos dinheiro suficiente para *droga, droga, droga*. Conseguir o suficiente para durar até as próximas duas horas, quando precisaríamos de mais. O suficiente para suportar.

Não. Fazíamos isso para fugir do buraco da fechadura. Era como Daffy chamava a dor da falta de coroas. Quando perguntei por que ela a chamava assim, ela respondeu: "Lembra quando a gente era criança e enfiava o dedo no buraco da fechadura, o metal cortando nossa pele? Só dava para empurrar o dedo até a metade antes que começasse a doer muito para aguentar. Imagine se tivéssemos continuado, não apenas com os dedos, mas com todo o corpo sendo empurrado pelo buraco da fechadura, a pele raspando no metal. Nossos rostos esmagados. Nossos corpos quebrados, nossas identidades tão mutiladas quanto nossos ossos até nos lembrarmos de tudo que queremos esquecer. As mulheres não foram feitas para serem empurradas através de buracos de fechadura, Arc. Saímos do outro lado menos do que éramos".

Nell Sábia deitou a cabeça no meu ombro e sussurrou: "Somos brilhantes. Cavalgamos entre as estrelas". Depois se levantou e pegou a bolsa de Thursday, onde encontrou um vidrinho de esmalte. Era um azul que todas nós colaboramos para comprar porque era a cor mais próxima do tom original da Máquina do Tempo da Cleópatra. Sempre fazíamos o possível para cobrir as manchas de ferrugem com o esmalte, como Nell Sábia havia começado a fazer naquela época, mas parecia que, por mais camadas que colocássemos, a ferrugem não saía.

Quando Thursday se deitou na margem e cantarolou, Daffy me deu uma cotovelada e apontou para o rio enquanto dizia: "Ali. O olho de Deus".

"Dizem que sempre chega no outono." A voz de Nell Sábia parecia distante, ocupada em passar uma demão de esmalte para cobrir um trio de manchas de ferrugem no capô.

"Eu desafio você a investigar, Arc." Thursday se sentou. "Veja o seu futuro. Ou você está com medo?"

Fiquei de pé e desci a margem até a água fria. Tão fria que tirou meu fôlego. A água encheu minhas meias e deixou meu sapato mais pesado. Mesmo assim, continuei até a água chegar à cintura e pairei sobre as folhas que flutuavam na superfície. Olhei para baixo, para a escuridão da água lamacenta. Ele girava com as correntes, a luz do sol como pedaços de estática se iluminando em lampejos de um segundo cada vez que os galhos sopravam ao sabor da brisa. Quando dei um passo à frente para olhar mais de perto, perdi o chão. A água envolveu minha cabeça, a luz do sol desapareceu enquanto eu afundava cada vez mais. Gritei debaixo d'água, com a garganta cheia, até encontrar a superfície, com falta de ar.

"Arc? O que você tá fazendo?" A voz de Thursday chegou até mim, vinda da margem.

Eu havia mergulhado tanto no rio que não conseguia mais encontrar o fundo com os pés. As folhas que criavam o olho de Deus estavam sendo carregadas nas ondulações feitas pelos meus respingos. As folhas se afastavam de mim, passando por algo pálido que flutuava sobre a água, perto da margem oposta.

"Arc, sua doida", Thursday gritou. "Saia dessa porcaria já."

"Tem algo ali", falei. Avancei até lá, o frio me envolvendo. Mesmo assim, bati as pernas e nadei em direção ao outro lado.

"É um galho." A voz de Nell Sábia ecoou das árvores. "Só isso."

Quanto mais me aproximava, mais eu encontrava o fundo do rio, afundando os pés na lama. Parei perto da figura flutuante e vi o cabelo ruivo-claro se movendo em mechas finas.

"Daffy?", gritei o nome da minha irmã.

"Estou aqui, Arc." Ela estava na margem, ao lado de Nell. Thursday havia entrado no rio, a água ondulando em suas panturrilhas.

"O que é, Arc?", Thursday perguntou, sua voz alta e firme.

Virei o corpo.

"Arc?", chamou Nell Sábia. "O que é?"

"Uma mulher", respondi, espiando os dois buracos onde seus olhos deveriam estar. "É uma mulher."

As águas do rio não têm braços nem mãos. Elas sentem em si mesmas.

O que sentiram foi o corpo da mulher subindo do fundo, os gases se acumulando, empurrando os mortos para a superfície.

Em correntes rápidas, o corpo pode ser transportado por um tempo, por uma certa distância. Se vestido, o tecido tem a tendência de se prender em pedras pontiagudas. Às vezes, em galhos de árvores caídos. Os nus, o rio sabe, são os mais arruinados.

Se os deuses insistirem, o corpo pode ser jogado no mato, deixando cortes e arranhões. O pior de tudo são as pedras que tendem a favorecer a quebra da caixa torácica. Essas novas feridas sangram. Todos os animais vão seguir em direção ao cheiro, com o nariz arrebitado, esperando que a corrente chegue perto o bastante, assim não precisam molhar as patas.

3

"O voo é bonito, mas tem alcance finito."
— Poeta Daffodil

1980

Víamos as mãos dela se moverem, minha irmã e eu. Observávamos o movimento de suas mãos e pensávamos que eram as duas coisas mais antigas do mundo. Mais velhas do que a própria mulher. Como se no início houvesse a terra, a luz e a escuridão, e as mãos da vovó Milkweed tivessem sido feitas no mesmo segundo.

"Acha que nossas mãos vão ficar tão velhas assim?", Daffy perguntou quando tínhamos 7 anos e estávamos sentadas aos pés da vovó Milkweed, observando enquanto ela fazia crochê. Daffy sussurrara para que vovó não nos ouvisse discutir sobre as veias azul-esverdeadas nas costas de suas mãos, a pele tão fina quanto as páginas da Bíblia que ficava em sua mesa de cabeceira.

"As mãos dela podem ser velhas", respondi, "mas são fortes como o salto de uma bota."

Como poderia ser diferente? Elas esfregavam vasos e dobravam lençóis, arrancavam ervas daninhas do chão e plantavam bulbos de flores no mesmo buraco. Elas construíam, limpavam, cozinhavam, desmontavam coisas e as montavam novamente de um jeito melhor. Elas moviam coisas, levantavam coisas e as enfaixavam, como os cortes que minha irmã e eu ganhamos quando decidimos voar da árvore no quintal.

Nos momentos de silêncio, aquelas mãos seguravam nosso rosto enquanto ela dava dez beijos em cada uma de nós. "O suficiente para vocês sempre encontrarem o caminho de volta para casa", ela dizia.

Na época, havia poucas coisas que Daffy e eu não acreditávamos que tivessem sido feitas por uma mulher ou a partir dela. Tudo graças à vovó Milkweed.

"A chuva é uma mulher explicando o tempo", contou-nos ela. "A grama é aquela que cresce com o passar dos anos, e as águas do rio são outras que não riam na vida, suas lágrimas esculpem a terra. Toda a Chillicothe, Ohio", continuou, abrindo bem os braços, "é uma mulher deitada de lado na grama, uma cidade construída sobre ela da ponta do dedo ao tornozelo. Uma mulher se convencendo de que está do lado direito da cruz, imóvel o suficiente para acreditar. As estradas daqui não são de cascalho, meninas, mas de cicatrizes de mulher, porque só as cicatrizes de uma mulher são fortes o bastante para suportar algo passando por cima delas, sem parar."

Vovó Milkweed tinha uma juba ondulada de cabelo ruivo que estava ficando branco. Ela o usava comprido nas costas fortes, cortando apenas as mechas perto das orelhas, tentando esconder a papada. Aplicava várias camadas de rímel e batom, deixando o resto do rosto magro limpo. Às vezes Daffy apontava os pelos rígidos que cresciam no queixo de vovó Milkweed, que apenas ria, as rugas se formando nos cantos do rosto.

Ela usava lenços todos os dias, pendurados no pescoço, amarrados no cabelo ou enrolados nos pulsos. Eram leves e transparentes, alguns com estampas de flores, outros de frutas ou insetos, como abelhas ou borboletas. E sempre dizia para Daffy e para mim: "Um dia vocês também usarão lenços e serão como as mulheres que andam na traseira dos trens".

Vovó Milkweed sempre ostentava uma pochete de tapeçaria com grandes rosas em um fundo preto. Ela a prendia sobre blusas compridas com padrões decorativos. Às vezes de anjos, outras vezes de sapos, com mensagens como "salve a floresta tropical" e "agradeça a Deus pelas netAs". As blusas eram combinadas com shorts de elastano e meias de compressão que ela usava com sandálias verdes, da mesma cor das contas da corrente do óculos de leitura pendurado em seu pescoço.

"A força das velhinhas", ela dizia com um meio-sorriso.

Vovó morava em uma casa construída pelos amish que tinha dois andares e ficava em uma área que antes havia sido uma fazenda. Era uma casa de construção simples, mas com portas robustas, na qual podíamos levar adiante o conhecimento que vovó Milkweed nos transmitia, como o de enlatar tomates e costurar vestidos de algodão em uma tarde.

"Paciência, minhas queridas", pedia vovó ao nos transmitir a sabedoria de sua idade avançada. "Pois, sem paciência, vocês sempre vão estar em desacordo com a tarefa que têm pela frente."

Depois ela quebrava um pote de geleia caseira contra a pedra do quintal e dizia que era um sacrifício para nós mesmas.

"Antigamente, derramavam sangue de cabra sobre uma rocha", ela nos contou. "Mas derramamos o sangue da fruta, sabendo que reivindicamos o que é nosso. Aquilo que vem do nosso trabalho, da nossa escolha."

Ela sempre estendia uma toalha branca na base da pedra, para que a geleia e o vidro caíssem ali. Enquanto eu observava a geleia se infiltrar no atoalhado, vovó enxugava o suor da testa. Minha mãe, minha tia e minha avó eram mulheres de pele quente que pareciam suar mesmo no meio de uma nevasca. Mulheres que sempre passavam rímel ao som do rádio, falando com orgulho da nossa ancestral morta havia séculos que foi enforcada como bruxa, não uma, mas duas vezes. Ela foi queimada quando a forca se rompeu.

"É dela que herdamos nossa pele quente", contou vovó Milkweed, explicando que tínhamos um toque de bruxa em nós. "Não se pode colocar uma mulher no fogo e esperar que a carne das mulheres que vierem depois não sinta o calor das chamas. É também por causa dela que sonhamos o futuro."

"Eu não quero ser uma bruxa", protestou Daffy. "Elas têm verrugas."

"Minha querida." Vovó segurou o rosto dela. "Uma bruxa não é um chapéu pontudo, nem uma vassoura, nem verrugas. Uma bruxa é apenas uma mulher que é punida por ser mais sábia do que um homem. É por isso que eles a queimaram. Tentaram queimar o poder dela porque uma mulher que diz mais do que deveria, e faz mais do que deveria, é alguém que eles tentarão silenciar e destruir. Mas há algumas coisas que nem mesmo o fogo pode destruir. Uma delas é a força de uma mulher. Você não quer ser uma mulher assim? Uma mulher com *poder*?"

"Mas não vão me queimar também?", perguntou Daffy, o rosto ainda entre as mãos da vovó.

Vovó se abaixou para ficar na altura dos olhos dela e, com um tom profundo e sombrio, respondeu: “Não se você os queimar primeiro”.

“Venha aqui, Arc.” Vovó se virou para mim. “Você também precisa ouvir isso.” Ela nos empurrou cabeça com cabeça, depois segurou cada uma de nossas bochechas como se fôssemos o mesmo rosto. “Escutem-me agora, meninas.” O tom era sério como sempre. “O poder não é apenas físico. Não é um homem musculoso levantando pesos. É muito mais do que isso. É ser inteligente. Isso significa que você persevera.”

“Mas o que isso significa, vovó?”

Não me lembro se a pergunta foi minha ou de Daffy.

“Significa que você sofre por um bem maior”, respondeu vovó Milkweed. “Porque, neste mundo, você deve ser inteligente e perseverar. Mais importante ainda, você deve estar pronta para ser tratada como uma mulher. Se você não estiver pronta para isso, você se quebra.”

“Como uma mulher é tratada?”, perguntei.

“Não como uma pessoa”, disse ela.

Talvez por ver o medo em nossa expressão, vovó acrescentou: “Mas vocês duas são poderosas. Vocês são bruxas. Como eu”.

Foi por isso, entre outras razões, que começamos a achar que a terra onde vovó Milkweed vivia parecia ter sido incendiada com gasolina.

“Alguém tentou queimá-la”, contei para Daffy.

Ali, no chão marrom e queimado, vovó plantou bulbos de flores encomendados por catálogos que ficavam empilhados na varanda da frente, diante da porta telada.

“Quando eu crescer, vovó Milkweed”, Daffy disse, “vou ter meu próprio catálogo de bulbos de flores para que a senhora possa comprar de mim. Cada flor que desabrochar será porque eu as dei ao mundo.”

Vovó abraçou Daffy. “Você viu minha nova pilha de catálogos?”, perguntou. “Eu comprei para você.”

“Onde?” Daffy saiu dos braços de vovó e correu para a entrada da casa.

Vovó Milkweed pedia de todas as floriculturas que conhecia para que pudesse entrar na lista de mala direta. Ela sabia o quanto Daffy amava olhar os catálogos, folhear as páginas de fotografias coloridas de suas flores favoritas.

“Eu amo essa e essa e essa.” Ela começou a recortar as fotos para colar na cartolina que vovó nos deu.

"Vou colocar seu nome no catálogo também, Arc", avisou Daffy.

Ela fazia vários catálogos e dizia que os enviaria pelo correio para a vovó. Na capa, sempre escrevia "Poeta Daffodil, as Melhores Flores do Mundo", com meu nome logo abaixo do dela.

Vovó olhava os catálogos caseiros de Daffy e anotava seu pedido em um bloco de papel.

"Você vai me dar um desconto?", perguntava para Daffy. "Vender baratinho?"

"Só vou querer uma manta em troca", respondia Daffy.

Uma manta porque, de todas as coisas que as mãos da vovó Milkweed faziam, era do crochê que Daffy e eu mais gostávamos. Com um único fio de lã, vovó movia os dedos como se fossem uma superfície ondulada.

"Minhas mãos têm o rio dentro delas", dizia ela. "Porque eu as mantive dentro da água durante o ano em que desapareci."

"Você desapareceu, vovó Milkweed?", perguntei.

"Todas as mulheres fazem isso de vez em quando, minha querida", respondeu ela. "Não é como desaparecemos que importa, e sim como nos encontramos."

Vovó Milkweed fazia círculos e redemoinhos com o fio. Era como se soubesse como Deus tinha feito aquilo e estivesse nos mostrando a maneira em segredo, fazendo crochê de panos de prato e jogos americanos, pegadores de panela e toalhinhas para sua coleção de gatos de cristal. Ela fazia meias de crochê para meus pés e os da minha irmã, e chapéus para nossas cabeças nos meses frios de inverno.

"Venham ser meu fio, meninas", ela nos dizia.

Nós nos sentávamos no chão, perto dos pés dela, que cheiravam ao perfume caseiro de jacinto e peônia com que ela borrifava as meias de compressão. Ela colocava o novelo de lã no chão, ao nosso lado, e depois nos orientava a segurar o fio entre a palma das mãos.

"Sejam meu fio", pedia mais uma vez quando erguíamos as mãos.

Durante o crochê, o fio era puxado entre nossas mãos e esfregado em nossas palmas, enquanto vovó cantava uma música que ela dizia ter enchido os cômodos da casa da fazenda onde crescera. Às vezes, durante esses momentos, Daffy chamava a vovó de "Mãe", e vovó dizia com um tom severo: “Não faça isso”. Depois de um instante de silêncio, ela dava uma tapinha gentil na cabeça de Daffy.

“Você deve se sentir mais próxima de Deus quando faz crochê”, contou vovó. “É trabalho de freira. Foi assim que tudo começou. As freiras ficavam ali, sentadas naqueles tempos escuros e úmidos, em igrejas iluminadas apenas por velas, e faziam crochê com os dedos. Não usavam agulhas como usamos agora porque as freiras entendiam que não é preciso mais do que as próprias mãos para criar algo bonito.”

“Se as freiras não faziam crochê com agulhas”, perguntou Daffy, “por que nós as usamos, vovó?”

“Porque não somos freiras, querida.” Ela nos observou. “Não seria uma péssima ideia se vocês duas considerassem se tornar freiras. Assim estariam mais seguras neste mundo, e sua velha vovó Milkweed não teria que se preocupar com vocês.”

“O que uma freira tem que fazer?” Daffy inclinou a cabeça para o lado.

“Ah, você rezaria na maior parte do tempo, querida”, respondeu vovó Milkweed, “e ficaria longe do que não presta, pelo Senhor Jesus Cristo. Você teria uma casa cheia de irmãs.”

“Mas já somos irmãs”, disse Daffy, cutucando minha costela.

“Ah, quero dizer que outras mulheres seriam suas irmãs também. Vocês chamariam as outras de *irmã* isso e *irmã* aquilo.” Vovó Milkweed mordeu a língua. “Acho que você tem que ser católica, mas elas te ensinariam a ser católica e a comer o corpo de Cristo, o que parecem gostar tanto de fazer. Duvido que haja mais na vida de freira do que isso.”

Em seguida fez uma pausa longa o suficiente para visualizarmos a ideia, depois perguntou: “Vocês vão virar freiras, meninas? Pela sua velha vovó Milkweed?”.

“Eu acho que não, vovó Milkweed”, respondi.

“Não.” Ela suspirou. “Acho que nenhuma de vocês se tornará freira. Sua risada é muito selvagem, como a de sua mãe. E você, Arc, vive com as mãos sujas. Se você tem que cavar a terra, limpe as unhas depois, como mostrei, com uma escova de dente velha. Lembra?”

Assenti com a cabeça, sabendo que não esfregaria as unhas. Às vezes, eu até fingia que havia pequenos artefatos embaixo delas e, se as lavasse, estaria jogando um minúsculo caco de cerâmica pelo ralo.

"Pelo menos vocês podem pensar em se tornar freiras", continuou vovó Milkweed. "Talvez, se pensarem bastante, vão começar a gostar da ideia de rezar e ter mais de uma irmã. Vocês só têm 7 anos. Vou esperar um pouco."

"Ok, vovó." Daffy abriu um largo sorriso.

"Você é um bichinho, não é?" Vovó puxou Daffy para o colo e começou a lhe mostrar o ponto corrente, com atenção especial aos espaços. "Muito bem, minha pequena Poeta Daffodil."

Vovó me entregou uma agulha de crochê e deu as mesmas instruções.

"Você sabia", começou a dizer, "que os camponeses também faziam crochê no passado porque não tinham dinheiro para comprar as rendas dos reis ricos?"

"Renda? Eu gosto de renda", afirmou Daffy.

"Você nunca viu renda", falei enquanto franzia a testa para meus pontos. Estavam tão frouxos que dava para enfiar um dedo inteiro entre um e outro.

"Vi, sim", insistiu ela. "Vovó Milkweed tem renda nos cantos da casa."

"São teias de aranha, querida." Vovó tirou minha irmã do colo e veio até mim, pegou meu crochê e continuou: "Os pobres, com inveja da renda dos ricos, resolveram fazer suas próprias coisas chiques". Ela arrancou meus pontos ruins. "E sabe de uma coisa? Era melhor que a renda do homem rico. Sua tração está fraca, Arc."

"Isso é porque eu não presto." Joguei a agulha no chão.

Vovó Milkweed virou meu rosto para o dela. "Você não pode desistir porque as coisas ficaram um pouco difíceis. Desse jeito, nunca vai conseguir. Acredite em mim, Arc, a vida fica muito mais difícil do que fios frouxos. Venha, vamos fazer juntas." Ela colocou a agulha de crochê e o fio de novo na minha mão. "Vamos aprender isso juntas. Você e eu."

Aos poucos, fui melhorando meus pontos. Como recompensa, vovó disse que íamos comprar mais novelos para que Daffy e eu pudéssemos fazer nossa primeira manta de quadradinhos da vovó.

"O fundo será preto", ela nos disse na loja. "Para os quadrados, escolham as cores de que mais gostam, para deixar bem colorido."

Ela empurrou o carrinho pelo corredor de lã enquanto Daffy e eu corríamos em direção às prateleiras. Pegamos tantas meadas que nem conseguimos segurar.

"Primeiro verifiquem se é do mesmo lote de tingimento." Vovó colocou o óculos de leitura e usou o dedo mindinho para apontar os pequenos números em uma etiqueta. "Isso garante que seja da mesma cor."

"Mas são todos roxos, vovó Milkweed", comentei.

"Sim, querida, mas *quando* eles foram tingidos de roxo é o que importa." Ela pegou uma meada de Daffy. "Alguns deles são roxos anteriores. Outros são roxos posteriores. É preciso escolher os que sejam roxos ao mesmo tempo."

Depois da nossa lição a respeito dos lotes, voltamos para a casa da vovó Milkweed com as meadas escolhidas. No caminho, ela agarrou o volante com força e disse: "Ensinei sua mãe e sua tia Clover a fazer crochê. Elas eram ótimas, mas depois encontraram outras coisas em que se concentrar. A mãe de vocês conseguia fazer crochê com qualquer coisa. Até com uma maldita colher".

"Mamãe adora colheres", comentou Daffy enquanto olhava pela janela.

Vovó Milkweed se inclinou e nos olhou pelo espelho retrovisor.

"Não comecem a amar colheres como sua mãe", disse vovó, a atenção voltada para a estrada diante de nós. "Não há nada neste mundo para uma mulher que vive com amores difíceis. E amar colheres está no topo da lista."

Ao chegar em casa, descarregamos a lã na mesa. Vovó foi para a cozinha para preparar o almoço, e Daffy e eu começamos a fazer nossos quadrados de crochê.

"Vamos demorar uma vida toda pra acabar", disse ela.

"E mais um dia." Eu balancei a cabeça.

Para duas meninas, a eternidade consistiu em quatro meses. Dava para ver quais eram os quadrados de crochê da vovó, porque eram melhores que os nossos. No fim das contas, foi isso que tornou a manta especial.

Minha irmã e eu ficamos tão orgulhosas que seguramos a manta e sorrimos enquanto vovó pegava a câmera. Era maior do que nós, então tivemos que ficar de pé em duas cadeiras para mantê-la fora do chão e fazê-la aparecer na foto. Um tempo depois, vovó Milkweed emoldurou o retrato e o pendurou na parede ao lado da sua placa de "lar doce lar". Antes disso, colocou a manta sobre a grande mesa de jantar e falou: "Escutem, meninas, vou contar uma coisa muito importante. Algo que minha mãe me contou. Na vida, existe um lado selvagem e um lado bonito".

"O que você quer dizer, vovó Milkweed?", perguntei.

Ela estendeu as mãos sobre as fileiras organizadas de quadrados da manta. "Esse é o lado bonito. Venham, meninas, esfreguem as mãos deste lado."

"Mas o que há no lado bonito?", questionei enquanto sentia os pontos.

"O que te faz mais feliz?", quis saber vovó Milkweed.

"Eu sei." Daffy levantou a mão, como se estivéssemos na escola. "Você e fios e bulbos de flores e tartarugas e gatos dançantes e Arc."

"E quanto a você, Arc?" Vovó se virou para mim.

"Penas, terra e pás para cavar fundo na terra." Eu fingi que estava cavando naquele momento. "E deusas que são leões, julho o ano todo..."

"Sim." Daffy concordou. "Também vou colocar isso na minha lista."

"E você, vovó Milkweed", continuei. "E Daffy e o cavalo da mamãe."

"Então é isso que está no lado bonito." Vovó Milkweed sorriu. "Todas as coisas que te fazem mais feliz. Todas as coisas que estão longe do fogo dos homens."

Enquanto nós três apalpávamos os quadradinhos, com suas fileiras multicoloridas contrastando no fundo preto, vovó disse: "Coisas lindas acontecem deste lado. Mas neste outro...".

Ela virou a manta, as rugas no canto dos olhos exibindo a carranca.

"Olhem aqui, meninas." Ela passou os dedos pelas pontas dos fios penduradas na parte de trás dos quadrados. "Este é o lado selvagem. Percebem como os fios ficam soltos?"

"O que há no lado selvagem?", Daffy perguntou, levantando o olhar para a vovó Milkweed.

"Está vazio de suas flores, de seus cavalos, de suas lindas deusas. Quais são as coisas mais terríveis em que vocês conseguem pensar?", quis saber vovó Milkweed.

Daffy se virou para mim e respondeu: "As coisas que mamãe e tia Clover colocam nos braços".

"E papai debaixo do lençol branco", acrescentei.

"Quando faz frio à noite." Daffy tremeu. "O som da tia Clover chorando."

"O da mamãe também", falei.

"Este é o lado selvagem", explicou vovó Milkweed. "O lado que é gentil com o humor dos monstros e com todas as coisas com que eles brincam. Vocês percebem, meninas? Percebem como esses fios são selvagens?"

“Mas são apenas as pontas do fio para fora, vovó Milkweed”, respondi.

“Não, querida, não. São mais do que isso.” A voz de vovó estava firme. “São presas arreganhadas. Sabem o que é isso? São dentes tão afiados que nem mesmo a boca dos monstros consegue suportá-los. Aí ficam pendurados sob os lábios do mal, como aranhas que caem de suas teias, tão soltos que cavalgam as ondas dos trovões e dos ventos amaldiçoados.”

“Mas eles são tão macios.” Daffy segurou os fios.

“Macio é o arrastar da cobra, mas duro é seu sibilar”, continuou vovó. “Vivemos do lado selvagem, meninas. É por isso que estou contando isso, para que possam sobreviver.”

Ela foi até o armário onde ficavam os materiais de artesanato e pegou uma agulhona com um buraco grande o suficiente para abrigar coisas mais grossas que linha. Em seguida escolheu um dos quadrados ao longo da borda da manta e começou a tecer os fios soltos de volta.

“Vocês estão vendo o que eu faço?”, perguntou. “Eu coloco as pontas no quadrado e deixo o lado selvagem lindo. Quero que vocês duas tentem agora.”

Ela me entregou a agulha e me mostrou como enfiar o fio solto no quadrado para que não pudesse ser visto de novo.

“Quando o lado selvagem fica demais”, explicou ela, “você pega uma agulha e entrelaça os fios.”

“Uma agulha?” Minha irmã olhou para ela.

“Você pode deixar o lado selvagem lindo com uma agulha.” Vovó Milkweed a pegou de mim e começou a costurar sozinha.

Não dissemos nada enquanto as lágrimas dela escorriam silenciosamente por seu rosto envelhecido. Também não dissemos nada quando a luz lá fora começou a diminuir, porque todas as luzes da casa estavam acesas e nos confortamos em saber que os cômodos da casa de vovó Milkweed nunca ficariam escuros.

A POSIÇÃO AFOGADA é quando o corpo está voltado para baixo. Se isso fosse poesia, o corpo rolaria para cima e diria uma ou duas palavras sobre ser uma criatura de ondulações, algo que flutua em direção à terra rodopiante. Mas isto é água marrom e lama, e naqueles lugares onde a água não é profunda, o corpo pode se arrastar, as mãos dependuradas, as juntas dos dedos raspando em tudo. A pele não é mais pele. Os lábios não são mais lábios. O rosto é aquele que sobreviveu a uma mudança.

Se as águas do rio estiverem com as ondas dos deuses, o corpo pode ser jogado com tanta força contra as rochas que ali fica, irreconhecível. Nessas vezes, elas dizem: *Lembramos de você. De quem você era. Vamos ouvir o que você tem a dizer. Devolveremos seu nome a você, mesmo quando você desaparecer.*

O corpo entra e sai, as veias derretem e a clavícula é um reflexo de todo o céu.

4

"Em um momento ela é levada. Estou para sempre abalada."
— Poeta Daffodil

1981

Vovó Milkweed estava tomando um coquetel diante da caixa de correio. Ela abriu a portinha e enfiou a mão lá dentro para pegar a correspondência, que incluía um dos catálogos caseiros de flores de Daffy. Tínhamos escrito: *Tenha um bom dia, vovó*, de canetinha sobre nosso nome e o desenho de nós mesmas na capa. *Nós te amamos*, assinamos na última página com nossa melhor caligrafia, enchendo com corações e coelhinhos desenhados porque sabíamos que ela gostava deles.

Puf! Puf! Puf!, escrevemos junto.

Vovó devia estar folheando o catálogo quando o carro bateu nela, arremessando-a nas asclepiadáceas à beira da estrada. Eu a imaginei deitada de costas observando as borboletas que flutuavam sob a luz do sol acima, pousando de planta em planta enquanto ela fechava os olhos. Vovó morreu poucos minutos após o impacto.

O motorista não estava bêbado. Nenhum vestígio de droga foi encontrado em seu sistema. Ele apenas estava admirando as colinas pela janela e não percebeu que o carro pendia cada vez mais para a direita.

"Você acha que a torneira lá de cima ainda vaza na casa dela?", Daffy me perguntou mais tarde, quando os policiais vieram dar a notícia para minha mãe e para a tia Clover.

"Não sei", respondi. E nunca saberíamos, porque o condado tomou a casa dela.

"Maldita seja mamãe por não pagar os impostos", gritou nossa mãe quando descobriu.

Vovó Milkweed não conseguia pagar todas as contas, pois mamãe e tia Clover pegavam seu dinheiro e vendiam suas coisas, como a coleção de gatos de cristal, que desapareceu aos poucos até não restar nada além de uma prateleira de toalhinhas de crochê.

Mamãe e tia Clover escolheram a alternativa mais barata para se livrar dos restos mortais da mãe. Elas a queimaram.

"Sua vovó gostaria disso." Mamãe tentou abraçar Daffy e eu, mas nos afastamos dela e nos abraçamos. "Vocês se lembram da nossa tatara-tatara-tatara-tatara-tatara, um milhão de tataras, vovó?", ela perguntou. "Que foi queimada por ser bruxa?"

Balançamos a cabeça, sem gostar da maneira como nossa mãe contou a história.

"Agora mamãe vai ser queimada como ela", disse nossa mãe.

"Não quero que a vovó Milkweed seja queimada", Daffy gritou.

"Bom, ela não vai ser *queimada* desse jeito." Mamãe torceu as mãos. "Nem vai sentir. Ela está morta, pelo amor de Deus. Pensem que ela vai ser transformada em algo leve o suficiente para voar."

"Voar?", perguntei.

"Vamos entregar as cinzas dela ao vento e ela voará", continuou mamãe. "Isso não vai ser legal? Agora, vamos. Onde está minha garota de olhos azuis?"

Daffy e eu não nos mexemos, então ela insistiu: "Vamos lá. Onde ela está?".

Nós duas fechamos lentamente nossos olhos verdes, mostrando apenas os azuis.

"Agora onde está minha garota de olhos verdes?", ela perguntou. Fechamos os olhos azuis até que ela disse: "Olha ela aí. Olha ela aí".

Quem cremou vovó colocou as cinzas numa lata velha de café porque mamãe e tia Clover não quiseram comprar uma das urnas que o velho nos mostrou. A lata de cinzas estava na bancada da cozinha. Todos os dias, Daffy perguntava quando íamos levar a vovó no vento para voar.

"Logo, logo" era tudo o que nossa mãe dizia antes de desaparecer em seu quarto.

Toda manhã, Daffy abria a lata e dizia olá para a vovó Milkweed, depois lhe contava os sonhos que tivera durante a noite.

"Você também deveria falar com ela, Arc", aconselhou Daffy, mas eu dormia até tarde, dobrando o travesseiro sobre as orelhas para não ouvir Daffy ou suas unhas arranhando a lateral da lata enquanto a segurava. Na manhã em que Daffy foi à cozinha e descobriu que a lata não estava mais na bancada, ela gritou e correu para meu quarto.

"Arc, você pegou a vovó Milkweed?" Ela me sacudiu com força pelos ombros.

"O quê?" Sentei na cama e esfreguei os olhos, bocejando.

"Vovó Milkweed." Ela agarrou ainda mais meus ombros. "Você a tirou da bancada?"

"Por que eu faria isso?"

"Arc, você não ajuda em nada." Em seguida correu pelo corredor e entrou no quarto da mamãe.

"Eu não fiz nada." Dava para ouvir a voz áspera de nossa mãe.

Daffy passou apressada pela porta enquanto eu saía da cama, o cobertor escorregando para o chão.

Aos bocejos, segui Daffy até a sala. Ela agitava os braços, parada na frente da tia Clover.

"Eu não fiz nada com aquelas cinzas sujas", respondeu tia Clover. Estava sentada no sofá, de onde assistia a outro de seus documentários de viagem e usava uma faca para furar uma lata vazia que ainda tinha o rótulo de creme de milho.

"Então cadê a vovó Milkweed?", quis saber Daffy. Depois soltou um grito estridente, e só parou quando ouviu a descarga vinda do banheiro. Um homem sem camisa surgiu. Ele coçou os órgãos genitais a caminho da cozinha.

"Você pegou a lata de café?" Ela o seguiu. "A lata de café que estava bem aqui." Então bateu o pequeno punho contra a bancada onde as cinzas deveriam estar.

"Aquele café devia estar vencido", respondeu o sujeito. "O gosto era terrível. Eu joguei tudo na privada."

"Você fez o quê?" A voz de Daffy estava alta a ponto de bater no teto.

"Calma, garotinha." Ele passou a mão pelo cabelo ensebado. "Cacete, você é nova demais para ser viciada em café. Vou comprar mais para você mais tarde."

"Não era café, seu gigante feioso." Ela correu para o banheiro e saiu segundos depois com a lata de café vazia.

"O que eu fiz?", o homem perguntou quando Daffy passou por ele e saiu pela porta da frente.

Ele se sentou no sofá com tia Clover. Mamãe saiu do quarto, lutando para abrir os olhos, e caminhou pelo corredor em direção aos dois.

"Mãe, você está fedendo", comentei quando ela passou por mim.

"Vai se foder..." As palavras estavam arrastadas quando ela afundou no sofá entre a irmã e o homem que havia jogado a mãe dela na privada e dado descarga junto de sua urina matinal.

Suspirei ao ver os três ali, depois bati a porta atrás de mim e saí para a varanda. Daffy estava sentada no último degrau, enxugando as lágrimas na manga.

"Você deveria parar de chorar", comentei, sentando ao lado dela. "Lembra quando vovó Milkweed disse que tínhamos oceanos nos olhos? E que, a cada lágrima, perdemos uma sereia ou um peixe? Você não quer perder nenhuma sereia, baleia ou qualquer peixe espetacular, quer?" O choro piorou. "Não é tão ruim, Daffy", falei enquanto a abraçava.

"Não é tão ruim?" Ela virou seus olhos marejados para mim. "Vovó Milkweed está na privada com cocô, xixi e coisas que não quero nem pensar."

"Não." Enxuguei o rosto dela com a manga da blusa. "Vovó está no rio."

"Do que você tá falando?"

"Quando damos descarga", expliquei, "a água vai parar no rio. Todo idiota sabe disso. Vovó Milkweed está com os peixes e as tartarugas e todas as coisas brilhantes que ela amava. E um dia ela pode até ir parar no grande rio Nilo, porque todos os rios do mundo estão conectados. Então ela será uma das deusas, para sempre. E alguém construirá uma pirâmide para ela, e ela usará coroas brilhantes com joias das cores de todos os seus lenços. Isso não é tão ruim, né?"

Conforme Daffy olhava para a lata vazia, uma sombra pairou sobre nossas cabeças. Quando erguemos o rosto, vimos uma figura. A luz do sol nos cegou de seu semblante, mas pudemos ver que tinha ombros estreitos e era mais ou menos da altura de nosso pai.

"Papai?" A voz de Daffy estava fraquinha.

"O papai morreu, Daffy", respondi, protegendo meus olhos da luz. "É só outro homem."

"Vocês duas parecem ser a mesma garota", disse o sujeito.

"Somos gêmeas", respondemos ao mesmo tempo.

Ele se virou e caminhou pelo quintal, olhando para os buracos no chão. Não sendo mais um halo de luz, vimos seu rosto. As lentes de seus óculos marrons eram de grau grosso, ampliando seus olhos azuis, da cor das glórias-da-manhã que cresciam nos pilares da casa da vovó Milkweed. Parecia ter uns trinta e tantos anos, o cabelo começava a rarear. Logo teria que escolher entre tingir ou ficar grisalho. Vestia uma camisa de botão com gravata marrom, combinando com os sapatos de camurça.

"Parece que alguém esteve ocupado aqui", comentou ele, agachado para espiar um dos buracos.

"Foi ela." Daffy apontou para mim. "Ela cava."

"E o que você está procurando?" O homem ergueu os olhos para os meus. Pensei que ele deveria deixar o bigode crescer. Seu rosto parecia grande demais sem ele.

"Todo tipo de coisa", respondi e me levantei junto de Daffy. "Na maior parte das vezes, procuro algo que mamãe perdeu há muito tempo. Mas isso é difícil de encontrar. Talvez a coisa mais difícil que existe."

Ele nos observou enquanto se afastava do buraco. "Eu nunca vi olhos como os de vocês antes."

"São bolinhas de gude de bruxa", explicou Daffy. "Arc roubou meu olho azul no útero e eu roubei o verde dela, então cada uma de nós tem um olho que pertencia à outra. Afinal, por que você está aqui?"

"Falaram que a família dela morava aqui", respondeu ele. "A família de Eloise Milkweed."

"Eloise?" Daffy se virou para mim.

"Ele tá falando da vovó", esclareci.

"Vocês são as netas dela?", perguntou o sujeito, e nós assentimos. "Ah." Ele colocou a mão na nuca. "Bem, eu sinto... desculpe."

"Por que você está se desculpando?", quis saber Daffy.

"Foi ele", cochichei no ouvido dela. "Você não reconhece a foto que vimos no jornal? Aquela em que desenhamos o bigode?"

Ela se virou para o homem, que começou a evitar nossos olhos, e o estudou antes de franzir a testa.

"Foi você que matou a vovó Milkweed?", ela perguntou.

Ele assentiu devagar, e a mão escorregou da nuca e deslizou para o bolso da calça.

"Foi com esse carro que você a atropelou?" Olhei para o veículo de quatro portas estacionado diante da nossa casa. A lataria era da cor da fumaça da fábrica de papel.

"Só pode ser esse carro", afirmou Daffy. "Ainda tá amassado. Vamos, Arc."

Ela largou a lata de café e me agarrou. Corremos em direção ao carro, e Daffy soltou minha mão para tatear as saliências do metal retorcido.

"O amassado parece a vovó Milkweed, não parece, Arc?", ela perguntou.

Olhei de volta para o homem, que se aproximava aos poucos de nós.

"Nossa mãe disse que se a gente tivesse dinheiro para pagar um advogado decente, você estaria na cadeia", falei para ele. "E a tia Clover disse que alguém deveria cortar sua cabeça e ferver em uma panela grande e dar para sua mamãe comer no aniversário dela e depois alimentar o porco mais faminto do condado com ela."

"É verdade." Daffy assentiu. "Isso é o que tia Clover diz que você merece."

"Quantos anos vocês têm?", perguntou o sujeito, alternando entre olhar para nós duas.

"Oito", respondeu Daffy. "Mas vamos fazer 9 em breve, em outubro. A menos que alguém nos atropele."

"Aí não vamos ter nada", acrescentei.

"Foi um acidente", disse ele, como se já estivesse no tribunal.

Chutei o pneu do carro enquanto o homem olhava para o nada, e minha irmã manteve a mão no amassado. Dei a volta, arrastando os dedos e traçando linhas na poeira das portas. Parei de repente, na ponta dos pés, e pressionei o rosto contra o vidro frio da janela traseira. Ali, no banco de trás, entre os copos vazios de fast-food e um terno num saco de lavagem a seco, havia um estojo comprido.

"O que é aquilo?", perguntei ao homem.

Ele encostou o rosto no vidro ao lado do meu. "É o meu violino", respondeu, depois abriu a porta e pegou o estojo.

Em seguida o colocou sobre o porta-malas e soltou as travas de latão, revelando um forro de veludo dourado que estava parcialmente caído.

"É um violino muito antigo", comentou, segurando o forro esfarrapado. "Era do meu avô."

"Alguém também o matou atropelado?", Daffy perguntou, enfiando a língua pelo buraco do dente que acabara de perder.

"Ninguém o atropelou." Ele retirou com cuidado o violino da cama de veludo.

"É bonito como um enxame de abelhas", comentou Daffy, zumbindo quando o homem ergueu o instrumento.

"É lindo, não é?" Ele começou a sorrir, mas em vez disso franziu a testa.

Depois nos deixou tocar na madeira, que era da cor do mel que vovó Milkweed bebia ao ler a Bíblia.

"Vocês já ouviram o som de um violino?", ele perguntou enquanto tirava o arco do estojo.

"Não sei." Daffy se virou para mim. "Já ouvimos, Arc?"

"Ouvimos um violão no rádio", respondi. "E bateria e tudo mais que eles tocam lá. Claro, pode ter sido um violino."

"O som é assim." Ele pegou o instrumento e colocou no ombro.

Em seguida pressionou o queixo contra o apoio preto e moveu o arco sobre as cordas. A melodia me fez pensar na fumaça da fábrica de papel, me remeteu a coisas se expandindo e inchando. Imaginei tudo coberto de mato, até me lembrar das noites na fazenda da vovó Milkweed. Grama alta. Grilos com um cricrilar incessante. Rãs com voz uniforme. Nuvens à meia-noite, e no meio de tudo isso, uma escada, velha e pintada de branco, mas lascada como se não quisesse a tinta.

A música me colocou ali na grama macia ao pé da escada. Comecei a pensar que meu pai poderia ter construído a escada. Os degraus eram tão desiguais. Linhas tortas. Acabamento ruim. Se eu desse um passo, a coisa toda poderia desabar. Se não o fizesse, poderia perder a última grande verdade da minha vida.

À medida que o homem tocava, comecei a subir os degraus, e parecia que aquela escada e eu éramos as únicas coisas que existiam no mundo. Não havia árvores ao redor. Não havia chão. Nem Daffy e o homem existiam. Havia apenas os degraus que eu galgava contra o céu azul noturno e as estrelas tão próximas que eu conseguiria pegá-las. Cheguei ao topo, onde havia uma velha porta de madeira que abria para uma sala ainda mais antiga onde um homem dançava sapateado. Pelo formato dos ossos de suas mãos, imaginei que ele devia ser bonito. Ossos magros e fortes que se expandiam como uma maravilha. Estava de smoking preto, e pensei que havia magia nos punhos, na cartola escura. Seus sapatos eram tão lustrosos que imaginei que o universo estava contido ali. O universo inteiro enfiado num par de sapatos tamanho 41.

Não consegui ver o rosto do homem, mas tive certeza de que o conhecia. Acho que até o amei. Acho que ele era meu pai. Mas meu pai nunca teve smoking, cartola ou sapatos pretos lustrosos. Nunca foi dono da magia ou do universo. Nunca sapateou. Nunca houve uma escada que levasse a uma sala sem paredes. Nunca houve uma noite tão azul que me foi provada apenas por isso.

Mesmo assim, a música veio e vi algo azul na fumaça da fábrica de papel. Algo brilhando, um homem dançando ali. Mas tratei de concluir o pensamento. A fumaça não era tão agradável assim, afinal.

Daffy me cutucou. "Não esqueça o som do violino, Arc. Você pode acrescentar ao lado bonito."

O homem parou de tocar e perguntou: "Existe alguma música em particular que vocês gostariam de ouvir?".

Daffy e eu nos entreolhamos, depois viramos juntas para o amassado no carro.

"Qual era aquela música que vovó Milkweed amava, Arc?", Daffy perguntou.

"'Amazing Grace'", respondi.

O homem mais uma vez apoiou o queixo no violino. Fechou os olhos e moveu o arco devagar pelas cordas.

Minha irmã acenou um adeus silencioso para o amassado, depois agarrou minha mão.

Antes de voltarmos para casa, Daffy pegou a lata de café. Uma vez lá dentro, encontramos mamãe e o homem caídos no chão, enquanto tia Clover puxava um barbante pelo buraco que havia feito no fundo da lata de creme de milho. Quando ergueu o rosto, os olhos dela pousaram na mão de Daffy.

"Dá isso pra mim", disse.

Daffy encarou a lata. Depois a virou, como se quisesse verificar se estava mesmo vazia. Quando nada mais caiu, ela entregou para tia Clover.

Corremos até o quarto de Daffy, onde puxamos as roupas de nosso pai para que pudéssemos abrir a janela e espiar o homem. Só depois de terminar a última nota ele abriu os olhos. Em seguida nos procurou na frente do carro, por dentro e até embaixo dele. Acho que enfim lhe ocorreu onde tínhamos ido, pois olhou para a casa.

"Desenhe o violino antes que a gente esqueça, Arc", pediu Daffy conforme se sentava no chão. "Eu vou desenhar o homem."

Eu me abaixei ao lado dela, pegando uma canetinha. Quando Daffy começou a desenhar o cabelo no chão, ouvimos a porta de um carro se fechar, seguida pelo ronco de um motor.

"Ele está indo embora?", Daffy perguntou.

Eu me levantei o suficiente para olhar pela janela e dizer: "Sim".

"Ele já foi?"

Esperei até que ele pegasse a estrada e respondi: "Ele se foi".

"Coloque as pontas no quadrado, Arc. Deixe o lado selvagem lindo."

Eu me deitei de bruços e desenhei um violino enquanto falava: "Quando vovó Milkweed acordou naquela manhã, ela se sentia mais feliz do que nunca. Fez uma torta de caqui e resolveu pintar a casa toda de amarelo, como sempre disse que queria. Uma casa amarela com venezianas verdes. Ela ainda estava pensando nisso quando foi até a caixa de correio para pegar a correspondência. Lá estava o catálogo de flores que tínhamos feito. Ela ficou tão feliz que fez sinal para o carro que vinha em sua direção.

"'Veja o lindo catálogo que minhas netas fizeram para mim.' Depois o mostrou para o homem com sapato de camurça.

"Ele achou o catálogo tão incrível que pegou o violino e tocou a música favorita da vovó. Ela disse que adoraria ter um violino, mas ele respondeu que primeiro ela teria que ir embora para aprender a tocar. Vovó sabia que sentiria nossa falta se fosse embora, mas também sabia que se fosse embora e aprendesse violino, quando voltasse, poderia tocar para nós. Então ela entrou no carro, segurando nosso catálogo com força enquanto o homem a levava embora. Ela só nos deixou para aprender a tocar violino. Não podemos ficar tristes com isso, porque quando voltar, ela vai nos ensinar a tocar, como nos ensinou a fazer crochê."

Minha irmã ficou em silêncio. As lágrimas escorriam por seu rosto e pingavam no cabelo do homem que ela havia desenhado e ainda pintava de marrom, embora não houvesse mais espaço em branco nele.

"Eu sinto saudade dela, Arc."

"Eu sei." Pressionei minha canetinha com mais força até o chão ranger.

Quando terminei de colorir o violino, Daffy apoiou a orelha em cima dele.

"Coloque a sua aqui também", instruiu.

Depois afastou a cabeça para o lado para abrir espaço para a minha. Quando senti o concreto frio e duro contra a orelha, ela perguntou: "Você ouviu, Arc? Você ouviu vovó Milkweed tocando violino?".

"Ouvi", respondi contra o silêncio. "Estou ouvindo."

À MEDIDA QUE o sangue se decompõe dentro do corpo, penetra na pele, escurecendo-a até ficar preta. A cor das varejeiras que começam a pousar. Os insetos foram chamados.

As águas do rio os observam cavando um túnel dentro do corpo, ouvem os ossos se quebrando enquanto a tartaruga morde um ou dois dedos do pé.

Por um momento, voltam seus olhos para uma pena caindo das asas do pássaro voando alto. As águas pegam a pena, a deixam flutuar ao lado do corpo. Prendem a respiração e a superfície fica imóvel. Quando a soltam, as ondulações se formam, mas a pena não voa mais do que o corpo nada.

Elas abandonam o sonho e, em vez disso, seguram a luz do sol antes de quebrá-la em uma corrente, espalhando as moscas.

Por um segundo, as águas falam a verdade quando dizem que a mulher fica sozinha.

5

"Se eu olhar bem de perto, verei que ela sou eu."
— Poeta Daffodil

No primeiro outono sem vovó Milkweed, as folhas mudaram de cor como sempre. As temperaturas caíram, como nos outonos anteriores, e o azul profundo do céu se transformou num cinza suave. A vida não parou só porque a dela chegou ao fim.

Daffy e eu arrastamos um banquinho pela casa, subindo nele para verificar os bolsos das roupas do nosso pai nas janelas.

"O que vocês estão fazendo?", perguntou tia Clover ao sair do quarto da mamãe. Estava estendendo um longo fio de barbante pelo corredor.

"Só conferindo", respondi quando Daffy enfiou a mão no bolso da calça jeans do papai.

"Conferindo o quê?" Tia Clover parou atrás de nós e espiou dentro do bolso.

"Se vovó Milkweed não está presa", explicou Daffy.

Achávamos que vovó voltaria para nós. Não maior do que uma agulha de crochê, algo que poderíamos segurar nas mãos ou perder nos bolsos, mas tudo que encontramos foram bitucas e fiapos.

"Se vocês não pararem de tentar conjurar os fantasmas, eles vão pegar o *sangue* de vocês e se divertir com isso", anunciou tia Clover enquanto esticava o barbante em uma linha contínua até o sofá. "Sobe, sobe, dona aranha, onde você vai escondê-la?"

"O que você está fazendo, tia Clover?", perguntou Daffy conforme descíamos do banquinho.

"Estou fazendo um telefone."

Tia Clover segurava a velha lata de café que antes continha as cinzas de vovó Milkweed. Primeiro empurrou o barbante pelo buraco que fizera no fundo, depois deu um nó. Quando ela afundou de volta no sofá com a lata encostada na orelha, Daffy e eu seguimos o barbante até o quarto da mamãe. Nós a encontramos coberta com a velha bolsa militar do papai, deitada no colchão, cujo furo na lateral estava ainda maior. Estava com os olhos fechados, mas segurava a lata de creme de milho, com o barbante amarrado dentro dela.

"Vá lá perto da tia Clover", falei para Daffy quando peguei a lata da mamãe. "Veja se você consegue me ouvir do outro lado."

Daffy correu até a sala, e eu a ouvi brigar com tia Clover pela lata.

"Deixa eu tentar, tia Clover", berrava Daffy. "Eu juro que não vou amassar."

"Sua bruxa estúpida do rio. Não é um brinquedo", gritava tia Clover de volta.

Por fim, ouvi a voz de Daffy pela lata.

"Você consegue me ouvir, Arc?", ela perguntou.

"Consigo", respondi do meu lado. "Você me escuta?"

"Parece que você está na mesma sala. Você..."

A voz de Daffy foi substituída pela da tia Clover.

"Você tá me ouvindo, Addie?", veio a pergunta.

Olhei para mamãe, que ainda estava de olhos fechados. Não acordaria nem se eu a sacudisse. Coloquei a lata de volta na mão dela e retornei para a sala, onde tia Clover ainda falava com a lata, na esperança de que mamãe ouvisse. Daffy estava sentada ao lado dela no sofá, assistindo à TV.

A tela brilhava com as catedrais da Europa. Ao passar, parei na estante que abrigava os porta-retratos de família. Fiquei na frente de um do meu pai. Segundo-tenente Flood Doggs.

Um homem bonito, de olhos azuis e cabelo escuro. Embora ele fosse jovem na foto, eu tinha certeza de que havia salvado um milhão de pessoas quando a câmera brilhou em seus olhos. Fiz o que sempre fazia quando admirava a foto dele. Bati continência, da mesma forma que vi militares serem saudados na TV e no cinema. Então pensei: *Este é o homem que eu amo*. E o saudei por esse motivo e por mais.

O nome do meu pai era Flood, enchente em inglês, porque ele tinha nascido durante uma. A grande enchente de 1950, quando as águas subiram o suficiente para que as pessoas se lembrassem dela por décadas. Enquanto os remos do barco mergulhavam na água marrom, meu pai nasceu da mãe dele, que gritou alto o bastante para fazer o rio transbordado ondular.

"Ele parece um salvador na foto, não é?" Tia Clover tinha parado de falar na lata e a colocado no sofá. "E, ainda assim, ele nunca salvou ninguém nesta casa. Posso te dizer isso e quase isso." Ela acariciou a gola de oncinha em volta do pescoço e acrescentou: "Pegue isso aí para mim". Depois cutucou Daffy e apontou para a sacola plástica na mesa de centro, bem ao lado dela.

"Fala do papai pra gente", pediu Daffy ao colocar a sacola no colo da tia Clover. Estava cheia de notas fiscais. Nossa tia chamava isso de pesca. Sempre mergulhava em lixeiras ou estacionamentos em busca delas. Depois ia até a loja, roubava o item da nota e levava ao balcão dizendo que queria devolver e receber o dinheiro.

"Falar do seu pai pra vocês?", ela indagou. "Rá." Em seguida vasculhou as notas como uma centopeia de muitas patas. "Bem, ele não era nenhum tesouro, isso eu posso te garantir. Era um idiota."

"Idiota?" Daffy franziu as sobrancelhas. "Ele não era idiota, tia Clover."

"O maior idiota de Ohio." Tia Clover cuspiu no chão.

Daffy se levantou na almofada do sofá e bateu os punhos na cabeça da tia Clover. "Retire o que disse."

Minha irmã soltou um grito quando a agarrei do sofá.

"Sua vadiazinha maluca." Tia Clover começou a recolher as notas que haviam caído no chão. Ficou em silêncio por um instante, e tudo que se podia ouvir era a respiração pesada de Daffy. Seu pequeno peito subia e descia rapidamente enquanto ela olhava feio para nossa tia. Então, sem tirar os olhos da TV, Clover disse: "Vocês duas vão lá andar de bicicleta um pouco. Saiam da porra do meu pé".

"Vamos, Daffy." Eu a puxei atrás de mim. Ela fez careta para tia Clover durante todo o caminho até a varanda.

"Ela não sabe de nada", comentou minha irmã antes de descer correndo os degraus da varanda até a lateral da casa, onde guardávamos as bicicletas. Nós as escondíamos debaixo de uma lona ao lado do lixo para que ninguém as roubasse. Vovó Milkweed tinha comprado as bicicletas para nós antes de morrer. A minha era bordô, com borlas azul-marinho penduradas no cromo brilhante do guidão. A de Daffy era da cor de ferrugem, o laranja vibrante contra o piche escuro do asfalto.

"É melhor calçarmos sapatos", avisei, enquanto tirávamos as bicicletas de baixo da lona. "E vestir um casaco. Está frio hoje."

"Não, eu não quero voltar lá para dentro", protestou Daffy. "Não com aquela bruxa." Em seguida gritou em direção à casa. "Vamos logo. Vamos nos aquecer assim que começarmos a pedalar."

Montamos nas bicicletas, depois as guiamos pelo cascalho até o asfalto. Quando passamos pela fábrica de papel, Daffy perguntou se eu me lembrava do que papai falara sobre aquele lugar. "Diga, Arc. Diga do jeito que ele disse."

"Há cavalos no chão, embaixo do moinho", declarei. "A fumaça é a poeira que eles levantam com os cascos enquanto galopam tão rápido que fazem o mundo girar."

Daffy fez uma curva e pedalou até a fábrica. Eu a segui. Demos a volta no prédio enquanto ela gritava para que todos ouvissem: "Há cavalos no chão, embaixo do moinho".

Os homens no estacionamento apenas observaram, imóveis ao lado dos carros.

"Há cavalos no chão", continuou ela, ainda mais alto. "Pocotó, pocotó, pocotó." Depois se inclinou para frente na bicicleta, o cabelo caindo para trás como uma crina.

"E a fumaça é a poeira que eles levantam", gritei, rindo com ela.

Demos outra volta, gritando o mais alto que podíamos antes de seguirmos para a estrada.

"Agora todo mundo sabe que nosso pai não era idiota coisa nenhuma", disse Daffy, tirando os pés dos pedais e esticando as pernas para o lado conforme descíamos a colina. "Eles vão saber que ele era inteligente o bastante para saber sobre os cavalos."

Seguimos para o centro da cidade, para os casarões onde imaginávamos coisas bonitas. Lindas luminárias, pisos varridos, raios de sol amarelos como uma estampa brilhante nas paredes. Acreditávamos que nas casas grandes e bonitas todos conseguiam o que queriam. Que as mães e os pais estavam afastados o bastante para serem heróis e que os filhos nunca se perdiam.

Uma casa específica era a nossa favorita. Uma casa estilo colonial de tijolos, com pilares e venezianas mais altos do que qualquer uma de nós na época. Diziam que a casa tinha sido construída nos primórdios da cidade. Por mais que a casa fosse velha, a piscina seria nova. Uma retroescavadeira tinha cavado um buraco no quintal naquela mesma manhã. Estacionamos as bicicletas do outro lado da rua e nos sentamos no chão, imaginando a água fria e cristalina que um dia preencheria o buraco na terra.

"Eu adoraria ter minha própria piscina", comentou Daffy, fingindo nadar com os braços no ar. "Acha que algum dia teremos essa sorte, Arc?"

"Vamos ter uma casa duas vezes maior que essa. Nossa piscina será tão larga quanto o rio."

"Puxa, seria uma vida boa." Daffy recolheu os joelhos e passou os braços em volta deles enquanto conversávamos sobre a cor que pintaríamos as paredes da nossa casa.

"Rosa e azul e todos os tons de verde nas costas de um lagarto", sugeri.

"E vamos ter um montão de coisas sofisticadas que acumulam poeira", Daffy acrescentou. "Mas nem vamos nos importar, porque as fadas comem poeira e vão ser nossas amigas. Vou plantar flores na varanda da frente. Especiais. Elas vão se chamar Daffocus. Uma flor que é metade narciso e metade açafrão. Quando florescerem, vão assobiar nossas músicas favoritas."

Conversamos sobre todas as flores que pretendíamos plantar na nossa casa imaginária até o sol começar a se pôr.

"Vamos pra casa, Arc." Daffy estremeceu. "Tá ficando muito frio."

"Só mais um pouquinho." Passei o braço ao redor dela, que ainda tremia. "Só mais um pouquinho", repeti.

"O que estamos esperando?", ela perguntou. "É melhor que não sejam fantasmas, monstros ou trolls da lama."

"Não. Estamos esperando para encontrar tesouros."

"Tesouros?" Ela franziu a testa. "Tia Clover disse que papai não era nenhum tesouro. Mas eu acho que ele era, Arc. Talvez você o encontre no chão." Ela se sentou mais ereta. "Isso não seria legal?"

Muito depois de o sol ter desaparecido por completo, ajudei Daffy a se levantar.

"Vamos", chamei.

Atravessamos a rua correndo, evitando qualquer luz enquanto rastejávamos pelos arbustos bem cuidados na lateral da casa. Quando chegamos ao quintal, ficamos na beira do buraco. A retroescavadeira ainda estava lá, pronta para o trabalho do dia seguinte. Passei a mão pelos pneus enormes e pelos torrões de terra. Esfarelei um deles, deixando pedacinhos de terra caírem entre meus dedos enquanto olhava para as janelas escuras da casa.

"Eles estão na cama agora", comentei. "Nem vão ver a gente."

"Fazendo o quê?", quis saber Daffy.

"Cavando."

"Espera." Ela agarrou meu braço quando comecei a descer no buraco profundo. "Eu não quero entrar aí, Arc."

"Não precisa. Pode me olhar daqui. Aí me avisa se você avistar algo tão brilhante que só pode ser um osso de dinossauro."

"Se eu avistar algo brilhando assim, você será a primeira a saber." Ela se sentou na beira do buraco, com os pés pendurados na borda, as mãos enfiadas dentro da camisa para mantê-las aquecidas.

Deslizei pelo lado profundo e me senti em casa na terra fria. Desde que me entendo por gente, eu me sentia impelida em direção ao solo, como se, ao cavar, fosse encontrar a resposta sobre quem eu era. Tudo desaparecia quando eu estava cavando. A casa de onde vim, os problemas de lá, todas aquelas agulhas no chão que ficavam ao redor dos desenhos que eu e Daffy fazíamos... nada disso importava quando a terra estava entre meus dedos, porque tudo que eu conseguia pensar, tudo que conseguia sentir no fundo da garganta, era a animação avassaladora do que eu poderia descobrir com minhas próprias mãos. Havia poder naquilo. Eu era alguém com um propósito.

Naquela noite, nos fundos daquela grande casa colonial, cavei com mais afinco do que nunca. Talvez eu tivesse certeza, por o buraco já ser tão profundo, de que haveria uma grande descoberta nele.

Com o passar das horas, Daffy se aninhou no chão e adormeceu. Minhas unhas já estavam tão sujas que levaria dias para limpar. Durante a noite, encontrei pedras, raízes e coisas que vivem nas profundezas e na escuridão. Então, quando o sol da manhã começou a nascer, minha mão sentiu a ponta endurecida de algo que eu sabia ser diferente de tudo que já havia encontrado antes.

A princípio achei que fosse a coisa que pertencera à minha mãe. A coisa que ela havia perdido. Parecia um achado muito especial, mas quando o desenterrei e o segurei na palma da mão, vi que era algo muito mais antigo do que aquilo que minha mãe havia perdido. Segurei-o com força e saí às pressas do buraco, certa de que os habitantes da casa estariam se levantando para tomar o café da manhã com panquecas caseiras e xarope de bordo.

"Daffy." Eu a sacudi até acordar. "Olha o que eu achei."

Ela se recusou a sair da bola apertada em que estava enrolada. Por fim, abriu um olho. "O que é isso?", perguntou, se sentando.

"Os índios fizeram isso", respondi, colocando-o em sua mão trêmula. "É uma ponta de flecha." Falei aos sussurros para o caso de alguém estar ouvindo e querer tirar aquilo de mim. "É muito antigo."

"Mais velho que nós?"

"Um milhão de anos mais velho", garanti. "Talvez até um bilhão de anos mais velho."

"Uau." Ela sorriu. "E você encontrou?"

"Encontrei."

"Você deve ser especial para encontrar algo assim, Arc."

Olhei para minha irmã e endireitei os ombros para ficar um pouco mais ereta.

"Acho que sim", falei. "É, acho que eu sou muito especial."

Ela assentiu e usou o braço para enxugar o nariz escorrendo.

"Sinto muito por ter deixado você aqui a noite toda", continuei. Dava para sentir o orvalho na pele dela quando a abracei.

"Estou feliz por termos ficado", respondeu Daffy, rangendo os dentes. "Acho que também preciso encontrar uma ponta de flecha."

"Encontramos isso juntas. Venha." Eu a ajudei a se levantar. "Eu quero mostrar para a mamãe."

Corremos para longe da casa e montamos nas bicicletas. Daffy precisou de um pouquinho de tempo para aquecer as pernas antes de conseguir pedalar direito, e eu admirei minha descoberta durante todo o caminho para casa. Quando chegamos lá, tia Clover estava no sofá vendo as areias do Saara girarem na tela da TV.

"Olha o que eu encontrei, tia Clover." Segurei a ponta da flecha diante do rosto dela.

"Sobe, sobe, dona aranha, onde você vai escondê-la?" Tia Clover cuspiu na ponta do dedo e a colocou na ponta da flecha. "Bem aí", disse, "e isso dá azar."

"Não, não dá", rebati, trazendo a ponta da flecha de volta para mim. "É um achado especial. Você só está tentando estragar tudo para mim."

"Já matou coisas antes", continuou ela. "Tem sangue, sangue, sangue do passado."

Em seguida colocou o cachecol noturno no topo da cabeça e falou sem parar sobre como os homens antigos eram criaturas furiosas.

"Você pode acreditar que o passado é passado e que estamos muito à frente para que ele volte", insistiu ela, pegando a lata de café e segurando perto do ouvido, como se mamãe estivesse falando do outro lado da linha. "Mas você estaria errada, Arc. Você estaria completamente errada."

Daffy passou por nós, pegando um cobertor do chão a caminho do quarto. Mostrei o dedo do meio para a tia Clover e corri para o quarto da mamãe. Apesar do que tia Clover possa ter pensado, mamãe não estava do outro lado da linha. A lata estava encostada em sua perna no chão, a tampa aberta pressionada contra o furo no colchão que parecia um abismo crescente.

"Mãe?" chamei. "Você tá acordada?"

Ela se virou, os olhos se movendo por trás das pálpebras fechadas. Aproximei a ponta da flecha do lóbulo de sua orelha para ter certeza de que não era dela. Mamãe não sorriu como teria feito se a ponta da flecha fosse a coisa que ela tinha perdido havia muito, então a levei para o quarto de Daffy, que já tinha ido para a cama. Eu me acomodei ao lado dela, juntando nossos pés frios.

"Uma ponta de flecha", sussurrei. "Daffy, dá pra acreditar?"

Ela não respondeu, então coloquei a ponta entre nós no travesseiro. Assim que adormeci, sonhei com as planícies, com a poeira azul e rosa de lá, e com minhas próprias mãos, agitando-a em direção ao céu. Não sei quanto tempo dormi antes de a poeira começar a tremer. Meus ombros tremiam junto. Quando abri os olhos, vi Daffy.

"Acorde, Arc." A voz dela era tão forte quanto seu aperto em meus ombros. "Eles estão brigando."

"Quem?" Eu me levantei.

"Mamãe e o homem. Estou com medo, Arc."

De repente, ouvi os gritos. A voz dele era grave ao usar as palavras que sempre ouvíamos os homens chamarem nossa mãe.

"Não se preocupe", falei para Daffy. "É só mais uma briga. O mesmo de sempre. Volte a dormir."

"Não consigo." Ela cobriu os ouvidos e fechou os olhos com força.

"Tenho uma ideia", eu disse. "Vamos desenhar."

Ela deslizou para fora da cama comigo, até o chão, levando o cobertor para enrolar nos ombros. Mas antes mesmo que pudéssemos começar, mamãe passou correndo pela porta em direção à sala, com o homem em seu encalço. Ele afirmava que ela havia roubado seu chaveiro da sorte, e o queria de volta.

"Está tudo bem", sussurrei para Daffy. "Nada vai acontecer."

Nossa mãe gritou, seguida por um som alto e estridente.

"Arc?" Daffy pulou. "Você acha que ele machucou a mamãe?"

"Venha", chamei enquanto me levantava. "Vamos ver."

Com a mão de Daffy agarrada com força nas costas da minha camisa, saí para o corredor escuro e vi que a única foto que tínhamos de vovó Milkweed estava no chão. O vidro da moldura estava todo estilhaçado.

"Cuidado com isso", alertei Daffy. "Pise só onde eu pisar. Ok?"

Na ponta dos pés, contornamos os cacos espalhados pelo desenho que havíamos feito no chão de nós mesmas andando com elefantes.

"Ele está matando a mamãe." Daffy apontou para a sala, onde vimos o homem e nossa mãe no sofá. Ele estava por cima, com as mãos apertadas em volta do pescoço dela. Daffy gritou para chamar a tia Clover, mas ela já tinha saído. Em seguida gritou por nosso pai, mas esqueceu que ele estava morto.

"Estou com medo, Arc." Ela agarrou minha camisa com mais força. "Não deixe nada de ruim acontecer com a mamãe."

"Não vou deixar." Eu me desvencilhei do aperto dela e corri de volta para o quarto, evitando os cacos ao longo do caminho. Peguei a ponta da flecha em cima da cama e corri o mais rápido que pude de volta à sala, esquecendo os cacos de vidro. Meu sangue me acompanhou e manchou os desenhos. Na época, não senti o corte largo no arco do pé. Estava correndo para salvar a vida da minha mãe.

Gritei como tinha visto mulheres guerreiras fazerem na TV, depois enfiei a ponta da flecha na lateral do homem. Ele olhou para o sangue que escorria por sua camisa branca, lentamente soltando o pescoço de mamãe. Ela ofegou, tentando respirar, e ele levantou a camisa para olhar o ferimento. Ele não morreria, aquele homem que tinha vindo atrás de nossa mãe como todos os outros. Mas a ferida era profunda o suficiente para ele saber que eu estava pronta para atacar.

"Sua merdinha." Ele colocou os dois pés no chão, as botas grandes de couro.

"Fica longe da minha mãe." Segurei a ponta da flecha e rosnei como o pitbull do vizinho fazia com os esquilos. Até lati para garantir. Ela era minha mãe, e eu ainda não estava pronta para perdê-la para os lobos.

"Arranjei esta ponta de flecha em um buraco grande e profundo", contei a ele. "E se você não sair daqui, vou jogar você naquele buraco, nem que seja a última coisa que eu faça. Agora, deixa nossa mãe em paz. Vou contar ao meu pai sobre você. E ele vai me ajudar a colocar você naquele buracão."

"Putinha estúpida." Ele praguejou a caminho da porta, apontando para mamãe e jurando que voltaria.

Mamãe se encolheu e balançou no sofá, chorando baixinho. Daffy e eu nos sentamos no chão ao lado dela.

"Seu sangue é vermelho mesmo, Arc", comentou Daffy ao enrolar o cobertor em volta do meu pé.

"Eu sei."

"O sangue dele está nisso?" Ela apontou para a ponta da flecha.

"Está", respondi. "E aqui vai ficar para sempre."

Quando mamãe caiu do sofá e voltou para o quarto, Daffy disse: "Somos como as irmãs Trưng, hein? Tão corajosas quanto elas eram?".

Eu havia contado a ela a história das irmãs Trưng depois de ler sobre as duas em um livro na biblioteca. Desde então, era uma história que Daffy sempre me pedia para repetir.

"Conta a história delas de novo, Arc", insistiu ela, pegando uma canetinha e começando a desenhar no chão.

"Em um lugar muito longe de Ohio, chamado Vietnã", comecei, "muito tempo atrás, havia duas irmãs que enfrentavam homens maus que tentavam tirar tudo delas. Homens que tentavam fazê-las viver como algo que não eram. As irmãs se recusaram a abrir mão de sua liberdade, ficaram com raiva e formaram um exército de mulheres. Este exército botou os monstros malvados para correr. As irmãs Trưng venceram e todos ficaram felizes e elas se tornaram rainhas."

"Rainhas." Daffy sorriu.

Eu a observei desenhar no chão, meu pé cada vez mais dolorido. Quando comecei a chorar, Daffy me beijou na bochecha e disse que tudo ia ficar bem. Depois se levantou e correu para a cozinha. Quando voltou, trazia uma das garrafas de vodca da mamãe.

"Beba isso", instruiu ela. "Mamãe sempre vai dormir depois de beber isso. Você vai dormir e, quando acordar, seu pé vai ter sarado."

"Não sei se deveria."

"Seu pé está doendo, não está?" Ela me entregou a garrafa. Já estava aberta. Com o batom da nossa mãe no bocal.

Quando bebi, queimou.

"Eca, tem gosto de mijo de gambá. É ruim."

Tentei devolver a garrafa, mas Daffy se recusou a pegar, dizendo: "Beba até parar de ter gosto ruim".

Dei mais alguns goles, cada um mais difícil de engolir do que o anterior. De repente, a sala parecia flutuar a meu redor. Pisquei e vi Daffy. Pisquei de novo e vi tia Clover. O delineador de arame farpado estava manchado na bochecha, e ela carregava os sapatos.

"O que está espalhado pelo chão?", ela perguntou.

"Sangue", Daffy contou a ela.

"Sangue? Venha aqui para eu ver, Arc." Tia Clover levantou meu pé como minha própria mãe deveria ter feito. "Meu Deus, Addie, você viu o pé dela?" Tia Clover gritou do corredor para a porta fechada da mamãe. "O que diabos aconteceu?"

"Não foi minha culpa" foi tudo o que respondi quando tia Clover arrancou a garrafa de mim.

"Puta merda, ainda bem que você se abasteceu com essa gasolina", continuou ela. "O que está por vir não vai ser nada bom. Daffy? Veja se aquela agulha de costura velha ainda está naquela gaveta ali."

A última coisa que vi foi tia Clover pairando sobre mim, a luz do teto refletida na agulha de costura em sua mão. Em seguida, a sala girou tão rápido que tive que fechar os olhos para que não escapassem das órbitas. Pouco depois, quando acordei, tia Clover estava sentada no sofá assistindo a um programa sobre a Grande Muralha da China. Meu pé estava apoiado na perna dela. Daffy estava no chão com uma canetinha vermelha, fazendo um desenho do meu pé com os novos pontos.

"Você não deveria ter feito o que você fez, Arc", ralhou tia Clover conforme eu me sentava.

"O que eu fiz?" Olhei para minha irmã.

"Desculpa, Arc", pediu Daffy. "Eu tive que contar pra ela."

"Você não pode provocar os homens", continuou tia Clover. "Precisa deixar que façam o que querem fazer. Uma hora ou outra, eles param por conta própria. Mas você arriscou deixá-lo mais furioso. E se ele fosse um traficante? Ele teria te cortado muito mais do que o vidro."

Eu sabia o que ela ia dizer. *Não mexa com um traficante*. Quando ela falou isso, eu repeti. Os lábios dela se estreitaram em uma careta.

"Você sabe por que eu uso esse arame farpado?" Ela apontou para o delineador. "Assim não me corto. Eles que são cortados."

"Ele era apenas um cliente", respondi, como se tivesse idade suficiente para saber o que isso significava.

Daffy olhou para meu pé e perguntou à tia Clover por que ela não tinha colocado um pouco do meu sangue no cinto.

"Porque só o meu sangue vai para o cinto", respondeu tia Clover.

"Eu não..." Pendi a cabeça na beirada do sofá. "Eu não estou me sentindo muito bem."

"Bem, era de se imaginar." Tia Clover deu uma risadinha. "Você bebeu vodca, como uma porquinha idiota. Agora tem que esperar passar."

Quando me deitei no sofá, comecei a pensar na minha mãe, cuja porta ainda estava fechada no final do corredor. Comecei a pensar que a culpa era dela, afinal.

Por que ela não olhou para meu pé como tia Clover fez? Foi o que pensei. *Por que não foi minha mãe quem me pegou no colo?*

Mamãe não me disse nada naquela noite, mas me colocou na cama. Algo que ela não fazia desde antes da morte de meu pai. Enquanto ela beijava minha testa, segurei a ponta da flecha com tanta força que pude sentir as bordas cravadas na minha palma como se estivessem em chamas.

"O que é isso?", perguntou mamãe.

"É uma ponta de flecha que encontrei. Mamãe? Meu pé está doendo", eu disse, mas ela já estava cambaleando em direção à porta. Quase foi derrubada por Daffy, que entrou correndo.

"Quero dormir com você, Arc." Minha irmã subiu na cama comigo.

Nossa mãe olhou para nós duas, e pareceu sorrir ao apagar a luz. Podíamos ouvir seu sussurro rouco vindo do corredor.

"O que ela disse?", questionou Daffy.

"Ela disse que nos ama", respondi.

Talvez fosse o que eu queria ouvi-la dizer. Ou talvez ela tivesse mesmo dito isso ao caminhar suavemente pelo corredor até o colchão no chão.

Daffy olhou para mim. Eu sabia o que ela estava prestes a pedir.

"Coloque as pontas no quadrado, Arc. Vire para o lado bonito."

Quando ela encostou a cabeça no meu peito, eu disse: "Tinha um homem aqui em casa. Você entrou assustada no meu quarto. Eu falei que não tinha por que ter medo. Para provar isso, levei você até o corredor, onde vimos o homem com as mãos no pescoço da mamãe".

"Ele estava estrangulando ela", comentou Daffy.

"Não", falei. "Ele não estava estrangulando a mamãe. Só estava dando a ela um lindo colar. E a gritaria não era nada disso. Eram risadas. O melhor de tudo é que quando o homem recuou para olhar o colar no pescoço da mamãe, vimos que não era um homem qualquer. Era o papai.

"'Ela não está linda?', ele nos perguntou quando mamãe rodopiou para exibir o colar, com um grande sorriso no rosto.

"'Brilha como as estrelas', você falou para ela.

"Foi então que corri de volta ao meu quarto para pegar a ponta da flecha."

"Para espetar o homem", Daffy sussurrou.

"Isso foi o que aconteceu no lado selvagem", respondi. "Mas, no lado bonito, eu peguei a ponta da flecha para dar ao papai. Ele a segurou na palma da mão e fechou os dedos em torno dela. Quando tornou a abrir a mão, a ponta da flecha havia se transformado em um medalhão brilhante que continha nossas fotos. Ele pegou o medalhão e prendeu no colar da mamãe, o que a deixou ainda mais feliz."

"E o sangue?" Daffy perguntou. "O sangue de onde você cortou o pé?"

"Não era sangue", retruquei, "porque não tinha vidro, porque não houve briga e a foto da vovó Milkweed nunca quebrou. O que parecia sangue era, na verdade, apenas a cor vermelha reluzindo de nossos desenhos. Eles ganharam vida. Eu não era a única com a cor vermelha no pé, todos nós estávamos assim. E não era apenas vermelho. Era azul e amarelo e todas as cores de canetinhas que já usamos. Papai tirou os coturnos para poder ficar descalço também enquanto dançávamos e rodopiávamos pela casa, espalhando todas as cores de cômodo em cômodo até formar um arco-íris. Dançamos a noite toda como ursos usando sinos."

"Eu sempre quis dançar", comentou Daffy, com a cabeça apoiada debaixo do meu braço.

"Você ainda está tremendo."

"Desde a noite passada, não consigo me esquentar", explicou ela.

Em seguida assoou o nariz no cobertor e adormeceu, com roncos chiados.

Segurei a ponta da flecha com força e disse:

"Devo ser especial para ter encontrado você".

Na manhã seguinte, minha mão estaria vazia e a ponta da flecha desapareceria.

PING, PING! PING, PING!

No trato respiratório inferior, haverá presentes das águas do rio na forma de terra e plantas. Elas dão essas coisas porque é o que têm a oferecer.

Na floresta ao redor, um coiote chora. O corpo da mulher se move. Estremece. Espirra. Mas não porque ganhou vida. É por causa dos peixes. Entraram na boca, nas feridas, nos buracos que não fecham mais. Eles entraram em busca de uma alma mas, em vez disso, encontraram algo para comer.

6

"Longe vou ficar, se você não segurar."
— Poeta Daffodil

A gripe foi particularmente terrível naquele ano. Daffy ficou debaixo das cobertas. Estava de cama havia algum tempo, e só saía de lá para vomitar no balde.

"Você deve se preparar para a possibilidade de ela não sobreviver", tia Clover falou para a mamãe pela lata. Eu estava sentada no sofá com minha tia porque, como ela mesma disse: "Não dava pra confiar que você não vai entrar escondida na porra do quarto da Daffy".

"Podemos ver outra coisa?", perguntei a ela, encarando a TV.

Era mais um documentário sobre algum lugar que não era Chillicothe.

"Não sei por que você vê essas coisas", continuei, coçando os pontos do meu pé. "Você nunca vai visitar nenhum desses lugares, tia Clover."

"Ei." Tia Clover agarrou meu queixo. "Não se atreva a dizer isso sobre mim."

"Bom, mas não vai mesmo."

Ela me deu um tapa.

"Isso doeu, tia Clover." Segurei o rosto, já acostumada com aquela ardência.

"Você não tem o direito de falar assim comigo." Ela enrolou o cachecol noturno em volta dos ombros e ajeitou a gola de oncinha de pele sintética.

Ninguém tinha grandes esperanças para a tia Clover. Acho que até eu era culpada disso.

Ficamos sentadas em silêncio enquanto imagens da Itália passavam pela TV. Estava no PBS, um dos canais favoritos de tia Clover, e era uma série sobre arte e os lugares onde ela é criada. Uma pintura colorida de uma mulher com um leve sorriso no rosto apareceu na tela.

"Podemos pelo menos assistir com o volume ligado?", perguntei.

"Para que você precisa disso?" Ela apoiou a perna, coberta de feridas recentes, na mesinha de centro.

"Quero saber o que estou vendo", respondi.

"Você tá olhando para a *Mona Lisa*, sua idiotinha. A *Mona Lisa*", repetiu ela, como uma estudiosa. Fiquei surpresa por tia Clover saber o nome da pintura, que dirá que ela existia. Fiquei cabisbaixa por vê-la como todo mundo via, como nada além de uma dependente estúpida, uma mulher de sonhos fúteis e mente pequena. Minha tia. Uma mulher com uma lacuna deixada pelos dentes podres, através da qual ela borrifaria água em você. Tanto ela quanto minha mãe poderiam ter sido rainhas em um desfile diferente, se não estivessem tão à vontade no buraco em que pareciam se enterrar mais e mais a cada dia.

"Sempre quis ver esse quadro pessoalmente", comentou ela, inclinando-se em direção à tela.

"Por que você não vai ver?", indaguei. Imaginei que ter uma coisa pela qual ansiar pudesse lhe dar um bom motivo para deixar de segurar isqueiros sob colheres. Na minha cabecinha infantil, pensei que poderia ser simples assim.

"Não seja uma vadia imbecil", ralhou ela. Então, na luz azulada de seus próprios pensamentos, sua carranca se transformou na expressão de alguém que estava prestes a chorar.

"Eu nunca verei essa pintura." As palavras saíram com uma leve risada no final, como se não houvesse nada na tristeza além de uma mudança de rosto. "Só na TV."

"Você poderia ver", insisti, "se você quisesse ir para..."

"Se eu quisesse ir para o quê?" Ela se virou para mim, recostando-se no sofá como se quisesse dar uma boa olhada.

"Se você quisesse ir a um desses lugares", concluí.

"Que lugares?"

"A professora da escola diz que existe um lugar que tira as drogas e deixa a pessoa melhor."

"Reabilitação?" Tia Clover riu. "Você quer saber o que é reabilitação?"

Fiz que sim.

"É um lugar de espelhos", continuou ela. "Eles forçam você a não fazer nada além de encarar seu próprio reflexo o dia todo e a noite toda. Não vou para o lugar dos espelhos nem a pau. Eu sei o que sou. Eu sei o que não sou. Não faz sentido beber do copo dos desejos. Um dependente é um dependente para sempre. Você está me entendendo? Não há nada que mude os nossos caminhos. Nada."

Ela pegou a lata e falou nela.

"Ei, Addie, escute só o que sua filha idiota acabou de dizer."

Eu me levantei do sofá e corri com o pé bom pelo corredor.

"Vou arrancar a pele da sua bunda se você entrar no quarto da sua irmã", a voz da tia Clover me seguiu. Eu parei na frente da porta de Daffy. Estava bem fechada. Inclinei e enfiei o dedo no buraco da fechadura, empurrando-o cada vez mais longe...

"Arc, é melhor você não estar nessa maldita porta."

Corri ao ouvir a voz da tia Clover e não parei até chegar ao quarto da mamãe. Sentei ao lado do furo no colchão. Tinha ficado ainda maior desde a última vez. Dava para ver que coisas novas estavam enfiadas lá dentro.

"O que você guarda aqui, mamãe?", perguntei quando ela se virou, com o rosto suado. Segurava uma agulha, com a qual pressionava a pele para cima e para baixo no braço machucado.

Enfiei a mão no buraco e tirei um par de óculos de sol masculino, um chaveiro com pé de coelho e frascos vazios de comprimidos. Havia chaves e fivelas de cintos, até a aba cortada de um boné de beisebol. Havia outras coisas que eu não conseguia ver, enfiadas mais fundo no colchão. Coisas que estavam muito fora do meu alcance.

"Mamãe, por que você está colocando todas essas coisas no seu colchão?", perguntei.

"Daffy está doente por sua culpa, Arc", ela falou. "Você não deveria ter mantido ela... mantido ela na rua durante a maldita no... noite inteira. Você a deixou ficar com... frio. É tudo culpa sua."

"Mamãe, você viu meus pontos?" Mostrei o pé para ela, que apenas o empurrou e pegou a lata do telefone. Em seguida puxou o barbante para se certificar de que estava esticado, depois chamou o nome de Clover.

Tia Clover entrou alguns segundos depois. "Estou bem aqui, Addie", disse ela. "Do que você precisa?"

"Veja se você... acha uma veia", isso foi tudo que minha mãe conseguiu responder, segurando a agulha.

Enquanto tia Clover pegava o braço de mamãe para procurar, manquei pelo corredor e parei diante da porta fechada do quarto de Daffy. Então a abri em silêncio. Achei que o quarto estaria diferente de quando Daffy estava bem. Sendo um quarto de doente, imaginei que tudo estaria mudado. As cores desbotadas, a luz escassa. As próprias paredes descascando. Achei que tocaria nas coisas e as sentiria molengas como frutas podres. Mas as coisas duras ainda eram duras e as coisas sólidas ainda eram sólidas.

O quarto cheirava a cebola. Tia Clover havia roubado uma da quitanda. Depois a cortou como a vovó Milkweed sempre ensinara. Até os olhos lacrimejarem. Em seguida a colocou em um prato e o acomodou na mesinha de cabeceira de Daffy. Acho que tia Clover pensou que se ela dissesse as palavras certas sobre a cebola crua, seria tão mágico quanto vovó Milkweed dizia, e tiraria a doença de lá depressa. Mas era apenas uma cebola que ficou muito tempo num prato no quarto de uma menina muito doente.

Fiquei de pé do lado da cama de Daffy e observei seus olhos avermelhados. O rosto dela estava voltado para o teto, vendo o ventilador girar lentamente. Vestia um moletom que vovó Milkweed comprara para ela. Era creme, com mangas azul-claras. Na frente dele estava Holly Hobbie, uma garota com vestido comprido e esfarrapado e touca na cabeça. Por baixo do moletom, Daffy usava uma camisola cor-de-rosa. A renda na barra tinha rosas e folhas. Também usava meias marrom-chocolate, mas uma delas havia caído em volta do tornozelo.

Quando agarrei o cobertor, Daffy virou o rosto suado para mim devagar e perguntou: "O que você está fazendo? Você não deveria estar perto de mim. Vai ficar doente também. Vá embora, Arc".

"Em 1918", comecei a responder, "a gripe espanhola matou mais pessoas num único ano do que a Primeira Guerra Mundial matou em quatro."

Eu tinha lido sobre isso em um dos meus livros de história favoritos.

"Eu vou morrer, Arc?", quis saber Daffy, doente demais para sentir medo de sua própria pergunta.

"Isso ia acontecer se você não tivesse a mim." Subi na cama e me aninhei perto dela, abraçando-a com fõrça. Quando envolvi meu pé bom no dela, pude sentir o suor frio encharcando suas meias. Ela respirava pela boca. Seu hálito quente e fedorento atingiu meu rosto frio. Fechei os olhos e imaginei os germes dela como centopeias que rastejavam da pele dela até a minha, onde se enterravam profundamente.

"Vamos matar o monstro juntas", expliquei a ela.

Tivemos febre, vomitamos e enchemos baldes com a face sombria da doença. Lembro de ver nossa mãe no quarto uma vez. Ela disse: "Eu falei para você ficar fora daqui, Arc".

Sua silhueta recuou até a soleira da porta, a cabeça voltada para a sala de estar para falar à própria irmã: "Arc está aqui. Está na cama com Daffy. Era para você ficar de olho nela".

"Não tem como ficar de olho em Arc", tia Clover gritou de volta. "Ela quer muito ser uma vadia. Pior, ela é teimosa como uma mancha de sangue."

Tia Clover apareceu do lado da minha mãe.

"Você não chama a atenção da morte quando ela está olhando na outra direção", continuou minha tia. "Arc acabou de lhe chamar a atenção com um tapinha no ombro. É melhor passar batom nas duas, assim pelo menos vão estar bonitas quando a morte chegar."

Senti a mão fria de mamãe agarrar meu queixo e passar batom apenas no meu lábio inferior. Em seguida passou um pouco no lábio superior de Daffy.

"Cada uma tem metade da mesma boca", mamãe falou para nós. "Vocês duas não estão lindas agora?"

Quando olhei de novo, não era mamãe ali, mas tia Clover.

"Sobe, sobe, dona aranha, onde você vai escondê-la?" Tia Clover cuspiu na palma da mão e bateu na minha testa. "Bem aqui, com febre."

"Acho que também estou ficando doente", comentou mamãe enquanto caminhava pelo corredor até seu quarto, sem saber se a náusea que sentia vinha da gripe transmitida pelas filhas ou dos vapores das drogas que havia ingerido.

"Arc, estou com medo." Daffy agarrou meu braço. Ainda me lembro de como sua febre subiu depressa e de como, ao tossir, ela manchou de sangue o moletom.

"Mamãe vai ficar com raiva", disse ela ao ver o sangue.

Mais tarde naquela noite, por mais que eu a sacudisse, minha irmã não fazia nada além de revirar os olhos. Enxuguei o suor do rosto dela e disse que tudo ficaria bem. Depois adormeci com a cabeça apoiada em seu peito barulhento.

Na manhã seguinte, Daffy estava empertigada na cabeceira da cama, sorrindo para mim.

"Você demorou muito para acordar", comentou.

"Você também", respondi, olhando para as pontas de flecha que ela havia desenhado em toda a cabeceira da cama. "Por que você desenhou tantas?"

"Eu sei que você perdeu a ponta da flecha, Arc", disse ela. "Mas agora temos tudo de que precisamos."

Ela me puxou para um abraço e rimos juntas. O que estava perdido parecia ter sido encontrado. Por um momento, éramos as irmãs mais felizes do mundo.

Chama-se mãos de lavadeira. A forma como a pele enruga quando é deixada na água por muito tempo.

É uma mudança cutânea de imersão, mas as águas do rio entendem isso como mais uma camada de vida sendo arrancada.

Haverá também um marmoreio da carne, uma mancha nos tecidos moles. Parecerá que uma série de pequenos riachos correm abaixo da superfície da pele. Como se as águas tivessem feito nascer algo de si mesmas dentro dos mortos.

Além do marmoreio, além das rugas, a pele vai começar a cair. Primeiro nas mãos e nos pés, as coisas que usamos para segurar e caminhar pelo mundo.

No fundo de si, elas guardarão todos os pedaços que puderem. Como se algum dia alguém viesse levá-los para casa.

7

"Quem? Quem? Disse o vento enquanto
soprava as já conhecidas palavras."
— Poeta Daffodil

1983

Um ano após sobreviver uma gripe forte o bastante para matar um punhado generoso de membros da nossa comunidade, minha irmã e eu comemoramos nosso décimo aniversário. Não houve bolo, nem presentes, nem cartão de aniversário. Deixadas sozinhas, fizemos uma festa ao desenhar um bolo no chão e fingir que chovia confete verde-limão sobre nós.

Desenhamos nosso bolo no que chamamos de cantinho do aniversário, o lado direito do chão no quarto de Daffy. Os bolos anteriores se sobrepunham lá. Havia um bolo roxo com cobertura, desenhado quando tínhamos 5 anos. Um cor-de-rosa de quando tínhamos 7. Para nosso décimo aniversário, decidimos fazer um lindo bolo azul. Desenharíamos o bolo inteiro, depois uma fatia, depois uma mordida, terminando com migalhas espalhadas pelos garfos. Se fechássemos bem os olhos, conseguíamos até sentir a cobertura azul com as pequenas rosas vermelhas.

Também desenhamos os presentes que gostaríamos de ter recebido. Um globo terrestre para que pudéssemos ver todos os lugares do mundo que tínhamos certeza de que visitaríamos quando fôssemos grandes o suficiente para não ter que subir num banquinho para ver nosso próprio reflexo no espelho. Desenhamos uma pulseira com berloques, como aquela que uma menina da escola tinha. Víamos os berloques tilintarem quando aquela menina, que sempre sabia a resposta, levantava a mão na aula. Daffy e eu decidimos que também gostaríamos que nossos punhos tilintassem. Por fim, desenhamos um par de asas.

"Porque não dá pra voar sem elas", explicou Daffy.

As asas eram o único presente que sempre se repetia. A cada ano nós as desenhávamos com mais penas, esperando que fossem grandes o bastante para se tornarem realidade. Não importava o quanto desejássemos, ou o quanto as aumentássemos, nunca saíamos mais do que trinta centímetros do chão, o mais alto que conseguíamos saltar.

"Se não conseguirmos asas desta vez", disse Daffy, "nunca vamos conseguir."

"Vamos ter que esperar pra ver como é ter 10 anos", respondi.

No fim das contas, ter 10 anos não era muito diferente. Pintamos as unhas com esmalte imaginário e usamos laços de cabelo como pulseiras. Embora não tivessem berloques, fingíamos que sim. Entre o esmalte que ninguém via e as pulseiras que ninguém ouvia tilintar, nossa mãe começou a trazer cada vez mais trabalho para casa.

Arranjou um longo cordão de contas pintadas de dourado na loja de descontos e pendurou na maçaneta da porta, dando várias voltas até que o fio ficasse embolado. Era um sinal para que Daffy e eu não entrássemos no quarto. O cordão parecia estar sempre lá, a tinta dourada descascando e revelando o plástico branco por baixo.

No começo, Daffy e eu encostávamos a orelha na porta fria da mamãe e ouvíamos os sons do outro lado, que pareciam tão embolados quanto as contas do cordão. Comecei a achar que era por isso que mamãe e os homens saíam do quarto com pescoços, braços e pernas vermelhos. Quando a porta estava fechada, espiávamos pelo buraco da fechadura e víamos movimentos que não entendíamos. Daffy sempre enfiava o dedo ali e girava, depois espiava outra vez, na esperança de que a cena do outro lado fosse diferente. Mas nunca era.

Os gemidos e grunhidos levaram Daffy e eu a desenharmos selvas, leões e grandes folhas atrás das quais coisas sombrias se escondiam. De vez em quando, escutávamos à porta e não ouvíamos nada. Isso nos deixava ainda mais confusas. Para o silêncio, desenhávamos bocas vermelhas brilhantes, bem fechadas. Não as colocávamos no chão, mas sim nas paredes sujas do corredor que levava ao quarto da mamãe. Às vezes ela se postava diante desses lábios vermelhos brilhantes e os cobria com os seus, enquanto Daffy e eu observávamos das sombras.

Escutei as palavras *puta*, *vagabunda* e *vadia* todos os dias na minha infância. Era assim que minha mãe e minha tia eram chamadas por aqueles que se achavam superiores. Quando as pessoas as chamavam de putas, eu só conseguia pensar que minha tia conseguia cantar "The Star-Spangled Banner" sem errar nenhuma nota e que minha mãe conseguia desenhar uma catedral, ou uma ponte coberta, ou o Empire State Building, em linhas perfeitas. Acho que mamãe poderia ter sido arquiteta. Eu conseguia imaginar. A agulha se transformando em um lápis em sua mão enquanto ela vestia uma jaqueta de arquiteto, que quando criança sempre pensei que seria dourada com borlas azuis brilhantes nos cotovelos.

"Vejo vocês mais tarde", imaginei que ela diria ao sair de casa com nada além de papel de desenho e um milhão de prédios nas costas. Não acho que ela me chamou de Arc apenas porque eu cavava e fingia ser a melhor arqueóloga de Ohio, talvez do mundo. Acho que me chamou de Arc em homenagem à arquiteta que existia dentro dela. Talvez acreditasse que ao depositar seus sonhos em mim, escondendo-os no meu nome, também teria sucesso, se eu o tivesse. Mas ninguém jamais viu minha mãe ou minha tia como mulheres que floresceriam em qualquer coisa além de abrir as pernas.

Daffy e eu não sabíamos o que a palavra "john" significava quando éramos jovens o bastante para ainda acreditar no amor. Tudo o que sabíamos era que nossa mãe e a tia Clover tinham uma grande coleção de camisas decotadas e uma série de namorados por causa disso. Quando minha irmã e eu tínhamos altura suficiente para andar na roda-gigante na feira do condado, sabíamos que era possível pagar por sexo e que nossa mãe e nossa tia definiam seus próprios preços para isso. Logo me diriam que os homens se chamavam *johns*. Quando ouvi isso pela primeira vez, achei estranho que todos tivessem o mesmo nome.

"*John* é o nome que damos a eles", explicou tia Clover, mantendo a voz o mais firme que podia. "Esse é o nosso poder. Dar um nome a eles."

Não muito depois disso, entendi que sexo não era como nos filmes. Não era um homem legal e uma mulher feliz na cama. Ele não paira sobre o rosto sorridente dela. Às vezes, sexo pode ser isso. Mas não sempre. Pelo menos, não na nossa casa.

Tia Clover levava os *johns* para o motel Blue Hour. Acho que quando o construíram na década de 1960, a ideia dos proprietários era que fosse um estabelecimento respeitável, mas, com o passar dos anos, os tijolos pintados de azul do Blue Hour escureceram e o lugar se tornou o ponto de encontro de usuários de drogas e prostitutas. Todos os quartos eram acessíveis pelo lado de fora, assim como a escada, com um corrimão de ferro preto que conduzia às portas do segundo andar. Em qualquer dia, você poderia reservar um quarto e encontrar percevejos e uma agulha suja com uma colher embaixo do colchão. O estabelecimento se tornou uma vergonha para a comunidade como um todo, anunciado no horizonte por um grande retângulo de tijolos que servia de sinalização, com "Blue" escrito em letra cursiva, para transmitir certa classe, e "Hour" escrito em grandes letras maiúsculas para atrair o trabalhador comum.

Antes de sair para o Blue Hour, tia Clover sempre passava rímel. Usava um da mesma cor que nossa mãe. Azul-elétrico. Parecia besuntar os cílios com produto suficiente para asfaltar as ruas por onde andava. Nunca saía de casa sem fazer o delineado com pequenos x ao longo do traço.

"Meu arame farpado", ela dizia como se para se lembrar. Em seguida se olhava no espelho, pegava a fita transparente e encontrava outra parte de si mesma que havia rachado no reflexo.

Tia Clover fedia cada vez mais. Mamãe também. Cheiro de suor, de cabelo que passou mil manhãs sem lavar. Depois havia o aroma de algo úmido que cobria o nariz. Isso me fazia pensar em poças criadas pelo derretimento de mulheres quentes demais para perceber que estavam sendo queimadas vivas.

"Não suporto o cheiro", reclamava Daffy, tapando o nariz.

Inventamos uma brincadeira em que listávamos todas as coisas a que nossa mãe e nossa tia cheiravam.

"Cheiram a bafo de cachorro", começou Daffy. "À lama na sola de um sapato."

"Cheiram à água suja de louça", continuei. "E alface murcha e sangue na lâmina de uma faca."

"Pior de tudo." Daffy suspirou. "Elas têm o cheiro dos *johns*."

Minha irmã e eu apelidávamos todos os homens que vinham em busca de nossa mãe. Havia um que nomeamos de Fode e Vai, por causa da rapidez com que ele vinha e ia embora. Bunda Empinada era um sujeito que usava jeans como se fosse plástico-filme, e Assassino era um cara que sempre tinha o cabelo preto penteado para trás. Quando estava com ele, nossa mãe gritava tão alto que parecia que ele a estava matando. Também havia o Espírito Santo, que flutuava de cômodo em cômodo com seu crucifixo balançando no pescoço.

Com o passar do tempo, eles começaram a ficar indistinguíveis para nós duas, então desenhamos um homem no chão para representar todos. Demos a ele cabelo castanho, olhos castanhos e nenhum sorriso. Desenhamos dinheiro na mão dele e um coração partido no peito. Nós o fizemos no chão do corredor para que os *johns* pisassem neles mesmos ao caminhar para o quarto de nossa mãe e fechar a porta atrás de si, as contas balançando contra a maçaneta.

Nós duas fazíamos de tudo para evitar os homens, que quase sempre saíam de casa furiosos, gritando com a mamãe por roubar isso ou aquilo.

"*Cadê a porra do meu chapéu, Addie?*"

"*Cadê meu maldito óculos de sol?*"

"*Você não passa de uma puta ladra.*"

Alguns dos *johns* olhavam para Daffy e para mim quando saíam e pareciam envergonhados por nos ver ali. Eles se afastavam da casa às pressas, com a cabeça baixa e as chaves do carro na mão. Outros *johns* passavam por nós como se tivessem todo o direito do mundo de fazer o que estavam fazendo.

Somos homens, seu andar parecia dizer. *Somos homens e transamos. E daí se o que estamos fodendo é sua mãe?*

Também havia aqueles que nos olhavam com pena. Não os víamos com frequência. Às vezes, nunca mais os veríamos. Era como se nem mesmo a atração do sexo barato pudesse impedi-los de pensar nas duas garotinhas vendo desenhos animados na sala do outro lado do corredor.

Quando o vimos pela primeira vez, não sabíamos de que tipo ele era. O cabelo era preto, raspado nas laterais, mas comprido no topo e penteado para trás. As sobrancelhas salientes eram pretas e grossas, contrastando com a pele pálida. Eu nunca tinha visto olhos tão juntos, escuros e brilhantes, como se estivessem cheios de petróleo bruto. Ele estava todo vestido de preto. Camisa de manga comprida e calça justa. Se não fosse pelo som das batidas, talvez nem desse para notar sua presença.

Os passos eram lentos e alongados. Ao contrário de seus pés, os dedos se moviam de forma rápida e espasmódica, as unhas amareladas provocando batidas altas enquanto andavam pelas paredes com ele.

Quando se sentou do nosso lado, sabíamos que era diferente dos outros. Tia Clover tinha saído para o Blue Hour, então Daffy ficou com o braço do sofá. Eu estava no meio, sentada com as pernas cruzadas abaixo do corpo. Por um bom tempo, ele não disse nada. Apenas brincou com a corrente de ouro em volta do pescoço. Quando olhei para ele, percebi que tinha fios de cabelo humano, em vários tons, enrolados na corrente como se estivessem presos ali.

"Por que tem cabelo no seu colar?", perguntei, mas ele apenas olhou para a TV. Estava passando Pernalonga. O homem viu o coelho bater na cabeça do diabo com o martelo.

"Vocês têm olhos estranhos", comentou ele, sem se virar para nós.

"São bolas de gude de bruxa", explicou Daffy. "O olho azul é para água. O olho verde é para terra."

"A TV está muito alta", foi tudo o que ele disse. "Baixe o volume."

Daffy pegou o controle remoto e baixou o volume.

"Agora está muito baixo", reclamou ele. "Aumente o volume."

Peguei o controle remoto e aumentei tanto que Daffy cobriu os ouvidos.

"Você é obediente. Faz o que mandam. Boa menina." Ele sorriu sem olhar para nós.

"O bafo dele tem cheiro de borrachudos", cochichou Daffy no meu ouvido.

O homem colocou o braço atrás da minha cabeça. Fui mais para perto de Daffy.

"Nossa tia Clover vai chegar já, já", avisei, então senti um beliscão no topo da minha cabeça. "Ai", gritei e me afastei dele. "Isso doeu."

Ele segurou o fio de cabelo comprido que havia arrancado de mim.

“Você não gritou para chamar sua mãe?” As palavras eram tão lentas quanto seus passos.

Esfreguei a cabeça enquanto ele enrolava o cabelo na corrente de ouro, acrescentando-o aos outros fios que já estavam lá.

“Adoro essa parte”, comentou, com os olhos vidrados na TV.

Ninguém nunca diz que o demônio vai sorrir ou rir com você quando o coelho pega o rifle do caçador e atira nele sem parar no desenho animado que sempre parece ser a única coisa passando na TV quando um homem tem a mão enfiada debaixo do cobertor e a pousa na coxa de uma menininha.

Fiquei quieta enquanto nós três assistíamos ao desenho animado. Quando terminou, ele tirou a mão. Depois se levantou e abotoou a camisa, que estivera aberta desde que ele havia saído do quarto de nossa mãe.

Mais tarde, naquela noite, não consegui dormir. Pensei em seu colar de ouro e nos cabelos enrolados nele. Eu podia ouvir os gemidos vindos do quarto da mamãe, no fim do corredor. Não se pode escapar dos segundos no que parece ser uma noite sem fim. Homens numa casa e, de repente, um no meu quarto. A sombra dele como a da aranha do desenho animado que vimos juntos.

Saí depressa da cama e comecei a jogar a roupa suja nela. Depois voltei, tentando me esconder na pilha.

Mesmo assim, ele me encontrou.

“Se você gritar”, avisou ele, “vou matar todos nesta casa. Eles vão culpar você.”

Enquanto ele desabotoava as calças, fechei os olhos e pensei na história do mundo, recitando todos os fatos que havia aprendido nos livros da biblioteca. Quando ele me empurrou contra o colchão e segurou meus pulsos finos acima da cabeça, imaginei estar com Howard Carter no momento em que ele escavou a tumba do rei Tutancâmon. Ouro egípcio e as terras de um faraó viraram pirâmides ao meu redor enquanto o homem puxava minhas pernas e se encaixava entre elas.

Meu abajur estava aceso na cabeceira. Lançou nossas sombras na parede. Vi quando os dois braços do homem se transformaram em oito pernas. Moviam-se como a aranha que, certa vez, vi atacar uma mariposa na teia do quintal.

Quando a dor começou e senti que seria rasgada em duas, pensei nos antigos romanos e nos gladiadores valentes na arena com os leões. A multidão os aplaudindo até a morte, o leão rugindo para a selva de onde tinha sido tirado.

"Boa menina." O homem bateu na lateral da minha perna com todas as suas oito patas quando terminou. "Obediente. Faz o que mandam."

Semanas se passariam antes que eu o visse de novo. Então, de repente, lá estava ele. Empurrei a mesa de cabeceira para bloquear a porta. Mesmo assim, ele entrou. Empurrei minha cama. Mesmo assim, ele entrou. Joguei sal na soleira porque vovó Milkweed dizia que isso afastaria os espíritos malignos. Mesmo assim, ele entrou.

Uma vez, ele trouxe um McLanche Feliz. Colocou no chão, mas só me deixou pegá-lo depois. Pensei na comida o tempo todo. Olhei com tanta força para a caixa vermelha com alcinhas amarelas que pensei que ela poderia se levantar do chão e flutuar até mim.

Assim que ele terminou, tratei de vestir minha roupa e me sentei longe da caixa para poder admirá-la.

"Parece aquela do comercial de TV", comentei, rodeando a caixa.

"Você nunca comeu um?", ele perguntou.

Neguei com a cabeça. Ele puxou a calça para cima, mas não a abotoou, depois se sentou na beirada da minha cama. Eu o observei pegar um cigarro e acendê-lo, então perguntei: "Por quê?".

"Por que o quê, sua merdinha?"

"Por que você me trouxe um McLanche Feliz?"

Ele não respondeu, então voltei a olhar para a caixa. Eu me perguntei se abri-la significaria ter que destruir os arcos dourados.

"Você não vai comer logo isso, meu Deus?" Em seguida pegou meu único cobertor e o usou para assoar o nariz.

Eu me arrastei pelo chão até a caixa, depois a abri como tinha visto as crianças fazerem no comercial. Esperei que a comida brilhasse como acontecia na TV, mas nenhuma luz apareceu. Baixei a cabeça devagar e contei cinco nuggets. O homem me observou enquanto eu comia dois e guardava três. Havia um pacotinho de batatas fritas todo esparramado. Elas eram gordurosas e estavam frias, mas tive que me segurar para não comer todas. Não conseguia me lembrar se tinha comido naquele dia ou no dia anterior. Sabia que tinha comido três biscoitos na segunda-feira, mas isso parecia ter acontecido havia muito tempo.

Queria comer o lanche inteiro e a caixa. Em vez disso, comi apenas cinco batatas fritas, guardando as outras com cuidado na embalagem.

"Por que você está guardando comida?", quis saber o homem, esticando as pernas e cruzando na altura dos tornozelos. "Por acaso tem algum cachorro por aqui?"

"É pra minha irmã." Com delicadeza, coloquei os nuggets restantes perto das batatas fritas.

"O quarto dela é o do lado?"

Fiquei em silêncio enquanto pegava o brinquedo na caixa. Estava em um saco plástico. Tive que morder o canto para abrir e chegar até a princesa. Ela era linda, com longo cabelo preto e sombra roxa que combinava com as joias roxas de sua coroa. Eu sorri e a aninhei na palma da mão.

"Por que as meninas sempre gostam tanto de princesas?" Ele segurou o cigarro entre os lábios e se recostou na cama para fechar o zíper da calça jeans.

"Porque se você for princesa, um dia será rainha", respondi. "Aí vai ganhar uma coroa que ninguém pode tirar de você, e vai poder governar o reino sozinha."

Passei os dedos pelo plástico rígido do vestido rosa da princesa.

"Você vai guardar o brinquedo para sua irmã também?", perguntou o homem.

Beijei a princesa enquanto ele soprava a fumaça do cigarro.

"Não fume perto dela", falei, protegendo seu rosto com a mão.

Ele se levantou e afivelou o cinto antes de sair. Brinquei com a princesa por mais algum tempo, deslizando-a pela beirada da cama para fingir que estava passeando pelos jardins de seu reino. Ela não era maior do que minha mão de 10 anos, mas era minha primeira boneca novinha em folha. Certa vez, encontrei uma boneca no chão com o rosto de plástico afundado, e também tive um ursinho de pelúcia cor-de-rosa que mamãe e papai me deram quando prometeram que ficariam sóbrios. Mas aquele urso foi vendido, assim como o de Daffy e a boneca, em uma venda de garagem em que todos os pertences da nossa infância estavam etiquetados e com desconto.

Eu sabia que nunca mais arranjaria outra boneca. E teria que dividir com Daffy, mas ainda não. Precisava que a princesa fosse só minha por um tempinho. Eu a enfiei entre o colchão e o estrado. Avisei que voltaria mais tarde e levei o lanche para o quarto de Daffy.

Achei que ela era o cobertor e a pilha de roupas sujas na cama, mas quando os empurrei para o lado, não havia nada.

"Daffy?", sussurrei. "Cadê você?"

"Aqui", ela sussurrou de volta.

"Onde?" Acendi a luz e olhei para os galhos colados na parede dos fundos do quarto. Alguns estavam presos por chicletes. Outros por uma pasta feita de farinha e água.

"O que você acha que a tia Clover está fazendo aqui?" Daffy, debaixo da cama, pôs a cabeça para fora.

"Não sei." Dei de ombros.

Desde que tivemos gripe, tia Clover vinha coletando galhos e gravetos do lado de fora, sempre carregando consigo uma sacola plástica para guardá-los.

"Talvez seja um feitiço de bruxa", sugeri. "Assim nunca mais vamos ficar doentes."

Apoiei os joelhos e as mãos no chão e espiei a escuridão debaixo da cama. "Eu trouxe uma coisa pra você, Daffy". Empurrei o McLanche Feliz pelo chão até ela.

"Dá pra mim." Ela estendeu a mão e o agarrou.

"Por que você está aqui?", perguntei e me arrastei para baixo da cama para me deitar a seu lado.

Ela rasgou a caixa quando a abriu, então as alças arqueadas nunca mais parariam de pé.

"Só tem três nuggets aqui, Arc. E cadê o resto das batatas fritas?"

"Eu também precisei comer, sabia?"

Com a boca cheia, Daffy perguntou onde eu tinha arranjado o McLanche Feliz.

"Tia Clover me deu." Deitei no chão e olhei para o forro da cama.

"Cadê o brinquedo?"

"Que brinquedo?" Fechei os olhos.

"No comercial eles sempre ganham um brinquedo", respondeu Daffy. "Cadê?"

"Tem que pagar a mais por isso", expliquei. "Você conhece a tia Clover. Ela nunca pagaria a mais por um brinquedinho bobo."

Daffy lambeu a gordura de seus dedos e deitou a cabeça no chão, deslizando-a até encostar na minha.

"Por que você está aqui embaixo?", perguntei.

Ela não respondeu. Por um tempo, só me concentrei no cheiro de xixi vindo do colchão. Estava prestes a lhe perguntar se estava fazendo xixi na cama de novo, mas percebi que ela já tinha adormecido.

Saí de fininho e voltei para meu quarto. Tateei debaixo do colchão até encontrar a princesa, depois subi na cama. Olhei no fundo de seus olhos e fiz uma voz para ela.

Meu nome é Princesa Rio da Lua. Qual é o seu?, ela perguntou para mim.

"Meu nome é Arcade", respondi. "Mas todo mundo me chama de Arc."

Você também é uma princesa?

"Não. Sou só uma garota. Mas minha falecida tataravó era uma bruxa. Eles a queimaram na fogueira. Queimaram vovó Milkweed também. E provavelmente vão me queimar."

Quem queimou elas? Aquele homem que estava aqui?, quis saber a princesa, tremendo na minha mão.

"Não, ele é só um *john*."

O que é um john*?*

"Um homem que pega coisas."

O que ele pegou?

"Tudo", respondi. "Mas ele já foi embora. Não vai voltar esta noite", expliquei para que ela não ficasse tão assustada.

Passei mais um tempo acariciando seu cabelo e dizendo como seu vestido cor-de-rosa era lindo.

Obrigada, respondeu a princesa, porque era educada.

"E eu gosto da sua coroa", afirmei.

Obrigada.

"Um dia, também vou usar uma coroa."

Eu sei que vai, Arc.

"É melhor eu te guardar. Vai que alguém te encontra? Você vai ser minha princesa secreta por um tempo."

Tudo bem, respondeu ela. *Vou me esconder por você.*

Enfiei a princesa de volta debaixo do colchão.

"Já estou com saudades", confessei enquanto me deitava e olhava para o teto branco e rachado.

"Quando a gente crescer, Daffy e eu vamos alcançar o teto e desenhar lá também", contei, sem saber se a princesa conseguia me ouvir através do colchão. "Vamos desenhar todo tipo de coisas." Ergui o tom de voz. "Coisas que ficariam felizes no teto, como pássaros, nuvens e o céu azul. Vou desenhar você lá em cima, se você quiser."

Tateei o colchão e a peguei.

"Só quero segurar você mais um pouquinho", expliquei. "Eu te amo. Nunca me abandone. Por favor."

Noite após noite, eu conversava com minha princesa secreta e dizia a ela que um dia seríamos rainhas. Depois, eu a colocava debaixo do colchão, mas cada dia eu a segurava um pouco mais. Na noite em que adormeci, ela estava tão quente na minha mão que sonhei com castelos e terras que seriam nossas. O som de algo quebrando destruiu tudo isso e me acordou.

"Que diabos?" A voz dele estava raivosa.

Acendi o abajur depressa. A aranha estava de volta. Quando ele levantou o pé, vi que a princesa tinha sido esmagada sob sua bota grande e feia.

"Você a matou." Caí no chão ao lado de seu corpo quebrado. "Eu te odeio. Você matou minha amiga. Quero que você morra."

Gritei até que ele me deu um tapa na boca e me disse para tirar a roupa e voltar para a cama. Tentei me concentrar nos fatos históricos enquanto seu hálito quente soprava em meu rosto, mas só conseguia pensar na princesa, morta no chão.

"Cale a boca e engole o choro", ralhou ele.

Por mais que eu tentasse, não conseguia. Em vez disso, chorei mais alto.

Quando tia Clover entrou no quarto, o homem ainda estava em cima de mim.

"O que diabos está acontecendo aqui?" Ela acendeu a luz. "O que... saia de cima dela, seu filho da puta sujo."

Ele apenas sorriu e continuou, seu peso desabando sobre mim.

"Saia, seu desgraçado", gritou tia Clover.

Dava para ouvir os punhos dela acertando as costas nuas dele com um estalo.

"Pare, pare com isso." Eu nunca a tinha ouvido gritar tão alto. "Seu desgraçado. Saia de cima dela. Pare ou eu mato você, porra."

Ele recuou e deu um tapa no rosto dela, fazendo seu nariz sangrar.

"Dê o fora, vadia", vociferou o homem. "Ou vou cortar você de orelha a orelha."

Tia Clover se encostou na parede, deslizando por ela a caminho da porta. Em seguida, começou a andar um pouco rápido demais para o gosto dele.

"Ei." O homem ficou de pé. "Nem pense em ligar para alguém. Ouviu?"

Tia Clover assentiu. Mesmo assim ele se aproximou e agarrou a cabeça dela. Segurou com firmeza entre as palmas das mãos e usou os dedos para bater rapidamente contra sua pele. Olhei para as sombras projetadas na parede. As oito patas estavam de volta.

"Eu poderia te esmagar como um inseto", ele disse enquanto apertava o rosto dela com tanta força que as bochechas magras foram enfiadas em sua boca.

"Eu não vou fazer nada." A voz dela saiu deturpada. "Eu juro."

Bem quando pensei que o crânio dela seria esmagado, ele a soltou. Tia Clover caiu no chão, soluçando e rastejando pelo corredor a tempo de não ser atingida pela porta que ele fechou com um baque. Achei que ela voltaria para me buscar. *Deve ter ido pegar uma faca na cozinha*, pensei. *Ou uma pedra no quintal. Mas depois ela vai voltar para me salvar.*

Mas ela nunca voltou. Enterrei o rosto no cobertor quando ouvi a cama ranger sob o peso dele. Fechei os olhos com força. Quando ele terminou, vestiu a calça e saiu.

Deslizei para o chão e tentei consertar a princesa, mas não tinha jeito.

"Sinto muito", eu disse a ela. "É tudo culpa minha."

Esperei que ela falasse.

"Por favor", implorei. "Fale alguma coisa. Por favor, não me abandone."

Ela continuou em silêncio, então a joguei debaixo da cama, espalhando seus pedaços nos cantos escuros.

Do lado de fora, os anjos estão ausentes, voando para longe enquanto o corpo se transforma em uma matéria marrom conhecida como cera cadavérica. Se você estiver perto o suficiente, conhecerá seu cheiro doce e enjoativo. As águas do rio tentam levá-lo embora, mas é difícil interferir nesta fase, em que a morte tem suas próprias promessas a cumprir.

A criação termina do jeito que começa. Com fome.

A essa altura, fica difícil imaginar que os restos mortais tenham sido uma pessoa. Que tenham sido alguém que riu das piadas do pai. Sorriu ao toque da mãe. Dançou descalça com o amante no linóleo frio do chão da cozinha. Os dedos dela tinham uma identidade que lhe pertencia. Ela era o alecrim, o trigo vermelho de inverno, o *sempervivum*, a raiz-rosa. Agora, ela não é vista pela cor dos olhos, pela extensão do sorriso, pela fluidez do cabelo. É vista pela cera que a reveste. A podridão em sua boca. O inchaço em seus seios. Ela não é ouvida por sua canção, sua voz, suas palavras. Existe apenas o silêncio, quando não há a mastigação suave do que um dia foi uma mulher que caminhou pela terra, sem saber que sua morte ofuscaria sua vida.

8

"Segure com firmeza. Com toda a sua força e certeza."
— Poeta Daffodil

Na manhã seguinte, enquanto uma vista aérea do Grand Canyon iluminava a tela da TV, tia Clover estava sentada no sofá com um braço para fora, seu dedo traçando no ar lentamente as bordas do cânion.

"Você ia amar o Grand Canyon", comentou quando me sentei ao seu lado, com a trança caída sobre meu ombro e a camisa rasgada. "Você sabia, Arc, que existem camadas de rocha com duzentos e cinquenta milhões de anos, e estão sobre rochas com mais de um bilhão de anos? Onde está todo aquele registro de tempo que deveria estar no meio? Como mais de um bilhão de anos de rocha pode sumir assim, sem mais nem menos? Ninguém sabe o que aconteceu com tudo isso. É chamado de Grande Inconformidade. Sobe, sobe, dona aranha, onde você vai escondê-la?" Tia Clover cuspiu na palma da mão e foi até a TV, onde a pousou na tela sobre a imagem do cânion. "Bem ali."

Quando voltou para o sofá, colocou a sacola plástica no colo e começou a separar os gravetos e galhos que havia recolhido.

"Ninguém vai me perguntar", disse ela. "Mas eu sei por que aquela pedra desapareceu. Foi porque o Grand Canyon é uma mulher que já foi uma garotinha que foi ferida. E ela pegou o registro de toda aquela dor e o enterrou. Fez desaparecer. Como se isso nunca tivesse acontecido."

Vi o sangue fresco adicionado ao cinto branco quando ela se virou para mim.

"Não conte à sua mãe sobre o homem", instruiu. "Ela não superaria isso. Seria demais para ela aguentar."

"Demais para *ela*?" Cravei as unhas na almofada do sofá.

Tia Clover enxugou uma lágrima do meu rosto.

"As coisas mudaram para você agora, Arc. Você tem que ser como o Grand Canyon. Faça sua dor desaparecer. Mas não seu coração. Você tem que protegê-lo da amargura que vai começar a sentir."

"Como assim?"

"Você vai ficar com raiva, até mesmo cruel." Ela voltou os olhos para a TV, as mãos ainda ocupadas em vasculhar a sacola de galhos. "Você tem que manter uma parte de si mesma escondida de toda essa crueldade."

"Como?", perguntei.

Ela pousou a sacola no chão e pegou uma caixa de papel vazia na mesinha de centro. Era velha e estava amassada na lateral. Antes havia abrigado biscoitos, mas a essa altura era usada como cinzeiro. Tia Clover examinou a caixa, encontrando a aba mais limpa, da qual rasgou uma parte e me entregou.

"Às vezes, você precisa se agarrar a algo para lembrar que existe", continuou ela. "E quando você lembra que isso existe, lembra que deve protegê-lo. Mantenha essa parte segura, Arc. É um pedaço seu."

Em seguida, pegou a sacola de galhos e a colocou no colo enquanto eu carregava a parte da caixa para a cozinha. Daffy estava sentada à mesa, tentando encontrar cereal no fundo de uma caixa vazia.

"O que é isso?", quis saber ela, apontando para minha mão.

"Tia Clover me deu." Guardei a ponta no bolso.

"Por quê?"

"Tinha uma aranha no meu quarto. Uma bem grande e feia", respondi. "A aranha tinha pernas tortas e lábios tão finos que sumiam quando sorria." Dobrei os braços como se fossem pernas de aranha. "Tinha olhos escuros. Cheios de petróleo. *Buuu, buuu.*" Eu me aproximei dela como um fantasma, mas ela não riu.

Daffy olhou para a teia de aranha no canto da cozinha. "A mesma aranha esteve no meu quarto", contou ela, do mesmo jeito apressado com que todas as garotas repetem o nome do monstro.

"O que você quer dizer com isso, Daffy?", perguntei.

Ela baixou os olhos até os meus.

"Você sabe o que eu quero dizer."

Quando examinei o rosto da minha irmã, vi em seus olhos as mesmas sombras de oito patas nas paredes.

"Não, não, não, não." Eu a agarrei pela mão e puxei para a pia. Joguei a louça suja no chão, quebrando os itens que não eram de plástico. Segurei o pano puído sob a água morna, depois o esfreguei para cima e para baixo nos braços de Daffy.

Quando comecei a esfregar o rosto dela, Daffy falou: "Não dá pra limpá-lo, Arc".

Joguei o pano no chão e corri para o quarto da mamãe. As contas estavam na maçaneta, mas não me importei. Abri a porta. Mamãe estava no colchão com o *john* que chamávamos de Espírito Santo e enfiava uma agulha no braço dele.

"Cacete, Arc, saia daqui", ela gritou.

"Mãe?" Corri e tentei cair no colo dela. "Você tem que fazer alguma coisa. Tem uma aranha machucando Daffy e eu..."

Ela se levantou e me agarrou pelo braço, me puxando de volta para a porta.

"Mamãe, você precisa ajudar a gente." Tentei escapar de seu aperto. "Mamãe, por favor. Ele está nos machucando. A aranha está nos machucando."

Ela me jogou no corredor com tanta força que eu caí.

"Estou pouco me lixando, porra." Então bateu a porta.

"O que você está fazendo, Arc?" Tia Clover estava de pé no fim do corredor.

"Eu te odeio." Fiquei de pé e passei correndo por ela, pegando Daffy pela mão ao passar.

Juntas, escapamos da casa e seguimos pela rua enquanto eu tentava pensar para onde ir.

Na placa de pare da esquina, vimos as costas de um policial. Estava tirando a fita amarela da casa onde uma mulher havia morrido alguns dias antes, quando injetou mais do que suas veias podiam suportar.

Sorri para a camisa preta bem passada do policial conforme nos aproximávamos. Eu não me importava com o que poderia acontecer com minha mãe e minha tia se contasse à polícia. Não me importava se elas fossem levadas embora para sempre. Só sabia que queria contar tudo para poder salvar minha irmã, como as meninas são salvas do monstro na TV. Imaginei os aplausos do público quando tivéssemos o final feliz de seriado que eu tinha certeza de que viria.

“Com licença, seu policial.” Fiquei na ponta dos pés e bati nas costas dele. “Senhor?”

Quando ele se virou, percebi que as aranhas aparecem durante o dia e usam uniforme para tentar encobrir quem são à noite. Mas é impossível esconder olhos que parecem cheios de petróleo.

Ele olhou para minha irmã e para mim, seu distintivo brilhando à luz do sol de uma forma que me fez querer capturá-lo e incendiá-lo.

“Vá para casa”, disse ele enquanto Daffy se escondia atrás de mim, espiando o homem que parecia ainda mais alto durante o dia. “Estarei lá hoje à noite.”

Para quem você conta sobre os demônios quando são os demônios para quem você conta?

Podíamos sentir os olhos dele em nós conforme corríamos pela rua vazia. A casa parecia mais escura do que havíamos deixado.

“Arc?” A voz da tia Clover veio do sofá, mas passamos correndo por ela e entramos no meu quarto, onde fechamos a porta e nos encostamos ali, como se ele fosse voltar naquele instante.

Daffy viu as pernas quebradas da princesa escapando da sombra debaixo do meu colchão. Ela não disse nada sobre isso, exceto: “Coloque as pontas no quadrado, Arc. Deixe o lado selvagem lindo”.

Em seguida se aproximou e se sentou no chão, espalhando os pedaços da princesa à sua volta.

“Era uma vez.” Eu me sentei ao lado dela e peguei a canetinha vermelha. “Uma aranha que entrava na casa à noite.” Comecei a fazer rabiscos ao redor do corpo da princesa. “Mamãe gritava: ‘Tire aquela aranha nojenta de casa’. Mas a aranha não podia ser capturada. Temíamos ter que viver com ele para sempre. Mas aí veio papai, com seu coturno enorme e sua grande marcha. Ele perseguiu aquela aranha e a esmagou sob o calcanhar.

“‘Aranhas são proibidas nos quartos das minhas meninas’, disse ele.

"Papai moeu o corpo daquela aranha até que não restasse mais nada, nem mesmo uma de suas oito patas. A aranha foi destruída e papai sabia que ela nunca mais voltaria atrás de suas filhas."

"Mas não é verdade." Daffy me viu fazer os desenhos. "Não importa o quanto a gente tente deixar bonito o lado selvagem, a aranha ainda está viva. Ele ainda virá atrás de nós, Arc."

"Então não estaremos aqui." Joguei a canetinha no chão e me levantei. "Ele não pode nos pegar se não estivermos aqui."

Entrei no quarto da mamãe. Dessa vez nada aconteceu, porque ela e o *john* estavam deitados no colchão, com os olhos fechados. Peguei a bolsa militar do papai, que ela usava como cobertor, e levei para meu quarto. Daffy ficou atrás de mim, agarrando a parte de trás da minha camisa, enquanto eu colocava na bolsa uma muda de roupa, um travesseiro e um cobertor.

"Aonde estamos indo?", perguntou Daffy.

"Para um lugar onde a aranha nunca vai nos encontrar", respondi.

Predação, clima, tempo. Tudo alterou o corpo. Se nunca for encontrado, os peixes, crustáceos e até mesmo as tartarugas removerão o que resta da carne até que não sobre nada além de ossos.

Eles afundarão até a lama, no fundo das águas do rio, e os manterão como artefatos da pessoa que costumavam ser.

PARTE II

/

ESCRITÓRIO DO MÉDICO-LEGISTA DO CONDADO DE ROSS

CHILLICOTHE, OHIO

RELATÓRIO DE INVESTIGAÇÃO DO MÉDICO DO CONDADO

FALECIDA: Harlow Katie

OCUPAÇÃO: Guardiã dos pássaros

OLHOS: Da cor dos da mãe

CABELO: Uma chama que se extinguiu

DESCRIÇÃO DO CORPO: Parcialmente vestido, uma meia molhada, um sapato de bebê amarrado no pulso

GÊNERO: Tão feminino quanto o rio

IDADE: Um clarão de relâmpago

TEMPERATURA DO CORPO: Frio azul

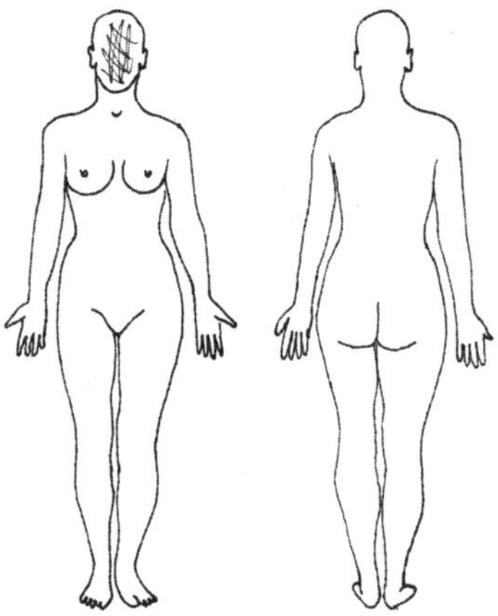

FERIDAS E MARCAS: Cortes profundos nos pés. Ela tentou fugir. Filha da lua. Lama do rio entre os dedos do pé. Deusa do rio. Tornozelo fraturado. Dançarina longínqua. Várias tatuagens de pássaros voando. Azul, amarelo, verde-claro. Doces encontrados no estômago com água parada. Azul, amarelo, verde-claro, marrom lama. Queimaduras de cigarro na parte interna da coxa esquerda. Vestígios de batom vermelho nas frestas dos lábios e uma constelação de hematomas. Fendas nos lóbulos das orelhas. Os brincos sumiram. Os olhos também. Em algum lugar que nunca saberemos. Seus pulmões estão hiperinsuflados, consistente com uma mulher perdida na água. No topo da cabeça, uma coroa de gravetos e galhos. Filha da lua. Deusa do rio. Dançarina longínqua.

PROVÁVEL CAUSA DA MORTE:
Ser mulher.

9

"Ainda sou queimada. Apesar das chamas trocadas."
— Poeta Daffodil

1993

Enquanto olhava para a mulher flutuando diante de mim, pensei nas árvores. A velha corrente dos apalaches envolvia os troncos ásperos, prendendo-os à terra que foi amaldiçoada pela fumaça e pela ferrugem e, agora, pelas mulheres mortas. Observei a maneira como o cabelo dela flutuava em volta da cabeça e pensei nas árvores. Seus anéis lá no fundo, registrando a história, todos os seus relâmpagos e trovões. Será que os anéis das árvores registraram a mulher morta? O corpo se movia com a corrente no cerne da árvore como fazia no rio? Estariam seus pulmões cheios de água marrom naquele curso infinito? Ou ela teria permissão para enfim respirar?

O nome dela? O nome dela?

Imaginei a mãe da mulher, quer ela tivesse uma ou não, gritando enquanto eu arrastava o corpo de sua filha para o outro lado do rio, minhas mãos sobre os hematomas em seus braços. Ao meu redor, ouvi os respingos e a voz de vovó Milkweed.

"*Nadem agora, meninas. Chutem as pernas para o alto. Mantenham os braços fortes, mas se assustem com qualquer ondulação. E, na água parada, flutuem como uma folha temente a Deus caída das árvores. Há água em todo lugar neste mundo, minhas queridas, mas se vocês nadarem como se conhecessem todos os segredos, nunca se afogarão.*"

Os fantasmas de Daffy e eu quando crianças passaram nadando quando enterrei os calcanhares na lama e arrastei a mulher para a margem, os raios de sol se quebrando nas sombras dos galhos acima. Caí ao lado dela. Daquela mulher que flutuava como uma pena, como uma ondulação, como alguém que não estaria em casa para o jantar. E, agora, ela era como uma pedra, jogada na margem, afundando, pouco a pouco.

"Não consigo acreditar que isso seja real", disse Nell Sábia, apertando o ímã de peixe contra o peito. "Eu simplesmente não consigo acreditar..."

Ficamos em silêncio devido ao frio, estudando a mulher caída no chão diante de nós, tentando descobrir sua história. Não sabíamos se a história estava nos cortes novos em seus braços ou nos antigos, que já eram cicatrizes. As orelhas estavam furadas, mas sem brincos. Parecia que tinham sido arrancados, a pele rasgada em fendas que dividiam cada lóbulo. Os brincos que ela usava eram joias com pedras coloridas ou apenas marrons e verdes, como as fazendas? Talvez fossem argolas simples de prata que balançavam toda vez que ela ria.

Eu a imaginei como uma mulher que estendia a mão quando passava por uma cerca de arame para deixar as unhas baterem no metal. Talvez ela tivesse entalhado seu nome em uma árvore e palitado os dentes quando observada pelos homens com facas nos olhos. Eu não conseguia parar de imaginar a vida dela. No inverno, apertava bem o casaco ao redor do corpo e fingia fumar o ar frio. Eu não a conhecia o suficiente para visualizar os grandes momentos de sua vida. Só conseguia imaginar os pequenos.

Ela parada na pia lavando o leite do copo ou mantendo os olhos no céu e nos pássaros. Talvez tivesse até beliscado a bochecha pela manhã, para combinar com a cor do lábio. Lábio que havia sido devorado, assim como os olhos. O que restou foram as folhas. Sua boca estava cheia delas. As que caíram cedo e ficaram marrons. Preso nelas havia um pedacinho fino de plástico de um doce, de um maço de cigarro ou de alguma outra coisa espiralada.

"Tem algo se mexendo dentro da boca." Nell Sábia apontou.

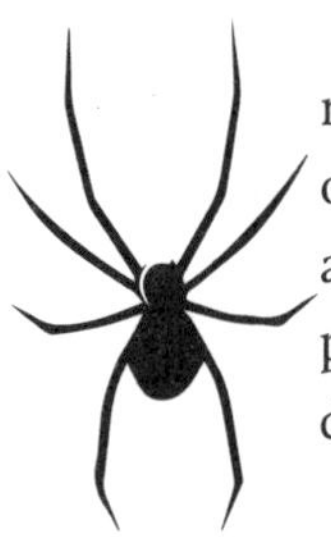

As folhas foram empurradas para fora. Uma pequena aranha preta rastejou sobre seu queixo e desceu pelo pescoço, até o chão. Daffy e eu observamos a aranha desaparecer na grama alta. Em seguida, voltamos a olhar a mulher. Os hematomas pareciam incrustados, como se alguém lhe tivesse atirado pedras com um estilingue durante todo o tempo do mundo. Os cortes eram igualmente numerosos. Alguns pequenos, outros profundos. Foi uma surpresa para mim que os ferimentos não fossem como uma tempestade chegando. Algo que poderia partir as árvores e extinguir a eletricidade por dias.

"Por que diabos ela está pelada?", perguntou Thursday.

Olhamos umas para as outras, depois para a meia enrolada no tornozelo. Era a única coisa que vestia. Um pouco mais abaixo no rio, teria sido encontrada sem ela. O que vestia antes de todas as roupas terem sido removidas? Eu a imaginei com uma camisa preta, justa, com gola cavada e mangas compridas que caíam como sinos sobre os pulsos. O tipo de camisa que ela usaria enfiada na calça jeans, larga no quadril. Talvez tivesse atravessado algumas portas de salto alto, mas, na maioria das vezes, usava tênis, vestida para longas caminhadas, quem sabe para algo maior, como uma migração. Dava para ver pelas tatuagens ao redor dos tornozelos. Tatuagens de pássaros voando em círculos. Imaginei seu coração, sua mente, até mesmo seus pulmões se abrindo como caixas e liberando a vida como se não passassem de pássaros soltos das gaiolas.

Tive a sensação de que seu fantasma não se libertaria com tanta facilidade. Nem mesmo os insetos que haviam roído seu pescoço, nem os animais selvagens com sua fome ameaçadora, poderiam afastar o espírito dela, como se fosse ser assombrada para sempre por sua própria morte, carregando o rio nas costas por toda a eternidade.

"Temos que chamar a polícia", avisou Nell Sábia, com a voz tão instável quanto a água ondulante atrás dela.

"Não, obrigada", respondeu Thursday. "Você tá louca, porra? Eles vão pegar a gente."

"Nós não matamos ela", disse Daffy.

"Não somos anjinhos." Thursday gesticulou para as agulhas no chão. "Entenderam agora, Rainhas de Chillicothe? Caramba." Ela suspirou e jogou os braços para cima. "Era melhor a gente nem ter vindo a essa porra desse rio. Nada de bom acontece nessas margens. Inferno, por que achamos que poderia ter alguma coisa boa? Não estou pronta para algo com o qual não podemos lidar, e isso aqui é algo com o qual não podemos lidar. Preciso ir pra casa." Ela começou a recolher as agulhas e colocá-las na bolsa. "Se eu conseguir lembrar onde raios ela fica."

"Não podemos deixá-la aqui." Nell Sábia tentou deter Thursday. "Ela está..."

"Metade dela já sumiu", gritou Thursday. "Ela nem tem mais olhos. E eu mesma perdi meus olhos neste mundo. Não posso ajudá-la a encontrar os dela."

"Arc?" Nell Sábia se voltou para mim. "Será que você pode falar com ela?"

Coloquei a mão no cabelo da morta, os fios cheios de caules e folhas emaranhados. Mas no topo, os galhos pareciam estar amarrados. Em certos lugares, até com alguns nós atados.

"Isso é estranho", comentei, mostrando-lhes um nó. "Vocês não acham?"

"Arc, pare de encostar nela, pelo amor de Deus", ralhou Thursday. "Você já a encheu de impressões digitais. Vão achar que você a matou, porra. Você vai..."

Os olhos dela pousaram no braço da mulher.

"O que é aquilo?" Thursday apontou para um sapatinho de bebê amarrado no pulso da mulher. O sapato já tinha sido branco, mas os dias flutuando o tingiram de marrom. Os cadarços estavam desgastados. As ponteiras de plástico já haviam desaparecido. A sola estava imunda, como se tivesse atravessado o mundo de ponta a ponta.

"Eu conheço esse sapatinho de bebê", comentou Thursday, caindo de joelhos ao lado da mulher. "Ela o encontrou na rua. Disse que iria guardá-lo até encontrar o pé ao qual pertencia."

"Você a conhece?", perguntei.

"Não a reconheci logo de cara, com essa aparência horrível que ela está." Thursday afastou o cabelo da mulher do peito, revelando uma tatuagem. Estava inchada como a pele. A cor havia desbotado. Os insetos haviam roído um pouco da tinta, mas dava para distinguir uma silhueta alada.

"Um colibri." Thursday engoliu em seco, mantendo no lugar o que quer que estivesse tentando voltar. "É, eu a conheço. O nome dela era Harlow. Era nova na rua. Usei coroas com ela algumas vezes. Ela era legal. Ótima, até. Cheguei a pensar que um dia ela gostaria de vir com a gente para a Montanha Distante. Acho que, no final, ela veio mesmo."

"De onde ela era?", indagou Daffy.

"Eu perguntei pra ela", respondeu Thursday. "E ela me disse que vivia nas sombras ou algo assim. Nunca falou muita coisa sobre si mesma, mas, porra, nunca imaginei que era o tipo de mulher que morreria quando ninguém estava olhando."

Tentei lembrar se já tinha visto Harlow antes. Tentei imaginar o rosto dela sem tantas coisas ausentes.

"Na última vez que a vi", continuou Thursday, "ela estava tomando uma raspadinha azul e me mostrou essa tatuagem." Ela pousou o dedo no colibri. "Ela tinha acabado de fazer. Contou que quando os patos migram no inverno, os colibris pegam carona nas costas deles, para que não tenham que voar sozinhos. Ela me disse que seria como os colibris. Esperaria por um bando de patos e pegaria uma carona até o clima mais quente. Como fazia um tempo que eu não a via, pensei que tinha conseguido ir para a Flórida. Mas que merda, Harlow." Thursday acariciou o rosto de Harlow com delicadeza. "O que diabos aconteceu com você, garota?"

Ela franziu a testa ao se levantar, enxugando a mão na lateral da calça jeans.

"Temos que voltar para o meu trailer e chamar a porra da polícia", disse.

"Achei que você não queria fazer isso... mudou de ideia?", questionou Nell Sábia.

"Isso foi antes de eu saber quem era ela", respondeu Thursday. "Tá bom? Ela esteve na minha maldita cozinha. Não posso deixá-la aqui para que algum animal faminto a arraste para longe. Ela merece mais do que isso. Certo? Vamos dizer à polícia que viemos ao rio para comemorar um aniversário. E foi só isso que fizemos nesse caralho. Aí olhamos para o rio e vimos algo que não deveria estar ali. Ok?"

Thursday pendurou a bolsa no ombro e olhou uma última vez para a mulher que agora conhecíamos como Harlow.

"Tudo o que temos nesta porra de vida", continuou a dizer, "é o que podemos fazer dela. O máximo que podemos fazer agora é dizer ao mundo que ela foi encontrada."

Contamos para o policial, que veio averiguar, com as luzes piscando, mas as sirenes desligadas. Ele olhou para nós e caminhou até o rio. Depois voltou para fumar, esperando o que ele chamava de "furgão do presunto" chegar para buscar o corpo. Daffy e Thursday desapareceram dentro do trailer, deixando Nell e eu sentadas nos degraus da varanda, observando as luzes piscantes. Peguei uma pedra e comecei a revirá-la na mão quando ouvi sua voz.

"O que é isso que você tem aí?"

Deixei cair a pedra. Uma náusea repentina tomou conta de mim ao pensar nas sombras de oito patas na parede do meu quarto de infância.

"Perguntei o que você tem aí?", ele repetiu. As palavras eram lentas. Tão lentas quanto os passos que dava em direção à minha cama à noite. Quando ergui o rosto, ele estava de lado, mas eu vi seus olhos.

Tão escuros quanto petróleo. Tão sem vida quanto. Eu logo desviei o olhar antes que ele se virasse para mim.

"Vocês encontraram o corpo juntas?", perguntou ele.

Vestia um traje preto, combinando com a camisa e a gravata. Mascava chiclete, como a maioria dos policiais, de forma agressiva e no canto da boca. Ainda era magro, as unhas amareladas batendo no couro preto do cinto de onde pendia seu distintivo de detetive.

"O que vocês estavam fazendo por aquelas bandas?", quis saber ele, olhando para o trailer como se soubesse exatamente o tipo de pessoa que morava ali.

"Fomos ver o rio", respondeu Nell Sábia, e me cutucou.

"Isso", concordei, com a voz trêmula. "Fomos ver as folhas mudando. Essas merdas."

"Hoje é o aniversário dela", acrescentou Nell Sábia. "Descemos até o rio para comemorar."

"Hum-hmm." Ele trocou o chiclete para o outro lado da boca. "Quantos anos você tem?"

"Vinte", respondi, ainda mantendo os olhos escondidos.

"Vocês estavam comemorando quando encontraram o corpo?", indagou. "Posso até imaginar o tipo de comemoração." Ele sorriu e enfiou o dedo como uma agulha no braço. Quando ergui o rosto, ele finalmente viu meus olhos. Então baixou a mão devagar e olhou para mim como se tivesse visto um fantasma.

"Bolas de gude de bruxa", sussurrou.

Baixei os olhos e falei: "Encontrei a mulher morta quando entrei no rio para ver o Olho de Deus".

Ele desacelerou a mastigação e inclinou a cabeça, os olhos fixos em mim, estudando tudo o que não havia notado à primeira vista.

"Olho de Deus?", perguntou.

"Você sabe." Nell Sábia limpou o nariz na manga, mas manteve a cabeça baixa. "A forma como as folhas caem na superfície do rio. Parece o Olho de Deus."

"Se você olhar para ele, poderá ver o seu futuro", disse o policial, balançando a cabeça. "Não passa de uma baboseira caipira. E aí?"

Ele se aproximou, sua sombra caindo sobre mim. Em algum lugar distante, eu ainda podia ouvir a cama ranger sob ele, meu rosto enterrado no cobertor esfarrapado.

"O quê?", perguntei, levantando de sua sombra e me recostando no corrimão de madeira.

"Você viu seu futuro?"

"Eu só vi a mulher", respondi.

"O que você acha que aconteceu com ela, senhor?" sussurrou Nell Sábia, e passou o braço em volta da barriga. "Como acha que ela foi morta?"

"Overdose." A resposta foi rápida, como se o caso já estivesse encerrado.

"Mas ela está nua", insisti.

"E o corpo está coberto de marcas e hematomas", continuou Thursday, que acabara de aparecer atrás da porta telada. "Como diabos você explica isso?"

O policial tirou um palito do bolso e começou a palitar os dentes.

"Se você é um cadáver", disse, "não quer acabar no rio. Vai ser jogado de um lado para outro. E nesta cidade de Ohio, as correntes são furiosas. Provavelmente a jogaram nas pedras."

"O rio não fez tudo isso com ela", argumentei. "Não dá."

Vislumbrei um pedaço da corrente de ouro que ele havia enfiado sob o colarinho. Havia um fio de cabelo loiro emaranhado ali, refletindo a luz do sol.

"Bem, o rio não fez nada além do que ela fez a si mesma." Ele olhou para mim pelo que pareceu uma eternidade, depois se virou para ir embora.

"Você o conhece, Arc?" Nell Sábia esperou que ele voltasse para o carro preto antes de perguntar.

"Conheço", respondi.

"Quem é o idiota?" quis saber Thursday.

"Uma aranha." Ergui o rosto, observando a fumaça da fábrica de papel que flutuava no céu acima de nós.

10

"Apesar do anoitecer, ela pegará os olhos para depois arder."
— Poeta Daffodil

1983

A fumaça da fábrica de papel flutuava sobre nós na noite que Daffy e eu fugimos de casa, arrastando a bolsa militar do nosso pai pelo asfalto.

"Meus pés já estão todos doloridos, Arc", disse Daffy. "Aonde vamos?"

"Os cavalos vão nos contar", respondi, apontando para a fumaça. "Agora, pare de agir como um passarinho idiota."

"Não estou agindo como um passarinho idiota." Ela se endireitou e seguiu em frente.

Nenhuma de nós comentou que a fumaça estava desaparecendo. Na verdade, já havia desaparecido no último quarteirão. Apenas continuamos avançando até que, um tempo depois, Daffy afundou os ombros e disse: "Estou cansada. Podemos descansar só um minutinho?".

Ela já se dirigia ao banco na calçada.

"Daffy." Arrastei os pés e a bolsa atrás dela. "Temos que continuar."

"Para onde, Arc? Não temos nenhum foguete para nos levar às estrelas. Não temos submarino para nos levar até as baleias. Caramba, nem temos sua pá para nos levar ao centro da terra. Este banco aqui. Este é o único lugar para onde podemos ir."

Observei o prédio atrás do banco. Era grande e cinza. Alvenaria, como nossa casa. A placa à frente listava tudo que havia dentro do prédio. Um ginásio. Uma quadra de raquetebol e uma piscina coberta.

"Estamos no centro recreativo", anunciei.

"Lugar feio, não é?" Daffy se virou e apoiou os joelhos no banco. "Um grande nada cinzento."

Quando leu as palavras "piscina coberta" na placa, continuou: "Nunca vi água suficiente dentro de um prédio para nadar. E você, Arc?".

"Você sabe que nunca vi." Suspirei. "Temos que continuar andando. Não fomos longe o suficiente."

"Mas já andamos muito", protestou Daffy.

"Vamos lá." Agarrei seu braço e tentei colocá-la de pé, mas ela não se mexeu. "Temos que continuar, Daffy. A fumaça está indo embora. Se esperarmos mais, vai sumir por completo."

"Já sumiu, Arc. Não temos mais para onde ir. Além disso, não temos com o que sobreviver. A gente devia ter trazido o martelo do papai, aí daria para construir alguma coisa. Ou então as garrafas da mamãe, para poder beber alguma coisa. A gente devia ter trazido o cachecol noturno da tia Clover, para poder assustar os monstros. Mas não trouxemos nada além de nós mesmas. E não temos magia suficiente para cultivar frutas na sarjeta."

"Tá bom." Joguei a bolsa no banco e me sentei ao lado dela, cruzando os braços.

Daffy apoiou a cabeça no meu ombro e balançou os pés.

"Sinto muito que seu plano não tenha funcionado, Arc. O que a gente faz agora?"

A rua estava vazia. Os edifícios do outro lado estavam escuros. Atrás de nós, luzes externas iluminavam a fachada do centro recreativo. Não parecia haver mais nada além disso. Antes, eu acreditava que se os pássaros podiam voar alto, nós também poderíamos. Mas, sentada ali naquele banco, comecei a pensar que tia Clover devia estar certa quando disse que Daffy e eu éramos apenas duas idiotas sem perspectiva de nada.

"E se a gente morasse nas colinas?", sugeri.

"Os lobos vão nos devorar à noite." Daffy grunhiu.

"A gente poderia dormir nas árvores quando escurecesse."

"Os pássaros vão bicar nosso cabelo e usar em seus ninhos." Ela franziu o cenho.

"A gente poderia fazer chapéus de crochê, assim eles não vão alcançar nosso cabelo", insisti.

"Vamos acabar como animais selvagens, bebendo do rio até que nossos dentes fiquem marrons como a água. Vamos ser tão horríveis que teremos que viver na névoa nas fronteiras do condado. Eu não quero isso, Arc. Não quero viver na névoa. Definitivamente não quero dentes marrons." Ela balançou ainda mais os pés. "Me conte sobre as irmãs Trưng, Arc."

Passei o braço ao redor dela e suspirei. "Eram irmãs que viveram há muito, muito, muito tempo no Vietnã. Elas se recusavam a obedecer a ordens. Elas se recusavam a ser presas pelas aranhas que as cercavam. Elas se levantaram, lutaram e venceram. Elas governaram por conta própria e se tornaram heroínas. Há até ruas no Vietnã nomeadas em homenagem a elas".

"Aposto que as ruas delas são as mais bonitas", disse Daffy. "Você acha que um dia teremos uma rua com o nosso nome, Arc? Se algum dia encontrarmos um lugar para ir, quero dizer."

Olhei em volta em busca de uma resposta. Quando me virei para o centro recreativo, vi uma figura parada na luz. A ponta do cigarro brilhava em vermelho.

"Daffy", falei, "tem um homem ali."

"Quem é?" Ela se aproximou de mim. "É o Aranha? Por favor, diga que não é ele, Arc."

"Não é ele", respondi, e me virei para ter certeza.

"Como você sabe?"

"Ele não é tão alto. E seus olhos refletem a luz. E está usando óculos. O Aranha nunca usou nada disso."

Daffy se virou e espiou o homem atrás do banco.

"Ele está vindo até aqui", avisou. "Era pra gente estar com medo? Porque eu estou."

Agarrei a mão dela e a bolsa de lona do nosso pai, pronta para correr com ambas.

"Vamos só ignorar", sugeri. "Ele vai acabar indo embora."

"Ele não vai embora, Arc. Está vindo pra cá."

Ouvimos o som de seus passos.

"O que está havendo?" A voz era rouca, como se ele não a usasse havia um bom tempo.

"Vá embora", eu disse, e nós duas baixamos os olhos. "Papai vai chegar daqui a pouco. Ele era do exército. Usa umas botonas enormes. Se você machucar a gente, ele vai te machucar."

Daffy enterrou o rosto no meu ombro, e o homem se postou diante o banco.

"Falei pra você ir embora..." Quando ergui o rosto e olhei para ele, cutuquei Daffy.

Ela levantou a cabeça do meu ombro.

"Homem do violino?" Os olhos dela se arregalaram.

Vi seus sapatos de camurça. "Ei, você ainda tem esses sapatos", comentei.

Eram os mesmos sapatos marrons que ele calçava quando visitou nossa casa, pouco depois do acidente. Estavam mais sujos, com manchas de água. A camisa branca de botão, a calça cáqui e a gravata tinham sido substituídas por uma camisa verde-escura e calça de algodão da mesma cor, que pendiam frouxas ao redor do quadril estreito.

"Ele fede", cochichou Daffy no meu ouvido quando o homem enfiou a mão no bolso da camisa. De lá tirou uma garrafinha azul, da qual tomou um grande gole. Seu cabelo não era penteado havia algum tempo. Os fios grisalhos o envelheciam, assim como a barba espessa. Mas sabíamos que era ele. Nunca esqueceríamos aqueles olhos. Da cor do céu que ele estava admirando quando atropelou vovó Milkweed.

"Você ainda tem seu violino?", perguntou Daffy.

Demorou mais para ele nos reconhecer. Chegou o corpo para frente, parecendo prestes a dar meia-volta. Ao pousar os olhos nos nossos, ele disse: "Um azul e um verde". Manteve a boca aberta por vários segundos antes de murmurar: "'Amazing Grace'".

Em seguida, apontou para o único carro no estacionamento.

"Violino", disse com um grunhido. A palavra desencadeou um ataque de tosse que só terminou quando nós três chegamos ao carro.

"Você nunca mandou arrumar", comentou Daffy ao tatear as bordas do amassado que ainda carregava o formato da vovó Milkweed. Pousei a bolsa do papai no chão e fui até o porta-malas, pressionando o rosto contra a janela.

"O que você está fazendo?", quis saber o homem.

"Estou procurando", respondi, colocando as mãos em volta dos olhos para ver melhor. "Se você ainda tem o carro e ainda tem o amassado, talvez ainda tenha o violino no mesmo lugar em que estava naquele dia."

"Você achou?" Daffy se juntou a mim na janela.

"Tá muito escuro", falei. "Espera. Acho que vi alguma coisa." Havia uma forma no banco de trás, mas parecia maior do que qualquer estojo de violino. "Tem uma coisa ali..."

"O que é isso?" Ele levantou a bolsa de lona. "Ei, eu fiz uma pergunta. Saia de perto do meu carro agora."

Tirei as mãos da janela e dei um passo para trás.

"Pra que isso?", repetiu, mostrando a bolsa.

"Tem mudas de roupas..."

"Pra gente fugir", Daffy me interrompeu.

"Fica quieta." Dei uma cotovelada nela.

O homem franziu o cenho para mim. "O que está acontecendo?" Sua voz estava mais dura do que quando nos conhecemos. Ele havia perdido a última gota de bondade que tinha, afogando-a na garrafa da qual continuava bebendo.

"Tem uma aranha na nossa casa", contei enquanto ele vasculhava a bolsa.

"Então é uma fuga. Para onde?" O cenho franziu ainda mais.

"Sei lá", respondi. "Para lugar nenhum, eu acho."

"Talvez na piscina ali", continuou Daffy. "Talvez seja legal."

"Não dá pra ficar aqui." Ele me devolveu a bolsa de lona. "Isto não é um hotel."

"Tem uma aranha na nossa casa", repeti.

"Por que você não mata?" Ele deu de ombros e chutou um pedaço de cascalho para baixo do carro.

"Como você matou nossa vovó?", perguntei.

Ele se virou para mim, uma rigidez no olhar. Quando começou a ranger os dentes, baixei o rosto.

"Olha." Ele suavizou o tom. "Não dá pra ficar aqui, tá bom?"

"Por que não?", perguntou Daffy.

"Não tem ninguém na sua casa?" Ele tomou outro gole.

"Tem. A tia Clover e a mamãe", respondi.

"Elas não vão ficar preocupadas?", perguntou ele, enxugando a boca na manga.

"Elas nem vão perceber", falei. "Elas não fazem coisas assim."

"Como eu disse, não dá pra ficar aqui." Ele começou a andar de um lado para o outro. "Eu poderia me meter em problemas. Eu perderia meu emprego. E, agora, isso é tudo que eu tenho."

"Por favor." A voz de Daffy estava minúscula. "O aranha vai voltar e vai estar bravo. Ele pode tornar sua teia tão grande que nunca vamos conseguir escapar. Vovó Milkweed ia querer que você nos ajudasse."

O homem olhou para Daffy, depois para o amassado, e cerrou a mandíbula. "Então isso precisa ser um segredo."

"Não precisa se preocupar com isso", garanti. "Ninguém se importa com o que acontece com as garotas Doggs."

Ele se virou e apertou o passo em direção às portas laterais, marcadas como entrada de manutenção.

"Aqui é a entrada. É melhor usar essa, para que ninguém veja nada", instruiu.

"Caramba, este lugar é maior e mais cinza de perto", comentou Daffy. "Vou chamá-lo de Cinzento."

Lá dentro, o corredor estava frio e vazio. Dei a mão para Daffy enquanto o seguíamos sob as luzes bruxuleantes e intensas do teto.

"Tem comida aqui." Ele parou diante das máquinas automáticas de salgadinhos e doces. "E aqui tem bebidas." Deu uma tapinha na máquina com diversas opções de refrigerante.

"Não tenho dinheiro." Olhei para uma barra de chocolate, lambendo os beiços.

"Aqui." O homem suspirou e enfiou a mão no bolso.

Depois de vasculhar entre bitucas de cigarro e alguns trocados, encontrou uma nota de um dólar amassada.

"Pegue o que quiser." Então a entregou para mim.

"Valeu." Soltei a bolsa militar do papai e alisei os amassados da nota na borda da máquina. Depois que inseri o dinheiro, tive que esperar Daffy escolher o que queria.

"Aquele." Ela apontou para uma barra de chocolate com amendoim e caramelo na embalagem.

"Meu primo administra o prédio durante o dia", contou o homem, apoiando-se na máquina enquanto a barra de chocolate caía. "É por causa dele que arranjei esse emprego. Foi muita sorte. Então, não quero problemas."

Assenti, depois reparti a barra de chocolate e entreguei o maior pedaço para Daffy enquanto o sujeito tomava outro gole da garrafa.

"Todos temos hábitos", ele disse quando nos viu olhando. "Mas estou me recuperando. Estou no clube das garrafas vazias. O AA. Já ouviu falar?"

Fizemos que sim.

"Ainda não perdi nenhuma reunião", continuou ele. Em seguida caminhou pelo corredor até chegar ao carrinho com produtos de limpeza. "A propósito, meu nome é John."

Daffy deu uma risadinha.

"Qual é a graça?", quis saber ele.

Percebi que eu também estava rindo. "Nada", tratei de responder. "John."

Ele tomou outro gole e Daffy cochichou no meu ouvido: "Ele é um *john*. Podemos confiar nele?".

"Ele não é um *john*", cochichei de volta. "Ele é apenas John. É diferente."

"Como?" Ela já tinha devorado seu chocolate.

"Porque John foi o nome que os pais dele escolheram quando ainda era bebê, antes mesmo de ser homem."

Daffy deu uma mordida no meu pedaço da barra enquanto o observávamos enxugar a boca na manga.

"Ei, deixa eu mostrar a piscina."

John não caminhou rápido o bastante para Daffy, que ficou colada atrás dele, seguindo o cheiro de cloro com o nariz. Atravessamos um vestiário e chuveiros que davam para a grande área de natação. As paredes eram pintadas de rosa-pêssego e forradas de cartazes de segurança na piscina, mostrando crianças com cara de querubim que pareciam ter vindo direto da década de 1960. Havia uma pequena arquibancada de metal no lado esquerdo e um escritório escuro à direita com uma grande janela. A porta dos fundos tinha uma placa que conduzia à sauna, e um maiô preto havia sido deixado para secar em um dos dois trampolins.

Olhei para as luzes amarelas e fracas no teto, onde os fios e canos estavam pintados do mesmo tom de rosa-pêssego das paredes. Daffy tirou o sapato e bateu os pés descalços ruidosamente nos ladrilhos bege ao redor da piscina. Era maior do que eu imaginava que uma piscina coberta poderia ser, as raias separadas por divisórias espiraladas verde-azuladas e brancas.

"Você lembra quando a gente ia no rio com a vovó Milkweed?", perguntou Daffy, usando o dedo do pé para traçar círculos na superfície da água.

"Claro que lembro." Enfiei o dedão na água. "Ela nos ensinou a nadar."

"Sinto saudades de ir ao rio com ela, Arc."

Se era a terra que cantava para mim, era a água que cantava para Daffy. Éramos irmãs das rochas e das ondulações. Enquanto eu sonhava com a terra e a poeira do tempo, ela sonhava com rios, lagos e corpos d'água que a carregariam na corrente. Quando estava em terra firme, era apenas metade da garota que deveria ser. Depois da morte da vovó Milkweed, Daffy parou de nadar no rio. Mas, às vezes, eu ainda a via deitada de costas na cama, os braços se movendo como se o ar fosse água. Ela prendia a respiração, a cabeça dependurada para fora da cama, e assim ficava até terminar de contar as pétalas das flores que desenhamos na parede do quarto.

"Podemos entrar?", perguntei a John, que assentiu e tomou outro gole, e seus olhos às vezes pareciam nada além de uma gota de bebida colidindo com outra.

"Vou encostar no fundo", avisou Daffy quando mergulhamos, o tecido da roupa grudado na pele.

Depois de retornar à superfície, Daffy continuou nadando pela raia até a outra ponta. Eu me mantive na borda da piscina e olhei para John, de pé a meu lado.

"Não quero ninguém se afogando, hein?", disse. "Isso vai me derrubar por tanto tempo que não haverá mais tempo para me reerguer. Serei deixado para trás. Meu rosto, uma xícara... uma xícara de veneno amargo." Em seguida olhou para a bebida na garrafa e tomou um longo gole.

“Você não precisa se preocupar”, garanti. “Eu nado bem. Mas não tanto como minha irmã. Ela é a melhor.”

“Eu afundo.” Ele olhou para o fundo da piscina. “Quando você é filho de uma pedra, não pode esperar nada diferente.”

“Você é filho de uma pedra?” Enchi a boca de água e cuspi de volta como uma fonte.

“Minha mãe se afogou no riacho atrás da nossa casa quando eu era menino.” Ele umedeceu os lábios, deixando as últimas gotas da bebida ali. “Fui eu quem a encontrou, flutuando de bruços.”

Em seguida se aproximou da beira da piscina.

“Flutuando de bruços”, repetiu.

Ele se jogou para frente, atingindo a superfície com um estrondo. O corpo balançou sob a água antes de boiar, de bruços, com o rosto voltado para baixo. A garrafa azul se soltou dele e flutuou para longe, enchendo-se de água até afundar, enquanto as pernas finas de Daffy batiam na parede, fazendo uma curva para uma nova volta.

11

"A menina chora, as aranhas tecem.
A menina corre, os sorrisos crescem."
— Poeta Daffodil

1993

No dia que Harlow apareceu, eu estava com o mesmo vestido preto que minha mãe usou no velório do meu pai, e pensei no solo arado diante da casa da fazenda de vovó Milkweed. Um solo em que ela nunca plantava e por onde sempre andava de botas, para poder resistir aos contornos tortuosos. Era o que ela chamava de terreno irregular, que separava a grama do quintal e a terra do canteiro. Ela nos contou que esses contornos tortuosos tinham sido entrelaçados por gerações de mulheres da nossa família.

"O que você quer dizer com 'entrelaçados', vovó Milkweed?", perguntei, pensando em como ela trançava nossos cabelos.

"O mesmo que respirar", respondeu ela. "Então, depois de um longo tempo, o mesmo que não respirar, apenas inspirações e expirações perdidas, entrelaçando-os com a lama até que a terra forme uma tigela profunda de memórias tão poderosas que os contornos atravessam a camada de solo e rocha, sulcando a generosidade do terreno plano. Não tenham medo dos contornos tortuosos, meninas. Em vez disso, deixe que eles as lembrem de que vocês herdaram o poder de entrelaçar sua vida com a terra."

Pensei em Harlow. Seu corpo primeiro foi entrelaçado no rio, para logo ser mesclado ao chão, revelando os contornos tortuosos de sua história. A história que a deixou com a boca cheia de folhas.

"Uma parte de mim não quer saber o que aconteceu com ela", confessou Daffy a caminho da funerária. "Uma parte de mim quer acreditar que ela capturou a brisa e a segurou por tanto tempo que se transformou em um vento que a jogou no rio. Nada pior do que isso."

"Não foi o vento que a jogou no rio", declarei. "Foi a respiração de um homem."

"Você não acredita no que o aranha disse no trailer da Thursday?", ela perguntou. "Que foi apenas uma overdose e nada mais?"

"Quando olhei para Harlow", respondi, "tive a impressão de que algo a agarrou, atirou-a na água e a chutou para o meio do rio."

"Então é por isso que vamos ao velório dela?", quis saber Daffy.

"Não. Vamos porque é a coisa certa a fazer."

Chamei Nell Sábia e Thursday para nos acompanhar, mas elas disseram que não queriam mais saber de nada disso. Queriam esquecer Harlow, puro osso e palidez. E o rio, com suas ondulações e profundezas escuras.

"Dá azar", comentou Nell Sábia, "rondar a morte. É como andar na grama alta. Tem coisas ali que é melhor não ver. Se você se afastar muito, vai desejar não estar tão longe de casa, Arc. Os funerais, por mais próximos que sejam, sempre fazem você se sentir a quilômetros de distância de um lugar seguro. Aprenda com a Sábia aqui e deixe o resto do mundo caminhar naquela grama alta."

O velório foi realizado em uma funerária que ainda tinha painéis de madeira alaranjados da década de 1970. O carpete cheirava a poeira e décadas de perfume, enquanto o agente funerário assentia solenemente, com as mãos cruzadas nas costas.

"Não precisamos ficar muito tempo, não é?", perguntou Daffy quando entramos, limpando a lama do sapato no capacho de entrada. "Eu não gosto de estar aqui. Corpos e mais corpos vindos de todos os lugares e de lugar nenhum. As mãos são grandes aqui, Arc. Grandes o suficiente para coletar a vida inteira de uma pessoa e colocá-la em um caixão como se não fosse nada, como se apenas movesse uma pilha de gravetos de um lugar para outro."

"Eu sei." Baixei o tom de voz. "Aposto que aqui tem um cachorro louco que mora no quintal e uma porta que sempre fecha sozinha."

"Não fale essas coisas, Arc."

"Não se preocupe, Daffy. Não vamos ficar muito tempo", prometi. "Pelo menos, não o suficiente para ver aquela porta fechar sozinha."

O cômodo não estava muito cheio. As pessoas reunidas ali pareciam ser os parentes já envelhecidos. Muitas vezes, os cochichos eram seguidos por uma tosse ou por um tio enfiando um cigarro apagado na boca e decidindo se deveria sair para acendê-lo.

Procuramos rostos familiares, mas só vimos um. Violet. Quase todos na rua a conheciam. Ela tinha o que vovó Milkweed chamaria de uma vida agitada. Alguém que não parava nunca. No caso de Violet, esse movimento se resumia a estar usando drogas ou estar sóbria. Àquela altura, estava sóbria.

Violet sempre me lembrava de imagens antigas em tabuletas de pedra. Aquelas escavadas com a areia velha, com bordas esculpidas de mulheres com pescoços e braços longos e um olhar que era ao mesmo tempo próximo e distante. Tinha um rosto forte. Os ângulos do maxilar, a cúpula larga da testa. Um hieróglifo de uma civilização inteira, vestida com luzes cintilantes.

Às vezes a chamávamos de Olhos de Borboleta, pela maneira como ela misturava sombra azul, amarela e laranja nas pálpebras, como as asas de uma borboleta. Quase sempre mordia o lábio como se estivesse pensando em uma lista de tarefas. Em outra vida, imaginei que ela dedicaria sua energia para manter uma adega abastecida para sua família, gastando calorias para preparar compotas e geleias.

Quando Violet ficava sóbria, pintava o cabelo de uma cor que na caixa se chamava Vento Roxo. A mesma das flores que lhe deram o nome. Um tom que lembrava as primaveras de outrora e as flores que brotavam do solo. Ela separava o cabelo ao meio, revelando a tatuagem em seu couro cabeludo que dizia "eu sou importante". Quando voltasse para a agulha, seu cabelo seria escovado, a tatuagem e suas palavras perdidas até que ela as encontrasse de novo.

"Estou feliz por encontrar mais amigos aqui." Violet nos abraçou ao mesmo tempo.

"Você está com cheiro de baunilha", comentei.

Os brincos de colher de prata que ela usava pendiam até os ombros.

"Passei uma gotinha no pescoço depois de assar os biscoitos", explicou ela, apontando para a mesa comprida encostada na parede, onde havia alguns quitutes, entre os quais uma travessa de biscoitos açucarados em formato de pássaros, cobertos de glacê em um arco-íris de cores.

Ela pegou um.

"É um colibri", disse Violet. "Imaginei que Harlow teria gostado disso."

Violet era uma nuvem de farinha. Uma pilha de açúcar na bancada da cozinha. O forno parecia estar sempre ligado em seu trailer, as luvas finas devido aos anos de uso. Ela dirigia pelas piores ruas de Chillicothe, onde os cachorros andavam de cabeça baixa e as mulheres estavam sempre com um olho roxo. Ela distribuía comida para aqueles que sabia que poderiam precisar de algo em seus estômagos além dos movimentos apressados.

"Obrigado, Mãe Violet", diziam os que estavam na rua. Talvez só fizesse isso para ouvir alguém chamá-la de "mãe" todos os dias. Tinha uma filha de 8 anos que morava com o pai, ex-marido dela. A primeira coisa que Violet fazia ao conhecer alguém era tirar da carteira uma sanfona de fotos da filha.

"O nome dela é Grassy", contava Violet, "porque, quando ainda estava na barriga, ela se movia dentro de mim como um campo de grama."

Tinha fotos de todas as épocas da vida da filha, de seus atuais 8 anos e antes. Ela se demorava mais nessas fotos, enquanto discorria sobre como o tempo passava rápido.

"Tão rápido quanto algo que não entendemos."

Não ficamos surpresas de encontrá-la no velório. Violet ia a todos daqueles que andavam pelas ruas de Chillicothe com furos nos braços.

"Para me lembrar", explicava ela, "de como é fácil amar algo que nunca vai te amar de volta."

Daffy pegou o biscoito da mão de Violet, partiu ao meio e ficou com a maior parte. Nem me importei. Não estava com fome, não naquela salinha abafada.

Violet apontou para os pais de Harlow, sentados em cadeiras perto do caixão rosa-claro. A mãe não parava de se levantar para dar uma volta, encolhendo-se a cada passo, como se tivesse pedras nos sapatos. De tempos em tempos, o pai pedia licença para ir ao banheiro e voltava minutos depois, com os olhos mais vermelhos do que antes e um lenço de papel novo na mão.

"Depois a gente se fala", despediu-se Violet, nos dando outro abraço antes de ir cumprimentar outro conhecido.

“Você vai comer isso?”, quis saber Daffy, e apontou para o pedaço de biscoito na minha mão.

“Não.” Coloquei sobre a mesa. Achei que ela iria pegar, mas em vez disso me cutucou.

“Aquele ali não é o cara do Blue Hour?” Ela apontou para um homem encostado na parede. “Qual é o nome dele mesmo?”

“Welt”, respondi.

Ele tinha começado a trabalhar no Blue Hour havia poucas semanas como zelador. Tinha quem o chamasse de faxineiro do motel. Combinava com seu corte de cabelo estilo esfregão, as mechas loiras cor de água suja caindo nos olhos. Ele me lembrava uma águia. Não pelo nariz aquilino, mas porque seus olhos percorriam os arredores como se estivessem atentos ao menor movimento.

Estava com a mesma roupa que usava no Blue Hour. Meias grossas e desleixadas sobre botas bege. Bermuda jeans comprida. Camisa tie-dye e colete de tricô malva. Apenas as cores das camisas e bermudas pareciam mudar. As botas, as meias, o colete eram invariáveis, assim como a luva de couro vermelha, justa na mão direita. Embora eu sempre tivesse achado que a luva tinha algo a ver com o trabalho de limpeza, havia rumores por trás dela, e todos pareciam ter uma teoria.

“A mão dele pode ser cheia de cicatrizes”, sugerira Nell Sábia. “De um incêndio que ele achou que seria apenas uma chama. Parece mesmo o tipo de homem que brinca com fogo.”

Thursday teorizou que a luva escondia a ausência de uma mão. “Ele fez carinho no cachorro errado.” Em seguida, cravou os dentes nos dedos e rosnou.

Eu sabia que não podia ser isso, e Thursday também. Já tínhamos visto os dez dedos dele se movendo em língua de sinais. Era o único surdo que conhecíamos e, enquanto ele sinalizava, todos olhávamos para a mão enluvada, esperando para ver se seus segredos seriam revelados. Mas a luva sempre permanecia intacta no lugar.

“Por que ele está aqui no funeral da Harlow?”, indagou Daffy.

“Para prestar suas condolências?” Dei de ombros.

“Só faz umas semanas que ele trabalha no Blue Hour”, insistiu ela. “Eu nunca o vi na companhia de ninguém além do carrinho de limpeza. Harlow não teria sido amiga dele.”

"Você não sabe se isso é verdade, Daffy. Além do mais, também não conhecíamos Harlow, mas estamos aqui."

"É, mas fomos nós que a encontramos. Se você encontra alguém no rio, tem um baita motivo para estar no velório."

Welt lentamente virou a cabeça para nós, espiando por trás da franja comprida.

"Ah, ele viu a gente." Daffy tentou se esconder atrás de mim.

Welt fechou e abriu a mão enluvada antes de sair pela porta da frente, com o colete de tricô esvoaçando para os lados.

"Ele me lembra dos monstros das histórias que a vovó Milkweed contava." Daffy continuou escondida atrás de mim. "Aqueles que provocam incêndios e roubam sonhos." O corpo dela estremeceu. "Eu perguntaria se podemos ir embora, mas ele deve estar por aí, à espreita, deixando manchas pretas das coisas que já queimou."

"Tenho certeza de que ele é inofensivo, Daffy. Você vem comigo?" Apontei o caixão com um aceno. "Para ver a Harlow?"

"Não." Daffy negou com a cabeça. "Já a vi o suficiente no rio para uma vida inteira."

Caminhei devagar pelo corredor. Uma parte de mim esperava chegar lá e encontrar Harlow como antes. Flutuando de bruços na água, o caixão cheio com as folhas e galhos a seu redor. Fiquei quase surpresa ao encontrá-la com o rosto voltado para cima, o cabelo ruivo escovado e o vestido branco de mangas compridas cuidadosamente passado a ferro até ficar impecável. Talvez o agente funerário tivesse sugerido um caixão fechado. Em vez disso, deixaram-na deitada ali, com nada além de um véu rendado cobrindo o rosto, no mesmo tom de rosa-claro do próprio caixão. A renda pouco fez para esconder a realidade do que já havia sido devorado ou decomposto no rio. Mas os pais dela me pareceram o tipo de pessoa que adiava ao máximo o momento de fechar a tampa.

Enfiei a mão no bolso, envolvendo os dedos na pequena pedra que havia pegado naquela manhã.

"Trouxe uma coisa pra você", contei a Harlow. "Uma pequena joia."

Tirei o batom vermelho da bolsa e usei para colorir a pedra. Eu a coloquei sob a mão dela e declarei: "Não vou esquecer você, Harlow".

Quando encontrei Daffy perto da porta, ela estava batendo o pé.

"Podemos ir agora?"

Concordei com um aceno.

Assim que saímos, ela soltou um grande suspiro. "Parecia que se eu ficasse lá por mais um segundo, eles tentariam me colocar em um caixão."

Enquanto caminhávamos, não tirei os olhos da calçada à nossa frente.

"O que você colocou lá com ela, Arc?", perguntou Daffy.

"Uma pedra."

"Por que você pintou com batom?"

"Para transformá-la em uma joia vermelha", expliquei. "Porque, se o túmulo dela for descoberto por uma nova civilização no futuro, vão saber que ela era uma rainha."

Avançamos em silêncio contra o barulho dos carros que passavam. Só no quarteirão seguinte, quando paramos no sinal vermelho, Daffy disse: "Fico aqui pensando".

"Pensando em quê?", indaguei.

"Quem vai fazer a mesma coisa por nós quando chegar a hora."

Caminhamos com o trânsito até um cruzamento na saída de várias lojas. Carros cheios de mantimentos, roupas ou algo recém-comprado na loja de ferragens.

"Deseje-me sorte", disse Daffy, depois enfiou a mão na bolsa e pegou um pedaço de papelão dobrado. Ali ela havia escrito, com canetinha preta: "Por favor, ajude... preciso de dinheiro para a cirurgia cardíaca do meu bebê".

Também havia recortado a foto de um bebê de um anúncio de fraldas e colado no papelão, logo abaixo das palavras.

Fui para o lado oposto do cruzamento para pegar o trânsito no sentido contrário. Amarrada na minha cintura estava a velha jaqueta militar do meu pai, que eu havia tirado da janela do banheiro. Eu a vesti e puxei o cordão com as placas de identificação para fora da gola. Também tinha um cartaz dobrado na bolsa, o qual peguei e ergui: "Veterana de guerra ferida e sem-teto".

Havia dias em que as pessoas colocavam dinheiro na minha lata com certa frequência, mas eram dias raros e espaçados. O vestido preto não estava ajudando. Não combinava bem com a camuflagem e o cartaz.

Espiei por cima dos carros em alta velocidade e avistei Daffy. Ela chorava e agitava os punhos no ar. Fazia parte de seu teatro. Estava aos prantos por seu bebê de coração fraco, para o qual precisava de dinheiro.

Ela me lembrou de algo espalhado. Como as cascas de nozes vazias que vovó Milkweed recolhia da tigela da cozinha e jogava no quintal. As metades caíam separadas umas das outras, para nunca mais ficarem inteiras. Se alguém me dissesse que esse seria o futuro de Daffy, eu não teria acreditado. O futuro que eu via para ela era o de uma grande nadadora. O tipo de história imortalizada em recordes mundiais e medalhas de ouro. O tipo de vida pela qual a própria Daffy mergulhava e prendia a respiração.

12

"No passado um verso é cantado.
Quem o entoa nem sempre está errado."
— Poeta Daffodil

1984

Daffy ficou de pé, os dedos curvados na borda da piscina, o corpo inclinado para a frente, arqueado em direção à superfície imóvel da água. Os braços estavam estendidos à frente, as mãos juntas, os dedos apontados na direção em que pretendia seguir.

"Diga que o papai está na arquibancada me assistindo, Arc." Ela fixou os olhos na água, a trança presa no topo da cabeça. "Diga que vovó Milkweed está na outra ponta da piscina, esperando por mim. Mas, acima de tudo, diga 'preparar, apontar, fogo'."

"Papai está na arquibancada te assistindo", falei atrás dela. "Vovó Milkweed está na outra ponta da piscina, esperando por você. Mas, acima de tudo, 'preparar, apontar, fogo'."

Gritei quando ela mergulhou, os respingos de água se elevando em direção ao teto. Durante a noite quase toda, Daffy deu voltas na piscina do centro recreativo que chamávamos de Cinzento.

"Estou nadando até o seu rio Nilo, Arc", comentou. "Vou trazer para você o melhor pedaço das pirâmides."

Depois da escola, passávamos em casa para lembrar à tia Clover e à mamãe que ainda existíamos. Nenhuma delas perguntou aonde íamos à noite, nem onde passávamos a maior parte das tardes, que era na piscina do Cinzento. Entrávamos lá escondidas para que Daffy apostasse corrida com outros nadadores. Como não tinha maiô, nadava de roupa.

As crianças zombavam dela, mas ela ainda superava todos no nado, mesmo de short e camiseta.

A responsável pela piscina era uma mulher com os ombros largos típicos de alguém que esteve familiarizada com o cloro durante a maior parte da vida. O nome dela era Tam. Era a treinadora da equipe de natação do Cinzento. Observava Daffy todos os dias, estudando-a com cuidado. Quando ela soprou o apito e mandou Daffy sair da piscina, minha irmã ficou ali, com os olhos arregalados e as roupas pingando.

"Qual o seu nome?", perguntou Tam.

"Daffy."

"Como o Patolino, Daffy Duck?" Tam abriu um sorrisinho.

"Não tem nada a ver com pato." Minha irmã se empertigou. "Meu nome completo é Poeta Daffodil, mas todos me chamam de Daffy. Estou encrencada ou algo assim? Seja lá o que eu tenha feito, me desculpa. Não vai se repetir. Não me expulse da piscina, ok?"

"Você não está encrencada", respondeu Tam. "Eu queria dizer que você nada rápido. Já tentou nadar de maiô?"

"Não tenho maiô." Daffy baixou a cabeça.

"Mas você gosta de nadar?", Tam perguntou.

Daffy levantou os olhos.

"É tudo pra mim. Quero nadar até o fim dos tempos. E depois disso quero saber para onde vai o rio. Aonde quer que ela vá, eu irei junto. Preciso ir, entende? Veja meu olho azul." Daffy apontou para ele. "Sempre serei parte da água."

"Você tem coração de peixe", comentou Tam. "Quer fazer parte da equipe de natação?"

"Posso?"

"Claro." Tam riu. "Mas você vai precisar de algumas coisas. Um maiô. E um par de óculos de natação e uma touca. Peça aos seus pais que venham falar comigo. Eles podem arranjar isso tudo quando assinarem a autorização."

"Autorização?" Daffy mordeu o lábio.

Tam apitou para duas crianças que estavam brincando de lutinha na piscina. "Parem com isso", ralhou.

Depois que as crianças se separaram, Tam se virou para Daffy. "Você vai precisar que um dos pais ou responsável legal assine uma autorização. Não pode entrar na equipe sem isso".

"Eles têm que assinar pessoalmente?", quis saber Daffy.

"Não." Tam examinou seu rosto. "Mas geralmente os pais gostam de me conhecer."

"Minha mãe é muito ocupada. Ela é..." Daffy olhou para mim. "... arc... arquiteta. Está sempre ocupada construindo prédios altos onde os pássaros fazem seus ninhos. Posso levar a autorização para ela e trazer de volta, assinada."

"Pode ser", concordou Tam. "Mas eu gostaria de conhecer sua mãe em algum momento."

"Ah, com certeza." Daffy assentiu. "Claro. Ela ia adorar conhecer você."

Em seguida, acompanhou Tam até o cubículo envidraçado perto da piscina. A janela estava repleta de artigos de jornal sobre competições de natação. Daffy ficou na ponta do pé para ler enquanto Tam vasculhava as gavetas.

"Aqui está a autorização." Tam entregou para Daffy. "Basta trazer isso assinado para entrar na equipe. Você está atrasada em relação às outras meninas, mas a primeira competição só vai acontecer daqui a um tempo, então você vai conseguir praticar."

"Aqui diz que há uma taxa de trinta e cinco dólares." Daffy apontou para as letras em negrito na base do papel. "E se eu não tiver como pagar?"

"É a mesma taxa para todo mundo. Você é uma nadadora excelente, Daffy, mas não posso te dar nenhum privilégio." Tam saiu apressada do escritório e voltou a apitar para as crianças que jogavam água umas nas outras.

"Mamãe nunca vai nos dar o dinheiro", falou Daffy a caminho de casa. "Nem a tia Clover."

"Vamos nos preocupar com o dinheiro mais tarde." Passei o braço em volta de seus ombros molhados. "Primeiro, vamos assinar a autorização."

Quando chegamos em casa, fomos até o quarto da mamãe e colocamos uma caneta em seus dedos frouxos.

"Mamãe, você tem que assinar isso." Daffy tentou apertar ainda mais a caneta na mão dela. "Vamos, pare de ser preguiçosa."

"Sai daqui. Mamãe está dormindo", grunhiu nossa mãe. O furo no colchão estava maior. Ela começara a tirar a espuma e as molas, para ter mais espaço para enfiar todas as coisas que roubava dos clientes. Isso estava deixando o colchão torto e irregular.

Subi ali e dei um tapa na cara da mamãe. "Acorda." Gritei por cinco segundos enquanto Daffy contava nos dedos.

"Mas que inferno. Cale a boca, Arc." Mamãe gritou mais alto que eu. "Que porra você quer?"

"Você tem que assinar."

"Bem aqui." Daffy ajeitou o papel na palma da mão para servir de apoio.

Mamãe pegou a caneta. Com um grande suspiro, a assinatura desceu em uma grande espiral até metade escapar pela borda da folha.

"Tá feliz agora?" perguntou, deixando a caneta rolar da mão enquanto se virava e fechava os olhos.

"Sim", respondeu Daffy. "Sim, estou muito feliz."

Mamãe se sentou mais uma vez, a paranoia crescendo em seus olhos.

"Que merda foi essa que eu assinei, Arc?", perguntou. "Você está sempre tramando alguma coisa. Você é como um caco de vidro afiado no chão à noite. Só esperando para deixar meus pés em frangalhos." Ela moveu os dedos rapidamente pelo ar como se estivesse mexendo nele. "Você só vai sossegar quando eu tiver uma cicatriz como a sua."

Em seguida agarrou meu pé e me derrubou, passando o dedo pela cicatriz que arranjei na noite em que o *john* a estrangulou e eu o esfaqueei com a ponta da flecha.

"Mamãe, pare", pedi. "Você está me machucando."

"Você quer que eu fique marcada igual a você, sua diabinha." Depois empurrou meu pé para trás. "Agora, o que você me pediu para assinar?" Ela bateu os punhos no colchão repetidas vezes.

"Algo que me dá a chance de nadar", respondeu Daffy. "Só isso."

"Nadar? Tchibum, tchibum, é?" Mamãe riu, e foi cruel. "Metades do mesmo peixe morto."

Ela murmurou e se deitou enquanto nós duas saíamos apressadas do quarto.

"Estou no time de natação agora, Arc." Daffy balançou o papel na minha cara.

"Ainda precisamos pagar a taxa", eu a lembrei.

"Ah, verdade." O sorriso morreu de repente. "Trinta e cinco dólares. Onde vamos arranjar tudo isso?"

"Acho que tem alguém que pode ajudar."

Quando chegamos ao Cinzento naquela noite, levei a bolsa de lona do meu pai, recém-preparada, para nosso local de dormir na sala de artes e ofícios. Daffy correu para encontrar John e, assim que o encontrou, começou a falar sobre nadar isso e nadar aquilo. Quando ela chegou aos "trinta e cinco dólares", ele ainda não tinha entendido nada.

"Mais devagar, Arc." John segurou a cabeça e disse que estava latejando.

"Eu sou Daffy." Ela pousou as mãos no quadril.

"Desculpe", pediu ele. "O que você está me perguntando?"

"Vou entrar na equipe de natação."

"Ah, vai? Que bom." Então enfiou a mão no bolso e tirou a garrafinha azul, tomando um gole. "Parabéns, acho."

"Mas só posso entrar se pagar uma taxa", explicou ela, com a voz cada vez mais estridente. "São trinta e cinco dólares. Aí eu queria saber..." Ela olhou para o chão. "Será que você pode me dar o dinheiro? Depois eu devolvo."

"Você quer que *eu* dê o dinheiro?"

"São só trinta e cinco dólares", respondeu ela. "Não é muita coisa."

John usou a parede para se escorar enquanto enfiava a mão na carteira, suspirando ao examinar o conteúdo.

"Eu só tenho cinco dólares, garota."

"Isso não é suficiente." Daffy chorou, cobrindo o rosto com as mãos.

"Calma, calma." Ele precisou de várias tentativas para guardar a carteira no bolso. "Tenho um amigo que mora aqui perto e está me devendo. Já, já eu volto."

"John, espere." Corri atrás dele. "Deixe as chaves do carro comigo."

"Eu tenho que ir. Eu tenho que..." Ele tirou as chaves do bolso.

"Você pode ir a pé", insisti. "Você não quer atropelar outra vovó, né?"

John agarrou as chaves com tanta força que achei que não iria entregá-las. Em seguida desviou o olhar e soltou as chaves, que atingiram o chão com um baque alto que reverberou nas paredes.

Depois que ele se foi, Daffy entrou na piscina para nadar e eu comecei a limpar os banheiros do vestiário. Imaginei que estava lavando as pedras de Machu Picchu com a água de seu rio e o solo de sua terra, preparando o império para que a governante do povo inca passeasse por ele e reivindicasse seu lugar. As quadras de basquete deram lugar a montanhas, o chão virou pedra e terra, e o teto se transformou na neblina do Peru.

Quando a neblina começou a se dissipar, bocejei e guardei o esfregão e a vassoura, tendo assumido o turno de John naquela noite. Quando enfim pude me deitar ao lado de Daffy para dormir um pouco, ouvi ele chegar. Estava de volta e cantava "Amazing Grace" pelas escadas do corredor.

"Ele voltou." Daffy acordou. "Até que enfim."

Ela se levantou de um salto. Fiquei ali mais um segundo, as mãos ainda cheirando ao desinfetante do balde, os olhos exaustos.

"Espere, Daffy." Corri atrás da minha irmã.

Eu os encontrei no andar de baixo, perto das máquinas de venda automática.

"Você arranjou o dinheiro?" perguntou Daffy. "Ei." Ela puxou a manga dele. "Você arranjou o dinheiro?"

"Claro, garota." John fez chover várias notas sobre a cabeça dela. Enquanto Daffy as recolhia do chão e as contava, perguntei onde ele estivera.

"Parei para fazer carinho num cachorro", respondeu John, ajeitando a camisa como se estivesse de gravata.

"Você passou a noite fora." Bati o pé. "Eu tive que fazer todo o seu trabalho fedorento sozinha."

Estendi as mãos e o segurei, impedindo-o de cair de cara no chão. Meus braços tremiam com o peso. Consegui segurá-lo contra a parede, por onde ele escorregou e deitou a cabeça no chão.

"Você não pode ficar deitado aqui", avisei. "Vão encontrar você pela manhã. Aí você vai perder seu emprego. Daffy e eu não teremos para onde ir à noite. Será que não entende?" Eu o sacudi. "Precisamos de você, ou o aranha vai nos pegar de novo."

Ele nos encarou, limpando a boca.

"Eu... sinto muito", disse.

Depois apoiou os joelhos no chão, usando a parede para ficar de pé.

"Desculpe. Eu não estava pensando direito." Ele começou a dar tapas no próprio rosto. "Idiota, idiota, idiota..."

"Pare com isso." Eu o empurrei.

"É só que..." John se virou de repente e vomitou no dinheiro nas mãos de Daffy.

"Você estragou tudo", ela gritou. "Seu idiota, você estraga tudo." Em seguida correu em direção ao banheiro, as notas pingando em suas mãos e deixando um rastro de vômito pelo chão.

"Eu não presto para ninguém." John deslizou de volta pela parede.

Enquanto ele adormecia no chão, limpei o vômito.

Depois, Daffy e eu conseguimos levar John até o carro antes que alguém chegasse.

"Valeu", agradeceu quando o ajudamos a sentar no banco de trás para dormir. Joguei as chaves na frente.

"Eu o odeio", disse Daffy enquanto batia a porta do carro. Ela fez o melhor que pôde para limpar o vômito das notas e as enxugou no secador de mãos do vestiário. Mais tarde naquele dia, depois da escola, ela entregou o dinheiro e a autorização, toda orgulhosa, para Tam.

"Agora é oficial", disse Tam, ao entregar a Daffy um maiô verde-escuro, um par de óculos brancos e uma touca de natação laranja. "Bem-vinda à equipe, Daffy."

Minha irmã deu pulinhos e soltou um grito estridente, tão alto que todos na piscina pararam de nadar, confundindo-o com o apito agudo de Tam.

Mais tarde naquela noite, Daffy vestiu o maiô e o óculo. Demorou um tempinho para aprender a colocar a touca de borracha sobre a chama no topo da cabeça.

"Muito bem." John bateu palmas quando a viu. "Você será o melhor peixe da piscina."

Estava mais sóbrio do que nunca.

"Foi mal por ontem à noite", pediu. "Não vou beber de novo. Prometo. Desta vez, vou ficar sóbrio. Você acredita em mim, Arc, não acredita?"

"Claro", respondi, ciente de quantas promessas uma pessoa pode quebrar. "Claro, John."

Eu o observei durante toda a noite, empurrando o carrinho pelo prédio. Observei-o enfiar a mão na jaqueta em busca da garrafa, o vidro azul captando o brilho das luzes do teto quando ele o levou aos lábios mentirosos.

13

"Vou sufocar com a necessidade,
pois da semente vem a maldade."
— Poeta Daffodil

1993

Nas semanas que se seguiram ao enterro de Harlow, eu acordava com o gosto de terra na boca, com o peso de pequenas pedras na língua. Sentia pedras maiores incrustadas nas gengivas, galhos longos e finos acumulados no fundo da garganta. Vovó Milkweed chamava isso de boca selvagem. Sempre relinchava como um cavalo quando dizia isso.

"Sempre vem quando uma garota ou uma mulher sente o gosto da morte", contara ela para Daffy e para mim. "Boca selvagem. Um nome tão cru quanto a dor."

Seu relincho era tão agudo que tínhamos que tapar os ouvidos.

"Como podemos nos livrar disso, vovó Milkweed?", eu tinha perguntado.

"Bem, você nunca se livra disso, querida. Apenas finge que se livrou."

Daffy me lembrou que também fiquei com a boca selvagem depois da morte de papai.

"Você fica estranha com a morte, Arc", disse ela. "Você a varre para dentro, como um amontoado de folhas no outono. Varre tudo até formar uma grande pilha. Algo que consiga carregar. Não imaginei que faria isso por Harlow, mas acho que ao encontrar uma pessoa no rio, sempre a carregará com você."

"É porque não consigo parar de pensar nela", expliquei. "Boiando naquela água fria."

"Ainda mais fria agora", acrescentou Daffy.

Já não era mais outubro. Os galhos estavam nus, o ar se condensava a cada respiração.

"Está tão frio que sei que você gostaria de vestir um casaco xadrez vermelho", comentou Daffy, "e sair para cortar lenha. Juro, Arc, acho que você é de outra época. Eu diria que é de uma época em que as mulheres não flutuavam rio abaixo."

"Não sei se já existiu uma época assim, Daffy."

Tive que me esforçar para não deixar meus pensamentos voltarem para Harlow. Em vez disso, permitia que a névoa das colinas invadisse minha mente e empurrasse as lembranças de volta às sombras, mas vez ou outra só conseguia pensar em suas costelas machucadas, os galhos aglomerados como uma coroa na cabeça. Nos meus pesadelos, a meia deixada no pé se enchia lentamente com a água marrom do rio.

Quando contei a Nell Sábia que Harlow vinha aparecendo nos meus sonhos, ela aconselhou: "Você deveria parar com isso", como se eu tivesse escolha.

Estávamos andando por uma rua próxima à principal, acompanhadas de Daffy. Nell Sábia segurava a bebida grande que tinha comprado na lanchonete e uma sacola transparente, com a alça amarrada para que a cobra que se contorcia lá dentro não conseguisse escapar.

"Eu peguei essa aí perto do trailer da Thursday", contou. "Tem um milhão de cobras naquele quintal. Acho que elas vêm do rio. Não contem para a Thursday que eu peguei uma das criaturas dela."

"A cobra consegue respirar aí?", perguntei, vendo a sacola balançar para frente e para trás.

"Eu deixei um buraco perto do nó." Ela mesma olhou para a sacola.

"Mas por que você pegou uma cobra?", quis saber Daffy.

"Se você levar uma para o Highway Man", respondeu Nell Sábia, "ele lhe dará uma tatuagem de graça. Uma bem pequena, mas ainda assim não vai custar um centavo ou um pedaço de você."

Tentei pegar a sacola, mas Nell Sábia a puxou. "Eu sei o que está tramando, Arc. Mas não vou deixar você soltar a cobra. Se você fosse Thursday, ia me chamar de vadia sem coração agora mesmo. Mas eu te conheço. Vai fazer algo muito pior. Vai começar a me odiar."

"Só não acho que você deveria prender uma cobra numa sacola de plástico. Ora, Nell Sábia. Pense bem. Você vai entregar uma criatura viva para um cara que não tem coração." Cruzei os braços e segui em frente. "Por que ele quer uma cobra, afinal?"

"Sei lá, nunca perguntei." Ela deu de ombros. "Acho que saber seria pior."

Avistamos o estúdio de tatuagem, com sua porta cor de lama e tijolos marrons dispostos na vertical. Havia uma grande vitrine na frente, com bordas cor de ferrugem. Highway Man tinha coberto o vidro com jornal para que não se pudesse ver o interior. Escolhera matérias sobre desastres naturais: inundações, nevascas, secas. Depois vinham os obituários. Rostos de estranhos olhando para fora, enquanto você tentava olhar para dentro.

"Você acha que algum dia vai fazer uma tatuagem?", Nell Sábia me perguntou.

"Não com o Highway Man", respondi, olhando para a placa do estúdio. Era de madeira, cortada no formato de uma caveira flamejante e pendurada em correntes vermelhas.

"Dizem que ele matou centenas de pessoas", contou Nell Sábia. "Sabe como ele ganhou esse apelido?"

Eu tinha escutado várias versões dessa história, mas ainda assim neguei com a cabeça, curiosa para saber qual ela contaria.

"Ele pegou um homem que lhe devia dinheiro", começou Nell Sábia, "e o vestiu de preto da cabeça aos pés. Depois o colocou em uma rodovia, uma *highway*, à noite. Prendeu com pregos ou correntes ou algo assim para que não conseguisse levantar. Como o homem estava de preto, ninguém o via. Os carros e as caminhonetes simplesmente passavam por cima, mesmo sentindo o corpo dele sob os pneus."

Ela ergueu as mãos e agarrou o ar como se segurasse um volante, fazendo sons de aceleração, a cobra sacolejando com os movimentos.

"Vrum, vrum", continuou. "Os motoristas achavam que era só uma lombada e seguiam em frente." Ela baixou as mãos. "Ao amanhecer, todos viram o que restava do homem depois de ter sido esmagado pelos carros que passavam."

Ela tomou um grande gole da bebida enquanto Daffy e eu a encaramos.

"Mas", falei, "como o Highway Man conseguiu colocar o homem na rodovia sem ser atropelado pelos carros que passam em alta velocidade?"

Nell Sábia chupou até a última gota pelo canudo, depois só se ouvia o gorgolejar do ar.

"Foi à noite", respondeu, por fim. "Menos trânsito. Além do mais, mesmo que não seja totalmente verdade, ele deve ter feito alguma coisa bem macabra para ganhar esse apelido. É o tipo de nome que você repete três vezes no espelho e espera levar uma facada na barriga."

"Você não tem medo de passar tanto tempo perto dele?", perguntei.

Nell Sábia deixou o copo na calçada e enfiou a mão na bolsa. Eu sabia o que iria tirar dali: um canivete, que ela chamava de arame de sutiã. Nell Sábia era conhecida não apenas por usar o mesmo moletom, mas também o mesmo sutiã preto de renda, que se tornara uma espécie de amuleto da sorte. Tudo começou quando um *john* agressivo a encurralou em um quarto do Blue Hour. Estava nua e de bruços, mas ao ver o sutiã surrado no chão, Nell Sábia o agarrou e furou o *john* com o arame exposto. Depois o estrangulou com as alças do sutiã até que ele desmaiasse e ela pudesse escapar, não sem antes esvaziar a carteira dele pelo incômodo.

Desde então, não tirava o sutiã. Era seu escudo, sua espada. Mas, caso o tecido rendado falhasse, poderia recorrer ao canivete que levava para cima e para baixo. E embora tivesse uma lâmina de aço, Nell Sábia o via como o mesmo arame barato do sutiã que um dia lhe salvara a vida. Dizia até que tinha o sangue de um homem como prova.

"Eu sei me cuidar." Ela abriu o canivete. "Vocês deveriam arranjar um igual." Em seguida o agitou diante de nós duas. "As ruas não são tranquilas nesta cidade. Elas cheiram a gasolina pela manhã e mijo à noite. É muito fácil abraçar o diabo nestas ruas. E se a gente não tem como se proteger, o que fazer quando ele começar a abraçar de volta?"

Ela fechou o canivete e guardou no bolso. Assim que abriu a porta do estúdio de tatuagem, o cheiro de fumaça de cigarro se esgueirou pela rua. Lá dentro, as paredes de tijolos estavam cobertas de pichações que você esperaria encontrar em uma rodovia no inferno. Um céu vermelho incendiado por chamas alaranjadas. Olhos do diabo, chifres do diabo. Explosões de poeira amarela e mãos se estendendo do além. Havia outros grafites nas colunas ao redor do cômodo, os longos rostos verticais esticados até não parecerem humanos.

Highway Man estava na cadeira de tatuagem, curvado sobre um cliente que gemia de dor.

"O que você fez com ele, Highway Man?" Nell Sábia chegou perto o suficiente para ver o lenço encharcado de vermelho que o sujeito segurava na boca do cliente. "Você arrancou os dentes dele?"

"Não é sangue, sua vadia estúpida." Ele jogou o lenço na cesta de lixo junto dos outros. "É tinta."

"Não sei se consigo terminar, cara", avisou o cliente, com uma lágrima escorrendo pelo rosto já tatuado com um dragão. "Parece que você está esfaqueando minha boca até a morte, mano."

"Cale a boca, seu maricas de merda." Highway Man pressionou a agulha nas gengivas do sujeito, a tinta vermelha escorrendo pelos dentes e enchendo sua boca. Daffy e eu já conhecíamos o Highway Man, mas sempre tentávamos manter distância, e nunca tínhamos entrado no estúdio.

Ele era um rei do tráfico na época. Trazia a droga de Columbus, passava por Chillicothe e descia até Kentucky pela rota 23, que começou a ser chamada de Rodovia do Definhamento. Sempre achei que ele mesmo inventava os boatos para nos manter na linha, para nos fazer temer o homem que teria feito picadinho de outro traficante e alimentado o cachorro do sujeito com seus restos mortais.

"Quantas pessoas você acha que ele realmente matou?", cochichou Nell Sábia no meu ouvido quando estávamos encostadas na parede, a cobra se contorcendo e sibilando na sacola. "Aposto que ele vai matar aquele cara, choramingando do jeito que está."

As marcas nas bochechas do Highway Man eram profundas e esburacadas como um favo de mel. Cicatrizes de acne que provavam que já fora adolescente um dia. Mas era difícil acreditar que não tivesse nascido feio e severo. Já estava na casa dos quarenta. O cabelo começava a ficar grisalho nas têmporas, mas apenas visto bem de perto. E se alguém estivesse tão perto assim, provavelmente era porque estava prestes a apanhar ou sofrer coisa pior. A pele era esticada nos cantos da boca de um jeito que me lembrava uma foto que vi em um livro na biblioteca certa vez. Uma estatueta encontrada na Mesopotâmia, uma escultura de um híbrido entre um jacaré e um homem. As feições humanas repousavam em um crânio alongado o suficiente para ser reptiliano.

Highway Man levantou os lábios do cliente, que disse: "Merda, não sei se aguento mais isso, cara. Você disse que na gengiva não dói".

Eu não sabia se o Highway Man tinha servido ao exército, ou se apenas a comprou na loja de itens de caça, mas sempre usava uma calça camuflada. Ali estava descalço, mas geralmente enfiava a barra da calça em coturnos de cano alto que, segundo diziam, haviam chutado mais crânios do que qualquer mortal deveria. Ele as combinava com camisas com gola em V, tão cavadas que dava para ver as palavras tatuadas em seu peito: "Mergulhado na maldade".

Era um sujeito magro, com cabelo e pele claros. Seus olhos achatados e esbranquiçados pareciam moedas medievais que eu tinha visto em enciclopédias quando criança, com os entalhes apagados pelo tempo.

"Você deveria fazer aquela ali, Arc." Nell Sábia apontou para uma borboleta no livro de tatuagens aberto sobre a mesa. "Thursday ia adorar. Ela diria que você se inspirou no Canto da Borboleta dela."

Eu me virei para o Highway Man. Além de "mergulhado na maldade", a única outra tatuagem que tinha era um bloco sólido de cor nas mãos, braços, pernas e pés. A tinta era da cor do sangue e, no braço direito, estendia-se até uma linha ondulada abaixo do bíceps retesado. No braço esquerdo, a cor terminava abaixo do cotovelo. Seus pés e pernas seguiam o mesmo padrão, até a panturrilha da perna direita e o tornozelo da esquerda.

"Por que ele resolveu tatuar as gengivas?" Nell Sábia me cutucou quando o cliente começou a gemer cada vez mais alto, os pés curvados.

Nós três nos encolhemos junto, até que Highway Man finalmente anunciou: "Pronto, idiota".

O sujeito limpou a tinta da boca e esfregou o queixo antes de pagar. Quando estava prestes a sair, ele parou na nossa frente e disse: "Não cometam esse erro".

Em seguida, levantou o lábio superior e nos mostrou a tatuagem, apenas a palavra: "dentes".

"Por que diabos você fez isso?", perguntei.

"Parecia uma boa ideia", respondeu ele, e caminhou para a saída de cabeça baixa.

"Como está minha Nell Cruel?" Highway Man veio andando em nossa direção.

Os pés descalços, com blocos sólidos de cor, brilhavam contra o chão de ladrilhos brancos. Quase esperei ver pegadas vermelhas deixadas em seu rastro.

"Você trouxe algo para mim?", perguntou para Nell Sábia.

Ela lhe entregou a cobra, depois um maço de dinheiro que tirou da bolsa.

"Está tudo aqui?", ele perguntou.

"Está", respondeu ela depressa.

"Boa menina."

Nell Sábia vendia para ele de vez em quando. "Só faço isso quando preciso de uma graninha a mais", contou-me certa vez. "Não gosto de pensar que outras pessoas se perdem por minha causa. E se eu for a responsável por vender a dose final? Aquela da qual não conseguem voltar? A última viagem de suas vidas? Mas você sabe o que dizem. Para subir, primeiro precisa descer. Heráclito disse isso. Mas o que sabem os homens, afinal?"

Highway Man levou o dinheiro até o piano vertical encostado na parede, onde o guardou debaixo da tampa. Em seguida levantou a sacola e sibilou de volta para a cobra, cuja língua vibrou no plástico.

"Tá olhando o quê, vagabunda?" Highway Man voltou a atenção para mim.

"Arc é de boa, Highway." Nell Sábia ficou entre nós dois. "Você sabe disso."

"Os olhos dela são assustadores pra cacete." Ele me estudou de cima a baixo. "Quer falar alguma coisa, piranha?"

"Ela não..."

"O que você vai fazer com a cobra?", perguntei.

Highway Man riu, um barulho profundo de rosnado. "Você é corajosa", disse. "Já me trouxeram tantas cobras, mas ninguém nunca perguntou o que diabos faço com elas. Quer ver, garotinha?"

Eu assenti com a cabeça.

"Então venha cá." Ele se virou e seguiu na frente.

"Arc." Nell Sábia agarrou meu braço. "Não vá. Você não quer saber o que tem no abismo."

Olhei para Daffy, que estava encostada na parede, roendo as unhas.

"Só vou dar uma olhada." Eu me libertei do aperto de Nell Sábia e o segui depressa até os fundos. Tive que me abaixar para passar pelos crânios de animais pendurados na porta. O caminho levava a um corredor estreito com paredes de tijolos forradas de fotografias de nucas.

Parei diante da foto da nuca de uma mulher, os cabelos grisalhos esvoaçantes dando um vislumbre da nuca pálida.

"Por que estão todos de costas?", perguntei.

"Na ampulheta", respondeu ele, parado atrás de mim, "a areia não é digna de olhar nos olhos de Deus. Eles devem desviar o olhar, pois são tolos."

Depois avançou em direção à porta aberta no final do corredor, onde ficavam seus aposentos. O sofá xadrez marrom, os painéis de madeira, os abajures com cúpulas de 50 anos, tudo me lembrava um lugar que poderia ter pertencido a seu avô. Livros antigos misturados com novos na estante. As estações tão antiquadas quanto um velho carretel de linha. Era difícil imaginar que morasse ali. Difícil imaginá-lo sentado naquele sofá xadrez, como um rei de Chillicothe, com pó branco nas narinas e uma mulher com o rímel borrado a seus pés.

A cozinha era pequena. Os armários de pinho, cheios de nódoas e manchas. A geladeira era amarela com puxadores de madeira. Highway Man parou ao lado dela e enfiou a mão na sacola, deixando a cobra se enrolar em seus dedos.

"Você é uma belezinha", disse a ela. "Sabia, Arc, que as cobras aparecem quando tem tempestade? Elas comem os raios. As luzes vivem dentro delas. Piscam a cada bote de suas línguas. As cobras estão cheias de poder dos céus e, ainda assim, nunca serão mais poderosas do que um homem grande."

Ele rangeu os dentes para a cobra. Era apenas uma cobra-liga de jardim inofensiva, como as que apareciam no quintal da vovó Milkweed. Ela sempre dizia que essas cobras nada mais eram do que mulheres tão antigas quanto a cor verde.

"Essas cobras garantem que existam trevos-de-quatro-folhas", comentava ela, "e coisas lindas que crescem nos campos para que todos realizem seus desejos."

Quando abriu a porta do freezer, Highway Man disse: "Dê uma olhada lá dentro, Arc Doggs".

Não havia embalagens de comida. Nem latas de suco. Nem potes de sorvete. Estava vazio, exceto pelas cobras congeladas, os corpos dispostos em uma bandeja de plástico com grampos nas pontas, o que as fazia congelar em linha reta. Ele sibilou para as cobras sob a luz bruxuleante do freezer. Meu corpo estava tão frio quanto o ar que saía dali.

"Por quê?" Eu me virei para ele, procurando a maldade em seu olhar. "Por que você faria algo tão horrível e cruel?"

"Por que não?" Ele riu, levantando o grampo no espaço livre da bandeja.

"Não." Tentei pegar a cobra, mas Highway Man empurrou meu rosto contra a porta do freezer. Meu nariz acertou o gelo acumulado, manchando-o com um jato do meu sangue.

"Piranha desgraçada." Ele balançou a cabeça quando caí no chão, segurando o rosto.

A cobra se contorceu, mas ele a segurou com força, depois prendeu-lhe a cabeça com um dos grampos. Com o outro, prendeu o rabo dela, depois enfiou a mão na bandeja e retirou uma das que já estavam congeladas. A cobra-liga sibilou e se debateu na bandeja, e eu a observei o máximo que pude antes de ele fechar a porta do freezer.

Highway Man me agarrou pelo cabelo e me arrastou pela porta dos fundos da cozinha, que dava para um pequeno quintal. A grama era cortada por um pavimento esburacado, onde se via inúmeros pedaços escuros rodeados por moscas. Quando avistei uma cabeça com os olhos abertos para o céu, percebi que eram restos de outras cobras.

"Pare, me solte." Gritei e xinguei enquanto ele me puxava para lá.

"Testemunhe o meu poder." Em seguida me soltou e usou as duas mãos para segurar o rabo da cobra congelada. "Cobra quebrou, diabo acordou." Então ergueu os braços e arremessou a cobra para frente, quebrando-a contra o concreto.

Depois dançou em volta dos fragmentos, chutando alguns para que batessem no concreto e dispersassem as moscas que se alimentavam. Cobri a boca com as mãos, o vômito jorrando na grama enquanto ele ria.

"Você é doente", vociferei. Esperei por seu punho, mas ele apenas se ajoelhou a meu lado e colocou meu cabelo atrás da orelha.

"Sou o devorador de pulsações." Com delicadeza, enxugou as lágrimas do meu rosto. "Eu decido quais vão continuar e quais ficarão em silêncio. Você está viva porque eu permito. Não importa que direção tome, é na minha rodovia que você viaja. Não se esqueça disso." Então me forçou a olhar para o concreto. "Viu em quantos pedaços ela se quebrou? Quando eu quebrar você, haverá tantos pedaços que ninguém vai acreditar que você já teve um nome. Você pertence a mim, assim como cada respiração que der."

Ele assomou sobre mim, sua sombra caindo pesadamente.

"Eu vi você cavando pela cidade", comentou. "Você não é inocente. O que está enterrando?"

"Não estou enterrando nada." Limpei o vômito do queixo.

"Ah, claro. E eu não estou quebrando cobras." Ele olhou para os pedaços espalhados. "Você está ao alcance da voz dos espíritos, garota. Diga a eles o que deseja, e eles poderão tornar realidade."

Highway Man voltou para dentro. Endireitei os ombros e observei os pedaços descongelarem ao sol, enxugando as lágrimas nas costas das mãos.

Daffy apareceu na porta telada. "O que você tá fazendo aí?", perguntou.

"Cadê o Highway Man?"

"Foi preparar o decalque para a tatuagem da Nell Sábia", respondeu ela. "Fiquei assustada quando você não voltou junto. Ele disse que você precisava tomar um pouco de ar. Que até passou mal. O que aconteceu?"

"Então ele está ocupado?", perguntei.

"Sim, está lá no estúdio com Nell Sábia. Por quê?"

"Fique de olho." Eu me levantei e voltei para dentro, apressada.

Daffy veio atrás. "O que você está fazendo?"

"Fique no corredor e me avise se o ouvir chegando."

Quando ela esticou a cabeça pelo vão da porta, eu abri o freezer e enfiei a mão lá dentro. Depois de soltar os grampos, a cobra se enrolou devagar na minha mão. Seu corpo estava tão frio que estremeci.

"Tá ouvindo alguma coisa?", perguntei para Daffy, já fechando a porta do freezer.

"Só a máquina de tatuagem", respondeu ela. "O que você vai fazer?"

Corri para o lado de fora e parei entre os pedaços de cobra no concreto, olhando em volta.

"Arc?", chamou Daffy. "O que tá acontecendo?"

Fui até a cerca nos fundos da propriedade, que dava para um matagal ao redor de um elevador de grãos abandonado.

"Agora você está livre", falei para a cobra, e a ajudei a se esgueirar por uma frestinha na cerca. "Volte pra casa. Afaste-se deste lugar. Conte para suas irmãs."

Ela deslizou para longe, desaparecendo na grama alta.

"Arc, vamos logo." Daffy estava perto da porta. "Antes que ele volte."

Olhei uma última vez a grama para ter certeza de que a cobra não retornaria. Depois voltei para a porta. Daffy usou a manga da blusa para limpar o sangue do meu nariz quebrado.

"O Highway Man ia adorar ver isso", comentou, "para sentir que te atingiu. Mas se você ficar de cabeça erguida, ele não vai ter um pingo de satisfação. Já sabemos disso, não é?"

Voltamos apressadas para dentro. No caminho, Daffy sussurrou no meu ouvido: "Talvez seja melhor a gente ir embora logo".

"Não", falei. "Não podemos deixar Nell Sábia sozinha com ele."

Ficamos encostadas na parede, observando Highway Man tatuar Nell Sábia. Ele me olhou uma vez, rindo e lambendo os lábios enquanto usava tinta preta para sombrear o braço dela. Quando terminou, ela veio nos mostrar a tatuagem. Era um círculo pequeno dentro de um maior no antebraço direito.

"Você está bem, Arc?" Ela ergueu os olhos da tatuagem. "Ele disse que você passou mal, foi isso?"

"Estou bem." Tentei sorrir. "O que sua tatuagem significa?"

"É o símbolo do taoísmo. A filosofia data de 300 anos antes de Cristo", respondeu Nell Sábia, enquanto Highway Man se recostava na cadeira, nos observando. "Você vai gostar dessa história, Arc." Ela olhou de volta para a tatuagem. Havia algumas linhas ao redor do círculo maior, algumas delas quebradas, e o menor era pintado de preto e branco.

"O que significa taoísmo?", quis saber Daffy.

"Significa caminho", explicou Nell Sábia. "É tudo que constitui o universo e o que existe nele. O preto e o branco representam as duas forças que, segundo a filosofia, impulsionam o universo. O branco é o yang. Vê como essas linhas são sólidas?" Ela apontou para as linhas contínuas. "São as linhas masculinas."

Eu olhei para o Highway Man, que encarava Daffy.

"O lado preto é o yin", continuou Nell Sábia, e deslizou o dedo pelas linhas quebradas. "Elas representam a força feminina no universo."

"Por que as linhas masculinas são sólidas?", questionou Daffy. "E as femininas são quebradas?"

"Um homem é de ferro", disse Highway Man, levantando-se. "Uma mulher é uma cobra congelada. Adivinhem qual quebra."

Quis dizer a ele que não eram linhas quebradas. Eram uma coleção de tudo que uma mulher é e pode ser. Quis dizer que os espaços não eram algo que se desfazia, mas algo que se juntava. Mas então ele se aproximou de Daffy, e eu senti como se fossem mesmo linhas quebradas, afinal.

Quando ele chegou perto o suficiente para que sua respiração soprasse as mechas ao redor do rosto dela, Daffy manteve os olhos nos blocos vermelhos tatuados em suas mãos e braços.

"Por que você tatuou assim?", perguntou. "Como se tivesse sangue nos braços e nas pernas?"

"Por quê?" Ele passou a língua pelos dentes. "Porque eu estava mergulhado na maldade."

Em seguida estufou o peito e abriu a camisa para mostrar as palavras tatuadas, como se já não as tivéssemos visto.

"Você sabe como é estar mergulhada na maldade?", perguntou a Daffy. "O diabo te levanta."

Então colocou as mãos debaixo dos braços de Daffy e a levantou.

"Ele deita você no ar", continuou, "com os braços e pernas pendurados." Em seguida a sacudiu até que seus braços se abriram e seus pés chutaram. "E aí ele faz você flutuar sobre a maldade, que nada mais é do que um rio. O tipo de rio em que insetos e pássaros ficam presos até morrer. O diabo me afundou em direção àquele rio."

Ele colocou Daffy no chão.

"E o que aconteceu?", perguntou ela.

"Eu mergulhei os braços nas águas vermelho-sangue", respondeu ele, "apenas o suficiente para ser o filho do diabo."

Então mexeu os braços como se os submergisse em um rio a nossos pés.

"É doloroso", continuou, "ficar mergulhado na maldade. Ferveu minha pele e deixou sua marca."

Só então percebi o que "mergulhado na maldade" significava.

"Morte", sussurrei quando o Highway Man agarrou os braços de Daffy com tanta rapidez que Nell Sábia chegou a gritar.

"Você já transou com um homem mergulhado na maldade?" Quando ele a puxou para si, Daffy respirou fundo e prendeu o fôlego como se estivesse prestes a mergulhar, sem saber quando encontraria o caminho de volta à superfície.

14

"Nosso reflexo rachado, ela é um eco do passado."
— Poeta Daffodil

1985

Daffy se tornou a melhor nadadora da equipe do Cinzento. Tinha as medalhas azuis como prova. Ela as prendeu na parede do quarto, as longas fitas de tecido caindo até a cabeceira da cama, perto o suficiente para que pudesse estender a mão e tocar as bordas com a ponta dos dedos. Falou-se até em uma bolsa de estudos pela natação.

"Não ria, Daffy", disse Tam. "Estou falando sério."

"Você acha mesmo que consigo, treinadora?"

"Se você se esforçar bastante, por que não? Todos os nadadores olímpicos começam em algum lugar, Daffy. Você tem a mesma oportunidade."

"O que você acha, Arc?", perguntou Daffy mais tarde no vestiário, quando eu estava empoleirada na pia, observando-a trançar o cabelo. "Será que eu conseguiria ir para as Olimpíadas?"

"Você é a melhor nadadora que já vi."

Sorri ao ver o corpo forte da minha irmã. Vinha levantando pesos na academia do Cinzento, o que era evidenciado pela flexão nos bíceps, pela forma como os músculos da panturrilha ficavam marcados quando se esticava na ponta dos pés para alcançar as toalhas da prateleira de cima.

"Por que sempre precisa que as pessoas digam que você é uma nadadora incrível?", questionei.

"Não é para mim", explicou ela. "Quero que o universo escute." Então sorriu e pegou a touca de natação, a caminho da piscina.

Desci da pia e fui atrás de John no saguão. Eu tinha acabado de pegar uma pilha de livros sobre o estudo do Egito faraônico na biblioteca, mas sempre tinha que verificar se John estava fazendo seu trabalho direito. Caso contrário, eu teria que assumir o esfregão.

"Cadê você?"

Chamei por ele nos corredores vazios. Encontrei seu carrinho de limpeza, mas não o vi.

"John?"

Quando me virei para voltar por onde vim, eu o avistei escondido ao lado das máquinas de refrigerante, aninhado com a garrafa azul. A camisa estava toda manchada de vermelho.

"Isso é sangue?", perguntei, mas ele apenas levou a garrafa aos lábios.

Continuou apoiado na máquina, com os olhos marejados e o nariz escorrendo.

"John?", chamei. "Você está sangrando?"

"O sangue não é meu", disse ele.

"Então de quem é?"

"Você já se sentiu condenada, Arc?" Ele baixou a garrafa. "Porque eu acho que estou. Acho que estou condenado." Então esfregou o polegar no vidro. "Esta garrafa é da cor da camisa que ela estava usando naquele dia. Nunca bebi uma única gota antes daquilo." Ele estendeu a garrafa para a frente. "Nem uma única gota."

Em seguida ergueu as mãos como se estivesse no volante, dirigindo em linha reta. De repente, fez uma curva fechada, o pé inclinado como se estivesse freando. O som agudo que fez com a boca ecoou nas paredes.

"Eu só desviei o olhar por um segundo", continuou John. "Por que ela tinha que estar ali na estrada?"

"Ela foi buscar um catálogo de flores", expliquei enquanto me sentava diante dele no chão. "Um catálogo que Daffy e eu fizemos para ela."

John franziu a testa e voltou a contemplar o vidro da garrafa. "Eu nunca fumei", disse. "Nunca bebi." O álcool se agitou no interior do vidro. "Eu fazia a barba todos os dias. Eu era feliz." Ele arreganhou os dentes e riu. "Eu era violinista. Era tão bom nisso. Você me ouviu tocar." Então apontou a garrafa para mim. "Eu não era bom?"

"Você era muito bom", respondi, com um sorriso.

"Eu ia tocar em uma orquestra", contou.

Depois que ele tomou um longo gole, perguntei: "Por que você não volta a tocar?".

"Não tem violino." A voz era quase um sussurro.

"Está no banco de trás do seu carro, John."

"É." A cabeça balançou para frente e para trás. "É, está no banco de trás. Por que você não vai buscar para mim?"

Ele enfiou a mão no bolso e pegou a chave do carro. Tentou entregá-la para mim, mas deixou cair no chão.

"Pegue meu violino, Arc Doggs."

Fui até o carro dele, mas parei para olhar o amassado.

"Oi, vovó", falei. "Como você está? Estou com saudade." Toquei nas bordas do metal retorcido, abri a porta e peguei o estojo no banco de trás.

Quando voltei, encontrei John onde o havia deixado, menos sóbrio que antes.

"Pode abrir. Pegue o violino." Ele apontou para o estojo.

Quando soltei as travas de latão e abri a tampa, o forro de veludo dourado caiu, como aconteceu no dia em que o conhecemos. Quando afastei o tecido, percebi que não havia nenhum violino lá dentro, apenas um pedacinho de papel, recortado no formato de um.

"Cadê? Onde está seu violino?"

"Vendi por trinta e cinco dólares", contou. "Mas me deixaram ficar com o estojo. Se eu não abrir, posso imaginar que o violino ainda está aí dentro."

"Trinta e cinco dólares?", indaguei.

"Para você nadar."

"Para a Daffy nadar", corrigi. "A gente não queria que você vendesse seu violino."

"Tarde demais." Ele tomou outro gole. "Não importa. Eu não encostava nele desde aquele dia em que você me pediu para tocar 'Amazing Grace'. Parecia um pecado continuar."

Fechei o estojo e, depois de o observar por um momento, tornei a abrir.

"O que você está fazendo?", perguntou John.

"Estou pegando seu violino." Fingi segurar o forro caído.

"Não está aí." Ele praguejou e resmungou quando enfiei a mão no estojo e agarrei a parte fina do violino. "Não tem nada aí."

John arremessou a garrafa na parede atrás de mim, estilhaçando-a. Mesmo assim, fingi pegar o arco.

"Toque pra mim, John", pedi, com o violino em uma mão e o arco na outra, os oferecendo a ele.

Ele olhou para o vazio.

"Não tem nada aí", repetiu em um fiapo de voz.

"Quando fazemos aniversário", contei, "Daffy e eu comemos um bolo feito de nada. Apesar de todo o barulho na nossa casa, quando encostávamos os ouvidos no chão, ouvíamos uma música feita de nada."

Joguei o sonho do violino na parede.

"Não me diga o que está e o que não está aqui." Eu me abaixei e recolhi as peças imaginárias, juntando-as novamente. "Eu crio coisas a partir do nada todos os dias. Você também pode fazer isso."

John voltou a olhar para minhas mãos quando eu as ofereci.

"Pegue seu violino", pedi.

Ele se virou.

Gritei: "Pegue a porra do seu violino, John, porque eu não quero mais".

Por um instante, ele apenas me encarou. Depois se escorou na parede e ficou de pé. Pousou as mãos nas minhas, as palmas conectadas antes de ele curvar os dedos sobre um violino que não existia. Com a outra mão, pegou o arco que eu segurava.

Ao posicionar os pés de uma maneira que não fazia havia anos, John ficou tão alto e tão forte quanto no dia em que tocou para mim e para minha irmã. Ele apoiou o queixo e começou. De olhos fechados, o braço movia o arco imaginário por cordas que não existiam, e mesmo assim a música começou a preencher o silêncio ao nosso redor.

Encostei o rosto na parede fria e fechei os olhos também.

A música parou por tempo suficiente para ele sussurrar: "Eu te odeio".

Talvez tenha repetido outra vez, mas só conseguia me concentrar na música na minha cabeça, ouvindo "Amazing Grace" até a última nota. Quando abri os olhos, não havia nada além do estojo no chão. John tinha ido embora. Deslizei contra a parede, sentando-me sozinha no silêncio.

PARTE III

15

"Alegria contagiante se esvai num instante."
— Poeta Daffodil

1993

Thursday segurava uma maçã amarela fosca na mão. Era o primeiro dia de inverno, e um *john* tinha dado a ela.

"Sabia", começou a dizer, "que se você agarrar o cabinho de uma maçã e ditar o alfabeto enquanto o gira, a letra em que parar quando o cabinho quebrar será a inicial do seu amor verdadeiro?"

Ela girou o cabinho da maçã. Quando quebrou, ela o jogou no chão e anunciou: "Até parece que eu me apaixonaria por um cara com um nome que começa com *J*".

Estávamos sentadas na calçada em frente ao Blue Hour, acompanhadas de Nell Sábia, Daffy e uma novata. A cabeça dela era cheia de cachos, e as sobrancelhas tinham sido depiladas até formarem duas linhas finas sobre os olhos arregalados. Usava um pequeno piercing prateado acima do lábio que às vezes parecia uma verruga, e luvas roxas que contavam com um forro extra escondido. Era a primeira vez que ela trabalhava na rua. Thursday gostava que as novatas soubessem quanto cobrar para não se foderem duas vezes.

"Deixa eu te explicar, garotinha, quanto as coisas valem aqui na rua." Thursday despejou o conteúdo da bolsa na calçada coberta de neve. Lá estavam as bijuterias de plástico da loja de artesanato, que para ela eram joias de verdade. Algumas eram minúsculas, com imitações de diamantes, outras arredondadas ou cravadas em formato de corações, estrelas e lágrimas.

"Estas aqui", continuou, apontando para as pequenas contas verdes, "são esmeraldas. E estas são safiras."

Depois passou os dedos pelas estrelas azuis e começou a explicar como os menorzinhos de plástico transparente eram diamantes e os vermelhos em forma de coração eram rubis.

"Para um boquete, leve dois destes." Ela pegou algumas contas verdes. "Duas esmeraldas. Esse é o preço que um *john* deve pagar. Para ir até a metade, eles têm que desembolsar quatro safiras. Para ir aos finalmentes, é tudo isso aqui."

Então pegou um punhado das contas transparentes.

"Para todas as coisas além de uma foda, vai custar esse tanto", acrescentou, apontando para as contas amarelas espalhadas. "Essas são as mais valiosas. É o que eles terão que pagar por tudo."

"O que há além de uma foda?", perguntou a garota, depois fez uma bola com o chiclete.

"Querida." Thursday estalou os lábios. "Tem muitas coisas."

Em seguida olhou para as contas amarelas e repetiu, em tom mais brando: "Tem muitas coisas".

"As amarelas são minhas preferidas", comentou a garota.

"São como pedaços do sol, não são?" Thursday sorriu. "Elas me ajudam a enxergar no escuro. São muito poderosas."

"Mas..." A novata mordeu o lábio e passou os dentes pelo batom. "Ainda não sei quanto cobrar."

Nell Sábia passou o braço por seus ombros estreitos. "Vou te contar quais são os preços reais."

Ela fizera a mesma coisa com Daffy e comigo depois de Thursday nos mostrar suas contas de plástico pela primeira vez. Não faz muito tempo que estávamos na mesma situação da novata. Aprendendo com aquelas que vendiam o próprio corpo na rua, que era um desvio pavimentado para o Blue Hour, onde podíamos conseguir um quarto por um bom preço. Ou, se o *john* preferisse, faríamos ali mesmo no carro, parado no estacionamento da loja de descontos, ou mais adiante na rua, onde poderíamos observar a fumaça que saía das chaminés da fábrica de papel e flutuava no céu.

Esta era a prostituição rural. Não nos vestíamos como as mulheres dos filmes. Nada de minissaias de lycra ou meias-arrastão. Não éramos Julia Roberts conhecendo Richard Gere. Tínhamos cabelos ensebados, cheirávamos a suor e não fazíamos nada com o rosto além de franzir a testa. Roíamos as unhas até sangrarem e esperávamos na rua, vestidas com casacos finos e tênis sujos no inverno. No verão, eram jeans velhos e regatas rasgadas, como as roupas que Daffy e eu usamos na primeira vez. Meu nervosismo devia ser palpável na época, porque depois que Thursday nos mostrou as contas de plástico, Nell Sábia me puxou de lado e perguntou: "Você é virgem, Arc?".

Neguei com a cabeça e olhei de relance para Daffy, que ainda estava com Thursday, admirando os diamantes no chão.

"Quando eu era criança", contei, "uma aranha entrava no meu quarto à noite."

"O seu era uma aranha?", indagou Nell Sábia. "No meu caso era uma barata horrorosa."

Eu a encarei.

"A maioria das meninas daqui tem suas próprias aranhas, lobos e cães raivosos", disse. "Se ao menos pudéssemos ter outra chance. Recomeçar com a nossa virgindade intacta e estabelecer uma regra sobre como ela será devorada." Então recolheu o braço do meu ombro e começou a passar o ímã de peixe de mão em mão. "Mas isso são águas passadas. O que você realmente precisa saber sobre essas ruas não é o preço. É sobre os *johns*. Todos eles têm paus inquietos e vão tratar você como lixo. Como se você não tivesse alma. Estranhos vão te olhar como se você fosse culpada de alguma coisa. Só lhe resta dizer que não é culpada, mesmo que todo mundo saiba que é, sim. Mas culpada de quê? Eles vão te contar, mas nunca vai ser exatamente aquilo de que você é culpada mesmo. Não quero assustar você, Arc, mas preciso que entenda o que está prestes a fazer."

Quando ouvimos um som sacolejante, viramos o rosto e avistamos uma senhora idosa empurrando um carrinho de compras pela calçada. Usava uma saia que ficaria comprida em uma mulher mais alta. Nela, arrastava no chão, com a bainha suja e rasgada. Quando chegou mais perto, percebi que a sola do sapato direito estava solta. Era de couro marrom, mas o sapato esquerdo era de lona, velho e sujo, sem cadarços.

"Quem é essa?", cochichei para Nell Sábia.

"É a coruja", cochichou ela de volta.

"A coruja?", indaguei.

"Velha e sábia."

A mulher usava vários lenços. Alguns azuis, alguns rosa, mas outros desbotaram para cinza. Saíam dela como fumaça. Ela inclinava a cabeça de um jeito que fazia a garganta parecer torta, mas seu sorriso estava nivelado no rosto. Caminhava de olhos fechados, os dedos enrolados em um tecido amarrado nas juntas. O esmalte havia descascado nas unhas roídas, as bordas ainda com resquícios do tom gelado de rosa.

"Ela pode escalar como um gato, como um animal, como uma mulher que é perseguida." Nell Sábia manteve os lábios colados ao meu ouvido. "Mas ela voa como uma coruja. Ela mantém as asas dobradas sob o xale."

As rugas da velha eram acentuadas como arestas de metal. O cabelo era grisalho, mas com mechas brancas brilhantes ao redor do rosto oval, tão coberto de sujeira que a pele em torno dos olhos parecia mais pálida do que realmente era.

"De onde ela veio?", perguntei.

"Ninguém sabe", respondeu Nell Sábia. "Ela estava aqui antes de qualquer uma de nós. E vai continuar aqui muito tempo depois. Ela também é brilhante e cavalga entre as estrelas."

As latas velhas presas nas laterais do carrinho chacoalharam quando ela passou. Havia mais latas amarradas por um barbante na barra da saia dela, que foram arrastadas pelo chão. O carrinho estava vazio, exceto por um cobertor sujo enrolado em um ursinho de pelúcia velho e surrado, com um olho e uma orelha a menos. Um pedaço de tecido azul havia sido costurado sobre um buraco na cabeça do urso, ao lado de marcas de batom ainda visíveis de um beijo de boa-noite.

"Ela não é um sonho fantástico?", perguntou Nell Sábia.

À medida que a mulher passava, pude sentir o cheiro da rua, da pele não banhada e da poeira que vem de viver em caixotes e no concreto. Nell Sábia observou a mulher até ela desaparecer na esquina, depois se virou para mim e retomou de onde havia parado.

"Evite os homens com os dedos mergulhados em veneno, como o Highway Man", aconselhou. "Bom, até parece que temos muita escolha, mas só nos resta torcer e tentar nos esquivar. Com o tempo, você vai começar a ter clientes repetidos. Aí nem vai precisar se preocupar tanto se eles são policiais ou não, porque já os atendeu antes. Há familiaridade nisso. Mas nunca fica mais fácil. Quanto mais tempo você passa nessa vida, mais começa a fazer as coisas como Thursday."

"Como assim?", indaguei.

"Thursday nem sempre fez furos nas roupas e eu nem sempre usei este mesmo moletom." Nell Sábia olhou para baixo. "É a última coisa a que posso me agarrar."

Ouvimos uma buzina e, ao nos virarmos, descobrimos que vinha de um homem no caminhão.

"Esse é o nosso nome aqui", disse Nell Sábia. "É assim que eles nos chamam."

"Como?", perguntei.

"Buzina." Ela riu. "Aqui somos chamadas de Buzina."

Enquanto Nell Sábia se dirigia ao homem que ainda buzinava, voltei e agarrei Daffy pelo braço, e juntas corremos até deixar o Blue Hour para trás.

"Qual é o seu problema?", perguntou Daffy, se desvencilhando do meu aperto.

"Vamos arranjar outro jeito de ganhar dinheiro", falei.

"E se a gente não conseguir, Arc? Eu não quero passar pelo buraco da fechadura." Daffy olhou para o carro que diminuiu a velocidade até parar no meio-fio, o motorista a encarando. "Além do mais, pelo menos não vai ser como foi com o aranha. Desta vez, vamos ser pagas."

"Oi, coisinha linda, quer uma carona?", o cara gritou pela janela aberta.

"Quero, obrigada", respondeu Daffy.

"Não, Daffy, não faça isso."

Ela correu em direção ao carro, e eu fui atrás. Quando ela entrou, tentei entrar junto.

"Não, Arc, vou fazer isso por nós duas, assim você fica livre. Por favor, me espere aqui."

Ela me empurrou para trás e fechou a porta. Agarrei a maçaneta, mas o carro já estava acelerando. Corri atrás dele o quanto pude. Por fim, perdi o fôlego e desabei no meio-fio. Tentei não pensar na minha irmã e no que estava fazendo, mas tudo que vi foi a sombra da aranha na parede, nos devorando ainda vivas.

Nem é preciso dizer que, para nós, o sexo não tinha nada a ver com amor. Recordei os fatos históricos em busca do indescritível mar de rosas, mas tudo o que encontrei foram mulheres oprimidas. Dizem que a prostituição é a profissão mais antiga do mundo, com registros que datam do início dos tempos. Na Segunda Guerra Mundial, chamavam as prostitutas de "mulheres de conforto". Aquelas pagas pelos militares japoneses para servir mais de cem homens por dia. Algumas dessas "mulheres" nem eram mulheres. Eram garotinhas.

Eu ainda era criança quando ouvi a palavra *prostituta* pela primeira vez, dirigida à mamãe e tia Clover. Depois disso, decidi que eu seria como os gregos, os astecas, as civilizações antigas, que acreditavam em deuses com poderes pelos quais nós, humanos, ansiávamos.

Prostituta.

Ela seria uma deusa com nove braços. Um número ímpar que ela balançava para frente e para trás com o pêndulo do tempo.

Prostituta.

Ela teria nove mãos, mas apenas oito polegares.

Prostituta.

O cabelo dela seria soprado pelo vento enquanto fugia de todos aqueles em seu encalço.

Prostituta.

Por maiores que fossem os poderes da minha deusa mítica, eu sabia, sentada ali no concreto frio, que o poder das mulheres nas ruas era quase nulo. Ainda assim, eu tinha que tentar. Então imaginei minha deusa de nove braços flutuando no céu, com as mãos estendidas para mim, banhando-me com a calidez de sua luz azulada. Imaginei o vestido comprido deslizando pelo topo da calçada, um par de asas se abrindo contra o céu.

Quando minha irmã voltou, um tempo depois, segurava o pagamento pelos serviços prestados.

"Nem foi tão ruim", disse.

Então desviamos o olhar, voltando-o para a fumaça da fábrica de papel que se acumulava no céu.

"Tem alguma coisa diferente em mim?", perguntou Daffy.

"Tem", respondi. "Seu seio direito sumiu."

Ela olhou para baixo. “Não sumiu, não”.

“Sumiu, sim”, insisti. “Como as mulheres guerreiras da Amazônia que cortavam o seio direito para poder puxar melhor o arco.”

“É.” Daffy se sentou a meu lado, revirando o cascalho sob os pés. “Nem foi tão ruim”, repetiu, desta vez mais baixo. “E veja quanto ele pagou.”

Olhei para os cinco dólares, que ela segurava com tanta força que só me restou dizer que era suficiente pelo que tinha feito. Tinha que ser. Caso contrário, o céu teria se rasgado ao meio e a deusa teria despencado no chão frio e duro.

16

"O que não é encontrado não pode ser coroado."
— Poeta Daffodil

Em algum lugar na encosta, eu me ajoelho em uma coisa que mal está lá. Olho para as árvores no topo da colina. Estão cobertas de neve e gelo. O ar aqui é azul. *Azul, azul, azul.* Mas talvez seja tarde. Estou com um vestido branco feito com minhas próprias costelas. Não são feitas de osso, mas de carretéis de *renda, renda, renda.*

Há água a meu redor. Vem correndo encosta abaixo. O inverno cedeu no topo da colina. A neve e o gelo derreteram, causando uma inundação com a qual sou arrastada até o sopé da colina, onde a terra se achata, mas não é inundada. Só está molhado, e é onde Daffy está, também de vestido branco.

"Eu estava esperando por você", diz.

Colhemos maçãs das árvores acima de nós. Fazemos isso até que seja tarde. Ela está vendada, a mão pousada em uma das minhas costelas. Pela minha costela, eu a conduzo.

Eu a conduzo até perceber que estamos apenas andando em círculos ao redor da mesma árvore. Olho para a única maçã pendurada no galho logo acima. O formato me lembra o da minha mãe. Estico o braço para pegá-la, a mão cada vez mais perto da polpa amarelada. Ao tocá-la, a fruta explode em água e não tenho a chance de torcer o caule e procurar o amor.

"Acredito que chegou a hora da chuva", aviso a Daffy, meu cabelo úmido.

Ela se afasta e leva minha costela junto, me desfazendo daquele ponto em diante.

Este foi o sonho que tive depois daquela primeira noite em que entramos nos carros dos homens. O *john* não era um homem que eu gostaria de ter.

"Suas pernas são doces feito bala", ele me disse enquanto devorava meu joelho e tornozelo.

Recebi cinco dólares. Parecia errado levar mais do que Daffy em sua primeira vez.

Minha irmã e eu nunca conversamos sobre o que fazíamos com os homens. Nunca contamos uma à outra sobre os limites que cruzamos, os socos que levamos, o sexo que muitas vezes se tornou violento. Ignoramos nossos respectivos hematomas e mantivemos o rosto no congelador em silêncio porque tia Clover nos ensinou que isso ajuda a afastar a dor.

Depois daquela primeira vez, sempre que os *johns* estavam em algum lugar dentro de mim, eu pensava na carteira deles, no dinheiro que me dariam. Mas pensar numa carteira me fazia pensar na do meu pai. Quando ele estava trabalhando, ficava no bolso. Quando estava desempregado, ficava em cima da mesa. Não havia dinheiro nela, por mais que mamãe verificasse sem parar.

Ela a deixava aberta e eu mesma espiava lá dentro, não a aba em busca de dinheiro, mas o compartimento de fotos. Havia uma de mamãe e ele, jovens. Ele a levantava no colo como se fosse um fisiculturista, e ela ria. Tinha uma foto minha e da Daffy ainda bebês, os nomes escritos em canetinha sobre nossas cabeças, como um pai de primeira viagem que não conseguia distinguir as filhas gêmeas.

Também havia os bilhetinhos de papel, escritos com nossa letra.

Eu te amo, papai.

Ande a cavalo, papai. E volte pra casa.

Meus pensamentos se voltavam, então, não para as carteiras, mas para os cavalos marrons que papai certa vez contou que viviam sob a fábrica de papel e corriam tão rápido que seus galopes levantavam a poeira da terra. À medida que os homens ficavam cada vez mais ofegantes em cima de mim, eu conseguia ouvir a respiração arfante dos cavalos logo atrás de mim. Podia sentir o roçar de suas crinas no meu rosto. E, se fechasse os olhos com força, me via cavalgando pelo campo em direção à liberdade, e então não seria tão ruim ser uma jovem em Chillicothe, Ohio, sob o peso de um homem que não conhecia.

Depois, eu perguntaria a Daffy se também pensava nos cavalos, mas ela diria que enquanto os homens a penetravam com tanta força que precisava cerrar os dentes de dor, ela se imaginava deitada no sofá da vovó Milkweed, coberta pela manta de quadradinhos como se o *john* nem estivesse ali.

"Se eles soubessem o que estamos pensando..." Então riu até gargalhar. Cheguei a pensar que era bom sermos filhas da nossa mãe, porque nesse ramo tínhamos que ser mulheres que sabiam foder sem amor e fechar os olhos com força para enxergar além dos homens, que sempre pareciam estar lá, não importava o que acontecesse.

Nell Sábia tinha razão sobre os *johns* terem paus inquietos. E sobre conseguir todos os tipos. Alguns gostavam de estrangular e espancar. Esses eram chamados de Boca de Borracha e Calças Fedidas. Os *johns* "perturbados" se retiravam a tempo de espalhar seu sêmen em nosso rosto. Aprendi que os pervertidos deixam manchas. Mijo, sangue, merda. Não era sexo. Eram ataques. O problema era que quase todos eram pervertidos, não apenas homens. Os melhores *johns* são os garotos tradicionais que querem apenas um boquete ou um pouco de estímulo em sua cidade natal. Muitos têm alianças de casamento. Muitos têm bons empregos, e nenhum perguntará qual é seu nome verdadeiro. Só querem saber quanto custa.

Enquanto Thursday furava as próprias roupas e Nell Sábia segurava firmemente um velho ímã, eu tateava embaixo do colchão e encontrava o pedaço de uma caixa velha que minha tia me deu certa vez.

"Mantenha essa parte segura, Arc", dissera ela. "É um pedaço seu."

Escrevi meu nome ali, para não esquecer que tinha um, enquanto Daffy recorria a uma pedra.

"Pedras podem ser bulbos de flores", explicou. "Se acreditarmos o bastante."

Ela plantava uma pedra em cada lugar que estivera com um *john*.

"Assim, algo bom vai crescer", continuava, compactando bem a terra.

Éramos apegadas a esses rituais porque, sem eles, tínhamos medo de nos perder por completo.

Naquele inverno, depois que Harlow foi encontrada no rio, quando o primeiro pingente de gelo se formou no telhado, Daffy e eu ficamos na varanda com as mãos erguidas, apegadas ao que tinha sido um dos maiores rituais da vovó Milkweed. Pegar a brisa. Uma cerimônia que havíamos prometido à nossa velha avó que manteríamos para sempre. Mas não a fazíamos havia anos. Ao pensar em Harlow na água, percebi que estava na hora. Estava na hora de erguer as mãos e pegar algo antes que fosse tarde demais.

"Você precisa levantar mais a mão, Daffy, para pegar a melhor brisa", instruí.

"Você tá parecendo a vovó Milkweed", respondeu ela, mas ergueu a mão na mesma altura da minha.

Quando vovó nos fez praticar o ritual, primeiro nos mostrou os cinco pedregulhos.

"Vejam isso", disse ao apontar as cinco pedrinhas enfileiradas na terra diante da porta. "São as unhas de mulheres idosas. É por isso que os pássaros se reúnem aqui. Porque buscam a sabedoria daquelas que pegaram a brisa nas mãos e a seguraram por tempo suficiente para que se transformasse em vento."

"Mas por quê, vovó Milkweed?", perguntou Daffy.

"Porque a brisa é um sussurro e o vento é um grito", explicou vovó. "E depois de pegar um grito, você tem que afogá-lo no rio."

"A quem pertence o sussurro e o grito?", indaguei.

"Aos homens com febre de bruxa", foi a resposta de vovó Milkweed. "Aqueles que caçam a terra em busca de mulheres que bradam contra eles, chamando-as de bruxas. Essa febre se espalha com o vento, mas se você a pegar com a mão e segurar com força, pode afogá-la no rio."

"Vovó Milkweed estaria orgulhosa de nós", comentou Daffy, parada na beira da varanda. "Você não acha, Arc? Pelo menos por isso."

Em seguida fechou os dedos e continuou: "Eu peguei a brisa. Rápido, Arc. Pegue também".

Senti o ar atingir a palma da minha mão e a fechei depressa. Juntas, mantivemos os punhos cerrados sob a boca e sussurramos as coisas que vovó Milkweed havia ensinado.

"Corvo sem cabeça", comecei. "Um berço de águias."

"Cavalo vermelho." Daffy sorriu. "Cachorrinhos laranja."

"Cachorrões. Casca de árvore. Avó, água ancestral."

"Neta", continuou Daffy. "Além de grandes águas. Azul-escuro."

"Luz azul." Aproximei os lábios do punho cerrado. "Além do azul."

"É vento agora", concluiu Daffy.

Ainda com as mãos fechadas, entramos em casa, passamos por tia Clover no sofá e seguimos pelo corredor até o banheiro, onde enchemos a pia com água fria na qual afundamos as mãos.

"A vó de vocês ficaria chateada."

Erguemos os olhos ao ouvir a voz da nossa mãe, que estava encostada na porta.

"Vocês deveriam afogar o vento no rio", continuou a dizer, "e não na porra de uma pia."

Não tirou os olhos semicerrados da pia enquanto se afastava. Deixamos a água escorrer pelo ralo e enxugamos as mãos na blusa conforme a seguíamos.

Ela já estava no colchão em seu quarto.

"Eu não vou entrar." Daffy cruzou os braços na porta. "Está uma carniça aí dentro. O cheiro vai manchar meu rímel."

Passei por cima do lixo e da roupa suja no chão. Mamãe tinha arrancado mais enchimento e espuma de dentro do colchão. Estava espalhado pelo quarto, junto de camisolas sujas, isqueiros vazios e papel-alumínio amassado. Olhei para Daffy quando me sentei ao lado do colchão e perguntei: "Mamãe, que cheiro é esse?".

Ela apenas encarou o teto.

"Tá com um cheiro podre." Abanei a mão para afastar as moscas.

Eu a rolei para o lado e olhei o que tinha embaixo. Por mais que cheirasse a suor e mijo, o odor podre não vinha dela. Segui o cheiro pela borda do colchão até o furo na lateral. Enfiei a mão lá dentro e tirei algumas das coisas novas que ela havia pegado dos *johns*. Um maço de cigarros vazio, um botão azul, um cinza e vários em tons de marrom. Havia cadarços embolados que rolaram da minha mão quando a enfiei de volta no buraco. Tateei algo macio e molhado e o envolvi com os dedos.

À luz, abri a mão e encontrei uma maçã parcialmente comida. O miolo já estava marrom.

"Mãe, você não pode enfiar essas coisas no colchão." Eu lhe mostrei a maçã.

"Você não sabia", começou a falar, "que uma maçã vai dizer quem é o seu verdadeiro amor?" Às vezes, a voz dela soava como algo sendo derrubado. "Sim, é isso mesmo, pequena Arc. Você só precisa torcer o cabinho. Aí vai descobrir. Onde está... onde está minha garota de olhos azuis?"

Ela murmurou e usou os dedos para enfiar os itens de volta ao buraco.

"Vamos, Arc", chamou Daffy da porta. "Ela não passa de uma vida inteira de azar. É melhor sair enquanto pode."

"Não coloque mais comida no colchão, tá?", falei para mamãe antes de me levantar.

Mas a atenção dela estava voltada para os objetos que devolvia ao buraco. Segurou um a um contra a luz, como se quisesse ter certeza de que não haviam sido alterados.

Quando cheguei ao corredor, Daffy olhou para a maçã e perguntou: "Você não vai jogar isso fora?".

"Tem sementes", respondi. "Não se pode desperdiçar sementes. Vamos levar isso lá fora."

Tia Clover ainda estava no sofá com uma sacola cheia de gravetos no colo. "Deu certo afogar o vento?" Ela riu quando abrimos a porta telada.

Levei a maçã para o quintal e a coloquei na base do toco de uma árvore.

"Assim ela vai crescer e virar uma macieira", declarei. "E vamos poder voltar aqui e comer frutas frescas todos os dias."

"Nada vai crescer aqui, Arc." Daffy enfiou a mão no meu bolso de trás em busca do desodorante. "Nada além de mais cruzes para carregar."

Enquanto passava o desodorante debaixo dos braços, continuou: "Se algum dia eu cheirar tão mal quanto a mamãe, apenas me enterre da melhor forma que puder".

Ela contou as camadas de desodorante. "Lembra como ela estava cheirosa quando nos buscou na casa da vovó Milkweed?"

"Cheirava a perfume", respondi.

"E panquecas."

"E aos doces que tirou dos bolsos para nos dar."

"Agora ela cheira a grama velha", comentou Daffy.

"Maçã velha", acrescentei.

“Como algo que nunca voltará a ser uma mãe.” Daffy suspirou. “Vou fechar a porta dela para que o fedor não chegue ao meu quarto.”

Em seguida me entregou o desodorante e voltou para dentro de casa. Passei um pouco, depois guardei no bolso.

“Arc? Ei, Arc.”

Levantei os olhos e vi Nell Sábia. Caminhava apressada pela rua, com os braços em volta da barriga.

“Oi”, respondi. “O que você está fazendo aqui?”

“Quis dar uma passadinha.” Ela espiou por cima dos ombros. Além do moletom, não estava vestida para o inverno. Usava calça de pijama de algodão e chinelos.

“Tudo certo?”, perguntei.

“Só não quero ficar sozinha.” Ela limpou o nariz e saiu um pouco de sangue.

“Podemos ficar aqui”, avisei.

Quando entramos em casa, tia Clover não estava mais no sofá. Tinha se ajoelhado diante da TV, que exibia um documentário sobre a América do Sul, e media alguns galhos da sacola em relação às linhas de Machu Picchu.

“O que ela está fazendo?”, questionou Nell Sábia, ainda tremendo de frio, ou de algo além.

“Medindo os galhos”, expliquei, “para garantir que tem um do tamanho certo.”

“Tamanho certo pra quê?” Nell Sábia observou tia Clover apoiar o galho na tela da TV, onde se via a beira de uma ruína.

Levei Nell Sábia para o quarto de Daffy e mostrei a parede. “O tamanho certo para isso.”

“É uma obra de arte ou algo assim?”, quis saber ela.

“Isso ou algum tipo de loucura”, respondi.

“Às vezes são a mesma coisa, Arc.” Os olhos de Nell Sábia pareciam ter passado o dia encarando o fogo.

“Você está bem?”, perguntei.

“Um *john* tentou me beber esta manhã”, contou ela. “Talvez ele tenha me bebido. Sinto que sou um terço de quem eu era.” Ela esfregou os olhos, manchando ainda mais o rímel.

Em seguida se aproximou da parede e ficou em silêncio por alguns segundos, passando os dedos pelos galhos.

"É um dos maiores mistérios do universo, sabia?"

"O quê?", indaguei.

"O tempo", respondeu. "Existem muitas teorias, mas ninguém pode afirmar do que realmente se trata. O mundo estaria um caos sem ele. Ora, já imaginou como seria não ter tempo? Seria como apertar um botão de pausa. Todas as coisas que estão à deriva deixariam de estar à deriva. Todas as coisas que flutuam deixariam de flutuar." Ela se virou para mim. "O problema do tempo é que você nunca sente que tem o bastante."

Depois se sentou na cama de Daffy, cruzando as pernas. Quando viu a foto de Daffy e eu criancinhas na mesa de cabeceira, pegou o porta-retratos. "São vocês?".

"Sim, quando Daffy e eu éramos apenas duas joaninhas, como vovó Milkweed dizia."

"Qual dessas é você?"

"Está é a Daffy." Apontei para a garota à direita. "E essa sou eu." Apontei para mim mesma à esquerda.

"Nossa, vocês são idênticas", comentou Nell Sábia. "Isso é bom? Ou ruim?"

"É bom ter uma irmã." Peguei o porta-retratos e o devolvi para a mesa.

Nell Sábia me observou. "Deve ser, Arc." Achei que diria mais alguma coisa sobre a foto, mas apenas perguntou: "Você poderia trançar meu cabelo? Como o seu?".

Em seguida tirou a faixa e o elástico da cabeça. Quando soltou o coque, o cabelo caiu até o meio das costas. Eu nunca tinha percebido que era tão comprido.

Eu me sentei atrás dela, que logo comentou: "Nunca fiz tranças no cabelo antes. Acho que é isso que ganho por ter crescido sem irmãs".

Depois inclinou a cabeça para trás e eu passei os dedos pelos cachos, separando-os.

Enquanto eu dividia o cabelo dela, contei: "Quando eu era criança, a vovó Milkweed cortava papel em tiras finas e escrevia coisas que ela trançava junto do cabelo".

"Que coisas?", quis saber ela.

"Dizia que eu era corajosa como um lagarto ou sedenta como uma figueira. Eu nunca entendi o que esse último significava." Nós duas rimos. Quando o riso morreu, continuei: "Acho que era o jeito dela de me fazer sentir especial".

"Isso é lindo." Nell Sábia suspirou, com as mãos trêmulas no colo. "O que você diria sobre mim, Arc?"

"Ah, eu diria que você é um mundo de segredos à deriva." Trancei as mechas do topo da cabeça. "Que você é tão primordial quanto o sol. Uma filha de emaranhados. Uma gata limpando os dentes no linóleo."

Ela riu mais alto. "O que mais, Arc?".

"Um gole de chá quentinho." Terminei a última trança e segurei a ponta da mecha ao acrescentar: "E uma grande amiga, mas não para as cobras".

"Talvez seja por isso que estou sendo punida", teorizou ela. "Dei as costas às criaturas da terra e respondi ao chamado dos homens cruéis."

Usei o elástico para amarrar a trança, depois pousei as mãos em seus ombros. "Por que você está tão nervosa hoje, Nell?"

"Nell? Acho que faz séculos que ninguém me chama assim. Tenho sido apenas Nell Sábia há tanto tempo. Mas a verdade é que de sábia não tenho nada." Ela se levantou e olhou para o moletom. "Achei que só usaria isso na faculdade. E aí, depois de me formar, ele seria guardado em uma caixa no sótão."

"Como um artefato?", perguntei.

"Isso." Ela começou a sorrir, mas se deteve. "Eu queria estar com meu arame."

"Onde está?"

"Esqueci na Thursday." Ela franziu a testa. "Vamos para a Montanha Distante, Arc. Estaremos tão longe que ninguém será capaz de nos encontrar."

"Alguém está atrás de você?", questionei.

Ela olhou para baixo e respondeu baixinho: "Depressa, pegue as chaves da sua caminhonete. Enquanto você dirige, posso colocar o braço para fora da janela e fingir que estou voando".

Procurei por Daffy antes de sairmos, mas quando vi a porta dos fundos aberta, soube que ela devia ter ido embora.

Nell Sábia já me aguardava na caminhonete. Quando entrei, ela me perguntou por que havia tantos rabiscos. Olhei para as rimas escritas com canetinha preta no couro dos bancos, no painel e até no volante.

"Poeta Daffodil", foi tudo o que respondi.

Nell Sábia repetiu as palavras e se aproximou para ver a foto colada no painel. Era um retrato de nós quatro na Montanha Distante, sorrindo e com os braços erguidos como se estivéssemos livres.

"Rainhas de Chillicothe", murmurou ela. "Até parece."

Fiz as curvas sinuosas enquanto Nell Sábia enfiava a mão para fora da janela e tocava o ar frio, lendo as poesias escritas na porta da caminhonete, às vezes em voz alta.

"'Da flor vem o poder de crescer e florescer.'" Ela olhou para mim. "Que coisa para dizer, hein, Arc?"

A noite já havia chegado, a escuridão rechaçada apenas pela luz dos faróis. Nas profundezas das colinas, mantive o olhar atento para o cervo que certamente cruzaria a estrada. Quando chegamos perto da Montanha Distante, Nell Sábia disse: "Não precisa ir até o trailer de Thursday".

"Você não quer ir buscar seu arame?", perguntei.

"Não quero voltar lá esta noite. Além do mais, neste mundo de monstros, Thursday pode precisar mais do que eu."

Estacionei entre algumas árvores na floresta. Nell Sábia já havia corrido para fora do carro antes mesmo de eu desligar o motor. Eu a persegui por entre as árvores em direção ao nosso refúgio às margens do rio, e ela se deteve pouco antes de seus pés tocarem a água.

"O que você acha que Harlow pensou enquanto flutuava rio abaixo?", ela quis saber.

"Ela estava morta", respondi. "Não sei se pensou em outra coisa além disso."

"Você acredita em vida após a morte, Arc?"

"Às vezes eu só acredito no inferno. Mas se ele existe, então também deve haver um céu."

"Me diga como será", pediu ela.

"Seus filósofos já o descreveram de um milhão de jeitos brilhantes, não foi?"

"Mas quero saber como você acha que será, Arc."

"Não sei." Dei um suspiro. "Acho que será cheio de nuvens flutuantes e maravilhas reluzentes e o tempo como uma roda, girando e girando até descobrirmos o propósito de tudo. Ou talvez será apenas cavalos galopando tão rápido a ponto de nos deixar tontas."

Nell Sábia contemplou a água e perguntou: "Onde estaríamos se ninguém nunca tivesse dito a palavra *Deus*? Se nunca tivessem dito *paraíso*? Inferno? Todas aquelas coisas que intensificam os tons de uma fruta madura. Onde estaríamos sem uma história da criação? Sem a palavra do pecado? Onde estaríamos se pudéssemos viver sem o medo de uma vida indigna de passar a eternidade entre as harpas? Sem o sentimento de vergonha ou culpa ou de fazer a coisa errada. Quem foi o primeiro idiota a dizer: 'Somos mais que evolução. Somos moral, ética e criação. Nós somos a sensação, a obra, o que veio dos ossos do quadril de um Deus acima'. A verdade é que todos não passamos da merda que o universo tirou da bunda. Essa é uma filosofia que defendo".

Ela se sentou no chão, com as mãos tão frias que as cobriu com a manga do moletom.

"Sente comigo, Arc", pediu, olhando para mim. "Seja minha irmã à beira do rio."

Eu me aninhei junto dela, que curvou os dedos dos pés nos chinelos enquanto observávamos nossa própria respiração.

"Eu fico pensando que posso encontrar uma noite clara e ser livre." Ela suspirou, olhando para o céu. Quando baixou os olhos, pousou-os nos meus lábios. "Por que você só usa batom na metade da boca, Arc?"

"Quando Daffy e eu éramos crianças, mamãe dizia que nós duas éramos metades da mesma coisa."

"Que coisa?"

"Qualquer uma. Metade do mesmo buraco de fechadura, da mesma tempestade, do mesmo riacho. Parece que estou assumindo a metade de Daffy se cobrir a boca inteira."

"Mas se não fizer isso", disse Nell Sábia, "não parece que você é apenas metade de si mesma?"

"Nunca me vi sem ela", respondi.

"Mas deveria, Arc. Acho que precisa fazer isso, ou nunca conseguirá ser você mesma."

Ela soltou o ar, apoiando a cabeça no meu ombro.

"Como viemos parar aqui?", perguntou.

"No rio?" Contemplei suas águas geladas.

“Não”, respondeu Nell Sábia. “Nessa vida. Como viemos parar aqui? Fazemos de conta que cavalgamos entre as estrelas usando coroas. Mas a única coisa que repousa sobre nossa cabeça é a mão de um *john* cujo suor somos obrigadas a sentir pouco antes de ele nos pagar para engoli-lo. Quero saber como tudo começou. Como chegamos a isso.”

Olhei para a água. Algo havia agitado a superfície, as ondulações voltadas para a margem oposta.

“Tudo começou com uma flor”, declarei.

“Me conte sobre isso, Arc.” Ela manteve a cabeça no meu ombro.

“Uma flor que os antigos chamavam de flor da alegria”, continuei. “A papoula. Um arranjo aparentemente inocente de pétalas macias sobre caules verdes compridos. O tipo de flor que uma criança daria à mãe sabendo que ela diria: ‘Nossa, que coisinha linda’.

“Você sabia que a papoula é usada como homenagem aos soldados caídos? Às vezes é vista como um símbolo dos sonhos. Nas histórias mais antigas, é a flor usada como presente para os mortos. Na literatura persa, é chamada de flor do coração. A certa altura, entre a alegria e o coração, alguém descobriu que ao machucar esta flor, ao fazê-la sangrar, você terá algo além de uma planta morta. Terá ópio.”

“Nossas coroas.” A voz de Nell Sábia estava fraca.

“O cultivo do ópio remonta a 3400 a.C.”, continuei. “As civilizações antigas cultivavam as flores para aliviar a dor. Essa busca pelo fim do sofrimento nos levaria a passar por muitos períodos. Primeiro veio a morfina, uma droga milagrosa que entorpecia tudo o que nos mantinha acordados à noite. Uma pequena mistura feita por um químico em 1874 trouxe a primeira versão sintetizada da heroína. Mas ainda não era chamada assim. Só anos mais tarde a Bayer, que fabrica a nossa aspirina, cunhou o nome *heroína* a partir de uma palavra alemã que significa ‘heroico’, pela sensação que a droga transmitia a quem a ingeria. Eles a anunciaram como um milagre. O analgésico *perfeito*. Era o remédio indicado para qualquer doença, desde bronquite até tuberculose. As mães davam aos filhos uma pequena dose de heroína à noite para ajudá-los a dormir.”

“Eu não acredito.” A risada de Nell Sábia deu lugar a um suspiro.

“A heroína estava até nos xaropes para tosse”, retomei. “Pastilhas e comprimidos menstruais, que prescreviam às mulheres para tratar seus ataques.”

"Nossos ataques", ela sussurrou.

"Na Primeira Guerra Mundial, esposas e mães enviavam aos maridos e filhos kits que incluíam agulha e frascos de heroína. Achavam que estavam lhes enviando remédios. Algo para fazê-los se sentir bem enquanto estavam longe de casa. Nem lhes passava pela cabeça que seu gesto amoroso mudaria o rosto daqueles que amavam, pois os homens que haviam partido para a guerra voltaram totalmente dependentes. Os químicos, estes homens da ciência, que tão calmamente concederam este presente ao mundo, disseram que não causava dependência, mas, em 1911, a prostituição e o uso de heroína foram relacionados. Em 1913, os dependentes de heroína faziam parte da população.

"A Bayer começou a limitar a heroína que produzia antes de sua fabricação se tornar totalmente ilegal. A essa altura, já era tarde demais. A sensação, a euforia, já tinha sido liberada para o mundo. Não havia como voltar atrás."

"Não", concordou Nell Sábia. "Imagino que não."

"A melhor sensação da sua vida, cara." Encostei a cabeça na dela.

"Faz você ficar toda aquecida." Ela fechou os olhos.

"A melhor coisa que já tomei."

"A maior sensação que já tive", acrescentou.

"E eu odeio pra cacete", berrei o mais alto que pude. Enquanto ela gritava, continuei com mais suavidade: "Machuque uma flor, faça-a sangrar. Na dor, a flor chora e você corre o risco de se tornar outra coisa."

"E foi o que todas nos tornamos, não foi, Arc?"

Em seguida enfiou a mão no bolso e tirou o ímã de peixe. A superfície estava descascada, revelando o plástico branco por baixo.

"Ímãs têm alma, sabia?" Ela o admirou enquanto o passava pelos machucados nas pernas. "Pelo menos era nisso que Tales acreditava. Ele foi o primeiro filósofo conhecido da Grécia. Achava que, por serem capazes de mover o ferro, os ímãs tinham alma. Pena que eles não conseguem mover machucados."

Continuou a deslizar o ímã com delicadeza sobre a pele.

"Como me perdi há muito tempo", acrescentou, "decidi que manteria um ímã por perto para não esquecer como é ter uma alma. Que tolice, não acha? Nunca terei minha alma de volta." Ela apertou o ímã na mão, depois o arremessou no rio. Esperei ouvir o barulho, mas ele não veio.

"Tales foi o primeiro filósofo que tentou descobrir a origem de tudo", contou Nell Sábia. "A origem de todas as coisas. Ele acreditava que era a água. Este rio, Arc. Este rio é o começo de tudo."

Ela abriu a mão, revelando o ímã ainda lá.

"A verdade é que o carrego porque pertencia à minha mãe", confessou. "Ficava grudado na nossa geladeira verde. Ela o usava para prender a lista de afazeres, às vezes a lista de compras. Outras vezes, meu boletim escolar. Difícil de acreditar que tirei tantas notas altas. Quando fiquei tão estúpida?"

Ela jogou a cabeça para trás e soltou um suspiro profundo.

"Estamos carregando muitos segredos, Arc."

"Estamos?", perguntei.

Ela olhou para mim. "Eu sei o seu segredo, Arc. Eu sei..."

"Shh." Coloquei o indicador sobre os lábios dela. "Não vamos dizer. Alguém pode estar ouvindo."

Ergui a mão sobre nossas cabeças.

"O que você está fazendo?", quis saber ela.

"Pegando a brisa até virar vento", respondi.

"E depois?"

"E depois nós a afogamos no rio."

17

"Não é meu lar se continuo a vagar."
— Poeta Daffodil

Já era noite quando Daffy apareceu na varanda com o rosto todo ensanguentado. Precisei de um momento para perceber que era minha irmã ali. O branco de seus olhos estava grande e brilhante. Seus lábios tremiam. Pedi que dissesse alguma coisa, mas estava tão quieta que tive que insistir, só para saber que era ela mesma ali.

"Sou eu", falou Daffy.

"O que aconteceu?", indaguei. "Entre aqui em casa e me conte."

"Não." Ela negou com a cabeça, recuando. "Não quero entrar. Não quero que tia Clover veja o sangue. Ela vai rir, ou pior, vai tentar me dizer para arranjar meu próprio cinto branco."

Em seguida caminhou para a lateral da varanda. Sem casacos, nos amontoamos contra a parede da casa.

"Fale o que aconteceu, Daffy."

A princípio, não quis contar. Disse apenas que encarou uma pedrinha por tempo demais. "Isso me atingiu nos olhos", contou. Depois disse que passou na frente de um velho ofegante. "A respiração dele me empurrou para baixo." Os punhos estavam cerrados com força, o sangue seco nas juntas dos dedos.

Implorei que me contasse o que realmente havia acontecido.

Por fim, ela se acomodou nos degraus da varanda e perguntou: "Você se lembra de como as mãos da vovó Milkweed eram quentes?".

"Lembro", respondi.

Daffy limpou o sangue do queixo, observando-o antes de perguntar: "Você se lembra da geleia de uva que ela fazia?".

"Lembro." Pensei na geleia roxa dentro dos potes cristalinos.

Daffy olhou para o céu noturno. A poluição luminosa da cidade nos impedia de ver as estrelas, mas, mesmo assim, ela apontou para cima e disse: "Aquilo é obra da vovó Milkweed", e eu sabia que estava se referindo a todas as estrelas que não podíamos ver. "Aquilo é obra dela. Mas isto não." Daffy voltou a encarar o sangue. "Vovó Milkweed não fez isso. Foi o Highway Man."

Enquanto contava a história, chegou mais perto de mim.

"Ele me pegou na frente do Blue Hour." Ela suspirou. "Tinha acabado de atender um *john*. O quarto estava frio. Lá fora estava mais frio ainda. Vi uma cobra deslizando no chão. Peguei um punhado de terra por onde ela passava e guardei no bolso, porque vovó Milkweed sempre nos dizia para fazer isso. Lembra?"

Assenti. "Conta pra mim o que aconteceu com o Highway Man."

"Ele estava atrás da Nell Sábia", continuou Daffy. "Eu avisei que não sabia onde ela estava. Mas ele me mandou entrar na porra do carro mesmo assim."

"Nunca vá com o Highway Man a lugar nenhum, Daffy. Você sabe disso."

"Eu tinha a terra da cobra no bolso para me proteger. Achei que ficaria tudo bem. Fomos até o trailer da Thursday, mas Nell Sábia não estava lá. Nem a Thursday. Ele dirigiu pela estrada até onde os vizinhos mantêm as vacas. Sabe, aquelas com a cara branca? Ele parou perto da cerca de arame farpado e disse que Nell Sábia havia roubado dele e que, quando a pegasse, ela nunca mais roubaria. Depois olhou para a cerca por tanto tempo que achei que íamos ficar sem gasolina. Por fim, ele voltou para a estrada e dirigiu até o estúdio de tatuagem. Depois que entramos, virou a placa para indicar que estava fechado. Eu não queria entrar, mas ele me obrigou. Disse que ainda não tinha terminado comigo e que, se eu não entrasse, ele pegaria meus olhos e os colocaria no freezer para quebrá-los no concreto.

"Depois ele sentou diante da mesa, pegou uma folha de papel e começou a desenhar. Achei que estava rascunhando uma tatuagem nova, mas ocupava a folha toda. Então percebi que ele havia desenhado um rosto. O rosto de Nell Sábia. Ele me fez segurar o papel diante do meu próprio rosto, depois enrolou minha cabeça com fita adesiva até o rolo acabar e o rosto de Nell Sábia ficar grudado no meu."

Vi os pedaços de fita adesiva ainda colados em seu cabelo. Quando os retirei com cuidado, Daffy estremeceu.

"Aí ele falou que, como não tinha encontrado a Nell Sábia, eu ia dar pro gasto. 'Uma vadia por uma vadia', disse ele. O papel estava tão apertado contra meu nariz e boca que era difícil respirar."

Daffy contou como ele havia desferido socos no rosto desenhado, atingindo o dela. Primeiro golpeou o nariz, depois socou a boca.

"O sangue estava se acumulando debaixo da folha", continuou Daffy. "As fitas estavam tão apertadas ao redor do meu queixo que o sangue ficou preso ali. Tentei tirar, mas ele agarrou minha cabeça e gritou: 'Segura a cara, vadia'. Achei que fosse me bater de novo, mas usou uma tesoura para cortar o buraco dos olhos. Quando fez um buraco na boca, o sangue jorrou. Aí finalmente consegui respirar. Depois me puxou até o espelho para que eu pudesse ver a vadia que eu era, segundo ele."

Daffy abriu a mão, revelando um pedaço de papel amassado e encharcado de sangue. Quando ela o alisou, pude distinguir os traços do desenho.

"Só consegui arrancar a cara da Nell Sábia no caminho para cá", contou.

"Não acredito que o Highway Man deixou você ir embora." Eu a abracei com força.

"Só consegui porque joguei a terra de cobra nos olhos dele."

Em seguida mostrou a sujeira nos joelhos da calça jeans.

"Saí tropeçando", continuou. "Eu não conseguia enxergar direito antes de arrancar o rosto. Quando o tirei, encontrei isto com o sangue no queixo."

Ela abriu a outra mão, revelando um dente ensanguentado.

"Tentei colocar de volta." Ela chorou ao tentar outra vez, empurrando o dente na gengiva cheia de sangue. "Não vai voltar, Arc. Você tem que me levar até o rio, para que eu possa lavá-lo na água. É o que vovó Milkweed faria. Ela sempre disse que o rio cantava para as mulheres e suas filhas e tocava sua trombeta para o céu, soprando toda a tristeza para longe. Se eu for até lá, talvez consiga colocar o dente de volta na boca."

"Onde está o Highway Man?", perguntei.

"Ele parou de me perseguir quando atravessei a rua", contou Daffy. "Ele vai me matar quando me encontrar, Arc."

Entrei em casa e peguei as chaves da caminhonete e uma canetinha preta.

"Aonde você pensa que vai com isso?", indagou tia Clover do sofá. "Você precisa parar de rabiscar aquela caminhonete como uma maldita criança."

Lá fora, ajudei Daffy a se levantar dos degraus da varanda. Enquanto eu dirigia, ela destampou a canetinha e escreveu uma rima no último espaço livre do couro bege do volante.

Não é meu lar se continuo a vagar.

Segui em direção à antiga casa da fazenda de vovó Milkweed, mas desviei antes de chegar, pegando a estrada secundária que levava ao trecho do rio ali perto. Descemos da caminhonete e atravessamos o solo gelado. Daffy olhou para o céu e disse que estava começando a nevar. Os flocos caíram suavemente sobre nossas cabeças à medida que nos aproximávamos do rio. Estava tão frio que a água já começara a congelar. As correntes que ainda estavam livres fluíam sobre as camadas de gelo.

"Aqui é um bom lugar", avisei.

Depois fiquei de joelhos e usei uma pedra para quebrar o solo duro, fazendo uma cova pequena e rasa.

"Você sabia", continuei, "que na mitologia grega, as Greias, as Irmãs Cinzentas, eram irmãs que compartilhavam um dente e um olho entre si? Alguns diziam que as irmãs eram monstros. Outros, que eram cisnes. Mas a maioria acreditava que eram apenas a espuma branca das ondas."

"O que elas faziam com o único olho que compartilhavam?", quis saber Daffy, também ajoelhada.

"Viam o mundo."

"O que faziam com o único dente?"

"Faziam desejos", respondi.

"Desejos?" Daffy segurou o dente entre nós. "Então vamos fazer um pedido, Arc."

Fechamos os olhos. Nunca revelamos o que havíamos desejado, mas estávamos quase certas de que pedíamos exatamente a mesma coisa.

Quando abrimos os olhos, Daffy espiou meu moletom, depois o dela.

"Eles são cinza." Ela riu. "Estamos vestindo moletons cinza. Somos mesmo as Irmãs Cinzentas, afinal. Você acha que parecemos monstros? Ou cisnes? Ou será que somos como a espuma branca das ondas? Acho que somos como cisnes", concluiu ela antes que eu tivesse a chance de responder. "Ou talvez a espuma das ondas. Porque assim somos água, maiores do que qualquer coisa na Terra. Poderíamos afogar todos os monstros como o Highway Man antes que eles ousem tirar alguma coisa de nós."

Satisfeita, Daffy colocou o dente no buraco raso e o cobriu, acostumada a ter que enterrar as coisas.

"Daqui a alguns anos", continuou, "uma arqueóloga como você, Arc, vai desenterrar meu dente e eu serei importante por pertencer ao passado. As pessoas vão se perguntar quem eu era, e vão contar uma história melhor do que a verdadeira."

Ela sorriu, envolvendo seus braços nos meus. E embora estivesse cada vez mais frio, continuamos à beira da água, rindo ao teorizar sobre o que brotaria daquele dente ensanguentado. Imaginamos árvores com frutas mágicas melhores do que maçãs e peras comuns.

"Algo especial", disse Daffy. "Uma fruta que nunca apodrece. Que vai durar para sempre." Depois de um instante de silêncio, chamou meu nome. "Arc?"

"Sim?"

"Tem alguma coisa na água." Ela afastou os braços dos meus e ficou de pé, apontando com o dedo. "Tem algo flutuando ali."

Fiquei de pé ao lado dela.

Ao ver o corpo flutuar com a corrente e deslizar por um pedaço de gelo, respondi: "Não é algo, Daffy. É *alguém*".

18

"Até a morte descansa em cima de pétalas mansas."
— Poeta Daffodil

1990

No nosso último ano do ensino médio, Daffy se pôs de joelhos e espiou através de todos os buracos de fechadura da nossa casa. O que dava para meu quarto. O que se abria para o dela. Olhou até pelo pequeno buraco da fechadura do armarinho da cozinha. Depois atravessou o corredor e olhou através daquele que levava ao quarto da nossa mãe.

"Lembra quando enfiávamos o dedo aqui?", perguntou Daffy, tentando encaixar o dela no buraco mais uma vez. "Será que achávamos que nossos dedos eram chaves? Pretendíamos destrancar as portas? Ou trancá-las? Ainda não sei."

Então tirou o dedo e espiou o buraco aberto, o formato recortado em seu rosto pela luz que se infiltrava por ali.

"Sempre que olho por esses buracos de fechadura", voltou a dizer, "tenho a esperança de ver um futuro que abrange todos os quilômetros necessários para sair desta cidade fedorenta. Mas tudo o que vejo é uma mulher num colchão num quarto. Você acha que esse é o nosso futuro? Não quero chamar isso de vida, Arc. Mas tenho medo de ter determinado que será assim."

Estávamos entre as melhores alunas da turma naquele ano. Daffy iria para a faculdade para nadar. Eu aprenderia a ganhar a vida escavando. Esses eram nossos planos. Aqueles que havíamos discutido durante todo o ano. Ninguém sabia que esse também foi o ano em que Daffy se tornou uma usuária. Nadava muito bem para qualquer um cogitar uma coisa dessas.

"Eu não conseguia te contar, Arc", confessou mais tarde. "Sou uma otária. Não queria que você soubesse. Achei que conseguiria parar antes de você descobrir."

Ela começou a faltar às competições de natação. Quando aparecia, já não ganhava mais. A conversa sobre bolsas de estudos morreu, assim como a perspectiva de qualquer outra coisa, como as Olimpíadas.

"É, acho que foi bobagem cogitar uma coisa dessas", comentou Tam quando Daffy ficou em último lugar, mal conseguindo acompanhar as garotas que havia derrotado tão facilmente na temporada anterior.

O maiô dela rasgou e não foi substituído. John já não estava mais lá, então não havia dinheiro para taxas, maiôs ou toucas, especialmente para uma garota que não valia o gasto. Nos círculos da natação, ninguém se lembrava do nome dela, exceto para dizer que era a garota que vomitou na água durante os cem metros livres em sua última vez na piscina.

"Ela quase se afogou", contou uma garota para a amiga enquanto esperavam sua vez de mergulhar na mesma água. "Tiveram que tirá-la da piscina e fazer respiração boca a boca. Dá pra imaginar uma coisa dessas? A água toda cheia de vômito. Que nojo."

Quando finalmente foi expulsa da equipe, Daffy picotou o maiô e o jogou no lixo. A essa altura, as unhas dos dedões dos pés já estavam apodrecidas. Era assim que ela estava injetando, para que ninguém visse as marcas em seus braços de nadadora.

"Como você teve coragem de fazer uma coisa dessas, Daffy?", gritei com ela. "Como teve coragem de jogar tudo pelo ralo? Como teve coragem de fazer isso comigo?"

"Eu só queria colocar as linhas no quadrado, Arc. Como a vovó Milkweed fazia."

Daffy mostrou a agulha cheia da sensação da qual ela se tornara dependente.

"Vovó usava uma agulha de crochê, Daffy", falei. "Não uma suja."

"Uma agulha é uma agulha." Ela a admirou. "E sabe de uma coisa? Quando está dentro de você, torna o lado selvagem lindo. Nada parece ruim aqui, Arc. Toda a tristeza vai embora. O calor toma conta de você. É a coisa mais magnífica de todas. Faz com que eu me sinta como vidro, o jeito como me quebra em pedaços. Mas adoro ser quebrada assim. Porque, quando uso de novo, volto a ser completa, volto a ser embalada com força. Isso me ama. É um amigo desde sempre. É um pai que ainda está vivo. Uma mãe que me abraça. É a vovó Milkweed voltando com os bulbos de flores. Suas histórias não estavam transformando nada no lado bonito, Arc. Mas isso está."

"Você está falando igualzinho à mamãe e à tia Clover", respondi.

"Agora eu sei por que elas fazem isso."

"Você poderia ter escapado deste fim de mundo, Daffy. Poderia ter ido para a faculdade. Para as Olimpíadas."

"Sabe por que isso soa tão absurdo?", gritou ela de volta. "Porque *é*."

Eu a vi encontrar uma veia, a agulha se enchendo de sangue.

"Juro que vou largar, Arc", voltou a dizer enquanto tirava o elástico do óculos de natação e o amarrava no braço. "É só uma coisa passageira, só para clarear minha cabeça. Aí vou parar e será como se nunca tivesse acontecido. E vamos poder ser como as irmãs Trưnug. Rainhas com nosso próprio exército. Me conte sobre elas, Arc. Por favor."

Minha irmã mudava diante dos meus olhos, mas não parecia haver nada que eu pudesse fazer para impedir. Pensei na época em que ela pegou a gripe, depois pensei no aranha. Assim como nessas outras vezes, Daffy não poderia enfrentar este novo monstro sem minha ajuda.

Por alguma razão, nunca imaginei que ficaria viciada, então, quando ela estava desmaiada na cama de sua infância, peguei a agulha e segui os mesmos passos que tinha visto mamãe e tia Clover fazerem um milhão de vezes. Esvaziei o saquinho na colher, acrescentei a água e coloquei o isqueiro embaixo dela. Minha mão tremia quando amarrei o elástico do óculos de natação em volta do braço.

Eu era jovem e estúpida. Acreditava que poderíamos ser fortes o bastante para nos livrar da dependência juntas. Achei que aquilo não me afundaria como afundou as outras mulheres da minha família. Pensei que comigo seria diferente. Que eu poderia tomar uma decisão errada e ficar bem no dia seguinte. Mas não me preparei para a sensação. O sentimento avassalador de paz, a onda quente de euforia que tirou cada gota da minha dor. Nunca imaginei que tal sensação poderia existir. Aquilo falou comigo. Disse que me protegeria, me manteria segura e fecharia as portas para todas as coisas que um dia me machucaram. Doces mentiras cintilantes nas quais acreditei.

Bastou um único instante para tornar insuportável a ideia de voltar à vida. Foi quando entendi por que algumas pessoas se rendiam a isso. Minha mãe. Minha tia. Entendi por que meu pai, tanto tempo antes, amarrou o cinto do exército no braço. E então, claro, havia Daffy. Uma garota que só queria esquecer tudo. Como eu poderia culpá-la, ou qualquer um deles, por isso? Por essa ânsia de se libertar das verdades doloridas demais para serem encaradas.

Nós, humanos, sempre sofremos. A história nos mostra isso por meio dos artefatos que as civilizações deixaram para trás. A dor está presente nos vasos quebrados, na poesia fraturada, na música avassaladora que tocamos durante séculos. Pertencemos ao luto até a luz se apagar. Então pertencemos à terra, nossos corpos idênticos a outras coisas caídas.

À medida que corria em minhas veias, me senti livre dessa dor. Esta é a sensação inatingível que proporciona. Este é o truque que faz.

Mas não revela o que exige em troca.

Quando abri os olhos, minha irmã estava de joelhos a meus pés. Ela esfregou o local onde me injetei e perguntou: "Por que você fez isso, Arc?".

"Para podermos matar o monstro juntas, Daffy."

Ela sorriu. Nunca me esqueci disso.

PARTE IV

19

"O voo é bonito, mas tem alcance finito."
— Poeta Daffodil

1993

As nuvens pendiam do céu noturno como se não houvesse mais lugar para elas no mundo enquanto Daffy e eu tirávamos Nell Sábia do rio. O cabelo longo e encaracolado estava emaranhado em volta do rosto. A pele havia mudado de cor e textura pela água gelada que a envolvera enquanto flutuava até ser encontrada. Lavados pela chuva e agitados brutalmente, seus machucados eram os de alguém que havia sido arrastado. Os olhos cinzentos estavam turvos. Os lábios estavam azuis. A expressão em seu rosto dizia que ela só queria ir para casa.

Só quero ir para casa, para casa, para casa...

"A mandíbula dela", apontou Daffy.

"Quebrada", concluí.

Daffy a estudou como se pudesse remendar o osso.

"Quem quebrou não devia saber", comentei.

"Saber o quê?", perguntou Daffy.

"Que uma mulher com a mandíbula quebrada ainda consegue falar."

Vimos as palavras que Nell Sábia nos dizia com cada corte e ferida. Aquilo nos dizia que ela não havia apenas se afogado. Não era apenas uma mulher lavando a overdose no rio. Assim como acontecera com Harlow, havia galhos, folhas e insetos entranhados nos cabelos de Nell Sábia, empilhados no topo de sua cabeça de uma forma que não parecia natural. Ela estava nua. Nem uma única meia.

“Não era para ela acabar assim”, lamentou Daffy. “Não a nossa Nell. Sempre imaginei que ela sairia de Chillicothe. Que daria o fora daqui, escapando dos animais selvagens.”

Daffy tirou a escova da bolsa e tentou desembaraçar os emaranhados nos cabelos de Nell Sábia.

“Você pode estar removendo os vestígios de um crime”, avisei.

“Ela ia querer ficar bonita, Arc”, explicou Daffy. “Você sabe o quanto ela amava o próprio cabelo. Todas aquelas faixas e presilhas. Quero fazer isso por ela. A polícia não vai se importar. Vão escovar o cabelo dela com muita força. Vão machucá-la.”

“Ninguém mais pode machucá-la, Daffy.”

“Espero que ela não tenha ficado assustada.” Daffy envolveu a bochecha cortada de Nell Sábia com a mão. “Quando aconteceu, espero que ela não tenha ficado muito assustada.”

Peguei as mãos de Nell e as examinei. “Sumiu.”

“O quê?”, perguntou Daffy.

“O ímã.” Olhei para o rio. “Ele se foi.”

Usamos o telefone do primeiro vizinho que nos deixou entrar. Quando o aranha apareceu, perguntou:

“Não é estranho que você tenha encontrado outra mulher morta no rio?”.

“Só estava admirando a água”, respondi.

“Nesse frio?”, insistiu ele. “Por que tem sangue na sua cara?”

“Um namorado bravo.” Desviei o olhar. “O frio é bom para coisas assim.”

Três dias depois, o moletom de Nell Sábia foi encontrado, parcialmente enterrado às margens do rio.

“*Ela fazia faculdade?*”, perguntou alguém que acabara de se mudar para a rua.

“*Fazia, mas ela tombou feito uma pedra*”, respondeu outra mulher. “*Estudava filosofia.*”

“*O que é isso?*”

“*Um curso para alguém que pensa demais.*”

"Ah. O que será que ela pensaria disso?"

Só ouvi Nell Sábia mencionar a família uma vez. "Eles disseram que já não me consideram como filha, mas não tem problema", contou ela, e passou os braços em volta de Daffy, de mim e de Thursday. "Porque vocês são minha família agora."

Os pais a cremaram. Quando Violet ligou para saber quando seria o velório, o pai respondeu que não haveria um. Não para uma garota que não valia mais o gasto. Eles permitiram que a funerária entregasse as cinzas para Violet. Segurei a caixinha marrom no colo enquanto Violet dirigia para a Montanha Distante, onde Thursday e Daffy nos esperavam.

Quando Violet mudou a rota, perguntei: "Para onde estamos indo?".

"Só quero passar por aqui e ver minha filhinha", confessou.

Observei o parquinho enquanto ela estacionava na calçada diante da escola de tijolos vermelhos.

"As crianças devem sair para o recreio daqui a pouco", contou Violet. "Tudo bem por você, Arc?"

"Claro." Olhei para as portas. "Tudo bem."

Menos de cinco minutos depois, uma multidão de crianças saiu correndo pelas portas escancaradas, disparando em todas as direções. Algumas foram para os balanços. Outras para o escorregador. Um punhado para o trepa-trepa, os gorros de tricô caindo da cabeça.

Violet desceu do carro e caminhou até a cerca de arame ao redor do parquinho. O vento estava forte, então segurei a caixinha com firmeza ao sair.

"Ali está ela." Violet apontou para uma menina com rabo de cavalo baixo e olhos castanhos. "Aquela é a minha Grassy. Veja quanto tempo ela consegue ficar pendurada no trepa-trepa. Ela é forte. Muito mais forte que eu. Muito bem, querida."

Violet gritou o nome da filha e bateu palmas bem alto, e Grassy se virou para olhar.

"Mamãe." A menina soltou um gritinho e largou o brinquedo. Depois correu tão depressa que trombou na cerca, o arame balançando com o peso enquanto ela gritava outra vez. "Mamãe. Onde você estava? Quando você vem me buscar?"

"Logo, bebê, logo. Ei." Violet se ajoelhou para ficar na mesma altura da filha, a cerca as separando. "Você lembra quando eu disse que compraria minha própria casa para cozinhar?"

A garotinha assentiu tão depressa que o pompom felpudo no topo do gorro balançou para cima e para baixo.

"Então..." Violet sorriu. "Eu encontrei um lugar que acho que consigo bancar."

"Vou poder ajudar você a fazer cupcakes lá?", perguntou Grassy antes de enfiar a mãozinha pela cerca e borrar a sombra nos olhos da mãe.

"Quantos quiser", respondeu Violet, e riu quando a filha tentou aplicar a maquiagem nas próprias pálpebras. "Além de biscoitos e tortas e rosquinhas e tudo o mais que você quiser fazer. Você vai estar no comando dos doces."

"Tudo bem, mamãe. E aí você vem me buscar? Não gosto de morar com o papai."

"Por quê?", perguntou Violet, os dedos avermelhados pelo contato com o metal frio da cerca.

"Porque você não está lá", respondeu Grassy, "e papai nunca consegue te achar, por mais que olhe atrás de todas as portas. Ele sempre faz biscoitos com uma mistura pronta de mercado. E sempre queima todos. Ele não é tão bom quanto você, mamãe."

A professora apitou.

"Tenho que ir", avisou Grassy. "O recreio acabou. Vou levar bronca se me atrasar."

"Espere." Violet correu para o carro e pegou, no banco de trás, a caixa de rosquinhas que estivera distribuindo na rua mais cedo.

"Coberto de chocolate." Tentou entregá-lo a Grassy, mas era grande demais para passar pela cerca.

"Preciso ir, mamãe." A garotinha começou a se afastar, o apito estridente da professora soando outra vez.

"Espera, espera." Violet empurrou a rosquinha, que se espatifou no chão do outro lado. Grassy já estava no meio do parquinho, os balanços ainda voando sozinhos.

"Pode ir, meu bem", gritou Violet atrás dela. "A gente vai se ver logo, logo. Prometo."

Quando voltamos para o carro, perguntei: "Que lugar é esse que você está pensando em comprar?".

"Ah", disse ela. "Vou te mostrar. Não fica longe daqui."

Violet dirigiu até um espaço comercial vazio em uma das ruas do centro, situado entre uma cafeteria e um brechó.

"Estou juntando dinheiro", contou ela, olhando para a placa de venda. "Vou abrir uma confeitaria chamada Grassy e Violet's. Ela virá aqui todos os dias depois da escola."

Não tirou os olhos da placa enquanto dava partida no carro. Depois falou um pouco mais sobre a confeitaria, sobre as cores das paredes.

"Vai ser azul e rosa", revelou, "como o algodão-doce que comi numa feira quando era criança. Os balcões serão cor de pistache. A cor do pudim favorito do meu pai. E haverá vasinhos de vidro alinhados, cheios de cravos vermelhos. Os favoritos da minha mãe. Vão ficar perto da batedeira, mas Grassy só vai poder bater a massa quando for mais velha. Às vezes ela tem o costume de tentar encostar em algo que gira e rodopia, pensando que não tem perigo. Mas precisa ficar um pouquinho mais velha para entender que às vezes o perigo está bem ali."

Quando chegamos ao trailer de Thursday, Violet já tinha me contado sobre a cor dos guardanapos nas bandejas e até mesmo quais adesivos ela colocaria nas laterais da caixa registradora.

"Arco-íris e unicórnios", disse, "porque são os favoritos da Grassy. E à noitinha, quando nós duas estivermos varrendo o açúcar de confeiteiro do chão, vamos fingir que é neve e ela vai cair na gargalhada." Violet enxugou as lágrimas do rosto.

"Parece ótimo", comentei.

O sorriso dela desapareceu. "Só espero não estragar tudo."

Depois tateou o banco de trás e pegou o moletom de Nell Sábia. Saímos do carro e atravessamos a estrada e o milharal congelado. Os talos tinham sido esmagados por um trator, deixando algumas espigas para trás. Embora não tivessem grãos, os corvos as arranhavam e as jogavam no ar enquanto avançávamos por entre as árvores.

"A floresta vai sentir falta da Nell Sábia", afirmei.

"Porque ela vive sozinha", completou Violet.

Descemos a encosta arborizada, o inverno tendo dizimado a grama alta que teria acariciado nossas pernas no verão. Uma vez no rio, os galhos desfolhados das árvores se espalhavam contra o céu. Daffy estava à beira da água, os olhos nas correntes, com Thursday ao lado.

"Vocês demoraram muito", disse Thursday. Depois olhou para a caixa nas minhas mãos. "É ela? É a nossa Nell Sábia?"

"É", respondi. "O que sobrou dela, pelo menos."

Violet levou o moletom até a árvore em que Nell Sábia costumava subir para escrever seus pecados nas folhas.

"Quem vai colocar lá em cima?", perguntou Violet.

"Eu vou." Entreguei a caixa de cinzas para Thursday.

Não tinha escalado muitas árvores ao longo da vida. As coisas que eu queria explorar estavam debaixo dos meus pés, na terra, não acima da minha cabeça. Segurei o moletom e usei a pedra em que Nell Sábia sempre se apoiava. O vento me desequilibrou e precisei de mais de uma tentativa. Por fim, consegui me içar até o galho mais baixo, onde me sentei e amarrei o moletom pelas mangas. Violet tirou um elástico do bolso de trás e enrolou na bainha do moletom pendurado, fechando-o como uma bolsa.

"Passe a Nell pra cá", pedi.

Thursday se equilibrou na pedra e estendeu a caixa para mim. Eu a segurei com força e mantive a tampa bem fechada enquanto a colocava na gola do moletom. Despejei as cinzas ali aos poucos, sem perdê-las para o vento. Depois que soltei a caixa vazia e desci da árvore, o vento a carregou para o outro lado do rio.

Em silêncio, nós quatro observamos o moletom ser soprado pelo vento, as cinzas contidas pelo elástico.

"Lembro de quando Nell e eu preparamos um bolo de chocolate lá em casa", contou Violet. "Ela queria deixar no forno por mais tempo, mas eu avisei que assim ia queimar. Nell respondeu que não tinha problema, porque queria que a cozinha cheirasse como a de sua mãe."

"Eu me lembro", começou Thursday com uma risada, "quando Nell encheu a boca de balas porque eu disse que ela não conseguiria abocanhar mais do que dez. Ela me fez pagar a língua. Quase morreu engasgada, mas me fez pagar a língua."

A risada de Thursday preencheu o silêncio, depois também se calou.

"Uma vez", compartilhei, "eu estava sentada na calçada. Tinha acabado de sair do Blue Hour. Estava chovendo, mas continuei sentada ali. O rímel ardia nos meus olhos. Mas continuei sentada ali. Quando parei de sentir a chuva, olhei para cima. Nell Sábia estava parada atrás de mim, com os braços estendidos sobre minha cabeça. 'Eu serei seu guarda-chuva', disse ela."

Thursday apoiou o queixo no meu ombro. "Ela é brilhante e cavalga entre as malditas estrelas."

"Ela é brilhante e cavalga entre as estrelas", repetimos juntas, o coro de nossas vozes ecoando na água. Depois berramos e uivamos e repetimos mais três vezes.

Daffy deixou escapar um suspiro. "Espero que ela saiba o quanto foi amada."

Violet foi até o moletom e pousou a mão no elástico. Thursday ergueu os braços, as pulseiras chacoalhando, e começou a cantar "Bette Davis Eyes".

"O que foi?" Ela encolheu os ombros quando a encaramos. "Era a música preferida da Nell Sábia. Achava que a letra era inspirada nela. E quem pode dizer que não?"

O vento se elevou sobre o som das pulseiras e da voz, e Violet tirou o elástico do moletom, que se abriu e lançou as cinzas pelos ares. Eu as persegui até o rio, mergulhando na água fria.

Quando voltei à superfície, ouvi Violet gritar na margem do rio: "Arc, volte".

"Você está querendo morrer?" A voz de Thursday ecoou.

"Preciso encontrar", gritei de volta. Quando mergulhei novamente, tentei chegar ao fundo do rio. Prendi a respiração o máximo que pude antes de retornar à superfície.

"Arc, saia daí." Ouvi o grito estridente de Violet.

"Eu não vou embora até encontrar." Mergulhei o mais fundo que pude, mas não conseguia enxergar nada na água marrom. Quando estendi os dedos, só me restava acreditar que estava perto. Perto o bastante para resvalar a mão na lama, na esperança de encontrá-lo. O artefato dela.

Recusando-me a voltar à superfície, fiquei sem ar e respirei. A água fria inundou minhas narinas e desceu pela garganta. Revirada na água turva, não conseguia mais encontrar a superfície. Não via nada além de escuridão. De repente, um par de braços envolveu minha barriga e me puxou para cima.

Na superfície, tossi, cuspindo água.

"Você é louca, Arc Doggs." A voz de Violet me levou até a margem, onde me soltou.

Daffy se ajoelhou a meu lado e eu cuspi mais água. Tremendo, fiquei deitada ali enquanto ela me puxava para perto.

"Você provavelmente vai pegar pneumonia agora, sua idiota", ralhou Thursday, arrancando o moletom da Nell Sábia do galho e o enrolando em mim com seus braços quentes. "Entrar naquela água gelada assim. Que porra você estava fazendo, garota?!"

"Eu só queria encontrar", respondi.

"Encontrar o quê?" Violet passou os braços ao redor dos de Thursday até eu estar aninhada pelas duas.

"O ímã da Nell Sábia", expliquei, as palavras tão trêmulas quanto meu corpo.

"Aquele ímã velho de peixe?", indagou Thursday.

Assenti antes de acrescentar: "Aquele da cozinha da mãe dela. Achei que ela ia querer. Está em algum lugar na água. Só achei que ela ia querer de volta".

O choro veio, e parecia algo que eu estava segurando havia muito tempo.

"Shhh." Foi bom sentir o hálito quente de Violet no meu rosto. "Está tudo bem, Arc. Onde quer que Nell esteja, tem tudo de que precisa."

"É, isso mesmo", concordou Thursday. "Não há nada perdido para ela agora. E aquele ímã de peixe, bem, está no rio. Virou um peixe de verdade. Aposto que nada deixaria a velha Nell mais feliz do que isso."

Quando olhamos para a água, as cinzas de Nell Sábia já haviam desaparecido. Daffy colocou a mão sobre a minha. Por um momento, senti que tínhamos tudo de que precisávamos.

ESCRITÓRIO DO MÉDICO-LEGISTA DO CONDADO DE ROSS
CHILLICOTHE, OHIO

RELATÓRIO DE INVESTIGAÇÃO DO MÉDICO DO CONDADO

FALECIDA: Nell Sábia

OCUPAÇÃO: Cavalga entre as estrelas

GÊNERO: Um reflexo de si mesma

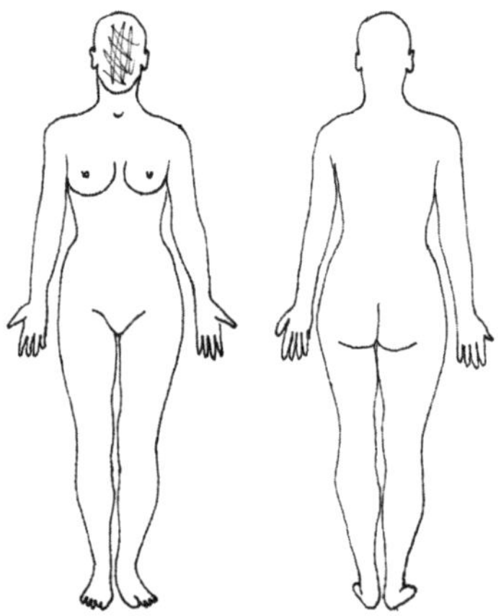

FERIDAS E MARCAS: Brilhante. O corpo está frio ao toque. Rigor presente nos membros, cabeça e pescoço. Brilhante. Ferida vertical estendendo-se da clavícula até a região suprapúbica. Uma coroa foi feita de folhas e galhos. Vestígios de agressão brutal após a morte. Marcas de chute. Botas tamanho 43. Brilhante. Arrastada antes de ser colocada no rio. Queimaduras de corda. Fraturas graves, sofridas ao longo do tempo. Indícios de que alguém a levantou por baixo dos braços e a sacudiu até que deixasse de ser uma guardiã de sonhos.

PROVÁVEL CAUSA DA MORTE:
Deixar o diabo saber seu nome.

20

"Nos ossos entalhe o nome em linha, para que ela não fique sozinha."
— Poeta Daffodil

As semanas que se seguiram à morte de Nell Sábia foram frias. Janeiro de 1994 foi Daffy bafejando nos dedos enquanto escrevia rimas no banco de couro da caminhonete. Foi um casaco velho, fino como papel, bem enrolado. Cigarro após cigarro, na calçada em frente ao Blue Hour. Foi o peso do nome de Nell Sábia no fundo da garganta. A ausência de sua risada. A percepção de que quando chamássemos o nome dela, ninguém viria.

Durante essa época, o sol estava difícil. Difícil de sentir. Difícil de saber. Difícil de encontrar. Daffy falava de campinas. Eu falava dos dentes-de-leão, da cor amarela que tentávamos conjurar naquele mundo cinzento. Violet procurou suas cores nos granulados de seus cupcakes, enquanto Thursday encontrou as dela nas pulseiras, colares e anéis que fazia. Quando não tinha dinheiro para as miçangas, Thursday fazia joias com milho seco e coisas que encontrava na rua, como tampas de garrafa e latinhas.

"Joias do lixo", dizia ela, mas ainda as usava como se tivesse acabado de escapar de uma mina de diamantes, com as maiores pedras preciosas nos pulsos.

O dia era sempre bom quando os pais lhe traziam compras, pois ela guardava parte do dinheiro da pizza que recebia. No fim daquele mês, ela ligou e me convidou para ir à loja de artesanato.

"Preciso de mais lápis-lazúli, pérolas e pedras do sol", explicou.

Daffy e eu a esperamos na varanda da frente. Entramos no carro dela, o aquecedor engasgado e alternando entre ar frio e quente.

"Juro que se eu pudesse realizar um maldito sonho que fosse", comentou Thursday enquanto socava a saída de ar, "seria o de ter um mísero inverno em que não estivesse tremendo de frio."

Enquanto cantava, Thursday dirigiu a toda velocidade pelas ruas cobertas de sal. A voz dela remetia ao campo atrás de seu trailer em uma noite de verão. Parte pio da coruja, parte chilrear dos grilos, parte coaxar do sapo-boi, versos não de palavras, mas de sons. De repente parou de cantar, e o silêncio se abateu sobre o carro.

"Quando eu era criança", contou ela, "certa vez minha mãe nos levou à loja de artesanato. No caminho, meu irmão me contou uma história sobre Chillicothe, sobre a própria cidade estar em fuga. A cidade inteira. Como se Chillicothe em si fosse uma entidade viva. Ele me aconselhou a nunca gritar as palavras 'Peguei você', porque, por ser uma fugitiva, a cidade pensaria que estava se referindo a ela. Qualquer um que dissesse essa frase nos limites da cidade desapareceria, para nunca mais ser visto ou encontrado. Meu irmão disse que era a própria cidade quem os fazia desaparecer. Caramba, como isso me assustou na época.

"E, pode acreditar, quando chegamos à loja, o filho da puta do meu irmão saiu do carro e gritou 'Peguei você' a plenos pulmões. Tive tanto medo de ele desaparecer naquela noite que armei um berreiro e só parei quando ele amarrou uma pedra ao próprio pé antes de dormir." Thursday riu sozinha com a lembrança.

"Eu não sabia que você tinha um irmão", comentei.

"Não tenho." Ela parou de rir quando entrou no estacionamento. "Não mais. Ele morreu de overdose quando eu ainda era criança. Acho que, no fim das contas, a cidade o fez desaparecer mesmo, hein?"

Daffy ficou por perto conforme avançávamos contra a rajada de vento a caminho da entrada. Uma lata de refrigerante rolou até os pés de Thursday, que a pegou rapidamente e guardou na bolsa. Eu sabia que, mais tarde, ela faria um buraco no fundo. Sempre procurava garrafas de vidro, latas, qualquer coisa em que pudesse espiar de uma extremidade à outra. Como ela mesma dizia: "É incrível quantos telescópios podemos encontrar nas ruas".

Dentro da loja, ela pegou uma cesta de compras. O corredor de contas ficava na parte de trás. Enquanto passava pelos rolos de tecido, ela puxou um, de um roxo transparente, e o enrolou ao redor de Daffy e de mim até que ríssemos. Uma funcionária nos viu e disse: "Parem com isso", antes de puxar o tecido e o enrolar de volta.

Thursday revirou os olhos e seguiu em frente, passando pelo setor de pinturas numeradas com um sorriso. Daffy e eu paramos no corredor de lãs, enquanto Thursday avançava. Estendemos as mãos e passamos sobre as meadas.

"O mesmo lote", comentou Daffy ao pegar um novelo de lã azul. Peguei outro e comparei com o dela.

"Metade do mesmo azul", respondi.

"Metade do mesmo mel na colmeia." Daffy pegou um fio amarelo.

"Metade da mesma ameixa", acrescentei perto do roxo.

Carregamos as meadas conforme cruzávamos o corredor. Nosso olhar repousava lentamente sobre cada cor, até que largamos as meadas e não olhamos para trás enquanto nos afastávamos.

Thursday estava alguns corredores à frente e segurava um pacote de contas laranja brilhantes.

"Estas são cornalinas", contou-nos. "Bonitas, né? Ou ametistas são mais bonitas?" Em seguida pegou um saco de contas roxas brilhantes em formato oval.

"Eu gosto das duas", respondi.

"E daquelas ali também." Daffy apontou para um pacote com pedrinhas em formato de coração.

"São pedras granada." Thursday pegou as pedrinhas e jogou na cesta.

Depois parou na frente das contas verdes e disse: "Meu namorado teria olhos como essas esmeraldas. Bem-vestido, com safiras nos botões." Ela passou os dedos pelos pacotes de contas azuis, fazendo-os balançar. "Ele saberia nomear todos os planetas do nosso sistema solar em ordem alfabética. E, o melhor de tudo: ele diria que olhou através de todos os telescópios do mundo, mas nunca encontrou uma estrela mais bonita do que eu. Será que esse cara existe?". Thursday se virou para nós.

"Coisas mais malucas já foram encontradas", afirmei.

Ela riu e pegou um pacote de contas multicoloridas, que disse ser o maldito baú do tesouro inteiro.

Quando voltamos ao trailer, ela parou ao lado da caixa de correio. Tirou tudo lá de dentro e jogou a correspondência no meu colo, uma infinidade de envelopes de várias instituições de caridade para a vida selvagem e grupos de direitos dos animais. Havia um pedido de ajuda para o resgate de burros, outro para abelhas, um último para baleias. A imagem de cada animal ou inseto estava impressa no envelope com detalhes brilhantes.

Depois que entramos, Thursday jogou as contas na mesa. Depois pegou a correspondência de mim, retirando as etiquetas de endereço gratuitas e pequenos blocos de notas. Um deles tinha até um adesivo para carro.

"Ajude a acabar com a agropecuária industrial", ela leu em voz alta.

Em seguida retirou o adesivo, mas não o levou para o carro. Em vez disso, foi em direção ao Canto da Borboleta, a parte do trailer onde a sala de estar e a cozinha se encontravam. Ali estavam pendurados os vários presentes e panfletos que as instituições de caridade enviavam pelo correio.

"Eles gastam tanto com etiquetas de endereço, adesivos e cartões", comentou ela enquanto colava o adesivo na parede entre marcadores que diziam "por favor, salve os sapos" e cartões com rostos de gorilas e elefantes. "Não sei por que não usam essa grana para cuidar dos animais."

Quando vi o Canto da Borboleta pela primeira vez, perguntei por que as instituições de caridade enviavam tantos brindes.

"Uma vez eu doei para um abrigo de ursos dançarinos", contara Thursday. "Foi só uns dez dólares. Não doei mais nada desde então, mas devem ter me colocado em uma lista. Agora recebo correspondências de tudo, de porcos a cavalos e animais dos quais nunca ouvi falar."

"O que é um urso dançarino?", perguntei.

"Eles sequestram um urso da natureza, prendem com correntes e o obrigam a dançar por dinheiro."

Na parede havia uma foto de um urso com olhos vidrados, focinheira sobre a boca e correntes no pescoço e nas pernas.

"Será que ela chegou a ver a cor desse dinheiro?", perguntara Nell Sábia enquanto acariciava a fotografia do urso. "Gosto de pensar que tornei a vida dela um pouco mais fácil."

O destaque do Canto da Borboleta, e o motivo do nome, era um pôster enorme de uma borboleta-monarca. Na parte de trás, a migração da espécie era explicada, bem como o risco de extinção. Mas isso não estava visível. Só dava para ver o corpo da borboleta disposto na linha compartilhada das paredes, cada lado do pôster esticado como asas abertas, exibindo o laranja vibrante com listras pretas. O pôster tinha cerca de um metro de largura, e ainda apresentava os vincos de quando tinha ficado dobrado no envelope.

Depois que Thursday alisou o adesivo, deu um passo para trás e contemplou a borboleta.

"Um dia", disse, "vamos viver em um mundo onde ninguém receberá esse tipo de carta, porque todas essas espécies já vão ter sido extintas esperando que as salvemos de nós mesmos."

Uma batida forte na porta nos fez pular.

"Quem diabos será?", perguntou Daffy.

Assim que Thursday abriu a porta, ele se insinuou como um objeto alto, duro e sólido, bloqueando a luz e lançando uma sombra pesada.

"Que bom que está em casa." Ele entrou, empurrando-a para trás. Usava óculos escuros com lentes espelhadas, refletindo nossas silhuetas.

"Oi, Highway Man." Thursday engoliu em seco. "Como caralhos você está?"

"Oi, Thursday. Como vai a mulher com o nome do meu dia favorito da semana?" Depois tirou o óculos escuro e o pendurou no colarinho aberto. Vestia um casaco volumoso, com capuz forrado com pelo de um animal que provavelmente estava retratado na parede de Thursday.

"Quer beber alguma coisa?" A voz dela tremia quase tanto quanto as mãos.

"Sim, claro, doçura."

Ele só nos chamava de vadia isso e vadia aquilo. Ouvi-lo chamá-la de doçura parecia ainda pior.

"Tenho cerveja gelada", avisou Thursday, virando-se para a cozinha. "Quantas você quer?"

"Não quero nada gelado", foi a resposta.

Em seguida ele andou pela sala e observou os porta-retratos na estante, incluindo um de nosso grupo. Tínhamos tirado na Montanha Distante, com as colinas assomando logo atrás.

"Quero algo quente", continuou, inclinando-se até a foto.

"Quente?" Ela parou no meio do caminho.

"Quero algo escaldante." A voz dele era profunda e baixa. "Quente o bastante para queimar a pele."

"Quente o bastante para queimar a pele?", repetiu Thursday.

"Se não estiver fervendo, não será meu." Ele sorriu, e seus dentes grandes pareciam cobras flamejantes.

"Vou ver o que tenho aqui." Ela recuou e entrou na cozinha.

Highway Man se virou para Daffy e para mim. Eu a cutuquei para manter a cabeça baixa, mas ele não tirou os olhos de nós enquanto ouvíamos o zumbido do micro-ondas.

"Aqui está." Thursday entrou segurando a xícara pela alça. "Um pouco de café instantâneo."

Ele olhou dentro da xícara e mergulhou o dedo no líquido. "Não está quente nem para incomodar uma mosca", disse.

Thursday olhou do café para ele.

"Já volto." Então se virou e foi até a cozinha outra vez.

Uma vez lá, talvez tenha pensado em fugir pelos fundos do trailer, com o olhar voltado para a distância que poderia interpor entre os dois. *Até onde consigo chegar?* Ela deve ter se perguntado. Não sei por que decidiu não abrir a porta traseira e correr como uma louca pelos dois acres até a floresta. Não sei explicar por que ela voltou com uma xícara de líquido quente o bastante para queimar a pele, o vapor subindo em direção ao rosto.

"Pode colocar ali." Highway Man acenou com a cabeça para a mesa.

Antes disso, ela assoprou o líquido.

Ele esperou até que a xícara estivesse na mesa, depois bateu em Thursday. "Eu falei pra você assoprar, vadia?"

Ela fez que não e manteve a cabeça baixa enquanto se sentava na cadeira.

"Faça alguma coisa, Arc", sussurrou Daffy no meu ouvido.

"Não posso", respondi.

Highway Man se virou para mim. "Isso, não pode mesmo. Você não pode sair. Não pode falar. Não pode fazer nada além de ficar quietinha onde está." Então apontou para o sofá.

Nós duas nos sentamos depressa.

Ele se voltou para Thursday e passou a língua nos dentes. "A entrega não chegou", disse, e pegou a xícara pela alça, o vapor ainda subindo.

"Não sei com quem você anda conversando", respondeu Thursday, "mas eu entreguei o dinheiro."

Highway Man se postou ao lado da cadeira, segurando a xícara acima da cabeça de Thursday, que se inclinou para a frente, como se já sentisse o líquido ser derramado em sua pele.

"Quem te contou essa merda está mentindo." Ela começou a chorar. "Juro. Por favor, não faça isso. Eu não roubei de você. Eu não faria isso, querido."

Ele começou a virar a xícara.

"Pare com isso", falei, já de pé.

"Você fica onde está." Ele apontou o dedo para mim. "Ou vai ser a próxima."

Daffy puxou meu braço até que me sentei.

Highway Man sorriu enquanto o café quente se aproximava da borda da xícara, que inclinava ainda mais em sua mão. Thursday choramingou e tentou se levantar, mas ele a agarrou pelo ombro e a segurou.

"Qual é, cara", gritou ela. "Para com isso, porra, eu não fiz nada."

"Eu avisei o que aconteceria se você me roubasse."

Daffy enterrou o rosto no meu ombro e eu fechei os olhos quando Thursday cobriu a cabeça com as mãos. Esperei pelo grito dela, mas só veio a risada dele.

Abri os olhos e o vi pousar a xícara na mesa.

"Vadias estúpidas", ralhou. A risada continuou, e Thursday se juntou a ele.

"Cara", disse, com um suspiro. "Por um minuto, achei que você iria..."

Highway Man agarrou os colares no pescoço dela, quebrando-os, e as pequenas contas de plástico se espalharam pelo tapete.

"Cala a porra dessa boca", vociferou, dando um tapa na cara dela.

Sem tirar os olhos de Thursday, ele enfiou a mão no bolso do casaco e tirou o tipo de escova que eu tinha visto Welt usar para limpar os tijolos do Blue Hour. O cabo de madeira ocupava toda sua mão. Dava para ver que as cerdas eram rígidas, porque refletiam a luz do teto como fios de cobre.

"É uma escova de raspar", disse, segurando-a diante dos olhos de Thursday. "Aqui, sinta isso."

Em seguida pegou a mão dela e a colocou sobre as cerdas.

"O que elas parecem?", perguntou.

"Algo que machuca", respondeu Thursday, recolhendo a mão.

Ele sorriu e tocou as cerdas enquanto explicava: "É uma escova usada para raspar tinta. Papai usava ao redor das portas e janelas no verão, quando repintava a casa. Raspava a tinta velha como se fosse manteiga".

Depois limpou o nariz com os dedos, a tatuagem vermelha parecendo ainda mais brilhante.

"Tire os sapatos", ordenou.

"Ora, querido." Thursday manteve as mãos juntas sob o queixo. "Por favor, estou implorando. Eu não roubaria de você." Ela tentou segurar o rosto dele, mas levou um tapa.

"Eu mandei tirar os malditos sapatos." Em seguida despiu o casaco e o colocou sobre a mesa de centro. Sua camisa era cavada, deixando à mostra as palavras "mergulhado na maldade".

Thursday chorou mais alto quando se curvou para desamarrar os cadarços e tirar os sapatos.

Agarrei a mão de Daffy e tentei me levantar lentamente.

"O que eu falei pra você?" Highway Man puxou a arma da cintura e apontou para mim. "Se você se mexer, eu vou atirar." Depois se inclinou para a frente, sua voz calma e firme. "Você vai virar uma borboletinha de ferro, incapaz de voar para longe. Entendeu?"

Assenti, desabando no sofá ao lado de Daffy.

"Agora me dá um desses pés", ordenou para Thursday enquanto pousava a arma na mesa de centro.

"Não, por favor." Ela tentou esconder os pés debaixo do corpo.

Highway Man a agarrou pelo cabelo. "Se você não me der o pé", avisou, "vou usar isto aqui na porra do seu rosto." Então pressionou as cerdas de arame na bochecha dela.

Thursday soltou um grito agudo.

"Cala a boca." Ele afundou as cerdas até ela não passar de um gemido. "Que gatinha obediente." Depois miou e uivou como um gato no cio.

Quando afastou a escova, a pele dela estava com marcas profundas das cerdas. "Agora, vamos ver esse pé."

"Não", falei. "Seja lá o que pretende, Highway Man, não faça. Podemos recuperar o dinheiro."

"Vocês poderiam me arranjar um milhão de dólares agora mesmo", rebateu ele, "e eu ainda faria esta merda. Sabe por quê? Porque uma vadia precisa aprender a lição."

Em seguida se sentou na beirada da mesinha de centro, bem diante da cadeira, e puxou o pé de Thursday até seu colo.

Enquanto ela gemia e chorava, Highway Man continuou: "Vamos ver. Acho que papai passava isso de um lado para o outro e a tinta simplesmente descascava".

Então moveu a escova no ar a menos de dois centímetros da sola do pé de Thursday, que chorou mais alto, tentando se afastar.

Ele a segurou com força e riu. "É, acho que era assim mesmo." Abriu um sorriso ao pressionar as cerdas na sola do pé dela, a pele se rasgando a cada escovada.

Thursday berrou e empurrou os ombros dele. Como não adiantou, deu-lhe um tapa na lateral da cabeça e puxou seu cabelo, mas nada o deteve. Incapaz de aguentar a dor, Thursday jogou o corpo para trás, debatendo-se de um jeito grotesco para morder o encosto da cadeira em agonia.

Olhei para a arma na mesa de centro.

"Arc, não", sussurrou Daffy no meu ouvido. Ela tentou me segurar, mas lancei-me em direção ao revólver.

Highway Man deixou a escova cair no chão e se levantou, pegando a arma primeiro.

"Vadia estúpida", gritou. "Você quer sangrar pra mim também?"

Antes que eu percebesse, ele assomava sobre mim. Desabei para trás na almofada do sofá quando seu punho atingiu meu rosto. No início, senti cada golpe que se seguiu. Mas quanto mais ele socava, menos eu sentia, até ter certeza de que já não tinha mais rosto. Tudo o que via e sentia era sangue.

"Acho que agora você vai sossegar." Eu podia ouvir sua voz, mas não via nada além de um raio de luz. "Aonde você pensa que vai?"

Eu não sabia com quem ele falava ou quem perseguia. Daffy sussurrou no meu ouvido "Estou aqui", e só então percebi que os gritos eram de Thursday. Esfreguei os olhos até que os flashes de luz finalmente começaram a diminuir e pude ver que Highway Man arrastava Thursday pelo chão, de volta à cadeira.

"Essas vadias desgraçadas acham que podem fugir", disse, sentando-a à força. "É impossível fugir de mim."

"Thursday?", gritei por ela, mas só consegui avançar até a mesa de centro antes de despencar no chão. O cômodo girava. Minha cabeça parecia ter sido rachada ao meio. Deitei o rosto no carpete, incapaz de sentir as fibras ásperas na pele.

"Pare de machucá-la", acho que disse enquanto levantava um braço flácido, o sangue escorrendo pela minha garganta até que o vomitei de volta.

Highway Man riu e segurou a escova perto do pé de Thursday. O cabo de madeira estava ensopado de sangue. Dava para ver pedaços de pele pendurados nas cerdas.

"Para. Para." Enterrei os dedos no carpete e me arrastei pelo chão, enquanto Daffy tentava me levantar, sem sucesso.

"Seu idi... seu idiota. Para." Sem conseguir levantar a cabeça, deitei-a de volta no chão.

Quando Thursday enfim parou de gritar, revirei os olhos e a vi, imóvel, na cadeira.

Highway Man enfiou a mão no bolso do casaco e tirou uma garrafa. Minha visão estava turva, mas consegui distinguir o que estava escrito no rótulo.

"Não", gritei.

Então ele esguichou álcool no pé de Thursday, que se levantou e berrou o mais alto que pôde.

"Quero que você preste muita atenção, rainha de Chillicothe." Ele agarrou-lhe o rosto com as mãos, os dedos cobertos com o sangue dela e o meu. "Da próxima vez que você tentar fugir com minha droga e meu dinheiro, lembre-se de como é doloroso roubar do rei."

A última coisa que vi antes de desmaiar foi Highway Man agarrar o outro pé dela, escovando para frente e para trás até que o sangue parecesse interminável.

21

"O monstro está saciado, seu banquete terminado."
— Poeta Daffodil

Lembro de sentir o cheiro distante de trevo, da ambrosia da casa de vovó Milkweed na primavera. Lembro de sentir alguém pentear meu cabelo com delicadeza para trás, prendendo-o com grampos, para mantê-lo longe do rosto. Lembro de sentir as mechas molhadas. Minha pele macia parecia zumbir, as vibrações alternadas com uma sensação de quietude.

Mas, acima de tudo, lembro de ouvir a voz de Thursday. "Mamãe? Papai? Venham aqui, por favor. Preciso de vocês."

Depois ouvi Daffy. "Arc? Levante. Precisamos sair daqui."

Em seguida veio a sensação de grama sob meus pés descalços. O som das sirenes. O rodopiar das luzes vermelhas enquanto se transformavam nos lenços vermelhos que vovó Milkweed usava ao redor do pescoço.

"*É meu aniversário*", ela dizia. "*Encontre um tesouro pra mim, Arc.*"

À medida que as luzes vermelhas se aproximavam e um dos lenços soprava sobre meus olhos, Daffy pediu: "Deite-se, Arc".

Ficamos deitadas com os rostos colados no chão. Inalei o cheiro da terra molhada, que atravessou o aroma de sangue, conforme a ambulância se distanciava, as sirenes sumindo ao longe com as luzes do giroflex.

Senti um braço a meu redor. "Venha, Arc", chamou Daffy. "Continue. Você precisa fazer isso."

Mal conseguia manter os olhos abertos, mas enfiei os dedos na terra e me arrastei até sentir a cabeça pesada. Fechei os olhos e retornei à escuridão. Os lenços vermelhos e azuis da vovó balançavam, como se fossem soprados pelo vento. As coisas ficaram confusas depois disso. Abri os olhos e mal enxerguei Daffy. Tive que me apoiar nela enquanto caminhávamos.

"Isso mesmo, Arc", incentivou ela. "Vamos conseguir chegar em casa."

Avistei meu pai. Estava parado no fim da estrada, acenando para nos chamar. Vestia seu antigo uniforme do exército e carregava as botas nas mãos. Eu não sabia se ele as segurava para mim ou apenas as balançava ao lado do corpo.

"Papai?"

Tentei correr até lá, mas ele era apenas um osso no chão.

"Daffy?" Estiquei o braço atrás dela. "Não sei onde estou."

Os lenços de vovó Milkweed choveram do céu e cobriram meu rosto até que ouvi a voz de tia Clover. "Você é uma coisa muito, muito sangrenta, Arc".

Tateei a almofada do sofá. Deslizei tanto a mão que esbarrei no braço de tia Clover.

"Não estou surpresa, Arc", continuou a dizer. "Eu sempre soube que uma garota como você nasceu para sangrar. Isso fará você se sentir melhor."

Em seguida segurou meu braço e enrolou o cinto ao redor dele. Não senti a picada da agulha que ela enfiou na minha pele, mas senti o calor que trazia.

"Sobe, sobe, dona aranha, onde você vai escondê-la?" A voz de tia Clover flutuou até mim quando deitei a cabeça para trás, vibrando com o motor da caminhonete, que roncava alto enquanto ela nos levava para casa.

"Achei que já estávamos em casa." A voz saiu do meu estômago.

"Nunca diga o nome de quem fez isso com você", aconselhou tia Clover enquanto ajudava Daffy a me levar para o quarto. "Se nos livrássemos de todos os homens que quiseram nos matar, não sobraria nenhum em Chillicothe."

Então envolveu minha cabeça com o lençol e disse que eu parecia uma múmia.

"Durma bem, pequena múmia. Sobe, sobe, dona aranha..."

Fechei os olhos, mas antes vi Daffy e tia Clover lado a lado.

Vovó Milkweed estava logo atrás. Foi ela quem me seguiu, não num sonho, mas na lembrança de quando transformou o quarto da sua antiga casa de fazenda em uma tumba egípcia.

• • •

"Hoje é meu aniversário", disse vovó Milkweed.

Nós três estávamos paradas no corredor, do lado de fora do quarto dela.

Daffy e eu éramos apenas duas meninas de 6 anos, esperando que nossa vovó abrisse a porta. Quando enfim o fez, vimos que havia trocado a cortina floral cor-de-rosa por uma dourada, que ela mesma havia costurado.

"Estava na liquidação no cesto de Halloween da loja de artesanato", contou vovó, com uma grande piscadela.

Também havia usado o tecido para fazer uma nova colcha e fronhas, complementando os lenços azuis translúcidos que cobriam as luminárias e pendiam do teto.

Depois de colorir papel-alumínio com canetinhas, amassou-o até formar várias bolinhas. As vermelhas eram rubis. As azuis eram lápis-lazúli.

Também comprou um painel de vitral. Era pequeno e decorado com peras, uvas e maçãs, feito para a cozinha. Mas ela o pendurou na janela alta atrás da cama. À medida que o sol brilhava através do vidro, lançava um caleidoscópio de cores que dançavam no dourado e no azul do quarto.

"Viram os hieróglifos?" Ela apontou as figuras que havia desenhado com giz nos painéis de madeira. Eram cestos e colinas, leões e corujas. Tinha desenhado chifres e crocodilos e uma casa com o sol nascente.

"Aquele ali é um avestruz." Vovó mostrou a ave de pescoço comprido. "E essa é a lua minguante." Então usou os dedos para delinear a figura enquanto dizia: "Os gregos chamavam os hieróglifos de esculturas sagradas".

Vovó Milkweed desenhou os animais com as mesmas linhas grosseiras da letra cursiva em suas receitas, mas eu não poderia ter ficado mais emocionada. Ao adentrarmos mais o quarto, vi uma protuberância na cama, sob a colcha. Pude distinguir o formato do que parecia ser uma cabeça e pés com os dedos apontados para cima.

"Tem alguém na cama, vovó Milkweed?", perguntou Daffy, correndo até lá.

Vovó a agarrou no meio do caminho. "Você não pode invadir uma tumba egípcia sem mais nem menos, Daffy. Tem que agir como uma exploradora."

Depois de colocar Daffy no chão, vovó pegou o chapéu roxo com véu transparente pendurado na cabeceira da cama e colocou na cabeça da minha irmã. Em seguida pegou o chapéu vermelho com laço comprido do outro lado da cabeceira e o vestiu em mim.

"Não parecem com o chapéu do Indiana Jones", comentou Daffy.

"Mas são melhores", garanti a ela, e rodopiei até a fita do laço voar como asas atrás de mim.

Exploramos o resto do quarto, com todos os seus hieróglifos e joias de papel-alumínio. Havia até pequenas pirâmides que vovó Milkweed construíra de papel, borrifadas com seu perfume.

"O aroma de Cleópatra", disse ela.

Quando escureceu, vovó manteve as luminárias e as luzes do teto apagadas. Depois nos entregou uma lanterna. Pisamos no tapete com cuidado, como se estivéssemos atravessando séculos de poeira e areia. As bordas das bolinhas de papel-alumínio refletiam quando as iluminávamos com a lanterna. Viramos o facho de luz para os lenços azuis enquanto vovó Milkweed os soprava para longe, como se balançassem ao sabor do vento.

Quando nos aproximamos da cama, comentei: "Não acredito. Um sacrilégio legítimo".

"Um *sarcófago*." Vovó Milkweed me corrigiu. "Ora, o que estão esperando? Façam uma descoberta."

Puxei o cobertor. Vovó havia empilhado um monte de travesseiros, enrolando-os com tiras de um lençol de algodão.

"Uma múmia de verdade", anunciei.

Para fazer a cabeça, ela havia usado uma caixa de chapéu. Quando abri a tampa, encontrei um pote de mel. Segurei-o sob a luz da lanterna de Daffy, e nós duas o observamos em êxtase, embasbacadas com o brilho da cor âmbar.

"Vocês encontraram o tesouro do Egito", explicou vovó Milkweed.

Ao passar os dedos pelas tiras de algodão, perguntei: "Quem é a múmia?".

"Uma mulher poderosa", respondeu vovó. "Uma rainha para o próprio povo. Seu perfume é a terra almiscarada. Seus olhos são poças de dentes-de-leão. E se você permitir, ela cantará seu nome de volta."

Em seguida pegou o pote de mel de mim e o segurou perto da orelha de Daffy. "Está ouvindo, Daffy? Consegue escutar seu nome?"

Minha irmã prestou atenção, a boca entreaberta.

"Daffy?", sussurrou vovó do outro lado do pote. "Daffy. Você é incrível. Daffy, você é poderosa. Daffy, você é a guardiã das borboletas."

"Consegui." Daffy sorriu. "Escuto a múmia cantar meu nome."

"Agora é minha vez", falei, aos pulinhos.

Vovó pegou o pote e o colocou na minha orelha.

"Arc?", cantou para mim. "Arc, você está me ouvindo? Você é incrível. Arc, você é poderosa. Arc, você é quem protegerá as mulheres dos lobos."

"O quê?" Olhei para ela.

"Proteja as mulheres dos lobos, Arc."

Vovó Milkweed desapareceu quando os ecos dos gritos de Thursday quebraram o vidro do pote, fazendo o mel jorrar pelos meus ouvidos como sangue.

Os lenços azuis começaram a despencar do teto a nosso redor e eu me juntei aos gritos de Thursday, até Daffy me sacudir pelos ombros.

Abri os olhos e vi que estava sentada na minha cama.

"Pare de gritar, Arc", disse minha irmã. "Está tudo bem. Você está em casa."

PARTE V

22

"Uma mulher difícil de domar é uma mulher fácil de culpar."
—Poeta Daffodil

"Nunca confie em um homem com nome de rodovia, Arc." A voz de mamãe estava mais clara do que nunca. "É um homem que vai correr demais e te levar junto. E antes que perceba, não haverá mais nenhuma saída. Você ficará presa. Também não faz sentido pedir carona, porque não há nada além de flores apodrecidas ao volante."

Nunca contei para minha mãe que foi Highway Man quem atacou a mim e a Thursday. Ainda assim, ela já tinha vivido o bastante para saber que existem homens dignos de ter as roupas penduradas na janela de casa e homens que não têm nada além da violência para oferecer.

Conforme o inverno virava suas páginas frias e secas em direção à primavera, não parei de pensar na escova do Highway Man, com suas cerdas de arame. Afiadas. Inquietas. Pulsando no ritmo do inferno. Pensei no jeito que a pele de Thursday ficou agarrada a elas. Ensanguentada. Crua. Nua. Os pedaços dela que caíam ao chão ficavam secos e enrugados, como se toda sua humanidade tivesse sido apagada e dado lugar a um aspecto bizarro. Como algo caído de um galho, soprado pelo vento para fora da floresta ou espalhado como serragem em uma fábrica de papel.

Apesar de sonhar com Thursday e sua coroa de neblina e suor, eu não a via desde que nosso sangue empoçou as fibras do seu carpete azul-claro. Eu não tinha forças para vê-la. Sabia que estava com os pais, que cuidavam dela desde as horas duras até a meia-noite. Minha esperança era de que isso bastasse diante da ausência de uma amiga.

Foi só depois de uma chuva de três dias, que fez transbordar a tigela abandonada no quintal, que finalmente reuni toda a minha coragem e peguei uma caixa. Enquanto eu a levava até o banco da frente da caminhonete, Daffy veio atrás de mim.

"Quer que eu vá com você?", perguntou, levantando a perna e batendo o pé no chão. Em seguida girou o calcanhar na lama, fazendo-a subir ao redor do pé e por entre os dedos. Eu já a tinha visto fazer isso duas vezes naquele dia. Uma na cozinha e outra no seu quarto.

"Por que está fazendo isso, Daffy?", questionei.

"Estou esmagando os insetos", explicou ela, afundando ainda mais o calcanhar como se tentasse macerar um corpo e todas as suas perninhas.

"Que insetos?"

"Os nojentos que ficam me comendo."

Ela deu um tapa na própria testa e espantou uma criatura imaginária de sua pele.

"E aí? Quer que eu vá?", repetiu.

"Acho que a Thursday não vai gostar de ver você levando tantos insetos", respondi.

Daffy tracejou o dorso da mão com o dedo. "Você quase não me leva mais a lugar nenhum com você. Se não tomar cuidado, Arc, eu vou abrir mão da minha poesia".

"Não abra mão da sua poesia, Daffy. Assim seu lápis vai cair."

"É sério, Arc." Ela nem me olhou, apenas encarou o céu. "Eu estou preocupada, achando que o tempo está nos afastando. Um dia vou abrir os olhos e você vai estar na beira do rio, enquanto eu ainda estou no meio da água, sozinha, apenas com o meu reflexo na correnteza."

Antes que eu pudesse dizer que tempo nenhum iria nos afastar, tia Clover gritou da varanda: "Telefone pra você".

Voltei para dentro de casa, enquanto Daffy bisbilhotava o interior da caixa. Quando peguei o telefone, escutei a voz de uma mulher do outro lado. "Temos uma vaga", avisou. "Você tem interesse?"

Ao enroscar os dedos no fio do telefone, olhei pela janela e vi Daffy esmagar mais insetos imaginários. "Tenho", respondi. "Quando posso ir?"

"Amanhã cedo. Se você perder o check-in, a vaga vai para outra pessoa."

"Entendi."

Escutei as instruções da mulher sobre o que esperar, depois falei: "Até amanhã".

Desliguei o telefone devagar e contei meus passos até Daffy.

"Quem era no telefone?", quis saber ela.

"Quando eu voltar a gente conversa."

Achei que fosse pedir para ir junto de novo, mas percebi que havia acabado de escrever mais uma de suas poesias no porta-luvas da caminhonete. Depois de fechar a porta para mim, Daffy ficou parada no quintal, me observando ir embora.

Quando cheguei no trailer de Thursday, pude ouvir sua conversa com os pais. "Se você não contar pra gente quem fez isso com você, não temos como ajudar", dizia seu pai enquanto eu levava a caixinha até a porta da frente.

"Você tem que nos dizer quem foi", insistiu a mãe. "A polícia vai prender o responsável."

"Você não entende, mãe." A voz de Thursday estava rouca. "Se eu o dedurar, ele vai fazer coisa bem pior do que tirar a pele do meu pé. Beleza?"

Bati na tela da porta. As vozes lá dentro se calaram.

"Sou só eu", anunciei. "Arc."

"Arc!", gritou Thursday. "Mãe, deixe ela entrar."

A mãe dela apareceu atrás da tela, com um vestido azul-escuro serpenteando ao redor das panturrilhas. "Arc, como vai?", perguntou ao abrir a porta para mim.

Quando entrei, ela olhou para a lama nos meus pés descalços.

"Desculpa." Voltei para fora e limpei no capacho. "Nosso quintal foi inundado pela chuva que deu esses dias."

"Não tem problema, Arc", avisou Thursday. Estava sentada na mesma poltrona reclinável e fez sinal para eu entrar.

Olhei para os pés dela, acomodados sobre a mesinha de centro e enrolados em curativos.

"Desculpa por não ter impedido que ele te machucasse", pedi.

"Pode nos contar quem fez isso?" A mãe dela pôs as mãos nos meus ombros. "Por favor."

"Mãe, para. Arc não vai contar nada." Thursday me encarou com seriedade. "Vai, Arc?"

Tentei procurar outra coisa para encarar que não fosse o rosto suplicante da mãe dela. "Não me lembro de muita coisa". Olhei para a mancha de sangue no carpete em frente à poltrona. "Levei um golpe forte na cabeça. Minha memória ainda está meio confusa."

"Viu, mãe? Eu falei." Thursday agarrou meu braço e me puxou perto o bastante para sussurrar: "Não vai dizer porra nenhuma, Arc".

Mas eu nem precisava do aviso. Já sabia o que acontecia com as mulheres que davam com a língua nos dentes.

"Ei, mãe? Pai?" Thursday se ajeitou. "Por que não vão lá na cozinha preparar o tal do bolo de chocolate que vocês queriam fazer?"

A mãe de Thursday nos observou. "Tudo bem, meu amor", disse por fim, fazendo um carinho no queixo da filha ao passar. "Vou fazer um bolo."

"Bom ver você, Arc." O pai pigarreou e foi atrás da esposa.

Thursday espichou o pescoço até a cozinha e esperou o som dos pratos antes de se virar para mim com um sorriso.

"Está doendo?", perguntei, apontando para os pés dela.

"Eu receberia o prêmio de grito mais alto de Chillicothe se não fosse pela minha coroa", respondeu ela. "Mas e você? Como está? Eu senti saudade, sabia? Parece que faz um século e meio que você sumiu do mapa."

"Você *queria* me ver?"

"Claro que sim. Por que você desapareceu? Ficou com medo de ele voltar?"

"Fiquei com medo de você me culpar."

"Te culpar? Porra, Arc, você fez bem mais do que eu teria feito. E ainda teve a cabeça rachada no fim de tudo."

"Achei que você estava com ódio de mim."

"Vem cá." Ela me puxou para um abraço apertado. "Eu não te odeio. Eu odeio ele. No início, achei que ele tivesse te matado. Você ficou parada por muito tempo. Acho que ele também pensou que tinha te matado."

"O que ele fez?", indaguei.

"Ele passou por cima do seu corpo e saiu pela porra da porta." Thursday reparou na caixa em minhas mãos. "O que tem aí?"

"Ah, pensei em trazer alguma coisa para fazer você se sentir melhor."

"Um presente?" Ela agarrou a caixa e abriu no mesmo instante. Com um sorriso, enfiou as mãos e tirou de dentro um pequeno pote de mel.

"Eu não tinha uma caixa de chapéu", comentei. "Deveria ter vindo numa dessas."

"Um pote de mel?", perguntou Thursday.

"O tesouro do Egito."

Repousei minha mão nas dela, levantando o pote até a luz do teto de maneira que se infiltrasse através do líquido.

"É da cor do rio Nilo", expliquei. "A cor do brilho nas tumbas. A cor de suas joias."

"É." Ela sorriu. "Ei, eu vi. Colocaram entalhes no teto das pirâmides e das esfinges."

"E se você ouvir com atenção", continuei, "pode escutá-lo cantando o seu nome." Então peguei o pote e o aproximei de sua orelha.

"Não estou ouvindo nada."

"Thursday?", sussurrei. "Pode me ouvir? Thursday, você é incrível. Você é poderosa. É a rainha das joias turquesa."

Rimos baixinho.

"Eu sei que é bobeira", comentei.

"Porra, eu amei." Ela pegou o pote de novo. "Obrigada, Arc. Quer ficar pra comer o bolo? O da minha mãe é o melhor do mundo. Bom, a receita é do meu pai, mas ninguém precisa saber."

"Não, preciso ir para casa", respondi. "Eu só queria dar uma passada e ver como você estava."

"Estou melhor agora." Ela levantou o pote. "Tenho um pedacinho do Egito no meu colo." Depois olhou para os próprios pés enfaixados. "Ei, já sou praticamente uma múmia, né?"

Dei um último abraço nela e passei por cima das manchas de sangue em direção à porta, que fechei lentamente ao sair.

Dirigi sem rumo até o anoitecer. Quando cheguei em casa, encontrei Daffy em seu quarto, sentada na beirada da cama, observando a coleção crescente de gravetos que a tia Clover vinha colando na parede.

"Highway Man deixou uma cicatriz no seu olho", comentou. "Eu vou ter que ganhar uma igual também?"

"Daffy, a gente precisa conversar sobre a ligação que recebi hoje mais cedo."

"Você se sente presa, Arc?" ela perguntou. "Presa neste quarto, nesta casa? Às vezes eu acho que nunca vou ser capaz de abandonar este lado selvagem. Que vou estar sempre aqui, sem saída. Presa bem no meio dessa teia de aranha."

"Daffy..."

Ela se levantou de supetão e disparou pela porta. Corri atrás dela até o saguão, depois porta afora até o quintal.

"Daffy, espera."

Os pés dela chegaram primeiro aos degraus, enquanto eu tentava alcançá-la. Sem saber aonde íamos e sem tentar impedi-la, nutri a esperança de que talvez estivesse correndo em direção a algum lugar melhor para nós duas. Passamos correndo pela fábrica de papel e pelos homens barbados que se reuniam do lado de fora para fumar. Passamos pelos vidros quebrados na calçada e pelos casebres em seus variados tons desbotados de verde, azul e marrom.

"Daffy? Daffy!"

Quando ela parou, fiz o mesmo e olhei em volta, reparando nos balanços e no carrossel. Percebi que tínhamos chegado ao parquinho em que brincávamos na infância. Já era velho naquela época, e a essa altura estava ainda mais. O carrossel pendia meio torto de um lado. As gangorras estavam quebradas e largadas no chão.

Não falamos nada quando chegamos aos balanços e começamos a nos impulsionar o mais alto possível, as palmas das mãos sujas com as lascas de ferrugem das correntes, que rangiam com o peso dos nossos corpos. Começou a chover e as gotas acertavam nossos rostos virados para o céu.

"Quando chove eu penso no papai", confessou Daffy. "As poças no chão, a água enchendo a sarjeta..."

"É o nosso pai", concluí o pensamento.

Ela balançou tão alto que quase passou da barra superior.

"Daffy, quero conversar com você sobre a ligação."

Ela apontou para algo no chão perto do carrossel. "Tem alguma coisa ali", falou. "Vai ver o que é, Arc."

Desci do balanço e caminhei até a corda de pular abandonada no chão. Olhei atentamente e, por um instante, pensei que talvez não fosse um brinquedo, mas sim uma cobra enrolada. Cutuquei com o pé cheio de lama e, como ela não fez nenhum barulho nem saiu se arrastando, peguei a corda e a levei até Daffy.

"Meus tornozelos sempre foram muito fracos para pular corda", comentou ela, desacelerando o balanço.

"Não foram nada." Enxuguei a chuva dos meus olhos. "Olha, a ligação que eu recebi hoje era das Filhas do Evergreen, Daffy. Elas têm vagas para nós."

"As Filhas do Evergreen?" Ela arrastou os pés pelo chão, fazendo o balanço parar de vez. "O lugar dos espelhos?"

"Já faz um tempo que me inscrevi na lista de espera", contei. "Você vem comigo?"

Ela saltou do balanço e arrancou a corda das minhas mãos. "Você acha que eu consigo pular dez vezes, Arc?"

"Com certeza."

Com um sorriso, Daffy agarrou as pontas de madeira com força. Fiquei um pouco para trás e a observei girar a corda em torno de si, a chuva respingando a cada volta, uma, duas, três vezes.

"Vamos." Aplaudi. "Você consegue."

Quando ela chegou no dez, já estava sem ar.

"Foi difícil, Arc. Acho que não consigo pular mais que isso."

"Você se lembra dos hieróglifos que a vovó Milkweed rabiscou nas paredes do quarto em um dos aniversários dela?", perguntei.

"Lembro, mas eu não sabia o que queriam dizer."

Debaixo de chuva, passei o dedo na estrutura de metal do balanço e desenhei os hieróglifos que a vovó Milkweed tinha colocado em sua cabeceira.

"O que significa?"

"'Seja tão destemida quanto as mulheres que usam lenços e viajam nas traseiras dos trens.'" Eu me virei para ela. "Venha comigo para as Filhas do Evergreen, Daffy."

Ela olhou para a corda em suas mãos. "Acha que eu consigo mais dez?"

"Você consegue, Daffy."

Ela girou a corda por cima da cabeça. "Um, dois, três." E contou com um sorriso cada vez maior até chegar ao dez, seus pés espalhando a água da chuva.

Sem parar, continuou contando até chegar ao vinte. Ofegante, ela largou a corda e pôs as mãos nos joelhos, se curvando para a frente.

"Viu quantos pulos eu dei?" E levantou o olhar para mim.

"Eu sabia que você ia conseguir."

Ela segurou minha mão e voltamos juntas para casa, a corda abandonada em uma poça de chuva.

23

"Ilumine a escuridão em um caixão."
— Poeta Daffodil

Na manhã seguinte, apontei o lápis delineador azul com uma faca na cozinha, do mesmo jeito que todas as mulheres da família faziam. Depois, passei nos olhos de Daffy, estendendo o risquinho azul até as têmporas e fazendo pequenos x, para imitar um arame farpado. Igual ao da tia Clover.

"Sabia que os egípcios faziam delineador moendo malaquita e galena junto de gordura animal?", perguntei. "Eles acreditavam que o delineador impedia que espíritos malignos entrassem pelo olho e corrompessem a alma."

"Aposto que o delineador azul é o melhor para este tipo de coisa", concluiu Daffy. "Mas por que azul, Arc?"

Sorri ao lembrar das palavras da tia Clover. "Porque quando nossa pele cair, azul é a cor que teremos."

Fechei os olhos para que ela desenhasse os riscos até minhas têmporas e pusesse os x com o mesmo cuidado que tive.

"Metade da mesma", comecei.

"Metade da mesma dança." Daffy sorriu. "Metade da mesma casa."

"Da mesma asa quebrada. Do mesmo vagalume."

"Da mesma luz", continuou ela.

"Da mesma força." Apertei sua mão. "Está na hora de ir, Daffy."

Ela guardou o delineador e pegou a antiga bolsa militar do papai que havíamos arrumado. Em seguida, demos as mãos e saímos pela porta da frente. Tia Clover estava no sofá, se abanando com a tampa de uma velha caixa de doces enquanto via TV.

Segurei a porta de tela para Daffy, que parou por tempo o suficiente para perguntar: "Em que parte do mundo você está desta vez, tia Clover?".

Vimos a tela da TV brilhar com uma tomada aérea de um domo branco. "No Taj Mahal", respondeu a tia Clover. "É o túmulo de uma mulher."

Ela pegou uma lata amassada de creme de milho com o rótulo já meio apagado e a segurou bem perto da boca.

"Mármore branco, arenito vermelho", falou na lata. "Addie? Pode me ouvir? O túmulo reflete uma mulher na água. Sobe, sobe, dona aranha, onde você vai escondê-la?" Tia Clover cuspiu dentro da lata. "Na água."

Depois repousou a lata de volta em seu colo, mas não parou de se abanar com a tampa da caixa ao levantar o olhar para nós duas. "Quanto delineador", comentou, umedecendo os lábios rachados. "Vão a algum lugar chique, chique, chique?"

Então, aos poucos, seu olhar retornou para o outro lado da sala, de volta à tela da TV.

"Enquanto estiverem fora", continuou, "lembrem-se de alimentar os lobos com seu sangue para comprarmos nossas coroas." A voz dela ficou tão grave que parecia até um rosnado. "E certifiquem-se de que elas são de mármore branco e arenito vermelho."

Depois nos olhou de novo, com o rosto franzido.

"Eu jamais confiaria em vocês." Tossiu, mas sem cobrir a boca. Na verdade, deixou-a o mais escancarada possível. "Aonde vão se rastejando?"

"Vamos olhar nos espelhos", respondi.

"Olhar nos espe... espe... espelhos?" Os olhos da tia Clover ziguezaguearam de um lado para o outro. "Eu conheço... conheço aquele lugar..." Lentamente, esticou os lábios até as rachaduras começarem a sangrar. "Ha-ha." Ela bateu com a tampa da caixa na própria perna fina e machucada. Depois pegou a lata e falou dentro dela mais uma vez. "Addie, escuta só essa. Ela acha que vai conseguir a..."

Bati a porta por cima da voz da tia Clover.

"Detesto a risada dela", comentou Daffy. "Parece que está embolada na lama."

"É porque ela nunca está feliz", expliquei, estendendo a mão para sentir a chuva fina que caía. "Quando uma mulher como a tia Clover ri, sempre vai parecer que está embolada em alguma coisa."

Olhamos para trás ao escutar o som de uma buzina. Era o carro de Violet, de um laranja bem vivo, fazendo uma curva em alta velocidade como se estivesse acelerando desde que saiu de casa.

"Obrigada pela carona", agradeci, enquanto Daffy deslizava pelo assento de couro para se espremer entre nós duas.

Tranquei a porta do carro, de repente com medo de ser incapaz de não sair correndo o mais rápido possível até a agulha mais próxima.

"Você vai amar o lugar", garantiu Violet, ligando o limpador de para-brisa no máximo conforme nos afastávamos da casa. "Não estou dizendo que no início você não vai se sentir inquieta, irritada ou enjoada pra burro. Mas isso é só a ponta do iceberg. Depois que passar, você vai se perguntar por que demorou tanto para ficar limpa. Vou te contar, eu nunca vivi numa casa com um candelabro, mas imagino que a sensação de ficar sóbria deve ser igual. É uma coisa boa e iluminada."

"Quando você percebeu que estava pronta?", perguntei, a chuva escorrendo pelo vidro da janela por onde Daffy espiava. "Pronta para largar essa merda toda?"

"Eu estava dirigindo", respondeu Violet, "vestindo minha coroa. Daí eu atropelei alguma coisa. Parei o carro e saí. O ar estava quente. O céu, cinza. Passei por cima de uma tartaruga-mordedora, mas ela ainda estava se mexendo. Era uma estrada às margens do rio, e ela tinha vindo à terra para botar os ovos. O casco dela estava esmagado, os ovos espalhados por toda parte. Sabe, muita gente acha que as tartarugas morrem se estiverem com os cascos completamente destroçados, mas geralmente não é assim. Elas ainda podem viver por um bom tempo, mas sofrem. São as rainhas da terra, as tartarugas."

"E o que você fez com ela?", questionei para quebrar o silêncio súbito de Violet.

Ela pigarreou. "Eu a peguei. A cabeça e as pernas estavam dependuradas, mas os olhos se mexiam com rapidez de um lado para o outro. Sentir dor é uma coisa horrível, mas é ainda pior sentir dor e medo ao mesmo tempo. Eu disse a ela que tudo iria ficar bem e depois a coloquei aí no banco de trás."

Daffy e eu nos viramos e vimos a mancha de sangue que ainda marcava o couro claro do assento.

"Nunca limpei isso aí", comentou Violet. "Quis deixar como um lembrete."

"E para onde a levou?", perguntei.

"Eu estava tão fora de mim que não consegui encontrar o veterinário. Acabei levando até a fábrica de papel. Um dos caras de lá a pegou e acabou com o seu sofrimento. Eu não vi. Só escutei o barulho do tiro ao sair de lá com o carro."

A chuva havia parado. Os limpadores guinchavam ao passar pelo vidro seco.

"Quando olhei para trás", continuou Violet, "vi um ovo em cima do banco. Acho que caiu quando a tiraram do carro. Não estava esmagado como os outros, nem uma rachadurazinha sequer. Então levei o carro de volta ao rio e enterrei o ovo em um buraco raso. Pensei que isso era o mínimo que eu poderia fazer por ela. Foi nesse momento que decidi que não queria mais viver essa vida."

Ela enxugou o rosto antes de se virar para nós.

"Você vai amar o lugar", repetiu.

E nós sorrimos como se acreditássemos nela.

A clínica Filhas do Evergreen ficava a alguns quilômetros da cidade. Longe o bastante para estar cercado por vários hectares da floresta à sombra dos pinheiros, mas perto o bastante para ainda sentirmos o fedor horrível da fábrica de papel.

"Chegamos", anunciou, as mãos deslizando pelo volante ao fazer a curva.

O prédio principal era coberto por telhas de madeira, de um tom escuro de marrom tal qual um refúgio nas montanhas. O telhado era inclinado e em formato triangular, coberto por musgo.

"O local foi construído nos anos 1950", contou Violet. "Era um acampamento de verão, mas virou um centro de reabilitação na década de 1980."

Abri a porta do carro devagar, com Daffy bem agarrada a meu braço.

"Queria que alguém tivesse avisado que hoje iria ventar tanto", comentou ela ao sairmos. "Aí eu poderia ter esperado mais para vir. Não gosto quando o vento sopra meu cabelo nos olhos, ainda mais se estou chegando em um lugar desconhecido."

Mas eu sabia que se tivéssemos esperado pelo momento certo, ou teríamos morrido, nossos obituários escritos pela rua, ou já estaríamos velhas, com os pés sujos, morando no quartinho dos fundos com nossa mãe e mais alguns fantasmas.

Andamos em direção ao prédio, imaginando se a tia Clover estava certa quanto a todos os espelhos.

Não entre. Volte para mim. Vou fazer você se sentir bem. Vou acabar com toda a dor. Venha, eu serei sua coroa. Você não vai sobreviver sem mim. Eu vivo dentro de você.

"Tem algo nos caçando, Arc", disse Daffy. Ela esfregou a nuca do mesmo jeito que nossa mãe fazia, como se estivesse segurando a própria cabeça para não cair.

"Seja lá o que estiver atrás de nós", respondi, "vai ficar preso no arame farpado dos nossos olhos."

Daffy me fez prometer que tudo ficaria bem, mas ela estava certa. Tinha mesmo algo nos caçando, e conseguiu nos pegar no primeiro dia da reabilitação.

Você nunca vai me deixar. Você precisa de mim. Precisa de mim para viver. Sem mim, você vai sentir tudo. Eu posso acabar com a dor.

A desintoxicação era um monstro diferente da gripe que tivemos na infância. Claro, ainda havia a náusea, a diarreia, os calafrios e a febre, mas tudo isso era intensificado como se tivessem jogado gasolina e ateado fogo. Largada às chamas, entreguei minhas mãos ao fogo. Ele as levou e pediu por mais. Então entreguei meus pés, minhas pernas e meus braços. Ele os levou e pediu por mais. Entreguei meus olhos, meus seios, minhas costelas, um por um. A dor levou tudo e ainda pediu por mais. Foi aí que eu percebi que as mulheres guardam a maioria das coisas no fundo da garganta. E que essas coisas saem em vômito e gritos e choro.

Você pertence a mim.

Tártaro. O nome que os gregos antigos deram à escuridão sob a terra. Dizem que se você soltar uma pedra, ela leva nove dias para chegar ao Tártaro. Eu levei menos de um. Era algo que me esperava lá embaixo.

Você jamais será livre.

Ainda assim, conforme as chamas começavam a diminuir, abri os olhos e pensei que talvez eu pudesse ser livre, sim.

24

"O ar é uma limpeza e sinto-me ainda mais da realeza."
—Poeta Daffodil

A primavera estava escaldante, mas era bom estar entre as árvores. Daffy e eu começamos a fazer longas caminhadas todos os dias. Cortamos as pernas das nossas calças, apesar de termos trazido shorts. Transformar o jeans velho em algo novo nos permitiu imaginar que não tínhamos usado aquele short na frente do Blue Hour ou deslizado com ele para dentro do carro de um *john* qualquer.

Violet havia nos dado papel e caneta, então começamos a escrever. Escrevemos para nossa mãe e para a tia Clover, sem saber se elas leriam as cartas ou se as jogariam no chão, lacradas, junto das contas. Também escrevemos para a falecida vovó Milkweed. Contamos a ela que estávamos usando nossos lenços como as mulheres que andavam nas traseiras dos trens. Também contamos que soprávamos nosso bafo quente na janela à noite e desenhávamos círculos ao redor das estrelas que achávamos que fossem ela.

"Sabe, Arc?", comentou Violet comigo certo dia. "Tem uma pá no barracão do caseiro. Ninguém vai ligar se você pegar emprestada."

Guardei meu pincel de maquiagem no bolso de trás e fui lá fora, até o barracão.

"Fica de olho para mim, Daffy", pedi enquanto pegava a pá.

Escolhi um lugar embaixo dos pinheiros e cavei um buraco no solo duro, revirando a grama conforme dizia a Daffy que eu estava escavando as areias do Egito.

"Você não vai encontrar nada nesta terra, Arc." Daffy se deitou na grama, admirando o céu azul. "As árvores pecaram e o solo está quente. Queimou tudo até virar pó."

"Ah, é? Então o que é isto?" Mostrei uma pedra lisa com pontas afiadas.

Usei o pincel de maquiagem para limpar a sujeira do mesmo jeito que já tinha visto os arqueólogos fazerem na TV.

"Isto é um cachimbo de efígie de Adena", anunciei.

Daffy se virou de bruços, apoiando a cabeça nas mãos. "Ah, é mesmo?" Ela sorriu, tamborilando com os dedos na bochecha.

"E isto aqui", expliquei ao pegar uma guimba de cigarro velha, "é vestígio de um povo anterior ao nosso. Sua civilização deve ter sido composta por mulheres que comiam ameixas vermelhas, criavam coelhos brancos e pintavam seus celeiros de azul."

"Bom." Daffy suspirou. "Eu espero mesmo que essas mulheres tenham vivido melhor que a gente."

Em seguida se levantou, espanando a sujeira da parte de trás do short.

"Aonde você vai?", perguntei.

"Só dar uma volta", respondeu. "Fica aí cavando, Arc Doggs. Encontre o cavalo da mamãe e liberte todas nós."

Ela enfiou as mãos nos bolsos da frente do short, deixando só os polegares de fora, girando-os no lugar enquanto desaparecia no meio dos pinheiros. Finquei a pá um pouco mais fundo no chão.

Fiquei lá cavando por mais um tempo. Encontrei um cadarço esfarrapado, uma maçaneta de carro quebrada e até uma luva com o polegar faltando. Estava largada em cima de uma placa de carro enferrujada. Tentei entender por que essas coisas estavam enterradas ali, na Filhas do Evergreen, mas cheguei à conclusão de que às vezes o melhor a fazer é simplesmente tapar o buraco de volta.

Depois disso, fui até o barracão devolver a pá. Procurei pela Daffy, mas não a encontrei do lado de fora, então voltei ao prédio principal, de onde admirei o telhado triangular.

"É um formato estranho para um edifício, não acha?", comentou uma voz atrás de mim. Era o tipo de voz que passava um ar de desinibição e aconchego.

Ao me virar, vi uma mulher vestindo uma confusão de estampas florais. Um top de calicô com um padrão de pequeninas flores roxas e uma saia jeans branca estampada com rosas típicas de um papel de parede. A testa era coberta por uma franja curta em forma de arco, enquanto o restante dos cabelos caía pelo ombro, as mechas mais compridas presas com grampos atrás das orelhas. A única maquiagem que usava era um blush, de um tom de rosa que combinava com as flores da saia.

"Pois é", respondi. "Não conheço muitos prédios triangulares."

"Um triângulo escaleno, para ser exata." Ela sorriu. "Se você reparar, cada lado é diferente." E apontou com o dedo, desenhando as laterais no ar. "Triângulos assim se chamam escalenos. Mas se tivesse dois lados iguais", continuou, levantando dois dedos, "ele se chamaria isósceles. E se os três lados fossem iguais, seria um triângulo equilátero. Eu sou Indigo." Ela estendeu a mão e fez um floreio com os dedos, as unhas postiças com as pontas retas.

"Eu sou Arc", cumprimentei.

Quando fiz o mesmo floreio com os dedos, nós duas rimos.

"Arc?" O sorriso dela se alargou. "Eu conheço esse nome. A junção de dois pontos com uma curva."

"Como é?"

"Eu fazia revisão de livros de matemática", contou ela ao baixarmos as mãos. "Já li um monte de parágrafos sobre arcos e suas funções na matemática, pode acreditar."

Indigo usava um chapéu de aba larga que me parecia vermelho-alaranjado, mas ela disse que era da cor de fogo selvagem.

"Fogo selvagem?", perguntei.

"É quando as chamas lembram que são livres", explicou ela. "E se lembram de que já foram mulheres."

O laço do seu chapéu era de um azul vivo, e ali ela guardava uma porção de coisas.

"Isso aqui são raízes", disse do pequeno leque que ainda estava um pouco sujo de terra seca. "Eu as uso para não esquecer que nasci da terra. E essa aqui é a minha pena ondulante." Então balançou uma longa pena cinza presa ao chapéu, ainda maior do que as sementes secas. "Ela pertenceu a uma ave roxa. Fui responsável por essa ave voar alto demais, então pensei que pelo menos poderia manter sua pena em segurança."

"Mas se ela pertenceu a uma ave roxa, não deveria ser roxa também?", questionei.

"Eu sei", concordou Indigo. "Mas é aí que mora o mistério." E riu um pouco mais. "A maioria das pessoas me acha meio esquisita. Mas eu tenho a impressão de que você deve ser meio esquisita também."

Ela estendeu a mão até meu lábio inferior, tocando suavemente com a ponta dos dedos.

"Você sempre usa batom na metade da boca?", perguntou.

"Eu sou metade."

"Metade do quê?"

"De diferentes coisas em diferentes momentos. Às vezes, eu sou metade do mesmo fantasma, da mesma ruína, do mesmo cachorro selvagem."

"Você é legal", comentou ela. "Como uma linguagem esquecida. Eu falo três línguas." Então levantou três dedos da mão, abaixando-os até sobrar um. "É sua primeira vez na reabilitação?"

Assenti e perguntei: "É a sua também?".

Ela negou com a cabeça. "Mas a mamãe sempre disse que eu sou igual a um caminhão velho, preciso de algumas tentativas até pegar no tranco. Mas vou conseguir desta vez. Estou com um bom pressentimento."

"E como é isso?"

"É como uma borboleta batendo no vidro de um pote." Ela inclinou a cabeça e encarou meus olhos por um bom tempo. "Você deve escutar isso o tempo todo", disse, "mas os seus olhos são super incríveis."

"São bolas de gude de bruxa", expliquei.

Viramos para trás ao escutar o som de um cortador de grama. Um homem de costas para nós aparava os dentes-de-leão que tinham começado a brotar ao redor do prédio.

"Aquele é Theresa", contou Indigo, tentando abafar o ruído enquanto entrelaçava seu braço com o meu. "É ele quem cuida do terreno."

O homem se virou para cortar mais dentes-de-leão. O topo da cabeça era careca, mas havia um pequeno rabo de cavalo embaixo. Usava um par de óculos que não estava ali na última vez que o vi. Era prateado, de estilo aviador, e tinha o hábito de escorregar pelo seu nariz torto.

"Ei." Indigo segurou meu braço. "Você está tremendo. Tá tudo bem?"

O homem ainda olhava para o chão, como se para ter certeza de que estava tudo muito bem aparado. Quando enfim ergueu o rosto, viu primeiro a Indigo.

"Oi, Indigo." E desligou o cortador. "Que calor, nem parece primavera."

Depois tirou um lenço do bolso e passou na testa com um movimento amplo. Só então ele me reconheceu. Franziu a testa e ajeitou o óculos.

"Eu reconheceria esses olhos em qualquer lugar", disse. "Arc Doggs."

"Vocês são amigos?", perguntou Indigo.

"Ele..." Eu travei e o vi baixar os olhos, talvez com medo de que eu revelasse o motivo do amassado em seu carro. "Ele trabalhava no lugar onde eu e a minha irmã íamos nadar na infância."

"Já faz muito tempo", comentou ele.

Eu olhei para seus sapatos. Já não eram mais de camurça, mas sim de lona branca, com cadarços vermelhos amarrados em um nó duplo.

"Que bom te ver de novo." Ele fez menção de me abraçar, mas mudou de ideia e apertou minha mão. "Então quer dizer que você veio parar aqui na Filhas do Evergreen, Arc?"

"Pois é", respondi.

"Então você..."

"Pois é", repeti mais baixinho.

"Bom." Ele pigarreou. "Lamento que a sua vida a tenha trazido até aqui."

Indigo olhou para ele, depois para mim.

"Por que vocês não põem a conversa em dia?" Ela largou meu braço. "Eu tenho que voltar aos meus estudos sobre o vento."

Em seguida tirou um livrinho do bolso de trás e se afastou.

"Te vejo mais tarde, Arc." E me espiou por cima dos ombros com um sorriso. "A junção de dois pontos com uma curva."

Assim que Indigo sumiu de vista, ele apontou para uma mesa de piquenique embaixo dos pinheiros. "Podemos nos sentar ali."

No caminho, tirou o óculos para enxugar o suor dos olhos.

"É muito bom mesmo ver você", repetiu. "Como vai a Daffy?"

"Bem", respondi, limpando a sujeira do banco e me sentando a seu lado. "Nós duas achamos que nunca mais iríamos te ver depois que você saiu do Cinzento."

"Eu cheguei bem perto de desaparecer." Ele voltou a colocar o óculos.

"Aonde você foi depois que saiu de lá naquela noite?", perguntei.

"Vivi como um bêbado por um tempo. Desmaiava e acordava em lugares que eu não sabia como tinha ido parar. Depois fui preso e cumpri pena por um tempo. Foi aí que a minha vida começou a mudar."

"Por que você foi preso?"

Ele empurrou o óculos com o dedo e estreitou os olhos em direção ao sol.

"Por uma coisa que eu não queria que tivesse acontecido. Mas deixa isso pra lá." Deu um pigarro. "Nunca imaginei que fosse te encontrar num lugar desses."

Ele baixou os olhos do sol para encontrar os meus.

"Nunca imaginei que você fosse precisar de um lugar desses", continuou. "Eu achava que você ia trabalhar em algum museu por aí. Escavando vasos azuis e cruzes quebradas."

"É, a vida tem dessas coisas." Roí as unhas e senti o gosto da terra que estava por baixo delas. "A Indigo disse que o seu nome agora é Theresa?"

"Depois que eu larguei a bebida", contou ele, "decidi que iria usar o meu nome do meio. Era o nome da minha mãe. Mas você pode me chamar de John Theresa, se quiser. Já que somos velhos amigos."

Havia uma tatuagem de borboleta na palma de sua mão.

"Essa aqui já tem uns anos", comentou ao perceber que eu a encarava.

"Por que tatuou justo na mão?"

"Eu gosto de saber que sou capaz de ter algo frágil na mão e não esmagá-la até a morte." Ele cerrou o punho. "Não importa o quanto eu aperte." E apertou a mão com força até as veias no dorso saltarem. "A borboleta não se machuca." Quando abriu a mão, a palma estava lisa e a borboleta continuava intacta.

Notei que em vez de duas antenas, a borboleta tinha cinco.

"Por que tantas?", perguntei.

"Ah." Ele cobriu a mão com a outra rapidamente. "Só estou mantendo o registro de uma coisa. Ei, posso te mostrar um negócio?"

Nos levantamos e atravessamos o gramado até uma cabaninha escondida. Tinha vasos de planta na varanda e lençóis secando no varal.

"Bem-vinda à minha casa", disse ele ao abrir a porta telada, usando uma pedra para impedir que fechasse. "Aqui ficava o alojamento dos monitores na época em que isso aqui era um acampamento. Agora é a cabana do caseiro."

Era tudo um cômodo só, sem divisórias. A cozinha desembocava na sala de estar, que levava ao quarto. Concluí que a única porta fechada devia ser o banheiro. Mas ao contrário do gramado que ele mantinha tão bem-cuidado, a casa era uma bagunça. Havia pilhas de roupas espalhadas pelo chão, e a cama estava coberta de livros, jornais e mapas abertos. Dava a impressão de que ele passava quase todas as noites no sofá, com a TV a centímetros das almofadas. Quando se mudou para lá, deve ter pensado em pintar as paredes, pois havia amostras de tinta amarela e azul-clara espalhadas em trechos de madeira exposta. O único lugar organizado na mesa estava repleto de potes com água lamacenta.

"Para que servem?", perguntei ao me aproximar. Havia coisas mergulhadas e boiando nos potes, mas antes que eu pudesse descobrir o que eram, ele pegou uma das camisas do chão e usou para cobri-los.

"Não é nada", respondeu. "O que eu quero te mostrar é isso aqui."

Então pegou um estojo de violino em cima da geladeira. Nesse meio-tempo, notei as galochas ao lado da porta dos fundos, com as solas cobertas de areia e lama ainda frescas. Ao perceber que eu as olhava, ele as guardou nos fundos e trouxe o estojo de plástico vagabundo até a mesa da cozinha. Primeiro teve que tirar alguns pratos sujos do caminho. Não era nada parecido com o estojo que ele tinha antes, com o forro de veludo. Nem o violino era tão caro quanto o anterior.

"Eu voltei a tocar." Ele posicionou o violino debaixo do queixo. "O que você quer ouvir?"

Comecei a abrir a boca, mas ele me interrompeu: "Espera, já sei o que é".

Enquanto as notas de "Amazing Grace" preenchiam a cabana, olhei de novo para as galochas enlameadas perto da porta, me perguntando com que frequência ele ia até o rio.

25

"Encontre repouso em seu pouso."
— Poeta Daffodil

As paredes eram bege e as cadeiras dobráveis eram de metal com assentos acolchoados. Enquanto as arrastávamos para formar um círculo, Daffy reclamou da secura de seus cotovelos. Mas o problema não eram só os cotovelos. Como a maioria das outras mulheres, nós detestávamos as reuniões em grupo. Ficávamos lá, sentadas nas cadeiras, de braços cruzados, na esperança de nos sentirmos confortáveis o bastante para compartilhar em voz alta os quilômetros de nossas vidas, em riqueza de detalhes, apenas para dar uma resposta às perguntas das conselheiras.

No dia em que Thursday chegou cantando "Girls Just Want to Have Fun", uma das mulheres estava no meio de uma história sobre um quarto pintado de azul. Nunca chegou a explicar qual era a do quarto ou por que o odiava tanto. Thursday tinha chamado a atenção de todas. Imaginei que estaria mancando quando voltasse a andar, mas, sem as bandagens, ela caminhava como alguém que apenas havia queimado a sola dos pés no sol.

Thursday ainda não tinha percebido que Daffy e eu estávamos ali. Parecia investigar o cômodo como um gato cauteloso. Geralmente ela usava roupas coladas, com as camisas subindo pelo corpo, mas, desta vez, estava com uma blusa comprida que caía por cima de jeans folgado com furos nos joelhos. Em volta dos buracos, ela escreveu com canetinha preta: *Fui eu que fiz, suas piranhas.*

"Por favor, sente-se", disse a conselheira. "E seja bem-vinda."

Daffy acenou com os dois braços para Thursday, finalmente chamando sua atenção. Ela pegou uma cadeira vazia encostada na parede e a arrastou até nós, o raspar do metal contra o piso ecoando pelo cômodo.

"Você vai ter que sair daí, ô bunda de búfalo", avisou Thursday para a mulher ao meu lado, que revirou os olhos, mas pegou sua cadeira e a levou até um espaço vazio mais adiante.

"Estou feliz pra caralho em ver um rosto conhecido", confessou Thursday para nós duas depois de afundar na cadeira. "Acabei de sair da desintoxicação." Então botou a língua para fora e ficou vesga.

"Bem, talvez você queira compartilhar isso com o grupo todo?"

Quando nos viramos na direção da voz da conselheira, percebemos que todas estavam nos olhando.

"Claro." Thursday jogou as pernas para frente. "O que vocês querem saber? O início da minha história?"

"Todo mundo tem uma", respondeu a conselheira.

"Não esta piranha aqui." Thursday sacudiu a cabeça. "A minha história foi levada pelas águas há muito tempo. Eu botei para secar, mas o vento levou. O rio transbordou. E eu nunca mais vi o meu maldito início desde então."

Assim que Thursday voltou a cantar, a conselheira tamborilou com a caneta em cima do bloco de papel. Algumas das mulheres esboçaram um sorriso. Outras fecharam ainda mais a cara. O restante apenas olhava pela janela, sem perceber o que estava acontecendo. Mas Daffy começou a rir e, quando a sessão terminou, Thursday nos agarrou pelas mãos e nos levou até a mesa cheia de rosquinhas.

"Nunca pensei que você viria para cá", comentei enquanto ela escolhia uma de chocolate coberto de açúcar.

"Nem eu." Thursday tossiu o açúcar. "Mas aconteceu um negócio que me deu uma bela duma sacudida. Hummm." Depois deu outra mordida na rosquinha.

"É gostoso, não é?", perguntei. "Foi a Violet que fez. Tem sido ótimo ficar perto dela."

Thursday enfiou o resto da rosquinha na boca e abriu caminho pelo saguão até onde ficava a cozinha. Encontramos Violet atrás da bancada, abrindo uma lata de pêssegos. Thursday gritou o nome dela enquanto saltitava em sua direção.

"Quanta felicidade." Violet riu enquanto Thursday a abraçava e limpava a boca suja de açúcar na manga da amiga.

"Se eu não fingir que estou feliz, então não consigo ficar de verdade, não é, Olhos de Borboleta?" Thursday mergulhou o dedo na tigela de glacê sobre a bancada. "Você está muito ocupada? A gente podia ir até o rio que nem nos velhos tempos. Bom, vocês entenderam." Ela revirou os olhos. "Que nem nos velhos tempos, mas sem as coroas. Que tal se a gente roubar um pouco de glacê e dar o fora daqui?"

Violet colocou alguns quitutes numa sacola, depois umas caixas de leite gelado do refeitório. Passamos pelos cômodos vazios no saguão e Thursday apoiou as mãos na barriga enquanto saíamos em direção ao sol.

Quando chegamos nas mesas de piquenique sob as árvores, avistei Indigo. Estava lendo um livro, com as pernas esticadas sobre o banco e o chapéu apoiado em cima do joelho.

"Ei", chamei. "Quer vir com a gente? Estamos indo até o rio."

Ela olhou para a sacola que Thursday balançava para a frente e para trás.

"Temos açúcar e uma porção de gostosuras cheinhas de calorias." Thursday sorriu.

Indigo vestiu o chapéu. "No rio tem pedras pra gente jogar sobre a água?"

"Claro que tem", respondi.

"E nós vamos encontrar algum animal selvagem pelo caminho?", perguntou ela.

"Dá para ver um bem aqui." Thursday agarrou minha trança e a levantou enquanto grunhia e arfava. Daffy deu uma gargalhada e eu revirei os olhos.

"Já que é assim, contem comigo." Indigo fechou o livro, enfiou-o embaixo do braço e veio até nós.

Assim que encontramos uma trilha em meio às árvores, Thursday começou a nos contar as novidades do mundo lá fora.

"Teve uma garota", disse, "que desapareceu e deixou todo mundo desesperado. Acharam que ela seria o próximo cadáver a aparecer boiando no rio ou coisa assim. Mas depois de uns dias ela deu as caras. Estava em Columbus, ficando doidona por lá. Esses boatos são tipo uma tosse daquelas bem ruins. Alguém desaparece e aí fica sumida até aparecer de novo. Porra, aposto que tem boatos até sobre a gente. De pessoas que nem sabem que estamos aqui. Aqui na boa e velha Filhas do Evergreen." Ela chutou a terra da trilha. "Ei, Violet? Por que chamam esse lugar de Filhas do Evergreen, afinal?"

"Acho que é porque existem muitas árvores perenifólias plantadas por aqui", respondeu Violet.

"Quero uma explicação melhor." Thursday jogou os braços para o céu. "Alguém? Por favor."

"Vocês sabiam", começou Indigo, "que as folhas e os galhos de uma árvore perenifólia têm uma combinação proporcional de nitrogênio e carbono? É um elo de química orgânica que dificulta que árvores comuns cresçam ao redor delas. Porque quando um galho ou as folhas de uma perenifólia caem e fertilizam o solo, já o preparam para receber uma delas. De todas as árvores no mundo, seja o poderoso carvalho, a sólida figueira, ou a valiosa castanheira, são as árvores perenifólias que crescem mais alto e mais forte, imponentes diante da linha do horizonte, como gigantes de uma outra era."

"Mas elas não são gigantes", falei. "São mulheres. Pelo menos era isso que a vovó Milkweed dizia. Segundo ela, se você olhasse para um pinheiro, dava para ver que se parecia com uma mulher de vestido. Ela falava que, à noite, as árvores arrancavam as próprias raízes da terra para dançar sob o luar. No dia seguinte, as folhas podiam ser recolhidas para fazer remédios para tosse, garganta inflamada ou qualquer outro tipo de dor." Peguei uma das folhas caídas de pinheiro e toquei em sua ponta afiada. "Ela dizia que eram as agulhas de Deus."

"Bom, isso foi... fascinante." Thursday pulou nas costas de Violet, que reclamou que ela era pesada demais para ser carregada.

Enquanto isso, larguei a folha no chão e sussurrei para Indigo: "Na verdade, eu não chamo este lugar de Filhas do Evergreen".

"Não?", perguntou ela, e Daffy se inclinou para escutar. "Você chama de quê?"

"Os Espelhos", respondi.

Daffy olhou para trás, em minha direção, enquanto caminhava para alcançar Thursday e Violet.

"E por que deu esse nome?"

"Porque ele nos mostra nossos reflexos. Quem nós fomos, quem somos e quem poderemos ser um dia. Além disso, nos mostra o reflexo de como ficamos quando decidimos fugir de casa." Olhei para baixo e chutei algumas pedrinhas. "Eu nunca vi você por Chillicothe."

"É porque eu não sou daqui", contou Indigo. "Eu estava em Columbus e peguei uma lista de alguns centros de reabilitação. A Filhas do Evergreen foi o primeiro lugar com uma vaga disponível. Mas, na verdade, estou feliz de ter vindo para cá." Ela sorriu. "Ou eu jamais teria ouvido falar dos ecos das narradoras. O que mais você conhece, Arc? A curva entre dois pontos."

Apontei para as pedrinhas espalhadas ao redor de uma árvore.

"O que é isso?", sussurrou Indigo conforme as outras sumiam de vista.

"Minha vovó sempre dizia que cinco pedras juntas eram as unhas de mulheres idosas", respondi. "É onde os pássaros reúnem o próprio conselho."

"Ah, é mesmo?" Indigo se agachou, passando os dedos por cima das cinco pedras. "É onde eles discutem sobre voar? Sobre penas? Sobre o jeito que as minhocas saem da terra quando chove?"

"Isso mesmo."

"Agora sempre vou procurar pelas unhas das mulheres idosas", continuou Indigo, ficando em pé.

Demos os braços e saímos correndo em frente, com os rostos iluminados pela luz do sol que se infiltrava por entre os galhos. Procuramos um lugar em um dos bancos de areia do rio e encontramos um perto de um grande pedaço de arenito que ficava acima das águas.

Thursday largou o saco de rosquinhas e se espreguiçou toda, soltando um bocejo. Quando viu o livro embaixo do braço de Indigo, esticou a mão e o surrupiou.

"Geometria analítica associada à álgebra." Thursday leu a contracapa. "Permite que o indivíduo escreva equações..."

Uma flor seca caiu no chão.

"Um segredo?" Thursday sorriu ao pegá-la.

"Na verdade, não." Indigo respondeu. "Eu gosto de prensar flores antes que elas caiam pelos cantos."

"Pelos cantos de quê?", perguntei.

"Pelos cantos do mundo", esclareceu. "É uma flor de asclépia. Ou *milkweed*." Indigo observou Thursday rodopiar o caule entre os dedos.

"Milkweed?" Thursday a encarou.

"As borboletas-monarcas põem seus ovos nesta flor", comentei, lembrando das verrugas no pescoço da vovó.

Daffy olhou para mim, então soltei o braço de Indigo e sentei ao lado da minha irmã.

"É uma flor muito importante", continuou Indigo quando Thursday devolveu o livro e a flor, mas ela pegou apenas o livro de volta.

"Fique com a flor", disse Indigo para Thursday. "É um presente meu. Além do mais, eu tenho uma porção de coisas selvagens prensadas e escondidas." Ela folheou as páginas, mostrando uma enorme coleção de margaridas, samambaias, dentes-de-leão e coisas brilhantes que cresciam a nossos pés.

"Obrigada." Thursday fez uma saudação a Indigo com a flor e sentou ao lado dela.

"Adorei suas pulseiras", elogiou Indigo, olhando para as diversas camadas de bijuteria no pulso de Thursday.

"Eu mesma que faço", contou ela. "De qual você gosta mais?"

Indigo analisou uma por uma, passando rapidamente o olho pelas vermelhas e alaranjadas, até chegar a uma azul, com contas em forma de flor.

"Dessa aqui", falou.

"Então agora ela é sua." Thursday tirou a pulseira e colocou no braço de Indigo. "Uma pulseira em troca da flor de asclépia."

As contas chacoalharam quando Indigo girou o pulso para que Thursday prendesse o fecho.

"Foi feita para você", continuou Thursday conforme Indigo levantava o braço e deixava o sol bater nas laterais das contas. "São safiras-estrela e topázios azuis."

"São lindas", elogiou Indigo enquanto Thursday se deitava na beira do rio, colocando a flor seca de asclépia sobre a barriga.

Ficamos escutando os pássaros na floresta ao redor, o bater suave das águas por cima das pedras. Quando comecei a cavoucar a lama, Indigo riu baixinho e disse: "Você é uma fuçadora de lama".

"Uma o quê?"

"Uma fuçadora de lama", repetiu. "Você caça tesouros na lama do rio."

"Arc está sempre procurando por alguma coisa na terra." Thursday suspirou. "Especialmente na beira do rio."

"Parece tão largo, né?", comentou Violet, ao olhar para a água.

"Podemos medir usando trigonometria." Indigo se aprumou.

"Trigonometria?", perguntou Daffy.

"É assim que se mede um rio largo demais para atravessar. Ou uma montanha alta demais para escalar."

"Então meça pra caralho esse rio", pediu Thursday, apoiada nos próprios cotovelos.

Mas assim que Indigo começou a falar de números e equações, ela resmungou. "Eu não achei que ia voltar para as aulas de matemática."

"Você não me deixou terminar." Indigo sacudiu a pulseira. "A equação verdadeira é uma gota de água mais nove pedras, dividido por cem grãos de areia, menos..."

"Uma pegada", acrescentei, "dividido por um nadador."

"Multiplicado pelas horas do dia." Indigo se sentou nos calcanhares para me olhar.

"Igual à largura da superfície da terra." Eu a encarei de volta.

"Igual à superfície da terra?" Indigo soltou um muxoxo. "Então nós já nos afogamos."

"É um belo lugar para se afogar", comentou Violet, abraçando os joelhos. "Vou ter que trazer a Grassy aqui um dia. Ela vai amar."

Em seguida começou a contar que Grassy havia jogado beisebol durante o verão. Thursday levantou o olhar até a outra margem do rio, e mordeu o lábio como sempre fazia quando estava muito preocupada com algo.

"O que houve, Thursday?", perguntei.

"Nada." Ela deu de ombros.

Todas nos voltamos para ela, que revirou os olhos e confessou: "Tá bom. Eu preciso mesmo contar uma coisa para vocês. Alguém vai passar a me chamar de mãe, se é que dá para acreditar numa merda dessas". Ela repousou a mão na barriga, a flor seca de asclépia espremida entre sua palma e a camisa. "Foi por isso que decidi ficar limpa."

"Você está grávida?" Violet saltou para perto dela.

"Eu até pensei em não a deixar nascer neste mundo", continuou. "Não do jeito que tudo está tão mergulhado em escuridão. Mas aí não consegui parar de pensar em qual seria a cor dos olhos dela. E percebi que eu queria muito saber."

"Dela?", indagou Violet.

"Bom, ninguém me falou nada ainda", respondeu Thursday, "mas tenho a impressão de que já sei."

Violet foi se sentar ao lado de Thursday, envolvendo seus ombros com os braços. "Não seja como eu, Thurs. Não a deixe crescer sem você."

"Você já escolheu um nome?", quis saber Indigo.

Thursday acariciou a flor em cima da barriga. "Eu pensei em Eagle."

"Eagle?" Indigo sorriu. "Por que esse nome?"

"Porque", explicou Thursday, "as águias estão protegidas de predadores e caçadores. Dessa forma, ela tem menos chances de ir parar em uma lista de espécies ameaçadas de extinção."

"Que lindo", disse Violet.

"É." Thursday fechou os olhos com força.

"O que foi?", perguntou Daffy.

"Não sei quem caralhos ele é, porra", confessou Thursday bem baixinho.

"Quem?" Violet lhe deu uma cutucada.

"O pai." Thursday enterrou o rosto no ombro de Violet. "Pode ter sido qualquer um. Sabe, o que eu vou dizer quando ela tiver idade o suficiente para perguntar? 'Ah, sua mãe era uma puta e seu pai andava com dinheiro na carteira, jeans sujo e mau hálito'?."

O choro baixo de Thursday foi abafado pelos tapinhas que Violet deu em suas costas. Enquanto isso, Daffy fitou os próprios pés e afundou os dedos na terra. Indigo ficou encarando sua pulseira, os lábios se mexendo em silêncio como se repetissem a pergunta de Thursday.

"Eu sei quem ele é", declarei.

Daffy se virou para mim, mas antes que pudesse perguntar, continuei: "É aquele cara. Você sabe, Thursday".

Ela enxugou o nariz e questionou: "Que cara?".

"O de cabelo castanho", respondi. "Ele tem olhos verdes como esmeraldas. Bem-vestido, com botões de safira. Tem cheiro de poeira lunar e é tão alto que sempre dá para encontrá-lo em meio à multidão. Vai ver é por isso que ele sabe listar todos os planetas do nosso sistema solar em ordem alfabética. Além disso, ele teve a oportunidade de olhar em todos os telescópios do mundo, mas nunca encontrou nada mais belo do que você."

"Eu sei quem é", continuou Violet. "Ele tem um coração doce como o mel."

"Aposto que o dia da semana preferido dele é a quinta-feira", acrescentou Indigo.

Thursday cobriu a boca, sorrindo por trás da mão, as pedras de plástico brilhando em seus anéis.

"Eu amo vocês pra caralho." Ela nos abraçou e rolamos juntas pela margem do rio até cair em cima do saco de quitutes, amassando todas as rosquinhas e biscoitos.

"Tá tudo bem", disse Violet, ficando em pé. "Os peixes vão adorar comer nossas migalhas."

Em seguida pegou o saco e começou a cantarolar enquanto enfiava a mão nele.

"Quando eu era pequena", contou, esmagando as rosquinhas e jogando os farelos na água, "o pastor sempre passava diante de casa com sua legião de seguidores a caminho do rio. Um dia, eu os segui e vi que ele mergulhava a cabeça das pessoas na água. Achei que era uma espécie de tortura e gritei para ele parar. Pedi que parasse de afogá-los. Mas aí alguém na multidão me disse que estava tudo bem, que era só um batismo." Violet largou o saco e ficou parada, olhando a água. "Por que não fazemos isso?"

"Isso o quê?", perguntou Thursday.

"Batizamos umas às outras." Violet se virou em nossa direção.

"Mas eu não sou batista", comentou Indigo.

"Mas nem precisa ser." Violet já estava tirando os sapatos. "Não vamos fazer isso em nome de uma religião, ou de um pastor, ou de quem quer que seja. Vamos fazer isso por nós mesmas."

Violet entrou no rio e jogou água na gente até começarmos a rir. "E aí, o que me dizem?"

"Eu não sei", respondeu Thursday. "Será que vale mesmo a pena molhar o cabelo? O que você acha, Arc?"

"Bom, a minha vovó diria que com certeza vale." Sorri. "Ela contava que a água está repleta de anjos infinitos. E dizia que sempre que Daffy e eu entrássemos na água, os anjos nos trariam de volta."

"De volta para onde?", quis saber Thursday.

"Para onde a gente precisasse estar", declarei.

Thursday se levantou, usando os pés para tirar os sapatos. Achamos que ela fosse fazer alguma piada, ou pelo menos levar a mão à boca como se tivesse um microfone e cantar uma balada em voz alta. Em vez disso, ela apenas tirou a camisa e o jeans, depois entrou no rio só de sutiã e calcinha. Já dava para notar sua barriga saliente. A água marrom respingou em suas panturrilhas finas e nas estrelas tatuadas ali antes de ficarem completamente submersas.

Violet entrou logo em seguida, com a barra da calça jeans enrolada.

"Que diabos eu faço agora?", perguntou Thursday enquanto Violet espalmava a mão em sua lombar.

"Você confia em mim", respondeu.

Thursday respirou fundo, permitindo que Violet a mergulhasse gentilmente na água até que sua cabeça sumisse por completo. Quando ela se levantou, tossiu e reclamou: "Entrou água no meu nariz".

Violet riu e lhe deu um abraço.

"Obrigada, ursa velha." Thursday puxou Violet para a água e as duas começaram a rir e sacudir os braços, criando ondas ao redor.

Indigo se levantou. "Por que não, né?", disse. "Anjos infinitos, aí vou eu."

Então correu para o rio, espalhando a água como se fosse uma manada de animais.

"Estou tentando espantar os peixes", explicou, "para eles não entrarem pelas minhas orelhas e me transformarem em um oceano."

Em seguida prendeu o nariz com força enquanto Violet a mergulhava na água. Quando se levantou, sacudiu a cabeça como se fosse um cachorro.

"Você é a próxima", falei para Daffy quando Indigo e Thursday mergulharam Violet no rio, uma de cada lado.

"Não." Daffy negou com a cabeça e se afastou ainda mais da margem. "Eu não quero, Arc. Estou com medo de mergulhar de costas na água e não subir nunca mais."

"Tem certeza?", perguntei.

"Tenho." Ela assentiu. "Vai você. Você conta por nós duas."

Eu me levantei e deixei meus pés descalços afundarem na lama a cada passo em direção à água, bem na hora que Indigo e Thursday levantaram Violet.

"Tá fria", comentei, tremendo ao sentir a água nas laterais do quadril.

"Bom, minha mãe sempre dizia para lavar o sangue com água fria", Thursday ponderou. "Acho que com os pecados deve ser a mesma coisa."

Foi Indigo quem se aproximou e colocou o braço nas minhas costas. "Está pronta, junção em curva entre duas linhas retas?", indagou.

Observei Daffy à beira do rio uma última vez, depois ergui os olhos para um pássaro que voava lá em cima enquanto Indigo me mergulhava com cuidado na água. Fiquei de olhos abertos, até o pássaro desaparecer e o rio lavar minhas pupilas. Por um momento, o mundo não era nada além de uma visão ondulante e a mão de uma mulher em minhas costas.

Fiquei submersa em pensamentos compartilhados com a água. Convoquei cores fortes. Amarelo como as cortinas. Azul como um lenço. Cósmica como a deusa que paira lá em cima. É preciso ser forte para segurar o fôlego. Para deixar-se vagar em meio aos elementos. Para permitir-se não dizer nada. Eu vesti a água como quem veste uma camisa velha. Algo que me levou de volta à infância, na mesa de jantar com minha mãe e meu pai. Sabendo que o cinto dele estava preso à calça e que ali continuaria. Sabendo que os olhos dela estavam abertos e que era assim que iam ficar. Sabendo que nada viria atrás de mim e da Daffy à noite, em nossos quartos. Que nossas veias estavam puras com nosso sangue e nada mais.

Toquei a água com minhas mãos nuas e a água me tocou com as dela. Eu queria deixar minha vida antiga para trás, como quem larga um copo na pia e vai embora. Perguntei ao rio se era possível e a resposta dizia tudo, menos *sim* e *não*. Em vez disso, ela era uma amiga, uma irmã, uma outra que havia se tornado eu mesma. Foi então que entendi que nossa migração estava intimamente ligada à migração das ondas.

Quando me levantei, o pássaro já tinha sumido, mas minhas amigas ainda estavam lá. Voltamos à margem do rio torcendo o cabelo, uma de cada vez. Torci o meu em cima da cabeça de Daffy, que começou a rir. Depois disso, nos sentamos em silêncio, deixando o sol nos secar até que apenas a brisa criasse ondas na superfície da água, levando para longe a pulseira que tinha caído do pulso de Indigo, voltando para casa pelo caminho mais longo.

26

"Aquilo que mais perdura, desde o passado, é a tortura."
— Poeta Daffodil

Nós cinco sempre voltávamos àquele mesmo lugar perto do rio, onde conversávamos sobre tudo, desde os besouros da primavera até a irritação no pulso de Indigo.

"Hera venenosa." Ela suspirou. "Ou isso, ou são joias vermelhas, não é, Thursday?"

Indigo tinha ajudado John Theresa a limpar um dos canteiros de flores da Filhas do Evergreen. Ele parecia estar sempre por perto. Se não estava arrancando ou podando ervas daninhas, muitas vezes estava com a tesoura de jardinagem ou a pá em mãos, a poucos metros, mesmo que não houvesse qualquer arbusto para podar ou buraco para cavar.

"Já notou o quanto ele fuma, agora?", perguntou Daffy.

"Quando você larga um hábito", respondi, "logo arruma outro. Pelo menos ele parou de beber."

"Mas às vezes ele só finge que está podando os arbustos", sussurrou ela.

"Como assim?"

"Bem, às vezes ele fica só escutando a gente. Ou então fica olhando direto nos nossos olhos, Arc. Como se estivesse procurando algum segredo."

Eu poderia ter dito a Daffy que ela estava imaginando coisas, mas eu mesma já tinha visto John Theresa escondido atrás de um arbusto, com a tesoura cortando o ar um pouco acima das folhas, enquanto observava Thursday montar um telescópio com rolos de papel higiênico, ou Indigo passar batom nos dentes para nos fazer rir.

"Talvez ele esteja nos estudando para fazer um desenho nosso", teorizou Indigo quando lhe contei.

"Ele não desenha", falei.

"E o que ele faz?"

"Eu não o conheço mais, na verdade", afirmei. "Mas sei do que ele gostava."

"E o que era?"

"De beber."

Esperei para ver se ele metia a mão no bolso e tirava um frasco, ou talvez outra garrafa azul para substituir a que ele tinha quebrado anos antes. Mas se ele estava escondendo álcool, não era nos bolsos.

"Talvez ele tenha escondido na cabana", Daffy sugeriu. "Junto de seus outros segredos."

Esperei até quarta-feira à tarde. Geralmente, era quando ele ia até a cidade para fazer compras. Enquanto Daffy estendia uma manta para relaxar ao sol, fui até a cabana de John Theresa. A porta de tela estava fechada, mas não trancada. Ao abrir, não consegui evitar que as dobradiças rangessem bem alto.

O cheiro de cigarro pairava no ar, misturado ao de alguma coisa queimada.

"O que está fazendo aqui, Arc?"

A princípio, não o vi sentado à mesa da cozinha, atrás de uma enorme pilha de louça. Diante dele havia apenas um espaço vazio, ocupado por um único copo.

"Que bom que eu te encontrei", respondi, mantendo a voz firme. "Achei que você já tinha ido até a cidade."

Ele fitou o interior do copo, cheio de pedacinhos de papel.

"Hoje eu decidi não ir", disse. "Precisa de mim para alguma coisa?"

"Ah, hã, eu só queria saber se você poderia arranjar algumas, hã, flores... peônias, para o meu quarto."

"Sem problemas." Ele manteve os olhos no copo. Em seguida espalhou os pedaços de papel por cima da mesa e me entregou um deles.

Eu li em voz alta o que estava escrito: "As colinas escurecem".

Ele me entregou mais um.

"Os monstros nascem", li.

O terceiro pedaço de papel dizia: "O fim de tudo".

Observei os pedaços ainda espalhados sobre a mesa. "O que é isso?"

"Sempre que a garrafa me chama", contou ele, "eu tiro este copo do armário e encho com tudo aquilo que acontece quando bebo. Se eu beber esses pedaços de papel, lendo cada um deles, quando chego ao final, não sinto mais sede."

Depois sorriu com um lado da boca e colocou os papéis de volta no copo.

"Você já almoçou?", perguntou, ficando em pé. "Quando eu vou à cidade, geralmente como por lá. Mas posso preparar alguma coisa pra gente."

"Tudo bem."

Ele pegou uma caixa de macarrão com queijo em uma prateleira e, enquanto enchia uma panela de água, eu me aproximei dos potes de água lamacenta sobre o balcão. Peguei um, e o que estava no fundo deslizou pelo vidro.

"O que você faz com isso?", questionei, colocando o pote em cima do fogão.

"São os potes de morte." Ele acendeu o fogo. "A gente esbarra com um monte de pragas quando trabalha como caseiro. No começo, eu só os esmagava. Mas isso parece tortura. Aí um dia lembrei do meu tio-avô. Ele gostava de colecionar borboletas. Sempre as capturava e as colocava em potes lacrados com um algodão embebido em éter. Depois enchia os potes com água, porque, segundo ele, as almas das borboletas ficavam coladas nos vidros e era preciso lavá-las para que ficassem livres.

"Um dia, quando eu estava andando perto do rio, isso me deu uma ideia. Eu tinha acabado de tomar um pote de limonada e vi um besouro andando por cima de uma pedra. Então peguei o pote e enchi com água do rio, depois pus o besouro dentro dele. O bicho ficou nadando por um tempão e quase conseguiu escalar as bordas, mas sempre caía de volta. Percebi que ele não sairia dali com vida. Foi assim que decidi usar a água do rio para encher os meus potes de morte. Acho que a água do rio é mais natural do que a da torneira."

Soltei o pote.

"Você acha que é crueldade?", perguntou ele. "Está me encarando como se eu tivesse enfiado uma espingarda na sua boca."

"Acho que é crueldade, sim", respondi. "Acho que os insetos merecem ter seu tempo de vida na terra. Com certeza não estão aqui só para morrerem afogados enquanto você observa."

"Mas eu não faço isso para vê-los morrer", continuou ele. "Eu faço para libertá-los. Sabia que uma alma só pode ser livre depois de enxergar o próprio reflexo? E a água é o espelho da natureza. Ela dá às almas a chance que a sola da minha bota não dá. Não os vejo morrer. Apenas me certifico de que morram virados para baixo, para que suas almas possam ver seu próprio reflexo."

Ele pegou o violino em cima da geladeira.

"Você acha que a Filhas do Evergreen é um lugar útil?", indagou.

Enxuguei os olhos com a manga da blusa e assenti.

"As sessões de terapia foram muito úteis enquanto eu seguia meu próprio caminho para me libertar da bebida", contou ao colocar o estojo sobre o balcão. "Mas você não fala muito nas sessões daqui, não é?"

Eu o observei abrir o estojo e pegar o violino, depois perguntei: "Como você sabe?".

"Tem algo que você sempre mantém em segredo e nunca conta para ninguém. Até na época do Cinzento. Até mesmo quando eu era um bebum, pude perceber isso em você."

"Eu só não gosto de falar para um monte de gente, só isso."

"Se você não falar disso, não vai melhorar." Ele colocou o violino embaixo do queixo.

"Elas só querem falar do passado."

"Mas falar do passado é bom", afirmou ele, e começou a passar o arco do violino por cima das cordas, fazendo o som preencher a cabana.

"Elas me perguntam sobre meus pais." Cheguei mais perto do fogão e aumentei ainda mais as chamas.

"E você não quer falar deles?"

"É que aí eu lembro de quando eles foram nos buscar na casa da vovó Milkweed." Observei a água ferver. "Já estávamos morando com ela havia um tempo. Estávamos felizes, mas no nosso aniversário de 4 anos, a mamãe e o papai apareceram. Eles juraram à vovó que não estavam mais usando.

"O papai falou: 'Vamos ser melhores desta vez'.

"E os dois pareciam mesmo estar ótimos e renovados. Papai usava gel no cabelo. Mamãe usava sombra nos olhos. Eles tinham tomado banho e vestiam roupas limpas. Ambos tinham ganhado peso e não se pareciam mais cadavéricos como antes. Até a vovó Milkweed disse que mal os reconhecia. Não meu pai, de barba feita e sorriso galante. Não minha mãe, com as mãos macias e cheiro de perfume. Mamãe disse que queria Daffy e eu de volta. Que eles tinham arrumado os quartos da casa só para nós duas. Ainda me lembro de quando o papai se ajoelhou na nossa frente e falou que iríamos nos sentir como princesas.

"'Elas são princesas', disse a vovó, com nós duas escondidas atrás de suas pernas.

"Depois avisou que precisava ver a casa antes para ter certeza de que estava limpa. Então eles a levaram até lá e lhe mostraram as camas com dossel em cada quarto, os lençóis floridos e os ursinhos de pelúcia cor-de-rosa que tinham comprado. Consigo até imaginar como a minha mãe contou à vovó que Daffy e eu teríamos uma cama só para nós, estendendo o braço que nem uma daquelas moças na TV que revelam um grande prêmio: 'Uma cama com dossel para cada uma'.

"A princípio, a vovó não nos deixou ir, mas mamãe não parou de ligar e implorar. 'Por favor, me devolva minhas filhas. Para que ficamos limpos se não vamos tê-las de volta?'.

"A vovó rezou e rezou, mas no fim Daffy e eu ficamos chorando enquanto arrumavam nossas coisas e nos tiravam do quarto que considerávamos nosso, na fazenda da vovó Milkweed. Daffy se agarrou ao corrimão da escada e o papai teve que abrir os dedos dela à força. A vovó ficou na varanda enquanto eles nos colocavam no carro. Colamos a cara no vidro de trás e olhamos para ela, que acenava com uma mão e enxugava as lágrimas com a outra."

"E o que aconteceu depois disso?", perguntou John Theresa, ainda tocando o violino.

Fechei os olhos por causa do vapor que subia da panela.

"Nos dez meses seguintes", respondi, "a mamãe ria bastante e escovava o nosso cabelo enquanto o papai seguia à risca seus horários no emprego novo na fábrica de papel. Quando a mamãe teve uma recaída, ela continuou agindo como uma mãe. Ela fazia panquecas enquanto usava o fundo das nossas tigelas de cereal para esmagar os comprimidos. Ela nos dava banho, secava as mãos e depois usava uma caneta sem carga para cheirar na beirada da pia rosa do banheiro. À noite, começava a ler uma história para nós e terminava com uma garrafa de vodca. Ela nos colocava para dormir e logo vomitava no mesmo cobertor que tinha acabado de usar para nos cobrir. Nós tínhamos que sair da cama e dormir no chão, enquanto ela ficava desmaiada no travesseiro que deveria ser nosso. Mas ela sempre lavava o vômito do cobertor na manhã seguinte, dizendo: 'Hoje vai ser melhor, meninas. Prometo'."

"Você a odiava?", quis saber ele.

Eu me afastei da água, que já tinha praticamente fervido.

"Nunca cobrei dela as promessas que fez", respondi, "porque sempre pensei que, antes de mais nada, ao menos ela gostava de nós o suficiente para prometer alguma coisa. Isso, o meu pai nunca fez. Se alguém me perguntasse: 'Quem é o seu pai?', eu teria fechado a cara e respondido que era um drogado, porque ele nunca agiu como um pai entre as recaídas. Quando elas vinham, ele era só as drogas. Era só um homem sujo e suado que ficava espionando a mim e à minha irmã por entre as frestas do cabelo ensebado."

"Ainda assim, ele é o único pai que você teve, ontem, hoje e sempre", comentou John Theresa.

Tirei a panela da boca do fogão. Já estava seca mesmo.

"Na noite em que você nos abandonou", falei, "sua camisa estava toda suja de sangue, mas você disse que não era seu. De quem era?"

Ele parou de tocar o violino em uma nota alta e aguda.

"Eu estava fodido das ideias naquela época", justificou, e deu de ombros. "Não lembro. Por que você está me perguntando isso agora?"

"Achei que você queria falar sobre o passado", devolvi.

"Bom, algumas coisas não devem sair de lá."

E, em seguida, guardou o violino de volta no estojo.

27

"Caminham pelas colinas em meio às neblinas.
É o que insistem as meninas."
— Poeta Daffodil

Várias vezes durante o verão, vovó Milkweed nos levava para passear em uma parte do rio que ficava perto da sua casa. Ela enrolava a barra da calça acima de suas panturrilhas fortes e colocava um chapéu de aba larga para se proteger do sol. Também usava uma regata, mas ficava reclamando dos braços o tempo inteiro.

"Olha só como são flácidos", dizia, acenando e mostrando o vaivém de sua pele envelhecida. "Acho que eu não deveria vestir regatas. Estou toda velha e caída. Mas é que está tão calor que não consigo evitar. Eu não deveria mais usar este tipo de roupa. Eu sei. Mas, ora bolas, será que uma senhora não pode mais vestir o que quiser só para dar uma volta no rio?"

"Eu gosto dos seus braços, vovó Milkweed", era o que a Daffy respondia. "Gosto que eles balançam igual gelatina de uva."

"Só você mesmo." E então vovó dava um pique para nos alcançar. "Acenem com os braços enquanto ainda são jovens, meninas. Não se reprimam. Acenar é coisa de mulher nova."

Então nós jogávamos os braços para o alto e os balançávamos por todo o caminho até chegarmos ao rio, correndo em volta da vovó Milkweed, que acabava se entregando ao riso e balançando os braços também.

Uma vez lá, ela se sentava na beira do rio e molhava os pés, enquanto Daffy e eu íamos mergulhar e nadar. "Por que a água é tão marrom?", perguntávamos.

"Bom, tem lama no fundo do rio e tem lama nas margens, por isso a água tem cor de lama", vovó dizia. "É assim mesmo que as coisas são, meninas. A terra é suja, mas é uma sujeira boa. Vou contar um negócio pra vocês, eu prefiro a água barrenta do rio a qualquer piscina cintilante. Só tomem cuidado para não sonharem com água barrenta, viu? Se fizerem isso, quer dizer que alguém vai virar fantasma."

"Virar fantasma, vovó Milkweed?", questionamos Daffy e eu ao mesmo tempo.

"Morrer, minhas fofas. Significa que alguém vai morrer."

"Vovó Milkweed?" Daffy nadou para perto dela. "Eu sonhei com água barrenta na noite antes do papai morrer."

"Não sonhou nada." Joguei água nela.

"Sonhei, sim." Ela jogou água de volta. "Você só está brava porque não foi você quem sonhou."

"Eu sonhei um negócio." Peguei água com a boca e cuspi nela.

"E com o que você sonhou, Arc?", perguntou vovó Milkweed.

"Sonhei que uma galinha tinha prendido o pé na tela da porta lá de casa." Baixei a cabeça para lembrar. "Ela morreu presa lá, esperando para ser solta."

"Ah, minha querida." Vovó Milkweed se abanou com seu lenço comprido. "Então você também sonhou com a morte do seu pai."

"Mas não tinha água barrenta", comentei.

"Água barrenta nem sempre é água barrenta", ela respondeu. "Às vezes é uma galinha com o pé preso."

E foi com essa última coisa que sonhei quando nossa estada na Filhas do Evergreen chegou ao fim.

"Arc?" Daffy se sentou a meu lado e encostou a cabeça no meu ombro. "Será que vamos ficar bem, depois que sairmos daqui?"

"Vamos ficar bem, Daffy." Joguei a trança dela para o alto, fazendo com que ficasse presa no topo da cabeça. "Vamos usar o nosso fogo para queimar todos os monstros."

"Eu estou falando sério, Arc. Às vezes eu acho que a terra é viesada contra nós e que estamos descendo ladeira abaixo. Somos como as mulheres que vieram antes de nós, Arc. Carregamos horrores gigantescos nas costas. Vamos dormir com eles e acordamos com os mesmos demônios."

"Não estamos mais no lado selvagem, Daffy", falei. "Estamos no lado bonito. Onde você é a capitã dos narcisos e das rimas, e eu, bom, vou ser a pessoa que vai encontrar o cavalo que a mamãe perdeu na terra anos atrás."

Não era só Daffy que estava preocupada com o mundo lá fora. Nos dias que antecederam nossa saída, Thursday não tirava as mãos da barriga e Indigo grifava todas as linhas dos seus livros de matemática, como se buscasse uma equação capaz de resolver tudo. Violet tentava nos encorajar como sempre, voltando nossa atenção para as coisas que gostaríamos de fazer. Para a esperança de uma vida pós-heroína.

"Eu vi um documentário uma vez", contou Indigo quando nos sentamos às mesas de piquenique, "sobre um velho cujo único trabalho era subir em uma torre no meio do mato. Ele ficava lá de binóculos procurando por sinais de incêndios florestais. Fiquei pensando, cara, eu ia amar ter um trabalho desses, no meio do nada, subindo degrau após degrau até o topo de uma torre para procurar por incêndios. É isso o que eu vou fazer depois que sair daqui. Vou para o meio da natureza selvagem."

"Para a natureza selvagem?", perguntou Thursday. "Putz, acho que não tem lugar mais selvagem do que Chillicothe."

"E o que você vai fazer, Thursday?", quis saber Violet, apoiando a cabeça nas mãos.

Thursday tinha parado de rasgar as próprias roupas. O que a fazia parecer até mais velha, já que estavam intactas, sem furos no tecido. Era como se ela tivesse abraçado a ideia de permanecer inteira, sem perder nenhum pedacinho de si para um par de tesouras.

"Eu queria voltar para a escola", respondeu. "Usar um telescópio de verdade."

Naquele momento, ela estava montando um com uma lata velha de fermento que Violet arranjara. Na sala de artesanato, também conseguiu cartolina para encapar, além de cola bastão e um pouco de glitter.

"Com esse telescópio vou poder ver Marte melhor do que com os outros", contou Thursday, levantando a lata e nos espiando através dela.

Indigo se voltou para Daffy e eu. "E os seus planos?"

"Tentar sobreviver", respondi, enquanto Daffy olhava para o chão.

"Todas vão ficar bem", garantiu Violet. "A gente devia fazer alguma coisa para comemorar o início de nossas vidas."

"Tipo o quê?" Daffy afundou os ombros.

Indigo envolveu os meus com os braços. "Bom, Arc está sempre falando sobre bruxas. Nós poderíamos dançar peladas na floresta até que o povo da cidade resolva nos queimar na fogueira".

"Eu tenho um par de sapatos ótimo para dançar", comentou Thursday.

Olhei para o relógio no pulso de Violet. Pensei nas palavras de Nell Sábia sobre a brevidade do tempo.

"Que tal uma cápsula do tempo?", sugeri.

"Uma cápsula do tempo?" Os olhos de Violet se arregalaram. "Taí uma ótima ideia."

"A gente poderia enterrar em algum lugar", continuei. "Daqui a alguns anos, podemos voltar para desenterrá-la e lembrar de quem éramos neste exato momento."

"Eu adorei." Indigo sorriu.

"E o que vamos colocar na cápsula?", perguntou Thursday.

"Tudo o que a gente quiser", respondi.

Procuramos pelo recipiente perfeito e decidimos usar uma velha caixa de pesca feita de metal que encontramos no barracão do caseiro, ao lado da pá. Jogamos no chão as iscas e os anzóis, depois usamos um pano molhado para limpar a poeira de cima do metal esverdeado. Então fomos até o rio.

"Não é uma boa ideia enterrar tão perto do rio", comentei, "caso haja alguma enchente no futuro que arranque a caixa do chão."

Uma de cada vez, enfiamos a pá na terra. Depois nos sentamos e espalhamos todos os itens que tínhamos escolhido. Violet nos mostrou um cartão de receitas amarelado, sujo de massa de bolo e escrito em letra cursiva, e disse: "Esta é a minha receita preferida. Biscoitos de fermento. Era da minha mãe. Foi a primeira receita que fizemos juntas".

O outro item que trouxera era uma violeta feita de cartolina. Dava para notar que o papel era velho por causa de suas pontas amareladas pelo sol. Foram necessários anos e anos de fita adesiva para impedir que os pequenos rasgos nas pétalas e no caule aumentassem ainda mais.

"Grassy me deu de aniversário esta violeta há uns anos", contou Violet. "Ela me disse que a flor tinha brotado da minha cabeça, bem aqui." E tocou as palavras tatuadas em seu couro cabeludo. "Grassy me falou que tinha colhido esta flor enquanto eu dormia."

"Você é a única mulher do mundo que tem flores crescendo na cabeça", comentou Thursday. "Agora é minha vez."

Nenhuma de nós ficou muito surpresa quando Thursday nos mostrou seus itens, sendo o primeiro um punhado de contas de plástico. "Esmeraldas", declarou ao mostrar as verdes. "E rubis, safiras e um montão de diamantes." Era um belo punhado. "São o bastante para fazermos um lindo colar quando desenterrarmos isto aqui".

Em seguida, colocou a lata de fermento que havia transformado em telescópio.

"Um telescópio, para eu lembrar que mesmo nas ruas, podemos ver as estrelas", continuou.

Indigo olhou para mim. "Você é a próxima, Arc."

"Não, vai você", pedi.

"Tá bom." Ela abriu uma folha de papel e alisou-a contra o chão. Era o desenho de um triângulo dentro de um círculo, e todas tentamos entender o significado.

"Vocês se lembram de quando eu falei que a trigonometria serve para medirmos o desconhecido?", perguntou Indigo. "Bom, esse triângulo e esse círculo são a minha medida. A distância até o outro lado. Talvez, no futuro, eu tenha finalmente chegado lá."

Então tirou uma tesoura do bolso e cortou um pedaço da aba do seu chapéu.

"Fogo selvagem", falou, jogando na caixa.

Depois disso, olharam para Daffy e eu, então mostrei uma pedra.

"É só isso?", questionou Thursday.

"Dentro desta pedra tem três coisas", expliquei. "É a escultura de uma deusa. Estão vendo os olhos aqui?"

Apontei para os recuos na pedra. Todas concordaram, surpresas.

"Mas não é só uma estatueta", continuei. "Também é um bulbo de flor."

Daffy sorriu.

"E qual é a terceira coisa, Arc?", quis saber Violet.

"Uma manta", respondi. "Sem um lado selvagem."

"Gostei." Indigo me cutucou.

Depois que todos os nossos itens já estavam bem guardados na caixa de pesca, fechamos a tampa e a colocamos no buraco. Com as mãos, jogamos terra até cobrir a caixa, depois dançamos por cima para deixá-la batida.

"Não posso esquecer", falei ao pegar um graveto e usá-lo para fazer buracos no chão. "Desse jeito, os boatos vão dizer que dançamos que nem bruxas, peladas e de salto alto, perfurando a terra."

Indigo foi a primeira a pegar outro graveto. Em seguida, todas nós fizemos buracos na terra, até que Violet perguntou: "Como vamos saber onde cavar de novo, quando voltarmos no futuro? Todas essas árvores são iguais".

"Sabe qual é a melhor parte de uma música contagiante?" Thursday sorriu.

Ela ficou de joelhos, com as mãos no chão, tocou a terra com os lábios e começou a cantar "I Want to Know What Love Is", da banda Foreigner. Na parte da letra que falava sobre ver o amor brilhar por entre as nuvens, ela cantou ainda mais alto.

"Pronto", anunciou ao se levantar, "agora o chão não vai mais tirar essa música da cabeça e vai ficar cantando por anos. Quando voltarmos, só vamos precisar ouvir com atenção."

"Mas vamos entalhar alguma coisa na árvore", sugeri. "Só por precaução."

"As minhas unhas são afiadas, Arc." Indigo levantou a mão. "Mas não a ponto de cortar a casca."

"Eu tenho o que a gente precisa." Thursday meteu a mão no bolso e sacou o canivete de Nell Sábia. "O que vamos entalhar?" Ela abriu a lâmina com um clique.

Peguei o canivete e, com Daffy espiando por cima do meu ombro, enfiei-o na casca da árvore.

"Rainhas", Thursday leu a primeira palavra em voz alta.

"De Chillicothe", terminamos de ler todas em uníssono.

"Precisamos prometer que nenhuma de nós vai desenterrar a cápsula até que todas estejam juntas para abrir", avisei.

"Espero que ninguém derrube esta árvore antes", comentou Violet.

"Se alguém derrubar", respondi, e passei as mãos por cima das palavras recém-entalhadas, "o som da árvore caindo vai criar um eco que fará os nossos vestidos entrarem em combustão espontânea."

Indigo imitou um fantasma e agitou os braços até cairmos na gargalhada.

"As chamas vão nos trazer de volta até o toco da árvore, porque nós somos as Rainhas de Chillicothe", concluí.

"As Rainhas de Chillicothe", todas cantamos em conjunto, nossos ecos desaparecendo na escuridão que nos cercava.

28

"Na busca por novos deuses, andamos com velhos camponeses."

— Poeta Daffodil

O vício é um ladrão. Ele rouba os minutos de um dia. A cor do céu. Rouba o herói da história, as folhas das árvores, a resposta à pergunta *Quem sou eu?* O ladrão não some por completo só porque você parou de colocar uma agulha no braço. A sobriedade é apenas um lugar melhor de se esconder, seja para os minutos do dia, as cores do céu, ou a resposta à pergunta *Quem sou eu?*

Daffy e eu passávamos as manhãs e as noites escovando os dentes e tentando compreender esse aspecto. Tomávamos banho com xampu e sabão, e sentíamos o sucesso que era estarmos limpinhas. Daffy mantinha os cabelos molhados com um pente que encharcava na pia. Às vezes, eu achava que era porque ela gostava de como se sentia quando nadava. Mas talvez fosse apenas por acreditar que isso a fazia parecer mais limpa. Nosso visual era uma preocupação constante. Ainda estávamos trabalhando nisso, achando que, por usarmos roupas de tamanhos bem maiores, seríamos capazes de esconder tudo aquilo que não queríamos mostrar, mas ainda assim parecendo duas mulheres de cara limpa, recém-saídas da Filhas do Evergreen.

"Por que ir embora?" Nossa mãe estava com a cabeça apoiada na parede, enquanto observava Daffy e eu fazermos as malas, pegando só aquilo que queríamos levar conosco. "Não vão embora." Ela gemeu. "Se vocês forem, o homem virá."

"Que homem, mamãe?", perguntou Daffy.

"O homem que come as últimas marcas dos dedos." As palavras saíram arrastadas. "Ele vai sentir que estou sozinha e aí a barriga vai roncar de fome e ele virá para comer todas as últimas coisas tocadas por vocês nesta casa. Vai comer as maçanetas e as bancadas da cozinha e os assentos da privada e as paredes do corredor. Depois vai arfar e farejar." Ela respirou de maneira pesada, com o nariz torcido como se fosse um focinho. "E vai chegar até mim." Então começou a esfregar o próprio corpo. "Vocês me tocaram aqui e aqui e aqui, e ele vai saber. Ele vai me farejar. E vai me devorar só para engolir as marcas dos seus dedos e a culpa vai ser de vocês duas."

Cansada de tantas palavras, ela encostou o corpo na parede e começou a chorar e a gritar pela tia Clover, que estava no sofá.

"Ei", gritou ainda mais alto quando a tia Clover não respondeu.

"O que é?" Nossa tia apareceu na porta.

"Não me abandona, tá?" Mamãe balançava de um pé para o outro. "Nunca me abandone."

"Meu sangue está cheio de sussurros agora", respondeu tia Clover. "E os sussurros só têm um fim em mente. Agora, não posso mais ir embora nem se eu quisesse."

Em seguida voltou ao sofá enquanto mamãe se arrastou pela parede em direção ao quarto. Ao chegar na porta, ela tocou rapidamente as contas que ainda envolviam a maçaneta, já sem nenhum vestígio da tinta dourada.

"Tchau, mãe", sussurrei quando saímos pela porta da frente.

"Não vai durar", disse tia Clover sem sair do sofá. "Falta coragem demais para ir em frente. Nem para atravessar a rua eu contaria com a sua ajuda. O sangue de mulheres desconhecidas corre em suas veias. Desconhecidas porque elas nunca foram corajosas o suficiente para serem batizadas."

Estava com as pernas apoiadas na mesinha de centro, abertas de tal maneira que o pequeno ventilador era capaz de jogar o vento entre elas. Havia uma pilha de gravetos sobre seu colo, que ela organizava enquanto assistia a um programa de TV sobre a história da Espanha e dos vitrais de suas catedrais.

"Qualquer dia a gente se vê, tia Clover", despediu-se Daffy. "Tomara que num dia melhor."

"Põe o ventilador no máximo. O calor está de ferver o sangue por aqui", foi tudo o que ela respondeu.

Daffy atendeu ao pedido, mas parou para encarar as agulhas sobre a mesinha de centro. Tive que arrancá-la de lá.

Estávamos nos mudando para uma quitinete que fazia parte de um programa para ajudar ex-dependentes químicos a levarem uma vida sóbria. Era bem pequena. O sofá virava uma cama. O banheiro era de um branco bem forte e a cozinha amarela era miúda, mas as bancadas eram amplas o bastante para abrigar as poucas coisas que costumávamos comprar e cozinhar. Tinha uma mesinha dobrável presa à parede e um armário com prateleiras à mostra e duas portas de vidro pequenininhas. Mas nem ligávamos para o tamanho do apartamento. Era limpo. E era nosso. Na primeira noite, puxamos o sofá-cama e pulamos nele antes de dormir.

"Precisamos de flores e ossos", comentou Daffy. "As duas melhores coisas para decorar uma casa de mulheres."

Compramos uma câmera descartável e tiramos fotos de nós duas, tentando lembrar de como sorrir. Revelamos o filme e colocamos as fotografias em porta-retratos baratos que compramos uma semana antes, numa daquelas vendas de garagem de uma senhorinha do fim da rua. Para nos lembrarmos das mãos de vovó Milkweed, resolvemos comprar um novelo de lã, depois passamos as noites após o trabalho crochetando uma manta preta de quadradinhos da vovó com quadrados multicoloridos. Até arranjamos duas violetas em vasos de plástico verde-escuro porque as duas saíram por um dólar no mercadinho. Depois as colocamos em nossa única janela, que ficava em cima da pia da cozinha.

"Nas velhas lendas", contei, "diziam que violetas eram as mais belas ladras que existiam, pois roubavam seu olfato com apenas uma respirada."

"É verdade?", perguntou ela.

"É, sim", respondi. "Tem um composto químico na flor. Quando você sente o perfume de uma violeta pela primeira vez, não consegue mais sentir de novo. Só que ela não rouba nada por muito tempo. A violeta é o tipo de ladra que devolve o que tomou."

Daffy cheirou a flor e depois disse: "Tem alguém nos seguindo, Arc".

"O que quer dizer?", indaguei. "Quem?"

"Não sei ainda."

"Então como você sabe que..."

"Do mesmo jeito que você", interrompeu ela.

Trancamos a porta da frente e verificamos a fechadura duas vezes antes de dormir.

No dia seguinte, Daffy foi até o posto de gasolina no que deveria ter sido uma passada rápida. Era só encher o tanque da caminhonete e voltar, para que não tivéssemos que sair mais cedo para abastecer antes do trabalho. A Filhas do Evergreen nos tinha arranjado um emprego de garçonete no restaurante da cidade, que era reconhecido como a capital do cheeseburguer de Chillicothe desde 1953.

Escutei a porta da frente abrir e fechar. Eu estava na cozinha lavando os pratos.

"Daffy, é você?"

Como ela não apareceu, chamei de novo e peguei a faca no fundo da pia. Lentamente, ela entrou.

"Você me assustou." Larguei a faca e pus um pouco mais de detergente na água.

Os braços dela seguravam um calombo na parte de cima da blusa.

"O que você aprontou?", perguntei enquanto esfregava com mais força uma tigela que já estava limpa.

O calombo se mexeu.

"Daffy, o que tem aí?"

Obtive um miado em resposta. Daffy olhou para o calombo, que subiu um pouco mais pela blusa. A cabeça preta de um filhote de gato apareceu de repente pela gola dela.

"Daffy. Não. Leva esse gato de volta para onde você achou." Joguei a esponja na pia, me molhando com a água cheia de detergente.

"Alguém a abandonou no posto de gasolina em uma caixa de papelão." Ela tirou a gata de dentro da blusa. Tinha o pelo preto, com as patas e o peito brancos. "Cinco filhotes. Imagina só, Arc. Alguém fazer isso com eles, como se jamais pudessem ser amados?"

"Você não trouxe todos os cinco, não é, Daffy?"

"Eu bem que queria", ela respondeu, "mas sabia que você ficaria toda rabugenta. Tinha uma garotinha com a mãe lá no posto, e elas disseram que levariam os outros. Elas têm uma fazenda. Parecia um lugar tão lindo quanto um campo de girassóis. Disseram que eu poderia ficar com um dos filhotes, se quisesse. Aí escolhi esta aqui. Achei que ela tinha cara de quem sabia uma coisa ou outra sobre poesia."

"Não temos condições de cuidar de um gato", reclamei.

"Quem disse?" Daffy se agarrou ainda mais à criatura. "Nós estamos bem, não estamos? Ora, nós estamos indo muito bem mesmo, se quiser saber. Mas você fica zanzando por aqui, na ponta dos pés, como se não merecesse curtir algo bom nem por um mísero segundo do dia. Você só faxina. Parece uma sombra, varrendo o chão e passando pano nas paredes. De noite, você não passa de uma casca vazia sentada na cadeira porque acha que não merece nem a cama em que dorme. É como se o seu rosto ainda doesse por causa do tapa que a mamãe deu daquela vez em que te chamou de inútil quando tínhamos 6 anos. Eu não quero mais viver com a janela aberta pela metade, Arc. Só com metade do sol. Metade do luar. Metade da brisa. Eu quero tudo por inteiro. Eu quero uma vida por inteiro." Em seguida abraçou a gatinha e fez carinho com o nariz. "Por favor, Arc. Vamos ficar com ela. Ela é metade pássaro, eu sei disso. Uma vez por ano, ela vai nos deixar vê-la voar. Não vamos fazer mal a ela. Vamos cuidar dela. Ela vai ser um bom motivo para não ficarmos até tarde na rua. E vai nos manter longe da agulha."

"Essa foi a velha promessa da mamãe, lembra?"

"Por favor, Arc. Eu limpo a caixa de areia dela. E dou de comer. Você não vai ter trabalho nenhum, só o de fazer carinho nela e ouvir o ronronar. Escuta, ela está ronronando agora." Daffy esticou a filhote para mim.

Pude ouvir o ronco distante do seu corpinho.

"Alguém a abandonou como se ela fosse lixo, nada mais", continuou Daffy. "Ela é uma de nós, Arc."

Olhei para o rosto suplicante da minha irmã e depois para a gatinha, seus olhos amarelos tão intensos que refletiam minha própria imagem.

Peguei a esponja na pia e comecei a limpar a bancada antes de responder: "Vamos precisar de ração e uma caixa de areia".

"Eu já arranjei tudo." Daffy foi até a sala e voltou com uma sacola com todas as compras para me mostrar.

"Vi que você comprou a caixa de areia", comentei ao olhar para a sacola, "mas comprou a areia?"

"Ah." Ela olhou para baixo. "Não, eu esqueci."

Em seguida pôs a sacola no chão e veio me entregar a filhote.

"Daffy, estou com as mãos molhadas."

Ela enfiou a gata no meu colo, então não tive escolha a não ser segurá-la.

"Fica de olho nela enquanto eu vou à loja", pediu Daffy.

Suspirei e peguei um pano de prato para enrolar a bichinha e secar o pelo.

"Não demore", gritei para Daffy, que já saía pela porta. "E volte pra casa só com a areia dessa vez."

"Nada de cachorrinho?", ela perguntou. "Com orelhinhas caídas e cor de caramelo?"

"Daffy, estou falando sério."

Pude ouvir sua risada enquanto saía. Levei a gatinha para a sala e vi a porta da frente aberta.

"Daffy?" Saí em direção ao saguão, mas estava vazio. Segurei a filhote ainda mais forte e voltei para o apartamento.

"Vai ficar tudo bem", falei com a gata enquanto fechava a porta. "Daffy vai voltar logo." E me sentei no sofá com ela. "Bom." Enxuguei a cabecinha dela com o pano. "Vou ter que concordar que você é muito fofinha. Aposto que sua vovó foi uma tigresa e sua bisavó uma leoa azul. Quem abandonaria você? Hein? Quem largaria uma criaturinha tão doce quanto você?"

Eu a segurei perto do ouvido e escutei o ronronar de seu corpinho.

Você ouviu o violino? Imaginei Daffy perguntar.

"Sim", eu teria respondido. "Sim, eu ouvi."

Quando Daffy voltou da loja, eu e a gata estávamos enroladas juntas no sofá, cobertas com a manta.

"Achei que você não quisesse ficar com ela", comentou Daffy ao fechar a porta da frente em silêncio e colocar o saco de areia no chão. Depois se ajoelhou perto do sofá e deitou a cabeça na manta, encarando os olhinhos fechados da filhote dorminhoca.

"Eu a batizei", sussurrei enquanto acariciava o focinho macio com o dedo.

"Que nome você deu?" Daffy levantou o olhar em minha direção.

"Petticoat."

"Petticoat?" Ela inclinou a cabeça. "Tipo anágua? Aquelas saias cheias de frufru que as mulheres usavam por baixo dos vestidos? Aposto que você tem uma história sobre isso aí nessa sua cabecinha, não tem?"

"Em 1916", comecei, "as mulheres de uma cidadezinha no Oregon se cansaram das políticas dos homens que governavam e arruinavam o local, sem se importar em melhorar a cidade ou a vida da população. As mulheres se uniram e decidiram fazer uso do direito de votar que lhes tinha sido concedido no Oregon em 1912."

"Você parece um livro velho, Arc." Daffy pousou o rosto nas mãos e apoiou os cotovelos na beirada do sofá.

"A cédula de voto era secreta", continuei. "As mulheres, em seu grande esquema, escreveram seus próprios nomes. Quando contaram os votos, foram elas que ganharam os quatro lugares do conselho. Foram eleitas através do próprio voto para os gabinetes administrativo, de tesouraria e de registros públicos. Uma mulher chamada Laura J. Starcher se tornou a prefeita, derrotando E. E. Starcher, o homem que tinha certeza de que seria eleito prefeito mais uma vez. Um homem que, por acaso, era o marido de Laura."

"Aposto que ela dançou na floresta naquela noite." Daffy parecia estar ronronando igual à gata.

"Em vez de elegerem os homens", retomei, "as mulheres colocaram o poder em suas próprias mãos. Juntas, essas esposas, mães e agora políticas, consertaram as rachaduras da cidade. Elas investiram em um sistema de saneamento, restauraram as calçadas e lidaram com os problemas que os homens ignoravam. A ação delas ganhou o nome de Petticoat Revolution, ou Revolução da Anágua. Sempre que uma mulher estivesse no comando de um governo, ou chegasse ao poder dentro da política, eles chamavam, e ainda chamam em alguns lugares, de governo da anágua. Talvez alguns homens acreditassem que usar algo que as mulheres vestiam por baixo da saia para nomear um governo liderado por elas fosse humilhante. Mas, no fim das contas, ninguém poderia tirar esse poder das mãos delas. Foi por isso que a batizei de Petticoat. Ela é um voto que estamos dando a nós mesmas."

"Eu avisei que ela nos traria música." Daffy sorriu.

"É." Sorri também. "Música e magia. Nunca vão poder tirar isso de nós."

"Sabe o que mais ela tem, Arc?" O sorriso de Daffy cresceu ainda mais. "Tem muito pelo para nos aquecer."

Então Daffy se sentou no sofá comigo e com a gata e, pelo resto da noite, nós três dormimos abraçadas.

29

"Na água entre as ilhas, nos afogamos como filhas."
— Poeta Daffodil

Compramos uma infinidade de bolinhas e petiscos para a gata conforme os dias e as semanas passaram. Brincamos de esconde-esconde por entre os lençóis e tiramos fotos dela ao lado dos vasos de violeta. Vimos filmes antigos juntas, todas emboladas no cobertor, rindo e ronronando. Também estudamos para o supletivo e até mesmo procuramos por cursos em faculdades que pudessem nos aceitar. Durante todo esse período, Petticoat foi crescendo, sempre dormindo entre nós duas no sofá-cama ou então desembolando novelos para nosso próximo projeto de crochê. Era bom ter outras coisas na cabeça que não fossem o Blue Hour, as coroas, ou os *johns*.

"Por falar em *johns*", começou Daffy, "você se lembrou de marcar a castração da Petticoat?"

Estávamos no mercadinho, comprando coisas que pessoas sóbrias comem.

"Disseram que só tem vaga para o mês que vem", respondi, colocando um cereal cheio de açúcar no carrinho, ao lado da caixa de aveia.

Passamos pelo corredor de utensílios domésticos e vimos o conjunto de jantar azul e branco que ficava em exibição na loja desde que éramos pequenas. Os pratos tinham estampa de templos chineses e de coisas mais ao leste do que Chillicothe.

"A mamãe comprou uns pratos desses quando a gente era criança, lembra?" Daffy pegou um deles e o virou para ver o selo de uma coroa. "Acho que podíamos colecionar", continuou. "Terminar o que a mamãe começou."

Decidimos levar a porcelana com o dinheiro extra que ganhamos de gorjeta no restaurante. Primeiro, compramos o prato, depois a molheira, o açucareiro e a leiteira, seguidos da travessa grande que se usa normalmente nos banquetes de Natal. Compramos até mesmo o bule, depois fingimos estar servindo chá em nossas xícaras e pires minúsculos, enquanto Petticoat observava tudo do nosso colo. Mas só usávamos a louça nessas brincadeiras de faz de conta. Colocamos tudo em destaque no armarinho embutido perto da mesa dobrável. Sempre que eu passava por ali, abria um sorriso ao ver a porcelana preenchendo todas as prateleiras.

Daffy começou a roubar as peças pequenas primeiro. Um pires da pilha, depois as xícaras e canecas, o saleiro e o pimenteiro que tinham formato de mulher. Então passou para as peças maiores, porque todas as pequenas já tinham acabado. A travessa. A caçarola com tampa. Os pratos, um de cada vez, até que tivesse sobrado apenas o primeiro que compramos. Sentada à mesa dobrável, segurei-o contra o peito na noite em que ela chegou às três da manhã.

"Nossa coleção estava quase completa", falei baixinho. "Já tínhamos quase o bastante para botar a mesa. Nós quase conseguimos, não é, Daffy?"

Ela nem tentou me impedir quando levantei as mangas de sua camisa. Fiquei encarando as marcas recentes em seus braços.

"Eu achei que poderia usar só um pouquinho", explicou. "E ainda ficar longe das águas profundas, sabe? Não sei por que achei isso. Nunca foi um ato de amor."

"Você vendeu quase toda nossa porcelana, quando estávamos quase no fim." Olhei para o prato.

"Eu só peguei uma peça aqui e ali", ela confessou. "Antes que me desse conta, não tinha mais nada."

"Só esta aqui." Mostrei-lhe o prato.

"Não me odeie, Arc. Por favor."

Entreguei o prato para ela, que saiu apressada, provavelmente pensando que se não fosse logo, eu poderia mudar de idéia. Petticoat estava deitada a meus pés, então a peguei no colo. Fiquei com ela ali, observando meu armário vazio.

Quando Daffy voltou, arrastou uma cadeira para perto da mesa e eu coloquei Petticoat no chão. Ela soltou um miado alto e longo, esfregando-se em nossos calcanhares enquanto eu enrolava a manga das nossas camisas.

PARTE VI

30

"Ao meu medo eu cedo."
— Poeta Daffodil

Meus sonhos vinham em camadas. Era como vestir uma roupa. O tecido fino o bastante para deixar a luz passar. Alguns sonhos eram com pessoas que eu conhecia, entalhados por palavras que já proferi. Em outros, eu apenas colecionava dobradiças de portas, janelas e caixas enquanto mulheres se curvavam nas ruas. Depois sonhei que Daffy tinha ido ao cabeleireiro. As clientes nas cadeiras à sua volta usavam coques colmeia e óculos gatinho típicos de uma época que nunca vivenciamos. A cabeleireira começou a escovar o cabelo de Daffy e insetos mortos ficavam presos nas cerdas.

Ela largou a escova e usou os dedos para retirar as folhas e os galhos emaranhados. Mas mesmo que puxasse com toda a força, os detritos não saíam do cabelo de Daffy, que gritou até a garganta sangrar. A cabeleireira usou o sangue para tingir as mechas.

Daffy e eu crescemos ouvindo as histórias que vovó Milkweed contava sobre como viemos de mulheres que estavam mais próximas das estrelas do que da terra. Mulheres que sonhavam com água barrenta pouco antes de alguém morrer. Vovó Milkweed nos contava essas histórias em tom grandioso, mas sussurrado, como se nosso poder fosse uma tradição imutável.

"A bruxa se esconde em vocês", dizia enquanto agarrava a cruz em seu pescoço, como se quisesse tapar as orelhas de Deus. "Ela concede a vocês o poder de sonhar com a verdade. Devem acreditar que, sejam lá quais forem as visões noturnas que tiverem, vão acontecer de verdade, tão real como água caindo por entre seus dedos. Vocês devem alimentar a bruxa em troca do que ela lhes dá."

"Alimentar com o quê?", perguntei.

"Com seus pensamentos", respondeu a vovó Milkweed.

"Sobre caldeirões, morcegos e feitiços?"

"Não, meu bem. Com pensamentos sobre os seus cotovelos, sua clavícula e a forma como você abre os olhos de manhã."

Por isso, passei a alimentar a bruxa com os pensamentos que tinha sobre mim mesma. Conforme os sonhos vinham, eu sabia que estavam tentando me dizer algo.

"Tem certeza de que sou eu?", questionou Daffy quando lhe contei sobre o sonho em que a cabeleireira tentava arrancar galhos e insetos dos seus cabelos. "Será que não era você?"

"Era eu quem estava assistindo."

"Tem certeza?" Ela riu por cima da pia e lavou as mãos para tentar fazer o sonho descer pelo ralo, do jeito que vovó Milkweed nos ensinou.

O mais perto que chegamos de discutir o sonho de novo foi quando conversamos sobre como vovó Milkweed nos colocava para dormir com um bulbo de flor embaixo do travesseiro.

"É para que crie raízes em seus sonhos", dizia ela. "Quando precisarem sair do sonho, basta encontrar a flor, arrancar as pétalas e então vão acordar."

"A sabedoria de uma velha senhora", Daffy sussurrou.

Depois de voltarmos à lama, tive a sensação de que passamos a conversar mais e mais sobre a vovó Milkweed. Estávamos aliviadas por ela ter morrido antes de nos ver na beira da estrada, com cartazes pedindo dinheiro.

"Lembra como o bolo de anjo dela tinha rachaduras na parte de cima?", perguntou Daffy.

"Lembra do velho gato amarelo dela, que tinha uma presa só?", acrescentei.

Nessa época, só conseguíamos pensar na Petticoat. Ela veio junto quando tivemos que voltar para a casa da mamãe e da tia Clover, depois de sermos despejadas da quitinete.

"Uma gatinha pequenina." Mamãe pegou Petticoat no colo, que sibilou e rosnou, arranhando-a toda até que a largasse. "Maldita leoa vagabunda", xingou mamãe, cambaleando de volta para o quarto.

Petticoat se assustava com qualquer barulho, o pelo eriçado enquanto farejava cada um dos cômodos. Os cheiros, os ruídos e a sujeira eram diferentes do apartamento pequeno e limpinho com que estava acostumada, onde havia violetas no peitoril da janela, uma manta no sofá e porta-retratos com fotos de meninas sorridentes. Enquanto as violetas murchavam, vendemos os porta-retratos e rasgamos as fotos. Depois vendemos todo o resto para conseguir dinheiro, inclusive nossas mantas.

Primeiro, paramos de comprar areia para gato. Petticoat fazia suas necessidades no chão do banheiro, ou então do lado de fora, quando estávamos bem o bastante para abrir a porta dos fundos. Logo em seguida, foi a ração. Ela foi forçada a comer os restos de comida dos nossos pratos até que parou de voltar para dentro de casa. Arranquei três pelos da sua cauda e os coloquei embaixo dos degraus da varanda dos fundos.

"Para mantê-la em casa", expliquei à Daffy quando ela me perguntou.

Ainda assim, Petticoat passou a ficar mais e mais tempo fora de casa, depois de descobrir que alguns dos vizinhos mais gentis colocavam ração seca para os gatos de rua. Seu pelo ficou duro e sem brilho. Ela perdeu a gordurinha de filhote e cresceu rápido. Não demorou muito e surgiu um problema em seu olho, que ficou inchado e cheio de pus. Foi quando uma outra criatura sarnenta, um gato vira-lata qualquer, mordeu seu pescoço e a violentou de uma maneira que a mudaria para sempre. A gatinha curiosa e gentil de outrora se transformou em uma gata suja e arredia.

"Queria que a gente tivesse aguentado o suficiente para castrá-la", confessei a Daffy.

"É", concordou minha irmã. "Aposto que ela também."

Petticoat se tornou apenas mais uma das criaturas assustadas da rua, às vezes me encarando diretamente até que eu desviasse o olhar e afundasse o rosto entre as mãos. Daffy nunca dizia o nome de Petticoat, como se isso a fizesse lembrar de algo mais que abandonamos. Perguntava apenas "Você viu a vira-lata?", como se Petticoat nunca tivesse sido responsabilidade nossa, e não passasse de uma criatura anônima que vivia bem longe. Nada além de uma vira-lata. Com certeza não era alguém que tínhamos amado pelo tempo em que estivemos sóbrias.

"Eu sabia que não iria durar", disse tia Clover na primeira noite que passamos em casa.

"Ah, é?" Eu me sentei ao lado dela no sofá, meu nariz invadido pelos cheiros horríveis e antigos de uma mulher em frangalhos e de uma casa em ruínas.

"É claro", respondeu ela. "É o sangue do seu pai."

Por um momento, deixou de lado a sacola de gravetos para acariciar a gola de pele falsa de oncinha e me contar sobre quando meus pais se conheceram.

"Ele foi o primeiro rapaz com quem sua mãe dançou", declarou. "Na época, sua mãe tinha só 15 anos. Ele era bem mais velho do que nós, tinha 22. Ela nunca contou sobre ele a ninguém. Era um segredo divino. Sabia que nossa mãe iria forçá-la a abandoná-lo em meio às árvores, como o animal que ele era." Tia Clover suspirou. "Ela foi para a cama com ele naquela mesma noite em que se conheceram. Só descobriu como ele se chamava no dia seguinte, quando acordou na casa dele e o avistou só de calça jeans na cozinha, com uma tigela de massa de panqueca debaixo do braço. Vai ver ela achou que jamais o veria de novo quando terminou o café da manhã, lambendo a cobertura do prato. Mas eles continuaram fodendo pelo resto daquele ano. Em algum lugar, a selva aplaudia.

"Quando ela ficou grávida de vocês duas, não me surpreendi nem um pouco. Mas ele foi muito bonzinho com relação a isso. Foi se alistar com o Tio Sam. Disse que iria criar uma família honesta. No início, ele serviu bem. Ganhou medalhas. Acho que no exército chamam de condecorações. Você gosta de história, Arc, então vai gostar dessa." Ela apontou para mim. "O que nunca contam nos livros é que na guerra se luta com intenções sóbrias, mas nem sempre com a cabeça sóbria."

Tia Clover não estava errada. Eu já tinha descoberto isso na adolescência, quando ia na biblioteca para ler sobre as guerras. Com os primeiros soldados, surgiram também as tentativas de os tornar máquinas mortais cada vez melhores. Na época em que a terra tinha mais florestas do que indústrias, povos antigos usavam alucinógenos. Era o que lhes dava coragem para correr em direção às lanças em vez de fugir delas. Muitas batalhas foram travadas com soldados sob o efeito de cogumelos e, sem sombra de dúvidas, o álcool também sempre esteve presente. Seja na forma de vinho, vodca ou uísque, os soldados bebiam para sobreviver à guerra em si. Até mesmo Hitler tinha um comprimido que enviava às tropas nazistas, chamava-se Pervitin. Era um remédio que os faziam lutar melhor. O que os soldados nazistas não sabiam era que estavam tomando metanfetamina.

Metanfetamina, cocaína, heroína. Nossas guerras foram travadas não com a sobriedade que a tradição tanto admira, mas com o uso e a ajuda de uma quantidade enorme de narcóticos que pudessem transformar nossos heróis em super-heróis.

"Seu pai se viciou enquanto servia ao exército", continuou tia Clover. "Primeiro começou a usar anfetamina para ficar acordado. Aí passou para cocaína, que foi a porta de entrada. Depois de socar um de seus superiores, ele passou a ser só mais um grito na noite. Levou uma dispensa desonrosa e voltou se arrastando para casa. O grande Flood Doggs chegou como uma enchente em nossas vidas. Desde então, nunca mais conseguimos sair da maré alta. Aquele filho da puta. Sobrou para mim tentar impedir sua mãe de se afogar."

Ela pegou a lata velha de creme de milho e segurou perto da orelha.

"Não consigo ouvir a respiração da Addie", falou. "Melhor ver como ela está."

"Eu vou." Levantei antes dela. "Tome conta da sua oncinha."

Tia Clover olhou para a gola. Já estava tão velha e imunda que nem dava mais para saber quais eram as manchas de oncinha e quais eram de sujeira.

"Está bonita, não acha?", perguntou ela. "Miau, miau." Seus miados eram graves e guturais, parecendo mais sibilos e rosnados.

Andei pelo corredor e parei na porta do quarto de Daffy, que estava deitada de costas para a crescente coleção de galhos e gravetos colados na parede.

"Tia Clover andou ocupada", comentou. "Acho que tinha formigas em alguns desses gravetos que ela trouxe. Estão na minha cama, me devorando."

Não entrei no quarto, o que a levou a questionar: "Aonde vai?".

"Ver como a mamãe está."

"Não faça isso, Arc. Ela vai arrancar seus dedos com uma mordida e dizer que é amor. Odeio estar de volta neste inferno de casa. O mesmo cachorro latindo lá fora. A mesma luz piscando no banheiro. O mesmo cheiro de merda. Aqui, a terra é só um borrão, Arc. Podemos fechar os olhos, mas nunca vamos dormir."

Em seguida se virou para a parede, espantando as formigas de sua pele. Voltei para a escuridão do corredor. Ao passar pelo banheiro, olhei de relance para o espelho. Tia Clover tinha colocado tanta fita adesiva no vidro que em alguns pontos elas se sobrepunham. Isso tornava o reflexo torto e alterado, fazendo com que tudo ao redor virasse um borrão.

Deixei a mão correr pela parede enquanto passava por cima da bagunça que ocupava nossa casa. A porta da mamãe estava entreaberta, então a escancarei por completo. Dentro do quarto estava escuro, mas pude ver seu corpo no colchão.

"Precisa de uma luz aqui, mãe." Entrei e afastei as roupas do papai das janelas, amarrando-as para que o dia pudesse entrar.

Minha mãe grunhiu e apertou os olhos como se a luz os queimasse. Eu me sentei perto do colchão e percebi que o furo na lateral estava ainda maior do que antes. Os acréscimos mais recentes à sua coleção de coisas roubadas dos *johns* eram um bilhete velho de cinema, uma lata de refrigerante amassada e uma caixinha de fósforos.

"Mãe, joga esse lixo fora." Comecei a mexer no furo, mas ela não quis.

"Deixa assim." Estava com os olhos vermelhos e o nariz sujo de catarro.

"Eu não sei como você consegue dormir em cima desse lixo todo", falei.

"Arc? Arc?" Ela se sentou no colchão de repente, como se não soubesse quem mais estava no quarto.

"Estou aqui, mamãe."

"Não entra no quarto da Daffy." Minha mãe tentou me encontrar com os olhos. "Ela está gripada e, se você for lá, vai ficar também. Vômitos em dobro. Limpeza em dobro. Eu não consigo. Terei que me jogar da janela mais próxima só para ser livre."

Ela contorceu as mãos. Pareciam ossos deslizando um por cima do outro.

"Mamãe, isso aconteceu há muito tempo."

"Não, foi agora de manhã." Ela balançou a cabeça violentamente e olhou para as próprias mãos.

"Mamãe?", chamei.

"O que foi, bebê?"

"Você queria nunca ter conhecido o papai?"

"O papai?" Ela revirou os olhos e levantou um dedo como se quisesse apontar para algum lugar. "Não lembro de ninguém com esse nome."

As lágrimas escorriam pelo seu rosto em linhas tortas.

"Estou sentindo o frio de todos os invernos, de todos os anos", declarou.

"Por que não descansa, mamãe?"

Fiquei de pé, peguei a velha bolsa do exército do papai e a sacudi.

"É uma boa ideia", respondeu minha mãe, encolhendo-se em posição fetal.

Ela tinha parado de cortar e clarear as pontas do cabelo, que estava bem comprido e ralo. O vermelho vibrante de sua juventude já havia esmaecido, abrindo caminho para os fios brancos e grossos que cobriam o topo da sua cabeça, iguais aos da vovó Milkweed. A pele da mamãe estava mais fina, quase translúcida. Por um momento, cheguei a pensar que não havia sobrado nada do que ela era antes.

"Isso vai te aquecer, mamãe."

Ela assentiu enquanto eu a cobria com a bolsa de lona.

"Não entra no quarto da Daffy, Arc", repetiu, e agarrou meu braço. "Ela está gripada."

"Não vou entrar, mamãe." Enrolei a bolsa ao redor dela, fazendo que soltasse meu braço.

Quando enfiei a mão debaixo do colchão para alcançar o outro lado, passei os dedos por alguma coisa. Segurei bem firme e puxei.

"Diário." Sussurrei a palavra que estava escrita em letras douradas na capa suja e esfarrapada de cetim azul. Assim que abri, reconheci a letra de minha mãe.

"Não entra no quarto da Daffy." A voz dela estava fraca. "Você vai ficar doente também, Arc."

"Eu não vou, mãe."

"Muito bem. Cadê a minha menina de olho azul?"

Fechei meu olho verde para ela.

"Cadê a minha menina de olho verde?", perguntou.

Fechei o azul.

"Não é a mesma coisa." Ela apoiou o rosto no dorso da mão. "Sem a Daffy, você é só metade de algo que não existe mais."

"Durma um pouco, mamãe."

Apertei o diário dela contra o peito com tanta força que quase perdi o ar ao sair do quarto, fechando a porta assim que ela fechou os olhos. Eu sabia que logo, logo ela iria abri-los de novo, sem nem ter dormido.

31

"A sujeira inerente vira lama na enchente."
— Poeta Daffodil

1979

Se você me perguntasse na infância se eu iria usar drogas um dia, eu teria respondido "Eu? Até parece", e revirado os olhos para você se sentir idiota por sequer ter cogitado uma coisa dessas. Mas eu não contava com toda a vida que acontece entre ser uma criança e uma adulta. Tinha absoluta certeza de quem eu era. Acredito que, em algum ponto da vida, minha mãe e meu pai tiveram essa mesma certeza sobre si mesmos.

Tento lembrar do meu pai sóbrio, mas, nas poucas memórias em que aparece, sempre é um dependente. As lembranças estão sendo devoradas. No dia em que morreu, ele veio até a cozinha e me entregou uma colher para comer cereal. Mas, em retrospecto, não sei se de fato me entregou a colher, ou se apenas arranquei de sua mão a que ele havia pegado para si. De qualquer maneira, ele renunciou à colher e sentou à mesa enquanto me observava comer. Ainda me lembro, no entanto, de como sua camiseta suja parecia enorme em contraste com o corpo franzino. Havia também uma mancha enorme de mijo na frente da sua calça que sempre tento esquecer. Na foto do exército, os olhos dele eram azuis. Mas, naquele momento, eles tinham um aspecto semelhante aos chicletes que eu encontrava na terra. Eram coisas pálidas e mastigadas, que já tinham sido vibrantes um dia, antes que alguém tirasse toda sua cor com os dentes.

Tentei reconciliar o homem na foto do exército com aquele sentado diante de mim. Mas ali, à mesa da cozinha, ele era alguém de uma esqualidez contundente que não existia na foto. O rosto estava mais encovado, como se os ossos fossem boias flutuando sobre a água profunda. O nariz estava maior e mais pontudo. Os lábios, pálidos. O cabelo caía por cima dos ombros, só mais uma bagunça por cima de outra. Na foto, o cabelo estava tão curto que mal dava para saber que era castanho como as águas barrentas que o inundaram pela primeira vez.

Naquela foto, o homem estava de cabeça erguida, como se fosse virar rei um dia. Mas aquele diante de mim, que me observava comer cereal, estava largado na cadeira, como se o único reino prometido a ele fosse o do vômito sobre o qual frequentemente dormia e acordava.

"O que você achou na terra hoje, mão de pá?", perguntou ele.

Parei de comer e arranquei do bolso um curativo usado, sujo de sangue.

"Achei isso, papai." Mostrei.

"Não pegue essas coisas, Arc." Ele arrancou o curativo das minhas mãos. "É sujo, sujo. Entendeu?"

Essa é a única lembrança que tenho do meu pai levantando a voz. Mesmo com todo o caos ao redor, ele nunca foi um dos monstros que gritavam. Fiquei tão assustada que comecei a chorar.

"Desculpa, pequena." Papai jogou o curativo no chão e me levantou com um forte abraço.

Ele fedia. Era uma mistura de suor, mijo, vômito e mais alguma coisa difícil de identificar. Eu queria me afastar e respirar o ar limpo, puro. Mas não o fiz porque não conseguia me lembrar de nenhum outro abraço que ele tivesse me dado antes daquele. Eu sabia que era possível viver mais um milhão de anos a seu lado e nunca mais receber outro abraço, então deixei que me envolvesse enquanto eu retribuía. Porque essa parecia ser minha única chance de saber como era estar ali, em seus braços.

"Eu gritei sem querer", disse para mim. "Vamos combinar uma coisa. Hoje, depois que você chegar da escola, nós vamos cavar. Me falaram de um lugar que tem ossos de dinossauros, vou te levar lá."

"Ossos de dinossauros?" Eu o abracei ainda mais forte. "É sério?"

"É, sim." Ele sorriu. Foi o último sorriso que ganhei dele. "Bem melhor do que um curativo sujo, né, Arc?"

Assenti tanto que a cabeça quase caiu. Mais tarde, saí em disparada da escola e, durante todo o trajeto do ônibus, fiquei sentada perto da janela, saltitando de alegria, ansiosa para ver minha rua.

"Por que você está tão animada?", quis saber Daffy.

"Ossos de dinossauros", foi tudo o que respondi.

Quando o ônibus parou no fim da nossa rua, passei por cima da minha irmã para descer primeiro.

"Espera, Arc", ela gritou enquanto eu corria para fora do ônibus e avançava pela rua a toda velocidade, até chegar em casa.

Quando escutei as sirenes, parei de repente do outro lado da rua.

"O que será que aconteceu?", perguntou Daffy assim que me alcançou.

Comecei a correr de novo e quase fui atropelada por um carro ao atravessar a rua. Falei para os policiais em frente de casa que eu precisava entrar, porque meu pai e eu iríamos desenterrar ossos de dinossauros.

"Ele me prometeu", contei enquanto eles tentavam me segurar.

Na época, eu não sabia que era meu pai em cima daquela maca, coberto por um lençol branco. Se eu tivesse olhado, teria visto seu braço sujo e cheio de marcas dependurado para fora. Mas tudo que eu conseguia enxergar era a casa e a porta da frente. Só queria passar e pegar meu pai para irmos descobrir alguma coisa juntos.

Fiquei imaginando que ele estava no sofá, à minha espera. Eu estava determinada a não o decepcionar com um atraso.

"Ele está me esperando", gritei, sem conseguir passar pelos policiais. Um deles me segurou e me pegou no colo. Com meus punhos pequeninos, soquei o peito dele e lutei para me soltar.

"Vai ficar tudo bem, querida." Ele me apertou ainda mais em seus braços. Tinha uma cicatriz no lado esquerdo do rosto que parecia dois anzóis enroscados um no outro. A pele cheia de calombos ficando cada vez mais quente até ferver. "Vai ficar tudo bem."

"Coitada." Escutei um dos policiais comentar. "Me dói o coração ver uma merda dessas. Malditos pais. Nem se importam com o que fazem aos próprios filhos."

"Daqui a uns anos", o que me segurava falou. "Vamos prender essa aqui pelo mesmo motivo. É só um ciclo para eles."

"Eu tenho que ver o papai", berrei até ficar rouca.

Quando vovó Milkweed apareceu, os policiais me soltaram e ela me recebeu de braços abertos. Logo contei que não me deixaram entrar em casa para buscar o papai para irmos procurar por ossos de dinossauros. Vovó me abraçou tão forte que achei que eu fosse morrer sem ar.

"Eu tentei avisar a Arc." Escutei a voz de Daffy ao fundo. "Tentei avisar a ela que o papai morreu, mas ela não parava de falar de ossos de dinossauros."

Eu tinha 6 anos de idade. A única morte que tinha presenciado até então foi a de um peixinho barbo de que cuidei por três dias. Eu estava mais chateada por saber que não iria mais procurar por ossos de dinossauros do que por nunca mais ver meu pai de novo.

Minha irmã chorou, a vovó Milkweed chorou, minha mãe chorou. Céus, até a tia Clover chorou no enterro do papai.

Daffy recortou um coração roxo de cartolina e colocou em cima do corpo dele. "Os homens do exército ganham um coração roxo", explicou ela quando perguntei o motivo. "Eu vi na TV. Achei que o papai merecia ganhar um coração roxo também".

Minha irmã e eu, de repente órfãs de pai, precisávamos da nossa mãe. Mas nos cômodos da nossa casa havia apenas o silêncio de uma mulher que foi abandonada por um marido que morreu de overdose.

Tentei encontrar outra mãe. Aquela que estava nas fotos. Seu nome era Adelyn Milkweed. Uma mulher jovem, sóbria e linda. Eu achava que se você sorrisse em uma foto, esse sorriso duraria para sempre, porque qualquer coisa que viesse depois dele não teria a menor importância. Porque aquele instante capturado pela foto seria o realmente importante para toda a eternidade. Mas, pelo jeito, era só mais uma lenda para iludir os corações.

PARTE VII

32

"Ao meu medo eu cedo."
— Poeta Daffodil

1994

O berço escuro estava do lado de fora, no gramado seco e amarelado. Uma das barras estava rachada, mas não quebrada. De certa forma, parecia pesado demais para sair do lugar. Era como se tivesse criado raízes tão escuras quanto ele próprio, que se estendiam pelas profundezas do solo, passando por pedras afiadas e minhocas agitadas.

Violet tinha pegado o berço com seu ex-marido. Quando Thursday viu o móvel, comentou: "Berços escuros têm um quê de *O Bebê de Rosemary*".

O pai dela havia comprado uma lata de tinta azul do tom que lhe pareceu mais próximo da descrição que a filha deu.

"Algo tipo a cor do céu", explicou Thursday. "Mas também da cor de névoa da montanha. Um tom que seja ao mesmo tempo novo e antigo. Um tom que se lembra, que faz descobertas."

O azul que ele trouxe a fez sorrir.

"Se quiser, eu pinto para você", ofereceu o pai.

Ao que ela respondeu: "Somos nós que devemos pintar o berço, pai. As mulheres. Só assim poderemos deixar os nossos segredos, como canções de ninar. Agora dê o fora daqui porque temos trabalho a fazer".

Thursday entregou um pincel a Violet e outro a mim. Por alguns instantes, Violet ficou parada, mas então largou o pincel, entrou no trailer de Thursday e sumiu.

"Nem sei se quero tocar no assunto", começou Thursday, mergulhando o pincel na lata, "mas você notou algo diferente na Violet?"

"É", respondi, focando apenas na maneira que a tinta se soltava do meu pincel. "É, eu notei algo diferente, sim."

Thursday suspirou. "Vamos falar de outra coisa, então." Depois passou as cerdas do pincel sobre a barra superior do berço. "Já me decidi, Arc. Não vou me casar com homem nenhum. Quero me casar com um noitibó-cantor. Escutei alguém falar esse nome uma vez. Acho que é um pássaro, mas nunca vi um. E você?"

"Acho que o noitibó-cantor é metade homem", comentei, "com penas de pássaro no rosto. Que se levanta ereto por sobre o matagal. Sua língua brilha e ele come besouros e nozes."

"Não tem problema", respondeu ela. "Vamos ter uma filha que vai nascer muda." Thursday esfregou a barriga. "Ela vai nos trair ao falar uma única palavra."

Ninguém precisou perguntar a Thursday se tinha voltado a usar. Os furos começaram a reaparecer em suas roupas. No ombro da camisa, na barra do short. Até mesmo as meias tinham buracos, cortados no mesmo tamanho daqueles que ela imaginava existirem nos céus celestiais.

"Acho que vai ficar lindo quando terminarmos." Então deu um passo para trás para admirar o progresso. Mesmo com o berço estando mais preto do que azul, ela sorriu. "É, acho que vai ficar lindo pra caralho."

Eu sabia que se Daffy estivesse ali, estaria reclamando do trabalho, mas depois teria pintado as próprias unhas e soltado uma gargalhada. Tive que deixá-la em casa, descansando. Ela me falara que sentia que suas mãos estavam desaparecendo. Respondi que só devia estar imaginando coisas, mas ainda assim Daffy me pediu para dizer seu nome. Fiquei ali, repetindo o nome em voz alta até ela fechar os olhos e me garantir que já estava sentindo os dedos de novo.

"Por que raios será que a Violet arranjou um berço preto?", indagou Thursday.

"Por que não pergunta pra ela?" Apontei com o pincel para Violet, que tinha ressurgido, apenas para sentar nos degraus do trailer, com os braços em volta da barriga, balançando para a frente e para trás.

"Ei, Violet. Por que o seu berço não era roxo?", questionou Thursday.

Violet ergueu o rosto, seus olhos piscando lentamente. "Vocês têm alguma coisa para me dar?" Sua voz estava arrastada.

Thursday e eu continuamos pintando. Ela agarrou o pincel com tanta força que as juntas dos dedos embranqueceram.

"Vocês têm alguma coisa para me dar?", repetiu Violet, mais alto. "Eu preciso só de um pouquinho para continuar."

"É melhor você estar se referindo a uma aspirina ou qualquer merda do tipo, Violet", ralhou Thursday, com tom irritado.

"Achei que vocês fossem minhas amigas." Violet apertou ainda mais a barriga com os braços. "Eu preciso só de um pouquinho. Eu pago de volta."

"Você acha que o problema é esse?" Thursday se virou para encará-la. "Vai se foder." Ela jogou o pincel no chão. "Você disse que nunca mais iria usar de novo. Você prometeu, porra. Sua vaca. Sua puta viciada do caralho." Em seguida, Thursday engatilhou todos os xingamentos que já tinham usado contra ela e encerrou com um chute no berço. Depois ficou de costas e sentou no chão com força, de braços cruzados sobre o peito.

"Como você voltou a usar?", perguntei a Violet.

"Aquele fodido de merda", ela respondeu, esfregando o rosto com as mãos como se estivesse lavando. "Ele me pediu para tomar conta de algumas das merdas dele. Eu sabia que não devia, mas ele falou que era uma demonstração de confiança. Disse que, se confiasse em mim, poderia me dar a guarda total da Grassy."

"Quem te disse isso?", indaguei.

"Ninguém." Ela se levantou rapidamente, limpando o nariz no braço. "Esquece. Esquece tudo o que eu falei."

"Esquecer tudo?" Thursday gritou. "Vou esquecer você."

Violet andou em direção ao carro de cabeça baixa, mas parou perto do berço. Antes que eu pudesse avisá-la que a tinta ainda estava fresca, ela agarrou uma das barras. Ao soltar, encarou a tinta na palma de sua mão.

"Desculpa", falou. Não sabíamos se o pedido era dirigido a nós ou a ela mesma.

Dali, Violet correu até o carro. Demorou um pouco até o motor pegar no tranco, mas quando finalmente deu partida, ela arrancou com tanta pressa que fez os pneus cantarem.

"Não devia ter ficado tão brava com ela, Thursday", comentei, mergulhando o pincel na lata para continuar pintando o berço.

Thursday fechou a cara, mas descruzou os braços ao se levantar.

"Nós também não conseguimos continuar sóbrias", falei, "se é que você se lembra."

"Ah, é? Então vai se foder também, Arc." Ela pegou o pincel e desenhou no ar cada uma das palavras. "Nós somos umas fracassadas, eu e você. Mas Violet era quem deveria ter conseguido, para que a gente soubesse que um dia iria conseguir também. Porra, que diabos ela acha que vai fazer agora que voltou a usar, sabe? Nunca mais vai conseguir a filha de volta, ela deixou tudo ir para o caralho."

Thursday mergulhou o pincel de novo, mas não limpou as cerdas. O excesso de tinta respingou na grama, sujando um grilo.

"Ai, merda." Thursday largou o pincel e pegou o grilo suavemente com as duas mãos. "Abre a porta para mim, Arc. Eu vou lavar ele."

Na pia da cozinha, ela protegeu o grilo com as mãos, fazendo uma espécie de gaiola com os dedos. Conforme a água fresca saía da torneira, a tinta azul escoava em círculos pelo ralo.

"Você vai ficar bem, grilinho", disse Thursday. "Eu vou cuidar de você."

Subitamente, o inseto tentou escapar. As mãos dela, escorregadias por causa da água, tentaram pegá-lo em meio ao salto, mas não conseguiram. O grilo pousou no fundo da pia, sendo pego no fluxo de água.

"Não, não." Thursday gritou ao tentar pegá-lo novamente, mas já era tarde. A última coisa que vimos foram suas patinhas descendo pelo ralo.

"Porra." Thursday deslizou pelos armários até o chão, com as mãos na cabeça. "Eu sou uma inútil. Não consigo fazer nada direito." Então bateu o pé com força. "Eu tento salvar uma porcaria de um grilo e acabo matando o pobrezinho. O que diabos eu vou fazer com uma criança? Hein?"

"Você vai ser uma ótima mãe", respondi.

"Ah, claro, conta outra. Porra, se nem a Violet conseguiu, que chance eu tenho?"

Ela olhou para o Canto da Borboleta.

"Essa merda toda", gritou, se levantando em um salto. "Que se foda." E começou a arrancar os cartões-postais, os calendários e os adesivos da parede. "*Ajude os elefantes. Salve os grandes felinos. Impeça a extinção dos rinocerontes.* Por que me mandam esses pedidos de ajuda? Eu não vou fazer nada."

Quando chegou ao pôster enorme da borboleta-monarca, arrancou-o da parede pelas asas e jogou os pedaços no chão. Em seguida, deitou-se ao lado deles.

"Eu queria ser o tipo de mulher que abre as correspondências", começou a dizer, "e tem um dinheiro extra para mandar de volta no envelope branco. Queria saber que eu faço parte de algo maior, entende? Que eu estava ajudando a salvar as presas de marfim dos caçadores. Que, no futuro, eu pudesse contar à minha filha que fui capaz de fazer algo além de amar uma droga." Ela fechou os punhos ao redor da boca. "Estou com medo, Arc. Com medo de que o meu destino seja me tornar uma criatura qualquer, sem asas."

"Esse não é o seu destino, Thursday."

Eu me sentei ao lado dela, que repousou a cabeça no meu colo.

"*O homem das flores veio admitir*", Thursday cantou bem devagar. "*Que depois de hoje vai sumir. Como rosas, suas mãos murcharam. Como lírios, seus braços amarelaram. Seu sumiço lento teve início, o rosto dela não mais no solstício.*"

"De onde é essa música?", indaguei.

"Da minha vida", respondeu ela, com as mãos em cima da barriga. "Não é a minha primeira, sabia?"

"Sua primeira o quê?"

"Gravidez." Ela ficou em silêncio por um tempo, então falou: "Aconteceu já tem uns anos. Mas eu perdi. Argh, parece até que eu perdi uma nota fiscal, ou uma meia na secadora".

Thursday enxugou o rosto na manga da blusa e assoou o nariz. Dava para ver o seu polegar aparecendo pelo furo no tecido.

"Disseram que enterraram a minha bebê no chão", continuou, "mas eu a enterrei no céu. Quando a noite chegou, me deitei de barriga para cima, segurei a pá bem alto e cavei o céu, jogando a noite por cima dos meus ombros até abrir um buraco de sete palmos por entre as galáxias. Depois que a coloquei lá, cobri com estrelas e ergui uma lápide do tamanho da Via Láctea." Ela abriu os braços. "Você sabia que nossos telescópios são potentes o bastante para ver o arrependimento lá do espaço, Arc?"

Então olhou para o pôster da borboleta-monarca no chão, com a asa esquerda rasgada.

"Está toda destruída", apontou.

"Só do lado selvagem", respondi. "Mas podemos mudar para o lado bonito."

Peguei a fita adesiva que ficava na estante e usei para colar o pôster de volta na parede.

"No lado bonito", expliquei, "as borboletas estão bem." Deixei a fita adesiva de lado e me ajoelhei perto dela. "E isso aqui não são furos nas suas roupas." Peguei a manga da blusa e apontei para o teto, enquadrando a luz. "São telescópios para outros mundos."

Enquanto ela observava a luz pelo buraco da roupa, peguei um dos envelopes que tinham sido arrancados da parede. Nele havia um formulário de doação para salvar os orangotangos. Então peguei o último dólar que tinha no bolso e o coloquei no envelope, escrevendo o nome de Thursday no espaço do remetente.

Quando comecei a lacrá-lo, ela comentou: "Eu não tenho nenhum selo, Arc".

"Não precisamos de selos no lado bonito." E mostrei a ela um aviso no envelope de postagem pré-paga.

No chão, Thursday se recostou na parede e eu fiz o mesmo a seu lado.

"Você vai ser uma boa mãe", falei, colocando o envelope em suas mãos.

Ela o encarou por alguns minutos até enfim dizer: "Em 1987, muitos astrônomos viram uns arcos gigantes. Eram três. Há mais ou menos quinhentos mil anos-luz de distância".

"Arcos no universo?", perguntei.

"É um negócio que chamaram de arcos de luz na vastidão do espaço", retomou Thursday. "Dizem que os arcos eram tão brilhantes que pareciam movidos a cem trilhões de sóis. Só percebi agora que eles estavam com os telescópios voltados para você." Ela riu e eu também, um pouco antes do som agudo do telefone tocar. Sem largar o envelope, Thursday esticou o braço, ainda sentada no chão, e agarrou o telefone pelo fio comprido. Ninguém respondeu quando ela disse alô.

"Quem é?", sussurrei. Ela colocou o fone na minha orelha. Do outro lado, pude escutar uma respiração e um som de movimento. Durou apenas alguns segundo antes de a pessoa desligar.

"Estou recebendo muitas ligações como essa", contou Thursday. "Ninguém nunca fala nada. Você escutou a respiração? Não sei quem é. Fiquei com um *john* esquisito, outro dia. Tipo, bem esquisito. Talvez seja ele, não sei. Talvez não seja ninguém. Porra, pode até ser engano. Só respiração e estática."

"Isso não era estática, Thursday."

"Então era o quê?", indagou ela.

"Era o barulho do rio."

33

"Elas fogem de um homem. Era de grande ordem."
— Poeta Daffodil

Ele queria ir ao Blue Hour. Achei que seria um *john* fácil. Mas então percebi que usava um crucifixo no pescoço e logo desconfiei que iria querer me bater ou fazer coisa pior. Foi a segunda opção. Depois que acabou, saí em direção à luz do dia com a sensação de que passei muito tempo naquele cômodo escuro.

Daffy estava na calçada, passando mais desodorante.

"Estamos fedendo, Arc", disse. "Estamos fedendo igual à mamãe, à tia Clover, à nossa casa e ao Blue Hour. Essa inhaca está de matar. É o cheiro de todas as promessas que não cumprimos."

Ela esfregou o pulso como se estivesse doendo. A maquiagem pesada estava toda borrada, com o delineador e o rímel escorrendo pelas bochechas. O batom na parte superior do seu lábio tinha deixado marcas esmaecidas nas laterais da boca. Seu cabelo estava escorrido e ensebado, como se tivesse acabado de tomar chuva. Só que não tinha chovido. E logo ali, embaixo dos olhos, os círculos escuros faziam parecer que ela dera de cara com as trevas da noite.

"Arc", continuou com um suspiro. "Me conta alguma coisa boa."

"Não tenho nada de bom para contar." Passei as mãos em meu pescoço dolorido.

"Conte sobre as irmãs Trưng", ela pediu.

"Daffy", respondi, suspirando. "Estou cansada."

"Por favor, Arc." As sombras faziam os traços de sua maquiagem parecerem rachaduras.

"No antigo Vietnã", comecei, sentindo as palavras tão distantes, "havia duas irmãs que se revoltaram contra o poder que tentava transformar a cultura vietnamita em chinesa. Testemunhas de um regime cruel, essas duas irmãs formaram um exército de mulheres. E esse exército conseguiu expulsar as forças chinesas. As irmãs Trưng foram proclamadas rainhas."

"Rainhas", repetiu Daffy.

"Por três anos, elas governaram de maneira independente. Até hoje, as irmãs são consideradas heroínas no Vietnã. Existem ruas com o nome delas. Escolas. Até mesmo um feriado nacional em homenagem às duas." Suspirei sem energia para fazer mais nada. "Por que você gosta tanto dessa história, Daffy?"

"Se elas conseguiram lutar contra um exército inteiro, talvez a gente possa enfrentar uma cidade inteira."

Daffy colocou o desodorante no meu bolso enquanto nos afastávamos do carrinho de limpeza do Welt, que estava de cabeça baixa, com os cabelos compridos entrando em seus olhos. Às vezes eu jurava que tinha olhos azuis. Outras, verde. Naquele dia estavam castanhos, do mesmo tom de sua camiseta.

Ele parou o carrinho bem na nossa frente. O colete de tricô cor de malva drapejou quando ele se abaixou para pegar um pano limpo na prateleira de baixo. Ao observarmos sua luva de couro vermelha, vi a ponta dourada de algo que parecia ser um amuleto, balançando.

Welt resmungou enquanto levou o pano até meu rosto para limpar o sangue dos meus lábios inchados.

"Obrigada." Fiz questão de falar bem devagar para que ele pudesse ler meus lábios.

Welt deixou o pano comigo e saiu empurrando o carrinho.

Daffy olhou para mim. "Quantos rios esse cara deve ter pegado até chegar em Chillicothe, Ohio, Arc?"

"Ele não é tão ruim", respondi.

"Só porque ele te deu um pano para limpar o sangue? O diabo também vive em homens assim, Arc. Acho até que ele escondeu câmeras nos quartos para nos assistir com os *johns*."

"Deixa de ser esquisita, Daffy."

"É sério", insistiu ela enquanto olhava para Welt, parado do lado de fora de um dos quartos abertos. Depois de pegar um frasco de água sanitária e uma escova, deixou o carrinho para trás. "Ouvi as mulheres comentarem que uma vez ele ficou tão maluco que foi preciso interná-lo. Os olhos dele parecem agarrar algo por um triz, Arc. Acho que é a própria sanidade."

"Você só diz isso por causa da luva."

"Mas você nunca quis saber o que ele esconde naquela coisa?"

"Talvez não seja nada para esconder", falei. "Talvez seja algo que ele queira proteger."

Mas antes que Daffy pudesse responder, ouvimos o som de uma buzina. Um carrinho amarelo encostou ao nosso lado e, quando me abaixei para espiar pelo vidro aberto, Indigo sorria para mim por cima das caixas de roupas no banco da frente. Estava com o chapéu de sempre, a longa pena cinza destacada acima do leque de raízes presos na aba.

"Bem que imaginei que fosse encontrar vocês aqui", comentou ao sair do carro. Reparei que o banco de trás também estava cheio de caixas.

Daffy se afastou e ficou encostada na parede do Blue Hour, nos observando.

"Tá indo trabalhar naquela torre no meio da natureza?", perguntei ao abraçá-la.

"Ainda não." Ela sorriu. "Vou para a casa do meu irmão, lá em Iowa. Ele me arranjou um trabalho de revisão de livros didáticos. Depois disso, vou partir para o meio do mato. Por que você não me ligou, Arc? Deixei um milhão de mensagens na sua caixa postal."

"Eu não queria descobrir que você estava indo embora", confessei. "Queria que você ficasse."

"Se eu ficar", ela respondeu, "Chillicothe, mais eu, multiplicada pelo Blue Hour, menos bom senso, dividido pelo diabo, vezes um milhão de agulhas, é igual a só mais uma dependente. Por que não vem comigo, Arc? É difícil recomeçar em um lugar onde você já terminou em último. Sabe como é?"

Olhei para Daffy. Estava com a cabeça apoiada na parede, cansada, de olhos fechados.

"Eu estou ancorada a este lugar", expliquei.

"Imaginei que você fosse falar algo do tipo."

Indigo remexeu nas coisas do carro e tirou de lá um livro enorme de capa dura.

"Chega mais." Ela se acomodou no meio-fio. "Senta aqui do meu lado."

Assim que me sentei, li o título do livro em voz alta.

"*As Principais Descobertas Arqueológicas do Nosso Tempo.*"

Indigo repousou o livro em cima dos joelhos e passou as mãos pela fotografia da grande pirâmide de Gizé estampada na capa.

"É um presente para você." Com um sorriso, abriu o livro. Lá dentro havia mais fotografias coloridas de outras descobertas em lugares como a América do Sul, a Mesopotâmia e o Egito. Quando ela virou a página depois da imagem de Petra, havia um punhado de terra espalhado na folha.

"Por que tem terra aqui?", indaguei.

"Porque você tem que cavar para descobrir." O sorriso de Indigo ficou ainda maior. "Vai. Desenterre a página, Arc."

Ela me cutucou até que eu usasse o dedo como uma pequena pá, revelando o que havia sob a terra que cobria o papel.

"Leia em voz alta", instruiu.

Quando hesitei, ela me cutucou ainda mais forte.

"Eu sou incrível", li o bilhete com a voz trêmula.

"Você é mesmo", confirmou Indigo.

Quando virou a página outra vez, havia mais terra.

"Cava, Arc. Cava."

Espanei a terra de cima da página e descobri mais um bilhete que dizia: "Eu sou espetacular".

"Você é isso também", concordou ela.

Na página seguinte, a terra deu lugar a uma foto do sarcófago do rei Tut.

"Olha só o que você achou", anunciou Indigo. "A descoberta do século."

"Não fui eu que achei."

"Mas poderia, Arc. Você poderia achar isso tudo e muito mais. Os homens se acham os maiores arqueólogos do mundo, mas só as mulheres sabem como cavar, porque sempre vamos mais fundo. O problema disso é que corremos o risco de as paredes desabarem e enterrarem o nosso futuro. Você é mais do que essa vida, Arc. Venha comigo e vamos recomeçar."

"Eu já disse." Fechei o livro. "Estou ancorada a este lugar."

"Sabe o que você precisa fazer quando está ancorada?" Ela fez uma tesoura com os dedos e cortou o ar. "Nós poderíamos trabalhar juntas no meio do mato. Duas mulheres, mais as montanhas, menos o concreto."

"Divididas pelas folhas das árvores", continuei. "Multiplicadas pelas estrelas no céu."

"Igual a uma vida só nossa."

Olhei por cima dos ombros em direção à Daffy. Já não estava mais recostada na parede de tijolos, com os olhos fechados. Apenas observava atentamente a forma como Indigo apoiava a mão sobre a minha.

"Não posso." Retirei a mão e me virei.

"E quanto a todos os seus sonhos?", perguntou Indigo.

"Já dei adeus ao meu futuro há muito tempo", respondi.

"Em outra época", continuou, segurando meu rosto com a mão, "teríamos sido caçadoras, Arc Doggs."

Ao nos levantarmos, ela me entregou o livro.

"Quero te dar mais uma coisa." E arrancou uma lasca das raízes que enfeitavam a aba do seu chapéu. "Aqui." Ela o colocou entre os meus lábios. "Para te manter com os pés no chão, para que você se lembre de que é uma deusa poderosa e que ninguém pode tirar isso de você."

Levei a pequena raiz pela língua até o fundo da garganta, enquanto admirava o livro, alisando a capa.

"Se mudar de ideia", disse Indigo, "vou fazer uma parada na Filhas do Evergreen antes de ir. John Theresa avisou que queria me contar uma coisa antes de eu partir."

Em seguida olhou para Welt, atrás de mim. O carrinho agora estava repleto de sacos de lixo, cheios como balões. Ele havia parado para nos observar.

"Quer uma ajuda?", ofereceu Indigo, com as mãos na cintura.

"Ele é surdo", expliquei.

"Ah. Minha prima era deficiente auditiva." Ela começou a usar língua de sinais para se comunicar com Welt.

As mãos dele agarraram as alças do carrinho com tanta força que as juntas dos dedos ficaram brancas.

"Ele conhece língua de sinais, né?", quis saber ela.

"Acho que sim. Bom, eu já o vi usar."

Indigo tentou de novo, movimentando as mãos mais devagar desta vez.

"O que você disse para ele?", perguntei.

"Só dei um alô", respondeu, "e perguntei se ele é surdo de nascença."

Por fim, Welt levantou as mãos e fez uma série de movimentos rápidos. Depois saiu apressado com o carrinho.

"Que esquisito." Indigo o observou até ele parar no meio da calçada.

"O que é esquisito?", questionei. "O que ele falou?"

"Não falou nada. Isso que foi esquisito."

"Como assim? Eu vi as mãos dele se mexendo."

"É, ele mexeu as mãos", Indigo continuou. "Mas foi só isso. Não usou língua de sinais."

Lentamente, Welt se virou para encará-la. O rosto dele me lembrou um sonho que tive uma vez, com um objeto enorme que havia sido despejado no rio. Ele me lembrou de como a água batia na margem do rio depois que a última ondulação quebrou.

34

"Perdi minh'alma, no vazio do trauma."
— Poeta Daffodil

Eu escutava os latidos famintos de uma cadela vira-lata, isolada em seu cantinho de terra, quando notei a pena cinza passar voando com a brisa e se debater contra a parede do Blue Hour. A princípio, tentei me convencer que teria caído de um pássaro em pleno voo, mas ao pegá-la nas mãos, senti o perfume de uma mulher que eu conhecia.

"Deve ter caído do chapéu da Indigo quando ela esteve aqui", teorizou Daffy quando lhe mostrei. Ela estava no quarto, observando os gravetos recém-colados na parede pela tia Clover. Já eram tantos que cobriam tudo, do chão ao teto. O banquinho usado para se equilibrar já fazia parte da decoração do quarto, sempre guardado no canto.

"Vai usar isso para pescar?", perguntou Daffy, enquanto tirava a pena de mim e se sentava na cama. "Vai ou não?"

"Vou", respondi, lembrando de como vovó Milkweed nos contara que se fôssemos pescar com uma pena, pegaríamos um anjo.

"Um anjo do rio", tinha explicado ela. "Porque se vocês tiverem um anjo do rio, jamais ficarão sozinhas na floresta."

"Será que a Indigo não vai ficar brava?", indagou Daffy. "Digo, se você molhar a pena?"

"Não se eu pegar uma coisa incrível para mostrar a ela." Baixei a cabeça. "Se é que vou vê-la de novo."

"Vai, sim", respondeu Daffy. "Só precisa se livrar de mim primeiro, daí pode sumir de Chillicothe e ser livre." Ela não parecia muito bem, mas riu de leve. "Você achou uma pena. Quer ver o que eu achei?"

Então se levantou e foi até o armário. Ficou na ponta dos pés para alcançar a prateleira de cima e puxou algo do alto.

"Um dos meus velhos catálogos de bulbos", comentou, tirando a poeira da capa. "Achei que tinha jogado todos fora depois que a vovó Milkweed morreu."

Em seguida levou o catálogo até a cama, sentou-se com as pernas cruzadas e o abriu.

"Você sabia que ainda tínhamos isso aqui?", perguntou assim que me sentei atrás dela e alisei seu cabelo solto com os dedos.

"Fui eu que guardei, na época", confessei. "Sabia que você iria querer guardar pelo menos um dos catálogos. De vez em quando, eu lia os seus poemas."

"Eu era uma poeta, então?" Ela riu e leu em voz alta alguns dos versos. "'O voo é bonito, mas tem alcance finito. Da flor vem o poder de crescer e florescer.'"

Trancei seus cabelos enquanto Daffy apontava para os desenhos que tinha feito dos bulbos de faz de conta.

"Uma Irislipa", ela leu a descrição que havia escrito. "'Uma flor que tem as cores e o riso de uma tulipa, mas com a paciência de uma íris para a grama alta.' Ah, olha só essa, Arc." Em seguida mostrou o desenho de uma flor feito com caneta marca-texto. Tinha um miolo amarelo-vivo, com pétalas longas e finas em tons de azul. "'O sino de primavera é gentil. Ama quando o tocam, mas odeia quando sentem sua falta. Usar o rio é a melhor forma de regá-lo.'"

"Essa era a flor preferida da vovó Milkweed", comentei, enquanto terminava sua trança. "Seu cabelo está ficando mais ralo, Daffy."

"Eu sei."

"É porque você não está comendo nada. Não está ingerindo nutrientes."

"Também não consigo mais achar nenhuma veia no braço", contou. "Acha que uma maçã por dia vai me ajudar, Arc? Não tenho mais dentes para comer uma fruta dessas."

Ela abriu a boca, e eu olhei para o interior apodrecido.

"É por isso que tenho tanto medo do meu reflexo", revelou. Depois coçou o rosto, abrindo as feridas espalhadas ali. "Arc, me diz uma coisa. Eu ainda tenho dez dedos nas mãos?"

Contei cada um deles enquanto ela repetia os números.

"Um dia, vou lhe pedir um favor", continuou. "Quero que me segure enquanto eu desapareço. Sabe que barulho eu ando escutando? O som dos feijões secos da vovó Milkweed debulhados na tigela de metal. Aquele clique-claque. Depois percebo que não tem nada a ver, que é só o som da chuva batendo nas pedras do rio."

"Você precisa sair um pouco de casa", sugeri. "Vamos até o rio. Podemos pescar com a pena juntas."

"Os morros são tão íngremes quanto um bilhão de suspiros", Daffy respondeu. "Não consigo subir algo tão alto." E com o catálogo ainda apertado contra o peito, ela se deitou. "Ah, Arc. Como eu tenho inveja da mulher que não está cansada. Se é que ela existe."

Antes de sair, eu a cobri com o cobertor.

"Clique-claque, clique-claque", ela sussurrou, fechando os olhos.

Peguei a pena e fui em direção ao corredor. Segui o barbante velho e encardido até a lata na mão da tia Clover, no sofá. A TV estava ligada. Desta vez eram os leões selvagens e os gnus do Serenguéti que corriam pela tela.

"Não entre no quarto da Daffy com seus gravetos agora", avisei minha tia. "Senão vai incomodá-la. Ela quer descansar."

Tia Clover olhou para mim de soslaio, mas logo se voltou para a chama que segurava embaixo de uma colher.

"Aonde você vai?", perguntou.

"Ao rio."

Ela me olhou de novo. "Pare de ir lá", disse em um tom tão profundo quanto o vinco em sua testa. "O rio não é lugar para mulheres com o sangue assombrado como o seu. Só de abrir a boca, você corre o risco de soltar os fantasmas por aí. E eu sei o quanto você gosta de ver coisas flutuando."

Bati a porta da frente ao sair em direção à varanda. Assim que guardei a pena no bolso de trás, eu o avistei recostado em seu carro. Estava de frente para a casa, com os braços cruzados e os olhos escondidos por um óculos escuro. Havia quanto tempo que estava ali? Quando desci os degraus da varanda, ele veio em minha direção, cruzando a rua e parando bem na beira do quintal.

Assim que tirou o óculos, me virei para não encarar aqueles olhos, que sempre pareciam transbordar petróleo.

"Acho que você vai se lembrar de hoje", afirmou ele, agarrando meu braço e me puxando pela rua até o carro. Fui empurrada com força para dentro do veículo e acabei batendo com a cabeça no topo da porta. Ele se abaixou para pegar o bloco de concreto em cima do tapete. Não reparei que havia uma linha de pesca amarrada, nem um anzol, até ele o espetar no meu polegar.

"Que merda é essa?", gritei, mas ele não tinha medo de que fossem me escutar. Não naquela rua.

"Peguei um baita peixão, hein?" E então riu, enquanto puxava a linha.

Em seguida bateu a porta com força e deu a volta até o lado do motorista. Tentei arrancar o anzol, mas a ponta estava muito funda.

"Eu te odeio, te odeio, te odeio. Por que não me deixa em paz?" Usei a mão livre para socar o braço dele assim que se sentou ao volante. "Você acabou com a porra da minha vida."

Ele me agarrou pelo cabelo. "Se você não se comportar, vou colocar esse anzol num lugar bem pior. Ouviu, sua puta?"

Eu me afastei com força enquanto ele dava a partida.

"Não deixa cair sangue no banco", falou. "Eu tenho a impressão de que nesse seu sangue aí tem tudo o que há de ruim nesse condado."

"Para onde caralhos você está me levando?", perguntei ao passarmos pela fábrica de papel, enquanto tentava arrancar o anzol com cuidado.

Ele se virou e olhou para o banco de trás, depois sorriu para mim. Havia uma bolsa de viagem branca ali, e dava para notar que abrigava algo grande.

"Meu cachorro", disse o aranha. "Morreu hoje. Estava comigo desde quando você era só uma garotinha. Ele adorava uivar. Eu queria enterrá-lo no meu quintal, mas como você está sempre por aí fuçando e cavando, imaginei que conhecesse um bom lugar para colocarmos o bicho. Que tal se o enterrássemos lá onde você encontrou a primeira mulher? Acho que esqueci o nome dela."

"Harlow", respondi, enquanto observava o sangue escorrer pelo meu pulso. "O nome dela era Harlow, seu filho da puta."

"Às vezes eu acho que elas nem nome têm."

"Harlow. Ela tinha os olhos da mesma cor que os da mãe." Eu me virei para encará-lo, minha respiração acelerada como meu coração. "Harlow.

Ela amava pássaros. E queria voar com eles para algum lugar mais quente. Harlow. Ela foi encontrada nua, usando apenas uma meia molhada. Harlow. O corpo dela estava cheio de contusões, além de cortes e rasgos que *você* disse que foram causados pelo rio. Havia folhas enfiadas no fundo da garganta dela. Os brincos foram arrancados da porra das orelhas. Harlow. Harlow. Harlow! Quem sabe você não se lembra a partir de agora?"

"Não", rebateu ele. "Duvido muito. O dia não está bom o suficiente para eu me lembrar de nada assim."

Olhei mais uma vez para o banco de trás e reparei que havia uma pá, logo atrás da bolsa de viagem. Enquanto ele tamborilava os dedos no volante, rangi os dentes de dor por causa do meu polegar e observei o vaivém do pé de coelho em seu chaveiro.

Ao perceber para onde eu estava olhando, ele disse: "Quando se corta o pé de uma mulher, ele vira um pé de coelho. Todas as mulheres começam a vida como coelhas. Umas bichinhas assustadas que correm feito burras para dentro da gaiola. Taí um minuto da sabedoria de Chillicothe, Ohio, para você. É o tipo de sabedoria que gruda na sola do sapato, que nem lama".

Ele fez uma curva fechada para sair da estrada e estacionou em meio às árvores, tão embrenhado que as pontas dos galhos se arrastavam pelo teto do carro.

"Daqui, a gente vai a pé", falou.

Em seguida tirou um alicate do bolso e cortou o anzol ao meio para que eu pudesse tirá-lo do polegar, mas antes deu umas puxadas na linha até me fazer gritar de dor.

"Seu puto de merda." Segurei o polegar contra o peito, deixando que o sangue empapasse minha blusa. Enquanto isso, me perguntei se ele conseguiria correr muito rápido. Ou então se eu conseguiria.

"Não tão rápido quanto eu", ele leu meus pensamentos ao pegar as coisas no banco de trás. Fui forçada a caminhar na frente com a pá enquanto ele arrastava a bolsa pelo chão.

"Você acha que eu sou um monstro, não é?", perguntou.

"Eu sei o que você é", respondi.

"E o que eu sou?"

"Uma aranha", falei. "Você se esgueira pelas paredes e se esconde no canto até capturar alguma coisa. Os espelhos estilhaçam por onde você passa."

"Ah, é mesmo?"

O silêncio que veio a seguir foi preenchido pelo som de nossos passos ao esmagar os gravetos e pedras no chão.

"Quando eu era garoto", começou a contar, "uma farpa entrou no meu dedo. Era de uma tábua podre que meu pai usava para prender a corrente do cachorro na lateral do celeiro. Assim ele não ficava zanzando por aí. Passei a noite toda tentando arrancar aquela farpa enquanto o cachorro uivava."

Então imitou o uivo.

"No dia seguinte, continuei tentando tirar aquela maldita farpa", continuou. "Mas a minha pele já a tinha engolido toda. A minha vida inteira, essa farpa tem tentado voltar à superfície. É só isso. Uma coisa podre que quer sair de novo. Não há nada mais natural."

Ele largou a bolsa no chão e limpou o suor da testa.

"É aqui", anunciou conforme avançava pelos arbustos, os sapatos afundados na areia à beira do rio. "É aqui que vamos enterrá-lo." Ele ergueu o olhar em minha direção. "Começa a cavar, sua cadela."

Enfiei a pá no solo. Estava cheio de raízes de árvore, difícil de abrir um buraco.

"A polícia recebeu uma carta anônima", voltou a falar, tirando o paletó e pendurando-o em um dos galhos mais baixos. "Sobre mim. Os detalhes da carta eram, no mínimo, bem minuciosos."

Não tirei os olhos do buraco, mas agarrei o cabo da pá com ainda mais força.

"A carta dizia que a polícia deveria abrir uma investigação contra mim e o meu comportamento no passado. Dizia que eu havia cometido crimes depravados." Ele se aproximou. "Você sabe quem poderia ter escrito essa carta?"

"Não", respondi. "Não sei."

Ele abriu a bolsa e despejou o cachorro morto. Era caramelo, com pelo longo e orelhas caídas.

"Você não disse que o cachorro tinha morrido de velhice?", perguntei ao notar o sangue no focinho.

"Bom, ele já estava velho quando morreu. É a mais pura verdade." Em seguida chutou o animal para dentro da cova. "Enterra."

Comecei a usar a pá, mas ele a arrancou de minhas mãos.

"Enterra que nem a puta que você é", falou. "De joelhos."

Eu me ajoelhei na beira do buraco e usei as mãos para empurrar a terra em cima do bicho.

"Ah, o suave ciclo de um funeral." Ele perambulava atrás de mim. "Sabe o que é isso, Arc? Você pega a terra, faz um círculo com ela e depois deixa que caia de volta ao túmulo." Então pegou um pouco de terra com a pá e a girou, quase acertando minha cabeça. Mas não jogou a terra de volta ao túmulo, e sim em cima de mim.

"Eu gostava desse cachorro", continuou. "Mas você precisa saber de uma coisa, Arc Doggs." A pá bateu no chão quando ele a largou. "Esse bicho dos infernos só sabia uivar e uivar. Fazia muito barulho."

Quando uma sombra pairou sobre mim, parei de empurrar a terra e ergui os olhos na direção do cano de uma pistola. Estava apontada para mim.

"Um homem se eleva a cada instante", disse ele. "Uma criança vive na palma de sua mão e uma mulher leva os dedos dele aos lábios, implorando para viver. Eu quero que você implore para viver, Arc Doggs."

Assim que o dedo dele repousou no gatilho, eu fechei os olhos. Meu corpo inteiro congelou quando escutei o disparo. Fiquei imaginando por que um tiro no rosto não tinha doído.

"Abre os olhos, sua vadia burra", falou.

Obedeci e percebi que o mundo não estava vermelho com meu sangue. Também não estava desaparecendo a meu redor. O sol ainda brilhava forte no céu, como antes do disparo. Olhei para baixo, esperando ver minhas entranhas espalhadas pelo chão. Só que eu não fui o alvo do tiro. Foi o cachorro largado na cova, a pele rasgada pelo buraco da bala. Mas não havia sangue saindo da ferida. Apenas uma espuma branca, leve.

Então ele uivou bem alto.

"O cachorro era de mentira?", perguntei, pouco antes de o aranha me agarrar.

Ele me jogou no chão e prendeu meus braços com os joelhos. Depois pegou um punhado de terra com uma mão enquanto a outra escancarava minha boca à força.

"Fala o que eu fiz com você", ordenou. "Fala."

"Você entrou no meu quarto de noite", gritei.

Ele suspirou e curvou os lábios em um sorriso ao mesmo tempo em que fechava os olhos.

"Fala de novo."

"Você deitou na minha cama, seu filho da puta. E você..."

Com a boca aberta à força, ele jogou terra em minhas palavras.

"Enterra, sua puta de merda."

Cuspi a terra e berrei: "Não vou".

Ele pegou mais um punhado. Desta vez, depois de jogar a terra em minha boca, tapou meu nariz com a mão.

Cuspi o que pude por entre seus dedos. Enquanto lutava para respirar, pude sentir as pedrinhas batendo no fundo da minha garganta. Puxei o ar e acabei engolindo algumas.

"Você vai enterrar, vagabunda." Ele vociferou, mais alto e com mais força.

Tentei sacudir o rosto para me livrar de seu aperto, mas as mãos me agarravam com tanta firmeza que achei que minha cabeça iria explodir entre ele e a terra.

"Você me estuprou..."

"Enterra", gritou ele.

Engoli mais terra, minha garganta tão cheia que comecei a engasgar. Só então ele me soltou. Aflita, tentando respirar, rastejei até a beira do rio para lavar a boca com água.

Enquanto eu tossia, ele se ajoelhou atrás de mim e sussurrou: "Você já enterrou, Arc Doggs?".

Sua mão estava na altura do meu rosto, com um grande monte de terra caindo por entre os dedos.

"Já", respondi.

"Fala mais alto", cantarolou. "Você já enterrou?"

"Já." Minha voz ecoou pelas águas. "Já enterrei, porra."

Desabei de bruços enquanto ele me observava. Pude sentir sua mão remexendo no meu bolso de trás.

"O que é isso?", perguntou, levantando a pena.

"É para eu pescar um anjo." Apoiei o rosto no chão.

"Os anjos estão ausentes, Arc Doggs." Ele lançou a pena na água. "Que azar, ela não quica como uma pedra. Só fica boiando. Que nem uma mulher de bruços na água."

35

"Se eu me for cedo demais, na lua me encontrarás."
— Poeta Daffodil

"Nunca reze de joelhos, menina", era o que a vovó Milkweed dizia. "Senão você não consegue se levantar e ir aonde deve."

Quando Daffy começou a rezar, antes passou na loja de artesanato com uma tesoura na bolsa para cortar um pedaço de linha vermelha. De volta ao quarto, ela a segurou entre as mãos, deixando as pontas dependuradas sobre os pulsos. Do mesmo jeito que vovó Milkweed nos ensinou.

"Por que precisamos rezar desse jeito, vovó Milkweed?", perguntamos.

"Porque, na maior parte do tempo, Deus é um pássaro", respondeu vovó. "E do que os pássaros mais gostam?" Ela sacudiu um pedaço de linha no ar. "De minhocas. Se vocês segurarem uma linha entre a palma das mãos quando Deus passar voando, ela verá vocês. Então vai descer, vai se empoleirar nas pontas dos seus dedos e levar a minhoca embora enquanto vocês estiverem falando."

Quando perguntei a Daffy por que ela estava rezando, sua resposta foi: "Para você encontrar o que está procurando na terra, Arc. Para Thursday dar à luz gêmeas. Para que os cavalos que correm debaixo do chão na fábrica de papel se libertem. Para a Violet nos trazer rosquinhas de novo, e para que ela volte a ter cheiro de baunilha. Mas, acima de tudo, estou rezando para que os meus lábios parem de ficar tão secos".

Ela passou a língua pelas rachaduras cheias de sangue.

Peguei o batom na bolsa e comecei a passar nela.

"Põe só no lábio de cima, Arc", pediu Daffy. "Nós somos metade da mesma coisa, lembra? Eu não posso ficar com a sua metade. E você não pode ficar com a minha, ou vamos deixar de existir." Em seguida olhou pela janela, por cima do meu ombro. "É a vira-lata."

Ela afastou a calça do papai que servia de cortina e avistamos Petticoat passando pelo quintal ao lado. A gata sibilou para um bloco solitário de concreto e até bateu com a pata para garantir que não era nada além de um objeto inanimado.

"Ela nunca vai nos perdoar", disse Daffy. "A vida dela é uma merda por nossa causa."

A essa altura, Petticoat já tinha dado à luz uma ninhada. Pude perceber porque sua barriga, antes tão enxuta, já estava sem pelos e caída como um saco. Mas não sabíamos onde estavam os filhotes, nem o que o destino tinha feito deles. Só tínhamos a certeza de que ela havia amamentado e cuidado deles da melhor maneira possível diante do mundo que lhe foi dado. Em meio a tudo, ela havia se tornado um animal selvagem que se aninhava em uma cerca de arame caída no quintal dos fundos. Fomos nós que fizemos isso com ela.

Daffy se afastou da janela e caminhou lentamente até desabar na cama. "Estou cansada desse mundo, Arc. Fico pensando no papai."

"É por isso que você está tão cansada", falei. "Pensar em um homem morto é exaustivo."

"Eu fico pensando no que ele nos deixou quando morreu", ela continuou. "Uma garrafa de refrigerante quente na mesa da cozinha. Uma barra de chocolate pela metade. Ainda não consigo decidir se ele não nos deixou nada mesmo, ou se foi um tesouro inteiro."

Daffy se encolheu toda no colchão. O rosto dela tinha ficado mais magro, o que afundou suas bochechas e esbugalhou seus olhos vermelhos. Ela também passou a cutucar ainda mais a própria pele. As feridas mais novas contrastavam com as cicatrizes antigas. Não contei, mas ela também começou a feder, apesar de todo o desodorante que usava. Tinha o mesmo cheiro da terra que ficava presa em minhas unhas depois de cavar.

"Deite comigo um pouco, Arc." Seu braço esticado me lembrou demais o da mamãe.

"Não posso. Tenho que ver como a Violet está", respondi, me afastando.

Ela levantou a cabeça do travesseiro. "Arc, por que você se afastou de mim?"

"Não me afastei." Baixei a cabeça.

"É melhor você começar a rezar também, Arc. E pedir perdão por suas mentiras." Quando se virou, os gravetos na parede lançaram sombras em seu rosto.

Já no corredor, passei pela tia Clover, que seguia em direção ao quarto da mamãe com uma fatia de pão com pasta de amendoim nas mãos.

"Toma, Addie", disse ao abrir a porta do quarto. "É uma bela tigela de sopa de batatas com pãezinhos, vagem cozida..."

Saí de casa enquanto ela enumerava todo o tipo de comida que o pão não era.

Petticoat, por sua vez, já estava no quintal da frente.

"E aí, garota?" Estendi a mão. Ela me arranhou e sibilou.

Depois ficou me observando até eu entrar na caminhonete, mas assim que dei a partida, ela fugiu para os fundos da casa. Eu sabia que tinha ido se esconder embaixo da cerca de arame, para ficar tensa olhando para todos os lados até ficar exausta e cair no sono.

Saí com o carro. As folhas ainda mantinham sua coloração de verde-claro primaveril, mas já com alguns pontos mais escuros à medida que o verão se aproximava. A estação dos lagartos e das serpentes, em que as planícies aluviais ficavam com o solo seco e as colinas eram tomadas pela neblina. Em breve os solidagos floresceriam às margens das estradinhas do interior, e o rio seguiria seu fluxo preguiçoso por sob os galhos firmes das árvores. Tão firmes quanto o povo que chamava Chillicothe de lar.

Dentro do carro, às vezes eu pensava em como seria dirigir sem rumo, indo além dos lugares conhecidos, em direção ao desconhecido. Chegar a um lugar em que eu não visse chaminés desenhadas no horizonte, nem a fumaça que subia delas. Se eu agarrasse o volante com força, talvez pudesse afundar o pé no acelerador. Mas aí me lembrava da Daffy e desacelerava antes de seguir pelas velhas estradas de sempre.

O trailer de Violet ficava em dois hectares de terra entre dois morros. Era de metal branco, com uma listra vermelha no meio. O locador era dono de várias propriedades decadentes na região. A dela ficava em uma estrada de terra, daquelas em que as pessoas largam um sofá no quintal da frente, com galinhas sem dono ciscando e cachorros acorrentados impedidos de fugir de suas casas.

Depois de estacionar, fiquei do lado de fora por um instante e respirei fundo. Todas as vezes em que estive ali, senti o aroma de baunilha e canela saindo do trailer. Naquele momento, porém, só pude sentir o cheiro da fumaça que vinha do colchão queimado pelos vizinhos.

Antes, a propriedade era bem-arrumada, até mesmo com um capacho na porta de entrada. Mas desde que Violet voltou a pentear o cabelo para trás, o quintal ficou com a aparência de um terreno abandonado, com um gramado tão alto que poderia esconder todos os vestígios de que uma mãe vivia ali.

O carro preto dele estava estacionado ao lado do dela. Andei devagar até a porta da frente, que estava aberta, mas com a tela fechada. Encostei a orelha para escutar, mas só ouvi o silêncio antes de uma voz dizer: "Arc Doggs, por que tenho a impressão de que vivo esbarrando com você por onde passo?".

Recuei quando o aranha saiu do trailer. Ele olhou para meus tênis sujos de lama.

"Uma garotinha com lama nos pés. Aonde você foi? Caminhar no rio? Trouxe a água com você?" Ele semicerrou os olhos ao me encarar. "Veio aqui para afogar o lugar?"

"O que você veio fazer aqui?" Olhei para a luva de borracha azul que ele estava usando.

A parte de trás de sua camisa estava para fora da calça, e a corrente de ouro contrastava com o colarinho. Em alguns pontos, havia tantos fios emaranhados no metal que mal dava para enxergar a corrente.

"Só vim fazer uma visita." Ele tirou a luva e enfiou no bolso da calça. "E como você está, desde que enterramos o cachorro? Encontrou mais algum cadáver no rio?"

"Violet, tá tudo bem aí dentro?" Fiz menção de entrar, mas ele ficou na frente.

"Você parece uma linda borboletinha." Seu dedo comprido acariciou meu rosto. Eu me lembrei de todas as noites quando eu ainda era criança e ele vinha até minha cama falando a mesma coisa.

"Não encosta em mim." Eu me afastei num salto e berrei o nome de Violet por cima do ombro dele.

"Ela está bem." Então sorriu. "Mas não sei por quanto tempo vai ficar depois de encontrar você. Talvez ela vá parar no rio igual a suas outras duas amigas. Como é que é, Arc? Vai jogá-la no rio também? Você não acha isso meio esquisito?" Ele rolou o chiclete na boca e se aproximou. "Que você tenha encontrado os dois cadáveres? Você consegue me dizer, com sinceridade, que nunca jogou ninguém no rio?"

Ele me fez recuar até chegarmos à grade, com seus braços longos me cercando. Desviei o olhar e reparei em sua sombra no chão, que não parecia mais com a figura de um homem, e sim com a de uma aranha com oito patas.

"Se afasta." Eu o empurrei. Quando voltou a se aproximar, levei a mão até a bolsa.

"O que você tem aí?", ele perguntou.

"Uma arma."

"Você está mentindo."

"Quer pagar para ver?", provoquei. "Pode ser um problema."

Ele passou os dedos pelo cabelo. Depois chegou mais perto e sussurrou: "Sabia que eu te visito todas as noites quando fecho os olhos? Você era tão pequenininha. E eu posso te comer de novo e de novo e de novo. Não tem nada que você possa fazer para me impedir".

Ele gargalhou a caminho do carro. Minha mão tremia tanto que fez a bolsa tremer junto. Esperei até que fosse embora com o carro para largar o batom que eu estava segurando dentro da bolsa.

"Violet?" Enxuguei os olhos e escancarei a porta. O trailer estava repleto de lixo. Parecia até que algum bicho tinha entrado e afiado as garras no papel de parede bege e rosa-claro. Havia pratos sujos espalhados por todas as superfícies e copos de lanchonete vazios enfileirados nas janelas.

"Cadê você, Violet?"

Segui o rastro de cerveja de uma lata caída em um balcão até encontrá-la. Estava largada contra os armários da cozinha. Parecia que já não trocava de roupa havia dias, e que tinha tentado aplicar um pouco de sombra colorida nos olhos, mas desistido no meio do caminho, deixando que escorresse pelo rosto. O cabelo estava ensebado e penteado para trás, cobrindo a tatuagem que tinha na cabeça.

"Ei, Arc", chamou assim que chutei para o lado a seringa e o cinto. "Você trouxe alguma coroa pra gente usar, Arcky, Arc, Arc?"

"Por que aquele detetive veio aqui?", perguntei.

"A gente só tava conversando." Ela se apoiou no armário para se levantar.

"Ele é um predador, Violet. Ele tem o cheiro do inferno por um motivo."

"Assim que a chuva parar, eu paro de falar com ele." Os braços dela pendiam frouxos conforme caminhava até o sofá.

"O que você contou para ele?"

"Nada." Ela me empurrou. "Ele só queria saber de umas coisas. Quem é esse, quem é aquele, o que estão fazendo. Coisas assim."

"Violet, você sabe o que acontece com dedos-duros. Se o Highway Man ou qualquer um deles descobrir..."

"Ele falou que ia me ajudar a recuperar a guarda da Grassy se eu o ajudasse com umas coisinhas." Ela desabou no sofá.

"É pura enrolação", avisei. "Ele não vai te ajudar."

"Mas ele me disse para tomar cuidado com você, Arc. Falou que você matou a Harlow e a Nell Sábia."

"Ele quer que eu pareça uma louca, é isso", reclamei. "Você não acredita nele, acredita?"

"Aposto que você tem uma coisa boa aí na bolsa, né?" Ela revirou os olhos para mim. "Vamos usar um pouco."

Eu me afastei em direção à cozinha, tropeçando na lata de lixo no meio do caminho. Os livros de receita, antes guardados nas prateleiras, estavam espalhados no chão, as páginas rasgadas em pedacinhos.

"Por que está tudo no chão?", perguntei.

"Tem uma criatura silenciosa rondando minha casa à noite", respondeu Violet. "Botei as coisas no chão para saber quando ela está passando."

"Cadê sua batedeira?" O lugar onde ela ficava estava repleto de maços vazios de cigarro.

"Eu vendi", foi a resposta.

Percebi que algumas de suas formas de bolinho também tinham sumido. O forno, que no passado já tinha produzido tortas e bolos deliciosos, estava cheio de garrafas de leite vazias e caixas amassadas.

“Por que você se desfez de todas as suas coisas?”, questionei. “Você vai precisar delas.”

“Eu preciso é de dinheiro.” Ela deu um tapa nos próprios joelhos, me fazendo lembrar da mamãe. “Às vezes, a única coisa que nos resta é ser uma menina bonita e comportada que não grita quando nos colocam em cima dos joelhos e nos quebram ao meio. A gente se prepara a vida inteira, sabe, Arc? Arrumamos o cabelo, botamos uma roupa bonita e para quê? Para viver cem anos desoladores? Não, muito obrigada.”

A porta da geladeira estava aberta, os restos de comida já quentes e estragados. Fechei, tentando me livrar do fedor. Pendurada na porta estava uma foto de Violet e Grassy, presa por um ímã.

“Você tem algo para me dar, Arc?” A voz dela parecia flutuar. “Me dá só um pouquinho? O tal do detetive não trouxe quase nada.”

“Foi ele quem te pediu para guardar as drogas daquela vez?” Voltei para a sala, passando por cima do lixo.

“Não importa”, ela respondeu, indo de um lado a outro no sofá. “Nada disso importa.”

“Olha, Violet.” Eu me ajoelhei diante dela. “Você só está se esquecendo de trancar a porta. Você já passou por isso antes, tá? E sempre conseguiu superar. Tudo bem, Olhos de Borboleta?”

“Não desta vez, Arc. Mas sabe de uma coisa? Hoje em dia tenho menos medo do que quando estava sóbria. Porque todo santo dia eu tinha medo de mandar tudo para o caralho. Eu tinha pavor de recuperar a Grassy, de ficar tudo bem e nós duas sermos felizes, só para eu mandar tudo para o caralho de novo. Só que ela estaria comigo, vendo tudo. Agora, eu já mandei tudo para o caralho. Não tenho mais medo de isso acontecer. Então vou continuar aqui, mandando tudo para o caralho, porque é o meu destino.”

“Não”, respondi. “Você ia comprar aquele lugar. Ia abrir sua confeitaria. Ela ia ser azul e rosa, lembra? Da mesma cor do algodão-doce que você comeu no parque. O balcão seria da cor do pudim de pistache que seu pai comia, decorado com vasos de cravos.”

“As flores que minha mãe tinha.” Ela manteve os olhos virados por trás das pálpebras fechadas.

"É isso mesmo", concordei. "E as crianças vão se sentar nas banquetas, com as perninhas balançando. E você vai colocar uma pitada de açúcar mascavo em todos os cantinhos escondidos para alimentar os deuses que tomam conta das mulheres que não desistem nunca. Mulheres como você, Violet." Apertei sua mão até que ela abrisse os olhos. "Não jogue tudo fora."

A cabeça dela pendia quando me sentei ao seu lado no sofá e a envolvi em meus braços.

"Às vezes a alegria se esconde", continuei. "Você só precisa encontrá-la. É só isso. A alegria está escondida. Mas vamos achá-la."

"Acho que não, Arc. Acho que nunca mais vou encontrar a alegria de novo." Ela esfregou o rosto. "Eu achava que usar drogas era uma coisa que a gente só fazia no ensino médio, sabe? Não algo que ainda acontece mesmo depois de ser mãe. Já te contei que o parto da Grassy doeu demais? Foi muito difícil. O médico disse que tinha uma coisa que podia me ajudar, então não achei que fosse algo ruim, já que era ele quem estava oferecendo. Passei a tomar um comprimido atrás do outro, pensando que cada um iria me fazer sentir melhor, que nem o médico tinha falado. Mas aí eu já não conseguia parar, mesmo depois que ele se negou a me dar mais receitas.

"Quando me ofereceram heroína de graça pela primeira vez, achei que tinham falado 'garça', e me lembrei das aves brancas estampadas no avental da minha mãe."

Violet estendeu os braços e os balançou devagar, como se fossem asas, para logo em seguida repousá-los de novo no colo. "O avental da mamãe era de um azul bem forte. Sempre que o sujava com um pouco de farinha ou açúcar, ela dava uns tapinhas de leve e dizia que estava alimentando as garças. Então pensei que se algo tivesse um nome parecido, não devia ser tão ruim."

Ela enxugou o nariz com as costas da mão.

"Quando eu estava no ensino médio", continuou, "minha mãe sofreu um acidente de carro. Ela morreu com o rosto cheio de cacos do para-brisa. Depois disso, passei a ligar o forno só para sentir o seu calor. Parecia que ela estava na cozinha de novo. Quando minha mãe fazia seus bolos, sempre abria um saco de farinha e começava a cantar.

Para mim, era como se a música viesse da própria farinha. Então, depois que ela se foi, abri um dos sacos da despensa, mas nenhuma música saiu. Eu tentei procurar. Usava todo o dinheiro que ganhava como babá para comprar sacos e mais sacos de farinha, mas nunca mais encontrei a música dela. Foi quando percebi que não poderia desperdiçar tudo aquilo e decidi que iria fazer bolos também. Durante todos esses anos, tudo o que eu queria era reencontrar a minha mãe. Assava bolinhos e biscoitos, mas o silêncio sempre esteve ao meu lado. Nunca encontrei a música dela, nem a minha."

Voltei para a cozinha e deixei Violet deitada no sofá, o rosto voltado para o teto. Ao vasculhar a bagunça, encontrei um monte de gotas de chocolate espalhadas em uma trilha até a despensa. Lá encontrei a farinha jogada no chão. Peguei o saco aberto e dentro dele coloquei a foto de Violet e Grassy que estava pregada na porta da geladeira. Depois o acomodei em seu colo e fiquei atrás dela, penteando seu cabelo sujo com os dedos.

"Minha mãe foi uma dependente por boa parte da minha vida", contei. "Eu acreditava que um dia ela iria acordar e de repente largar o vício. Tentei ajudá-la do meu jeito, quando era criança. Pegava objetos pequenos como uma colher, um pregador ou uma tampa de garrafa e os colocava na beirada da mesa. Com os dedos, eu os empurrava até caírem no chão, fingindo que eram todas as coisas ruins que existiam na vida dela. Achava que se caíssem longe da minha mãe, tudo ficaria bem e ela pararia de ruir. Quando isso não adiantou, comecei a achar que era porque ela não me amava o bastante e passei a odiá-la. Mas quanto mais eu a odiava, mais eu odiava a mim mesma. Essas coisas estão conectadas, sabia? Agora, mesmo quando estou cercada de gente, é impressionante o quanto me sinto sozinha, porque a única pessoa de quem preciso não está ao meu lado. Uma filha é uma mulher perdida no mar. É preciso uma mãe para salvá-la. Mas se ela não estiver lá, essa filha ficará perdida para sempre."

Afastei o cabelo de Violet e passei o dedo por sua tatuagem.

"Se você não quer ficar limpa por si mesma, Violet, então faça isso pela Grassy."

Ela olhou para o saco de farinha em seu colo.

"A minha música está aqui dentro?", perguntou.

"Está", respondi e me sentei a seu lado. Tirei a bolsa do ombro e a coloquei em cima da mesinha de centro. Violet a olhou por um instante, depois abriu o saco de farinha e tirou de lá sua foto com Grassy. Ela observou o retrato como se mal reconhecesse a mulher que estava ali.

"Minha vovó Milkweed dizia que há um lado selvagem na vida." Peguei a foto de Violet e virei para o lado em branco. "Mas ela também dizia que podemos transformar o lado selvagem em um lado bonito." Virei a foto mais uma vez, mostrando seu rosto e o de Grassy, sorridentes.

"É um conceito legal, Arc", comentou Violet. "Mas é só isso, um conceito."

Em seguida empurrou o saco de farinha do colo e pegou minha bolsa. Depois de revirar dentro dela por um tempo, acabou encontrando o que queria.

"Esta é a minha canção." Ela levantou o saquinho de droga. "É isso que canta para mim."

36

"Já cantei para o rei."
— Poeta Daffodil

O *john* estava nos levando para o Blue Hour em um furgão antigo. Meu short jeans colava na pele por causa do suor. O ar-condicionado, segundo disse, não funcionava e o calor do verão não parava de aumentar.

"É a primeira vez que eu pago para transar", afirmou com um sorriso meio torto. "As garotas na rua sempre estão com aparência suja, sabe? Mas você?" Ele me olhou de lado. "Você é das boas. Achado não é roubado." E beliscou meu nariz.

Ele já tinha dito a mesma coisa quando entrei no furgão, mas em vez de beliscar o nariz, tinha beliscado a parte interna da minha coxa.

"Que engraçado." Forcei um sorriso e me afastei.

A pele dele tinha a textura de fruta cozida, fervida e sem cor. O cabelo era castanho-escuro, tingido com um tipo de tinta temporária. Deu para notar porque, conforme o suor escorria de sua testa, a cor descia junto. Imaginei que seu tom natural fosse claro como os cílios.

"Ei", chamou, virado para mim. "Seus olhos são bem maneiros. Nunca tinha visto olhos com cores diferentes que nem os seus. Não tem nada a ver com doenças sexualmente transmissíveis, né? Tipo, um sintoma, sei lá? Não quero uma merda dessas para mim, nem morto."

"Não", respondi. "Não ganhei meus olhos na rua. Nasci com eles."

Enquanto mascava chiclete, deixava uma pontinha entre os lábios. Quando perguntei o porquê, ele explicou: "É o rabo de rato", e depois riu. "É uma coisa idiota que meu vô Long Legs disse uma vez. Foi bem assim:

'Ô seu tranqueira, por que você fica com esse chiclete para fora? Parece que está mascando um rabo de rato'."

Ele fez uma voz que devia ser uma imitação ofegante do próprio avô, mas me pareceu que tinham enfiado uma corda em sua garganta e o deixado sem ar.

Ao notar que eu estava encarando a marca de nascença avermelhada em seu pescoço, ele levantou a gola da camisa. "Pegavam muito no meu pé por causa dessa marca aqui na escola", contou. "Tiravam sarro de mim. E eu cometi o erro de deixar, mas nunca mais."

Era difícil imaginá-lo criança. Parecia que já estava na casa dos cinquenta, com pés de galinha profundos ao redor dos olhos. Ele tinha o que Daffy chamava de olhar de cigarro, típico dos *johns* que viviam de olhos semicerrados, como se para se proteger da fumaça. As botas dele estavam sujas de terra, com manchas de lama que subiam pelas laterais e pelo calcanhar. Havia também pequenos gravetos e folhas emaranhados nos cadarços, como se tivesse calçado às pressas uma bota largada no meio do mato, catando sem querer tudo o que estava ao redor.

"Achado não é roubado." Ele pegou minha mão e a levou até a boca, fingindo morder meus dedos.

"Nossa, você é engraçado mesmo", falei, puxando a mão de volta.

Percebi que ele tinha uma mulher nua tatuada com tinta vermelha no dedo do meio.

"Nunca te vi por aqui antes", comentei. "Você é da região?"

"Sou de uma cidadezinha bem pequena. Estou só de passagem. Agora que fiquei viúvo, acho que estou comemorando um pouco. Minha mãe sempre dizia que se eu me casasse com uma puta, ia acabar sozinho. E foi o que aconteceu."

Observei a águia de prata pendurada por uma correntinha no espelho retrovisor. Ela balançava para a frente e para trás, batendo contra uma bandeirinha americana também dependurada. Na traseira do furgão, notei que havia um avental sujo de sangue.

"Eu trabalho num matadouro", contou ele. "Eu chamo de escorrelândia."

"Por quê?", perguntei.

"Porque, num matadouro, sempre tem alguma coisa escorrendo. As tripas escorrem dos corpos, os cérebros escorrem das cabeças. É um espetáculo incrível, se você tiver estômago. Mas às vezes eu sinto pena dos animais, sabe? Eles têm cascos e mais um monte de merda, mas nada disso os protege do medo. Às vezes, um pouco antes de meter a faca, eu digo que sou a mãe deles."

Com bastante cuidado, estudei o sorriso em seu rosto e tentei manter a voz firme para questionar: "Por que você diz que é a mãe deles?".

"Para dar um pouco de conforto." Ele lambeu os dentes. "Se você ouvisse sua mãe dizer que está do seu lado, não se sentiria mais segura?"

"Se alguém estivesse com a faca enfiada na minha barriga, não", respondi.

"Sabe o que eu percebi em você?", ele perguntou. "Que não teria estômago para esse tipo de coisa. Depois de ver as entranhas dos bichos escorrendo para fora, você iria começar a chorar. Mas não é sua culpa. É que você é mulher. Achado não é roubado." Ele agarrou meu seio esquerdo e apertou assim que fez a curva para entrar no estacionamento do Blue Hour.

Vimos Welt saindo do quarto em que iríamos entrar e, um pouco antes de o *john* fechar a porta, ele o impediu com o pé. Com a mão enluvada, Welt mostrou uma Bíblia e a levou até a mesa de cabeceira. E ficou me encarando ao sair.

"Esse rapaz me dá nos nervos", comentou o *john*, fechando a porta. Havia trazido consigo uma pequena bolsa de lona que colocou sobre a cama. Antes de abri-la, ele meteu a mão no meio das minhas pernas.

"Achado não é roubado", falou.

Depois estalou a língua e pegou uma fita métrica na bolsa.

"Certa vez", continuou enquanto media as paredes, "cometi o erro de não medir um quarto em que estava."

"E o que aconteceu?", perguntei.

"Encontrei algo que não queria guardar."

Por uma fresta na bolsa de lona, pude ver o torso de uma boneca loira vestida com um biquíni vermelho. A parte de baixo da boneca havia sido arrancada, e em seu lugar havia a lâmina comprida de uma faca.

"Não começa a ter ideias, hein?" Ele pegou a boneca pela cabeça e apontou a lâmina para mim. "Isso aqui não vai ser para você, se for boazinha." Depois tirou um bolo de dinheiro do bolso de trás, levantou-o no ar e falou: "Isso aqui vai ser seu, se você for boazinha".

Olhei da faca para o dinheiro. "Só me conta o que você quer fazer, cara."

"Tá bom, tá bom, segura a onda." Ele largou a faca e o dinheiro dentro da bolsa. Após vasculhar um pouco lá dentro, pegou um rolo de fita adesiva e dois pedacinhos de papel. Notei que eram olhos que ele tinha recortado de uma foto em preto e branco. Tinham sobrancelhas arqueadas, cílios cobertos com rímel. Ele os colou no alto da testa.

"Tenho que conseguir ver", disse.

Eu já tinha ficado com *johns* que me fizeram sentir que o quarto era bem menor do que de fato era. Que me fizeram sentir medo de levar uma garrafada na cabeça. Nesses casos, tudo o que eu queria era me esconder embaixo da cama. Mas essa foi a primeira vez que senti que um *john* queria arrancar meu rosto com uma faca e pregá-lo na parede só por diversão.

"É melhor eu ir embora", avisei, andando de costas em direção à porta. "Desculpa não poder te ajudar."

Ele agarrou meu braço. "Achado não é roubado."

Depois me arremessou ao banheiro e fechou a porta.

"Entra na banheira", ordenou.

"Olha, moço, eu só quero ir embora. Não quero problema."

"Você vai entrar nessa banheira e vai ficar limpinha", insistiu. "Não quero ter que pegar minha boneca afiada."

Olhei para o fundo da banheira. Estava cheia de bitucas e cinzas de cigarro. Sempre parecia que mesmo quando Welt limpava um quarto, ele deixava alguma coisa intacta.

"Entra." O *john* me empurrou com força para dentro da banheira.

Assim que me deitei, ele tampou o ralo e abriu a torneira.

"Está quente?", perguntou, ajustando os jatos quente e frio até que eu dissesse que estava tudo bem.

Ele fechou a torneira assim que a água chegou no meu peito. Durante todo o tempo que levou para desabotoar a camisa, não consegui piscar.

"Foi aqui que minha esposa arrancou a minha alma", declarou, apontando para a longa cicatriz que atravessava seu peito. "Andei procurando por uma alma nova desde então." Enfiou a mão na água. "Termine essa frase para mim. Eu sou..."

"Eu sou?" Tentei não encarar seus olhos. "Eu sou Arc."

"Não." A palavra saiu arrastada de sua boca. "De novo."

"Eu sou alguém na banheira?"

Ele deu um soco na água, e os respingos voaram no meu rosto.

"De novo", falou.

"Eu sou... daqui?"

"Mas que porra." Ele começou a jogar água nos meus olhos. "O que você é? O que você é?"

"Eu sou... uma... uma pessoa. Eu sou Arc. Sou uma mulher?"

"O quê?" Ele parou de jogar água. "Repete."

"Eu sou uma mulher."

Com seu sorriso torto, ele respondeu: "Vamos ver se é mesmo".

Depois empurrou meus ombros para baixo e me enfiou embaixo d'água, me fazendo chutar a torneira. Alguns segundos, que pareceram minutos, se passaram, até que ele me puxasse de volta para cima.

Cuspindo água e puxando o ar, gritei: "Tá maluco, porra?".

Ainda com as mãos em meus ombros, me impediu de levantar.

"Sabia que as almas são vermelhas?", perguntou. "Descobri isso com o sangue dos animais no matadouro. Vi as almas deles escorrendo para fora do corpo. Só que não é um vermelho qualquer, é um bem especial. Se eu vir esse vermelho especial, vou saber que você tem uma alma. Só aquelas que têm alma são inteiras, porque sem uma, vocês são só uma lasca."

"Uma lasca de quê?"

"De mulher. Agora, eu sei que você não vai gostar disso, mas precisa ficar embaixo d'água de novo."

Tentei sair da banheira, mas ele estava em cima de mim, usando o peso do seu corpo para me afundar.

"As almas só aparecem à beira da morte", continuou. "Então você precisa voltar para a água até que eu veja a cor vermelha. Eu tenho que descobrir se você não é um demônio como as outras."

Chutei com força e tentei jogar água no piso na esperança de que ficasse escorregadio e ele perdesse o equilíbrio, mas não consegui. Respirei fundo antes de minha cabeça afundar. Enquanto ele me segurava, percebi que observava o movimento da água como se estivesse esperando que algo escorresse de minhas orelhas. Agarrei seus pulsos e cravei as unhas bem fundo, mas ele nem sentiu. O ar começava a faltar em meus pulmões. Balancei a cabeça de um lado para o outro, mas a pressão em meu peito só aumentou.

Mesmo com a visão borrada pela água, pude ver uma outra figura surgir. Ela prendeu o pescoço do *john* em uma gravata, forçando-o a me largar. Assim que me levantei, pude ouvir os grunhidos e os gritos. A água escorria do meu rosto a cada respiração ofegante.

"Me larga", o *john* gritou ao bater com a cabeça na privada, ao ser arremessado por um homem vestindo uma luva vermelha de couro.

Quando consegui sair da banheira, escorreguei nos azulejos do chão. Welt deu um último soco no *john*, que também caiu, mas conseguiu se arrastar para fora do banheiro até sair correndo.

Precisei me apoiar na banheira para me levantar no chão escorregadio, mas caí mais uma vez.

"Você está bem?", Welt perguntou, me ajudando.

Eu não sabia o que tinha me espantado mais. Quase ter me afogado, ou escutar a voz de Welt. Ele olhou para a água no chão como se estivesse pensando no trabalhão que seria limpar aquilo tudo.

"Como você percebeu que ele estava me atacando?", questionei.

"Ouvi seus gritos." Com os olhos ainda fixos na água, passou a ponta da bota pelo chão.

"Você ouviu? Então você não é surdo? Você fingiu o tempo todo?"

"O pessoal te ignora se achar que você não pode ouvir." Ele enfiou a mão na banheira e tirou a tampa do ralo, escoando a água. "Você está bem para ir embora sozinha?"

Assenti com a cabeça, recuperando o fôlego.

"Você está tremendo." Ele tirou um cigarro do bolso, acendeu e deu alguns tragos antes de passar para mim.

"É melhor você cair fora", avisou. "Vou ter muito trabalho para limpar essa bagunça."

Devolvi o cigarro. Fui em direção à porta e Welt me perguntou: "Por que aquele cara tinha olhos de papel colados na testa?".

"Para ver se eu tinha uma alma ou não."

Depois que saí do quarto, parei na calçada e torci os cabelos para tirar a água. Levantei os olhos e vi que o furgão do *john* ainda estava estacionado na frente do Blue Hour, exatamente no lugar de antes.

Estava sentado no banco do motorista com a porta aberta, tocando uma música no último volume e me encarando. No rádio, reconheci "One Way or Another", da banda Blondie.

Ao som da música, continuou a me olhar fixamente enquanto cantava a letra que dizia que "de um jeito, ou de outro, eu vou te achar".

Depois bateu a porta com força e saiu acelerando.

"O que houve com você?", Daffy quis saber. Estava sentada no meio-fio, comendo uma fatia de mortadela. "Foi nadar sem mim?"

Eu me sentei ao lado dela, com a água ainda pingando da franja do meu short cortado.

"Se você encontrar um *john* com um furgão cor de sangue, não entra", falei. "Ele tentou me matar na banheira. Nem sei o que é pior. Morrer afogada, ou saber que a última coisa que eu veria neste mundo era o teto branco rachado do Blue Hour."

Daffy examinou meu rosto. "Bom, o mundo é cheio de aranhas", disse por fim, dando de ombros. "Nós já sabemos disso, Arc. Além do mais, você ganhou alguma coisa com isso, não foi? Quanto ele te pagou?"

"Eu não recebi nada."

Daffy abriu a sacola da padaria e pegou outra fatia de mortadela. Estava tão magra que todas as suas roupas estavam caindo. As calças precisavam ser apertadas com um cinto e as blusas sempre escorregavam pelos ombros.

"Você está tão magra quanto a mamãe", apontei. Apesar do calor, eu ainda tremia.

"Eu sei. Mas quase não sinto fome. Na verdade, na maior parte do tempo, eu sinto que algo está com fome de mim."

Depois me ofereceu uma fatia, mas eu recusei. Então ela dobrou a mortadela e começou a mordiscar pelas beiradas.

"Lembra quando a gente era criança?", perguntou. "A mamãe e o papai tinham acabado de nos buscar na casa da vovó Milkweed para irmos morar juntos. Nós seríamos felizes e tudo ficaria bem. Lembra das promessas? A mamãe tentava cumpri-las e pegava um pedaço de mortadela para fazer um floco de neve."

Daffy desdobrou a fatia e revelou o que tinha criado com suas mordidas. Com pequenos buracos aqui e ali, recortou o formato de uma coisa que caía do céu apenas em nossa imaginação.

“Mortadela de neve, como a mamãe chamava.” Então levantou a fatia no ar, deixando que o sol passasse por entre os buracos. “Ela prendia a mortadela de neve na parede e quando o papai chegava em casa, dizia que ela era louca, mas acabava rindo. Lembra?”

“O papai nunca ria”, respondi.

Daffy me olhou de cara feia. “Do que você está falando, Arc? Não lembra dele rindo?”

Sacudi a cabeça.

“Bom, só lamento por você, mas eu lembro.” Ela ficou encarando a mortadela. “A gente não tinha coragem de comer depois que fazíamos os flocos de neve. Tínhamos criado algo especial só de acrescentar uns buracos. Eu queria que nós fôssemos especiais. Mas quanto mais buracos a gente tem, menos a gente existe.”

Ela ergueu a cabeça ao ouvir o som de uma buzina.

“Quer uma carona?” O homem estava olhando para Daffy.

Ela me entregou a mortadela de neve e se levantou.

“Tenho que arranjar a grana que você perdeu”, disse. “Não vou demorar, depois podemos fazer mais mortadelas de neve. O suficiente para criar uma nevasca nesse verão dos infernos.”

Então ela parou no meio do caminho, um pouco antes de entrar no carro do homem, para me contar que tinham achado outra.

“Outra o quê?”, perguntei.

“Outra mulher.”

ESCRITÓRIO DO MÉDICO-LEGISTA DO CONDADO DE ROSS
CHILLICOTHE, OHIO

RELATÓRIO DE INVESTIGAÇÃO DO MÉDICO DO CONDADO

FALECIDA: Indigo

OCUPAÇÃO: Falante de uma língua perdida

TEMPERATURA DO CORPO: Desemaranhada

DESCRIÇÃO DO CORPO: Despido

GÊNERO: Selvagem

IDADE: Uma mulher vezes o rio, dividida pela borda, igual à fumaça da fábrica de papel sobre sua cabeça

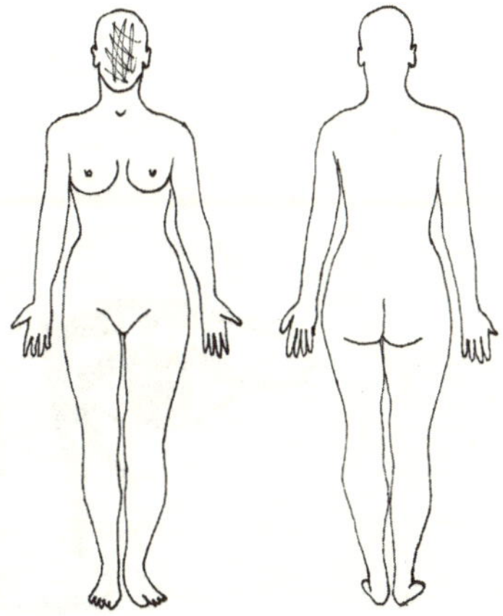

FERIDAS E MARCAS: Mão direita faltando. Síncope vasovagal, compatível com o choque de água fria em um dia quente. Fraturas antigas, mas não relatadas previamente. Talvez porque ninguém acreditava nela. Escoriação de 5 cm na testa. Posição em decúbito ventral. Contusão na parte exterior das coxas. Cascalho encontrado em escoriações nos pés. Areia encontrada na boca, enterrando suas palavras. Descoloração da pele na parte interior do pulso direito. Corte grande atravessando a barriga. Duas costelas removidas. Ferida na parte de trás da cabeça. Garganta cortada, como uma segunda boca. No topo da cabeça, uma coroa de espinhos, galhos e folhas.

PROVÁVEL CAUSA DA MORTE:
Estar amarrada aos caçadores.

PARTE VIII

37

"Aos pecados é difícil dar um nome,
mais ainda que para si alguém os tome."
— Poeta Daffodil

Quando entraram no rio para retirar Indigo, a água saiu junto a ela. Um corte sobre seu coração. Ramos e folhas presos em sua boca. Uma marca no glúteo esquerdo. Uma ferida atrás da cabeça. Ela foi encontrada por um homem que tinha encostado o carro para mijar no matagal. Enquanto gargalhava por ter acertado um besouro com o jato de urina, ele notou que havia algo no rio. Mais tarde, ele diria às autoridades ter pensado que se tratava de um saco de lixo boiando.

Ele desceu até a margem na ponta dos pés, sem encostar muito na areia, e escorregou para dentro d'água, sentindo o gosto do rio em sua boca. Foi então que viu o cabelo dela, com moscas-varejeiras caminhando pelos fios que balançavam com delicadeza na superfície, como o pasto ao vento. Os braços dela estavam estendidos, as unhas cheias de terra e de uma certeza terrível. Na hora, o homem soube que era uma mulher, com o corpo frio demais ao toque.

Quando contei a Daffy que queria ter tirado o corpo de Indigo da água, ela respondeu que foi uma coisa boa não ter sido eu.

"Imagina se você tivesse encontrado uma terceira mulher, Arc", foi o que falou. "Você estaria amaldiçoada pelo rio. Sua culpa seria espalhada em sussurros. Você precisaria rezar para que surgisse um outro corpo para você não encontrar, só para espantar a maldição. O aranha já tinha comentado isso. Falou que o coração da fera vive em Arc Doggs.

Dá para perceber no jeito em que te olha. No jeito em que faz os outros te olharem." Ela suspirou. "Pobre Indigo. Agora você não vai mais para o meio da natureza selvagem com ela, não é, Arc?"

Nunca encontraram o chapéu de Indigo. Se ele se desfez como o fogo dela, jamais saberemos. O carro dela foi encontrado no condado vizinho, em um estacionamento abandonado, daqueles com grama marrom saindo das rachaduras no concreto. O conteúdo do carro não foi mexido, sua bolsa estava intacta. Os homens de distintivo disseram que ela estacionou ali por vontade própria. Que não havia sinais de algo errado.

"*Provavelmente ela se drogou e foi parar no rio. Fim da história.*"

Peguei o livro de arqueologia que ganhei de Indigo e toquei nos últimos lugares em que ela havia encostado nas páginas. Descobri que tinha escrito algo ao longo da lombada da primeira orelha: *A destruição é só uma fase. Às vezes, precisamos nos quebrar como um artefato para podermos nos descobrir por inteiras. Eu te vejo, Arc. E espero que encontre o futuro que escondeu até de si mesma. Venha me encontrar.*

Lá no fundo, eu tinha a intenção de ficar limpa. Aí apareceria para visitá-la de surpresa no feriado de Quatro de Julho, só para aproveitar os fogos de artifício. Depois, nós duas iríamos para o meio do mato, onde falaríamos uma língua perdida e largaríamos cascas de fruta pelo chão para pisarmos com os pés descalços enquanto caminhávamos sob as estrelas.

Ao olhar para as roupas do meu pai penduradas nas janelas, pensei que eu teria feito o mesmo com as da Indigo. O jeans florido. As blusas cor-de-rosa. As meias largas que caíam por cima do tênis. O máximo que podia fazer era pegar o pedaço de papel que estava embaixo do colchão. Era de uma velha caixa de biscoitos que a tia Clover tinha rasgado havia muito tempo, já achatado depois de tantos anos escondido. Nele, escrevi o nome de Indigo no canto. Não uma, mas duas vezes, fazendo pequenas espirais.

Como as outras mulheres, Indigo foi encontrada nua. Thursday, no entanto, disse às pessoas que ela tinha sido encontrada com luvas de esmeralda, um vestido cor de granada e um véu que dava a impressão de que seus olhos eram feitos de brilhantes vermelhos.

"Esse assassino filho da puta acha que pode tirar a nossa roupa", esbravejou Thursday, "então vamos criar nossos próprios mitos, que vão viver por muito mais tempo do que todas as malditas coisas que ele tentou tirar de nós."

Para mim, o rio tinha assumido a aparência de uma mulher deitada de lado. Encolhida em posição fetal, seu medo tomando conta da floresta e inundando as árvores, antes de desaparecer e levar consigo suas raízes. Às vezes, achava que se olhasse em um mapa, Chillicothe pareceria uma contusão bem feia, como se a cidade inteira tivesse entrado em contato com algo muito difícil.

Assim que o corpo de Indigo deu entrada no necrotério, o assassino já tinha recebido um apelido nas ruas. Nós o chamávamos de River Man, ou homem do rio, por causa do lugar que havia escolhido para os crimes. O tal River Man tinha sempre um aspecto sobrenatural. Muitas vezes tinha asas, transparentes como o vidro, com as bordas sujas de sangue e assombradas pelo pecado. Faziam par com seu coração feito de cinzas, que fervia e soltava fumaça todas as noites. De seu rosto saía uma garra de cada lado. Certa vez, ele foi partido em dois, porque havia uma enorme cicatriz no meio da cara, marcada com pequenos x.

Ele se empoleirava apenas em lugares pontiagudos e trazia consigo a chuva que se empoçava a seus pés, cujas solas eram tão imundas que pareciam ter pisado em bolotas podres. Ou então ameixas podres, a depender de quem estivesse contando a história. Alguns acreditavam que ele tinha dois braços, mas eu dizia que ele tinha oito patas e cheiro de couro quente e maçãs amargas. Ele sobrevoava a cidade e se transformava em pó assim que olhássemos para cima. Só se materializava de novo quando estava pronto para nos capturar. Era excepcionalmente dramático. Uma descoberta fantasiosa que vagava pelo nosso imaginário e se vestia apenas para aqueles que tinham a coragem de pronunciar as palavras *assassino em série*.

"Quantas pessoas alguém precisa matar para ser considerado um assassino em série?", perguntou Daffy enquanto passava desodorante.

"Acho que se você apagar mais de uma pessoa, já está bem próximo de se tornar um assassino em série", respondi, e apliquei o batom em meu lábio superior. "Está pronta? Não quero chegar atrasada."

Nós iríamos nos encontrar com Violet no trailer de Thursday para fazer uma pequena cerimônia. Não era o funeral oficial porque o irmão de Indigo tinha pedido para levarem o corpo de volta para a família em Iowa. Então decidimos fazer uma coisa só nossa.

A caminho da porta, tia Clover falou: "Elas vão passar a te odiar, Arc".

Estava assistindo a um programa sobre a Austrália e a Ópera de Sydney.

"Me odiar por quê?", quis saber.

"Por colocar todas elas no rio", afirmou tia Clover, enxugando o suor da testa com a ponta do seu cachecol noturno. "Por colocar todas elas no rio. Tsc-tsc. Sobe, sobe, dona aranha, onde você vai escondê-la? Hein, Arc? Onde vai escondê-la?"

Então se pôs a organizar uma nova leva de gravetos, os dedos trêmulos como sempre.

"Vamos, Arc." Daffy me pegou pelo braço. "Ela já está acordada há muito tempo. Não está falando coisa com coisa."

Tia Clover abriu a boca, mas a fechou logo em seguida.

Na varanda, fechei o botão aberto na blusa de Daffy, que me pediu para conferir se suas orelhas ainda estavam na cabeça. Depois que Indigo foi encontrada, Daffy passou a me fazer perguntas cada vez mais estranhas. Primeiro, quis saber se ainda tinha olhos. Depois, se o nariz continuava no rosto. Assim como as sobrancelhas e a própria pele. Perguntava até mesmo das coisas que podia ver, como as unhas e os dedos do pé.

"Sim, Daffy. Suas orelhas ainda estão aí", respondi. "Se não estivessem, você não estaria me ouvindo."

"Só queria ter certeza", explicou ela a caminho da caminhonete. "Não sei de mais nada, nem mesmo qual é a cor do céu. Parece marrom às vezes, como a água do rio."

O calor de julho fazia o interior do carro ferver como fogo. Os bancos de couro queimavam nossas coxas, então os forrávamos com embalagens velhas da lanchonete.

"Dirija como o vento, Arc", pediu Daffy. "Mas não tão rápido a ponto de arrancar o meu rosto. Às vezes, parece que ele está só por um fio."

Ao passarmos pela fábrica de papel, reconheci um carro estacionado bem em frente. O amassado na lateral virado em nossa direção.

"O que John Theresa está fazendo aqui?", Daffy perguntou quando parei na vaga atrás dele.

Deixei meu sapato na caminhonete e caminhei pelo cascalho quente em direção ao amassado no carro. O suor fazia a camisa colar nas minhas costas.

Ele estava encostado no capô, com os olhos voltados para a fumaça que saía das chaminés da fábrica. "Oi, Arc. Eu estava a caminho da sua casa, mas quanto mais me aproximava, mais sentia que não tinha para onde ir. Daí eu vi a fumaça e resolvi parar para olhar um pouco. O que é que tem na fumaça dessa fábrica, hein? Por que é tão cativante?"

"Talvez a gente só queira saber se Deus vai aparecer do outro lado, depois que a fumaça se dissipar", opinei.

"Dizem que o cheiro é o mesmo do dinheiro." Ele respirou fundo.

"Ela nunca nos deu dinheiro." Coloquei as mãos nos bolsos de trás.

"A Daffy tá contigo?", ele perguntou.

Inclinei a cabeça em direção à caminhonete. Ele olhou, mas se voltou a mim logo em seguida.

"Por que você estava indo na minha casa?", indaguei.

"Por causa da Indigo. Eu queria te dizer que lamentava muito. Percebi como vocês duas ficaram amigas na Filhas do Evergreen."

Quando ele tirou o óculos para enxugar o suor dos olhos, notei que havia uma antena nova na tatuagem de borboleta em sua mão.

"Mais uma?", perguntei.

"Ah, é." O som de sua risada era seco como a estrada que se estendia entre nós. "Eu tatuo uma antena nova sempre que uma corda do violino se rompe. Para me lembrar do que eu perdi."

"É meio estranho você ter tatuado mais uma antena. Justo agora que a Indigo foi encontrada."

"Você acha que a minha mão é a mão do River Man?" Ele franziu a testa. "Registrando suas vítimas?"

"Antes de ir embora, Indigo disse que ia te encontrar, porque você tinha algo para contar a ela. O que era, John?"

"Eu tinha que contar que ela ia boiar no rio." Ele mordeu o interior da bochecha com força. "É isso que você quer ouvir, não é?" E cruzou os braços por cima do peito. "Acho que não posso te culpar. Afinal, eu matei uma mulher na sua vida, então talvez tenha matado outra. Mas antes que saia por aí espalhando boatos, não se esqueça, Arc Doggs, que eu sei uma coisa sobre você. É isso o que acontece quando se compartilha uma história. E nós compartilhamos uma, não foi? Só nós dois? Não vai querer que seu segredo se espalhe, vai?"

Ele olhou por cima do meu ombro. Quando me virei para saber por que, avistei um carro preto parado na estrada, que só seguiu seu caminho quando o carro de trás buzinou.

"Amigo seu?", perguntou John Theresa.

"Amigo, não", respondi. "É só uma aranha."

Ao voltar para a caminhonete, Daffy quis saber o que tinha acontecido.

"Eu só estava afofando a terra", falei enquanto saía com o carro.

Ela suspirou e olhou para a fábrica lá atrás.

"Dá para ver que a cidade foi fundada por homens", comentou. "Porque aqui as coisas são derrubadas, fatiadas e a fumaça preenche o ar. Arc? Às vezes preciso tomar fôlego. Respirar bem fundo mesmo. Ando sentindo que não respiro já faz um tempo."

Quando as colinas tomaram a paisagem, indaguei: "Lembra do avental amarelo da vovó Milkweed? As mãos dela sempre ficavam brilhando com o sumo do caqui. Se você respirar bem fundo, vai sentir o cheiro deles agora."

Cada vez que Daffy puxava o ar, seus ombros subiam e ela segurava o fôlego por vários segundos, até soltar. Assim que chegamos ao trailer de Thursday, Daffy reclamou: "Às vezes você é uma mentirosa, Arc. Não sinto cheiro nenhum, a não ser o de merda".

Então saiu do carro e bateu a porta com força. Ainda assim, me esperou para que atravessássemos juntas o quintal, chutando os dentes-de-leão para espalhar as sementes. Na porta da frente, encontramos um bilhete colado à tela. Não havia palavras, apenas um par de linha onduladas.

"O rio", Daffy e eu deduzimos ao mesmo tempo.

Atravessamos o milharal, com os longos talos verdes assomando sobre nós e os cabelos das espigas balançando suavemente na brisa. As folhas estavam infestadas de besouros, que voavam para cima e para baixo, fazendo uma série de cliques, estourando com o calor.

"Olhe para baixo", alertei Daffy ao passarmos por uma trilha estreita. "As folhas do milho podem cortar seus olhos, se não tomar cuidado."

"Não sei nem se tenho olhos para cortar", ela respondeu.

Depois do milharal, caminhamos pela grama alta que nos levava até a floresta.

"A casca dela é como um mapa", começou Daffy, tocando as árvores. "Porque ela vive sozinha."

"Suas videiras balançam há muito tempo", continuei. "Porque ela vive sozinha."

Daffy tirou as rebarbas do meu short cortado e disse: "Você tem sussurros em você, porque ela vive sozinha".

Depois riu e continuou avançando.

Seguimos as vozes de Violet e Thursday até encontrá-las. Thursday fingia dirigir a máquina do tempo da Cleópatra, enquanto Violet estava na beira do rio, sentada de pernas cruzadas.

"Você se lembra", falou Thursday, "como ela escrevia os próprios pecados nas folhas?"

"Para que caíssem no outono", completei ao sair do matagal com Daffy.

"É", concordou Thursday. "Para que caíssem no outono e ela nunca voltasse a ser uma rainha das drogas."

"Por que estamos falando de Nell Sábia?", Violet perguntou. "Deveríamos falar sobre a Indigo."

"Se você fala de uma, fala de todas", Thursday respondeu ao sair da máquina do tempo.

Nós quatro olhamos para a água, mas foi Violet quem questionou: "O que fazemos quando não há corpo para enterrar, nem cinzas para espalhar?".

"Li sobre um costume antigo de Madagascar, conhecido como a virada dos ossos", comentei. "Quem sabe não fazemos um retorno dos ossos? Ou um retorno do corpo?"

"Mostra como é, Arc", pediu Violet.

Usei uma pedra plana para cavar na areia ao lado do rio. As outras três também pegaram uma pedra para me ajudar até que tivéssemos um buraco do comprimento de uma mulher e da largura de seus quadris.

Voltamos à floresta para catar alguns gravetos de tamanhos diferentes e escolhermos um pedaço da terra por conta própria.

"Olhem o que eu achei." Violet mostrou uma longa pena preta. "Um presente dos gaviões."

Carregamos nossas pilhas de coisas de volta até o buraco. Peguei dois gravetos bem grossos e os coloquei na terra. "Esses serão os ossos do fêmur".

Com os pequenos, quase todos do mesmo tamanho, fiz as costelas. Juntei todos para transformar as linhas retas em uma curva. Usamos os galhos pequenos da pilha de Thursday para fazer os ossos dos dedos, e Violet tinha um do tamanho exato da clavícula.

“Os ossos dos ombros”, Thursday anunciou com muito cuidado em sua escolha.

“Um osso para cada dedo do pé.” Violet quebrou um graveto comprido em dez pedaços.

No lugar das vértebras, colocamos pedras. A pélvis foi feita com gravetinhos, que se ligavam ao arco púbico de pedregulhos.

“Como vamos fazer o crânio?”, Violet perguntou.

“Vamos nos lembrar de como era o rosto de Indigo”, falei, “e o devolver a ela.”

Juntei bastante água e deixei que escorresse pelos meus dedos para dentro do buraco, logo acima do osso mais alto. Fiquei de joelhos e usei a areia molhada para esculpir uma testa. Thursday usou mais água e formou um nariz. Violet fez os lábios e Daffy traçou as bochechas o mais parecidas possível com as de Indigo. Depois, Thursday catou mais algumas folhinhas e pedaços compridos de grama que foram assentados no topo. Ela os usou para formar o cabelo de Indigo e em seguida colocou algumas flores entre as costelas. Por fim, eu fiz dois buracos na lama.

“Os olhos de Indigo”, declarou Daffy.

Ficamos observando o esqueleto de pedras e gravetos até que Thursday comentou: “A gente nunca pensa em quantos ossos temos no corpo. Digo, até o dia em que temos que organizá-los. Tem um osso para cada um dos malditos condados de Ohio e ainda sobra. Meu Deus, nós somos feitas de coisa para caralho, né?”.

Ela pôs as mãos na cintura, depois envolveu a barriga e acariciou a filha em gestação. “Dizem que mulheres como nós se lançam em direção à própria morte. Mas, para mim, são eles quem nos levam até ela, porra. Mas nunca levarão todas nós.” Ela pegou a mão de Violet, que pegou a minha. A outra já estava segurando a mão de Daffy.

“Não”, concordou Violet. “Nunca vão levar todas nós.” E sorriu para mim. “Diga algo de que vamos nos lembrar para sempre, Arc. Alguma coisa sobre civilizações antigas.”

Pensei em cacos de cerâmica. Em urnas com artes nas laterais. Em pederneiras e fósseis. Em fiapos de linho e ossos.

"Não há nada mais humano", falei por fim, "do que aquilo que jamais se vai. Aquilo que permanece. Os ossos dela continuarão aqui por muito tempo. No futuro, quando alguém escavá-los, vai perceber que ela sabia qual era o seu caminho nesse mundo com a mesma certeza de uma mulher que revela a própria vida e todos os rios que percorreu para chegar até aqui."

Daffy pegou a pena de gavião. "E quando o mundo tentou alcançá-la", acrescentou, pousando a pena onde estaria o útero, "ela deu à luz asas."

Na quietude do mundo ao redor, o máximo de quietude possível em meio aos ruídos da natureza, observamos o que restou da mulher a quem chamávamos de Indigo. Aquela do Fogo Selvagem. Com a chegada da brisa, sentimos o espírito dela até sermos banhadas na crença mais profunda e inevitável de que nós, mulheres de Chillicothe, éramos tão importantes quanto as rainhas de vales mais ricos que o nosso.

"Vamos enterrá-la agora?", Violet perguntou.

"Nós nunca enterramos nenhuma das nossas", respondi. "Nós as revelamos."

Juntamos a terra que havíamos cavado e deixamos que caísse sobre os ossos. Em nossos corações, tínhamos a certeza de que a terra, ao passar por nossos dedos, formaria uma camada translúcida. Algo que fosse capaz de cobrir, mas jamais enterrar. Depois caminhamos em direção ao rio, como se ele estivesse nos esperando. Em alguns momentos, a água subia por nossas pernas para nos alcançar, para logo em seguida retornar às profundezas distantes de nossos olhos.

Violet se inclinou e mergulhou os dedos. "A última vez que estivemos todas aqui, eu a batizei. Só espero que tenha sido o bastante."

Ao observar o rio, comecei a imaginá-lo como uma mulher na paisagem distante. Uma mulher de vestido branco, com um lagarto na testa e o estranho hábito de se cercar de terra úmida para flutuar por aí. A solidão era algo pelo qual ela aguardava, mesmo já estando a seu lado. Seu modo de falar exausto devido a essa espera, que já havia virado o tempo de ponta-cabeça.

"Foi o bastante", garantiu Thursday ao colocar as mãos de volta ao redor da barriga em expansão.

Ficamos todas juntas enquanto ela cantava, observando a água escura avançar num ritmo constante, sabendo que, poucos dias antes, essa mesma correnteza havia carregado nossa amiga para longe.

38

"Na chuva, há algo a se ganhar em suas águas.
Há algo a se ganhar em nossas mágoas."
— Poeta Daffodil

Já passava da meia-noite e Thursday segurava mais um rolo de papel higiênico vazio em sua mão machucada. Ela o virou para o céu e apoiou a outra ponta em cima da barriga.

"Para que a minha menininha se acostume logo a ver o universo", explicou. "Talvez assim ela não passe a vida inteira presa ao chão, como eu. Quem sabe, ao se alimentar das estrelas, ela vá em busca de algo além e não acabe na porra do rio."

Thursday, Daffy e eu fomos de carro até o Blue Hour. Tínhamos alguma esperança de encontrar Violet, já que não a víamos desde a cerimônia de Indigo no rio, semanas antes. Ela não retornava nossas ligações desde então, e não havia indícios de que tivesse voltado para casa. O silêncio era o pior de tudo.

"Aí vem o assassino", sussurrou Thursday ao ver Welt passar com o carrinho de limpeza.

"Já volto", avisei.

Corri atrás de Welt até alcançá-lo diante de um dos quartos, com a pequena Bíblia na mão. Assim que parei na porta, ele comentou: "Eu ponho uma dessas em todo quarto. Alguém deve estar achando muito útil, já que sempre tenho que substituir".

"Sobre aquele dia no banheiro com o *john*", falei, "nunca te agradeci."

Ele passou por mim, indo em direção ao carrinho. Ao pegar uma pilha de toalhas limpas, percebeu que Daffy e Thursday o encaravam.

"As outras não confiam em mim, né?", perguntou.

"Só estão com um pé atrás", respondi. "Depois que contei que você consegue falar e ouvir, elas suspeitam que talvez você tenha mais segredos."

"E quem não?", devolveu Welt. "Você não tem?"

Quando desviei o olhar, ele continuou: "Eu sei que o povo acha que eu sou o River Man. Não ligo. Sempre estive amarrado à morte. Quando eu era pequeno, meu pai era jardineiro de um cemitério. Sempre que eu me comportava mal, ele pegava a chave, abria os portões e me amarrava a um túmulo. E aí me deixava lá a noite toda, amarrado à morte. Desde então, eu sigo assim. Quando nosso cachorro morreu, minha mãe me olhava como se tivesse sido eu quem o enforcou na árvore. Ela nunca acreditou em mim, mesmo depois de jurar que não tinha sido eu. Já estou acostumado com as pessoas achando que sou culpado de alguma coisa".

Ele pôs a mão enluvada sobre a pilha de toalhas ao entrar no quarto.

"Você tem que parar de conversar com esse cara, Arc", reclamou Thursday quando voltei para perto delas. "É o tipo de homem que queima suas calcinhas com cigarro."

"Ele me salvou do *john*", falei.

"Você acha que ele te salvou?", retrucou ela. "Ou será que ele só não queria dividir você com ninguém? É a lei da selva. Um animal selvagem não vai querer que outro te capture antes dele. Agora, vamos embora. Temos que procurar a Violet."

Só queríamos dar mais uma volta no quarteirão, mas acabamos indo mais longe quando não encontramos nenhum sinal de Violet. Thursday ainda pressionava o rolo de papel higiênico no umbigo, mostrando as estrelas para a filha. A barriga dela já estava bem grande, mas não tanto quanto deveria estar a essa altura da gestação.

"E o que ela queria?", Daffy tinha comentado comigo mais cedo. "Ela não parou de usar as coroas e está achando que isso não vai quebrar a cabeça da bebê?"

As roupas de Thursday estavam todas furadas, exceto pela área que cobria sua barriga. Essa parte ainda tinha o tecido intacto, como se por medo de o bebê escapar por um dos furos enquanto ela não estava olhando.

"Tá bom, vamos voltar. Não vamos encontrar a Violet", gritou Thursday ao cruzarmos a rua com o sinal aberto. Os carros frearam de repente e começaram a buzinar. "Violet já deve estar boiando no rio. Por que caralhos a gente ainda se importa?" Um carro quase a atropelou, mas ela deu um tapa no capô. "Nós nascemos e depois morremos. No meio-tempo, nós sangramos, nos machucamos, transamos com estranhos e desaparecemos. Bom, já estou cansada de esperar. Vamos." Ela abriu os braços e berrou no meio da rua. "Venha me pegar, River Man. Seu covarde do caralho." Em seguida arremessou o ar de suas mãos em direção aos carros que buzinavam e gritavam para "a puta" sair do meio do caminho. "Venha me pegar, seu merda."

Eu a agarrei pela manga da blusa e a puxei para a calçada. Assim que o tráfego voltou a fluir, ela caiu de joelhos e começou a chorar no concreto. Daffy e eu a levantamos. Ficamos em silêncio até chegarmos ao Blue Hour. Foi difícil encontrar as palavras.

Entre os momentos em que usávamos nossas coroas e nos deitávamos com os *johns*, ainda nutríamos a esperança de encontrar Violet. Os dias se passaram. Eu estava dirigindo o carro de Thursday na mesma noite em que aconteceu a última grande tempestade de verão. Ela estava no banco traseiro, segurando o rolo de papel na altura dos olhos e admirando o céu noturno. Daffy estava no banco do carona, com os pés em cima do painel, tamborilando os dedos no ritmo da música no rádio.

Entre os raios e trovões, Daffy apontou para uma mulher na calçada, no meio da chuva. "Não é a Violet?"

"Violet?" Thursday se levantou do banco quando encostei o carro. "Que diabos ela está fazendo ali?"

Ela observava a velha loja que tinha me mostrado antes. A loja que, segundo disse, seria sua futura confeitaria. O cartaz de venda tinha sido retirado e, pela luz no interior, aparentemente já estavam fazendo uma reforma.

"Violet?" Enxuguei a chuva dos meus olhos. "Onde você se meteu?"

"A gente pensou que o River Man tinha te pegado." Thursday segurou o rolo de papel sobre a cabeça de Violet como se aquilo pudesse ser um guarda-chuva, além de um telescópio.

"Compraram a loja", disse Violet, observando os funcionários através das janelas.

"Eu sinto muito, Violet." Tentei tirá-la de lá, mas ela não se mexeu.

"Os cupcakes iam ficar ali." Ela apontou pela janela em direção a uma área perto da parede dos fundos. "Os biscoitos ficariam em cima de toalhinhas enfeitadas, em forma de trevos-de-quatro-folhas no Dia de São Patrício; corações no Dia dos Namorados; renas no Natal. A Grassy passaria aqui todos os dias depois da escola para roubar os brownies da travessa e lamber a massa da batedeira. Mas eu só a deixaria usar quando fosse mais velha." Violet girou o dedo no ar, espalhando a chuva. "Ela tem o hábito de botar as mãos em qualquer coisa que gira. Ainda não entende que nem tudo que gira e rodopia é bom."

"Vamos para casa, Violet." Thursday tentou abraçá-la.

Violet enfim nos encarou, com os olhos arregalados. "Será que vocês não entendem?" A chuva se misturou a suas lágrimas. "Eu não tenho casa."

Ela correu para o outro lado da rua. As buzinas encheram o ar, misturadas ao guincho dos pneus. Se o furgão não tivesse parado a tempo, Violet teria acabado embaixo dele.

"Violet!", gritamos todas ao mesmo tempo. Ela se deteve por um instante, olhou para nós e saiu correndo.

Fomos atrás dela. Ao chegar no furgão, parei em frente ao capô e olhei para o motorista. Era o mesmo *john* que tinha tentado me afogar na banheira, com os olhos voltados para Violet enquanto ela fugia. Quando ele se virou e me viu ali, sorriu com todos os dentes e disse algo que não consegui ouvir.

"Arc, vamos logo", berrou Thursday.

Bati o punho em cima do capô do furgão. Os olhos do *john* ficaram mais frios e eu recuei na chuva, depois corri para acompanhar Thursday e Daffy.

Disparamos atrás de Violet, mas ela desapareceu na esquina.

"Para onde ela foi?" Tentei enxergar através da chuva, que caía ainda mais forte.

Thursday agarrou o rolo de papel higiênico, tão molhado que já começava a se desfazer, depois o largou no chão e disse: "Vamos embora, porra".

Ela praguejou durante todo o caminho até voltarmos para o carro, onde assumiu o volante. Os limpadores de para-brisa jogavam a chuva para os lados, enquanto nos agarrávamos a nossos pensamentos como se fossem uma bala. Algo que poderíamos rolar pela língua e alojar entre a gengiva e a bochecha. Criando uma protuberância em nossa boca, dando uma sensação de dureza em lugares macios. Uma sensação de dureza comparada ao River Man. Violet não era apenas uma dependente que tivera uma recaída. Era uma mulher descalça correndo pelas ruas de Chillicothe na chuva, e isso nos fez acreditar ainda mais na existência do bicho-papão.

Quando Thursday chegou à casa de Violet, havia uma certa quietude no ar. O lugar parecia só uma fotografia, um silêncio quase avassalador. Pensei em cair de joelhos e cavar. Cavar até encontrar o som, tilintando como as colheres de prata que adornavam as orelhas dela.

Nós três passamos pelo saco de lixo no quintal, que havia sido rasgado por animais selvagens. Os restos estavam espalhados pela grama verde, encharcados no solo. A porta da frente estava fechada, mas destrancada. Quando entramos, só encontramos bagunça. Chutamos o lixo para fora do caminho.

Pegamos uma canetinha preta na bolsa de Thursday e rabiscamos algumas mensagens na porta branca da geladeira. *Violet, não ande pela fenda. Lembre-se de que alguns homens têm veias retorcidas e um lobo no lugar do coração. Fuja quando ouvir o uivo. Lembre-se do cheiro das facas. Elas cheiram a sangue. Fique longe das poças cheias de noite. Escute o som do River Man. Ele tem som de fome.* Desenhamos um coração grande o bastante para podermos assinar dentro: *Das Rainhas de Chillicothe*. Em volta, escrevi um feitiço de campo do jeito que a vovó Milkweed faria: *bálsamo de abelha, sementes de mostarda, grama-de-ponta, volte para casa. Deixamos a luz da varanda acesa para você.*

Daffy tirou um pedaço de lã vermelha do bolso e usou um dos ímãs da geladeira para mantê-la no lugar sobre minhas palavras. "Assim", explicou ela, "o pássaro vai pousar e ler nossa oração."

Ficamos em silêncio por todo o caminho até o trailer de Thursday. Ao chegarmos, ela olhou para a barriga e acariciou-a por bastante tempo, depois suspirou. "Vocês acham que quando ela nascer, vai saber que sou a mãe dela? Ou acham que vai pensar que sou apenas uma estranha que vai ficar com ela no colo até que a mãe verdadeira volte? Às vezes, acho que vai ser bom pra caralho andar de mãos dadas com ela pela rua. Mas e se um dia eu estiver fazendo um queijo-quente e esquecer a frigideira no fogão e causar um incêndio? E se um dia eu for a Violet, espiando através da janela a vida que eu gostaria de ter, mas que já era tarde demais para conseguir?"

"Por que não voltamos?", sugeri.

"Para procurar a Violet?" Thursday ergueu os olhos para mim.

"Não", respondi. "Para a reabilitação. Mas não em Chillicothe. Uma que seja bem longe. Tão longe que, quando sairmos, não possamos sentir o cheiro da fábrica, nem do Blue Hour, nem do..."

"Do rio", completou Daffy.

"É", Thursday respondeu bem baixinho. "Gosto dessa ideia. Mas precisamos usar todo o nosso bagulho antes."

A chuva batia em nossa cabeça ao corrermos para o trailer. Lá dentro, o carpete azul ainda tinha as marcas de aspirador da faxina que a mãe dela fazia toda semana. As manchas de sangue, no entanto, continuavam lá.

"Já mostrei a vocês o que a mamãe comprou para o bebê?", perguntou Thursday, a caminho da mesa onde havia pilhas dobradas de camisetinhas e macacõezinhos. Ela ergueu um pequeno par de meias amarelas. "Não são a coisa mais fofa do mundo? Dá para imaginar pés tão pequenos?"

Depois enfiou a mão na bolsa, tirou um saquinho e me entregou.

"A merda está na gaveta de baixo." E apontou para um gaveteiro encostado na parede.

Enquanto ela falava da bolsa maternidade com estampa de patinhos amarelos, abri a gaveta e tirei de lá uma colher e uma agulha.

"Mamãe também já comprou todas as mamadeiras e o resto", contou Thursday. "Precisa esterilizar as mamadeiras antes, sabiam disso?"

Daffy negou com a cabeça enquanto eu acendia o isqueiro sob a colher.

"Para assaduras." Thursday mostrou uma pomada. "Xampu especial." Em seguida pegou um frasco de cor âmbar. "De bebês. Pode cair nos olhos porque é seguro para eles. Sabiam que não se pode colocar bichinhos de pelúcia no berço? O bebê pode sufocar. Ei, Arc, já preparou essa merda?"

Ela sentou-se no chão a meu lado e enrolou a alça da bolsa maternidade com força no braço. Inseri a agulha e a esvaziei dentro de Thursday, que recostou a cabeça no sofá e fechou os olhos. Daffy comentou:

"Espero que ela tenha filhas gêmeas. Não quero que essa criança tenha que imaginar uma irmã. Queria que ela tivesse o que nós temos. Sabe, Arc? Eu não conseguiria viver sem você".

Quando enfiei a agulha em nossas veias, Daffy falou que seus dedos dos pés estavam secos. "E meu ombro, meu joelho e o dedo mindinho da minha mão direita. Estou virando pó, Arc?"

Juntas, fechamos os olhos. Sonhei que estava dentro da fábrica de papel. A serragem enchia o ar e os ruídos da serra machucavam meus ouvidos. Não havia ninguém à vista. As máquinas pareciam funcionar por conta própria. Conforme eu avançava, meus pés descalços deixavam pegadas na serragem do chão.

Quando a esteira começou a rodar, vi que em vez de toras prestes a serem cortadas, ali estavam Harlow, Nell Sábia e Indigo. Estavam imóveis. Não se mexeram nem quando tentei tirá-las de lá. Estavam perfeitamente duras e retas, como pedaços de madeira. Harlow foi a primeira a chegar à serra, que a cortou ao meio, fazendo o sangue jorrar pelo ar como serragem. Gritei e tentei arrancar Nell Sábia, mas a serra a pegou também, seu rosto se dividindo sob a lâmina.

"Não", clamei. "Não, por favor."

Quando Indigo alcançou a lâmina giratória, o sangue espirrou no meu rosto e no meu vestido branco.

Havia um último corpo indo em direção à serra.

"Violet?" Tentei levá-la comigo.

Ela gritou quando a serra cortou sua barriga. Fugi da fábrica e me virei para olhar para trás. A fumaça saía das chaminés. No começo era cinza, mas logo alcançou um tom vermelho-vivo que tomou conta do céu branco. Tampei os ouvidos com as mãos. Os gritos ficaram cada vez mais altos.

Quando abri os olhos, percebi que os gritos não estavam no meu sonho.

Senti que havia encostado em algo quente. Olhei para baixo e vi algo que parecia ser borra de café na palma da minha mão. Era tão marrom que a princípio não percebi que era sangue. Só então vi a poça que se estendia até Thursday.

"Meu bebê." O grito dela foi mais alto do que todos os trovões vindos de fora. "Não. Por favor, não. Meu Deus."

Ela agarrou a barriga, os dedos passando pelos furos nas mangas compridas, o sangue coagulando na parte interna das pernas.

39

"É extenso o estigma da estrela."
— Poeta Daffodil

Depois que perdeu o bebê, Thursday se trancou em seu trailer. O mais perto que conseguia chegar dela era me sentando do outro lado da porta. Às vezes, ela divagava.

"Talvez sejamos como os elefantes, Arc", dizia. "Uma espécie caçada até a extinção por causa de nossas presas."

Outras vezes, ficava com raiva e suas palavras vinham em gritos.

"A gente dizia que usava coroas. Que piada de merda. Deveríamos ter dito o que realmente estávamos fazendo. Talvez pudéssemos ter sido as rainhas de um desfile diferente. Mas não aqui. Não aqui, nessa terra de fumaça e droga."

Os pais dela deixavam as compras na varanda da frente e imploravam para que os deixasse entrar. A mãe dela estava sempre vestida com uma roupa azul-escura. E sempre com uma sobremesa na mão. Quando trouxeram uma torta de chocolate com chantilly, ela me ofereceu um pedaço.

"Não precisa." Olhei para o merengue esmagado sob o papel-filme.

"Thursday?" Ela bateu na porta com a mão livre. "Fiz a sua torta preferida. A que parece uma lua. Vamos, meu amor. Abra a porta."

Passei pelo pai dela nos degraus. Ele me ofereceu uma fatia da pizza que estava segurando.

"Não, obrigada", respondi.

Quando saí com o carro, ele tinha aberto a caixa de pizza na frente da janela e dizia: "É a sua preferida, querida. De cogumelo. Por favor, deixe-nos entrar".

A porta permaneceu fechada e trancada.

Cheguei em casa e procurei por Daffy em seu quarto, mas estava vazio. Eu a fiz prometer que não sairia sozinha por aí com um assassino à solta, mas, mesmo assim, acabei indo de carro até o Blue Hour atrás dela. Na calçada, havia duas mulheres que eu não conhecia. Perguntei se tinham visto uma mulher que se parecia comigo.

"Não", a mais alta respondeu. "Não vi ninguém parecida com você."

"Só você mesma", acrescentou a outra.

Fui bater em alguns quartos, mas não obtive resposta. Logo reparei que a porta de manutenção estava entreaberta, então a empurrei. O cômodo era estreito, mas comprido, com diversas prateleiras de metal enfileiradas que abrigavam materiais de limpeza, ferramentas e caixas. Havia uma mesa encostada na parede do canto. Ao lado havia uma estante com uma TV de tubo antiga e um aparelho de VHS. A televisão estava pausada em um close do rosto de uma mulher. Peguei o controle remoto e dei play.

O filme, *O Que Terá Acontecido a Baby Jane?*, era em preto e branco. A atriz, Bette Davis, chorava em cena. Eu estava prestes a pausar de novo quando a imagem mudou, desta vez em cores. Uma linha de estática atravessava a tela. Assim como Bette Davis, havia uma mulher chorando e enxugando as lágrimas em um suéter azul-bebê. Era claramente uma filmagem caseira e a data, 1990, pairava no canto superior direito.

Ejetei a fita e encontrei "Texas" escrito na etiqueta. A caixa ao lado da estante estava cheia de fitas, todas com nomes de estados. Peguei uma que dizia "Tennessee" e coloquei. Era uma série de vídeos caseiros misturados com clipes de filmes, todos de mulheres chorando. Fita após fita, avancei rapidamente por seus rostos. Algumas soluçavam e lamentavam, erguendo as mãos para o céu. Outras ficavam sentadas em silêncio, as lágrimas escorrendo pelo rosto. Alguns dos filmes caseiros tinham sido filmados em ruas, alguns dentro de casas, com datas de diferentes décadas.

"Você me descobriu."

Larguei o controle e me virei. Era Welt. Estava com um olhar intenso no rosto.

"Você me descobriu", repetiu.

"Desculpa", falei. "Eu não queria mexer nas suas coisas."

"Eu sou um colecionador de lágrimas." Ele chutou de leve a caixa de fitas no chão. "Não dá para acreditar em quanta gente se livra das lembranças de família." Pegou uma fita com o título de "Kansas". "Encontrei essas fitas em vendas de garagem, lixeiras, como se não valessem nada. Às vezes, os vídeos só mostram uma família sorridente em um parque de diversões." Ele passou o dedo pela borda da fita. "Mas, às vezes, eles filmam as partes tristes também. São essas que eu pego para a minha coleção. O que você achou? Da minha coleção?"

"Por que elas têm nomes de estados?", perguntei.

"Para eu saber de onde vieram", foi a resposta. "Estou sempre me mudando." Depois ejetou a fita no aparelho e colocou a que estava em suas mãos. "Minha mãe sempre dizia para eu continuar em movimento. Falava que eu tinha um coração de concreto e que provavelmente afundaria até o centro da terra se ficasse parado no mesmo lugar por muito tempo."

Quando o vídeo começou a rodar, dei alguns passos para trás, em direção à porta.

"Não quer ficar e assistir?", indagou. "Podemos lavar nossos olhos juntos."

"Quem sabe outra hora?"

Ele sorriu, mostrando seus dentes quebrados. "Sempre que me falam isso, eu duvido". Então voltou a olhar para a TV. "Essa aqui é uma das minhas preferidas", disse da imagem de uma mulher sentada à mesa, enxugando os olhos com a manga de um suéter rosa. "Meu Deus, eu mataria para beber as lágrimas dela."

Corri para a porta, abrindo-a num empurrão. Só olhei para trás quando estava dentro da caminhonete. Welt ficou parado na soleira, a mão enluvada sobre a orelha, como se tentasse ouvir.

"Ele me lembra dos monstros das histórias que a vovó Milkweed contava", a voz de Daffy ecoou em meus ouvidos enquanto eu saía do Blue Hour. "Aqueles que provocam incêndios e roubam sonhos."

Meu corpo tremia de frio. Agarrei o volante estampado com as rimas de Daffy e rezei para que ela já tivesse voltado para casa.

Quando cheguei, quase bati na caixa de correio ao entrar com o carro em alta velocidade. Corri para dentro e perguntei a tia Clover se ela tinha visto Daffy.

"Claro", ela respondeu. "Eu a vejo ali." Apontou para o canto da sala. "Ali." Apontou para o teto. "Ali e ali e ali." Apontou para o chão, para a TV e para a mesinha de centro. "E, claro, aqui." Ela mostrou o dedo do meio para mim.

Derrubei os gravetos jogados no sofá, espalhando-os pelo corredor.

"Sua piranha de merda", ela gritou para mim.

Abri a porta do quarto de Daffy. Ainda estava vazio. Fui até a janela por onde tínhamos visto John Theresa daquela vez, quando ele ainda era só o homem do violino. Olhei para baixo e percebi que estava em cima do desenho que fizemos do rosto dele, desbotado pelos longos anos.

Apoiei os joelhos no chão e encostei o ouvido nas cordas do violino que nos esforçamos para desenhar em linha reta. Foi então que vi minha irmã debaixo da cama.

"Oi, Arc."

"O que você está fazendo aí embaixo?", questionei.

"Meus pés estão desaparecendo."

"Do que você está falando?"

"Às vezes", disse ela, "eu olho para baixo e só vejo terra e pedras."

"Eu estava morrendo de medo, Daffy. Não fazia ideia de onde você estava."

Rastejei para ficar ao lado dela, embaixo da cama.

"Cadê o McLanche Feliz, Arc?", perguntou. "Você me trouxe um McLanche Feliz pela metade da outra vez que me achou debaixo da cama. Cadê o meu lanche agora?"

"Onde você se meteu, Daffy? Eu falei para você não sair sozinha de casa. Não com o River Man andando por aí."

"É engraçado como deram o nome de McLanche Feliz. Como se a felicidade fosse uma coisa simples de se encontrar, numa caixinha vermelha."

O silêncio se instalou, mas logo o quebrei. "Eu tenho um segredo para confessar, Daffy. Tinha *mesmo* um brinquedo no McLanche. Só que eu peguei para mim. Era uma princesa".

"Eu sei", ela respondeu. "Eu também ganhei uma no meu."

"Você também ganhou um McLanche Feliz?"

"Ele trouxe um para mim também."

"Então quer dizer que você ganhou um McLanche Feliz e não guardou nem um pedacinho para mim?" Olhei para ela. "E se eu não tivesse ganhado um? Eu também estava com fome, e você sabia disso. Ia me deixar morrer de fome?"

"Nem pensei em você."

As palavras ficaram pesadas no ar antes que Daffy apertasse minha mão.

"No fim das contas, sou mesmo filha da nossa mãe, né, Arc?"

Ela se aproximou de mim, encostou a cabeça em meu ombro e questionou: "Sabe por que eu estava debaixo da cama naquela noite? Eu queria me esconder do aranha".

"Aranhas também rastejam pelo chão, Daffy." Olhei para o forro do colchão de molas. "E por que está aqui agora?"

"Vim me esconder dele de novo. Ele está dirigindo para cima e para baixo na rua." Ela sorriu e se virou para mim. "Fale sobre as irmãs Trưng, Arc."

O cabelo ruivo de Daffy, antes brilhante, havia ficado tão ralo em volta do rosto que fazia a testa parecer maior e projetar uma sombra sobre o nariz. Parecia ser mais velha do que era. A depender da luz, alguém poderia pensar que ela era uma mulher de meia-idade que não tinha mais orações para atender aos próprios pedidos. As feridas em sua pele ressurgiam nos mesmos lugares onde já haviam cicatrizado, e até suas mãos pareciam estar murchando.

"No antigo Vietnã", comecei, "as irmãs Trưng formaram um exército de mulheres. Elas encontraram sua independência e se tornaram rainhas."

Daffy murmurava as palavras conforme eu falava. Depois me pediu para contar a história mais duas vezes. Fiz isso enquanto passava a mão pelos seus cabelos, os fios se soltando entre meus dedos.

"Talvez devêssemos comprar umas vitaminas", sugeri, "para você não desmoronar tanto assim."

Ela olhou para os gravetos colados na parede. "Eu sei o que a tia Clover está montando."

"O que é?"

"Seu próprio reflexo."

40

"Sim, minha certeza floresceu, o passado sou eu."
— Poeta Daffodil

Quando encontramos a máquina do tempo da Cleópatra, ela estava enterrada havia décadas. A única coisa visível era o topo do para-brisa rachado. Foi Nell Sábia quem a viu quando nós quatro descemos juntas ao rio e descobrimos nossa Montanha Distante.

"Tem alguma coisa brilhando ali." Ela apontou para a borda cromada do para-brisa que refletia a luz do sol.

Na época, não sabíamos que o carro inteiro estava enterrado, apenas que havia peças à mostra o suficiente para nos dizer que era da década de 1950.

"Olha essas asas de barbatana", admirou Nell Sábia enquanto passava as mãos pelas pontas que se projetavam do chão como barbatanas de tubarão. As lanternas traseiras vermelhas estavam quebradas, seus cacos presos no lugar como rubis estilhaçados, de acordo com Thursday. Com o tempo, ao voltarmos ao local, fomos desenterrando o carro aos poucos até retirarmos os bancos de couro, expondo o retrovisor de teto e os laterais, e vermos que a cor da carroceria metálica já tinha sido azul.

"É da cor de lápis-lazúli", contei a elas.

Um pedaço de metal estilhaçado se projetava do capô, a ponta afiada virada para o céu.

"Parece uma espada medieval", continuei, alisando-o com a mão.

Havia marcas fossilizadas nos assentos de couro. Thursday disse que sabia o que eram.

"Folhas", explicou. "Mas não são folhas de agora, e sim folhas do passado. Que não existem mais."

Nell Sábia adivinhou que já não haveria mais pneus no carro antes mesmo de o escavarmos por completo. Daffy acabou encontrando um crânio de gato no porta-malas quando finalmente o abrimos. O interior do crânio estava cheio de lama e entre as presas dava para ver o lado arredondado de uma pequena bola de gude azul.

"Aposto que quando este carro ainda andava pelas ruas", comentou Nell Sábia, passando a mão pela lataria, "ele deixava a própria lua sem fôlego."

Segundo Daffy, os arranhões no metal eram a demonstração de fúria que sobrou de uma mulher com garras.

Nós quatro entramos no carro. Daffy se sentou atrás, ao lado de Nell Sábia, enquanto me sentei na frente com Thursday. Ela ficou ao volante, fingindo que dirigia, e tirou a sujeira do painel ao comentar: "Este carro está totalmente impregnado com o tempo".

"É porque é uma máquina do tempo", falei. "Ele já visitou a era dos dinossauros." Apontei para os fósseis nos assentos. "Foi para o Egito." Ergui o crânio do gato. "E não tem pneus porque nunca precisou. Era puxado como uma carruagem por cavalos alados feitos de fogo e gelo."

"Que tipo de combustível se coloca em uma máquina do tempo, Arc?", perguntou Nell Sábia.

"Água do rio", respondi. "É por isso que está estacionado aqui. Parou para abastecer."

Nós rimos enquanto Thursday fingia dirigir através dos portais do tempo e do espaço, emitindo um som agudo ao pisar no freio.

"De quem caralhos você acha que era essa máquina do tempo?", ela questionou.

"Da última rainha do Egito." Olhei no fundo dos olhos do crânio do gato.

"E quem foi a última rainha do Egito?", quis saber Nell Sábia, levantando as mãos como se Thursday estivesse nos levando morro abaixo.

"Cleópatra, é claro." Daffy sorriu.

"Bom, vamos abastecer essa belezinha", sugeriu Thursday. "E descobrir se conseguimos fazer uma visitinha ao passado."

Depois que Thursday perdeu o bebê, eu sabia que ela tentaria voltar ao passado. Recebi a ligação um pouco depois da uma da manhã. Ela contou que tinha ido até a máquina do tempo da Cleópatra com um balde. Encheu-o com água do rio, depois jogou sobre o carro e sentou ao volante.

"Mas ele não dava partida", continuou. "Não importava quanta água do rio eu usasse para abastecer. Não importava quantas vezes eu implorasse."

Já haviam se passado algumas semanas desde a perda do bebê. Essa era a primeira vez que me ligava desde então. Continuei indo até a casa dela, sentando-me do lado de fora da porta e pedindo que me deixasse entrar, mas só fui recebida pelo silêncio.

"Achei que conseguiria voltar ao passado", explicou Thursday, "para a época em que descobri que estava grávida. Eu iria fazer tudo certo, dessa vez. Ficaria limpa. Comeria as coisas certas. Não beberia nada de errado. Só que essa máquina do tempo está quebrada, Arc. Não me admira que Cleópatra a tenha abandonado em Chillicothe, Ohio."

Thursday desligou tão subitamente quanto havia ligado.

Quando cheguei à casa dela, a porta da frente estava trancada. "Ei, Thursday?" Bati. Quando ela não respondeu, bati com mais força. "Vamos, abra".

Fui até uma das janelas da frente. Estava aberta, então soquei a tela e entrei. O trailer estava escuro, mas vi um facho de luz ao redor da porta do banheiro. Abri e a encontrei, com uma tesoura na mão, fazendo tantos furos nas roupas que já estava quase nua.

"Cai fora daqui, Arc." Ela ergueu a tesoura como se quisesse me esfaquear. Mas em vez disso a largou no chão e desabou contra o armário do banheiro.

"Sinto muito, Arc. Eu não quis... me desculpa."

"Tudo bem." Eu a segurei em meus braços. Em sua pressa para cortar as roupas, acabou fazendo cortes na própria pele.

"Quero meu bebê de volta, Arc." Ela enterrou o rosto na minha camisa. "Eu sabia que estava fazendo algo errado, mas não achei que iria perdê-la. Achei que ainda tinha tempo para melhorar."

Eu a aninhei junto ao peito, as mangas de sua camisa estavam tão esburacadas que escorregavam pelos ombros.

"Por que você ainda faz todos esses furos nas roupas, Thursday?" Limpei o sangue do braço dela.

"Tudo o que fizemos, Arc, nos custou esmeraldas, safiras e rubis. Mas também nos custou pedaços de nós mesmas. É só isso." Ela pegou o tecido cortado do chão. "Pedaços de mim mesma, cortados para pagar ao diabo." Em seguida deixou os pedaços caírem por entre os dedos. "Odeio pensar que minha filha está enterrada no chão, com minhocas que comem tudo até os ossos."

Ela olhou para a agulha usada no chão, logo atrás do vaso sanitário.

"E se ela não estiver enterrada no chão?", perguntei.

Thursday se virou para mim, os olhos escurecidos pelas lágrimas.

"E se a enterrarmos no céu?" Enxuguei suas bochechas até que um sorriso surgiu.

Ela me deixou colocá-la de pé e conduzi-la pela casa, saindo pela porta dos fundos. O céu noturno estava limpo. As horas escuras já estavam se acomodando, permitindo que as estrelas brilhassem no céu como as joias que Thursday sempre disse que tinha.

Ela se apoiou em mim ao entrarmos na grama alta.

"Onde vamos enterrá-la?", indaguei.

Thursday examinou o céu com os olhos.

"Naquele aglomerado de estrelas." Ela apontou para cima. "Parecem satisfeitas. Como as luzes de uma casa que é aconchegante quando precisa e agradável o tempo todo. Vai ser bem ali."

Depois de se sentar, continuou: "Não tenho mais o corpo da minha bebê, Arc. Tiraram ela de mim".

"E se eu estiver com ela aqui?", respondi, levantando os braços.

Thursday voltou os olhos para a grama alta, soprada pelo vento. Ficou observando enquanto ria baixinho. "Então eu diria, me dá a minha bebê."

Ela estendeu os braços, as lágrimas escorrendo pelo rosto. Eu embalei o ar e entreguei a ela, que pegou como se houvesse um cobertor enrolado em sua filha, tão comprido que era preciso levantá-lo do chão. Enquanto Thursday olhava para os próprios braços, balançando-os de um lado para o outro, voltei para o trailer.

Na penumbra do banheiro, recolhi os pedaços de tecido do chão. Dava para ouvir a voz de Thursday lá fora. Estava cantando, mas não uma música do rádio. Era uma letra de autoria própria. Do tipo que uma mulher cria depois de ter desaparecido na névoa da montanha.

"*Vou te dar um motivo para me comprar flores*", ela cantou. "*A vida é um relógio, os minutos fazem tique e taque. À uma, você nasceu menininha, às duas, cresceu todinha. Às onze badaladas, pelo paraíso fui amada. À luz da meia-noite, meu choro foi um açoite. Ao final das horas a menina não ganhará flores, nem dores. Ao final das horas a menina não ganhará flores, nem dores. Sem flores, sem dores. Sem menina.*"

Eu me sentei ao lado de Thursday, que falou: "Estou feliz que seja você quem está comigo no enterro dela, Arc".

Continuava concentrada no embalo dos seus braços. Era algo que havia perdido, mas, naquele momento, foi capaz de encontrar novamente.

"Vou enterrá-la junto do meu primogênito", contou, levantando os braços.

Nós duas olhamos para o céu e, quando o vento soprou as mangas da blusa, elas balançaram como um cobertor sendo levado pelo ar.

"Ajude-me a cavar, Arc." Ela se deitou, com as mãos ainda erguidas enquanto retirava grandes pedaços do céu.

Coloquei os pedaços de tecido no chão e me deitei ao lado dela, nossos dedos agarrando o ar até ouvi-la dizer que o buraco já estava fundo o suficiente. Em seguida apoiou as mãos em cada uma das bochechas e sorriu enquanto contava.

"Uma estrela partindo, duas estrelas indo embora, três estrelas já se foram." Ela soltou um longo suspiro que nos cercou. "Ela já está no buraco, Arc."

Eu me levantei com um punhado do tecido nas mãos e lancei seus retalhos em direção às estrelas. Quando eles caíram de volta em cima da gente, Thursday pediu: "Me dá um pouco dessa terra, Arc Doggs".

Deixei os retalhos escorregarem da minha mão para a dela, que se levantou e os jogou para o alto com um grito que continuou mesmo após os retalhos caírem de volta à terra. Depois ela os recolheu, junto aos tufos da grama, e repetiu o processo até estar jogando punhados de terra para o céu, grunhindo a cada arremesso. Sua fúria, páreo a páreo com sua dor.

Sem fôlego, o último grito saiu bem lá do fundo. Foi um rugido, que irrompeu e desapareceu na escuridão. Os braços dela despencaram ao lado do corpo enquanto as lágrimas lavavam seu rosto.

"Ela está enterrada no céu agora", falou. "Lá não tem minhocas. Nem nada que a devore até os ossos. Existem apenas as estrelas, e elas vão ensiná-la a ser uma delas, até que brilhe como uma campina ao longe."

“Você é a mãe daquela campina”, respondi.

“Sou.” Thursday sorriu.

“Você é a mãe daquela estrela.”

“Sou.” Ela ergueu o queixo e endireitou os ombros. “Eu sou a mãe. Sou, sim. Sou, sim. Eu sou.”

ESCRITÓRIO DO MÉDICO-LEGISTA DO CONDADO DE ROSS
CHILLICOTHE, OHIO

RELATÓRIO DE INVESTIGAÇÃO DO MÉDICO DO CONDADO

FALECIDA: Violet

IDADE: Tão antiga quanto as garças

OLHOS: De borboleta

CABELO: Como a flor

DESCRIÇÃO DO CORPO: Despido

GÊNERO: Mãe

TEMPERATURA DO CORPO: Necessitando de chamas

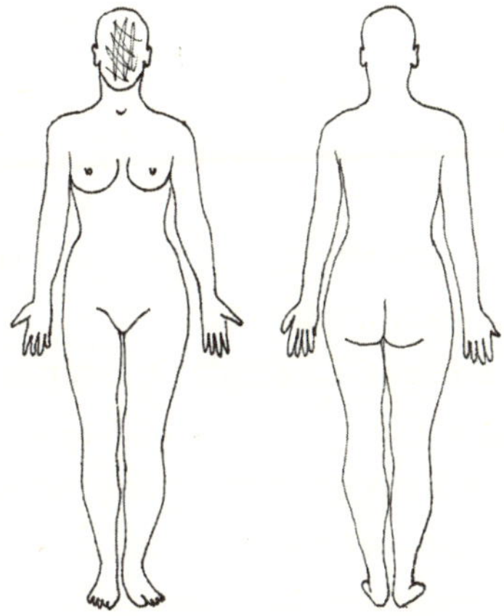

FERIDAS E MARCAS: Má nutrida. Padrão distinto de escoriações nas juntas dos dedos do punho direito, como se tivesse revidado. Unhas quebradas. Submersa por muito tempo. Terra encontrada embaixo das pálpebras. Material vegetal inserido nas narinas e entre as pernas. Presente em passagens de ar menores. Escoriações graves nos seios. Nada inesperado. Escoriação encontrada antes do afogamento. O coração já havia parado quando aconteceram. As áreas de coloração roxa foram, no entanto, feitas enquanto ainda estava viva. Forte impacto na parte de trás do crânio. Presença de sangue na superfície do cérebro. Uma coroa de galhos e caules. Pulmões cheios, como uma mulher que respirou bem fundo, antes de nos cantar sua própria música.

PROVÁVEL CAUSA DA MORTE:
Chegou perto demais da beira da água.

41

"Para baixo escoa, mas ainda busca sua coroa."
— Poeta Daffodil

Dois adolescentes foram pescar. Primeiro, andaram pelo quintal em busca de gafanhotos para encher o balde velho que carregavam. Os insetos até tentaram pular e escapar, mas foram capturados pelos meninos no balde com tampa. Depois, os dois apoiaram as varas de pescar nos ombros e foram balançando o balde pela alça até chegarem ao rio. Cada um escolheu um gafanhoto.

Os meninos perfuraram os bichos inquietos com o anzol frio, até que um deles olhou para a água.

"A correnteza está rápida hoje", comentou.

Quando o outro lançou a linha, ela fez a água respingar para todo o lado, no exato momento em que o cadáver de Violet apareceu boiando. Até os dois entrarem em contato com a polícia, o corpo já havia sido arrastado rio abaixo. Finalmente a encontraram presa nos galhos de uma árvore caída, como uma canção inacabada.

"River Man", era o que o sussurro das ruas dizia.

O silêncio foi a resposta do departamento do xerife.

Preenchíamos a ausência que Violet deixou em nossa vida ao falar sobre ela e sua habilidade de fazer com que nos sentíssemos vistas.

"Violet sempre me trazia rosquinhas com recheio de creme", contou uma das mulheres. "Sabia que eram as minhas favoritas."

"Para mim, ela fazia com recheio de morango", outra acrescentou.

Depois comentaram sobre como Violet sempre trazia guardanapos o suficiente para limpar nossos dedos e rostos sujos de açúcar, como uma mãe cuidando das filhas.

"A morte da Violet me lembrou do depósito de frutas da vovó Milkweed", Daffy me disse.

Eu mesma já havia pensado nisso. Era um local feito com paredes de alvenaria sem reboco, com caixotes de frutas e poças de alguma coisa úmida que reluzia como prata ao luar. Ali, entre paredes pálidas e sem vida, havia uma fita roxa vibrante sobre a mesa. A única coisa delicada que sobrou, digna de ser lembrada.

"Estou com medo de nunca mais enxergarmos a cor violeta", confessou Daffy.

Alguns dias depois de Violet ter sido retirada do rio, Daffy e eu estávamos em frente ao Blue Hour com Thursday, que tinha voltado às ruas desde aquela noite em que enterramos sua filha no céu. Não houve qualquer menção à criança que um dia esteve em seu ventre. E se alguém viesse lhe dizer: "Sinto muito, Thursday. Soube o que aconteceu com o seu bebê e tal", ela respondia: "Ainda sou mãe", e olhava para o céu.

Era a primeira vez, desde que a conhecemos, que não usava nenhuma das contas de plástico que jurava serem opalas, turquesas ou peridotos. Nenhum anel de ametista ou esmeralda. Nada de pulseiras de malaquita, âmbar ou jaspe. Nem mesmo o piercing no nariz. Sua pele estava completamente sem adornos. Quando perguntei onde estavam seus diamantes e safiras, ela respondeu: "Ah, está falando daquelas bijuterias de plástico? Não valem nada. Chega uma hora em que a gente precisa abandonar o faz de conta, Arc".

Suas roupas, no entanto, ainda tinham furos, só que cada vez maiores. Ela havia cortado um buraco nos cotovelos, um de cada vez, até o tecido se assemelhar a um par de asas. O rasgo no ombro era grande o bastante para remeter a uma mordida imensa. Os joelhos estavam expostos, assim como o resto das pernas. Entre essas horas e o dia seguinte, ela era apenas um borrão, pelo menos até que a próxima coroa a fizesse esquecer por um momento por que estava segurando uma tesoura.

"Tá tudo bem, Thursday?", questionou Daffy.

"Como qualquer uma de nós pode estar bem?", foi a resposta. "Estão matando nossas amigas. Parece que tudo é um abismo ainda mais profundo agora. Só não estou surpresa de isso estar acontecendo. Numa cidade como essa, os monstros se alimentam de fumaça. Se você prestar atenção, vai ver que algumas mulheres sempre são seguidas pela sombra de um homem." Ela ergueu o rosto em direção às chaminés da fábrica de papel. "Será que quando enterramos aquela cápsula do tempo, acabamos nos enterrando também? Será que somos culpadas por essa maldição que nos aflige?"

Ela abriu a mão e mostrou uma pequena tatuagem no pulso esquerdo. Era o corpo de uma loba.

"Ela não tem cabeça", explicou Thursday. "Porque foi devorada."

"Pelo quê?" Os olhos de Daffy se arregalaram.

"Pela porra dos meus segredos." Thursday meteu a mão na bolsa e puxou um maço de dinheiro. "Isso vai me levar para bem longe daqui." E o guardou de volta.

"Você não roubou essa grana do Highway Man, roubou?" Vi que ela estava esfregando a tatuagem.

"Ele nem vai perceber por enquanto", ela falou. "Até lá, eu já vou estar além da Montanha Distante. Vocês também têm que sair daqui. Pelo menos até o River Man parar de encher o rio com sangue."

Nós três nos viramos em direção a um chacoalhar. Eram as latas amarradas a um carrinho de compras e à barra da saia da velha sábia.

"Ela escala como uma gata", comentei ao ver a senhora que empurrava o carrinho.

"Ela voa como uma coruja." Thursday abraçou o próprio corpo.

Os cachecóis desbotados da mulher voavam ao sabor do vento, como se fossem fumaça saindo de sua cabeça.

"Dizem que entrar no carrinho de compras dela", continuou Thursday, "é como entrar em seu berço. E por pelo menos um instante você pode deixar que te carreguem. Quando a vida fica difícil para caralho e não dá mais para seguir em frente, ela te empurra. Só uma velha senhora seria tão bondosa."

Ao vê-la passar, Thursday agarrou-se à lateral do carrinho e entrou. A mulher não deu atenção e continuou empurrando o peso extra com a mesma expressão de antes, quando havia apenas o cobertor sujo e o ursinho de pelúcia esfarrapado.

"É muito bom", gritou Thursday. "Ei, Arc?" Ela mostrou o ursinho. "Não deixe o diabo saber."

"Saber o quê?", berrei de volta.

"O seu nome", respondeu Thursday, agarrando o urso com força. "Não deixe o diabo saber o seu nome também."

Pouco antes de a mulher dobrar a esquina, Thursday chamou: "Ei, Arc? Peguei você". Ela gritou do mesmo jeito que imaginei que seu irmão tenha feito certa vez. Depois riu, mas sem humor. "Agora quem vai desaparecer sou eu, hein?"

A coruja velha e sábia empurrou o carrinho esquina afora, embalada pelo chocalho das latas amarradas na barra da saia.

—

42

"Em sonhos que desvanecem, somos as presas que perecem."
— Poeta Daffodil

"Ser mulher é existir desde o início dos tempos", era o que vovó Milkweed dizia ao se olhar no espelho. "É o maior desafio que Deus nos propõe. Se falharmos, não nos será prometido nada além de carregar esse fracasso por toda a eternidade, perdidas na névoa nos limites do condado. Se encontrarmos a saída, será graças às mulheres que vieram antes e que deixaram acesa a luz contra a escuridão."

Achei que suas palavras eram a razão pela qual os espelhos em meus sonhos sempre refletiam as curvas da região lombar de uma mulher, quem sabe até mesmo as minhas. Mas à medida que as curvas ficavam mais finas, percebi que era com Daffy que eu estava sonhando. Naquele mês de outubro, ela já havia perdido tanto peso que nenhuma roupa servia mais. Ela começou a tirar coisas do armário. Roupas que usávamos quando éramos mais jovens, como macacões e moletons, coisas que não escorregassem de seu corpo ossudo. Grande parte de seu cabelo já havia caído, e as partes calvas ficavam mais visíveis quando ela prendia as tranças para trás. Na maioria dos dias, parecia haver uma camada de poeira sobre os olhos, diminuindo toda a luz. Novas feridas cobriam sua pele como se jamais fossem cicatrizar. E dizia que tinha a impressão de seu coração estar coberto de crateras, como as da lua.

"Às vezes, Arc, eu olho para o espelho e não vejo um reflexo."

"É só por causa da fita adesiva no vidro", eu respondia. "Ninguém consegue ver o próprio reflexo nesta maldita casa."

Era nosso aniversário de 21 anos. Estávamos no quarto dela, que tinha voltado a vasculhar o armário em busca de roupas. Eu estava lendo, sentada na cama.

"Que livro é esse, Arc?", quis saber Daffy.

"É da mamãe." Eu o mostrei. A palavra *diário* estava escrita com letras douradas na capa de cetim.

"A caligrafia da mamãe parece tão jovem, não é?" Daffy espiou a página. "Faz a gente pensar que ela nem sempre foi uma mulher envelhecida trancada no quarto dos fundos."

Daffy enfiou a mão na caixa e puxou um moletom para vestir. Era cor de creme, com mangas azul-claras. A estampa era da personagem de um livro antigo chamada Holly Hobbie, uma garotinha com um vestido de retalhos e uma touca enorme que escondia metade do seu rosto. Com o moletom, Daffy também vestiu uma camisola rosa com borda de renda e meias cor de chocolate que iam até os joelhos.

"Você usou isso quando ficamos gripadas", comentei.

"Não acha que ainda tem germes aqui, né?", ela perguntou. "Vamos ficar doentes de novo?"

"Acho que nem importa mais, Daffy. Você já parece bem doente."

Ela passou os dedos pelo rosto. "Estou perdendo uma unha."

Segurei a mão dela. A unha ainda estava lá, só que preta.

"Estou virando a mamãe." Ela sorriu com os olhos vidrados. "Logo, logo você vai ter que colocar meu colchão no chão. Eu vou ficar no frio e no escuro e vamos nos comunicar através de latas amarradas a um barbante."

Ela baixou os olhos e notou uma caixa de transporte de animais na frente do armário.

"Era para carregar algo bem pequeno e perdido", expliquei. "Peguei na loja de descontos."

Daffy nem se dignou a perguntar o que eu pretendia colocar na caixa. Simplesmente se jogou na cama, fraca demais para ficar em pé.

"Trouxe uma coisa para você, Daffy." Desdobrei o pedaço de papel branco que estava em meu bolso. Colado no canto inferior havia um quadradinho amarelo bem vibrante. "Sabia que se você olhar para a cor amarela e depois para uma folha de papel em branco, vai ver uma cor completamente diferente?"

Ela olhou para o quadrado amarelo e contou os segundos. Quando moveu os olhos para o espaço branco, sorriu.

"Ah, Arc. É a cor violeta. Eu estava preocupada que a gente nunca mais fosse vê-la."

"Pois é." Eu a abracei quando ela se recostou nos meus braços. Aninhei o rosto em seu cabelo, que tinha o cheiro das pedras molhadas na margem do rio.

"É meu presente de aniversário?", indagou, olhando para mim.

"Não. É isso aqui." Peguei uma sacolinha de plástico no chão.

Ao abrir, Daffy perguntou: "Acha que a mamãe se lembra do nosso aniversário?".

"A gente lembra, isso que importa", respondi.

"Mas se ela lembrasse também seria bom." Daffy abriu a sacola e retirou uma tampa de plástico.

"Tirei de uma lata de fubá", comentei.

"O que é?" Ela passou o dedo por toda a extensão do pedaço de linha vermelha amarrada, que passava por um buraco que eu havia feito na tampa.

"É uma bússola de rio", expliquei, mostrando as direções que eu havia escrito na parte superior com canetinha preta. Virei a bússola para o oeste. "Por aqui, você sai da enchente. E por aqui, você não se afoga." Virei para o leste. "Mas para nunca se perder de novo, vá para o norte." Girei a bússola em direção às estrelas.

"Mas e o sul?", ela questionou.

"Nunca vá para o sul, Daffy. É onde vivem os fantasmas."

"Vamos até o rio, Arc", pediu. "Quero testar."

"É perigoso, Daffy. Não dá. Não com o River Man à solta."

"É por isso mesmo que precisamos ir."

Ela se levantou e saiu pela porta. Parei no corredor para calçar o sapato, mas quando vi que Daffy estava descalça, deixei o meu também. Juntas, passamos pela tia Clover sentada no chão em frente à TV, com os olhos voltados para os planos aéreos da Torre Eiffel.

"França", disse, colocando a mão na tela. "É onde fica a *Mona Lisa*. Sobe, sobe, dona aranha, onde você vai escondê-la?" Tia Clover cuspiu na palma da mão e bateu na tela da TV, em cima do rosto da Mona Lisa. "Bem ali."

Daffy me puxou pelo braço e saímos, sem deixar a porta de tela bater atrás de nós.

Fui até o trailer de Thursday. Estava escuro. Fazia semanas que ninguém a via. Os pais dela espalharam cartazes e até mesmo ofereceram uma recompensa em dinheiro. Embora tivessem recebido ligações de pessoas alegando saber o paradeiro exato de Thursday, nenhuma das dicas os levou a encontrar a filha.

Daffy e eu espiamos o trailer enquanto atravessamos o milharal. Ainda não era época de colheita, mas logo seria. Os talos altos seriam cortados antes da chegada do inverno. Daffy andava de costas por entre as folhas, a linha vermelha da bússola girando em sua mão.

Quando chegamos ao pequeno trecho de floresta, comentou: "As árvores estão úmidas, misteriosas e nuas".

"Porque ela vive sozinha", acrescentei.

"E elas cantam e cantam e cantam", gritou.

"Porque ela vive sozinha."

Na Montanha Distante, passamos pela máquina do tempo. Por um momento, achei que poderíamos encontrar Thursday ali, ainda tentando encher o tanque com água do rio para voltar a uma época em que teria chance de recomeçar. Deixadas apenas com nossa própria companhia, olhei para Daffy parada na margem, observando a água marrom.

"Também tenho um presente para você, Arc", avisou ela, abrindo a mão.

Lá estava a princesa do McLanche Feliz de tantos anos antes. O rosto estava sujo e a coroa tinha perdido uma de suas joias, mas Daffy tinha usado cola e fita adesiva para consertar o plástico.

Envolvi a princesa entre meus dedos e a segurei contra o peito.

"Senti saudade dela", confessei, lembrando quem eu costumava ser.

"Por que você nunca fez mais nada, Arc?" Daffy colocou o dedo embaixo do meu queixo e o ergueu até que nossos olhos se encontrassem. "Por que nunca saiu daqui? Foi embora? Conquistou alguma coisa? Você era a irmã inteligente. Como foi que acabou com uma vida burra?" Ela se afastou e olhou para a bússola. "Eu vou te dizer por que, Arc. É porque você é minha irmã. Fui eu que te atrasei. Agora entendo isso."

"Você não me atrasou", respondi, mas meu tom revelava algo mais.

"Sabe por que eu te chamo de Arc?" Ela sorriu para o rio. "Não é porque você cava na terra como uma arqueóloga, ou porque a mamãe te chama assim. Eu chamo você de *Ark*, não com *c*, mas com *k*. Como aquela arca que salvou todo mundo do dilúvio. Você é a minha arca, sempre foi. Sempre pronta para me salvar quando o dilúvio chegava. O problema é que, para ajudar alguém que se afoga, você também precisa entrar na água. E às vezes não dá para voltar. Eu afoguei você comigo, Arc. Que nem o papai fez com a mamãe, e a mamãe fez com a tia Clover."

Ela pegou uma pedra e arremessou no rio. "Me conta a história das irmãs Trưng."

"Daffy..."

"Me conta a história das irmãs Trưng, Arc."

Abracei a princesa e fechei os olhos.

"No antigo Vietnã", comecei, "havia duas irmãs que se revoltaram contra um governo que tentava roubar seu lar. As irmãs criaram um exército composto apenas por mulheres. Esse exército expulsou as forças inimigas. E as irmãs foram proclamadas rainhas."

"Agora me conta o final", ela pediu. "O final que você sempre deixa de fora. Eu quero ouvir a história completa desta vez."

Abri os olhos e a observei tirar a roupa. Quando estava só de roupas íntimas, continuei: "Por três anos, as irmãs governaram. Por três anos, elas foram rainhas. Até que o inimigo retornou. Em vez de encararem a derrota, as duas irmãs deram as mãos e caminharam até o ponto em que o rio Day e o rio Vermelho se encontram. Elas se mataram afogadas".

"Agora, sim, a história completa." Daffy entrou na água, com a bússola na mão. "Vamos ver se isso funciona."

Ela a levantou conforme o rio subia por suas pernas. Quando a água bateu na cintura, disse: "Eu sinto o espírito delas na água. Harlow. Nell. Indigo. Violet. Eu consigo sentir o espírito de cada uma. Elas estão fazendo o rio chorar".

Eu tremia de frio, mas Daffy mergulhou. Ao subir, seus braços surgiram primeiro e bateram na água.

"Me ajuda, Arc. Não consigo..." A cabeça dela afundou de novo.

Larguei a princesa na margem e corri para a água, jogando respingos para todos os lados. Passei os braços em volta da cintura fina da minha irmã, depois nadei de volta até a margem com seu corpo mole em meus braços e a tirei do rio.

"Daffy, não morra. Não me deixe."

Fiz respiração boca a boca, do mesmo jeito que vi os salva-vidas da TV fazerem uma vez. Quando comecei a bombear seu peito, ela riu.

"Peguei você, hein?" E começou a gargalhar, mas parou assim que viu meu rosto. "Desculpa, Arc. Mas você viu o que eu quis dizer? Você sempre me salva."

Dei um tapa na cara dela. "Isso foi muita burrice sua, Daffy."

"Burrice sua de mergulhar atrás de mim", ela gritou tão alto que tive que cobrir as orelhas. "Você vai ter que me largar, Arc. Eu só estou te puxando para baixo comigo. Me larga."

"Eu não consigo." Fiquei de pé e corri para a escuridão das árvores.

Quando cheguei à beira do milharal, senti a mão dela na minha. Daffy já estava vestida de novo, mas havia colocado as meias cor de chocolate sobre o ombro. Não falou nada. Só apertou minha mão, e eu deixei.

Caminhamos juntas pela plantação. Ambas tremendo de frio durante todo o trajeto.

Só quando estávamos prestes a entrar em casa é que me lembrei. "Deixei a princesa na margem do rio, Daffy."

Fiz menção de voltar, mas ela me impediu.

"Não dá para voltar, Arc", falou. "Não importa o quanto a gente tente se apegar ao passado, tem coisas que nunca vamos conseguir recuperar."

Ao entrarmos em casa, ela soltou minha mão. Olhei para a noite uma última vez antes de ir atrás da minha irmã.

Querido Diário,

Flood e eu trouxemos nossas filhas de volta para casa. Estou no céu, tão feliz. Elas estavam morando na casa da fazenda da mamãe. Aposto que ela encheu a cabeça das meninas com histórias de bruxas e céus roxos, de sonhos com conchas, frigideiras de ferro fundido e água barrenta. Agora que elas não precisam mais morar lá, eu mesma posso contar as histórias de céus roxos e luas azuis.

Flood não está mais usando nada, nem eu. Me sinto muito bem. Contei a ele que agora estou me sentindo chique e cheia de vida. Estou bem assim.

Estou tão feliz de estar com Arc e Daffy, querido Diário. No início, elas só ficavam chorando e perguntando da mamãe. Contei a elas que eu era a mamãe. Ainda assim, às vezes ainda me olham como se eu fosse morder a mão delas, se derem bobeira. Às vezes, Arc fica me encarando com uma cara tão feia, que eu acho que nunca me senti tão mal-amada.

Às vezes, eu acho que Deus não escuta nossas preces neste fim de mundo.

Flood arranjou um emprego na fábrica de papel, sabia? Espero que ele consiga manter esse. Tenho que tomar conta dele bem de perto. Fico preocupada que ele volte a... (não quero dizer o nome da coisa e dar a ela mais poder).

Detesto o jeito como as meninas me olham, como se nem me conhecessem.

Cavei um buraco no quintal e guardei algumas coisas. Bolinhas de gude. Uma colher. Uma presilha de cabelo. Cobri com terra e disse para Arc que era um lugar bom de se cavar. Você tinha que ver a cara dela, Diário. Achou que tinha encontrado um tesouro escondido.

Fiquei sentada no gramado, com Daffy no colo, observando Arc. Foi tão bom.

Tenho medo. Tenho medo de estragar tudo.

Hoje voltei para casa com uma folha morta na sola do sapato. Eu deveria ter olhado antes de entrar. Foi Arc que percebeu. Agora o azar está dentro de casa e todos nós sabemos. Vou ter que pedir emprestado o velho sino de vidro da mamãe. Aí vou enchê-lo com alguma coisa escura e beber até que o diabo seja expulso da nossa casa.

43

"Gira e rodopia, a mulher anuncia.
Rodopia e balança, mas eu ainda sou criança."
— Poeta Daffodil

Ouvi o som do galope de cavalos. Pude sentir o cheiro da poeira levantada por seus cascos. O toque de suas crinas em meu rosto. Sua respiração pesada na minha nuca.

A última coisa de que me lembrava era de estar com um homem no Blue Hour. Daffy também tinha arranjado um *john*. Era um que ela já conhecia, que gostava de vê-la dançar. O meu era do tipo que gostava de mijar nos cantos do quarto e em mim, para marcar território. John Mijão foi o apelido que dei a ele.

Depois do mijo e da transa, me senti um pouco tonta e acabei me deitando, enquanto ele cheirava uma carreirinha e ria de algum comediante na TV. Quando abri os olhos de novo, dei de cara com uma égua. A crina dela era preta, com pelagem castanha-escura, o peitoral de um branco vibrante. Ela piscou seus grandes olhos para mim enquanto mastigava um tufo de grama.

Algo deslizou por cima do meu pé descalço. Olhei para baixo e vi a cauda de uma cobra-liga desaparecer no mato alto. Eu estava em um campo, com solo não arado e rochoso sob meus pés. Já tinha sido uma plantação de milho, dava para dizer pelos talos aleatórios que brotavam de sementes velhas. Assim que a égua se afastou para pastar, vi a terra se estender por quilômetros até encontrar as colinas que ficavam atrás da antiga casa de vovó Milkweed. Eu estava no campo coberto de mato onde brincava com Daffy quando éramos crianças.

A casa parecia a mesma de sempre. A mesma varanda da frente, com enjuntas pintadas de branco. As mesmas telhas de madeira. O mesmo telhado cinzento. Até as mesmas graúnas empoleiradas ali. A criança, no entanto, não era a mesma. Havia uma criança de cabelo preto e curto no meio do quintal aparado. Ela ficou me observando enquanto eu me levantava e atravessava a estrada, o cascalho grudando nos meus pés descalços perto da caixa de correio. Quando a abri, esperava encontrar um dos catálogos de bulbos de Daffy, mas estava vazia.

"Cadê suas roupas?", cantarolou a menina para mim.

Olhei para baixo e vi que estava nua.

A mãe dela saiu apressada da casa, ainda secando as mãos em um pano de prato azul. "Andie, venha cá." E então agitou o pano como se fosse uma bandeira, chamando a filha de volta para casa.

Assim que a menina correu até a mãe, comecei a procurar por sinais de Daffy ou da caminhonete. Havia um pouco de conforto no vazio da estrada, que parecia levar a lugar nenhum em ambas as direções. Era como se existissem apenas o campo e a casa no mundo inteiro. Tentei buscar por alguma lembrança do que acontecera entre o momento que me deitei na cama de John Mijão e meu despertar no campo, mas senti apenas minha própria pele suportando o peso daquele momento da melhor forma possível. Observei a égua caminhar pelo campo, bufando o nariz.

"Posso te ajudar com alguma coisa?", perguntou a mulher.

Percebi que era uma mulher supersticiosa, daquelas que abrem e fecham a porta um milhão de vezes antes do meio-dia. Perfeita para uma casa velha na fazenda.

"Vovó Milkweed morava aqui", respondi, e me sentei no gramado. Assim me sentia menos nua.

A mulher olhou para os dois lados da estrada, talvez só então compreendendo que eu estava sozinha.

"Mamãe." A menina deu uns puxões na mão dela. "Viu os olhos da moça? São lindos como o céu. Lindos como a grama."

A mulher se virou para mim. "É", concordou. "Nunca vi olhos como os seus."

"São bolas de gude de bruxa", declarei.

Ela assentiu com a cabeça e segurou o pano de prato com a mesma força que segurava a mão da filha. "Quer telefonar para alguém?"

"Minha irmã." Eu estava fazendo xixi na grama e torcendo para ela não notar.

"Fique à vontade para entrar."

Usei a grama para me limpar. Quando fiquei de pé, tentei cobrir meu corpo com as mãos. Ao chegar na varanda, parei para admirar a égua.

"Ela é sua?", perguntei à mulher.

"Ela quem?"

"Aquela égua no campo sem cercas." Apontei. "Ela não foge?"

"Que égua?", quis saber a mulher. "Você está bem?"

"Me desculpa, eu estou pelada", falei, olhando para baixo.

"Eu te arranjo algo", ela respondeu, entrando primeiro na casa.

Já fazia muito tempo que eu não pisava na antiga casa de vovó Milkweed. A escadaria ainda estava lá, mas o papel de parede floral tinha dado lugar a paredes pintadas de azul-claro que funcionavam muito bem para o ninho de uma jovem família. O piso também havia sido trocado. Em vez das tábuas finas de carvalho que minha irmã e eu conhecíamos, havia tábuas mais largas e mais escuras. Tinham cheiro do desinfetante de limão que a mulher devia usar para limpar. Nas paredes onde costumavam ficar penduradas as aquarelas de pastagens e flores da vovó, havia fotografias em preto e branco de árvores altas. Uma inversão monocromática das cores vivas pelas quais a vovó vivia.

Fiquei me perguntando se a presilha de tartaruga que Daffy e eu havíamos escondido na abertura de ventilação da sala ainda estava lá, ou se as duas luas cor-de-rosa que havíamos desenhado no interior do armário da cozinha continuavam intactas. Achei curioso que a casa ainda pudesse existir, mesmo de uma forma tão diferente. Antes, era a casa de uma velha senhora, com toalhinhas de renda e abajures de babados que representavam seu amor delicado pelas mariposas que voavam na varanda à noite, e um senso de adoração ao menor sinal de que o dia ou a noite seriam bons. Embora as janelas ainda estivessem no mesmo lugar de antes e os cômodos não tivessem mudado de disposição, a casa de flores antigas da vovó havia sido transformada na casa de uma mulher jovem, tudo limpo e branquinho feito algodão.

"Minha vovó Milkweed morava aqui", eu repeti, nem que fosse para me lembrar, enquanto a mulher me enrolava em um cobertor azul-claro. O toque dela era gentil, mas minha pele doeu mesmo assim. Senti uma pontada na mandíbula conforme meu esqueleto se expandia e contraía. Ainda estava tonta e tinha certeza de que estava prestes a vomitar e acabar com tudo o que tinha de bonito naquela casa. Era como se eu estivesse passando por dentro de uma fechadura, mas espantada por ter a pele ainda colada aos ossos.

"Posso usar o banheiro?", perguntei, balançando de um lado para o outro.

"Claro." A mulher tentou me manter estável. "É no fim do corredor, à direita."

"Eu sei onde fica", avisei.

"Perdão. Eu esqueci que você já conhece a casa." Ela me deixou ir sozinha.

Depois que entrei no banheiro, tranquei a porta e fui direto ao armário de remédios. Não havia nada a não ser creme para urticária, curativos e mais uma porção de pomadas que as pessoas costumam levar quando andam pelo mato. Havia um xarope para tosse encostado no fundo. Pelo rótulo, vi que tinha sido receitado para a pequena Andie, que havia ficado doente em abril. Bebi o restinho do frasco e o guardei de volta no lugar.

Olhei para o espelho quando fechei a porta do armário. Já fazia muito tempo que eu não dava uma boa olhada em mim mesma. Em casa, a tia Clover tinha coberto o espelho com fita adesiva. Qualquer reflexo ficava com uma aparência borrada e distorcida. Mas ali, no espelho que a mulher fazia questão de manter limpo, percebi que meu cabelo estava ralo, igual ao de Daffy. A cor, que já fora um ruivo vibrante, tinha perdido o brilho. Havia novas cicatrizes por cima das feridas antigas em meu rosto. Eu estava apagada. Meu rosto de antes, abandonado em troca deste. De repente, senti uma vontade inquietante de ser bonita. De ter um coração diferente. Mas percebi que seria preciso um milagre para mudar minha própria aparência. O olhar caído e a alma desgrenhada ainda se agarravam a meu rosto entorpecido.

Encostei a cabeça na porta do banheiro. Quando abri, havia uma garotinha do outro lado. Era Daffy, com a mesma cara que tinha aos 9 anos.

"O que está fazendo aqui, Daffy?", perguntei.

Ela deu uma risadinha ao saltar e desaparecer pela parede.

Ouvi a mulher na cozinha e, ao passar pelo corredor, fui observando as fotos de família emolduradas na parede. Empurrei o canto do último quadro para baixo.

Na cozinha, a filha estava sentada a uma mesinha infantil de plástico, que ficava abaixo da janela aberta, ocupada com um livro de colorir.

A mãe estava de pé ao lado, e comentou como a arte estava bonita. "Agora pinte dentro das linhas". Ela afagou a cabeça da filha. "Boa menina."

Ao contrário das mudanças no resto da casa, a cozinha ainda tinha os armários de aço branco e os azulejos amarelos, tão brilhantes quanto o carpelo de um narciso.

"Pode usar o telefone." A mulher apontou para o aparelho amarelo que estava na parede perto da despensa. Quando criança, eu tinha que me esticar para alcançá-lo, torcendo o fio espiralado em volta dos meus dedinhos.

"Estou surpresa em ver que a cozinha continua como era antes", comentei. "Vocês mudaram bastante o resto da casa."

"Renovamos a pintura aqui." Ela começou a lavar a louça que havia deixado na pia. "Fica muito caro para demolir e reconstruir uma cozinha."

Parecia estar calculando o custo de cabeça.

"Mas está nos planos", continuou. "O meu sogro comprou este lugar como investimento assim que foi colocado à venda. Deve ter sido logo depois que sua avó faleceu. Ficou abandonado por muitos anos. Meu sogro morreu há quase um ano e deixou o lugar como herança para o meu marido. A gente se mudou para cá há uns oito meses."

"Ela não faleceu, foi assassinada", contei assim que peguei o telefone. "A vovó Milkweed."

"Meu Deus. Nesta casa?" A mulher derrubou a caneca na pia, e a água respingou em seu vestido verde-claro.

Hesitei em responder. Queria que ela imaginasse o sangue nas paredes e um corpo esfolado sendo arrastado de cômodo em cômodo.

"Não", respondi, por fim. "Mataram ela na estrada. Foi atropelada por um carro."

"Meus pêsames." Ela pôs a mão molhada sobre o peito. "Os carros passam voando por aqui. Sempre digo a Andie para nunca brincar na beira da estrada, não é, meu amor?" Ela olhou para a menina, que segurava o giz de cera com tanta força que o quebrou.

"As cortinas eram amarelas." Apontei para as janelas, por onde a brisa entrava e levantava as novas cortinas brancas de algodão.

"Achamos que as cortinas brancas dariam uma renovada no lugar", explicou a mulher.

Eu não gostei, quis responder, mas me contive.

"Bom, não ligue para mim, vou ficar por aqui." Ela voltou a lavar os pratos, agradecida por ter algo tão simples quanto água e detergente.

Ao aproximar o telefone da orelha, tive a esperança de ouvir a voz de vovó Milkweed.

"*É você, Arc? Na minha cozinha?*"

"*Não é mais a sua cozinha, vovó.*"

"*Mas ainda é amarela?*"

"*Sim, mas é um amarelo diferente. Como os novelos de linha. De um lote de cores diferente. Parece igual, mas não é.*"

Disquei o número de casa. Quando ninguém atendeu, desliguei.

"Minha irmã dorme até tarde", falei para a mulher, que me viu ligar para o mesmo número cinco vezes. "Ela nunca atende quando preciso dela."

Finalmente, a tia Clover atendeu. "Quem é, porra?", sibilou ao telefone.

"Graças a Deus." Suspirei. "Sou eu, a Arc. Preciso que venha me buscar."

"E onde diabos você está?"

"Na casa da vovó Milkweed", respondi, olhando para a mulher. "Digo, na casa em que ela morava. Venha me buscar." Cobri o bocal do aparelho e sussurrei: "Estou pelada".

A menininha riu, mas a mãe a mandou ficar quieta com um aceno do pano de prato.

"O que diabos você quer que eu faça?" Tia Clover levantou a voz alto o bastante para ser ouvida pelo cômodo inteiro. "Você que se meteu em problemas. Agora se vire para sair. Piranha burra."

"Muito bem, hora de ir lá para cima." A mulher tirou a filha da cadeira.

"Mamãe, eu quero ficar. Gostei dela", respondeu a menina quando a mãe a tirou da cozinha.

Pude ouvi-las no corredor. "Pode subir. Anda, mocinha. Vá brincar no seu quarto até eu chamar."

Segurei o cobertor com força antes que a mulher voltasse.

"Por favor, tia Clover", pedi. "Eu preciso de você."

"Não posso te buscar", ela respondeu. "Você pegou a caminhonete, sua burra."

"Cadê a Daffy?", perguntei. "Ela está aí?"

"Vai se foder, Arc."

"Você pode só vir me buscar?"

Ela deu um suspiro profundo. "Vou ver se arranjo uma carona. Essas piranhas burras sempre..."

A linha ficou muda. Desliguei o aparelho e olhei para a mulher. "Minha tia está vindo me buscar."

"Quer que eu prepare alguma coisa enquanto você espera?" Ela apontou para o fogão.

"Na verdade, não estou me sentindo muito bem."

"Quer beber alguma coisa, então?", ofereceu. "Café fresquinho? Suco de laranja?"

"Acho que vou esperar minha tia lá na varanda."

Ela concordou, mantendo os olhos no suor que escorria da minha testa.

Ao chegar na varanda, desabei em cima da cadeira de balanço. Enrolei um pouco mais o cobertor para não ficar batendo os dentes. Ainda sentia que estava sendo empurrada por uma fechadura. Olhei ao longe, na esperança de ver nossa caminhonete descendo a estrada. Até mesmo imaginei que haveria um saquinho e uma agulha esperando por mim no banco.

Fiquei toda encolhida, com uma dor que parecia torcer meus ossos. Ao recostar a cabeça, fechei os olhos enquanto a égua do outro lado da estrada me encarava.

Acabei sonhando com o rio. Violet, Nell Sábia, Indigo e Harlow estavam na margem. Estavam nuas, no meio de poças da água que caía dos seus cabelos. As veias delas brilhavam em um tom azul-esverdeado por baixo da pele. As bocas estavam nos joelhos de cada uma. Fiquei observando enquanto seus lábios subiam aos poucos pelas pernas e passavam pela barriga. Depois deslizaram por cima dos seios e pescoço até finalmente se alojarem em seus rostos.

"Olá, Arc", disseram todas ao mesmo tempo. A boca de Nell Sábia pendia um pouco para a direita, como se fosse cair do corpo mais uma vez.

"Olá", respondi.

Violet ergueu a mão. Da veia azulada em seu pulso escorria água marrom. Observei os respingos no chão. Depois vi que os pés dela eram como os de patos. Ali, na pele esticada, havia peixinhos e tartarugas nadando como se fosse o local onde o rio mais se acumulava em seus corpos.

Avistei uma pequena aranha preta que saiu rastejando por entre as pernas de Indigo. Vi que passou por cima do pé dela para lançar uma teia em Harlow.

"Não o deixe entrar", avisei, mas ela permitiu que a aranha rastejasse para dentro dela. Foi aí que Thursday saiu do rio e se juntou ao grupo.

A barriga dela começou a crescer, expandindo-se cada vez mais até a pele se abrir. O que nasceu de seu ventre foram narcisos, que caíram na água.

"O River Man come essas flores", falei ao pegar uma.

"Não diga mais nada a ninguém", aconselhou Violet, cada palavra que saía de sua boca espirrava água suja. "Não diga o que você fez, Arc."

"Eu não fiz nada", respondi.

"Arc?" Nell Sábia chamou meu nome.

"Sim?" Olhei para ela.

"Agora somos as Bruxas do Rio", ela anunciou. "Vivemos no crepúsculo. A água é nossa magia. Se quisermos, podemos inundar o mundo. Podemos afogar outras coisas, também."

"Minha tatara-tatara, um milhão de vezes, tataravó era uma bruxa", contei ao largar o narciso na água que subia depressa.

"Nós sabemos", Indigo afirmou. "É por isso que você compreende toda essa merda e esse sangue. Há magia em você. Você é a mãe das garras e movimenta ossos. Não diga a ninguém o que você fez. Eles não vão entender. Vão dizer que você é o River Man."

Mais água jorrou do pulso de Violet, tanta que já estávamos inundadas. Enquanto eu lutava para me manter na superfície, Violet alertou: "Tenha cuidado, Arc. O perigo está vindo. Tenha cuidado".

Tomei uma última golfada de ar e afundei, enquanto os lábios delas caíam de volta até os joelhos. Cercada de água, tentei encontrar uma saída, mas não importava a direção, não havia nada além da enchente. Quando a água entrou na minha boca, meus ombros tremeram.

"Com licença, moça?"

Segui a voz da mulher em direção à luz.

"Olá?", ela chamou. "Por favor, acorde."

Quando abri os olhos, ela estava parada em cima de mim. A garotinha estava logo atrás, quicando uma bola. O cobertor estava caído no chão da varanda. A mulher pegou-o e tentou enrolá-lo de volta em mim.

"Minha tia chegou?" Espiei atrás dela, esperando ver a caminhonete estacionada.

"Não", respondeu a mulher. "Acho que ela não vem. Tem outra pessoa para quem queira ligar?"

Enrolei ainda mais o cobertor e neguei com a cabeça. A menina quicou a bola com mais força.

A mulher se virou para ela de repente. "Não quique a bola com tanta força, Andie. Vai bater no seu rosto e você vai se machucar."

"Desculpa, mamãe." A menina largou a bola e correu até o balanço de pneu na árvore grande do quintal.

"Você é uma boa mãe", comentei.

"O quê?" Ela olhou de volta para mim.

"Eu disse que você é uma boa mãe."

"Ah." Ela sorriu e esfregou as mãos. "Você tem filhos, querida?"

"Não." Tossi até minha garganta doer e observei a menina se balançar no pneu, cada vez mais alto. "Mas eu encontrei um bebê na terra, uma vez. Uma boneca de plástico. Tinha o rosto amassado de um lado. Eu a ninei e segurei no colo, mas acabei perdendo. Já faz muito tempo. Eu a perdi. Ei", gritei para a menina, "você está indo muito alto. Vai se machucar."

"Desculpa, m..." A menina olhou para mim e depois para a mãe, sem saber quem tinha falado.

"Posso te dar uma carona para casa, querida", ofereceu a mulher, "se quiser."

Ela me observou enxugar o suor da testa com o cobertor. "Tudo bem", respondi.

Fiquei esperando quando ela entrou para pegar as chaves e chamou a filha para ir junto. Ouvi as duas aos cochichos dentro da casa enquanto olhava para o campo. A égua havia sumido. Corri até a beira da varanda e vomitei.

"Pronto." A mulher saiu pela porta e a trancou, com a filha agarrada à sua perna.

Limpei a boca e vi as cortinas amarelas embaixo do braço dela.

"Você guardou?", perguntei.

"Estavam numa caixa, no sótão", explicou. "Dava para ver que tinham sido feitas à mão. Não me pareceu certo jogá-las fora. Não com os nomes bordados na barra."

Ela deixou a porta de tela bater atrás de si, enquanto desdobrava uma das cortinas para me mostrar o nome de Daffy, da tia Clover, da mamãe e até o meu, bordados no tecido.

"Foi a vovó Milkweed quem fez", contei, tentando sorrir.

"Então você deve ficar com elas." A mulher me entregou as cortinas. Ao olhar para o meu rosto, acrescentou: "Talvez seja melhor eu levar você ao hospital. Não parece estar nada bem."

Neguei com a cabeça e tirei o cobertor. Coloquei-o sobre a cadeira de balanço e depois desdobrei uma das cortinas.

"Minha mãe vestiu a mesma coisa quando foi uma rainha dos dentes-de-leão", falei ao me enrolar na cortina.

A mulher segurou firmemente a mão da filha ao descerem os degraus. O carro estava estacionado ao lado da casa. Um modelo quatro portas, cor de café. Ela colocou o cinto de segurança na filha e eu me sentei no banco da frente, baixando o vidro.

Quando a mulher se sentou ao volante e ligou o carro, uma música country estrondeou do rádio. Segurei a cabeça, que latejou de dor, e gritei.

"Desculpe", pediu, e logo baixou o volume. "Preciso saber onde eu vou te deixar."

Assim que ela pegou a estrada, fui dando as instruções enquanto mantinha o rosto para fora da janela, observando a casa da vovó Milkweed desaparecer no retrovisor.

"Quando sentir o cheiro da fábrica de papel", falei, "vai saber que estamos perto." Eu me curvei e tossi, batendo o rosto no painel. "Vivemos na sombra da fábrica."

"Bem." Ela limpou a garganta. "Deve ser bom ver a fumaça das chaminés."

Depois me observou de canto de olho, enquanto verificava a filha pelo espelho retrovisor.

"É dos cavalos que vivem no subsolo." Olhei pela janela e vi que a égua tinha voltado e galopava ao lado do carro. "A fumaça é a poeira que seus cascos levantam."

"Ah, que boa imaginação." Ela sorriu. "Onde você ouviu isso?"

"Meu pai", sussurrei, apontando para a rua que levava para casa.

Quando abri a porta do carro, caí no chão, vomitando.

"Você está bem?", indagou a mulher.

"Estou, sim." Fiquei de pé, com as pernas tremendo.

"Não se esqueça disso." Ela me entregou a pilha de cortinas. "Você nunca me disse o seu nome."

"Arcade Doggs." Limpei o rosto com a cortina que estava por cima. "Mas todo mundo me chama de Arc."

"Cuide-se, Arc Doggs", despediu-se ela. "E se algum dia quiser visitar a casa da sua vó, você será bem-vinda."

A menininha me deu tchau quando elas saíram com o carro. Caí de novo no chão e rastejei até a porta da frente. A cortina que eu estava vestindo escorregou do meu corpo e ficou no gramado.

Quando entrei em casa, vi a tia Clover esparramada no sofá.

"Você não disse que ia me buscar?", perguntei.

"Ih, merda." Ela riu. "Acho que esqueci."

"A Daffy está em casa?" Eu a empurrei para o lado e desabei no sofá. Depois peguei uma das agulhas que estavam na mesinha de centro.

"Daffy?" Tia Clover tirou os olhos da TV e os pousou em mim. "Não, ela não está em casa, Arc. Você está com o cheiro do rio." Ela agarrou minha mão e a segurou diante do nariz. Parecia até a égua, abrindo as narinas a cada inalada. "Está com o fedor dele entranhado em você."

Querido Diário,

Tive um dia maravilhoso ao lado das meninas. Flood preparou panquecas no café da manhã. É sábado e ele está de folga.

As roupas dele estão fedendo com o cheiro da fábrica. O fedor está entranhado no cabelo. Na pele. Eu odeio, mas o dinheiro é bom. Mas tenho medo do que ele pode comprar com esse dinheiro. Tenho medo do que eu posso comprar com ele.

O pecado delicioso.

Fizemos mortadelas de neve. A Daffy gargalhou sem parar. Ela está começando a aceitar e já me chama de mamãe. Daffy é capaz de dar amor com facilidade. Ela não se apega tanto a meus erros.

Arc é mais difícil.

Ela é atenta. Observa tudo. Verifica meus bolsos, os de Flood. Olha em nossos sapatos. Já a peguei mexendo nas gavetas da nossa cômoda, vasculhando.

Não a culpo por não confiar em nós dois. Ela é esperta. Esperta até demais.

Depois das mortadelas de neve, saímos para passear. Flood jogou uns ossos de galinha no chão e contou à Arc que tinha "descoberto" ossos de dinossauro. Ela disse que tinham cheiro de frango frito e todos caímos na gargalhada.

Perdi meu brinco na volta para casa. Tentamos procurar, mas não encontramos.

Eu amava aquele brinco. Tinha o formato de um cavalo. Flood me deu de presente quando nos conhecemos e me disse que havia cavalos embaixo do solo de Chillicothe, só galopando e galopando e galopando...

Eu queria morar em uma casa que tivesse nossas iniciais bordadas nas toalhas e passagens de avião nas gavetas e um jeito de escaparmos uns dos outros sem precisar ir embora.

A fábrica paga bem. Mas eu sei o que Flood compra com esse dinheiro.

44

"Não posso falar que hoje não vou desabar.
É da minha natureza escapar... escapar e ficar."
— Poeta Daffodil

Tenho consciência da minha alma aqui no pós-morte de uma forma que não tinha antes. Eu posso vê-la. Posso senti-la. Posso cheirá-la. Eu sei que ela nada. Sei que voa. Sei quando é meio-dia e quando é meia-noite e quando são todas as horas que existem entre um e outro. Mas e quanto à alma da minha irmã? Tudo o que posso dizer é que posso detectá-la. Do mesmo jeito que alguém detecta um sinal fraco vindo de um lugar distante. Uma luz que pisca em breves intervalos e que me leva por um caminho sem rumo. Não tenho uma bússola. Mas, afinal, a vida inteira não compartilhei tudo com minha irmã? A alma de gêmeas, nascidas no mesmo dia nesta vastidão infinita. Dizem que uma gêmea sabe quando a outra metade se vai. Eu digo que a melhor coisa que uma irmã pode fazer é torcer para que a outra ainda esteja aqui.

Esperei a noite toda por Daffy. Quando ela não voltou para casa no dia seguinte, fui até o Blue Hour. Nossa caminhonete estava parada no lugar de sempre, no estacionamento ao lado. As chaves não estavam na ignição, mas eu as encontrei debaixo do tapete, no lugar onde sempre as deixamos. Passei os dedos pelas rimas que Daffy havia escrito com canetinha preta dentro da caminhonete. Mas no topo do banco de couro do lado do passageiro, encontrei as seguintes palavras recém-escritas.

Não posso falar que hoje não vou desabar. É da minha natureza escapar... escapar e ficar.

O relincho foi alto e demorado. Eu me virei e vi a égua castanha-escura galopando pela calçada em frente aos quartos. Reconheci o *john* parado diante de uma das portas abertas. O mesmo que gostava de ver Daffy dançar. Estava sem camisa, com os pelos do peito expostos e tão molhados quanto o cabelo. Estava recostado no batente da porta, coçando os braços tatuados enquanto observava um grupo de mulheres do outro lado da rua. Quanto mais olhava para as mulheres, mais perto sua mão chegava da braguilha aberta.

Bati a porta da caminhonete. Ao me ver, ele sorriu.

"E aí? Achei você, neném." A voz dele soava envelhecida por causa dos maços de cigarro que fumava. "Onde diabos você se meteu? Quando te liguei, você disse que estava a caminho." Ele escancarou a porta do quarto. "Que tal entrar para a gente se divertir?"

Passei rapidamente por ele e entrei no cômodo. Os lençóis indicavam que só uma pessoa havia dormido na cama. Fui até o banheiro. A cortina do chuveiro estava fechada.

"Daffy?" Dei um puxão na cortina de plástico, mas não encontrei nada além de uma banheira cheia d'água.

"Tomei um banho quente mais cedo." O *john* veio por trás de mim. "Mas agora já esfriou."

Ele puxou a tampa do ralo para deixar a água escorrer. Ao me virar, avistei uma camiseta branca de molho na pia, afundada em água cor-de-rosa. Quando a estendi, vi manchas de sangue no tecido.

"Essa droga de sangramento no nariz." O *john* tirou a camisa das minhas mãos e colocou de volta na água.

Fui até a cama e apoiei os joelhos no chão para olhar embaixo dela. Tudo o que encontrei foram algumas agulhas usadas e bitucas de cigarro sujas de batom.

"O que você está procurando, neném?" Ele também se abaixou para olhar embaixo da cama, esticando a tatuagem de coração partido em suas costas.

"Cadê a minha irmã?", gritei.

"E eu é que sei?" Ele passou a mão pelo cabelo ralo. "E aí, vamos começar nossa festinha, Daffy?"

"Não sou a Daffy." Vasculhei pelos objetos em cima da cômoda.

"Você parece para caralho com ela." O *john* estava me devorando com os olhos. "O mesmo cabelo e..."

"Eu sou a irmã dela", falei ao pegar sua jaqueta camuflada. Revirei os bolsos, mas só achei um isqueiro e uma embalagem de chocolate. "Somos gêmeas." Fui até o armário pequeno e abri a porta com força, encontrando só cabides de arame balançando em uma vara de madeira. "Eu sei que ela esteve aqui."

"Não esteve coisa nenhuma", rebateu ele.

"Ela veio te ver."

"Mas ela não apareceu." O *john* pegou um maço de cigarro na mesinha de cabeceira. Ao acender um, repetiu: "Você se parece muito com ela. Não me importo de transar com você, em vez dela." E meteu a mão na braguilha aberta e se tocou. "Acredito que a boceta e o preço são iguais também?"

"Cadê a Daffy?" Arranquei os lençóis da cama, procurando um bilhete dela sobre o colchão.

"Já te falei, coração." Ele apontou o cigarro para mim, a voz tão rouca que nem parecia humana. "Vai se comportar direitinho, agora?"

Corri até o banheiro de novo.

"O que foi que eu falei, sua vagabunda?" Ele agarrou meu braço e o torceu em minhas costas. "Ela não está aqui."

"O que você fez com ela?" Eu me sacudi até ele soltar. "Você fez alguma coisa com ela, seu filho da puta."

Dei um empurrão nele e corri. No estacionamento, comecei a gritar o nome de Daffy. Se ela estivesse em algum dos outros quartos, poderia me ouvir e aparecer.

"Daffy? Daffy, cadê você?"

Algumas das persianas foram afastadas das janelas. Um punhado de gente abriu uma frestinha na porta para bisbilhotar, com olhos vermelhos vidrados e assustados com a luz. Em algum momento, alguém chamou a polícia por causa da doida que estava gritando até ficar rouca no estacionamento. Mesmo depois que a viatura estacionou ao meu lado, não parei de gritar. Até o policial se aproximar com a mão sobre a pistola na sua cintura.

"Vamos nos acalmar?", ordenou. Quando se virou para cuspir no chão, notei a cicatriz em seu rosto, que pareciam dois anzóis enroscados um no outro. A pele ainda era grossa e cheia de calombos como na vez em que ele me segurou firmemente em seu colo, quando eu era criança e meu pai estava sendo levado embaixo de um lençol branco. Eu ainda me lembrava de suas palavras.

"*Daqui a uns anos*", ele falou naquele dia. "*Vamos prender essa aqui pelo mesmo motivo.*"

Esperei que ele reconhecesse meus olhos, mas apenas me encarou com nojo. Como se eu jamais pudesse ter sido uma criança que esperava um futuro além desse. Nunca pudesse ter sido a menininha que ele segurou no colo, dizendo que tudo ficaria bem.

"Por que diabos você está aqui fora, criando problema?", perguntou.

Antes que eu pudesse responder, uma atendente o chamou pelo walkie-talkie.

"Estou cuidando disso", ele respondeu. "É só mais uma viciada aqui no Blue Hour." Voltou a olhar para mim. "E qual é o problema? Acabou o absorvente?"

"Não encontro a minha irmã", falei. "Me ajuda. Eu não consigo encontrá-la."

"Onde você a viu pela última vez?" E então voltou o olhar para um veículo que cruzou o estacionamento, como se fosse muito mais importante do que minhas lágrimas ali, bem na sua frente.

"Ela estava vindo para cá para ver ele." Apontei para o *john* encostado na porta do quarto, com um cigarro brilhando em vermelho em seus lábios.

"Tudo bem." O policial pigarreou e ergueu o rosto para o céu azul, talvez pensando que era um dia muito bonito para estar trabalhando. "Quero que você fique bem aqui." Apontou para o capô da viatura. "Fique quieta enquanto eu bato um papo com ele."

Fiquei encostada no capô, coçando os braços até deixar longas marcas vermelhas. O policial sacudiu a cabeça e me algemou. Depois me empurrou com força no banco traseiro da viatura. Da janela, pude vê-lo conversar com o *john* pelo que pareceu ser a tarde inteira. Os dois gargalhavam como velhos amigos. Ao sair, o policial chegou até a trocar um aperto de mãos com o *john*. Encostei a testa suada no vidro da janela e gritei: "Ah, qual é, cara?".

Assim que o policial voltou e abriu a porta, me colocando de pé, perguntei: "Cadê a Daffy?".

"Você já pode ir", foi tudo o que ele me respondeu ao tirar as algemas.

"Espera. O que ele falou para você? Cadê a minha irmã?"

"Ele me disse que até você começar a gritar que não era a Daffy, ele achou que você era ela."

"Nós somos gêmeas", expliquei. "Ele fez alguma coisa com ela. Eu sei que fez."

"Sua irmã estava vendendo o próprio corpo, não estava?" Ele suspirou ao abrir a porta da frente.

"E em que isso afeta o desaparecimento dela?", questionei.

"Afeta porque ninguém espera que prostitutas voltem para casa a tempo do jantar, não é? Talvez ela esteja com outro *john*." Ele deu uns tapinhas em suas partes íntimas e entrou no carro. "Já, já ela aparece. Quem sabe até não está em casa nesse momento, tomando um banho para ficar bem cheirosinha para quando você voltar?"

"Tem um assassino à solta." Agarrei a porta do carro antes que ele a fechasse.

"Que assassino?", perguntou o policial, como se isso nem lhe tivesse passado pela cabeça.

"O River Man", gritei. "O que está matando todas as mulheres. E agora minha irmã está desaparecida. O River Man por estar com ela e você não dá a mínima."

"Faça o favor de tirar as mãos do meu carro."

"Eu só quero que você leve isso a sério." Larguei a porta. "Minha irmã sumiu. Você tem que me ajudar. Por favor."

"Ela já é adulta, não é? Assim como você, já que são gêmeas. Bom, sabe, você me parece bem madura. Deixe-a cuidar da própria vida. É direito dela ir e vir como bem entender. Talvez esteja com um namorado ou numa festa em que não te convidaram. Com certeza ela vai aparecer. E a propósito, não existe nenhum River Man matando gente da sua laia. São vocês mesmas que fazem isso."

Em seguida encarou meus olhos por muito tempo, mais do que já havia feito. Por um instante, ele me reconheceu. Em algum lugar, em sua memória, começou a se lembrar de mim quando era uma menininha.

"Já não te vi antes?", indagou.

Neguei com a cabeça, envergonhada demais para revisitar o passado.

Ele desviou o olhar, talvez porque também estivesse envergonhado. Depois fechou a porta do carro e saiu. Logo em seguida, olhei para o *john*. Ele me mostrou o dedo do meio e voltou para dentro do quarto.

Dei mais algumas voltas pelo Blue Hour, ainda procurando pela minha irmã e chamando seu nome.

Congelei quando vi o furgão cor de sangue estacionado na esquina. A porta estava aberta, mas só se via a perna dele do lado de fora, balançando por cima do asfalto. Mais uma vez, ele pôs o volume no máximo enquanto "One Way or Another" tocava no rádio.

A música parou de repente e o *john* colocou a cabeça para fora do furgão, me encarando intensamente.

"Vou te pegar, te pegar, te pegar, te pegar", cantou.

Dei a volta e corri até a caminhonete, trancando a porta assim que entrei. Welt viu tudo pela porta aberta do quartinho da manutenção. Ele desapareceu lá dentro por alguns segundos, depois retornou com uma vara de pesca no ombro e se aproximou com a mão nua enfiada no bolso. Em seguida bateu a ponta da vara na minha janela até que eu a abrisse.

"Me dá uma carona até o rio?", pediu, tirando um saquinho de droga do bolso e o colocando na minha mão. "Eu queria pescar."

Depois de entrar na caminhonete, ele se virou para a janela, observando os pássaros no céu enquanto eu tirava uma agulha da bolsa e procurava uma veia.

"Como é usar esse negócio?", perguntou, sem tirar os olhos dos pássaros.

"Com se eu estivesse desperdiçando a porra da minha vida", respondi, enfiando a agulha.

Ele se virou para me ver lamber o sangue do braço.

"Em que parte do rio?", questionei.

"Na Montanha Distante", foi a resposta.

Entrei na estrada, esquecendo por um momento onde estava.

"Você falou Montanha Distante?" Olhei para ele. "Como conhece este nome?"

"Escutei você e as outras moças falando desse lugar uma vez. É esse o nome, né? Do seu lugar no rio?"

Alcancei o maço de cigarro em cima do painel. Depois de pegar um para mim, ofereci-lhe o maço.

"Eu não fumo", ele falou.

"Mas você me deu um cigarro depois do *john*."

"Só uma parte minha fuma", explicou. "A metade ruim. Minha mãe falava que tinha enterrado essa parte no porão. Ela era indiferente desse jeito."

"Sua metade ruim?"

"Não quero mais falar disso. É isso que ele quer. Ser reconhecido. Uma palavra nunca é o bastante. Ele deseja ser descrito nos mínimos detalhes, mas se eu me recusar, então toda essa ruindade pode continuar escondida."

Ele ficou observando o modo como a fumaça escapava dos meus lábios.

"Não tenha medo, Arc", continuou. "Não sabia que todas as criaturas vivas têm um lado que é indistinguível da escuridão? Por que outro motivo nós nos esforçaríamos tanto para sorrir?"

E então abriu um sorriso até que seus lábios finos desaparecessem.

"Você viu a Daffy?", perguntei, tentando impedir meus dedos de tremerem ao segurar o cigarro. "Ela não voltou para casa ontem à noite. Estou preocupada."

"Escutei você gritando por ela no Blue Hour. 'Daffy. Daffy.'" Ele imitou meus gritos, mas com um sussurro rouco. Ficou em silêncio ao reparar nos poemas rabiscados no porta-luvas. "Foi a Daffy que escreveu isso tudo?", indagou.

"Foi", respondi.

"Ela era poeta?"

"Em casa, sim."

"Daffy." Desta vez, quando disse o nome dela, pareceu se dirigir a mim. "Talvez dure para sempre, sabe?"

"O quê?"

"Sua mágoa."

Ao chegarmos ao trailer de Thursday, vi que o local continuava vazio e escuro. Seus pais tinham espalhado cartazes com uma foto dela por toda a propriedade. Eles balançavam ao sabor da brisa, como asas quebradas.

"Aqui é a casa da Thursday", contei a Welt.

"Eu sei." Ele saiu da caminhonete, colocou a vara de pesca no ombro sem nem olhar para o trailer e caminhou depressa até o milharal.

"Você sabe onde ela mora? Você a viu?" Corri para alcançá-lo.

"Sua coragem é inabalável, Arc Doggs", foi o que me respondeu. "Perguntar sobre mulheres desaparecidas quando ainda nem sabe quem as fez desaparecer. Não entende que pode acabar fazendo essa pergunta ao próprio River Man?"

"Você sabe quem ele é?"

"O River Man?" A voz de Welt desceu um tom. "Talvez ele seja alguém cuja resposta à pergunta 'Quem é você?' seja 'River Man'. Um anúncio genial e sangrento da própria identidade. As mulheres mortas só existem quando ele tem permissão de ser quem é."

Ao entrarmos na floresta, olhei para a luva de couro vermelha na mão esquerda dele. Um besouro voador pousou ali. Tentei tocar no besouro, mas Welt se afastou como se eu estivesse levantando a mão para ele.

"Eu não ia te machucar", falei.

Com cuidado, ele deixou o besouro caminhar de sua luva até uma folha.

"Todas as manhãs, quando era criança", começou a contar, "eu pedia ao sol nascente que me trouxesse um amigo para passar o dia. Alguém com quem brincar. Com quem compartilhar meus segredos. Alguém que não se afastaria do meu sorriso. Mas nenhum amigo apareceu. A solidão nunca foi embora. Então agora, quando alguém estende a mão para mim, não consigo encarar o gesto como algo vindo de um amigo, porque nunca tive um."

Welt caminhou na frente. Ao chegarmos à margem do rio, ele colocou a vara entre as pedras e se sentou.

"Como foi a sensação?", perguntou, com os olhos voltados para a água. "De encontrar os corpos?"

"Eu duvidei", respondi.

"Duvidou de quê?"

"De que as mulheres realmente vivam mais que os homens."

"O River Man poderia ser uma mulher", ele comentou. "O diabo também mora dentro delas, sabia?"

"Há uma fúria que flutua naqueles corpos femininos", expliquei. "A fúria de um homem. É o que ele dá a elas, antes de entregá-las ao rio."

Welt olhou para o céu com tanta intensidade que cheguei a pensar que havia algo ali além de nuvens.

"A água está fria como um túmulo", apontou.

Ao baixar os olhos do céu, percebi que ele tinha tirado a luva sem eu perceber. Sua mão nua estava escondida no rio, a água tão marrom que não me deixava ver mais nada.

"Eu gosto de colocar a mão no rio às vezes", contou ele. "Nunca se sabe quem pode agarrá-la, pedindo ajuda."

"Você viu a Daffy, Welt?", questionei de novo.

"Acredito que não." Ele começou a cantarolar baixinho. "*Ao final das horas a menina não ganhará flores, nem dores. Sem flores, sem dores. Sem menina.*"

"Onde você ouviu essa música?", perguntei. De repente, o rio parecia estar tão perto que senti que meus pés estavam molhados.

"Eu escuto todas as suas músicas."

Tive a certeza de que já havia sonhado com ele. Daquele mesmo jeito, ajoelhado na beira do rio, com a mão na água. Só que, no meu sonho, eu estava correndo.

Corra, Arc. Corra.

Ao escutar a voz de vovó Milkweed, eu corri. Os galhos das árvores mais baixas da floresta me atingiam no rosto. A pedras sob meus pés quase me fizeram tropeçar. O milharal parecia um labirinto, que me levava de volta à caminhonete. Furei todos os sinais vermelhos até chegar em casa.

"Daffy?" Escancarei a porta da frente. "Você está aqui?"

"O que aconteceu?" Tia Clover saiu do banheiro, com sangue nos dedos.

"A Daffy já voltou?", perguntei a ela.

"Addie?" Tia Clover voltou ao banheiro. "Você vai ter que dar um jeito nisso. Já está saindo do controle."

Espiei pela porta e avistei minha mãe largada no vaso sanitário, com papel higiênico enfiado no nariz para estancar o sangue. Estava com os dois olhos roxos. Fiquei me perguntando o que ela teria roubado do *john* que lhe socou a cara.

"Ela vai aparecer", disse para mim, sua voz sumindo de vez em quando. "A Daffy sempre volta com você, Arc."

"Agora é diferente", respondi enquanto a tia Clover passava o sangue em seu cinto branco.

Quis lhe dizer que o cinto só servia para o sangue dela, não para o da minha mãe, mas em vez disso irrompi pelo quarto de Daffy. Comecei a procurar por alguma coisa que ela pudesse ter deixado para trás, algo que me dissesse onde encontrá-la.

“Bom, por que é diferente desta vez?” A voz da tia Clover chegou até o quarto.

“Porque eu sinto”, afirmei, ajoelhada no chão. Eu sabia que Daffy não estava embaixo da cama, mas olhei mesmo assim. Encontrei apenas as aranhas que ela tinha desenhado no chão quando era criança.

“Sente o quê?” Minha mãe tinha saído do banheiro e se apoiado na parede do quarto.

“Eu não sinto a Daffy.” Olhei no fundo dos olhos arregalados de minha mãe. “Eu não a sinto mais.”

Mamãe desabou na beirada da cama de Daffy. “Não. O meu bebê, não.”

“Me desculpa, mamãe.” Rastejei pelo chão até ela. A água marrom do rio vazava por entre as pernas da minha mãe. Ela mergulhou os dedos dos pés na poça que havia se criado.

“Eu devia ter vindo aqui mais vezes para tomar conta de vocês”, falou ao acariciar o travesseiro de Daffy. “Quando vocês ficaram gripadas. Eu devia ter entrado, eu devia...”

Eu me sentei ao lado das pernas dela e repousei a cabeça em seu colo.

“Onde ela está, Arc?”, perguntou para mim, revirando os olhos. “Cadê a sua irmã?” Depois agarrou meu cabelo com tanta força que quase o arrancou pela raiz. “Você é uma piranha de merda, Arc.” Então soltou um grito. “A culpa é sua. Você a matou. Eu sei.”

Querido Diário,

Levei as meninas até o rio hoje. A água marrom parece um bicho selvagem. Daffy ama nadar, é o peixinho mais rápido do mundo. É o que Arc diz.

Arc fingiu o tempo todo que estava cavando, mas eu sei que estava de olho em mim. Não parei de sorrir. Falei para ela que não estava fazendo nada de errado, mas sei que não acreditou em mim.

Que ódio, que ódio, que ódio...

Levei bananas-da-pradaria para o rio conosco. As garotas adoram. Gostam de como têm o mesmo cheiro das bananas comuns, de sua cor amarela. Arc insistiu que eu tirasse o casaco, mas eu falei que estava com frio. Ela tentou levantar as mangas, mas eu a afastei com um empurrão. Não tive a intenção de ser tão brusca.

Ela começou a jogar pedras no rio, fazendo a água respingar em sua cara fechada.

Daffy me falou que precisa de mais cartolina para o catálogo de bulbos. Eu respondi que compraria mais. Não esqueça de comprar mais, Adelyn. Não esqueça. Não esqueça...

E também não esqueça de comprar molho de espaguete para o jantar, pão, sabão em pó e chocolate para as meninas... não esqueça, Adelyn. Não esqueça.

Flood se encrencou na fábrica de papel. Avisaram que se ele faltar mais um dia sequer, vai ser mandado embora. Vai embora, assim como seu sorriso. Assim como suas camisas limpas. Assim como ele, todas as noites.

Não esqueça de comprar chocolate para as meninas. Não esqueça, Adelyn. Não esqueça...

45

"Puxa, quem é a bruxa que desembucha?"
— Poeta Daffodil

Os titãs foram os primeiros deuses da mitologia grega. Antes deles, o universo estava vazio. Esse vazio foi chamado de caos. Do caos, emergiu uma mulher. Gaia. Ela era a terra. Mas, na minha opinião, antes dos titãs não existia o vazio. Apenas um rio. Um que está aqui e agora. Às vezes ele flui sem que eu perceba. Só sei que está lá quando os cavalos respingam a água com seus galopes. Eles correm tão rápido que provocam uma enchente em meus pés que chega aos tornozelos, como o rio do qual eu vim. O rio que tento enxergar por cima do ombro, ao longe. Mas tudo o que vejo são os corpos que flutuam em minha direção, virados para baixo.

Já fazia mais de um mês que Daffy estava desaparecida. Thursday também não tinha sido vista. Dirigi até a casa de Violet e fiquei sentada na caminhonete, pensando que se ficasse ali por tempo suficiente, poderia ver as duas de mãos dadas, como se tivessem desaparecido para dar um passeio pelo cascalho da estrada. Mas o único movimento na casa de Violet vinha da porta de tela, que chacoalhava no batente por causa do vento.

O proprietário já havia limpado o trailer e jogado no quintal tudo o que não conseguiu vender, para depois queimar. Lá estavam as colheres de pau e as roupas que estavam manchadas demais para serem recuperadas. Tudo aquilo que a gente acumula na vida, antes que a vida acumule lama. Vasculhei pelos itens e encontrei uma lata amassada de peras em calda, com o líquido vazando lentamente pela tampa. Havia também copos quebrados e livros de receitas com as capas amassadas. Por baixo dos potinhos de temperos, encontrei um saco de papel azul e branco que acabei pegando. *Farinha*, era o que estava escrito em letra cursiva na embalagem. Lembrei da caligrafia de minha mãe no diário. Ao levantar o saco, senti algo deslizar para o lado. Enfiei a mão lá dentro. Além do restinho de farinha, havia uma fita cassete embalada em um saquinho de sanduíche.

No adesivo branco, estava escrito *Para Grassy*. Eu a coloquei de volta no saco de farinha e levei comigo, apertado contra o peito. Quando dei por mim, estava dirigindo atrás da égua galopante. Ela me levou até a placa em forma de caveira. Apesar de ainda ser horário comercial, o estúdio de tatuagem estava vazio. Entrei e fui até os fundos, mas não vi nem sinal do Highway Man. Espiei pela porta os pedaços de cobras no concreto. Algumas já haviam descongelado por completo, deixando pequenas poças. Fui até lá, peguei uma pedra do chão e a coloquei no bolso. Voltei para dentro e gritei: "Highway Man? Você está aqui?".

Em meio ao vazio, voltei para a frente do estúdio. A pistola de tatuagem estava em uma bandeja de metal, cheia de tinta azul. Eu a peguei e a coloquei sobre o antebraço. Como minha mão não estava firme o bastante, acabei fazendo uma tatuagem com linhas tortas. Tinha pouco menos de três centímetros. Ao olhar para o espaço vazio do meu outro braço, troquei de mãos e fiz uma tatuagem idêntica ali.

"Uma, duas", contei as tatuagens em voz alta. "Três, quatro, cinco, nunca morram..."

Trocando de mãos mais de uma vez, fiz várias pequenas tatuagens desde os ombros até os pulsos, todas com a mesma imagem. A tinta azul escorria da minha pele.

"O que diabos você está fazendo?"

Highway Man estava parado na entrada. O sininho da porta tocando acima de sua cabeça.

"Nada." Larguei a pistola de tatuagem, tentando esconder os braços.

Avistei o sanduíche em suas mãos. Reconheci a embalagem da lanchonete que ficava mais abaixo na rua. Ele o jogou em cima do balcão.

"Essa tinta não é de graça, sabia?" Agarrou meu braço, espalhando a cor azul com o polegar. "Que porra é essa?"

"Narcisos", respondi.

"Narcisos? Você não sabia que essas flores não são azuis, sua puta burra?"

Depois fitou meus olhos como se estivesse concentrado em algo distante.

"Deixa eu te mostrar como se faz." Ele pegou a pistola de tatuagem e pressionou a agulha na minha pele, passando por cima das linhas tortas, endireitando-as.

Enquanto ele trabalhava, fiquei observando as cicatrizes fundas no seu rosto. "Você sabe quando foi feita a primeira tatuagem?"

"Há uma caralhada de tempo?", retrucou.

"É", respondi. "Há uma caralhada de tempo. O lance é que ninguém sabe quando isso realmente aconteceu."

Ele me olhou de relance.

"Encontraram múmias egípcias com marcas azuis tatuadas sob a pele", continuei.

Ele usou um lenço para limpar o excesso de tinta.

"Uma múmia de 700 EC foi encontrada com uma tatuagem do Arcanjo Miguel na coxa direita", contei. "Acreditam que ela tenha feito a tatuagem entre as pernas para se proteger."

"Do quê?", ele perguntou.

"De homens que queriam pegar o que não lhes pertencia."

As sobrancelhas dele se juntaram ainda mais enquanto redesenhava as pétalas do narciso. "O que veio fazer aqui, Arc Doggs?"

"Vim perguntar se você viu a Thursday por aí."

Antes que eu pudesse tocar no nome de Daffy, ele gargalhou tão alto que o som ecoou pelas paredes.

"A Thursday? Aquela ladra de uma figa?" A voz dele baixou um tom. "Você sabe que se eu encontrar aquela piranha, vou acabar com ela."

Ele limpou minha pele e contou os narcisos.

"Um. Dois. Um milhão e três. Por que desenhou tantos?", quis saber.

"Talvez eu faça mais", respondi, "até encontrarem o assassino."

"Então seu corpo vai ter mais narcisos do que pele." Em seguida começou a tatuar mais um nas costas da minha mão direita.

"Não acha que vão encontrar o assassino?", perguntei, observando como ele desenhava o caule do narciso com a agulha.

"Nunquinha." Esboçou um sorriso ao olhar para mim. "Acha que estou dizendo isso porque sou o assassino? Sei o que andam falando por aí. Sei que todo mundo acha que sou o River Man." Ele cantarolou o nome. "Foi por isso que veio aqui, não foi? Queria ver quem eu sou bem de perto? Eu sou o River Man. Mas nunca fui na porra daquele rio."

Ele terminou o último narciso, a agulha desenhando o caule e se estendendo pelas pétalas. Depois de baixar a pistola de tatuagem, ele umedeceu a boca e olhou para a minha. Passou o polegar em cima do batom que cobria meu lábio de baixo.

"Você acha que sou eu?", questionou.

"Não. Você teria queimado os corpos", afirmei, "não jogado no rio."

"Você não acha que o responsável por matar essas mulheres e jogar seus corpos no rio está fazendo isso de forma intencional?", continuou. "Não acredita que um homem que já descobriu como matar uma mulher só deixa o corpo ser encontrado porque ele quer? Hein? Seja quem for, ele quer que os corpos sejam encontrados. Como se estivessem em uma vitrine. É por isso que o River Man as mata antes de jogá-las no rio."

"Como você sabe que elas morreram antes disso?"

"Se você morre fora d'água, Arc Doggs, os seus pulmões ficam cheios de ar. Isso significa que o corpo vai boiar até que a água entre nos pulmões. O River Man quer que elas boiem, para serem encontradas mais facilmente. É um espetáculo."

"Como as coroas?", indaguei.

"O quê?"

"Nos corpos", falei. "O assassino colocou em cada uma delas uma coroa feita de galhos e folhas. Ele amarra bem ao cabelo para que a coroa não se solte. Porque elas são rainhas. Por isso eu sei que o assassino não é uma pessoa qualquer de passagem pela cidade. É alguém que nos conhece. Que sabe que somos as Rainhas de Chillicothe. Como você."

Ele tocou a ponta do meu nariz com o dedo.

"É um nariz antigo", comentou. "Como o de uma mulher que viveu há muito tempo. É um formato que não se encontra mais por aí, a não ser naqueles quadros velhos que os ricaços penduram nas paredes. E os seus olhos. Azul e verde. São olhos de viúva."

"Nunca fui casada."

"Não tem a ver com ser casada ou não, Arc Doggs. Tem a ver com perder um amor para a morte. Você não precisa ser casada para passar por algo do tipo." Ele deslizou os dedos pelo contorno do meu queixo. "É como ver tudo de ré. Sabe quando está dirigindo pela estrada e vê uma árvore e tudo o que ela representa? Você vê o tronco, as folhas, os galhos. Depois você dá ré e vê a árvore indo para trás. Ainda é a mesma árvore, mas agora é diferente. Quando eu olho para você, é isso que vejo. A mesma árvore, mas diferente."

Com delicadeza, tamborilou os dedos no meu rosto.

"O que você pensa sobre mim?", perguntou. "Além de acreditar que sou o River Man."

"Eu não penso em você."

"Ah, pensa sim. Você ainda pensa no soco que dei na sua cara naquele dia na casa da Thursday. Pensa na forma que eu esfolei a sola do pé dela. Assim como a maioria das pessoas, pensam que eu sou um cara malvadão. Com uma tatuagem no peito. Uma arma no bolso de trás. Pensam que sou exatamente aquilo que eu quero que pensem. Eu controlo a narrativa."

Ele olhou para o piano vertical encostado na parede.

"Certa vez, ganhei uma aposta contra um cara que jurava que eu não sabia tocar esse negócio", falou.

Então se aproximou do instrumento e arrastou os dedos por cima da tábua de proteção antes de levantá-la. Depois se sentou no banquinho e tocou um arranjo que pareceu agradar mais a ele do que a mim.

"Quando eu era garoto", continuou, "nós éramos pobres demais para comprar um piano. Minha mãe me ensinou a tocar em sua própria pele. Ela usava uma caneta preta para desenhar as teclas ao longo do braço. Depois o estendia para que eu e o meu irmão pudéssemos tocar. Ela nos ensinou as notas e os acordes, e nos mostrou a tocar sua pele como se fossem teclas de marfim. Ninguém jamais imaginou que dentro de um trailer, em que provavelmente só a ralé viveria, uma mulher estava ensinando aos dois filhos que eles podiam almejar mais da vida. Por causa dela eu virei tatuador. Ela nos mostrou que é possível fazer um desenho na própria pele e enchê-lo de significado."

Em seguida passou os dedos por cima das teclas, tocando-as de maneira desafinada de propósito.

"Minha mãe achava que isso iria salvar a mim e ao meu irmão", contou. "A música."

"E onde está o seu irmão?", perguntei.

"Em alguma prisão entre essa cidade e o rio Mississippi. Ele é o pior tipo de irmão, mas também o melhor. Tem uma coisa nele que nossa mãe apelidou de limiar do diabo azul. Quer dizer que o fogo dele é frio. É o pior tipo de gente, aliás, porque quando ele te fizer mal, você nem vai saber o que te atingiu. Um dia, apenas acontece e você vai ser completamente derrubada e acabou."

"O que ele fez para ir preso?"

"Nada como o River Man", explicou. "Nada como eu, né?" E então riu, fazendo um floreio com as notas mais altas. "Foi preso por matar alguém como ele. Um dia, o papai disse que estava com dor de cabeça. Meu irmão pegou a espingarda e estourou os miolos dele. Depois disso, falou: 'Pronto, agora não dói mais'. Nosso pai nem soube o que o atingiu. Minha mãe dizia que meu irmão tinha o limiar do diabo azul, e estava certa."

Quando parou de tocar, encerrou com uma nota aguda que ecoou por todo o estúdio. Depois se levantou do banco e veio devagar em minha direção, tirando a camisa.

"Minha mãe também falou uma coisa de mim", continuou. "Disse que eu tinha sido mergulhado na maldade." Pegou o cigarro atrás da orelha e o acendeu. "Tire a camisa, Arc. Tá na hora de pagar pelas tatuagens."

Não tirei a camisa, então ele o fez por mim, passando-a pela minha cabeça antes de a jogar no chão. Fiquei apenas de sutiã, sustentando seu olhar frio conforme se aproximava. Ele soltou a fumaça na minha garganta e passou os olhos pela minha clavícula, junto dos dedos. Depois se inclinou sobre mim, beijando a lateral do meu pescoço e mordendo minha orelha.

Ele usou a ponta acesa do cigarro para queimar o tecido do meu sutiã, arrebentando uma das alças.

"Eu sei por que você faz o que faz", confessei.

Ele puxou um longo trago do cigarro. "Faço o quê?"

"Sei por que quebra as cobras."

"Então me conta, Arc Doggs. Por que eu quebro as cobras?"

"Este lugar nem sempre foi Chillicothe. Nem sempre foi Ohio. Ele já pertenceu a culturas que sabiam o nome verdadeiro desta terra e sonhavam com grilos marrons e água barrenta. Sabiam que o mundo é apenas uma cobra, devorando a própria cauda. E você também sabe disso, não sabe? Escutou os sussurros nas ondas de sangue. Você acha que se quebrar a terra, ela vai ser sua. Mas você não é *nada* além de um deus de lata. Não importa quantas vezes tente quebrar a terra, ela jamais será sua. Até o fim dos tempos, ela será apenas de si mesma e de mais ninguém. E para cada cobra que você quebrar, uma de suas irmãs tomará o seu lugar. O que sabe sobre irmãs, Highway Man? Elas são infinitamente mais fortes do que qualquer homem e vão viver mais do que você."

Quando sorriu, seus lábios tremeram e seu olhar endureceu.

"Ora, mas a piranha já descobriu tudo mesmo, hein?" E chegou mais perto. "Eu sei que você deixou minha cobra escapar do freezer." Afundou o cigarro na outra alça do sutiã até queimar minha pele. "Vai dizer que não sabia, Arc? Nada escapa de mim."

A égua surgiu por trás dele. Levantou-se nas patas traseiras, com os cascos dianteiros no ar e a crina balançando para trás.

"Tá me ouvindo, vagabunda?" Ele agarrou meu queixo e o puxou com força em sua direção. "Nada escapa de mim. Principalmente uma putinha viciada."

Enfiei a mão no bolso, envolvendo a pedra com os dedos enquanto a égua batia os cascos no chão.

"Foi isso que você disse para as outras mulheres?", perguntei. "Antes de jogá-las no rio?"

Ele sorriu pouco antes de a pedra acertar seu rosto em cheio, bem onde mirei.

"Sua piranha desgraçada." Ele cambaleou para trás, levando as mãos na testa. O sangue escorria por entre os seus dedos. "Eu vou te matar."

Quando fez menção de me atacar, eu já estava correndo porta afora, com a égua galopando a meu lado. No rosto dela, havia o mesmo olhar assustado que o meu.

Querido Diário

Já faz tenpo. Mi... mi disculpa, eu perdi a nossão do tenpo.

As meninas si trancaran no quarto da Arc. O Flood bateu na porta, mais elas num abriram pra ele. nem quando ele comessou a chorar.

Ele mi falou que si eu amasse ele, ia usar cum ele. ele falou qui era só um poco.

Eu odeio ele. ODEIO elee.

Peguei um livro de flor da mamãe qui a Daffy gosta tanto e encomendei um bulbo de cada. Enviei cum xeque dentro. Tomara que mandem os bulbos antes de discontar o xeque. Já contei pra Daffy que as flor vão chegar. Mas a Arc estragou tudo. Falou pra daffy queu tava mintindo.

Liguei pra minha irmã cclo. Clove, Clover... Clo.

Botei umas raiz velhas dibaixo da cama. Mamãe sempre falava qui pra mantê os pé no chão a genti precisa drumir com raiz dibaixo deles. Eu peguei elas lá no quintal. Deixei os denti-de-leão no chão. Num lembrava si a mamãe tinha falado pra rancá a terra ou não. Deixei cum terra.

Às vezes acho que eu divia levar as menina de volta pra mamãe. Ela pudia cê as raiz delas... cê as raí...

Vou fazê panquecas pra elas amanhã. É uma promeça.

46

"Escutem os rapazes, brincando com orgulho. Que barulho. Que barulho."
— Poeta Daffodil

Aqui, tenho vislumbres da minha versão criança. Não muito maior do que a flor de asclépia selvagem, eu corro por entre as pernas dos cavalos. O canto profundo das corujas. O uivo penetrante do coiote. Os gritos nus de feras sem nome caçando em quatro patas. Corro atrás de mim, tento me capturar. Mas a criança é rápida. Tenho certeza de que estarei aqui, nesta busca, enquanto o rio correr. Nesta confusão por trás do paraíso. Um lugar que não é triste, mas é vazio e cheio de derrotas. Lanço meus sussurros no espaço à frente, na esperança de que minha voz não esteja tão distante de minha irmã. Porque a voz dela está distante de mim. Não é triste, mas é vazia e cheia de derrotas. Exceto por excrementos primitivos. Sangue e imundície, merda e mijo também. Sei que estou de pé sobre tudo aquilo que vivi. Agora, sou possuída pelo fim. Tudo o que posso fazer é abrir a boca e torcer para que minha voz não esteja tão distante dela, ou das outras mulheres que vieram antes de mim.

Eu tentei. Que fique bem claro que tentei descobrir quem as matou. Quem muito em breve me mataria. Enquanto o vento frio fustigava meu rosto, me aproximei da beira do rio, atravessando os enormes espinhos afiados do mato alto. Caminhei ao longo da margem, observando a água. À procura de qualquer vestígio. O moletom de Holly Hobbie que Daffy estava usando da última vez em que a vi. A camisola rosa suja. O corpo dela boiando na água. Como se estivesse apenas nadando de uma ponta a outra do rio.

Levantei os olhos e vi a égua, da cor das meias que Daffy usava quando sumiu, galopando pelo viaduto. Sem tirar os olhos da crina, subi a margem e entrei na caminhonete. Enquanto os cascos da égua ressoavam pela estrada de cascalho, olhei para o saco de farinha no banco do passageiro.

A égua me acompanhou durante o trajeto para casa. Era fim de novembro. Frugal em suas vaidades. Já quase não dava para distinguir as nuvens do céu branco, de tão quietas e claras que estavam. Eram os últimos dias do outono. Não havia mais folhas para escrever pecados. O ar estava mais frio do que deveria. Era um tipo de tarde que me fazia lembrar de pão dormido. Ainda macio, mas que já começava a ficar duro nas pontas.

Dentro de casa, tia Clover ainda estava no sofá. O lado em que se sentava era mais baixo, com o estofado afundado pelos anos de uso, como se fosse um buraco no qual ela caía aos poucos. Havia um saco de gravetos em seu colo, mas ela não os estava organizando. Estava vidrada na TV. Pelo que me lembrava, esta era a primeira vez que não estava ligada. A tela vazia. Pude perceber, pela falta da luz forte, como a tela estava empoeirada, com uma camada que cobria a curva suave do vidro. Fiquei imaginando como tia Clover conseguiu assistir a essa TV por tantos anos, através do pó e da sujeira.

"Por que não está vendo um dos seus programas de viagem?" Eu me sentei ao lado dela, com o saco de farinha no colo.

"Estava passando um programa sobre a América do Sul", contou ela. "Quando chegaram no rio Amazonas, tive medo de olhar a água por muito tempo e ver a Daffy boiando."

Devagar, ela me observou com os olhos arregalados, aprofundando ainda mais o vinco entre as sobrancelhas.

"Você já a encontrou?" O tom de voz estava suave como eu não escutava havia anos.

Fiz que não.

"Eu sempre soube que ela morreria jovem", continuou. "Era o único destino possível depois que ela quebrou aquela ampulheta quando era criança."

"Que ampulheta, tia Clover?", perguntei.

"A que minha mãe deixava na cozinha para marcar o tempo dos biscoitos."

Só conseguia me recordar da lata de fermento em pó em cima do balcão de ladrilho amarelo da vovó Milkweed, da tigela enorme de creme, da colher de pau, do pote de mel e da lata de gordura vegetal, na medida de uma colher de chá por vez.

"Eu lembro dos biscoitos", comentei, limpando o nariz. "Mas não me lembro de nenhuma ampulheta."

"Não lembra porque Daffy a quebrou." Tia Clover ficou encarando o chão. "Ninguém quebra o tempo e escapa impune."

Examinei minha tia, uma mulher que ainda usava uma gola de oncinha, como se houvesse uma boa história por trás disso. Mas parou de modelar a franja e passou a deixá-la cair sobre os olhos, que estavam cada vez mais opacos. Ainda usava camisas cavadas, mas seus seios estavam ainda mais baixos, fazendo o decote não ser nada além de um buraco profundo que descia em direção ao umbigo. O cinto que usava ao redor das saias já não era mais de couro branco, tendo se transformado em algo marrom, da cor de sangue seco.

"Tia Clover? Posso te perguntar uma coisa?"

"Uhum." Ela chupou os lábios até desaparecerem, com os olhos ainda no chão.

"Por que você passa seu sangue no cinto?"

Ela respirou fundo como se estivesse reunindo forças. "Quando sua pele racha e se abre, você sangra. E mesmo que eu tampe essas rachaduras com fita adesiva, o sangue continua saindo. Esse mundo me deixou quase sem sangue." Com leveza, passou as unhas sujas por toda a extensão do braço. "Se eu não guardar um pouco de sangue, não terei nada para colocar de volta nas rachaduras. Preciso ter um pouco de sangue extra comigo."

Em seguida ergueu os olhos do chão.

"Agora eu posso te perguntar uma coisa, Arc? Por que está sempre molhada?" Ela pousou a mão na minha cabeça, deixando os dedos esticados sobre a testa. "Por que seu cabelo sempre parece um bando de algas molhadas? E por que você está sempre com o cheiro do rio?"

"Eu estava procurando a Daffy", respondi.

Tia Clover estreitou os olhos como se buscasse alguma coisa. "Sobe, sobe...". Então se voltou para o saco de gravetos. "Já estou quase terminando", disse. De súbito, espiou por cima do ombro, com um olhar desesperado, como se alguém tivesse chamado seu nome.

"Terminando o quê?", quis saber.

"A parede da Daffy." O nome da minha irmã perdurou no ar, em um tom grave como um eco. "Só preciso encontrar os últimos gravetos. Eles têm que ser perfeitos. Só então vou terminar. Me dá um pouco dessa farinha?" Ela apontou para o saco no meu colo.

"Não tem farinha aqui", expliquei.

Tia Clover revirou os olhos lentamente. "A mentira tem perna curta", declarou, com bastante cuidado, enunciando perfeitamente cada palavra.

Deixei minha tia separando os gravetos e voltei para a caminhonete. Fiquei sentada ali por alguns minutos, exausta, querendo que o aquecedor funcionasse para, pelo menos, aquecer minhas mãos. Tentei pensar em todos os lugares onde Daffy poderia estar. Mas a maioria não existia mais. A cozinha da vovó Milkweed, o colo do nosso pai, o buraco enorme que encontramos atrás da casa colonial quando éramos crianças. Lembrei de todos os caminhos pelos quais passávamos indo e voltando do Blue Hour. Será que ela estava lá? Largada em cima do cascalho? Depois pensei em todos os lugares em que ela plantou um bulbo de flor. No quintal. Ao lado da loja de descontos. Na trilha estreita atrás do Cinzento. Depois me lembrei do nosso pequeno apartamento. Aquele que chegamos a pensar que seria o início de uma nova vida. Lembrei da cozinha miúda. Do armarinho que enchemos de pratos azuis e brancos.

Dei partida na caminhonete.

Pelo caminho, fiquei de olho em qualquer pessoa que parecesse com Thursday ou Daffy. Às vezes eu pensava que as tinha visto, mas assim que desacelerava para olhar melhor, percebia que eram só outras mulheres a caminho da noite.

Quando cheguei no estacionamento do mercadinho, a égua me esperou estacionar e entrou na loja comigo. Assim que vi uma mulher de cabelo ruivo, agarrei seu braço.

"Foi mal", me desculpei quando ela me olhou feio. "Achei que fosse outra pessoa."

Os relinchos da égua eram tão altos que abafavam o vaivém dos carrinhos e das mães que conferiam as listas de compras. Fiquei desnorteada e acabei indo parar no setor de laticínios, quando na verdade queria o de artigos para o lar. Quando enfim o encontrei, percebi que os pratos continuavam no mesmo lugar de sempre, desde a época em que Daffy e eu os vimos pela primeira vez. Não sei dizer exatamente por que achei que ela estaria aqui, talvez com um prato azul e branco na mão. Ao cair a ficha de que ela não estava ali mesmo, pensei em destruir o expositor inteiro, fazendo uma bela bagunça no chão.

Em vez disso, peguei um prato e o virei para ver a coroa estampada no fundo.

"Quem sabe a gente não compra o conjunto inteiro", repeti as palavras de Daffy enquanto devolvia o prato à prateleira.

Acompanhei a égua, com a cauda balançando para a frente e para trás, resvalando no rosto de pessoas que nem a enxergavam. Eu a segui pelos corredores, mas parei quando o vi perto das prateleiras de frutas enlatadas. Estava de costas para mim e conversava com alguém mais baixo do que ele. Suas unhas longas e amareladas tamborilavam em cima de uma lata de frutas em conserva.

Ao me aproximar, percebi que ele estava conversando com uma menininha da mesma idade que eu tinha naquela época. Ela segurava uma bola de basquete, que vez ou outra quicava no chão.

"Você é boa, hein?", elogiou ele ao lhe arrancar um fio de cabelo.

"Ai." A menina pousou a mão onde sentiu a beliscada.

Cheguei por trás enquanto ele enroscava o cabelo na corrente de ouro em seu pescoço.

"Quer acrescentar mais um fio à sua teia?", indaguei.

Se isso o assustou, não foi capaz de demonstrar. Apenas me encarou com um sorriso, enquanto a menina me olhava direto nos olhos.

"Você está aqui com quem?", perguntei à criança.

"Minha mãe está me esperando no corredor dos pães", ela falou. "Ela pediu para eu buscar uma caixinha de leite."

"Então é melhor ir buscar logo", avisei. "E se você encontrar este homem de novo, fuja. Corra o mais rápido que puder e conte para sua mãe, seu pai, ou quem quer que seja. Conte a eles que esse sujeito é uma aranha que ataca menininhas em suas camas à noite. E que ele nunca vai parar até que alguém o pare." Agarrei a menina pelos ombros e a sacudi. "Se não fizer isso, ele vai te pegar. Ele vai te pegar."

"O que está acontecendo aqui?"

Quando me virei, vi uma mulher empurrando o carrinho com pressa em nossa direção.

"O que você está fazendo com a minha filha?"

A garota largou a bola de basquete e correu até a mãe, agarrando-se à perna dela ao apontar para o aranha.

"Sua piranha de merda." Ele tentou me agarrar, mas eu disparei pelo corredor, passando por mãe e filha, as duas encarando o homem que me perseguia. A égua galopou a meu lado até eu chegar ao estacionamento.

Pouco antes de abrir a porta da caminhonete, o aranha me encurralou contra ela.

"Acha que vai me foder assim?", gritou. "Acha que vai ficar me seguindo?"

"Não estou te seguindo", gritei de volta. "Estou procurando por elas."

"Elas quem?"

"Você sabe muito bem, seu filho da puta. Daffy e Thursday. Minha irmã e minha amiga."

Ele forçou um sorriso e se afastou, esperando um outro cliente passar em direção ao carro antes de responder. "Não tem ninguém para você procurar, sua puta burra."

"Ninguém?" Abri a porta da caminhonete com força e peguei a foto no painel. "Ela." Coloquei o dedo sobre o rosto de Thursday. "E ela." Fiz o mesmo com Daffy.

Ele a arrancou da minha mão. "Quer saber o que aconteceu com essas duas? Foi isso aqui." E então rasgou a foto ao meio, bem em cima do rosto de Violet.

"Não. Para." Tentei pegar a foto de volta, mas ele a segurou acima da cabeça.

"E aconteceu isso aqui também." Fez outro rasgo, arrancando a cabeça de Nell Sábia do corpo. "E isso", continuou, ao cortar Daffy em duas. "E quer saber mais?" Começou a picotar a foto até acabar com o rosto de todas nós. "Nenhum carro parou de repente, guinchando os freios, em estado de choque. As pessoas ainda estão andando por aí. Ninguém está gritando até perder o fôlego. O mundo continua girando. Sabe por quê? Porque ninguém dá a mínima para o que acontece com essas putas. Nem com você."

Ele jogou os pedaços, espalhando-os pelo asfalto. Enquanto o vento os soprava por entre os pneus dos carros, ele me deu um soco na boca do estômago, me fazendo cair de joelhos.

"Mal posso esperar", falou, "pelo dia em que eu tirar seu corpo do rio."

Depois se virou e foi embora. Tive que me agarrar na maçaneta da porta da caminhonete para ficar de pé.

"Eu te odeio", gritei em nome de todas as mulheres que já conheci e pulei nas costas do aranha, que girou e se debateu para se livrar de mim, mas não conseguiu. Quando agarrei sua corrente de ouro, ele deu um soco para trás, me atingindo no rosto. Caí de suas costas, mas não larguei a corrente e acabei quebrando o fecho. Gargalhei enquanto ela balançava, presa na minha mão.

"Sua piranha de merda." Ele me deu mais um soco na cara.

Gargalhei ainda mais, sentindo o sangue escorrer na pele enquanto arrancava os fios de cabelo presos à corrente, enfim os libertando e os lançando ao vento.

"Não vai prender mais nenhuma borboleta na sua teia, seu filho da puta." Joguei a corrente limpa e quebrada a seus pés. "Não tenho mais medo de você. Está me ouvindo? Não tenho mais medo de você, porra."

Assim que os clientes começaram a se aglomerar, com os carrinhos cheios de compras, ele esboçou um sorriso e passou os dedos pelo cabelo até que estivesse cuidadosamente penteado para trás.

"Nada para ver aqui, pessoal", avisou, mostrando o distintivo. "Já cuidei do assunto. É só mais uma viciada querendo um teco."

Ele se aproximou de mim, ainda sorrindo para as pessoas que nos cercavam, e sussurrou: "Acha que vai me foder assim? Você não é nada, Arc Doggs. O seu sumiço acabou de começar".

A égua se ergueu por trás dele e soltou um relincho ainda mais alto e agudo.

Queridu diário,

O Flood não trabaia mais na frábica. Num trabraia em lugar ninhum.

Já arrumei as menina pra iscola. Num sei si consigo… num sei si consigu continuá sendo Adelyn. Mais si eu num sô ela, será que inda sô mãe??

Ou será qui sô um paçarinho que agora vai brigá cas cobras

Não era preu ser assim.

Sou fracaço sou fraca sou fraca sou fraca

Elas vão me odiá pra sempre. arc e daffy. Queria qui elas tivesse uma mãe melhor que eu. Queria qui elas creditassem nimim quando eu digo qui amo elas.

47

"No fundo da garganta, deixarei por escrito.
Vai saber que é meu, vai entender o que é dito."
— Poeta Daffodil

Há demônios excepcionais à espera de todos. Um pulso infinito que insiste em viajar pelo rio que foi criado para nos afogarmos. Nas águas rasas, as rochas mutilam nossas verdades. Nas profundezas, é nossa própria morte que forma uma opinião sobre nós. Quisera eu poder desaparecer da minha morte. Quisera eu poder correr livre com os cavalos e nunca mais assumir a função da filha de milagres esquecidos. Quisera eu poder emergir linda em um sonho que faz desvanecer cada pedaço odiado de mim mesma. Minha mãe me odeia. Meu pai me odeia. Minha irmã me odeia. Mas a agulha me ama.

Depois de me injetar, recostei a cabeça no banco da caminhonete. Não sei por quanto tempo fiquei ali antes de tirar a fita cassete do saco de farinha. Espanei a superfície e coloquei no toca-fitas do rádio. A princípio, não sabia se o volume estava alto o suficiente, porque só ouvi o silêncio. E então veio a voz de Violet. Ela cantava. Abaixando e subindo o tom, até que começou a murmurar. Finalmente, ela começou a falar: "Grassy, aqui é a sua mãe. Tomara que esta gravação esteja boa, sem muita estática. Hãã". Ela pigarreou e tossiu algumas vezes. "Eu só queria dizer o quanto estou orgulhosa de você. Já cometi mais erros em minha vida do que gosto de lembrar, mas você não foi um deles. Quando crescer, espero que você não me odeie. Muita gente vai falar todo o tipo de coisa sobre mim. Vão me chamar de tudo. Vão usar bastante a palavra *viciada*, e vão gravar meus crimes em pedra.

Pior ainda, vão querer que você carregue o fardo deles. Mas eu quero que você jogue essa pedra bem longe e se lembre de mim sempre como sua mamãe.

"Talvez eu tenha partido por tanto tempo que, em alguns dias, você só se lembre de mim como um sonho. Pode ser que se esqueça de todas as vezes que lambemos o glacê da espátula, ou de como tingíamos o cabelo das bonecas com suco de uva, ou de quando gargalhávamos até fazer xixi nas calças." Ela riu baixinho. "Na última vez que conversamos, você me contou que foi pegar dentes-de-leão. Contou que pôs as flores no cabelo e que o papai te deu conchinhas quebradas para colocar em volta dos tomateiros. Você me falou que uma borboleta pousou na sua mão e você desejou que eu estivesse ali junto. Eu quero que você saiba, Grassy, que eu estava ali com você. Fui eu quem pousou na sua mão. Eu presenciei cada coisinha maravilhosa que você fez na vida.

"Algumas vezes, meu bebê, a vida chega com um silêncio pesado e pode ser que você fique tentada a fechar os olhos e desaparecer. Mas eu quero que saiba que sempre terá uma canção só sua. Ela está dentro de você. Você é poderosa, é esperta, é criativa e ninguém vai te tirar isso." Violet pausou com um suspiro. "Escute o seu pai. Eu sei que ele pode ser meio durão, mas é porque quer o melhor para você. Ele é um bom homem.

"Mas certas coisas ele não vai conseguir te ensinar. Então você vai ter que escutar sua própria canção. Você vai dar o seu jeito. Não deixe que as coisas ruins te botem para baixo. A vida vai te colocar em alguns momentos assim só para te dizer que está na hora de chorar. Sem isso, o que seria dos poetas? Quero que se olhe no espelho todos os dias e lembre-se de que você tem asas. Às vezes, falar isso não é mentira. É saber que, quando você decolar, vai voar. E seu voo vai ser bem longo e você vai se tornar uma mulher madura cuja vida esteve sempre repleta de magia e coragem. Eu te amo tanto, Grassy, que chega a doer. As mãos de uma mãe são ampulhetas para os filhos. Nossa vida se mistura à de vocês conforme passamos as areias do tempo para suas mãos. Eu lhe entrego os grãos dos dias que não vivi, além de tempo suficiente para que você possa olhar para trás, para um momento de que ambas nos lembraremos com amor. Meu destino sempre foi esse, então não tenho motivos para ficar triste. E se alguém te perguntar, meu nome era Violet. Um dia, eu fui. Agora, vivo entre as borboletas que voam pelos campos, com fome de néctar e nada mais. Ser a sua mãe foi a maior alegria da minha vida. Também quero que saiba de uma coisa. Sempre que você avistar uma borboleta, sou eu. Sempre ao seu lado. Que sorte a minha, não é?"

Violet cantou mais um pouco antes de a fita acabar. Fiquei sentada ali por vários minutos, com a cabeça apoiada no volante.

Depois de remover a fita, guardei de volta no saco de farinha e dei a partida na caminhonete.

O ex-marido de Violet morava na mesma casa que tinham compartilhado um dia. Era um sobrado de alvenaria com arquitetura vitoriana. Havia guirlandas penduradas nos postes da varanda e a porta da frente havia sido recém-pintada de vermelho-escuro.

Foi Grassy quem me recebeu.

"Quem é você?", perguntou.

"Sou uma amiga da sua mãe", respondi.

"Minha mãe se foi." Ela baixou a cabeça. Estava com o cabelo preso em duas tranças. Os pequenos flocos de neve que estampavam seu suéter combinavam com aqueles espalhados na barra de sua calça de veludo.

"Ela deixou um presente para você", falei.

"O quê?" Ela levantou os olhos, que tinham a mesma cor dos de Violet.

"Isso." Eu lhe entreguei o saco de farinha.

De dentro, ela tirou a fita cassete.

Só então seu pai apareceu, com um pano de prato pendurado no ombro. "O que é isso?", quis saber, tirando a fita das mãos da menina.

"A Violet deixou para ela", expliquei.

Grassy abriu o saco e pegou a foto dela com a mãe.

"Eu não sabia que ela havia colocado isso de volta aí", comentei com um sorriso. "Guarde bem essa foto, Grassy. Não deixe ninguém rasgar."

"Ninguém vai querer rasgar uma foto da minha mãe", Grassy respondeu, segurando-a com firmeza. "Senão o mundo iria parar de girar."

Ela tirou a fita das mãos do pai no mesmo instante. "Papai? Posso ouvir?"

"Pode", concordou ele. "Por que não vai lá na sala e coloca no rádio?"

A garotinha disparou pelo corredor.

Antes que ela sumisse, o pai acrescentou: "Me espere para ouvirmos juntos".

Grassy concordou, mas tive a sensação de que iria começar a ouvir assim que chegasse lá.

"Obrigado por trazer a fita", agradeceu ele, me olhando. "Violet teria gostado." Depois limpou a boca cuidadosamente com o dorso dos dedos. "Sempre achei que, com a devida paciência, Violet até teria conseguido, sabe? Que ela seria capaz de voltar para casa e que tudo seria como antes."

Percebi que ainda usava a aliança de casamento. Ele a girou no próprio dedo enquanto escutávamos a voz de Violet encher a casa. Grassy tinha colocado o volume no máximo.

"É uma bela batalha, não é?" Ele levantou o olhar para mim.

"O quê?", perguntei.

"A vida." Então agarrou a maçaneta. "Ela se importava muito com vocês, mulheres da rua. Torço para que você consiga o que ela não conseguiu. Torço para que você encontre uma saída."

E fechou a porta. A guirlanda balançou um pouco, até parar.

48

"Caos bagunçado, seja abençoado."
— Poeta Daffodil

Mesmo aqui, enfrentando a maré nebulosa, sinto como se ainda estivesse em Chillicothe. Mas vejo a cidade por um ângulo diferente. É preciso olhar para as colinas uma segunda vez, sob esta perspectiva. Porque elas parecem ser apenas um bloco de terra flutuante, navegando pela fumaça tóxica da fábrica de papel, que sobe em direção ao céu como uma pluma da manhã.

Controle o reino e gire por quilômetros, cantam os anjos daqui. Ou será que são demônios com auréolas quebradas? Estou no paraíso? Ou no inferno? Só posso me guiar pelos meus pecados terrenos. Será que eram mesmo pecados? Pelo que me lembro, tinha rezado o bastante para ser perdoada. Perdoada por ter mentido, por ter contado a verdade. Perdoada pelo frio.

Os invernos de Chillicothe, Ohio, eram um céu cinza. Eram galhos sem folhas. Eram para-brisas congelados. Um amontoado de flocos de neve que derretem rápido demais na palma da mão.

Na primeira nevasca daquele último inverno, fui de carro até o trailer de Thursday pela última vez. Eu queria usar uma canetinha laranja para desenhar uma fogueira. Foi o que a vovó Milkweed me disse para fazer, certa vez.

"Quando você sentir que está pegando fogo", aconselhou, "desenhe uma fogueira na parede entre as janelas viradas para o leste. Desenhe as labaredas bem altas e abra as janelas para deixar a fumaça sair. A casa vai pegar fogo, mas não vai queimar. As chamas serão furiosas, mas você não. Seja lá o que tenha tentado te queimar, só vai ter alcançado seus pés. E uma mulher que caminha sobre os dois pés herdou a boa e velha esperança de que tudo vai ficar bem."

Eu sabia que depois de desenhar a fogueira, iria até a Montanha Distante, escalar o topo e gritar o nome de todas as mulheres que conheci ao longo da vida.

Mas ao me aproximar do trailer, vi que havia uma figura sentada no último degrau da varanda. Estava curvada, deixando a neve cair em suas costas.

"Daffy?"

Mantive o pé no acelerador, o limpador de para-brisa jogando o acúmulo de neve para ambos os lados. Assim que estacionei no cascalho em frente ao trailer, percebi que a mulher não era minha irmã. Não era uma sombra do telhado, muito embora também estivesse imóvel. E tampouco era um amontoado de neve, por mais fria que parecesse. Essa mulher não estava desaparecida, mas algo nela havia sumido. A filha que ela queria de volta. Eu não via a mãe de Thursday desde que passei por ela na rua, colando mais cartazes estampados com o rosto da minha amiga.

"Às vezes acho que este inverno será o mais frio de todos", comentei assim que desci da caminhonete. Olhei para os flocos de neve que caíam do céu. "Thursday sempre dizia que quando uma pulseira, um anel ou um colar eram quebrados pelo mundo, seus pedaços subiriam aos céus e virariam neve logo que pudessem. Assim, mesmo caídos, continuariam lindos."

A mulher não tirava os olhos do pôster da borboleta-monarca em suas mãos.

"Rasguei sem querer", contou, "quando estava tirando da parede." Ela passou o dedo por cima do rasgo na asa esquerda, como se fosse capaz de usar a própria pele para colar de volta. "Você acha que a Thursday vai me perdoar algum dia, Arc?"

Ao levantar a cabeça, os olhos dela traziam consigo a dor em sua voz.

"Ela vai te perdoar." Eu me sentei a seu lado no degrau. "As asas já estavam rasgadas."

"Mas este rasgo fui eu que fiz", continuou. "É o maior de todos."

A porta da frente estava aberta. Dava para ouvir o barulho das coisas sendo mexidas lá dentro.

"É o pai dela que está aí?", perguntei.

"Estamos recolhendo as coisas dela", foi sua resposta. "Vamos guardar lá em casa, por precaução." Ela espanou os flocos de neve do pôster. "Vou colocá-lo na parede do quarto dela. Para que o veja quando voltar para casa. Por que você veio aqui, Arc?"

"Quando eu era criança, minha vovó Milkweed disse que sempre que o mundo tentasse me envolver em chamas, eu só precisaria desenhar uma fogueira na parede para controlar o fogo. Então pensei que pudesse fazer o mesmo pela minha amiga. Então vim aqui, procurar pelas paredes viradas para o leste e tomar as chamas, para Thursday não se queimar."

"Mas não é o fogo que está levando as mulheres", ela falou. "É o rio."

"É só mais uma maneira que o mundo tem de nos queimar", respondi.

A coriza escorria de seu nariz até a boca. Ela nem sequer tentou limpar.

"Tem uma coisa aí que eu acho que você vai gostar de guardar", comentou.

Depois entrou no trailer. Quando saiu, segurava nossa foto em grupo que ficava na prateleira de Thursday. Tinha sido tirada do porta-retratos.

"Thursday ia querer que você ficasse com ela", disse ao se sentar de novo ao meu lado e me entregar a fotografia.

"Obrigada." Enfiei a foto dentro do casaco para protegê-la da neve.

"Você soube de alguma coisa?", perguntou. "Sobre quem a pegou?"

"Ouvi boatos", afirmei. "Os mesmos de sempre, envolvendo o River Man. Mas não encontrei ninguém que fosse capaz de me dizer quem ele é."

"Eu ligo para a polícia todo dia", contou a mãe de Thursday. "Dizem que ela deve estar com algum traficante, ou um *john* qualquer, como se merecesse estar desaparecida. Agem como se eu estivesse desperdiçando seu tempo precioso, procurando por uma meia perdida, ou qualquer coisa assim, fácil de substituir." Ela repousou o pôster em cima dos joelhos e usou as mãos para esfregar o rosto. Dava para ver que não dormia havia um tempo. "Chegaram a perguntar dela para você, Arc?"

Fiz que não.

"Viu?", reclamou. "Eles nem falam com as amigas dela. Não tentam encontrar nenhuma testemunha. Minha filha não importa para essa gente. É uma pedra. Um graveto. Um monte de lixo. Sabe o que eles têm em comum, Arc? Vou te dizer o que é. A polícia não vai atrás de nenhuma dessas coisas quando elas somem. Mulheres como a minha filha. Como você. Você é uma pedra. Um graveto. Um monte de lixo. E por isso vocês podem desaparecer, como se nem tivessem nome. Mas ela tem um nome. Um que eles se recusam a dizer, então eu tenho que dizer por eles. Thursday. Thursday. Thursday." Ela gritou o nome da filha até ficar rouca. "Eu só queria que eles soubessem como é difícil amar uma filha que você não consegue mais encontrar. Você a ama por tudo o que ela foi. Por tudo o que ela não foi. Por tudo o que ela jamais poderá ser."

Depois olhou para o milharal seco do outro lado da estrada.

"Eu fico só esperando", continuou, "a ligação para avisar que encontraram o corpo do meu bebê na água gelada do rio. Não sei se é melhor saber que ela está morta, ou ainda nutrir a esperança de que esteja viva. De que tenha ido para algum lugar e esteja feliz. Às vezes, eu fico imaginando que ela não perdeu o bebê e que teve uma menininha. É só eu fechar bem os olhos." E cerrou os olhos até os cílios desaparecerem. "Aí posso imaginar que as duas sobreviveram a isso."

De baixo do pôster, ela tirou uma agulha usada.

"Bem quando a gente pensa que se livrou da última", afirmou, "percebe que estava enganada. Não paro de pensar no que foi que eu fiz para que a vida dela se tornasse isso. Depois penso que talvez tenha sido algo que eu não fiz. Talvez eu não tenha dado amor o bastante, ou falado as palavras certas, ou quem sabe eu não tenha ficado quieta quando deveria, ou gritado quando deveria. É como ter uma coisa queimada na boca, tudo o que eu como fica com esse gosto. Tudo o que eu cheiro, tem esse fedor."

"Não foi culpa sua", falei.

Ela me olhou de um jeito que ninguém fazia havia muito tempo. Com ternura.

"Você não culpa a sua mãe?", perguntou.

Meus olhos responderam por mim e ela fechou os dela.

"São sempre as mães que têm os motivos em suas mãos", continuou. "Sabe o que não me sai da cabeça? Quando ela era pequenininha, sempre pegava as minhas mãos e colocava diante dos olhos. Depois espiava por entre os meus dedos e dizia: 'Você é o melhor telescópio do mundo, mamãe'. E eu não sei quando foi que isso deixou de ser verdade." Ela abriu os olhos e baixou a cabeça, fitando a própria blusa. "Agora eu só uso a cor favorita dela."

"Azul meia-noite", respondi.

Ela assentiu. "Coloquei na cabeça que se eu usasse a cor preferida dela o tempo todo, talvez pudesse me tornar sua coisa preferida."

Enquanto ela chorava baixinho, tirei a agulha de suas mãos e a examinei por um momento. "A primeira agulha hipodérmica foi criada em 1853. O que contam nos bastidores da história é que a esposa do inventor foi a primeira pessoa a morrer com uma overdose. Alguns dizem que não passa de um mito, que seria melhor acreditar que a mulher viveu mais do que o marido. Uma vida comum e sóbria. Eu prefiro acreditar que a morte por causa da dependência seja só fruto da imaginação, algo criado para incrementar uma história trivial. Que a esposa não foi nenhuma dependente, mas sim uma mulher que sobreviveu por tempo o bastante para provar que tinha sua própria história para contar."

As lágrimas desceram quentes pelo meu rosto frio.

"Ah, Arc." Ela tentou me abraçar, mas eu me afastei no susto. "Está tudo bem", tranquilizou e me envolveu em seus braços. "Está tudo bem, querida."

Permiti que ela aninhasse minha cabeça junto ao peito e me abraçasse forte enquanto eu observava a neve cair, tentando me lembrar da sensação de estar nos braços da minha mãe. Não consegui.

"Está tudo bem. Shhh." Ela acariciou meu rosto.

"Eu preciso ir", avisei e corri em direção à caminhonete.

"Por favor, Arc. Fique. Não é seguro andar por aí. Pare."

Mas não parei. Saí dirigindo com tanta pressa que a caminhonete derrapou. Ajustei as rodas e dei uma última olhada pelo espelho retrovisor. Lá estava ela, no meio da estrada, com os braços no ar, sua voz me pedindo para voltar. Foi muito bom sentir que havia uma mãe me chamando de volta para casa, mesmo que não fosse minha.

A égua acompanhou o ritmo do veículo enquanto eu recitava as rimas que Daffy havia escrito no volante. Entrei no Blue Hour e reaproveitei a agulha de Thursday, observando as outras mulheres que entravam e saíam dos quartos, com os olhos tão vazios quanto os meus. A neve aumentou, acumulando-se em seus ombros e nas costas de Welt, que desapareceu no quartinho da manutenção, empurrando o carrinho.

Encontrei a porta destrancada. A luz da frente estava apagada, mas havia uma outra acesa nos fundos. Caminhei com cuidado e, ao espreitar por entre os lençóis de uma prateleira, avistei Welt sentado a uma mesinha encostada na parede. Estava lendo um livro grosso em voz alta. Ao lado, vi a luva vermelha largada em cima da mesa. Segui a luz até conseguir ver as páginas brancas e sua mão nua marcando as linhas que estava lendo.

A mão dele não era desfigurada, deformada nem artificial. As unhas não eram quebradas, rachadas ou tão amarelas quanto os boatos diziam. Mas eram longas e estavam pintadas de vermelho. Os nós dos dedos eram enormes e havia um bracelete de ouro no pulso. Os pingentes deslizavam pela página. Diante de tantas possibilidades assustadoras, a mão de Welt não era nada daquilo que eu esperava. Era apenas uma mão.

A TV estava ligada, mas sem som. Mostrava mais dos seus vídeos caseiros. Desta vez, no entanto, reconheci a mulher na tela. Era Thursday. Tinha sido filmada sentada no meio-fio, escondendo o rosto entre os braços cruzados, seus ombros tremendo. Na cena seguinte, Nell Sábia aparecia enxugando a bochecha diante de um dos quartos. Ele também filmou Violet, encostada na parede de tijolos. Ela ergueu a cabeça para fitar o horizonte, as lágrimas fazendo o seu rosto brilhar. E então vi a Indigo, a caminho do carro. Ao contrário das outras, não estava chorando. Estava indo embora. De repente, ela parou. Ao se virar, notou a câmera e a encarou diretamente antes de a cena mudar para um outro filme em preto e branco, com uma atriz chorando até borrar o rímel.

Assim que dei mais um passo, deslizei a mão pela prateleira e derrubei sem querer uma lata de naftalina. Até tentei impedir a queda, mas ela bateu no chão com um estrondo metálico.

Welt ficou de pé num salto. Depois avançou em minha direção e me agarrou pelo braço antes que eu pudesse me mexer.

"Fazendo-os vagar em confusão sem saída", ele recitou a Bíblia.

"Me solta." Tentei me libertar de seu aperto, cada vez mais forte. "Me solta, Welt."

"Você acha que existem jornadas corriqueiras, Arc?", perguntou. "Ou acredita que cada uma delas é deslumbrante como um cometa, que corta o céu e deixa um rastro flamejante? Eu acredito que tem um motivo para os nossos caminhos terem se cruzado."

"E que motivo é esse, Welt?"

"Para que nos lembremos de nossa humanidade, Arc." Ele soltou meu braço e se afastou.

Quando me flagrou espiando sua mão nua, também a olhou.

"É a mão da minha mãe", disse. "Essa foi a última coisa que ela me deu antes de ir embora." Ele sacudiu o pulso, fazendo os pingentes badalarem. "Os anjos dela. Estão todos aqui. Vão me guiar pela neblina."

Cada pingente era uma figura de anjo, com os olhos fechados e as asas prontas para voar.

"Ela adorava ler versos antigos." Welt olhou para a Bíblia na mesa. Depois de fechá-la, passou os dedos por cima das letras douradas.

Percebi que a pele daquela mão era mais macia do que a outra. Como se ele passasse uma quantidade enorme de hidratante por baixo da luva. A mão não tinha o cheiro dos desinfetantes que ele usava nos quartos do Blue Hour, mas sim de perfume. Do tipo que vem em um frasco de cor escura e tão pungente quanto o rangido das tábuas de uma velha casa de madeira.

Ele havia raspado o dorso dos dedos e aparado as unhas. Movia a mão de maneira suave, como uma mãe faria. Era delicada, com a palma à mostra. Enquanto isso, a outra estava cerrada em um punho.

Por cima do seu ombro, olhei para a TV e me vi na tela. Ele havia me filmado com os braços em volta da barriga. Meu rosto estava ampliado pelo zoom da câmera, que focava em como minhas lágrimas se misturavam ao sangue que escorria do meu nariz. Com a mão de mãe, Welt pegou o controle remoto e aumentou o volume para que eu pudesse ouvir o barulho dos carros que passavam por mim na rua. A conversa e os risos de duas mulheres ao fundo. Dava para ouvir a respiração dele. O eco dos meus gritos.

"Eu te disse que era um colecionador de lágrimas", relembrou. "E há muitas para colecionar em um lugar como este. Na verdade, são tantas que chego a pensar que existem rios demais neste mundo."

Dei um passo para trás, esbarrando em um armarinho.

"Está com medo, Arc?", perguntou. "Não precisa." Ele olhou para a mão. "Minha mãe não iria querer que eu te machucasse. Ela gosta de você."

Tentei procurar por alguma coisa no armário, como um pé de cabra ou um martelo. O máximo que encontrei foi um saco plástico cheio daqueles sabonetinhos que ele colocava nos banheiros. Agarrei o saco e tentei acertá-lo. "Fique longe de mim", gritei.

"Você não acha que..." Ele deu um passo. "Eu não vou te machucar. Eu não machuquei ninguém."

"Mandei se afastar." Ataquei com o saco mais uma vez e o atingi nas costelas.

Ele apenas manteve o rosto virado, com a mão de mãe apoiada na beirada da mesa.

"Eu te salvei", disse. "Ou já esqueceu?"

"Talvez tenha me salvado só porque queria me machucar. Você mesmo disse que é um colecionador de lágrimas."

"Sou." Welt levantou a voz. "Para que mulheres como você saibam que pelo menos alguém neste mundo foi capaz de notá-las. Posso até trazer as sombras a reboque para onde for. Posso carregar os sussurros nos meus ombros. Todo mundo diz que sou esquisito, diferente ou simplesmente burro. Mas eu sou esperto o bastante para saber que aqui no Blue Hour todas as mulheres se transformaram em cana-de-açúcar, só esperando para serem cortadas e servidas a mais um homem faminto. E daí que eu queira colecionar algo delas para que também não seja devorado?"

Então me encarou por um instante, depois se virou.

"De que outro jeito posso viver?", indagou. "Eu sou apenas eu. Fico feliz de ter essa coleção, porque sem ela eu não tenho mais nada. E não sou tão apaixonado pelo rio a ponto de colocar meus mortos nele. Um homem com coração de concreto não tem lugar na água. Eu afundaria antes mesmo de retornar à superfície para respirar."

Ele me encarou e enxugou as próprias lágrimas.

"Antes de ir, fique com isto." Ao se abaixar, pegou uma bolsa no chão, que estava escondida na sombra da mesa. Tinha uma alça toda descascada de couro falso marrom e a aba solta não parava de balançar. Thursday sempre reclamava disso.

"Ela esqueceu em um dos quartos", continuou Welt, me entregando. "Quero que fique com isso. O que tem aí dentro pode ser útil para você."

"Thursday jamais largaria a bolsa dela para trás", respondi.

"Vocês, mulheres, esquecem tanta coisa por aí que é um espanto que ainda tenham suas peles."

Estendi a mão e agarrei a alça.

Welt me encarou, depois levou a mão ao ouvido. "O que disse, mãe?"

Enquanto ouvia, manteve os olhos fechados e os lábios se movendo em sussurros.

"Minha mãe diz que lamenta por todas as suas amigas", acrescentou, agora de olhos abertos. "Ela também as amava."

Larguei o saco de sabonetes e corri, abrindo a porta e disparando até a caminhonete. Joguei a bolsa de Thursday no banco e dei partida. Quase bati em outro carro ao entrar na estrada.

A caminho de casa, continuei revendo aqueles vídeos na minha cabeça. Imaginei Welt segurando nossas lágrimas como se fossem algo sólido, como pedras transparentes que ele pudesse catar do chão assim que caíssem dos nossos olhos. Algo que pudesse passar de uma mão para a outra, comparando os pesos de cada uma. Será que as lágrimas de Violet pesavam menos do que as de Nell Sábia? Será que as bordas das minhas eram lisas ou rugosas? Será que serviriam para julgar nossos corações? Que teriam a mesma temperatura das águas do rio? Será que o homem que as colecionava sabia que as lágrimas de uma mulher jamais terão dono?

Ao passar pela fábrica de papel, minha casa nunca pareceu tão bonita aos meus olhos cansados quanto naquele momento. Depois de estacionar, fiquei sentada em silêncio. A neve já estava tão espessa que começou a cobrir o para-brisa. Abri a bolsa de Thursday. Havia uma barra de chocolate pela metade. Uma lista de compras velha, com todas as coisas que ela queria comprar para o bebê. No fundo, um monte de agulhas usadas. Nada que indicasse o paradeiro dela. Ou o que pudesse ter acontecido. Havia, no entanto, um saco de papel pardo. Dava para ver que tinha sido aberto, mas Welt nem chegou a tocar no dinheiro. Talvez apenas para contar o valor de cinco mil.

"Mas que merda, Thursday."

Enfiei a mão no casaco e peguei a foto que a mãe dela havia me dado. Coloquei em cima do painel, onde a antiga ficava. Depois fechei o saco de papel de novo e levei a bolsa de Thursday até o quarto de Daffy. O catálogo de bulbos que ela havia montado quando criança estava na prateleira de cima do armário. Tirei o dinheiro e guardei as notas, uma por uma, dentro de suas páginas. Logo em seguida, coloquei o catálogo de volta na prateleira e fiz questão de apagar a luz. Eu sabia que ninguém naquela casa iria bisbilhotar nas páginas dos sonhos esquecidos de uma garotinha.

Querido diário,

Ark tá braba cumigo.

Ela axou meu isconderijo. Ela quebrô a agulha mi disse que quiria queu fosse imbora. Dei un tapa nela. Tentei pidir disculpa, mais ela saiu qui nem um raio.

Sonhei cuma arvre. Usei uma faca pra cortá fora a casca. Só qui num era a casca. Era minha pópria pele.

Quiria poder dar pra arc tudo qui ela quer. Mais o qui ela quer eu num poço dar. Num posso dar nem pra mim mesma.

Às vez eu axo que dei à luz a uma faca e ela mim corta, mimm corta, mi corta fundo, fundo, funndo.

Minha filha mi odeia, mas a aguhlia mi ama.

Minha filia mi odeia,
mas a agulha, ela me ama.

49

"Até a morte descansa em cima de pétalas mansas."
— Poeta Daffodil

Sonhei que a terra era um lugar cinza. Cada folha de grama, cada besouro, cada torrão de terra sob meus pés descalços eram cinza. As árvores estavam nuas. A grama estava amassada como se algo muito pesado tivesse passado por cima. Ao me aproximar da colina ao longe, vi que as árvores estavam sendo puxadas em direção ao centro até que se partissem e desabassem no chão. Levantei a cabeça para olhar a única árvore que havia sobrado, com uma cobra enorme e gorda enrolada no tronco.

"A ruína do diabo", falou Daffy.

Ela usava um vestido cinza puído que caía um pouco acima dos seus joelhos vermelhos. Em meio a todos os pensamentos que inundavam meu sonho, um deles era a certeza de que nossa mãe tinha feito o vestido para minha irmã. Era tão esfarrapado e malfeito que não poderia ter vindo de mais ninguém. Olhei para baixo e percebi que estava usando a mesmíssima coisa.

"Somos as Irmãs Cinzentas", Daffy continuou. Depois enfiou a mão na boca, arrancou um dente e me entregou, com o sangue escorrendo pelos lábios. Assim que o coloquei na minha própria boca, ela removeu seu olho direito.

"Você está sem o seu", avisou. Em seguida o colocou na órbita vazia do meu rosto e continuou diante de mim, sem um olho e sem um dente.

"É a sua vez de ficar com eles", comentou. "Talvez agora você enfim consiga enxergar a verdade. Abra os olhos, Arc. Abra a boca. Fale a verdade."

Quando Daffy começou a se afastar, pude ver nossa casa no meio de um campo. Os insetos zumbiam, passando por mim. Moscas, besouros, aranhas e todo tipo de bicho que rasteja ou desliza. Voavam em linha reta em direção à casa e se espatifavam nas paredes e no telhado como se fossem atraídos por uma força magnética.

Logo após os insetos houve um grande enxame de criaturas maiores. Esquilos, sapos, guaxinins e gambás. Os pássaros eram arrancados do céu. Cervos passavam voando de lado, até cobrirem toda a casa. Ao subir a escada da varanda, cruzando os degraus cobertos pelos guinchos dos besouros e das centopeias, olhei para dentro, pela porta aberta. Minha mãe, minha tia e minha irmã estavam varrendo os cacos de algo que havia se quebrado. Depois que mamãe usou uma pá para recolher os estilhaços, fiquei observando as mulheres da minha vida enquanto elas colavam esses pedaços em xícaras, pratos e tigelas. Mas não eram apenas cacos de porcelana, vidro ou cerâmica. Eram dos nossos rostos. E tão logo elas colocaram o último prato no armário, nossos rostos se quebraram mais uma vez, espatifados no chão.

"A ruína do diabo", falou Daffy.

Com o dente que minha irmã me deu, comecei a devorar os animais da casa. Eles gritavam, mas eu os comia mesmo assim, até sobrar apenas um único pássaro que batia sua única asa boa contra o chão. Acabei devorando-o também, meu vestido lavado de sangue.

Ainda sentia o gosto do sonho no fundo da garganta ao acordar. Eu o carreguei comigo enquanto dirigia até a cabana de John Theresa, na manhã seguinte. Chegando lá, fiquei à sua espera com uma pá na mão. Lembrei das palavras de Daffy no sonho e tive certeza de que muito em breve eu falaria a verdade. Ao escutar o som de violino que saía da cabana, resolvi dar a volta no quintal e cavar um buraco, o mais fundo possível, mas sem desabar. Dentro dele, coloquei as cortinas amarelas que a vovó Milkweed havia costurado tantos anos antes. Com elas, enterrei as janelas que ficaram sem cortinas. O pai que nunca voltou. A mãe que abandonou as filhas do lado de fora da porta do seu quarto.

Gritei e capturei meus gritos com as mãos, colocando-os ao lado das cortinas. Chorei e capturei meu choro com as mãos, colocando-o por cima dos gritos e das cortinas. Rugi e capturei meus rugidos com as mãos, colocando-os por cima do choro, dos gritos e das cortinas.

"O que você está fazendo?"

Levantei a cabeça ao ouvir a voz de John Theresa, com o violino em mãos.

"Estou enterrando meus sonhos", respondi.

Ele espiou o buraco. "Que tecido amarelo é esse?"

"Algo que minha vovó fez há muito tempo."

"Achei que estivesse enterrando seus sonhos", ele falou. "Isso são seus sonhos?"

"O que é um sonho", respondi, "senão algo feito pelas mulheres que vieram antes de nós?"

Ele ficou me observando tapar o buraco com a pá. "E por que você precisa fazer um enterro para os seus sonhos?"

"São os sonhos de uma garota morta", afirmei. "Pensei que seria melhor enterrá-los tão fundo quanto ela. Assim, talvez eu consiga ressuscitar uma chance."

"Uma chance de quê?"

"De viver." Larguei a pá no chão e caminhei por cima da cova até que a terra estivesse bem batida. Depois fui até os degraus da varanda, passando por John, e entrei na cabana. Espiei os potes abertos em cima da mesa. A água barrenta já cheia de insetos boiando.

John entrou atrás de mim e me observou abrir o armário da cozinha e pegar o copinho. Os pedaços de papel ainda estavam lá dentro. Vasculhei todos e joguei os mais novos em cima da mesa, organizando-os. Todos tinham nomes de mulheres escritos.

"Violet. Thursday. Indigo. Por que os nomes delas estão no seu copo?", perguntei.

"Elas também eram minhas amigas", ele respondeu. "E nossos amigos também são um motivo para não beber."

Cheguei mais perto, mantendo a mão dele aberta para poder passar o dedo por cima das antenas da borboleta tatuada em sua palma.

"Harlow. Nell Sábia. Violet. Indigo. Thursday." Deixei seus nomes no ar. "Uma antena de borboleta para cada uma delas."

"E quanto a esta aqui que sobrou?", ele quis saber. "Se está insinuando que eu sou o River Man, contabilizando minhas vítimas, por que tem uma antena a mais?"

"Talvez seja de uma mulher que você matou há muito tempo", sugeri. "Ou para aquela que ainda precisa ser morta."

"Quer dizer você?"

"De quem era o sangue na sua camisa naquela noite no Cinzento, John?"

Ele olhou para o teto, em direção a uma joaninha laranja com pintas escuras que voava perto da luminária. Quando ela pousou na bancada, ele a capturou.

"Essas pragas tentam se esconder dentro das casas durante o inverno", comentou. "Tentam se esconder em um lugar quente." Depois abriu a mão sobre um dos potes, soltando o besouro lá dentro. Quando tentei resgatá-la, ele me agarrou e segurou meus braços. Enquanto a joaninha lutava para escapar da água, John me empurrou contra a mesa. Eu me lancei sobre o tampo, na esperança de fazer a mesa balançar o suficiente para derrubar o pote e espirrar a água, mas só fiz com que todos eles se chocassem de leve uns contra os outros.

"Você vai matá-la." Vi o besouro escalar a borda do vidro. "Para, você vai matá-la."

"Ela é só um inseto. Não tem a menor importância." A respiração dele estava ofegante. Logo em seguida, escutei o som de cascos na varanda.

Vi a égua parada na porta aberta. Quando ela ergueu a perna, ergui a minha e dei um coice em John. Os braços dele, que me seguravam com tanta força, de repente me soltaram. Ao enroscar minha crina com a da égua, eu o derrubei no chão e garanti que não pudesse se levantar. Recordei o passado, e essas lembranças se transformaram em socos. Os sentimentos se transformaram em socos. Meus punhos eram meus cascos, que desciam em debandada, mantendo-o no chão. Não só ele, mas todos aqueles que um dia tentaram me segurar.

Em algum lugar, dava para ouvir a respiração nos quartos do Blue Hour. A respiração áspera dos clientes esperando pelo que seu dinheiro poderia comprar. A respiração assustada das mulheres que protegiam o rosto daquilo que o dinheiro deles poderia comprar. Senti o gosto de seus gritos em meus lábios. O gosto de ferrugem, fogo e fumaça. Soprei minhas narinas, tão dilatadas quanto as da égua atrás de mim. Ela relinchou e eu abri as mãos, já vazias de tudo aquilo que eu carregava.

Saí de cima de John. Ele havia se esforçado para proteger o rosto, mas ainda assim acabou com o nariz quebrado, como o meu costumava ficar. Com um corte nos lábios, como já tive. Os olhos dele logo ficariam roxos, tão escuros quanto os hematomas que eu já carreguei. Desejei que as feridas que lhe causei fossem as últimas feridas abertas do mundo. Infelizmente, eu sabia que durariam apenas um segundo, até que o próximo homem erguesse o punho.

Jonh tirou um lenço do bolso e o colocou no nariz, depois se levantou e se esparramou em uma cadeira perto da mesa. A respiração pesada se acomodou em seus ombros. Ele olhou para os potes, o besouro já afogado. Tirei o corpo dela da água e estendi na palma da mão.

John tossiu no lenço, sujando-o com um pouco mais de sangue.

"No momento em que te conheci", começou a dizer, "eu tive a sensação de que um dia você iria me cobrir de porrada."

Eu me sentei na cadeira do outro lado da mesa e encarei o besouro.

"Você não veio aqui só para me bater. Por que está aqui, Arc?"

"Você viu a Thursday?" Cutuquei o corpo do besouro gentilmente com a ponta do dedo.

"Não vi", ele respondeu.

"Você viu a Daffy?"

Em meio ao silêncio, John me olhou com atenção.

"Eu nunca vi a Daffy, Arc."

"Você a conheceu na nossa casa", falei. "Quando veio se desculpar por ter matado a vovó Milkweed. Lembra?"

"Lembro." Ele assentiu. "Mas eu nunca mais a vi depois disso."

"Você a viu no Cinzento." Cutuquei o besouro com mais força. "Você a viu nadando."

"Eu vi você." John baixou o lenço, deixando o sangue escorrer por seus lábios.

"Nós somos gêmeas", respondi. Depois de serem repetidas tantas vezes, essas palavras já mal tinham qualquer significado.

"É verdade. Mas a única menina Doggs que eu vi no Cinzento foi você."

"Como sabe?", indaguei.

"Eu não sabia", foi a resposta. "Não a princípio. Mas depois me lembrei de quando conheci vocês duas na sua casa. Lembrei que seu olho direito era azul e o de Daffy era verde. Sempre que eu via a Daffy no Cinzento, os olhos estavam errados. O olho direito dela era azul como o seu. Exatamente como quando você veio para a Filhas do Evergreen. Eu escutei você conversar com as outras mulheres. Ouvi você falar que era a Daffy às vezes, mas os olhos estavam errados. Do mesmo jeito que estiveram desde o Cinzento. Eu só vi você. Então, Arc, cadê a Daffy? O que você fez com ela?"

Cutuquei o besouro até que começasse a mexer as perninhas. A antena tremeu. Ela abriu as asas. Só estava se fingindo de morta.

"O que você acha que eu fiz com ela?" Ergui a mão e deixei o besouro voar para longe. Vi quando zanzou pelo cômodo, mas ao olhar de volta para minha mão, descobri que seu corpo ainda estava lá, sem vida.

"Cadê a sua irmã, Arc?", perguntou John.

"Ela está no rio", confessei. "Está lá desde os 9 anos de idade."

quirido diário

Já num iscrevo a mto tempo. Os zanos... eles dói. Cada parti di mim, eu odeio mais e mais.

Só quero ti contá que a Daffy ficô doenti.

Odeio este lugar. Odeio esta vida. Odeiu ver como as menina choram e tossem e...

Só quiria te contá. daffy ficou gripada.

Ela morreu.

50

"Inseto de luz, inseto de luz, és a droga que me conduz.
Até a noite chegar, alguém vai me amar."
— Poeta Daffodil

1981

Gripe. É algo de matar. E matou bastante gente em Chillicothe, Ohio, naquele ano. Inclusive minha irmã de 9 anos, Farren Doggs. Mais conhecida como Poeta Daffodil.

Uma rainha vou me tornar. Vou me tornar e vão me notar.

Eu achei que se também ficasse doente, poderia salvá-la. Pois juntas poderíamos derrotar o mesmo monstro. Mas por mais que eu quisesse, nada disso aconteceu. Deitadas na cama, eu a sacudi com tanta força que a cabeça dela chegou a bater na cabeceira. Mas ela não abria os olhos.

"Daffy, por favor. Por favor, acorda. Mãe. Mamãe?", gritei por ela.

Mas foi tia Clover quem entrou no quarto. "O que aconteceu?" Ela tropeçou e caiu contra o batente da porta.

"A Daffy não acorda. Me ajuda. Faz ela acordar." Continuei sacudindo minha irmã. Os lábios dela estavam azuis. "Faz a Daffy acordar, tia Clover."

"Deixa eu ver." Tia Clover me empurrou para o lado e acendeu o abajur. "Ai, meu Deus." E cobriu a boca com a mão, caindo para trás. "Arc." Ela agarrou meu braço e me puxou para perto. "Saia da cama."

Depois me envolveu em seus braços com força, me embalando para a frente e para trás. "O que vamos fazer? O que vamos fazer?", murmurava. Mas meus olhos estavam fixos no braço de Daffy, sem vida, pendurado para fora da cama.

“Que choro todo é esse aqui?” Minha mãe parou na porta, esfregando os olhos.

Demorou um pouco até notar Daffy.

“O que aconteceu? O que aconteceu com o meu bebê?” Ela subiu na cama e agarrou o corpo de Daffy. A cabeça dela caiu para trás, por cima do braço da minha mãe.

“O que você fez, Arc?” Ela se virou para mim. “O que você fez com ela, sua piranhazinha?”

“Eu não fiz nada”, gritei de volta.

“Meu bebê.” Mamãe levantou a cabeça de Daffy e tentou mantê-la em pé. “Será que ela não está com alguma coisa na boca? Entalada na garganta?”

Mamãe enfiou os dedos na boca de Daffy.

“Addie, para.” Tia Clover me empurrou de seus braços e se levantou. “Para com isso. Não tem nada na boca da menina.”

“Vão me levar embora, Clover.” Minha mãe ergueu os olhos para a irmã. “Vão dizer que eu sou uma péssima mãe.”

Tia Clover a abraçou, forçando-a a soltar minha irmã. O corpo de Daffy rolou para fora da cama e caiu no chão com um baque.

Eu me arrastei até lá e fiquei deitada a seu lado, encarando-a. “Vai ficar tudo bem, Daffy”, sussurrei.

Tia Clover ainda abraçava minha mãe. Juntas, saíram em direção ao corredor. Pude ouvir seus cochichos enquanto eu retirava o lençol da cama para colocar por cima de Daffy.

“Para você não ficar com frio”, falei, ao afastar o cabelo dos seus olhos. “Vai ficar tudo bem, Daffy. Você só deve estar com sono. Quando você acordar, vou fazer um daqueles chocolates quentes da televisão. Aí vamos rir e encher uma tigela com água. A vovó Milkweed vai conversar com a gente através das ondas. O papai também, e ele vai contar suas melhores piadas. Vai ficar tudo bem agora, eu prometo.”

Quando tia Clover voltou, estava sozinha.

“Levanta, Arc”, pediu ao tirar os lençóis da cama de Daffy.

“O que você vai fazer?”, perguntei.

“Só me dá uma ajuda.” Ela embolou o lençol contra o peito e o levou até o corpo de Daffy, largando-o aos pés da minha irmã. “Me ajuda a enrolar a Daffy.”

“Não.”

“Arc.” Ela me agarrou pelos ombros. “Nós temos que proteger a sua mãe. Está me escutando?”

“Não.” Saí de seu alcance. “Temos que levar a Daffy ao médico, eles podem ajudar, dar um remédio e...”

“A Daffy morreu, Arc.”

“Não morreu, nada. Só está dormindo.” Voltei para o chão, ao lado da minha irmã.

“Olha para ela, Arc. Está imóvel feito pedra. Fria como gelo.” Em seguida levantou a mão de Daffy. “Os dedos já estão ficando duros.”

“Cala a boca, cala a boca, cala a boca”, gritei aos prantos. “Você é uma puta suja e mentirosa. Cala a boca.”

“Escuta aqui.” Tia Clover me puxou do chão com força. “Eu vou falar para a polícia que a culpa é sua. Tá me ouvindo? Vou falar para eles que foi você que matou a sua irmã. Eles vão arrancar o seu nome, vão arrancar suas lembranças até você se esquecer de que um dia teve uma irmã. Vão te deixar amarrada do lado de fora que nem um cachorro. Au, au, au. Grrr. E você vai ficar lá fora por tanto tempo que vai desaparecer na terra. No futuro, quando forem escavar o local, não vão encontrar nada além de coroas quebradas. É isso que você quer?”

Ela me sacudiu e eu fiz que não com a cabeça.

“Então me ajuda.” Tia Clover pegou o lençol e o esticou no chão. Em seguida, colocou Daffy sobre ele e usou as laterais para embalá-la.

“Pegue os pés dela”, ordenou.

Assim que a tia Clover levantou a cabeça de Daffy, limpei o nariz na blusa e peguei os pés de minha irmã.

“Boa garota.” Tia Clover grunhia, quase sem ar, enquanto carregávamos Daffy até a sala.

Ainda no corredor, olhei para o quarto de minha mãe, na outra ponta. A porta estava fechada.

“Mãe”, chamei por ela. “Por favor, vem aqui. Eu não quero fazer isso. Fala que vamos levar a Daffy para o médico. Mamãe?” Com cuidado, pousei os pés dela no chão e saí em disparada, para bater na porta do quarto. Quando tentei girar a maçaneta, senti que minha mãe a segurava do outro lado.

“Mamãe, por favor.” Tentei empurrar a porta. “Ajuda a Daffy.”

"Vai embora, vai embora", mamãe gritava. "Eu não te conheço. Vai embora."

Tia Clover enterrou as unhas no meu braço ao me arrastar até o corpo de Daffy.

"O que foi que eu te falei, caralho?" E me deu um tapa forte antes de me obrigar a carregar Daffy até a sala.

Ao colocá-la no sofá, vi que o lençol estava se soltando de um dos lados, revelando o moletom da Holly Hobbie.

"Cadê esse caralho de chave?" Tia Clover lançou uma saraivada de palavrões enquanto vasculhava a bagunça sobre a mesinha de centro, até finalmente encontrar as chaves da caminhonete.

"Abre a porta", ordenou.

Levantei a gola da blusa e escondi meu choro ali, enquanto mantinha a porta aberta com o pé. As pernas de Daffy balançavam no colo de tia Clover, conforme ela a levava para a caminhonete.

"Vem logo, Arc", berrou para mim.

Limpei o rosto e fui em direção à caminhonete, deixando a porta de tela bater atrás de mim. Olhei para a casa fria e escura, depois me sentei no banco, com o corpo de Daffy entre mim e minha tia.

"Podemos levar ela para a casa da vovó Milkweed?", perguntei.

"Levar uma criança morta para a casa de uma velha morta? Reunir fantasmas não faz sentido." Tia Clover começou a dirigir. Tentou manter o rosto de Daffy coberto pelo lençol, mas o tecido escorregava a cada lombada. Quando o carro passou por um buraco, a cabeça de Daffy caiu sobre meu ombro. Meti a mão por dentro do lençol para segurar a dela e a apertei.

"Para onde estamos levando a Daffy?", quis saber.

Tia Clover olhou para mim e em seguida para a estrada de novo.

"Para o lugar preferido dela", respondeu.

Dirigimos por muito tempo, acompanhando o rio até os limites do condado. Eu nunca tinha ido tão longe. Atravessamos uma floresta muito escura. Os galhos nus estalavam lá em cima enquanto a tia Clover carregava Daffy pelo solo endurecido. Estava tão frio que dava para ver minha própria respiração. Ao chegarmos na beira do rio, tia Clover tirou o lençol de Daffy e o amarrou como um saco, que começou a encher com pedras.

"Me ajuda, Arc", pediu, mas fiquei sentada ao lado de Daffy, ajeitando suas meias. Elas tinham caído até os tornozelos. Eu sabia que as pernas dela ficariam com frio. Endireitei sua camisola cor-de-rosa e tirei a presilha na lateral da cabeça para prender sua trança no alto, como se a ponta fosse uma chama. Achei que esse fogo seria o suficiente para mantê-la aquecida.

Tia Clover terminou de encher o lençol com pedras e, logo em seguida, amarrou as pontas no pescoço de Daffy.

Era outubro, mas fazia um frio fora do comum. As margens do rio estavam começando a congelar. Tia Clover acabou quebrando o gelo quando colocamos o corpo de Daffy virado para baixo na água. Tive que parar no meio do caminho, porque estava fundo demais. Já não dava mais pé para mim. Sozinha, minha tia levou o corpo de Daffy para a escuridão, com o saco de pedras se arrastando pela água.

Quando ela a soltou, Daffy começou a boiar lentamente para longe.

"Ainda bem que ela é uma menina", comentou tia Clover. "Elas sempre sabem como chegar até o fundo de tudo."

Ficamos observando as pedras puxarem o corpo de Daffy para baixo da superfície. Antes que ela desaparecesse por completo, gritei e tentei tirá-la de lá.

"Para, Arc." Tia Clover me segurou. "Fique quieta."

Ela me arrancou da água e me jogou na margem.

"Daffy vai gostar daqui, Arc. Você sabe o quanto sua irmã amava nadar. No rio, ela vai nadar para sempre. Mas nunca vamos poder contar para ninguém que ela morreu, ouviu? Eu quero que você diga que a Daffy não está morta."

"Mas ela está", berrei.

"Nunca vamos poder contar isso a ninguém. Você me entendeu? Senão sua mamãe vai ser presa, assim como eu, e você vai para um lugar pior ainda."

"Mas alguém vai encontrar a Daffy."

"E você acha que alguém se importa se tem uma garotinha a menos no mundo? Ninguém vai procurar por ela. Com o rio gelado desse jeito, ninguém vai vir até aqui. Além do mais, qual o problema se a encontrarem? A Daffy amava nadar. Vamos dizer que ela veio nadar no rio. Aí vão achar que ela se afogou sozinha."

"Eu não... eu não..."

"Escuta aqui", continuou. "Vocês duas serem gêmeas foi um jeito que Deus arranjou de dizer que está tudo bem. Assim podemos tocar a vida normalmente. Quando as pessoas te encontrarem, podemos dizer 'Ah, essa não é a Arc. É a Daffy'. Desse jeito, você vai ser você algumas vezes, mas vai ser a Daffy em outras. Vai poder ser você mesma e a Daffy ao mesmo tempo. Não é maravilhoso?"

"Como se ela nem tivesse morrido?"

"Exatamente. Como se ela nem tivesse morrido. A melhor coisa que uma gêmea pode fazer", disse, "é deixar que a irmã use metade de sua vida. Você quer ser uma boa irmã, não quer?"

Fiz que sim, puxando o ranho de volta para o nariz.

"Bom, essa é a sua chance, Arc."

"Mas as pessoas vão saber que eu não sou a Daffy. Meu olho direito é azul. Mas o olho direito dela é verde. E meu..."

"Vou te falar, Arc. É impressionante o quanto as pessoas esquecem das coisas, ainda mais quando têm a ver com duas garotinhas que não significam nada para elas. Se você acreditar de verdade, é assim que vai ser."

Enquanto Daffy estava viva, toda a nossa infância foi vivida através da imaginação. Nós duas nos imaginávamos comendo bolo de aniversário, ouvindo violinos e levando uma vida bem melhor do que a nossa. E foi o que continuei a fazer depois que ela morreu. Tornei o lado selvagem bonito, para que Daffy pudesse viver de novo. Eu fazia as coisas de que gostava, mas também fazia as coisas de que ela gostava, como plantar bulbos de flores. Daffy cavava para esconder algo no solo, e eu cavava para encontrar os artefatos deixados para trás.

Fui eu quem Tam viu nadar na piscina. Eu que fui até John para arranjar trinta e cinco dólares para entrar na equipe do Cinzento. A Daffy se tornou o lado de mim que se entregou primeiro às drogas, para que eu pudesse culpar alguém. Daffy era meu vício totalmente formado e personificado, como uma entidade à parte que era fundamentalmente eu. Desde sempre e para sempre.

Mulheres mortas levam consigo seus segredos. Meninas mortas também. Foi assim que passei a alternar entre nós duas com certa facilidade. Ao conversar, eu falava e respondia por ela sem que as pessoas ao redor percebessem que, na minha cabeça, eu tinha mudado de identidade. Mas isso não quer dizer que eu estava confusa, iludida ou maluca de carteirinha. Eu sabia que minha irmã já estava morta e enterrada no rio quando Harlow surgiu boiando em nossas vidas.

Quando as outras mulheres começaram a desaparecer, só para serem encontradas da mesma forma, eu entendi que o momento havia chegado. Estava na hora de ter minha própria vida. Mas eu não queria me livrar da minha irmã. Não queria deixá-la boiar para longe antes de afundar. Eu sentia que precisava dividir minha existência com ela, só para não me sentir culpada de ter continuado viva depois de sua morte. Eu não conseguia apagar Daffy da minha vida.

Mas talvez River Man pudesse fazer isso por mim.

Conforme as mulheres apareciam no rio, fui deixando que Daffy se aproximasse da correnteza. Só assim eu teria a chance de sobreviver sozinha. E mesmo que Daffy nunca tenha usado drogas, ela foi parar no rio por causa delas. Porque nem sempre as vidas perdidas à dependência são porque a vítima era dependente. Às vezes, morre-se por amar uma pessoa entregue à dependência. No caso de Daffy, essa pessoa era nossa mãe.

queirido diabo,

Tá cada veis mais difícil axar uma caneta.

Queria te contá que hoge foi um dia dos bom. Fiz mortandela de neve pras minina di novo.

Elas num riram tanto quamto antes, mas pelo menos a Arc sorriu pra mim, mesmo qui tiveçe sido pruquê a daffy mandou.

flood ficou por um tempo. Ark não gritou com ele nem falou qui ele tava fedendo como sempre fais.

Ele não tinha neinhum assunto pra conversar então comtou a elas sobre a frábica di papel. Que a fumassa era a poeira dos cavalos galopando. Depois disse qui tinha que sair.

daffy pidiu pra ele ficá, mais ele foi embora.

Falei pra Arc queu queria que ela ficasse com meu vestido rocho quando ficasse mais vélia. Falei que Daffy podia ficar com o azul.

Arc falou que vai incontrar meu brinco. aquele em formatu de cavalo. Falei queu sabia que ela ia achá, mesmo sabndo que ele sumiu pra sempre. galopando, galopndo pra longe.

51

"Se esta é minha última chance, eu dançaria.
Com todas as mães e todas as tias."
— Poeta Daffodil

Minha mãe estava sentada na beirada do colchão, só com um olho aberto. Era a única ciclope do condado. O outro olho não abria de tão inchado. O tom de pele variava de roxo a azul, como os cachecóis que sua mãe lhe deu de presente. Os lábios estavam cada vez mais finos, sumiram como seu marido. Os joelhos ossudos, levantados e abraçados. Observei a superfície enevoada de seu olho aberto, contornado por um delineador preto para fingir que ela ainda se importava com algo. O cabelo estava grisalho. Com o mesmo tom cinzento da fumaça que preenchia seus pulmões. Da fumaça que cobria todo o céu. Ela já havia perdido quase todos os dentes e ficava esfregando as gengivas com o dedo mindinho o tempo todo, como se doessem muito. Ela tossia e escarrava e jamais seria vista como bonita de novo. A essa altura, já tinha vivido duas décadas a mais do que meu pai, mas ela não mais se permitia pensar nessas coisas. Os cupins já haviam devorado toda a nostalgia que lhe restara.

Eu me sentei ao lado dela e recostei a cabeça em suas pernas. "Mamãe? Minha pele está quente."

"É só a bruxa que tem dentro de você." A voz dela estava rascante, como era de praxe em muitos dependentes da mesma idade.

"Não tem bruxa", respondi.

"Agora não tem mais. Foi queimada. Você não viu as fogueiras enormes que não param de arder pelos cantos?" Ela olhou em volta como se as chamas existissem. “Foi queimada e desde então nós ficamos com as chamas e a pele quente. Ter uma bruxa na família nunca nos trouxe nada de bom. Ela nunca nos deu nenhum feitiço, nenhum poder.”

“Nossos poderes estão nos sonhos”, falei, assim como a vovó Milkweed falaria.

“Eu não sonho mais.” Minha mãe se abaixou para coçar uma ferida enorme na canela.

“Mas eu sonho”, contei, como uma garotinha que se surpreende com o que ainda é capaz de fazer.

“E sonha com o quê?”

“Eu sonho com a Daffy”, revelei. “Com o que aconteceu com ela.”

“Shhh.” Mamãe passou os dedos pelo meu cabelo.

Eu a ouvi cantarolar por alguns segundos e então perguntei: “Você perdeu o seu brinco, mamãe. Lembra?”.

“O quê?”

“Foi há muito tempo”, disse. “Daffy e eu éramos tão pequenas que mal alcançávamos seu joelho. Na época, você ainda tinha cheiro de perfume. Caminhamos daqui para algum outro lugar, não lembro exatamente o motivo. Em algum ponto do caminho, você perdeu o brinco. Mas só percebeu quando voltamos para casa. Você chorou muito. O papai disse que ia comprar outro par, mas você não aceitou. Disse que queria aquele porque era seu.”

“Era um cavalo”, ela respondeu, passando a mão em sua orelha nua. “Marrom como uma alma queimada, com a crina preta. Quando eu mexia a cabeça, o cavalo galopava. Lembra?” Ela mexeu a cabeça, fingindo que o cavalo estava ali.

“Eu achava que se eu encontrasse o brinco”, continuei, “talvez você pudesse voltar a ser quem era antes de ter perdido. Se eu achasse o brinco, não haveria mais agulhas. Eu poderia salvar você. Poderia salvar todas nós. Você seria como antes, penteando o meu cabelo e o de Daffy de manhã, antes de irmos para a escola. Como quando nos ensinava o alfabeto, uma letra de cada vez. Sempre que eu cavava na terra, era para encontrar você, mãe. Me desculpa. Eu nunca consegui.”

“Mas você encontrou isso.” Ela enfiou a mão embaixo do travesseiro e tirou uma ponta de flecha.

"Você guardou?", indaguei. "Por todos esses anos?"

"Ela me protegeu, como fez naquele dia." Em seguida a colocou na minha mão e fechou meus dedos. "Fique com ela agora. Deixe que proteja você. Tive um sonho em que você precisaria dela. Eu menti quando falei que não sonhava mais. Eu sonho. Agora, cadê a minha menina de olho azul?"

Fechei meu olho verde, deixando o azul aberto para encarar minha mãe.

"Cadê minha menina de olho verde?", ela perguntou.

Depois que fechei o azul, ela acariciou meu rosto até que eu estivesse com os dois olhos abertos.

"Olha você aí", falou. "Aí está a minha menina de olho azul e verde."

Contemplei seu rosto, envelhecido como algo que carregou uma culpa por anos. Era possível ver o amor no intervalo tênue dos seus olhos, mesmo que brevemente, por trás da droga. Desejei por um milagre. Um que a fizesse despertar desse torpor para ser uma mulher limpa e clara como um bom dia. Então ela poderia sorrir e suas cores retornariam. Ela gargalharia e diria que os últimos anos não foram nada. Que ela só tinha desviado os olhos por um segundo e nada mais. O cabelo voltaria a ser sedoso, e as raízes ensebadas desapareceriam sob tal brilho.

Mas nada disso aconteceu. Ela apenas se deitou no colchão. "Estou tão cansada", afirmou.

Depois de enfiar tantas coisas roubadas dos *johns* no furo do colchão, ele já não tinha mais uma superfície nivelada. As protuberâncias e calombos se elevavam contra o corpo dela, que estremecia sempre que tentava encontrar um lugar confortável para descansar.

"Deixa que eu tiro algumas dessas coisas para você, mamãe." Tentei enfiar a mão no colchão, mas ela me impediu.

"Minha mãe disse que eu arrumei a minha cama, então tenho que me deitar nela", respondeu. "Mas não arrumei uma cama muito confortável, não é, Arc?"

Ela tapou o buraco com as mãos no caso de eu tentar tirar algo de novo.

"Mamãe?", chamei do mesmo jeito que fazia quando criança.

"Sim, meu bebê?", replicou ela com delicadeza, como fazia anos antes.

"Você pode vir comigo?", perguntei. "Pode vir comigo para ficarmos bem?"

Ela franziu as sobrancelhas, tentando entender.

"Nós podemos ficar bem juntas", insisti. "Você não precisa mais ser Addie, a viciada. Poderia ser apenas a Adelyn, e a tia Clover poderia ser as quatro folhas de algo que dá sorte. Nós podemos morar na beira do mar e observar as baleias e ir para bem longe, onde não vamos mais ver a fumaça de nenhuma fábrica de papel."

"Já estou muito velha para subir os degraus." Ela observou as roupas do marido penduradas na janela. "Você tem que fazer isso, Arc. Tem que pendurar as roupas de Daffy com as dele. Eu deveria ter feito isso quando ela..." As palavras foram morrendo aos poucos. "Arc, me promete que não vai morrer também. Por favor, por favor." Ela me agarrou pelos ombros e me sacudiu com o pouco de força que lhe restava. "Promete que não vai morrer. Que sempre vai voltar para mim."

"Eu prometo, mamãe."

"Boa menina." Ela me soltou.

Vi quando fechou os olhos. Achei até que tivesse dormido, mas de repente voltou a falar.

"Lembra quando eu busquei vocês na casa da sua avó e trouxe para cá?", questionou. "Comprei um par de sapatos amarelos para cada uma. Lembra deles? Eram amarelos e brilhantes e tinham uma fivela que passava por cima dos pés. Eram sapatos muito especiais. Do tipo que a gente usa com meias de babado para sair no domingo. Vocês duas usaram os sapatos até eles ficarem apertados, porque seus pés tinham crescido demais. Como eu já sabia que não daria mais para usá-los, resolvi enterrá-los no quintal para que, um dia, alguém pudesse desenterrá-los. E então todos saberiam que você e sua irmã foram tão amadas que ganharam sapatos de dança de presente."

Ela fechou os olhos de novo.

Beijei sua testa suada e disse que a amava.

"Eu volto para casa mais tarde", falei para não a deixar preocupada.

"Promete?"

"Prometo."

Fiquei de pé e a observei lá de cima, absorvendo cada pedacinho dela. Fechei a porta com cuidado ao sair. Passei pelo corredor e vi a luz acesa no quarto de Daffy. Tia Clover estava ali, diante de todos os gravetos na parede.

"Finalmente terminei", anunciou.

Os gravetos ocupavam a parede inteira. Alguns eram pequenos como meu polegar, outros tão compridos quanto um braço. Em algumas partes, se projetavam da parede de tão grossos. Em outras, pareciam apenas uma simples camada.

"Esse aqui foi o primeiro", contou tia Clover, apontando para um gravetinho quase cinza em meio ao mar amarronzado que o envolvia. "Catei no chão naquela noite em que levamos Daffy para o rio."

O graveto tinha sido colocado bem no meio da parede, na vertical, um pouco afastado dos que os cercavam.

"Nem acredito que terminei mesmo", ela comentou.

"E o que é?", perguntei.

"Você não sabe?" Tia Clover me encarou. "É a *Mona Lisa*." Depois admirou a parede com o maior sorriso que eu já tinha visto em seu rosto. "Tá vendo ela? Tá vendo?"

Contemplei a parede de cima a baixo e vi décadas de nossas vidas. Todas as verdades amontoadas, presas umas às outras no tempo e no espaço.

"Sim", respondi, "estou vendo."

"E você achando que eu nunca veria a *Mona Lisa*." Ela gargalhou de pura alegria. "Sobe, sobe, dona aranha, onde você vai escondê-la?" Tia Clover cuspiu na palma da mão e deu um tapa no próprio peito. "Bem aqui."

Eu a puxei para um abraço apertado.

"Tchau, tia Clover."

"Tchau-tchau." Ela se afastou e se acomodou no chão. Depois se pôs a admirar seus gravetos, esticando a mão em direção a eles, mas sem tocá-los.

Fui até o armário e peguei a caixinha de transporte de animais. Dentro dela, já tinha colocado uma lata de atum. Na prateleira mais alta, peguei o velho catálogo de bulbos de Daffy. Abri as páginas, catei o dinheiro que tinha guardado ali e o coloquei no bolso. Depois devolvi o catálogo ao lugar. Já estava na hora de deixar algumas coisas para trás.

"Arc?", chamou tia Clover assim que saí do quarto.

"Sim, tia Clover?" Voltei para olhar para ela.

"O que eu sou, se é que sou alguma coisa?", indagou, olhando para o chão. "Se eu sou? Às vezes, começo a pensar na mulher que fui um dia e acabo caindo de joelhos. Toda santa vez, fico impressionada com o quanto me sinto solitária. Porque ser covarde é algo bastante solitário. E eu sou uma covarde. Me desculpe, Arc."

Achei que estivesse se referindo a Daffy, mas então continuou: "Me desculpe por ter abandonado você quando aquele homem estava te machucando. Você era só uma garotinha. Não tinha como enfrentá-lo. Eu era sua única esperança. Mesmo assim, deixei que ele a atacasse. Fui até o sofá e fiquei sentada e deixei que ele a atacasse porque tive medo de me machucar também". Ela me encarou fixamente, as lágrimas escorrendo pelo rosto. "Me desculpe por te abandonar. Eu deveria... deveria ter voltado lá para dentro. Deveria ter te salvado."

"No lado bonito, você me salvou", respondi, me ajoelhando ao lado dela e enxugando uma lágrima de seu rosto. "Você entrou e viu a aranha na minha cama, me atacando. Aí você gritou e bateu nele e..."

"E ele me bateu de volta, e eu fugi como uma covarde", completou tia Clover.

"Só no lado selvagem", falei. "Mas no lado bonito, você arrancou as oito pernas da aranha, uma por uma. Depois você o segurou pela boca e gritou nossos nomes lá dentro até que enchessem a garganta dele e o fizessem morrer engasgado. Você pegou o corpo dele e o transformou em areia e nós deixamos que caísse por entre os dedos, até que não restasse um mísero grão dele neste mundo. Por fim, eu e você entramos num barco e remamos rio abaixo e fomos para o Brasil, Japão..."

"E a Itália?", ela perguntou. "E a França?"

"Nós fomos para todos os lugares que você sempre quis visitar", afirmei.

Tia Clover voltou a olhar para a parede, enxugando o choro na manga.

"Ela não é linda?" Suspirou, admirando os gravetos. "A *Mona Lisa*."

Sorri para minha tia uma última vez. No corredor, coloquei a caixa de transporte no chão e fui até o banheiro. Fiquei na frente do espelho. O vidro estava completamente coberto de fita adesiva. A imagem refletida ali não era mais minha do que o brilho refletido pela luz do teto. Arranquei a fita toda até que meu rosto me encarasse de volta. Meti a mão no bolso e peguei o batom. Apliquei em toda a minha boca e depois fui até o quarto, procurar mais alguma coisa para levar. Mas não havia mais nada que eu quisesse manter comigo. Antes de sair, arrastei o velho banquinho de plástico até o canto do quarto. Subi nele e, com a vassoura que não era usada havia anos, tirei a teia de aranha.

Ao descer, olhei para os fios finos, presos às cerdas duras da vassoura. Com os dedos, removi a teia com cuidado e a coloquei no chão. Larguei a vassoura de lado, levantei o pé e deixei-o no ar por um segundo, antes de pisar com toda a força. Esmaguei a teia com o calcanhar. Limpei a poeira das mãos e deixei para trás meu quarto e as velhas aranhas.

Levei a lata de atum para a cozinha e a abri. Depois a coloquei dentro da caixa de transporte, e fui com ela até o quintal. Esperei. Petticoat espiou pela cerca de arame quebrada. Estava deitada, toda encolhida. Ao sentir o cheiro do atum, ela se levantou e ficou sentada por alguns segundos, me encarando. Em silêncio, esperei enquanto ela dava passos lentos em direção à caixa. Espiou lá dentro, farejando o ar, faminta. Então sibilou para mim, mas nem me mexi. Depois de caminhar inquieta diante da caixa, ela finalmente entrou. Fechei a porta depressa. O atum acabou derramando lá dentro enquanto ela sibilava, lutando para sair.

"Não vou te largar aqui", avisei. Eu a levei até a caminhonete e a coloquei sobre o banco. Ao dar partida no motor, vi a égua correndo pelo quintal, relinchando, o ar quente de suas narinas virando fumaça no frio.

Petticoat soltou um uivo longo assim que saímos de casa. A égua veio galopando ao nosso lado até chegarmos à fábrica de papel, depois sumiu no meio da fumaça.

"Está tudo bem, Petticoat", falei. "Nós vamos embora deste lugar para nunca mais voltar. Sei que você ainda não confia em mim, mas eu garanto que você vai ter uma vida boa daqui para frente. Prometo."

Saí da cidade, em direção à Montanha Distante. Depois de estacionar no acostamento, abri o porta-luvas e olhei para Petticoat. "Não vou demorar. Só preciso fazer uma última coisa antes de irmos." Saí e atravessei o milharal até chegar ao rio. A água já estava começando a congelar em alguns lugares, com a correnteza passando por cima do gelo. Eu me ajoelhei ali e coloquei a bússola que fiz para Daffy na água. Assim que ela começou a boiar para longe, disse: "Encontre o caminho de casa, irmã".

Quando me levantei e olhei para o céu esbranquiçado, uma mão surgiu por trás de mim e cobriu minha boca até que eu não pudesse mais respirar.

ESCRITÓRIO DO MÉDICO-LEGISTA DO CONDADO DE ROSS

CHILLICOTHE, OHIO

RELATÓRIO DE INVESTIGAÇÃO DO MÉDICO DO CONDADO

FALECIDA: Arcade Doggs

OCUPAÇÃO: Arqueóloga/Irmã/ Localizadora de cavalos

COR DOS OLHOS: A terra e a água

CABELO: Vermelho como as chamas

DESCRIÇÃO DO CORPO: Despida

GÊNERO: Bruxa

TEMPERATURA DO CORPO: Tão fria quanto a própria casa

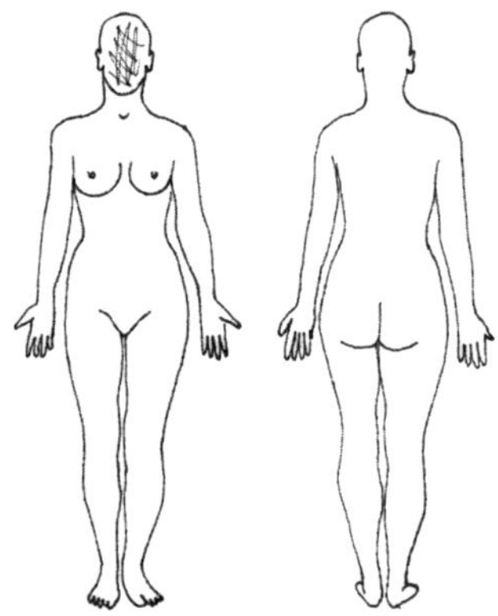

FERIDAS E MARCAS: Tatuagens de narcisos nas costas da mão, no interior dos braços, pulsos e ombros. Caules verdes. Pétalas brancas. Mordaça na boca. Folhas enfiadas na garganta. Não teve condições de gritar. O corpo foi arrastado por um tempo. A pele na região da coluna foi arrancada, expondo a coluna vertebral. O coração já havia parado quando as marcas de chutes foram feitas no rosto e nas costelas. Ela apanhou por um bom tempo depois de morta. Havia muita raiva contra ela. Inúmeras fraturas no lado esquerdo e direito do peito, compatíveis com um objeto pesado sendo colocado sobre o corpo. Tatuagens de narcisos nas costas dos dedos. Ferimento antigo na costela que se curou sozinho e cicatrizes prévias de queimaduras, além de uma cicatriz em formato de meia-lua no pé, provavelmente sofrida na infância.

Raízes, larvas de borboleta e lama foram encontradas nas vias aéreas. Pedras como joias. Cortes ao longo das costas, compatíveis com uma mulher abatida. Um olho foi retirado. Todos os dentes, exceto um, também foram retirados. Há narcisos tatuados sobre a pele. Não se sabe se foram doados, ou se foram tomados. Uma coroa de galhos e folhas em sua cabeça. A última rainha de Chillicothe.

PROVÁVEL CAUSA DA MORTE:

Viver no lado selvagem.

52

"Sua carranca será sua coroa."
— Poeta Daffodil

Meu nome é Arcade. Fui batizada em homenagem aos brilhos luminosos do jogo que meus pais jogavam. Meu corpo nu foi colocado no rio em um domingo. A água batia ao meu redor quando ele me deu um último empurrão com o pé. Mais tarde, naquela mesma noite, o rio iria começar a congelar, me prendendo embaixo dele até o degelo. Eu afundaria até lá embaixo, onde os gases iriam preencher meu corpo e me trazer de volta à superfície, onde minha decomposição continuaria. Boiei, virada para baixo, por várias semanas até alguém me avistar ali.

River Man não encontrou só a mim. Também achou Petticoat. O rangido da porta da caminhonete e mais uma promessa quebrada. Não preciso nem dizer o que aconteceu depois. Às vezes, eu a vejo por aqui, com os cavalos, quando me permite. Pelo menos sei que está a salvo neste lugar.

Ninguém veio reclamar o corpo dela. E ninguém veio reclamar o meu, até que os pais da Thursday apareceram. Eles me deram um bom enterro. O mesmo que teriam feito para a filha, creio eu. Quando souberam que uma mulher havia sido encontrada no rio, acharam que fosse a Thursday. Na época, não sabiam que o corpo dela jamais seria encontrado. Daqui a alguns anos, talvez surja uma garotinha que desenterre o que restou dela. Quem sabe isso não possa acontecer? Ou talvez Thursday nunca seja encontrada, como minha irmã.

Tia Clover foi chamada para identificar meu corpo. Não fiquei surpresa de ela ter dito que não era eu e ido embora. Para as duas, era mais fácil continuar vivendo sem ter que enterrar mais uma filha e uma sobrinha morta. Talvez, se estivesse viva, eu as odiasse. Mas não aqui. Aqui, eu compreendo.

Minha mãe nunca parou de falar sobre mim. Com o passar dos anos, vai contar para as pessoas que nasci em uma casinha de alvenaria, com um piso de cimento no qual eu e minha irmã gostávamos de desenhar. Mamãe vai andar por esses desenhos, desbotados pelo tempo e pelos pés que os pisotearam por anos, enquanto comenta que eu era uma criança pequena destinada a coisas grandes. Ou pelo menos era o que ela achava.

"Esta casa vai arder em chamas até minha Daffy e minha Arc voltarem."

Às vezes, as pessoas têm dificuldade para entender sua fala arrastada. As drogas mudam o jeito como te escutam. Todos deduzem o que você quer dizer, ou concordam sem vontade, só para não ter que pedir, pela milésima vez, que repita ou fale com mais clareza. Pior ainda, vão rir de você. Do jeito que anda, do jeito que fala.

Malditos viciados. Idiotas de merda.

Mas mamãe vai começar a chorar quando disser meu nome. Isso, são capazes de entender.

Depois, vão conversar com ela sobre as drogas. Ela vai se empertigar e fingir que a Chillicothe de sua juventude era tão agradável quanto a tigela de caquis que ficava na mesa da cozinha da mãe. Ela vai dizer que, naquela época, não andava pelas ruas com a intenção de arranjar um *john*, mas para rir com os amigos. Vai contar que beijava um rapaz não em troca de dinheiro, mas por seguir seu coração. Que andava na rua à noite não com medo, mas com admiração pelas estrelas no céu.

"Nós achávamos que as drogas eram um problema das cidades grandes, não das pequenas como a nossa. Os tempos mudaram. Agora, quando o povo fala de Ohio, falam de algo que se perdeu. Dizem que arruinamos o reino que nos foi dado." Ela fala isso de uma maneira tão clara que faz muitos repensarem sua inteligência.

Até que sabe das coisas, essa mãe que fica sozinha em uma casa que já teve um marido e duas filhas. A morte pode ser transformadora para uma mulher. A ela só restou uma lata presa a um barbante e a voz de sua irmã, que flutua pela casa vazia, sem qualquer amor, como os pastos de sua juventude. Acabou toda aquela inocência da boa e velha cidadezinha industrial com ruas seguras. Em seu lugar, há uma coisa que mata gerações inteiras que poderiam ter sido algo mais.

Daqui a vários anos, quando a nova geração estiver no controle, vão olhar para esta terra e comentar sobre os demônios nas colinas. A miséria soberana, o abuso soberano, o surto de dependência soberana. Os demônios serão mantidos afastados até que todos nos transformemos numa espécie de mito, em que as histórias de vida se entrelaçam aos destinos para ter alguma importância.

Vão dizer que o assassino verdadeiro foi o próprio vício. *Vício*. Cujo significado é ceder a algo que se sabe ser nocivo. Vão escrever livros sobre o assunto. Vozes importantes vão aparecer na TV, documentários serão feitos e alguém vai ganhar um Prêmio Pulitzer por humanizar algo que já era humano. As mulheres que fomos serão perdidas para uma conversa que gira inteiramente ao redor do vício.

Você lembra daquele surto terrível de drogas em que a gente encontrava agulhas até no meio da calçada?, alguém vai perguntar, na expectativa de uma resposta, enquanto outra pessoa vai falar da fulaninha que morreu de overdose e que até a conhecia, mas só por causa disso.

Dar tanto de si a uma coisa tão imbecil quanto as drogas. Que bando de caipiras idiotas. Que bom que eu nunca fui idiota assim.

Não vou inventar desculpas. Entregar-me à agulha foi escolha minha, mas preciso frisar que todo dependente já foi criança um dia. Já tivemos sonhos e esperanças de ser algo mais nessa vida. Nunca foi nosso sonho se entregar. Isso, eu garanto.

Certa vez, ouvi de vovó Milkweed que uma escopeta não dispara com carinho.

Demorei um tempo para entender o que ela quis dizer. Só depois compreendi o significado. A vida machuca. Quando se está na frente de uma arma, ela machuca ainda mais. E para alguns de nós, ficar na frente da arma não é exatamente uma escolha, e sim uma condição do lugar em que nascemos, aqui, no lado selvagem.

Qualquer que seja a origem de uma dependência, o final é quase sempre o mesmo. Sirenes descendo a estrada. Cadáveres enfileirados. Cruzes brancas nas rodovias. Sobre as cabeças, o som de asas. Ou, quem sabe, apenas o silêncio.

Em algum lugar, nesta mesma conversa, alguém vai dizer nossos nomes. O nome das mulheres cujos corpos passaram a morte no rio, como eu, que desapareci em um caso não solucionado até hoje, conhecido como as Seis de Chillicothe. Por um tempo, nossos nomes virão acompanhados de um minuto de silêncio, até sermos completamente esquecidas, dissolvidas nos dentes do tempo.

Será que vão descobrir quem fez isso com a gente?, cheguei a me perguntar.

As teorias da conspiração vão nos devorar até os ossos. Será que foi mesmo um assassino em série? Ou será que foi apenas um traficante de drogas, que hoje está preso em alguma cadeia entre esta cidade e o rio Mississippi, usando a própria pele para tocar piano como sua mãe lhe ensinou? Não dá para ser um homem na rodovia sem chegar a lugar nenhum. Sua única esperança, seja lá para onde for, é ter uma réstia de luz a que se apegar. Ou será que foi o homem do Blue Hour o responsável por tantas mortes? O colecionador de lágrimas que nos observava de longe? Talvez tenha sido alguém que conhecíamos desde sempre. Aquele que armava suas teias ou ainda o outro, que tocava o violino. De certa maneira, foram todos. River Man era feito de pedaços de cada um deles.

Então, onde estou agora? Será que, na morte, me reuni a meu pai? À vovó Milkweed? À minha irmã? Será que Nell Sábia está rindo com Thursday? Será que Violet polvilha as nuvens como se fossem farinha? Será que Harlow dá nomes aos beija-flores enquanto Indigo estende a mão para mim?

Será que estamos todas no paraíso, tocando harpas, como dizia o pastor da igreja que frequentávamos num domingo qualquer? Será que tudo o que fizemos ao longo da vida realmente rendeu frutos aqui?

Daffy e eu acreditávamos que tudo no mundo era feito de mulheres e por mulheres. Agora, eu acho que o universo também deve ser assim, porque sinto que me tornei o próprio espaço-tempo. As estrelas e os planetas se acumulam na minha clavícula até que eu me transforme em energia. Os cometas riscam meu corpo e são minhas as mãos que você enxerga quando olha para as galáxias do firmamento através de seus telescópios. Eu sou tudo o que há de conhecido, e o desconhecido também.

Às vezes, acho que estou com todos eles. Com Daffy, com meu pai em seu uniforme do exército, com a vovó Milkweed e seus lenços amarelos, e com minhas amigas dirigindo a máquina do tempo da Cleópatra. Mas outras vezes, me sinto sozinha. Só eu e as estrelas que brilham sobre minha pele. Talvez a única coisa que possa afirmar com certeza é que até mesmo os fantasmas tremem de frio na imensidão do espaço.

Talvez essa não seja a resposta que você queria. Com certeza, queria saber que tudo ficou bem no final. Queria acreditar que, apesar de estarmos mortas, somos abençoadas por estarmos juntas. Mas, assim como a vida, a morte é uma jornada. Você não morre um dia e simplesmente acorda do outro lado da estrada, no campo de flores brancas e selvagens. É preciso seguir em uma pequena jornada antes de chegar lá. Talvez, assim, eu possa me salvar.

É a mesma jornada que não fui capaz de seguir em vida. É ela que devo trilhar na morte. Acho que muitas coisas da minha vida também vão acabar voltando.

Então, como foi minha vida?

Foi vivida no lado selvagem, e posso garantir que não há um coração a salvo neste lugar. Mas eu gostaria de acrescentar mais uma coisa. Quero que saiba que, no lado selvagem, também havia amor. Amor por nós, amor vindo de nós e amor entre nós. Éramos importantes, mesmo que ninguém se lembre disso ao nos ver como só mais um bando de viciadas e prostitutas e mulheres fracas que são muito fáceis de se jogar fora. E mais fáceis ainda de serem esquecidas.

Acho que você também vai nos esquecer. Mas, se por acaso se lembrar de nós, saiba que éramos filhas, mães e irmãs. Lembre-se de nós por isso. Talvez, então, na antiga terra outrora chamada Chala-ka-tha, teremos deixado para trás os artefatos mais incríveis de nós mesmas.

AGRADECIMENTOS

Sou eternamente grata à minha família pelo carinho e pelo bolo de chocolate. Minha mãe, Betty. Meu pai, Glen. Minhas duas irmãs, Dina e Jennifer. Au, au para nossa beagle resgatada de 17 anos, Maggie May, e miau para nossos gatinhos adotados, Tabitha, Stella, Sal, Sir Purrington, Ichabod e Lady Van Tassel. Um agradecimento especial a Loud Ass Rockstar, nosso sempre enérgico pica-pau.

Agradecimentos adicionais aos seguintes editores:

Knopf: Timothy O'Connell, Maris Dyer, Nora Reichard, Emily Reardon, Matthew Sciarappa, Kelly Blair, Betty Lew, Reagan Arthur.

Atlantide Edizioni: Simone Caltabellota, Francesco Pedicini, Francesco Sanesi, Enrico Bistazzoni, Gaia Rispoli, Priscilla Caltabellota, Maia Terrinoni, Gianni Miraglia, Flavia Piccinni, Gaetano Carboni, Leonardo Ducros, Luca Briasco.

Weidenfeld & Nicolson: Federico Andornino, Francesca Pearce, Lynsey Sutherland, Esther Waters.

À equipe da Hachette Australia e Hachette Aotearoa New Zealand.

A Oliver Gallmeister e todo o pessoal da Gallmeister Editions.

E a todos os outros editores de tradução que compartilham este livro com seus leitores, muito obrigada.

Case No. #04 Inventory

Type 4a temporada

Description of evidence coleç

Quem é ELA?

TIFFANY McDANIEL é escritora e poeta norte-americana nascida em Ohio, e sua escrita é inspirada nas colinas e bosques da terra que ela conhece. Reconhecida por sua prosa lírica e visceral, ela estreou com *The Summer That Melted Everything* (2016) e ganhou destaque internacional com *Betty* (2020), romance inspirado na vida de sua mãe, aclamado pela crítica e traduzido em diversos países. Em *O Lado Selvagem*, McDaniel reafirma sua força literária ao transformar dor e violência em uma narrativa de beleza brutal.

E.L.A.S

QUEM GOSTOU DE
O LADO SELVAGEM
TAMBÉM VAI GOSTAR DE:

Discussão sensível sobre pena de morte, justiça e cultura do true crime

Narrativa em múltiplas vozes femininas

Desconstrói a narrativa clássica de serial killers

Explora o trauma, o luto e a complexidade emocional

Autora best-seller internacional

DANYA KUKAFKA
ANATOMIA DE UMA EXECUÇÃO

Doze horas até a execução. Quatro mulheres, quatro perspectivas. E um retrato inesquecível de um assassino visto pelos olhos de quem cruzou seu caminho.

Um romance instigante e inteligente, que emociona e comove."
PAULA HAWKINS, autora de *A Garota no Trem*

"Um thriller baseado em fatos, conduzido pela voz envolvente de suas personagens."
Loreth Anne White,
— The Patient's Secret —
GAROTAS NA ESCURIDÃO
JESS LOUREY
DARKSIDE

E.L.A.S®

Suspect

Victim

ESPECIALISTAS LITERÁRIAS NA ANATOMIA DO SUSPENSE

CRIME SCENE® FICTION

DARKSIDEBOOKS.COM